LOS AMORES PERDIDOS

MIGUEL DE LEÓN

LOS AMORES PERDIDOS

PLAZA JANÉS

Primera edición: enero, 2016

Travessera de Gràcia, 47-49. 08021 Barcelona

Printed in Spain – Impreso en España

ISBN: 978-84-01-01589-2
Depósito legal: B-25.788-2015

Compuesto en Revertext, S. L.

Impreso en Romanyà Valls, S. A.
Capellades (Barcelona)

L 0 1 5 8 9 2

Penguin
Random House
Grupo Editorial

A ti, Clementina…

PRIMERA PARTE

1

La carta, con matasellos de Nueva York de la semana anterior, estaba datada cinco semanas atrás, en prueba del largo preámbulo de indecisión que debió superar antes de que fuera depositada en el buzón de la oficina de correos. Ponía término al atolladero en que Arturo Quíner había encallado su vida, pero no era una liberación, sino un amargo final, el tránsito de una pena insoportable a otra pena mayor.

Tras un invierno intenso, a principios de marzo la primavera se adelantaba sobre el archipiélago de las Canarias en días claros y noches radiantes. Durante los últimos años Arturo Quíner había ido sucumbiendo a una penosa incapacidad para conciliar el sueño. Cuando lo daba por imposible, deambulaba por la casa, a veces desarropado y descalzo, y solía terminar en el estudio, oyendo el lejano rumor de las ranas, sentado en una piedra enorme que le servía de diván, a la que estimaba como el bien más preciado del patrimonio familiar. La luna llena le convocaba los recuerdos. En ocasiones durante horas, permanecía con la mirada perdida en el horizonte y la memoria a la deriva, en el resplandor de la plata lunar, sobre las aguas en calma del océano inmenso.

Apenas con veintiséis años, Arturo Quíner se casó con Alejandra Minéo cuando ella había cumplido los quince. Siete aniversarios llevaban de un matrimonio que si nunca lo fue del todo, no había dejado de serlo ni por un instante, puesto que no hubo en él ni un gesto de desamor o deslealtad. La edad de ella y las circunstancias del compromiso lo obligaban a lo único que un hombre como él, de una hechura humana sin resquicios, podía considerar decente: dejarla marchar. Pero en ese empeño se aniquilaba. En un círculo pernicioso, se tragaba el amor que a continuación se le volvía a escurrir por las costuras.

Tres años y medio después de que ella se marchara para emprender los estudios superiores, no les quedaba otro intercambio que alguna llamada telefónica en la madrugada, desde el otro lado del mundo, y las cartas frecuentes, hondas y sentidas por ambos, pero más explícitas en lo que callaban que en lo que decían.

A media mañana, el primero del montón de la correspondencia que le dejaron sobre la mesa era un sobre sin abrir, lo que advertía del correo personal, y nada más verlo supo que traía la noticia que tanto temía y esperaba. La congoja se le anudó en la garganta mientras leía:

> Arturo, queridísimo mío, ha pasado más de un año desde el día en que decidí escribir esta carta, pero he tenido que empezarla muchas veces porque me ha faltado el valor para escribirla. Siempre te agradeceré que te casaras conmigo cuando yo era tan niña y que me impulsaras a llegar donde estoy. Pero ahora soy una mujer, tengo que continuar mi vida. Te veré pronto y necesito que tengas dispuestos los papeles de nuestro divorcio, para que tú quedes libre del compromiso y yo pueda dar alcance a la felicidad que me falta.

Sabía que permanecería en él, que la hallaría en el fondo de todos los paisajes de su soledad, en cada recodo del pensamiento, pero no alcanzaba consuelo. No había hecho sino lo más justo, evitar traicionarse a sí mismo evitando traicionarla a ella. Haberla amado, continuar amándola, ahogado por el silencio. La manera torpe y muchas veces brutal, pero hermosa hasta la locura, en la que aún consideraba que debía hacerlo.

* * *

Pasaban las tres, en la madrugada siguiente de aquel día, principio del fin. Un hombre de movimientos ligeros, vestido de negro, evita la escalera bien iluminada, trepa el alto paredón de piedras y llega a la parte posterior de la casa. Encuentra la puerta trasera abierta. Tras ella, desconecta el interruptor general de electricidad. Arturo se incorpora en la cama. La lámpara de la mesilla no enciende. Tanteando en la oscuridad, alcanza primero la puerta y a continuación el pasamanos de la escalera. Siente un chispazo en el cráneo, rueda por los escalones y queda en el descansillo, inmóvil e indefenso. Minutos después, la sombra abandona la casa y desaparece como ha llegado, creyéndolo el cadáver de un muerto fácil.

Por la funesta coincidencia con el único contratiempo serio de la salud que había sufrido, alguien había podido sorprender en su propia casa a Arturo Quíner, un hombre joven, en la plenitud de la vida, además de un insomne pertinaz.

* * *

Muy cerca de la casa donde se escapaba gota a gota la vida de Arturo Quíner, Venancio, el párroco adjunto del Terrero, esperaba a que pasaran los cinco minutos de cortesía antes de empezar el oficio.

Aunque la primera misa fue siempre la de los feligreses más asiduos e insobornables, la de aquellos que como él la preferían a cualquier otra, a pesar de que fuese a una hora tan intempestiva como las seis de la mañana, en el transcurso de los años los decesos y los achaques habían menguado la presencia de parroquianos. Aún podía sorprenderlo alguno de los feligreses de fe más curtida, que de manera ocasional hubiese decidido ir a misa antes de acudir al trabajo, o alguna de aquellas ancianas de temple heroico a quien ni los achaques ni la familia le hubieran podido impedir la asistencia. Pero lo más usual había terminado por ser la ausencia de fieles para los que celebrar la ceremonia. Era en esos días cuando la liturgia, por más sencilla, alcanzaba a ser más entrañable. La estiraba un poco de aquí, la acortaba otro poco de allá, la volteaba de este lado, la acomodaba del otro y la dejaba a su medida, hecha suya por entero. Abandonado a ella solía desvanecerse en un estado de deleite tan sublime que en alguna ocasión temió que hubiese en ello algo de obscenidad o impudicia. No faltaba en su plegaria ningún doliente del mundo. En su breve capítulo personal, durante los últimos meses Arturo Quíner se había hecho un hueco permanente. Se trataba de una urgencia menor, que si acaso le dolía más que otras, lo hacía por razón de la proximidad y no porque alcanzara a sospechar que se albergase en ella ninguna cuestión de vida o muerte.

En una circunstancia insólita, Venancio, además de ser párroco adjunto en el Terrero, trabajaba en la finca de Arturo Quíner. Era una de sus personas de confianza y, sin duda, su amigo. Por la eventualidad del ánimo y porque no tenía asuntos importantes en la parroquia, aquella mañana decidió ir al trabajo antes que de costumbre.

Arturo, que solía ser el primero en llegar, no estaba en la oficina. Venancio recordó lo enfermo que lo había visto la tarde anterior y corrió a la casa, alarmado. Subió las largas escalinatas, se apresuró por el jardín, jadeando abrió la puerta posterior y lo encontró tendido, con la cabeza en un pequeño charco de sangre. Estaba frío, aunque parecía arder en fiebre, apenas tenía pulso y no reaccionaba a los estímulos.

La ambulancia se lo llevó poco después, abriéndose paso entre los grupos de trabajadores congregados delante de la vivienda.

2

A primera hora de la tarde Venancio llegó al hospital acompañado de Alfonso Santos, médico del pueblo desde hacía más de tres décadas y, sin duda, la persona más querida y respetada de la comarca. Al anochecer una enfermera que identificó a Alfonso le dio aviso al jefe de cuidados intensivos, que se apresuró a saludarlo y darles la información que esperaban. Arturo padecía neumonía incipiente en ambos pulmones que respondía al tratamiento y no preocupaba. No había perdido tanta sangre como para requerir una transfusión ni habían hallado un coágulo en el cerebro que pudiera explicar la causa del coma, provocado con seguridad por el golpe en la cabeza. Es decir, que nada podían anticipar, ni en un sentido ni en el otro.

Regresaban, ya de noche, heridos por la amenaza de una pérdida que para ambos sería irremediable. Alfonso Santos, curtido por el oficio, se sobreponía a la congoja. Venancio lo afrontaba peor. Agarraba entre sus manos enormes un libro de oraciones del que nunca se desprendía y rezaba con ardor. Alfonso no quiso interrumpirlo con la conversación, hasta que las lágrimas de Venancio, al principio esporádicas, se hicieron más frecuentes y más febril el fragor de las plegarias.

Alfonso no sabía qué le dolía más, si ver llorar a un sacerdote, al que debía suponerle la sabiduría para superar la idea de la muerte, o al hombretón fornido, implorando con tanta pasión y secándose las lágrimas con la manga de la camisa, como lo haría un niño.

—Sobrepóngase, Venancio —le dijo.

—No hay quien carajo conozca a ese hombre y pueda sobreponerse a esto —replicó Venancio con un gesto vehemente.

Alfonso intentó una estrategia que no podía fallarle y lo hurgó en la fe, para abrir otra interminable discusión sobre sus diferentes ideas de Dios.

—¿Cree que acogerá a un ateo como él? —preguntó, sin necesidad de hacer explícito el nombre de quien tenía la potestad para acoger.

—Un ateo sin pruebas, dice él —lo defendió Venancio—. Viene a ser lo mismo que ser creyente sin pruebas. Como nosotros, Alfonso. Mira para otra parte, pero lo hace desde la misma losa de incertidumbre que nosotros.

Pese a la edad, Alfonso Santos todavía atendía a algunos de sus pacientes de toda la vida y Arturo Quíner, a quien quería como a un hijo, era uno de los contados que ostentaban tan meritoria gentileza. Fue el último en hablar con él la tarde anterior, cuando lo vio entrar en la consulta con el semblante traspuesto.

—¿Otra vez aquí, alma de cántaro? —le preguntó, con la habitual afabilidad de trato con que solía distinguirlo, y se adelantó unos pasos para saludarlo, pero al llegar a su lado le palpó el cuello con el dorso de la mano y ensombreció la expresión—. ¡Por Dios, chico, estás hirviendo!

Le auscultó el pecho y la espalda sin disimular la preocupación.

—¿Cómo está Alejandra? —le preguntó mientras preparaba una jeringa.

—Le va bien en Nueva York —respondió Arturo, haciendo un esfuerzo para no quebrarse y, como era natural en él, sin abundar en detalles.

—Como no arregles tus asuntos con ella, terminarás en una cama del hospital —le dijo Alfonso, más como reproche que como advertencia, dejando percibir un deje de paternal inquietud—. Ahora tienes un ronquido muy feo en el pecho —continuó al inyectarle el potente antibiótico—. Pero eso es lo aparente. No lo tendrías, ni habrías estado con la espalda agarrotada hace dos semanas, ni te sobrevendrían las jaquecas, si no estuvieras tan... encoñado. O como sea que se llame eso tuyo.

Las palabras quedaron suspendidas, sin réplica.

—Y eso no te lo arreglará ningún médico de este mundo —agregó Alfonso, dejando que el reproche sonara sin disimulo.

Arturo llevaba la carta con la petición del divorcio en el bolsillo y pensó que no importaba ya. Los asuntos a los que Alfonso Santos se refería habían hallado solución por sí mismos. Le faltó el ánimo para ponerlo en conocimiento de ello y no le respondió. Además de que Alfonso le había salvado la vida en múltiples ocasiones, no sólo por tropiezos de la salud, lo quería como a un padre y, desde muy niño, lo había investido de todas las autoridades que era capaz de reconocerle a una persona. Su querido y viejo amigo tenía el derecho de hablarle de lo que quisiera en el tono que se le antojara.

* * *

La primera leyenda que Alfonso Santos escuchó a los antiguos del lugar, cuando llegó al Terrero procedente de Madrid casi de destierro, se remontaba a la época de la conquista de las islas Canarias, y hablaba del comienzo de una dinastía cuyo último miembro sería Arturo Quíner. Contaban que cuando la primera tropa llegó allí, a lomos de los caballos, con sus recuas de mulas, armados de arcabuces y ballestas, descubrieron con asombro que alguien se les había adelantado. Encontraron una cabaña de madera y piedras y, cerca de ella, un círculo de tierra que parecía ser una era, junto al que se erguía una cruz de buen tamaño, que no dejaba lugar a dudas sobre la naturaleza de sus moradores.

El que los precedió dijo ser cristiano viejo y, salvo por el apellido, castellano de pura cepa. Naufragó cerca de la isla y, tras unas horas zarandeado por el mar, los nativos, que lo encontraron moribundo en la playa, consiguieron arrebatárselo a la muerte. Estaba casado con una hija del jefe aborigen con la que tenía hijos.

Por el contrario que en el resto de la isla, los guanches eran allí altos y rubios. Decían que el hombre, conocedor del destino de esclavos que los aguardaba, los protegió proclamando que habían abrazado la fe de Cristo y recibido el bautismo; que estaban, por tanto, bajo protección de los reyes Isabel y Fernando. Y que como resultado de aquello en esa parte abundaban los lugareños altos y de cabellos claros, que hoy es fácil confundir con los turistas del norte que frecuentan las islas.

No era posible afirmar ni negar la historia. La única certeza era que la tierra conocida como el Estero figuraba en el registro más antiguo como perteneciente a alguien apellidado

Quíner. Si parecía poco probable que la propiedad hubiese permanecido sin segregar al cabo de tantas generaciones, cuando se conocía el lugar se entendía mejor que lo contrario. El nombre, bien puesto en su día, daba a entender que en ella hubo una laguna, lo que confirmaría cualquiera con conocimientos básicos de geología, pues eran claras las evidencias del agua embalsada en un pasado no muy lejano.

Aquello se remontaba a una época de la que no quedaban sino el nombre, las piedras y la soledad cuando Alfonso Santos llegó a la isla.

* * *

Para conocer las razones de Arturo era obligado remontarse a sus antecedentes familiares y personales, y nadie los conocía mejor que Alfonso Santos, que sentía ser parte tan cercana que al recordarlos recordaba su propia historia. Sobre todo, después de la larga espera en el hospital, porque el susurro de las batas, el olor de los desinfectantes y cuanto evoca el ámbito hospitalario, hacía que su juventud distante atravesara el laberinto de la memoria para mostrarse con el vigor de los sucesos recientes.

No fue casual que decidiera hacerse médico cuando había obtenido ya la licenciatura en Filosofía y Letras. El verano en que regresó a casa, con ella en la maleta oliendo a tinta reciente, lo dedicó a la lectura de un montón de libros rescatados del tedio de los sucesivos aplazamientos, entre los que se hallaba el que había sido favorito del abuelo paterno. Llegó a sus manos del modo más misterioso, puesto que no recordaba haberlo sacado de la ilustre biblioteca y era muy improbable que alguien hubiese cometido la falta de respeto de tocarla. Alfonso quería al abuelo con vehemencia. Incluso cuando era ya viejo continuaba echándolo de menos, en particular durante los veranos. Aquel libro, *El panteísmo de Benedicto Spinoza*, fue como una transferencia del alma del abuelo, en la que descubrió, bajo la luz de la razón, que nada se pierde ni permanece inmóvil, que todo es trascendente y perdura en continua evolución, durante los eones, por el universo infinito. Le despertó la vocación dormida y en octubre comenzaba por el principio en la facultad de Medicina, para dar el primer paso hacia el que había de ser su destino: llegar a ser un buen médico.

Hacía prácticas en el hospital cuando estalló la guerra. Lo militarizaron con el grado de capitán y al caer Madrid, aunque joven, era un hábil y experimentado cirujano a cuyo cargo quedó la unidad de cirugía, por su valía sobre todo, pero también porque se negó a abandonar a los pacientes que no resistirían el traslado. Escapó de la inmediata purga de los vencedores gracias al testimonio de algunos a los que había salvado la vida cuando eran prisioneros. Habían confundido el compromiso del juramento médico con la complacencia en las ideas de los sublevados, lo que estaba muy lejos de la realidad. Alfonso pensaba que aquella guerra, como todas aunque ésa más que otras, era una guerra de ricos contra pobres. Le dolía por igual el desastre y, con uniforme o sin él, no distinguía entre los asesinos de personas por sus creencias religiosas, de los asesinos de pobres enloquecidos por el hambre. Odiaba a los canallas, de un lado o del otro, de dentro y de fuera, que aprovecharon las dificultades de un tiempo de tempestad para derribar las instituciones, masacrar a la población y arrastrar el buen nombre de España por su fango de traición y muerte. Despreciaba a los que llegaron a continuación sacando ventajas en forma de prerrogativas políticas y prebendas administrativas, a sabiendas de que, por mucho que lo vistieran, era ése y no otro el motivo de sus crímenes. Los imaginaba cuadrando caja mientras repetían el sonsonete, que tantas veces oyó y que tanta repulsión le producía: «Hubo que hacerlo, hubo que hacerlo», esforzados en ganar una salvación ilusoria con la misa y la comunión diarias. «Dios aguarda», se decía Alfonso, a veces en voz alta y siempre con amargura.

No sin recelo, lo ascendieron al grado de comandante y lo dejaron ocupando el mismo empleo, por lo que continuó ejerciendo de igual manera que antes, atendiendo a los pacientes sin tener en cuenta su procedencia, según estrictos criterios médicos. Lo que con anterioridad había sido impecable norma de procedimiento, ahora contravenía órdenes explícitas. Algunos rumiaron durante años hasta que el rumor de fondo se hizo voz audible. Por fortuna, en lo peor de la guerra, gracias a una novedosa técnica contra la gangrena, había salvado a un coronel de la amputación de una pierna, quien le pagó, años más tarde, advirtiéndole del peligro que lo acechaba. Alfonso actuó con rapidez y solicitó una plaza de médico rural, que le concedieron sin demora, aunque alguien se aseguró de que se pareciera todo lo posible a un destierro, creándola en el lugar más remoto que pudo encontrar.

Le hicieron un favor. Soñaba con ejercer la medicina en la que creía en un entorno sencillo, inmediato, donde pudiera aplicarla bajo la luz de la ciencia, pero sin olvidar al ser humano que es el paciente antes que otra cosa; donde pudiera conocer su mundo mental y afectivo, su profesión y sus hábitos; todo cuanto en suma es necesario entender para defenderlo del demonio de la enfermedad. Con el destierro lo enviaban a su paraíso particular.

Si separarse de la familia suponía un drama, hacerlo de la mujer a la que amaba era una tragedia. Se llamaba Matilde y él siempre la consideró su enfermera más competente. Una mujer inteligente y alegre a la que amaba tanto y desde hacía tanto, que no recordaba ya cuándo fue que empezó a alargar las jornadas de trabajo más por el placer de sentirse a su lado que por la necesidad de los pacientes. Y ella jamás le faltó; ni un solo día, ni un instante, por largas que fueran las operaciones o las muchas horas que llevaran sin descansar.

No fue capaz de darle la noticia hasta el último momento. La llamó aparte y se lo dijo tragando un grueso nudo que le dolió por la garganta y se le atravesó en el pecho oprimiéndole el alma. Matilde le deseó suerte y desapareció con tanta prisa que no le dio tiempo de pedirle el permiso de escribirle. Alfonso Santos nunca lamentó tanto como aquel día el calvario de su timidez. La buscó por rincones, inéditos para él, hasta que la encontró en un lóbrego almacén de ropa, llorando a lágrima viva. Alfonso se sentó en el suelo, a los pies de ella. Asustado, le estrechó las manos y se las besó. Matilde se deslizó hasta al suelo, se echó en sus brazos y lo tuteó por primera vez:

—¡Llévame contigo!

—Es muy lejos. Pocos son capaces de señalar las Canarias en el mapa.

—No me importa dónde sea, sólo quiero estar contigo.

Se casaron aprisa para aunar la luna de miel con el traslado a la isla. Fue una travesía difícil a bordo de un antiguo buque correo, desvencijado e incómodo del que, sin embargo, guardarían un grato recuerdo. La última noche el tiempo amainó y ellos despertaron inquietos por la repentina calma del mar. Desde la cubierta de estribor contemplaron un amanecer grandioso. Lo comentaban diciendo que era imposible volver a vivir algo más hermoso cuando, al doblar el recodo de popa, se les escapó un suspiro de asombro al descubrir la silueta de la isla recortada sobre el fondo azul. La calima del amanecer impedía distinguir el horizonte y la isla parecía suspendida del cielo, con su volcán ingente y sus montañas de cartón piedra, coronadas de nieve.

—No es ella la que está lejos —susurró Alfonso—. Es todo lo demás. ¡Son ellos los desterrados!

Días después llegaron al Terrero cansados por tres horas de difícil carretera. Alguien hubiera podido decirles que era el lugar más triste del mundo, sin embargo, ellos hallaron lo contrario. Era un grupo de cinco o seis callejuelas con construcciones de mediados del XIX; todas de dos plantas, en lo que parecía una norma sin excepción; elegantes, con puertas y ventanas altas, algunas con pequeños balcones y otras con enormes balconadas de carpintería labrada.

Por su semblante sobrio y sus formas mesuradas el Terrero denotaba la nobleza de sus comienzos. Fue el capricho de una familia acaudalada, que construyó una casa grande, establos y una ermita alrededor de un espacio amplio que acabó siendo una plaza, a los que se fueron agregando viviendas para acoger durante los veranos a familiares e invitados. Los vaivenes de la fortuna fueron dispersando los títulos de propiedad y el Terrero terminó convertido en un pueblo diminuto. Sobre el plano las calles se habían trazado formando una perfecta cuadrícula, dando un aire de distinción y orden. El clima benigno, la luz y la naturaleza exultante atrajeron población y creció durante algunas décadas. Lo hizo sin perder el encanto, por el respeto de las construcciones recientes a la linealidad en los retranqueos y las rasantes, y al estilo de las fachadas. La moda cambió y se empezó a preferir la zona de costa del Terrero: Hoya Bermeja, primero un poblado de pescadores y después lugar de residencia habitual o de verano de familias con posibilidades.

La necesidad de un médico en el pueblo era imperiosa. En poco más de un mes la consulta empezaba a funcionar. Tan esencial como el trabajo de Alfonso, fue el de Matilde. Hacía análisis, preparaba remedios, curaba heridas, asistía en las operaciones, sosegaba los alborotos de la consulta y administraba el dinero escaso que, además del salario de miseria asignado a la plaza de médico rural, provenía de los muy contados que podían costear el servicio. Por acuerdo del que nunca necesitaron hablar, cobraban sólo a los pacientes que pudieran pagar y sólo en la medida en que pudieran hacerlo. Nunca regatearon atención alguna, y se dio el caso frecuente de que sufragaran el medicamento de algún paciente sin recursos, por lo que el cariño de la gente llegó pronto y con justicia. Pasados unos meses se presentaban personas de rincones alejados, lo que los obligaba a rehusar los casos menos urgentes, para no desatender a la población del Terrero.

3

Era también obligado mirar muy atrás, mucho antes de que Alejandra Minéo hubiera nacido, para comprender otra parte de la historia. Tuvo su detonante en la ciudad, la tarde terrible en que Francisco Minéo entró al que debía ser su piso de casado y encontró la nota que Rita Cortés le dejó en la hornacina del recibidor, junto con las llaves, las cartas de amor que había escrito para ella con la complicidad maestra de los versos de Amado Nervo, el anillo de prometidos y los testimonios de seis años de noviazgo que se malograba una semana antes de la boda:

No puedo casarme. Lo siento mucho. Me voy a Madrid.

La semana de encierro en la habitación, ocultándose de las risitas crueles, de las falsas condolencias y los cuchicheos, sólo le dio para que fuera capaz de contener el llanto. Las amigas de ella lo esperaban ansiosas, como buitres a la espera de la carroña. Ninguna quería perderse el protagonismo de contarlo:

—No se explica cómo no te diste cuenta, Francisco.

—Se estaba viendo con un capitán de corbeta que es hijo de un aristócrata de Madrid.

—Eso, por lo menos, desde hace tres meses.

—Ella decía que era muy rico. Y estaba dichosa de que le hubiera pedido la mano.

—Nos enseñó una pulsera y una gargantilla carísimas, mandadas a hacer para ella a un joyero finísimo de Zaragoza.

—Aunque lo mejor fue el anillo de pedida, que se lo regaló doña Isabel II a una antepasada de él.

Lo dijeron quitándose la ocasión unas a otras, casi al unísono, con una premura perversa, disputándose la frase más incisiva, el comentario más hiriente.

—Da mucha pena, después de tener comprometido al obispo para la ceremonia —se compadecía una.

—Y con las invitaciones mandadas desde hace dos meses —se lamentaba otra.

—Y con el piso y el ajuar listos para ese día maravilloso —casi lloraba la tercera.

* * *

Los padres de Rita Cortés no se oponían a la boda porque se sentían mayores y querían verla casada, aunque aceptaban a regañadientes la unión con el hijo de un hombre honorable, pero que terminó sus días en la cárcel, represaliado por el régimen. Francisco tuvo que hacer un esfuerzo sobrehumano para visitarlos y dar conclusión al inesperado final. La madre pedía perdón por la acción de la hija, pero el padre, Alejandro Cortés, fue implacable:

—No sé cómo decirte lo avergonzado que estoy por la conducta de mi hija —dijo—. Nosotros no la educamos así. Sé que no te consolará, hijo, pero guardo algo para ti.

Se levantó, arrastró cinco pasos apoyándose en el bastón, puso la mano derecha sobre el hombro de Francisco y en tono de grave solemnidad le dijo, con los labios temblorosos y la voz derrumbándose:

—Francisco Minéo, te doy mi palabra de coronel de caballería de que, ahora, cuando dan las cinco y media de la tarde, del 2 de febrero de este año desgraciado, mi única hija acaba de morir.

—¡Ay, Alejandro! ¡Por el amor de Dios, no digas eso! —gritó la mujer—. ¡Que es mi única hija, Alejandro! ¡Que me rompes el corazón, Alejandro!

—¡Muerta! —dijo Alejandro, dando un golpe seco con el bastón en el suelo—. Tu hija muerta, Consuelo.

Hizo una larga pausa. Con un bronco ronquido hinchó el pecho y recuperó con un rictus la expresión de orgullo.

—Puedes llorarla, como la lloro yo, Consuelo. Como a una hija muerta.

Dos lágrimas como perdigones cruzaron el rostro del hombre, se perdieron bajo la barba blanca y continuaron para estrellarse sobre la alfombra. Dio la vuelta y se acercó con su andar derrengado para acariciar el cabello de la atribulada mujer.

Francisco Minéo no quiso saber más. Vendió el piso y los muebles por lo que quisieron darle, regaló el ajuar a las hermanas de Jesús Desamparado, tiró las cartas, las fotografías, los últimos recuerdos y los versos de Amado Nervo en el fondo del infierno; metió el traje de novia, las arras y los anillos en un baúl; se fue a su casa del rincón más remoto del mundo, borró su vida del alma y se sentó a contemplar cada una de las mareas del Atlántico. En la misma piedra día tras día, petrificado en un pasmo mineral, a la espera de una brisa compasiva que lo entregara al mar.

* * *

Rita Cortés llegó a Madrid del brazo de Asencio Samper, cuya familia la recibió con la pompa reservada a una reina, sorprendidos de que el memo del hijo hubiera enamorado a una mujer de tan buena familia, de tanto talento y belleza, diecisiete años más joven que él, cuando lo habían dado por imposible. Harían lo que fuera para no dejarla escapar. La madre le asignó la compañía de una sobrina de su confianza para que la ayudara a introducirse en la sociedad, aunque le encomendó con la mayor insistencia que la tuviera vigilada. El padre, el general Samper, le consiguió una plaza en la residencia para señoritas más cara y solicitada de Madrid y le organizó una clase de monta en la Sociedad Hípica, para que no se aburriera y empezara a codearse con gente de la clase alta. Le escribió una carta muy abigarrada al padre de Rita para solicitarle colaboración en el envío de invitaciones y otros asuntos de menor relieve, necesarios para mejor presencia de los fastos de la boda. Rita escribió otra diciéndoles a los padres que los esperaba para la fecha tan señalada. El cartero las entregó juntas en la propia mano de Alejandro Cortés. Rita recibió la suya devuelta al remitente, sin abrir, con unas líneas escritas al dorso:

> Al remitente: A causa del fallecimiento de nuestra hija, que descanse en paz, le rogamos que nos deje con nuestro dolor y no vuelva a escribir.

La contestación para el general fue tan severa como la otra:

A la orden de vuecencia, mi general:

Leída su inesperada carta, lamento comunicarle que nada tengo que decir sobre el particular, puesto que, por mandato de lo aprendido durante toda una vida de milicia sobre el honor, a mi única hija se la llevó Dios donde quiso, el día 2 de febrero de este mismo año de Sus Designios, a las cinco y media de la tarde, el día y la hora en que debía haberse casado con un joven de esta localidad.

Sin otro particular, quedo a las órdenes de vuecencia, mi general.

A Rita Cortés le enviaron los documentos para la formalización del matrimonio a nombre de «Rita Cort». Cuando la bautizaron, el sacerdote que ofició había escrito el registro de la niña con un plumín desangrado, que dejó casi imperceptibles las dos letras finales. El error se había arrastrado, documento tras documento, hasta que se hizo visible aquel día. El general Samper quiso solucionarlo; sin embargo, cuando Rita recibió la carta devuelta por el padre, le pidió dejarlo como estaba para no entorpecer la fecha de la boda. En algún momento empezó a decir «Rita Cort», por lo que el origen del apellido terminó siendo del todo equívoco, sin que ella hubiera podido explicar si lo dejó así por despecho al padre o justo por lo contrario. Sin embargo, el halo de misterio agregado al origen de la persona aumentó su carta de nobleza.

Asencio Samper, el novio, llegó al grado de capitán de corbeta por la importancia de los apellidos y la abnegación del padre, no por preparación ni méritos. Aunque en el primer vistazo podía engañar a un observador poco perspicaz, puesto que se manejaba bien con las normas de comportamiento, que la madre le había inculcado desde muy niño, junto con una religiosidad exagerada, sólo en lo formal, en la que vivió sumido toda la vida. Era alto, de piernas arqueadas y caderas anchísimas que le ponían culo de pandero. Su semblante altivo era imposible de reconciliar en el rostro afeado por un labio leporino, mal corregido por una cirugía de carnicero novato. Tenía los ojos negros y pequeños, como de ratón, tan separados uno del otro que se antojaba que por desavenencia; y un bigotito de tiralíneas, sin simetría, que realzaba el estrépito de la cicatriz sobre el labio. Según el día, coronaba aquel cataclismo con una halitosis sofocante. Durante los preliminares de la boda se pavoneaba por el ministerio, perdonando las vidas de los de rango inferior y haciendo genuflexiones ante los de rango superior, recibiendo el interminable desfile de felicitaciones de personalidades y personajes, estupefactos ante el acontecimiento inconcebible de la boda. Rita no se inmutaba por tal desatino de hombre. Le sobraba inteligencia para obtener provecho de la situación sin tener que entregar demasiado a cambio.

La imposibilidad de mencionar a los padres de la novia produjo un problema con las invitaciones que tuvo que conciliar nada menos que el jefe de Protocolo del Palacio del Pardo. A la ceremonia, que se celebró en los Jerónimos, le siguió un banquete en el hotel Palace rodeados de lo más señalado de la sociedad madrileña afecta al régimen.

El rumbo de la deserción era para Rita Cortés una perfecta línea que podía divisar hasta detrás del horizonte, y que supo transitar con pie firme, sin detenerse a mirar atrás. En un par de meses había pasado de probarse un traje de novia en un modesto taller de la isla, a que se lo probara en su propia habitación la sastrería más afamada de Madrid; de tener un pisito en una calle de segunda en la capital de la isla, a disponer de un piso tan grande que hacían falta tres personas para atenderlo, en pleno barrio de Salamanca, además de una de las mejores casas de descanso en Miraflores. Las actuales amistades de la Sociedad Hípica y del Club Militar eran el núcleo del ambiente que frecuentaba y ahora alcanzaba dentro del ámbito familiar al propio Palacio del Pardo. Aunque se habría equivocado quien observara en ello la simpleza de que se entregaba por la riqueza, la ostentación o la posición social. La realidad era tan profunda y compleja que ni la propia Rita hubiera podido explicar sus razones. No era en absoluto feliz, pero había llegado a donde quería. Estaba a salvo, aunque no sabía muy bien de qué.

Como le había contado al marido la patraña de que no conocía varón, tuvo que eludir el escollo, y lo hizo con maestría. Simuló el tan socorrido percance con la silla de montar y pidió que llamaran de urgencia al novio para que acudiera a verla. En la intimidad, se dolió a lágrima viva de que no podría ofrecerle lo que con tanto anhelo había guardado para él. Asencio no dijo nada, la besó en la mano y la liberó de presentar lo que para él era una evidencia imprescindible. Aunque ella lo suponía ya, en ese momento lo constató. A su penetrante mirada no se le escapó que aquel mequetrefe jamás habría sabido cómo comprobarla. Durante el noviazgo lo había mantenido a una distancia conveniente para evitarse la náusea del mal aliento, evadiendo encontrarse a solas con él y, cuando esto no era posible, accediendo a los besos apasionados con una torpeza muy calculada, en la que apretaba los labios y mantenía el resuello el instante que duraba, frenándolo a continuación:

—Asencio, que vas a hacer que me pierda.

No cambió en las luchas de alcoba ni siquiera durante los primeros meses del matrimonio. Segura de la inexperiencia del marido, aprovechó los excesos de su bárbara mitología religiosa, encarnizada en lo relativo al papel de la mujer en el matrimonio, para evitar en lo posible el contacto con él. Lo recibía con unos pololos cerrados por debajo de la rodilla, dispuestos con un ojal en la entrepierna, un sujetador grande y acartonado y un camisón de algodón, largo hasta los tobillos y con puños cerrados, que era, le decía ella, la forma aconsejada por el director espiritual para que los buenos cristianos mantuviesen la pureza del matrimonio. Descubrió la primera noche que el marido añadía a su particular e imposible cúmulo de cualidades la de estar tan mal pertrechado para el amor como para lo demás, con un adminículo tan exiguo que le daba más pena que risa. Aun tuvo la osadía de ingeniárselas para que no la penetrara:

—Déjame cogerte, que puedes hacerme daño con eso tan grande —le susurraba, agarrándolo, para impedirle pasar del segundo umbral.

El inexperto infeliz, después de una vida de abstinencia, con los ojos fuera de las órbitas, bufaba, embestía y obtenía un alivio prematuro y breve. Ella gimoteaba y salía disparada a lavarse el nauseabundo testimonio del marido, con tanta saña que no paraba hasta que le dolía. Cuando él quería llegar más lejos, cuando intentaba acariciarle el pecho o le pedía que se desnudara, ella pasaba días sin hablarle, con semblante ofendido.

—Me tratas como a una ramera. No me respetas como a una esposa. No quiero ni imaginar dónde habrás aprendido esas cosas tan feas —decía fingiendo espanto.

Y permanecía con el hocico levantado hasta que se aburría de oírle pedir perdón y jurarle que no había estado con mujeres de «mala vida».

—Te perdono porque sólo soy una pobre mujer enamorada de su marido —le decía.

Apenas unos meses después de la boda hizo sustituir la cama de matrimonio por camas separadas, para evitar los asaltos de pecaminosa lujuria, y antes del año dormían en habitaciones distintas.

4

El primero en llamar a la puerta de Alfonso Santos, cuando todavía se acomodaba en la casa y nadie sabía con certeza si tenían o no médico, fue Lorenzo Quíner, por una causa muy noble. Casi como en cada pueblo, pesaba sobre el Terrero una fatigosa maldición que de cuando en cuando les entregaba un nuevo episodio de la infamia, lo que sucedía cada vez que la parvada de valientes que se juntaba en la taberna de Ovidio, el Ventero, encontraba una nueva crueldad con la que reírse de su víctima más indefensa, Chano, el Nuestro, o Chanito a secas, para casi todos; Chano, el Bobo, para los malandrines de la cantina, lo que los definía mejor a ellos que a él.

Después de tantos años de calamidades, Chano no se fiaba de ellos, pero lo engañaban con facilidad. Aquel domingo consiguieron arrastrarlo a la cantina, para hacerle creer que la infusión de manzanilla eran orines, confundiéndole el azúcar con la sal. Apenas dio el primer sorbo quedó paralizado intentando comprender qué le estaba sucediendo.

—Chano, ¡que estás bebiendo meados de vaca! —dijo uno que había permanecido, sólo en apariencia, al margen de la situación.

Chano dejó caer la taza, se puso rojo, miró a unos y otros, le brotaron dos gruesos lagrimones, dio unos pasos, envaró el cuerpo, puso los ojos en blanco, los brazos cayeron tensos a lo largo de los costados. Permaneció ausente y rígido hasta que de pronto arremetió como un toro y dio con la cabeza en el mostrador haciendo saltar polvo centenario de las hendijas.

La explosión de risotadas en la taberna interrumpió las conversaciones en los corrillos de feligreses recién salidos de misa de once. Los tres miembros de la familia Quíner comentaban con otros vecinos el creciente rumor de que había llegado un médico al pueblo.

—Están con lo de siempre —le dijo Ana a su marido.

Lorenzo Quíner hizo una seña a Ismael, el hijo, y ambos entraron en la cantina. Chano estaba en el suelo goteando sangre de la frente, los demás reían. Lorenzo Quíner contempló la escena conteniendo la rabia sin que nadie advirtiera su presencia, hasta que dio un manotazo sobre una mesa que sonó como un cañonazo. Las risas cesaron y el tumulto se desperdigó.

Alfonso Santos se apresuró a diagnosticar, en la medida de sus posibilidades, que no parecía haber fractura, y a prevenir que la herida no tuviese consecuencias, seguro ya de que Chano estaba más aquejado de la soledad y las crueldades que del retraso.

Por la tarde, después de que Chano se recompuso del trance, un terremoto de insolencia sacudió los cimientos del Terrero, cuando Ana Tristán entró en la taberna, donde ni los más viejos recordaban que lo hubiera hecho una mujer. Sin alzar la voz, destacando la poca hombría que había en burlarse de alguien tan indefenso, confrontando la nobleza de Chano con las debilidades particulares de cada uno por separado y de todos en conjunto, les despachó una reprimenda tan cargada de razones que la escucharon cabizbajos y ninguno fue capaz de replicar.

Lorenzo permanecía detrás de ella, respetuoso y en silencio, pero muerto de risa por dentro, al contemplar el espectáculo de tanto hombretón encogido de bochorno delante del cuerpo frágil y breve de su mujer. Desde aquel día no sólo las burlas, las crueldades, las rabietas y los testarazos se esfumaron, sino que se llevaron con ellos un montón de tradiciones de compostura y decoro que dejaron un aire más respirable, porque en adelante entró en aquel recinto cuanta mujer quiso, sin que nadie osara alzar la voz en contra del nuevo orden de cosas, traído sin ese propósito, pero bien traído, por Ana Tristán.

Al atardecer del día siguiente Lorenzo Quíner y su hijo, Ismael, llegaron a la casa de Alfonso y Matilde con un regalo para ella: dos hermosas cabras, recién lavadas y cepilladas, y vestidas como de domingo con un lazo rojo alrededor del cuello.

* * *

Chano era un pobre disminuido que rondaba la cuarentena, grandote y fuerte, que no aparentaba retraso y que ni siquiera era mal parecido. Cuando apenas contaba seis años se le escurrió de los dedos al padre, y cayó de cabeza desde la techumbre de un cobertizo. No parecía haber sufrido más daño que la conmoción, pero al cumplir los diez años daban por seguro que su mente se había eternizado en los seis que tenía en el momento del accidente. Cuando andaba por la veintena la familia desapareció. Muy temprano, antes de que los vecinos comenzaran el día, subieron las pertenencias en un carro y se marcharon. Sobre el mediodía alguien que pasó cerca oyó los sollozos y entró en la casucha. Llorando desesperado donde le habían dicho que debía aguardar, cuidando de un montón de trastos viejos y basura, Chano esperaba a que vinieran a buscarlo. No apareció ningún familiar. Se quedó en el pueblo viviendo de la caridad de la gente buena, pero sufriendo las atrocidades y rechiflas de los vándalos, que para colmo de sus desventuras era un censo bastante nutrido. La mayoría de las veces que alguien del pueblo le daba un trabajillo lo hacía para aprovecharse de él. Para evitar las suspicacias los buenos vecinos no le pedían ayuda, aunque eran los que se preocupaban de que tuviera alpargatas y llevara la ropa limpia y cosida y el pelo cortado.

Ayudaba en la iglesia, no en los oficios. El párroco, por lo demás un buen hombre, era de talante adusto y cascarrabias, y no había intentado enseñarlo empleando el cariño, que era el recurso con el que mejores resultados habría obtenido, sino que lo amenazaba con la cólera divina y la condena eterna, sin darse cuenta del efecto devastador que esas palabras tenían en la mente de Chano.

De modo que el manotazo de Lorenzo Quíner, que acalló la jarana en la taberna, se le quedó en la mente como el instante que puso fin a sus martirios. Se llevaba mejor con los más chicos que con los mayores, razón por la que después del suceso de la taberna le fue fácil dejar que Ismael Quíner, todavía adolescente, participara de sus confidencias. Una ocurrencia de Ismael terminó por darle un último gesto de cariño que lo acercó más a la familia, una tarde en que Chano no lo recibió como era habitual en él, con alegría desbordada. Estaba melancólico y taciturno. A su manera se explicó:

—Don Saturnino, el cura, no tiene familia. Yo tampoco. Se olvidaron que yo faltaba.

—Mira, Chano —le dijo Ismael conmovido—, las familias se hacen por el roce. Tú, cuando tengas gana o te pase alguna cosa, subes al Estero a vernos, dando un paseo. Que allí tú no molestarás y nos pondremos contentos de verte. Claro, que eso si a ti te gusta mi familia.

—Sí. Me gusta. Ana un día me curó. Lorenzo es listo. Da un golpe y todo el mundo a callar.

5

Dolores Bernal, la rica todopoderosa del pueblo, pasó la tarde en el trajín de una alquimia indescifrable. En la cocina empapó sal gruesa en tinta china, en los dormitorios lubricó bisagras y cerraduras, en la biblioteca sustituyó la carga de perdigones de dos cartuchos por la sal, en su alcoba limpió la escopeta, como tantas veces le vio hacer a su difunto marido, desmontándola y frotando con esmero cada pieza por separado. Montó el arma, limpió los restos de aceite con un paño y la dejó apoyada junto a la cómoda. Guardó en la gaveta los cartuchos de sal con otros dos cartuchos de perdigones. Sacó del guardarropa su mejor bata, su mejor mantilla y sus mejores zapatillas. Depositó la bata y la mantilla dobladas con primor sobre la cama y, en el suelo, en una vertical cuidadosa bajo ellas, las zapatillas. Al fin, bajó para ultimar los preparativos de la cena de fin de año.

Fue una cena triste, como todas desde que enviudó, con sus hijos Roberto y María y el amigo de Roberto, Juan Cavero. Los hombres salieron antes de la medianoche y quedaron las mujeres solas en una sobremesa formal, ausentes en sus pensamientos, esperando a retirarse cuando no fuera ofensivo para ninguna proponerlo.

Apenas cabeceando un poco, Dolores Bernal permaneció despierta esperando la llegada de los hombres. Pasadas las cuatro de la madrugada los oyó entrar en la habitación del invitado, Juan Cavero. Frente al espejo peinó su cabello ambarino. Con un movimiento virtuoso de las manos se hizo el moño, que sujetó con una minúscula peineta de oro. Se retocó las mejillas y los labios. Cargó la escopeta con los cartuchos de sal, metió los otros dos cartuchos en el bolsillo de la bata y salió, con la escopeta quebrada sobre el antebrazo, ataviada con sus mejores prendas de dormitorio.

Abrió despacio la puerta de la habitación de su hijo y confirmó el temor de años sorprendiéndolos en un dislate de sodomía que sonrojaba las paredes. Cerró la escopeta, se deslizó por la penumbra y, desde el lugar preciso, descargó los dos disparos de postas de sal, al unísono, en tan buen ángulo que los arrasó por igual.

Se formó una pelotera infernal, con los criados irrumpiendo en la casa y corriendo por los pasillos, los perros ladrando y los sorprendidos amantes aullando de dolor y dando saltos por la habitación. Dolores Bernal recargó la escopeta con los dos cartuchos de perdigones, se acercó enérgica aunque serena a Juan Cavero, le puso la escopeta cerca de la cara y le ordenó salir con un movimiento de la cabeza. Lo hizo bajar hasta la puerta de entrada y lo echó de la casa, abandonándolo desnudo en el relente de enero, con las nalgas y el escroto aterrorizados por el espanto de la sal. María, la hija, y los criados observaban con estupor.

—Este maricón de mierda, que ha confundido las querencias de mi hijo, acaba de pisar mi casa por última vez. Quede claro. Vayan a buscar a ese médico nuevo para que venga a ver a Roberto. Sin prisa. Que padezca a placer lo que se ha ganado.

El recurso de la tinta china le funcionó a Dolores Bernal. Juan y Roberto llevarían el estigma tatuado hasta la muerte, en castigo del intolerable agravio que era para ella que se hubiesen atrevido a tanto y en su propia casa. No hablaría más del asunto, le bastó dejar el principio establecido para lavar la conciencia.

Fue una excusa oportuna para hacer llevar hasta su casa al nuevo médico, que llevaba siete meses instalado en el Terrero y que la tenía en un estado de insoportable turbación, por la mala índole de no haberse presentado a rendirle la pleitesía de la que ella pensaba ser justa acreedora.

Así como hasta ese día Alfonso no se había inmutado por los recaditos que ella le había hecho llegar de manera indirecta y por caminos tortuosos, en cuanto fue llamado para atender una urgencia médica, acudió de inmediato. En el incidente se hizo una semblanza puntual de la familia y de la clase de persona que era Dolores Bernal.

—Lo de la sal por maricones —le dijo ella—. Lo de la tinta, para que se acuerden de mí cuando se les vuelva a ocurrir.

—¿Era necesario? —preguntó Alfonso, limpiando la carnicería en el trasero de Roberto, que lloraba de dolor, pero incapaz de hablar ni de mirar a nadie.

—Era imprescindible —respondió Dolores en tono de no admitir opinión al respecto.

Alfonso cambió de tema para no contrariarla.

—¿Cómo lleva lo del dolor de las articulaciones? —le preguntó.

Dolores Bernal hizo un leve gesto de perplejidad.

—¿Cómo sabe usted que sufro de eso?

—Para saber esas cosas es para lo que uno se hace médico.

—Pues lo llevo fatal. Mejor dicho, me lo hacen llevar fatal

esos médicos ladrones que me atienden. No hacen más que sacarme dinero y dejarme peor de lo que estoy.

—¿Sigue usted los tratamientos?

—Al pie de la letra. Pero cuanto más lo hago peor me pongo. Sería buena cosa que viniera usted a verme.

Dolores Bernal acogió con alivio a Alfonso Santos. Enterada de que ostentaba el grado de comandante, que era una buena carta de presentación para ella, le adjudicó la complicidad que daba a los suyos, y Alfonso Santos jamás la sacó del error. Consiguió calmarle los dolores con una astucia de zorro viejo. Cuando tuvo comprobado los resultados de los análisis de sangre y orina, aprovechó uno de aquellos días en que el dolor postraba a la mujer para darle el diagnóstico. La realidad era que Dolores Bernal tenía una salud de pedernal, pero como Alfonso pensó desde el primer vistazo, comía con desorden y abusaba de la carne, pero lo que le tenía la salud revuelta era el repertorio de medicamentos, prescritos con mal criterio y que ella tomaba con desacierto.

—Este mal suyo tiene alivio —le dijo—. Pero tiene que darme palabra de cumplir el tratamiento a rajatabla o tendré que retirárselo. Le recetaré unas gotas y debe llevar una dieta muy rigurosa.

—Mitigue esta tortura. Haré lo que me mande —suplicó Dolores.

Alfonso le explicó los pormenores de la dieta y le insistió en que debía pasear al menos un par de veces durante el día. El medicamento era un placebo de agua destilada y ácido acetilsalicílico con un edulcorante. El auténtico remedio era la dieta, que fue de una eficacia liberadora. Los dolores remitieron hasta casi desaparecer y se esfumó el séquito de efectos secundarios de los analgésicos que había estado tomando. No hubo ya otro médico para ella que Alfonso, que le cobraba sin remordimiento pero a quien Dolores, a pesar de su avaricia, no se atrevía a discutirle ni un céntimo porque le parecía de mal agüero en un asunto de tanto mérito. Por su parte, Alfonso cobraba donde podía para atender donde lo necesitaban.

A pesar del buen pie con que Alfonso entró en la casa, Dolores no abandonó los recelos. Superó su natural desconfianza y bajó la guardia, pero muy poco a poco. Era pequeña, mezquina, brutal cuando lo consideraba menester, y tan reseca de cuerpo y facciones como de carácter. Estaba convencida de que haber nacido en su favorable situación era designio divino que le otorgaba derechos sobre el resto de los mortales. Aunque se imponía las formalidades de la etiqueta religiosa, reales o imaginadas, y las hacía cumplir con rigor, incluso más allá del ámbito de la casa, no era más que una cosmética vital que la dispensaba de exigirse cuentas de conciencia; farfolla que terminaba justo donde empezaba la palabra «caridad». No admitía que de un negocio cupiese considerarse si era turbio o legítimo, sino bueno o malo, sin más zarandajas, lo que fue causa de discusión permanente mientras vivió su marido. A ella, las víctimas de su tiranía no le quitaban el sueño, puesto que les adjudicaba ser responsables únicos de sus infortunios.

Se decía que utilizaba el apellido del marido, aunque la realidad era que se había casado con un primo lejano de la vía paterna, por lo que los hijos llevaban la reiteración Bernal en los apellidos. Lo que sí le llegaba del marido era el sobrenombre de la Francesa, puesto que a él, por razones que nadie acertaba a explicar, lo llamaban el Francés. El apodo no alcanzó a los hijos. Roberto había obtenido desde chico sus propios méritos para el remoquete y era conocido como el Marrajo. Por la razón contraria, el cariño de la gente, María, la hija, era conocida sólo por el nombre y el apellido.

Al enviudar supo anticiparse a los malos tiempos y metió al hijo, casi un niño, en la política. En el levantamiento militar que provocó la Guerra Civil, Franco era comandante general de Canarias, pero se sumó al golpe de manera poco decidida y vacilante, cobarde a decir de algunos historiadores, causando la exasperación, cuando no el desprecio, de los generales conspiradores. La región militar canaria estaba bajo su control y en las islas no hubo un período de guerra, sino que en ellas se ensayaron los puntos siguientes del manual en la espantosa estrategia del general Mola: el terror de la población, el exterminio de cuantos pudieran ser sospechosos de poco afines al golpe. De modo que gente como Dolores Bernal se encontró con la cena servida.

Aunque liberó a su hijo Roberto del servicio militar, cuando concluyó la guerra ocupaba ya un cargo local de cierta importancia a partir del cual Dolores amplió las fronteras de su reino del terror. Controlaba el estraperlo, se apoderaba de propiedades, esclavizaba a los sumisos, aterrorizaba a los díscolos, dirigía al párroco, ponía y quitaba al alcalde, daba órdenes en el cuartelillo de la Guardia Civil y, en definitiva, detentaba todo el poder en la comarca.

Su hijo Roberto y el amigo, Juan Cavero, inseparables desde niños, actuaban de peones, aumentando los encargos a sus espaldas. No hubo asesinato, robo, incendio o violación, en aquella parte, en la que no estuvieran involucrados. Nadie osaba contrariarlos porque hacerse objeto de la venganza era, además de sencillo, temerario. Mucha gente decidió abandonarlo todo y marcharse y, en alguna ocasión, la propia huida fue el detonante de su ira asesina.

Juan Cavero era amante del juego, de los trajes caros y de

andar presumiendo de hombría por las tabernas. Roberto era del todo homosexual desde la adolescencia, no así Juan Cavero. Trataba a Roberto con brutalidad, aunque de tanto en tanto accediese al intercambio sexual, porque era la manera de tenerlo bajo control. Muy al contrario, Juan aterrorizaba en especial a las familias con hijas porque andaba a la caza de las chicas más jóvenes. Roberto no participaba de forma directa, puesto que hacerlo con una mujer le parecía una cochinada, pero fue cómplice activo en todos los casos.

* * *

Roberto tardó en curarse. Los primeros días lloraba cuando orinaba o tenía que cambiar de postura y tuvo los testículos hinchados como melones y amoratados al menos una semana. Alargó la convalecencia para evitar encontrarse con la madre o la hermana. Una mañana se levantó muy temprano y se marchó a la capital en busca de algún negocio que traerle a la madre.

La tierra, con ser tan escasa en una isla, no es el bien más valioso. El auténtico tesoro es el agua. Al ser más fácil excavar en horizontal que en vertical y más eficaz el resultado, la forma tradicional de explotar los acuíferos son las galerías horadadas en las montañas. La inversión necesaria para alumbrar agua, por lo general cuantiosa, exigía el consorcio de agricultores y ganaderos que unieran sus fuerzas, por lo que desde antiguo existía un mercado de acciones de las galerías. Roberto solía ir a la capital en busca de oportunidades para comprar esas participaciones. Aquel día el corrillo de tratantes había suspendido la reunión, por lo que decidió visitar el departamento de cartografía militar. Los planos geológicos le habían ayudado en ocasiones a conocer los mejores lugares de la isla para la captación de aguas. Como no tenía una pregunta concreta, el teniente que se los mostró se extendió en explicaciones y Roberto regresó de la entrevista seguro de que la zona del Estero, la finca de Lorenzo Quíner, en una cota no explotada, era inmejorable para abrir una galería.

—Madre, le tengo una buena —le dijo a Dolores durante la cena.

Ella ni siquiera lo miró y siguió tomando la sopa.

—Es la finca de Lorenzo Quíner —continuó él—. Es enorme. Está bastante arriba. No tiene agua, pero, según los planos, está en la mejor zona para abrir una galería.

—Habla con el dueño, a ver cuánto pide —le ordenó Dolores.

* * *

Lorenzo Quíner supo que le llegaban las dificultades en cuanto descubrió a Roberto y a Juan Cavero, subiendo sin aliento por el empinado sendero de acceso. Roberto pasó de largo, jadeando, sin saludar. Juan Cavero tampoco saludó. Caminó alrededor de la casa, sonriendo con suficiencia, y terminó su paseo donde Ana había puesto a blanquear la colada, sobre un mechón de hierba. Pisó unas enaguas y se agachó para limpiarse con ellas los zapatos embarrados, sin dejar de mirarla con su grosera sonrisa.

Ismael Quíner, que observaba oculto en una sombra de la casa, salió disparado para embestir a Juan Cavero. Lorenzo Quíner sólo necesitó elevar el antebrazo para tumbar al hijo del revés. Ana se apresuró a su lado para atenderlo. Juan Cavero observó con desinterés sin abandonar su sonrisa de burla. En aquel momento advirtió la presencia de una mujer que caminaba con una cesta en la cabeza, en dirección a una casa situada unos cincuenta metros por debajo. Atrapado por los sensuales contornos de la desconocida, estiró el cuello, se acercó al borde cuanto pudo y la persiguió con la mirada, cuando Roberto Bernal regresaba de su superflua inspección.

—¿Cuánto quiere por ella? —preguntó.

—Nada —contestó Lorenzo Quíner—. No la puedo vender porque no vale nada. Y estaría mal regalar una desgracia.

Roberto no respondió. Sabía que Lorenzo Quíner no cambiaría de opinión. Se acercó a Juan Cavero, que continuaba absorto en la contemplación de Manuela Álvarez, la vecina de los Quíner.

—Ahora no es buen momento —le dijo Roberto casi en un susurro—. Tendrás que esperar. Y me tendrás que desagraviar.

Cuando desaparecieron, Ismael aún no recuperaba la lucidez. Lorenzo se apresuró a su lado.

—¿Estás bien, hijo?

—Me has matado, papá.

—Es tu obligación defender a tu madre, pero mientras pueda defenderla yo, me corresponde a mí —dijo Lorenzo, acariciándole la cabeza con un gesto un tanto hosco—. Sé que te indignó tanto como a mí, hijo, pero esos dos son muy peligrosos.

* * *

Esa tarde Dolores Bernal le dio instrucciones precisas al alcalde de cómo quería que llevase el asunto del Estero.

—La ley no está hecha para eso —se resistía el hombre—. Sólo podemos expropiar si el ayuntamiento tiene algún plan con ese terreno y no es el caso.

—Pues hace usted uno —respondió Dolores con crispación, y respiró varias veces para tranquilizarse, antes de seguir—. Vamos a sacar agua de allí. Usted es el alcalde y nos comprará el agua. Ésa es la ventaja para el ayuntamiento. Eso dará beneficios y, con la participación que yo le daré, podrá comprarle a su mujer un ajuar nuevo. Incluso podrá terminar de pagar el piso de esa querida que tiene en la capital. Todos saldremos ganando. Y nadie va a venir a este culo del mundo a decirnos qué tenemos que hacer. Lo único que quieren de nosotros es que tengamos a la gente controlada para que no salgan ateos ni comunistas.

En poco tiempo se había ejecutado la expropiación de dos tercios de la finca y, por un misterio indescifrable de las leyes administrativas, habían pasado a ser propiedad de Dolores Bernal sin que hubiera tenido que pagar ni una peseta por ellos.

A Lorenzo Quíner le dio la noticia el propio alcalde, cuando estaba ya todo hecho. Lorenzo, que esperaba algo semejante, no dio muestra de abatimiento. Aunque fuera una tierra ingrata, reseca, llena de piedras y lagartos, aunque durante generaciones hubiera consumido la vida de los Quíner sin darles otra cosa que trabajo, aun siendo cierto que la considerara más un castigo que una riqueza, Lorenzo amaba su tierra. El Estero era una finca enorme situada en el extremo occidental de la isla, una meseta rectangular y de suave pendiente en el regazo de una montaña, en la cota más alta de medianías. Se mostró tranquilo cuando lo habló con la familia, que hizo piña con él. Cuando preparaban el traslado no hallaban modo de consolar a Ismael.

—Ten por segura una cosa: trabajarán de sol a sol y esta tierra no les dará nada. Tendrán que marcharse con el rabo entre las piernas —le explicó Lorenzo, poniendo punto final a la inquietud.

No se equivocó. Tres cuadrillas horadaron la montaña durante meses y cuando habían excavado trescientos metros de galería, sin rastro del agua, Dolores Bernal abroncó al hijo y dio la orden de parar el trabajo y devolver la finca al ayuntamiento.

* * *

Roberto esperaba furioso en la taberna a Juan Cavero, que, por una vez, llegó casi puntual.

—Mi madre me ha echado una bulla tremenda por culpa de no encontrar agua en la galería —explicó Roberto—. Se ha mandado traer de la capital a un radiestesista, creo que lo llaman. Que dicen que sabe encontrar agua con un palito. Ha estado tres días palito arriba y palito abajo y le ha dicho a mi madre que allí no hay agua. Ahora resulta que la culpa la tengo yo. No me deja sacar la yegua y me ha quitado el dinero.

—El primer día vimos agua —replicó Juan.

—Es de no creérselo. Era un venerillo miserable. Desapareció al primer barrenazo y no ha vuelto a salir ni gota. Mi madre no quiere insistir y ya sabes cómo las gasta. Ese cabrón de Lorenzo Quíner se va a enterar de lo que me ha hecho.

Desaparecido de la propiedad antes de que hubiesen empezado a excavar, Lorenzo Quíner sólo era víctima del abuso y ni siquiera había protestado, pero Roberto necesitaba quien pagara su triste infortunio. Juan Cavero había maquinado hacerlo a su manera y propuso hacer llegar la venganza a través de Manuela, la bella y joven vecina. Pasados unos días la forzó en la casa, mientras Roberto obligaba a la pequeña de nueve años a presenciarlo.

—Le dices al cabrón de tu marido que denuncie esto a la

Guardia Civil, pero le dices que ha sido Ismael Quíner. Como no lo denuncie o como se equivoque de nombre, lo pagará tu hija. No te olvides, fue Ismael Quíner.

El cabo de la Guardia Civil, que tenía ya precisas instrucciones de Roberto, había esperado durante el día y estaba furioso por la tardanza cuando apareció deshecho el marido de Manuela a presentar la denuncia. De nada sirvió que Ismael Quíner llevara dos días trabajando, en la excavación de una galería, a veinte kilómetros de la casa y que hubieran tenido que esperar hasta el mediodía siguiente. El padre sólo tuvo el tiempo para darle un último consejo:

—La mentira que cuentan de ti es la cosa más miserable que un hombre puede hacer. Aguanta, hijo. Si confiesas, ningún hombre bien nacido te respetará.

Ismael tenía dieciséis años, pero el padre lo había educado para que fuera un hombre, según un antiguo entender que no admitía descargos. En los dos días que soportó la tortura, a la que lo sometieron Roberto y Juan, bajo la atenta mirada del cabo, no consiguieron obligarlo a firmar.

—Otro delito —pedía con un hilillo de voz.

Convencidos de que tendrían que matarlo, hicieron un documento en el que firmó haber robado diez kilos de azúcar, lo que para mayor escarnio estaba más castigado que la profanación a una mujer. Alfonso Santos le restañó y cosió las heridas y tuvo que alimentarlo durante algunos días, hasta que recuperó la movilidad. El cabo no permitió que los padres pudieran verlo, ni despedirse de él cuando se lo llevaron en un furgón cerrado.

6

Tras la encarcelación del hijo, Lorenzo Quíner y Ana Tristán apenas se dejaban ver en el pueblo, y había pasado un año cuando Alfonso Santos los encontró en su consulta, apoyados uno en el otro. Lorenzo envejecido, pero Ana, pese a que era la que decía sentirse mal, resplandecía en una segunda juventud. No estaba enferma sino embarazada y floreció en los meses siguientes devolviéndole el valor a Lorenzo. Vivían en las afueras del pueblo desde la expropiación de la finca, pero al conocer lo del embarazo comenzaron a frecuentar la casa del Estero, incluso para pernoctar sábados y domingos, porque no existía fuerza capaz de disuadirlos de que no conservaran sobre ella un derecho moral mayor que cualquier otro que otorgara una ley hecha por los hombres.

El parto se presentó allí cuando Ana todavía no salía de cuentas, en lo que Alfonso pensó que más por deseo de ella que por casualidad. Llegó de improviso aunque con tiempo de que lo avisaran, por lo que tuvo ocasión de atender a la madre y al recién nacido, un robusto varón al que tenían decidido llamar Arturo.

La presencia del bebé les dio aliento para sobreponerse al

dolor por la ausencia del otro hijo, del que apenas habían tenido alguna noticia. La correspondencia con él era incierta en todos los sentidos. Los primeros seis meses transcurrieron sin haber recibido una sola carta, por lo que sospechaban que en el Terrero interceptaban la correspondencia, lo que les impedía conocer las señas donde escribirle. Tras un largo periplo por los despachos, en el que fue decisiva la influencia de Alfonso Santos, Lorenzo consiguió saber su destino y pudo hacerle llegar una carta en la que le pidió que escribiera a la dirección de unos parientes de la capital. Se estableció así el intercambio de correspondencia, que de todos modos fue exiguo y penoso, pues eran contadas las cartas que, de un lado o del otro, llegaban al destinatario, abiertas y a veces con trozos recortados, lo que ponía de manifiesto la inutilidad de intentar hacerle llegar un paquete con ropa o, mucho menos, una cantidad de dinero. Apenas se entrecruzaron media docena de misivas en las que poco relevante escribían, puesto que cualquier palabra inconveniente podía originar graves consecuencias tanto para el remitente como para el destinatario.

* * *

El hijo pequeño había cumplido dieciocho meses, que pasaron en la felicidad precaria que dejaba la ausencia de Ismael. Una mañana de octubre cubierta de un gris metálico sobrecogedor, Ana se levantó sacudida por un pálpito atroz del sueño. Se sentía tan mal que intuyó que debía arreglarse para algo más que para una simple visita a Alfonso Santos. A duras penas, cambió las ropas de la cama, planchó algunas prendas y lavó la ropa del pequeño Arturo. Se aseó, despertó al niño, le dio de comer, lo bañó y lo vistió. Se puso el vestido de misas y funerales, el único que consideraba digno para dejarse ver con él, se arregló y, extenuada, esperó la llegada del marido, jugando y hablándole con dulzura a su hijo.

Cuando llegó Lorenzo, Ana estaba ya segura de que el tiempo sólo le alcanzaría para decirle que se estaba muriendo. Él intentó salir en desbandada a buscar a Alfonso, pero ella se lo impidió.

—Me moriré sola si te vas. Quédate, Lorenzo.

Como dijo, no le quedaba tiempo. Rodeada por los brazos de Lorenzo, con el pequeño Arturo sobre su pecho, sintiendo la cálida piel del hijo en una mejilla y las lágrimas del marido besándole la otra, con toda la dignidad con la que vivió su vida, Ana Tristán se marchó, serena, sin amargura ni dolor, en paz con la vida, en un leve suspiro lleno de quietud.

Lorenzo Quíner la enterró inescrutable. Nadie lo vio quejarse, pero enterraba con ella lo más importante de su vida. Tenía dos hijos. Al menos uno que lo necesitaba y que preguntaba sin sosiego por su madre. Era su deber permanecer allí, aunque en realidad estaba más cerca de ella que del mundo de los vivos. No fue capaz de continuar en la casa del pueblo y se marchó con el pequeño al Estero, la tierra querida donde nació y donde quería llorar a su mujer.

Pasados diez días, Alfonso Santos, después de su ronda a los pacientes impedidos, aunque no lo había previsto ni tenía razón para hacerlo, decidió acercarse a visitar a Lorenzo. El coche subió sorteando socavones hasta donde le fue posible, por los casi dos kilómetros de difícil camino, que en muchos tramos era una abierta barranquera. Dejó el coche y caminó haciendo algún descanso por el sendero que zigzagueaba hasta la casa. Fue un mal presagio que los perros no ladraran al olor de su llegada y se le acercaran gimoteando y con el rabo entre las patas, levantándole un temor que casi se confirmó cuando oyó el llanto del niño en el interior. Sin romper la tradición la puerta estaba abierta.

La imagen que Alfonso Santos vio en ese momento se le quedaría grabada a fuego agrietándole su inconmovible fe en la vida. El pequeño Arturo, sentado junto al cadáver del padre, lloraba desesperado y lo golpeaba en la cara para despertarlo. Nada pudo hacer por el hombre. Bajó con el niño en brazos, se lo dejó a Matilde en la casa y fue al puesto de la Guardia Civil a denunciar el fallecimiento.

* * *

Candelaria Díaz oyó desde media mañana el lamento incesante de las campanas doblando por otra pérdida irremediable. No se sorprendió porque hacía mucho que en su corazón la presencia de la muerte había dejado de ser un sobresalto dramático para convertirse en una espera resignada.

—¡Virgen santa, qué vieja soy! —se dijo—, no me espantan ya los anuncios de la muerte.

Rezaba por el alma de quien fuera mientras se daba prisa con las tareas, para acercarse a la plaza a conocer el nombre del finado. Se le adelantó Chona, su comadre, que le trajo la noticia, igual que de costumbre, como un vendaval, con sus chismes, su palabrería incesante, sus opiniones y entremetimientos. Candelaria no le guardaba recelos por el tropel de pequeños defectos, porque Chona la ayudaba desde siempre buscándole trabajos de costura, llevándole cuando podía alguna cosa para el caldero, interrumpiéndole la soledad con sus cuentos sobre las cuitas del vecindario y dándole su apoyo solidario. Le bastaba el buen corazón de la mujer para distinguirla con su amistad.

—Comadre, que vine a traerte un cuartito de azúcar para

la niña y un poquito de café para ti. Café de verdad, del cambulloneo, que tiene una las tripas aburridas ya de tanta achicoria. Se lo regaló Ovidio el Ventero a mi marido por la matanza de un cochino.

—¿Y quién será el que se ha muerto, que llevan doblando toda la mañana?

—¡Ay, comadre! —se lamentó Chona al tomar asiento y acomodarse—, que te digo yo que no sé qué habremos hecho los pobres para que Dios nos mande tanta cosa seguida. Se lo había dicho yo a doña Matilde, la del médico, que me parecía a mí que ese pobre de Lorenzo Quíner se había muerto con la mujer. Y mira, el pobre, ni dos semanas duró. Ayer se nos fue. Si es que se veía venir. El pobre hombre no podía con más. Primero lo de la tierra, que dicen que es una tierra que no vale nada, pero de ellos toda la vida y la desgraciada esa de la Francesa manda al maricón del hijo... ¿Yo te conté que el hijo, Roberto el Marrajo, y el otro, Juan Cavero el Relamido, son maricones?

Hizo una pausa escrutando el semblante de Candelaria y continuó:

—Sí, mi niña, sí... Muchos lo pensábamos, pero saberse no se sabía. Hace dos años se supo. Pues sí, que dicen que fue que la Francesa encontró al hijo con el otro. Pero por lo visto en lo peor... ¿Tú me entiendes? Pues la Francesa le metió un cartuchazo a cada uno. ¿Qué te decía?... ¡Jesús, qué cabeza de pajarito! ¡Ah!... pues sí, que manda a esos dos para que le quiten la mitad de la tierra. Porque fueron ellos los que le dijeron al alcalde que se la quitara. Ahora, que estuvo bien el castigo, porque dicen que cavaron meses y meses y no encontraron ni gota de agua. Y encima, a Lorenzo después le vino lo del hijo, porque la Manuela, la de Pancho el Cañero, lo denunció. Dijo que el chico la había forzado. Y eso que vivían allí gracias a Lorenzo. El propio Pancho le contó a mi marido que Lorenzo le regaló unas cabritas y papas de semilla para que no pasaran vergüenza pidiéndole a nadie, además de que le dio permiso para vivir en la finca y lo ayudó a levantar la casa. Yo eso del hijo de Ana y Lorenzo no lo he creído, porque para mí que la Manuela, si es que tuvo algo con el chico, fue porque ella quiso. ¿Tú me entiendes? Por lo guapo que era el chico... Pero yo a Manuela la conozco y es mujer de casa y de su marido. ¡Ah! Porque hay que ver lo guapo que es el chico de Ana. Bueno y trabajador y daba gusto ver lo bien que sabe respetar. Y de hombre como el padre. Fíjate tú, que Manolo el guardia le dijo al Ventero que se estaba dejando matar por no decir que había abusado de Manuela, cuando de todas formas lo iban a mandar a un penal.

Candelaria le sirvió el café y se sentó frente a ella a escuchar en silencio. Chona buscó el impreciso hilo del relato antes de seguir.

—Aquí nadie se cree lo que dijeron de él, porque primero el chico es todavía muy joven para tanta maldad y luego, que si hubiera sido verdad, no habría hecho falta que la Guardia Civil fuera a buscarlo, porque el mismo padre lo habría deslomado a cintazos y lo habría traído arrastrando. Además, que dicen los Poceros que el chico llevaba tres días trabajando con ellos, en el Lomo Pelado, que para venir de ese sitio tiene que ser caminando, y se lleva casi un día. Nadie lo dice, pero todos sabemos que eso es cosa del Marrajo y el Relamido, ¿o no es eso lo que han hecho siempre? De mi primo Moisés también dijeron lo que quisieron antes de que no se volviera a saber de él. Bien que la Francesa puso una bomba de gasolina en la tierra que él tenía al lado de la carretera. Y esto es lo mismo. Algo hay que no se sabe, Cande, porque Ana no era de ir contando por ahí. Pero a mí me llegó que Manuela, el mismo día que se iba, fue a pedirle perdón. Y no hace mucho, Ana me dio a entender que no podía tenerle rencor a Manuela, porque si había hecho algo fue por defender a su hijita.

—Pero tómate el café, que se te va a enfriar —la interrumpió Candelaria.

Chona hizo una pausa para remover el café y tomar un sorbo.

—¿Qué te estaba diciendo?... ¡Ah!... Que esto te lo cuento porque tú hace poco que estás aquí. Pero las que llevamos toda la vida nos conocemos lo que pasa, por mucho que digan esto y lo otro. Que no, comadre, que lo del chico de Ana es mentira. Que a este pobre de Lorenzo lo hicieron sufrir mucho. Mira qué maldad, que dicen que las cartas que les escribió el hijo las tiene la Guardia Civil. Que según parece, Liborio, el cabo, le dio órdenes al cartero de que no se las entregara a los padres. Para hacerles creer que había muerto. Dicen que mueren tantos penados... Pobrecitos.

Paró para terminar el café y Candelaria, ahora en extremo interesada, la dejó continuar sin interrumpirla.

—¡Ay, comadre! No sé qué habremos hecho los pobres para merecer tanto. Fíjate que cuando nació el niño, el pequeño, hará poco más de año y medio o por ahí, estaban tan contentos. Son tiempos tan malos y tener un hijo así. Porque la madre estaba un poquito desmejorada para quedarse preñada. Y la pobre estaba tan delgadita y tan pálida desde que se llevaron al hijo mayor.

Hizo una larga pausa para enjugarse unas lágrimas incipientes.

—¡Es que era muy buena! ¡Muy buena! ¡Que descanse en paz! Y claro que la pobrecita tuvo que sufrir más que nadie lo del hijo mayor. Las madres siempre sufrimos más. Pero con lo delgada que estaba y fíjate que el niño nació hermoso; casi cuatro kilos, dice doña Enrica. Es que el médico sigue contando con doña Enrica para las parturientas. Para que no le falte lo poquito que ella gana con eso. Y Ana se sentía tan contenta con su hijo. Y con seguridad que se quedó con una anemia o algo peor. Que estaba sin fuerza, pero seguía dándole el pecho al niño. Porque lo hermoso que se veía el niño, de los mismos huesos de la madre tuvo que salir.

De nuevo se enjugó las lágrimas.

—Y se murió de buenas a primeras. Seguro que de anemia murió la pobre. Y ahora le tocó al marido. De no poder vivir sin ella.

Volvió a hacer otra pausa para bregar con las lágrimas en rebeldía.

—Y menos mal que el médico se fue ayer por la mañana a verlo. ¡Qué hombre tan inteligente y tan bueno este médico que tenemos! Que te decía que menos mal, porque si no, a estas horas, el niño también estaría muerto. Yo creo que este médico es un consuelo que nos mandó Dios, porque mira que irse hasta aquel peladero de chivos a ver a uno que no estaba enfermo, sino por si acaso que estuviera. ¡Qué buena persona!, a mí que no me digan otra cosa. O que Dios se lo barruntó, para que fuera a buscar al niño. Que también puede ser.

Se detuvo para atender sus lágrimas.

—Que dicen que cuando don Alfonso llegó estaba el pobrecito allí, llorando…, ¡mi niño chiquito!, al lado de su padre muerto. Pegándole en la cara… para despertarlo, ¡angelito mío!

Ahora las lágrimas la ahogaron durante una pausa muy larga. Las enjugó con el pañuelo, se acomodó los pechos de un lado y del otro, reajustó el tirante del sostén y continuó, recompuesta, después de tomar aire varias veces.

—Y ahora sí que don Alfonso está con un problema, porque ya me dirás, con la mujer embarazada y fuera de cuentas para parir gemelas. Es que dice doña Enrica que van a ser gemelas. Total, que no queda otro remedio que al niño se lo lleven a la capital, a la casa cuna. Claro que allí están las monjas y seguro que son buenas, pero como una madre no va a encontrar. Si por lo menos el hermano se supiera que va a venir enseguida. Pero, según dicen, eso va a tardar, si es que no lo matan antes. Lo peor es que si el hermano viene no va a encontrar a nadie de la familia. Y lo que va a pasar es que si quiere tener al niño no va a poder sacarlo de la casa cuna. Si es que para ese día no se lo han regalado a alguien. Yo te digo, comadre, que me quedaría con el niño hasta que viniera el muchacho. Total, una boquita más no iba a hacernos más pobres. Pero con la edad de mi marido y la mía, seguro que van a criticar.

Chona miró el viejo reloj de péndulo y dio un salto.

—¡Ay, Cande, qué tarde es! Que tengo que ponerle la comida a mi marido. Y arreglarme un poco para ir al funeral —terminó de forma tan abrupta como había empezado.

—¿A qué hora es? —le preguntó Candelaria viéndola desaparecer por el pasillo.

—¡A las cuatro y media me dijo el cura! —se oyó su voz desvaneciéndose en la penumbra.

Fue un funeral sentido en el pueblo y una tarde de grave solemnidad cuyo silencio fue roto sólo por los lamentos inconsolables de Chano.

* * *

Candelaria regresó del funeral apesadumbrada y comenzó a cambiarse la ropa de luto absorta en una sombría congoja. Se sentó en combinación sobre la cama y tras un intervalo, perdida en los pensamientos, cambió de idea y volvió a vestirse. Cogió un paquete que tenía encima del aparador y se fue a la casa de Alfonso Santos, acompañada de su hija, Elvira.

La recibió Matilde, con una barriga desmesurada, hablándole a Arturo, cogido de su mano, en tono de consuelo. Se alegró de ver a Candelaria y le agradeció las prendas de punto que ella le había hecho para lo que estaba por venir. De cada color para que no hubiera problema por si se trataba de varón o hembra o, si se daba el caso de que se presentasen gemelas, según los vaticinios de doña Enrica, que nadie allí se atrevía a discutir. En la conversación, Candelaria no dejó de mirar al niño que de vez en cuando lloraba en silencio, con una amargura adulta, con la pequeña mano a veces en la cabeza, a veces secándose las lágrimas.

—¿Éste es el huerfanito? —preguntó, venciéndose a sí misma—. Qué pena da verlo llorar como si fuera una persona mayor.

—Mucha pena. No ha parado desde ayer. A veces se calla un rato, pero vuelve a empezar —explicó Matilde.

—¿Es verdad que lo tienen que llevar a la casa cuna?

—Por ley tiene que ser así. Aquí no puede quedarse. Yo querría tenerlo, pero mire cómo estoy. Y Alfonso tiene que salir corriendo a cualquier hora del día o de la noche.

—Yo puedo cuidarlo —dijo Candelaria—. En la casa hay sitio y ya ve que Elvira está hecha una mujer.

De la gente del pueblo, Candelaria era la primera de una lista muy corta, entre las que Alfonso tenía previsto buscar a la que pudiera hacerse cargo del pequeño, durante el tiempo que Matilde necesitara para reponerse del parto, que, en efecto, el fonendoscopio le había anunciado sería de gemelos. No estaba dispuesto a dejar que se llevaran al niño a un orfanato, con seguridad con la misma falta de medios que en cualquier otro de los que conocía y, lo que consideraba mucho peor, con la misma falta de preparación de las personas que atendían a los huérfanos. Así que el inesperado ofrecimiento de Candelaria se adelantó a sus intenciones, confirmándole la suposición de que no había en las inmediaciones nadie más indicada para cuidar del niño que ella. Incluso cuando Elvira le tendió la mano, el pequeño Arturo se la cogió casi con un gesto de consuelo que fue liberador para el matrimonio. Conocían a Candelaria y sabían que la responsabilidad que asumía con aquel gesto no era para ella una frivolidad, sino un compromiso irrevocable. Así era. Desde lo más íntimo y en el trayecto hasta su casa, con el crío en brazos, murmuraba la oración que improvisó para el caso.

Por la edad y por el carácter obediente de Elvira no tuvo dificultad para explicarle la situación y pedirle que la ayudara en el cuidado del niño.

—Verás que nos devolverá el cariño aumentado dentro de poco.

* * *

Para que el asunto del pequeño se resolviera en el pueblo Dolores Bernal era al mismo tiempo el escollo principal y la única solución posible. Alfonso la visitó empleando como excusa otro frasco del remedio infalible contra dolores.

—¿Arregló ya lo del huérfano? —preguntó Dolores, disimulando el interés.

—Quiero que usted me ayude para que se quede en el Terrero —le contestó Alfonso.

—El huérfano debe irse a la casa cuna. Lo manda la ley —rectificó Dolores.

—El niño se queda en el Terrero aunque lo diga la ley —replicó Alfonso.

—¿Y con quién se va a quedar?

—Conmigo.

—¿Va usted a recoger a todos los huérfanos o éste es un capricho? —le preguntó Dolores sin disimular la ironía.

—Me voy a quedar con los que yo quiera, empezando por éste —replicó Alfonso.

—Ese niño tiene su sitio en la casa cuna. Allí lo cuidarán bien.

—Ese niño tiene su sitio en el Terrero y usted me va a conseguir que la ley lo pase por alto.

—¿Yo? Qué tendré yo que ver. Eso es asunto del alcalde. Yo sólo le aconsejo a usted que no se meta en los enredos de la gente de arriba.

—Mire, vieja insidiosa, se lo voy a decir una sola vez, pero con todas las letras. Aquí todo el mundo, incluido el alcalde, hace lo que usted quiere. Usted ha dicho que el niño se va y bastará con que se le lleve la contraria para que no encuentre descanso hasta que se haga su voluntad. Considero cierto que usted puede llegar muy arriba, pero yo tampoco estoy cojo ni manco, y puedo garantizarle que lamentará muchísimo el día que descubra lo arriba que puedo llegar.

Dolores Bernal lo miró atónita.

—No sé por qué me habla así —dijo, desconcertada.

—Debería estar acostumbrada. ¿No es así como tiene usted por costumbre hablarle a la gente?

—Lo siento. Estoy dispuesta a hacerle cualquier otro favor, pero ése no puedo —intentó concluir la conversación.

—Debe hablar con el alcalde, Dolores. Porque si no lo

hace, esto que tengo aquí —dijo Alfonso enseñándole el frasco— se me va a olvidar cómo carajo era que se hacía. Y usted podrá pedirme cualquier otro favor, pero sufrirá más que un huérfano de la casa cuna.

Dolores comprendió que estaba perdida.

—Hablaré con el alcalde. Le diré que me haga ese favor. Pero no sé qué va a decir. Es un delito.

—La tortura, el robo, la violación y el estupro, sobre todo si es violento, también lo son —respondió Alfonso, acercándole el frasco—. Y el alcalde y la Guardia Civil hacen la vista gorda.

Dolores se apresuró a coger el frasco.

—Por esta vez no lo cobraré —dijo Alfonso—. Favor por favor.

—¿Cómo está su esposa? —preguntó Dolores para aliviar la tensión.

—Cumplida. Le daré saludos de su parte.

—Mándeme aviso cuando dé a luz.

—Se lo mandaré. Esta discusión que hemos tenido hoy por mi parte queda olvidada.

—Qué afortunado es usted —dijo Dolores—, yo no la voy a olvidar nunca.

* * *

A pesar de su pobreza Candelaria Díaz consiguió que al pequeño Arturo no le faltara de lo que consideraba imprescindible. La ayudó Alfonso, que durante los primeros meses visitó la casa a diario para ver al niño y se ocupó de que Chano les acercara leche y huevos de sus animales. Jamás necesitó recomendar algo sobre los cuidados del pequeño. Elvira se pasaba el día dándole juegos, enseñándole a hablar, a comer, a lavarse, a vestirse y cuidándolo como no lo hubiera hecho una madre, lo que suponía un gran alivio para Candelaria. Le divertía mucho oírlos cuando Elvira intentaba enseñarle a decir «Candelaria», con el mismo resultado:

—Di: «Can».

—«Can» —repetía.

—Ahora di: «De».

—«De.»

—Ahora di: «Laria».

—«Laya.»

—Ahora todo junto: «Can-de-laria».

—«Can-de-yaya».

—¡Candeyaya no!, ¡Candelaria!

Arturo la miraba muy serio, negaba con la cabeza y repetía:

—¡Yaya! —Y escapaba corriendo, mientras Elvira lo celebraba riendo con regocijo.

Fue infructuoso porque jamás consiguió que la llamara Candelaria, ni siquiera de mayor. Para él siempre fue Yaya. Era pequeña, de semblante amable, y tan bondadosa que en cada ocasión hallaba un modo de disculpar a los demás y compadecerse de sus infortunios. Aunque aquella cualidad podía llevar al engaño, pues, según para qué cosas, sacaba un temple inédito que había dejado perplejo a más de uno. Abandonó al marido, después de descalabrarlo con el lebrillo del gofio, cuando lo descubrió chispeado de vino tocando a la hija con evidente lascivia. Ni el murmullo de la gente, ni las presiones de tres párrocos puestos de acuerdo, uno tras otro y palabra por palabra, en que no era cristiano vivir separada del marido, la hicieron cambiar de idea. Lo dejaba visitar a la hija, sin más restricciones que la de que no estuviera bebido, y sólo en presencia de ella, pero en lo personal no quiso saber de él, ni siquiera para aceptarle ayuda, hasta el día en que una borrachera se lo llevó, y para asegurarse de que lo enterraran con dignidad. No consintió que la hija oyera, ni de su boca ni de la de ningún otro, comentario alguno sobre los pecados del padre que no fuera acompañado de unas palabras de misericordia.

No le faltaban sus trabajos de costurera en una época en la que casi todo había de ser hecho a mano. Se dejaba la vida puntada por puntada a la luz incierta de los candiles de carburo, la mayor parte de las veces sobre prendas usadas. Sus encargos solían ser composturas imposibles de trajes deshechos, dar la vuelta a cuellos y puños, reforzar hombreras y devolver la dignidad de prendas estragadas por el cansancio. Ganaba poco y para colmo la precedía su fama de mujer compasiva, lo que la hacía víctima de los aprovechados y de otros que, sin ese afán, acudían a ella en busca de ayuda, sin que llegaran a plantearse que era ella quien más ayuda necesitaba.

Cada tarde se reunían en su casa Chona y otras mujeres para coser juntas, mientras celebraban sus tertulias o escuchaban los seriales de la radio. Era entonces cuando Chona buscaba la complicidad de las otras y hacía los esfuerzos más denodados para convencer a Candelaria de lo catastrófico que resulta ser tan buena persona.

—Es que yo no entiendo cómo te dejas llevar por cuentos de Pascua. Si todo el mundo tiene más que nosotras —le decía—. Tú tienes que ganarlo para los niños.

—Yo sé que a veces se aprovechan —explicaba Candelaria—. Pero no sé decir que no. A lo peor a ese pobre sí que le hace falta. Hay tanta necesidad... Se pasa tanto sufrimiento... Una no sabe. Además, quien se aprovecha peca, pero quien no ampara al que lo necesita, también.

—Sí, pero dejar que se aproveche quien no lo necesita es pecado mayor, y el que se cometa para no morirse de hambre seguro que es pecado menor —replicaba Chona.

—Los pecados son del tamaño de la conciencia de cada quien —aclaraba Candelaria—. Y aunque digan que los curas tienen el poder de borrarlos, es mentira. Lo dicen para que la gente no piense que está condenada ya y se siga condenando más.

Aunque Candelaria interpretaba las creencias con una firmeza insobornable, lo hacía a la luz de su inteligencia, sin darle demasiado crédito a las palabras de los clérigos y, pese a que no faltaba a las misas de precepto ineludible, había puesto los asuntos de Dios a un lado y los religiosos a otro, puesto que pocas veces los encontraba juntos en sus ideas.

—Yo no entiendo lo mal que te caen algunos curas con lo devota que eres —decía Chona.

—Porque la devoción es un sentimiento —explicaba Candelaria—. No se puede creer en lo que no se siente. Y se oye cada cosa en la iglesia. Además, yo, lo que se dice devota, devota, soy de la Virgen. Por eso, porque es la que me llega. Debe de ser porque lo común en las madres es que pidamos para los hijos.

7

Pasaron cinco años. Había caído una lluvia mansa, que cesó sobre las cuatro de la tarde y dejó ver un sol oblicuo que no tuvo tiempo de calentar el atardecer de la Nochebuena. A las once de la noche el resplandor de la luna hacía superflua la luz somera de los portales. En las calles desiertas resonaba el eco lejano de la fiesta. Una sombra alargada, de andar desvencijado, medio cubierta por una manta, repechó la cuesta del Terrero y llegó al estribo de las primeras casas. El hombre, sucio, con la barba crecida y el semblante cadavérico, se paró para recobrar aliento y leer un papel manoseado. Continuó con sus pasos de anciano sobre los adoquines gastados y se detuvo frente a la casa de Candelaria, donde volvió a leer el papel. Continuó el camino, pero se arrepintió y regresó sobre sus pasos. Tras unos instantes de duda, empleó las últimas fuerzas en alisarse el pelo, anudado y sucio, antes de entrar al zaguán. Levantaba la mano para golpear con los nudillos, cuando la puerta se abrió. Elvira, que había salido a cerrar el zaguán, gritó espantada por la presencia de lo que le pareció un cadáver. El hombre tardó en reaccionar.

—Perdone, señorita. No quería asustarla.

Elvira no pudo responder intentando contener el galope del corazón. Detrás de ella apareció Arturo corriendo y, tras él, Candelaria preguntando qué había pasado.

—Busco la casa de doña Candelaria Díaz —dijo el hombre.

—Candelaria Díaz soy yo.

—Perdone que me presente así, señora. No he tenido otro remedio. Me llamo Ismael Quíner.

—¡Ay, Virgen santísima! ¡Ismael! —exclamó Candelaria, y no lo dejó continuar—. Es Ismael, Arturito, es tu hermano Ismael.

Se acercó, lo agarró de la manta y lo arrastró hasta dentro de la casa sin que él pudiera evitarlo.

—¡Madre bendita, cuánto te agradezco esta Nochebuena!

Ismael se presentó en la casa, en el día y la hora y de la manera más intempestiva, en un gesto premeditado para no dejar duda de que sabía que tenía un hermano y, lo que era más importante, de que no pensaba renunciar a él. Lo supo innecesario, no sólo por las palabras de Candelaria, que evidenciaban que al pequeño Arturo le habían mantenido viva la llama de un hermano mayor ausente, sino por el calor de la acogida.

La sentencia que lo condenó a ocho años de trabajos forzados y que, a falta de unos meses, cumplió al completo, fue un puro acto administrativo sin oportunidad real de defensa. Como no había hecho el servicio militar obligatorio, en unos meses lo trasladaron a un batallón disciplinario de la Península, donde siguió preso pero bajo ordenanza militar, en condiciones aún más inhumanas. Pese a ser el más joven de los reclusos, resistió las penurias del cautiverio con tanta entereza que desde los primeros meses se ganó el respeto de compañeros y guardias. Por prudencia se mantuvo alejado de unos y de otros tratándolos a todos con igual respeto. Muy pronto descubrió que el suyo no era un caso de excepción. Entre los reclusos le fue más fácil hallar a un padre de familia, un maestro o un artesano, que a un delincuente auténtico. Por juventud y falta de malicia, tampoco tenía condena para aquellos que reconocían el delito, lo que pronto descubrió, convenía mucho en su situación. Por el método de no tener enemigos, aunque tampoco tuviera amigos, consiguió no hacerse notar demasiado, que era condición para no sucumbir al cautiverio. Cinco meses antes del cumplimiento de la pena, fueron a buscarlo para darle la libertad por buena conducta. El juez le preguntó si estaba arrepentido del delito y entonces no pudo callar. Respondió lo que pocos habían sido capaces:

—Con el debido respeto, mándeme con lo peor. No puedo arrepentirme de lo que no hice.

Así fue. Lo pusieron en régimen de castigo donde el trato y el trabajo fueron más despiadados. No fue lo peor la bárbara disciplina de trabajo, ni que lo hicieran dormir sobre el suelo de tierra, en un jergón lleno de chinches y piojos, ni que la comida fuera más escasa, sino que no le dieran permiso para bañarse. Al cabo de algunas semanas, envejecido, sucio, harapiento y maloliente, volvieron a llevarlo frente al mismo juez que le repitió la misma pregunta y a la que él le respondió, palabra por palabra, lo que dijo en la ocasión anterior, seguro de que el hombre lo tendría así la poca vida que le quedara, pero esta vez el magistrado lo miró con largura, firmó varios papeles y le dijo que quedaría libre a primera hora del día siguiente.

El páter, el clérigo militar que atendía los oficios religiosos, que eran allí de cumplimiento ineludible, despedía a los presos que quedaban en libertad en el cuerpo de guardia, entregándoles en calidad de limosna un petate con ropa usada, muy poca comida, el dinero justo para subsistir un par de días y un billete de tren. Ismael se cambió de ropa, pero rehusó lo demás, incluyendo el dinero, y sólo aceptó los documentos y el billete de tren. Otros presos que salían con él no pudieron convencerlo de que cogiera el petate, o al menos el dinero. En el exterior, algunos se ofrecieron a compartir con él lo que habían recibido, pero sólo les aceptó una manta para pasar la noche.

Apenas tuvo que deambular por el puerto de Cádiz durante una tarde cuando se le presentó la oportunidad de hurtar un botijo y meterse en un barco que había cargado grano para la isla.

El modo en el que llegó a la puerta de Candelaria era, por tanto, producto de la obstinación con que defendió su inocencia, pero su estampa era réplica fiel de la caricatura que ella, imaginando lo peor, se hizo del modo en que llegaban los presos a sus casas cuando eran puestos en libertad. Lo vio tan harapiento y desmejorado como concebía en sus pesadillas. Desde el día en que reparó en esa circunstancia se había puesto manos a la obra. Hizo una de sus visitas a la Patrona para prometerle que iría con Ismael en peregrinación si lo devolvía con vida. Para ella las promesas a la Virgen eran como un negocio del que no había duda de que ambas cumplirían su parte y el único requisito era el de esperar, con la paciencia y la fe ciega que exige tan elevado compromiso, el momento en que la gracia sería concedida. Al salir del recinto religioso, en el tenderete que un cambullonero instalaba en la plaza, compró un cepillo de dientes, una brocha, una maquinilla y jabón de afeitado. Durante meses añadió horas a sus incontables tareas de costura para hacer un pijama, dos pantalones, dos camisas, unas cuantas mudas de calzoncillos, y tejer una rebeca. Imaginó las medidas por lo que le habían contado, las aumentó en lo que creyó que tendría que haber crecido y ensanchado desde el día que lo arrestaron y las disminuyó por los estragos del trabajo y el hambre.

No dejó que se marchara. Él lo intentó en cuanto terminó de tomarse una taza de caldo caliente que le cayó en el estómago como una bendición, pero Candelaria lo hizo desistir de las intenciones. No sólo tenía medios de soborno tan ineludibles como el baño de agua caliente, la cena y la cama limpia, sino el buen argumento de que de ninguna manera iba a tolerar que el niño viera cómo dejaban marchar a su hermano, como quien dice «por ahí te pudras», a dormir en la calle, en un estado tan lamentable. Le enumeraba una cosa y la otra mientras lo empujaba al cuarto de baño y le ponía en las manos una muda de calzoncillos, el pijama, unas pantuflas y los útiles de aseo que con tanto primor había guardado durante aquellos años.

Al tiempo que Elvira calentaba agua en un barreño y Candelaria quemaba los harapos en el traspatio, Ismael se afeitó el cuerpo: la cabeza, la barba, el torso, los brazos hasta los sobacos, las piernas hasta las ingles, el pubis, el escroto y entre las nalgas. Se cortó las uñas, se cepilló los dientes hasta sangrar y se bañó frotándose con un estropajo de esparto hasta escocerse la piel, con abundante lejía y el agua tan caliente como pudo soportar. No se reconoció cuando se miró en el espejo. Tenía veinticuatro años, pero aparentaba cincuenta.

—¡Cabrones! ¡Cómo me han dejado!

Después cenó bien y habló poco. Cuanto podía contar no era apropiado para hablarlo en la mesa, menos aún en Nochebuena.

—¿Sabes quién soy? —le preguntó al hermano, que se

había sentado muy cerca de él y lo miraba sin asombro y sin apartar la mirada.

Arturo asintió.

—¿Me das un abrazo?

Arturo volvió a asentir, se bajó de la silla y se acercó al hermano, que lo abrazó con tanta ternura que Candelaria se emocionó. Elvira asistía a la escena desde donde consideraba que era una distancia retirada sin llegar a ser ofensiva, extasiada en la contemplación del muchacho que tan presente había estado en las conversaciones, planes y deseos de la casa. Arturo no se dejó vencer por el sueño y no se separó del hermano hasta que lo vio derrumbarse sobre la cama, pasadas las dos de la madrugada.

Antes del mediodía, Elvira le llevó la noticia a Alfonso, que se apresuró a hacer una visita más profesional que personal. Después de un escrutinio pormenorizado y de dar su bendición al afeitado integral de Ismael y a la pronta quema de harapos y pelos de la noche anterior, le ordenó descansar y le prohibió salir de la casa en prevención de que tuviera algo contagioso escondido.

No se había equivocado Candelaria en la talla de la ropa. Las prendas le quedaban anchas por la delgadez, pero también para eso tenía una solución que Alfonso acababa de ponerle en bandeja: no lo dejaría marchar hasta que no se recuperara lo suficiente y le quedara bien la ropa.

Era inevitable que a la hora de cerrar la puerta del zaguán Chano estuviera allí.

—¿Qué haces aquí, Chano? —le preguntó Candelaria.

—Estoy esperando. Me dijo Matilde que doña Candelaria tiene a Ismael.

—¿Por qué no tocaste, hombre?

—No sé. Estaba esperando a Ismael.

Candelaria lo hizo pasar y lo vio adentrarse, alegre como un perro, hasta donde Ismael lo esperaba.

Al cabo de una semana había ganado peso y Alfonso le dio permiso para salir de la casa y le ordenó algunas semanas de baños diarios de mar y sol, hasta nueva orden. Esperaba a que Arturo regresara de la escuela para llevarlo con él a la costa. Elvira empezaba a romper sus silencios expectantes, mientras se acrecentaba en su interior el leve fragor de un desasosiego que ganaba fuerza en la medida en que él recuperaba el largo del pelo y el lustre de su juventud. Candelaria había descubierto la inquietud de la hija y se sentía entusiasmada con la idea de que Ismael pudiera corresponderla. Y la correspondía sin dejarlo ver. A finales de enero Elvira se había buscado a una amiga que hiciera de carabina para acompañar a los hermanos a la playa, mientras Candelaria permanecía en la casa, como todas las tardes, oyendo las novelas de la radio y debatiendo incertidumbres de dioses y hombres con Chona y las otras amigas.

Ismael tardó un mes en recuperarse y dos en ganar el permiso de Alfonso para empezar a buscar un trabajo. Se conocía su historia y era para muchos un héroe. Ovidio, el Ventero, le dio trabajo en una casa que construía en Hoya Bermeja y le entregó las llaves de la casa del Terrero en la que habían vivido sus padres años atrás.

Candelaria se opuso a que abandonara la casa, pero en esta ocasión los buenos argumentos estaban de parte de Ismael. En un pueblo diminuto, que un hombre viviera con dos mujeres que no eran de su familia, más pronto que tarde, daría que hablar. Le prometió a Candelaria que iría a comer a diario y le llevaría la ropa, y a duras penas consiguió que consintiera en aceptarle una parte de la paga para los gastos del hermano. Les quedaba el pago de la promesa de Candelaria a la Patrona, que cumplieron enseguida.

Había eludido la visita al Estero hasta que en una conversación con Ovidio tuvo claro que la tierra no le interesaba a nadie y aún menos al ayuntamiento. Le era imposible verla sin un trago de congoja. En el paseo descubrió que el venero de agua había vuelto a brotar en otro sitio distinto pero con el mismo caudal de antaño: suficiente para lo imprescindible. Desde ese día subió con frecuencia para apaciguar los pesares y poco a poco fue limpiando y arreglando lo indispensable.

Cada noche antes de acostar al hermano, Ismael lo ayudaba con los deberes de la escuela. A Arturo le entusiasmaba estar a su lado, y acompañarlo al Estero para pasar juntos la noche de un sábado era su mejor aventura. Cerca de la casa, entre dos bosquecillos de sauces, Ismael prendía una fogata para crear el ambiente y contarle las historias familiares, sentados sobre una piedra que había sido pertenencia de la familia desde una época de la que no se guardaba memoria. Aunque por su forma y dimensiones parecía de cantería era natural, de color gris uniforme, con las superficies y las aristas pulidas por la erosión, y las medidas aproximadas de un camastro: casi dos metros de largo, ochenta y dos centímetros de ancho y cincuenta y cinco de alto. Ismael intentaba con aquellos encuentros revivir para el hermano un tiempo que recordaba como el más feliz de su vida, cuando la familia se reunía allí, al calor de una fogata, para oír las lecturas de Ana.

* * *

Aunque tenía prisa por vivir supeditaba los planes a lo que creía más conveniente para el hermano; sin embargo, en su prisa ni deseaba ni tenía otro plan que el de casarse con Elvira. Había dejado que pasara un tiempo prudencial desde su regreso para pedírselo. El domingo en que ella cumplió diecisiete años no pudo aguantar más. No por casualidad, como tenía por costumbre, Candelaria los dejó solos, recogiendo y fregando los cacharros de la comida.

—Tengo que decirte una cosa.

—Debe de ser importante, por lo serio que te has puesto —replicó Elvira, con desenfado.

—Es la más importante para mí.

—Entonces dímela ya.

—Es que voy a echarme novia... Si ella quiere —dijo Ismael, haciendo un esfuerzo sobrehumano.

Elvira se puso tensa. La punta de los dedos empezó a temblarle y un sofoco de desilusión, como una batalla de hormigas, comenzó un súbito ascenso desde el estómago.

—¡Ah! ¿Sí? —dijo, con un leve aliento de voz, pero no fue capaz de continuar y necesitó tomar aire—. No sabía que estuvieras interesado por ninguna —continuó cuando recobró la fuerza.

—Es muy joven y me da miedo decírselo. Por eso he pensado que a lo mejor tú puedes ayudarme.

Las hormigas de Elvira eran ya el fragor de un incendio.

—Yo de eso no entiendo. Mi madre se casó con dieciséis.

—La que yo digo tiene tu edad. ¿Tú crees que será demasiado pronto?

—Si ella también está interesada seguro que no se lo parecerá.

—Es lo que pienso. Creo que se lo diré esta tarde.

Hicieron una pausa muy larga.

—¿Quién es? Si puede saberse —preguntó Elvira, ahora con la voz quebrándose, temblorosa, con la angustia rayándole los ojos.

Ismael le quitó de la mano el lienzo con el que había estado secando los platos. Ella lo miraba temblorosa. Él la cogió por una mano y la rodeó con el otro brazo, mirándola a los ojos.

—¿No lo adivinas?

—¿Estás hablando de mí? ¿Soy yo la que te interesa?

—¿Cómo iba a ser otra, tonta?

Elvira se puso de puntillas y apoyó sus brazos rodeándole los hombros, sonriendo enamorada.

—¡No hables! ¡Quédate así!

Para evitar las habladurías, esa misma tarde fueron a informar al cura de sus intenciones. Candelaria, dichosa y bañada en lágrimas, informó a Chona, que la acompañó a hacer pública la noticia, para lo que no había nada mejor que el corrillo de vecinas de la plaza.

8

María, la hija de Dolores Bernal, tendría en adelante, como recurrente recuerdo de su padre, el de la última noche en que lo vio con vida, en la que él resumió en una sola frase el mundo de hiriente soledad en el que estaba a punto de abandonarla. Lo que durante años se le había estado pudriendo en el alma le reventó como una pústula, unas horas antes de morir. Un espantoso dolor de cabeza le sobrevino durante la cena y en la sobremesa se debatía en un sufrimiento que no conmovía ni a Dolores, la esposa, ni a Roberto, el hijo. María, sin embargo, no se apartó de su lado, observándolo compadecida. De pronto desapareció para regresar con una toalla húmeda. Sin hablarle, le apartó el cuello de la camisa y le aplicó la toalla cubriéndole la nuca y las vértebras cervicales. Él cerró los ojos y perdió la noción de la realidad abandonado en el súbito alivio, sintiendo que el frío liberador de la toalla era el amor de la hija, hecho materia tangible para apaciguarle el sufrimiento. Cuando abrió los ojos se encontró, muy cerca, con los de la niña, que lo miraba emocionada. La besó en la frente y en la cara, la apretó contra él con ternura y le susurró al oído lo mucho que la quería y lo orgulloso de ella que estaba, mientras observaba en el fondo de la imagen a Dolores, ausente, con la cabeza metida en una caja en la que guardaba una ridícula colección de escapularios, y al hijo, Roberto, impávido, estirado con desgana, buscando musarañas en el techo. Los sintió tan ajenos que tuvo la certidumbre de que vivían en otro mundo y a una hora distinta. Se puso en pie y, con un vozarrón que remeció los cimientos, soltó aquella frase terminante:

—¡El problema de esta familia es que no es una, sino dos!

Así lo recordaba ella. Un tanto hosco, a veces brusco y un poco maniático, era por encima de todo un hombre bueno, preocupado por el bienestar de los suyos, lo que no terminaba en el ámbito de la familia sino que lo hacía extensivo a las personas de su entorno inmediato, incluyendo a los campesinos que le trabajaban las tierras.

Dolores admitía que en aquella frase, que él pronunció unas horas antes de expirar y que también a ella se le quedó grabada como a fuego, se encontraba la verdad. La suya eran en realidad dos familias distintas. Ella despreciaba al hijo por indolente y holgazán aunque se entendía bien con él, en tanto que reconocía en María muchas de las virtudes que, en otra de las peculiares contradicciones de su carácter, admiraba, pero que al mismo tiempo eran causa de permanente gresca entre ellas.

Durante los últimos años no le dio cuartel al marido con el apremio de ingresar a la hija en un colegio religioso de la capital. En un círculo que no alcanzaba fin, él prometía que la enviarían el curso siguiente, pero cuando se aproximaba el momento entraba en un estado de cavilación y desasosiego crecientes que culminaba en un suspiro de alivio, al tomar la decisión de volver a posponerlo, lo que hacía en medio de otro chaparrón de nuevas promesas, que eran las mismas que acababa de incumplir y que tantas veces antes había quebrantado. Entendía que era una etapa indispensable en la vida de cualquier hija de familia rica, pero no hallaba el valor para renunciar a la presencia de la niña, y sabiendo que el amor era recíproco, tampoco el corazón le alcanzaba para separarla de su lado.

Así que cuando María aún no había terminado de enjugarse las lágrimas por la pérdida del padre, Dolores la envió como interna al colegio. Fue, pese a todo, la circunstancia providencial que la mantuvo alejada de la casa durante la etapa en que Dolores volteaba como un calcetín el mundo de su infancia y establecía el régimen de tiranía que encontró al regreso.

La estancia en el internado sirvió para lo contrario de lo que Dolores esperaba, puesto que María se inclinó antes por sus sentimientos que por lo que pretendieron inculcarle. Al revés, le dio forma de ideas muy personales y concretas a lo que hasta entonces no había sido más que vaga intuición. Por inteligencia y rebeldía en contra del mundo que la ahogaba, decidió que los dogmas y la disciplina religiosa eran la colosal puesta en escena de una obra cuyo texto habían extraviado. Que la disciplina inmisericorde de las monjas, la perfecta pauta de sus métodos y sus prejuicios, la inclemente y sistemática tortura de las misas, rosarios y novenas, no tenían por objeto hacerla una persona mejor y más capaz, sino más sumisa.

Apresó lo bueno con ambas manos, pero desdeñó lo demás, consiguiendo que la experiencia fortaleciera su carácter y arraigara sus convicciones. Tuvo el amparo de dos de las personas más trascendentes en su vida. Su tutora, sor Engracia del Corazón de Jesús, más que tutora, una amiga, cuyo apoyo emocional le dio soporte en el ambiente de hipocresía, rencores y zancadillas del colegio. Era una anciana venerable casi centenaria, viuda, madre de dos hijos fallecidos, monja a los cincuenta y tres años, que le enseñó a encontrar la trascendencia en la simplicidad. Las suyas eran sólo algunas ideas, pero de una rotundidad y clarividencia inapelables: «No es posible llegar a Dios sin la libertad. Pero la auténtica libertad está dentro de nosotros mismos. Con ella se alcanzan la paz y la felicidad. Dios está tras esa puerta». Cuando enfrentaba aquellas sentencias tan sabias y elementales de sor Engracia a la palabrería teológica cimentada sobre el miedo, le salían victoriosas fuera cual fuese el ángulo desde el que las contemplara. Daba igual que tuviesen o no que ver con lo religioso. Para quien supiera verlo, tenían la virtud de hacer mejores personas, para sí mismas sobre todo, y por ello también para los demás.

La otra conocedora de sus secretos, la compañera, confidente y cómplice, fue Rita Cortés. Otra alumna de la misma edad, aunque veterana en el colegio, que la acogió el mismo día de su llegada y con la que trabó una amistad que duraría hasta el final de sus vidas, a pesar de que eran de actitudes y temperamentos divergentes. Rita era inquieta, traviesa en ocasiones y osada en todo momento, aunque con el don natural para hacerse perdonar.

Fue ella quien le habló del mito de las «otras niñas». Así las llamaban, «las otras», «las de caridad» y a veces también «las bastardas», dependiendo de quién lo dijera y a quién. Por la mañana, cuando las señoritas estaban en la misa, o por la tarde, durante el rezo del rosario, se oían las risas de «las otras» en la calle. Un día dejaron de oírse. Fuera de los muros las cosas se hacían más difíciles y el fragor de la guerra era más intenso, pero el manto de protección que las envolvía también se había hecho más grueso.

El de los quince años fue un verano que ambas amigas recordarían como el mejor de sus vidas. Rita lo pasó en casa de María. Fue un año después de terminada la guerra, que mientras duró apenas les había inquietado, porque dos chicas de la burguesía no percibían que tuvieran nada que temer de un conflicto que ni entendían ni les cabía en los planes, mucho menos a los quince años, cuando sólo les interesaban cuestiones relativas a hombres, tanto mejor si eran jóvenes y atractivos. Por supuesto, en aquel terreno Rita llevaba la delantera. Cuando acabó el verano regresó enamorada de un joven cinco años mayor que ella y hecha una mujer en el más elocuente sentido de la palabra, contando los días que faltaban para volver a verlo y repitiéndole a María las confidencias de sus tardes de amor, con los precisos detalles.

Aquel año volvieron a oírse las risas de «las otras» a la hora de las misas o el rosario. Eran la obra de caridad principal, el santo desvelo de la institución del que se alardeaba al tiempo que se hacía saber a las alumnas, con palabras de hierro candente, pronunciadas, eso sí, en tono beatífico, que bajo ningún concepto debían mantener contacto con ninguna de «las otras», «también criaturas de Dios, pero nacidas, por sus inescrutables designios, en circunstancias distintas». Las madres se encargaban en casa de explicar mejor el concepto, advirtiendo a las hijas, con palabras menos vaporosas, de que «las otras», «las bastardas», eran sucias, taimadas y de naturaleza inicua.

A causa de una travesura a la que la empujó Rita, tuvo lugar un incidente que fue para María la experiencia más importante, no sólo de su estancia en el colegio, sino también de su vida. Un día cruzaron al otro lado para ver a «las otras». Para Rita no fue más que otra experiencia; estimulante, pero sólo otra experiencia que, si acaso, le confirmó que era mejor ser rica que pobre. María, sin embargo, entró en ella siendo una adolescente y salió convertida en una mujer que jamás volvería a creer en francachelas teológicas. Se habían puesto enfermas por algo que compartieron en la cena. Por la mañana hubo cierta confusión que las dejó sin supervisión durante las horas de clase. En la enfermería pensaban que debían asistir a la clase y en la clase las dispensaban porque las suponían en la enfermería. Rita había encontrado el modo de subir desde allí a un desván en el que no existía el muro que dividía el colegio en dos mundos, porque permitía caminar sin dificultad, bajo los tejados, de un desván al siguiente.

Desde allí, María descubrió el otro mundo. El mundo por el que muchos todavía morían librando una lucha fratricida, unos para abolirlo y los otros para hacerlo más implacable. Viendo a «las otras», «las bastardas», comprendió el sentido de aquella guerra, y entonces supo que, por lo que le concernía, no la había ganado sino perdido, cuando se vio retratada en el mundo de las de su clase, el de las señoritas saludables de uniformes lustrosos, con limpios cabellos peinados en bucles y adornados con cintas de seda; las señoritas con zapatos de charol y medias blancas, que entraban a misa como ramilletes de ofrenda, en formación de orden cerrado por el pasillo central; que asistían a clase en aulas con pupitres, a razón de no más de quince alumnas por aula, que usaban cuadernos y disponían de libros y acceso a la biblioteca, a las que se les dispensaba el trato de señoritas y disfrutaban del derecho a una tutora por alumna y cuyos castigos salían a escribir tantas veces una frase, o a asistir a tantas misas de refuerzo, o rezar tantos avemarías.

Supo quién era ella viendo el mundo de «las otras», el mundo tras el muro prohibido, el mundo de las niñas que nadie debía ver ni con quien nadie debía hablar; el de las niñas que cubrían sus flacos cuerpecitos con remiendos de retales y ropa desahuciada por señoritas; el de las niñas con el pelo cortado al cero para evitar los episodios de piojos; el de las niñas con alpargatas rotas por la uña del dedo pulgar, sin calcetines, que lucían aureolas de suciedad en los calcañales, que entraban a otras misas como rebaño en el corral; el de las niñas que asistían a clase malbaratando sus espaldas sobre miserables bancos de madera, sin pupitres, a razón de ocho alumnas por banco, a razón de los bancos que cupieran por aula, que escribían sobre pizarrines y compartían entre muchas los libros desahuciados por las señoritas, que no necesitaban acceso a la biblioteca y cuyas tutoras lo eran por aula y no por alumna, cuyos castigos salían a tantos golpes con la vara sobre sus manos indefensas o a tantos minutos de rodillas con los brazos en cruz; las niñas que saldrían de allí siendo más que esclavas, esclavas agradecidas.

Y no sólo descubrió que existían dos clases de alumnas, sino que también existían dos clases de monjas: las que fumaban en la sala de profesoras al amparo de buenos sillones, mientras se les servía el café, el buen vino de sobremesa, el magnífico coñac francés; monjas que deambulaban por los despachos, haciendo como que hacían, que vestían hábitos de sastrería confeccionados con los más finos estambres de importación; monjas de manicura perfecta y piel sonrosada fragante a Heno de Pravia, con el semblante altivo de señoritas. Y las otras, las monjas que comían la sopa con un mendrugo, hacinadas en los bastos tableros de madera que servían de mesa; monjas que fregaban los suelos, cuidaban del jardín, cocinaban, atendían a los animales; monjas con las manos cuarteadas por el aliento abrasivo de la sosa y la lejía, que fregaban kilómetros y kilómetros de corredores puliendo los suelos con las rodillas en carne viva, al compás de galeotes de un avemaría tras otro hasta el fin de los tiempos; monjas que olían a mierda de cabra y creolina, embrutecidas, sudorosas, con la piel de cuero curtido y el semblante humilde de las esclavas.

Existían dos mundos y ella no sentía pertenecer al mejor de los dos. La madre superiora quiso expulsar a las dos amigas, pero el obispo dejó las cosas en su lugar con una reprimenda y unos ejercicios espirituales. Cuando habló de la experiencia con sor Engracia, ella terminó de confirmarle el desorden de lo que había visto: «Si supieras cuánto llevo sufrido pensando en lo que hacemos con esas criaturas».

Le contó que al otro lado del muro las alumnas eran niñas pequeñas porque sólo podían estar hasta cumplir los doce años. Que a continuación tenían que aprender a cuidar de sus casas, a ayudar a sus familias, a prepararse para el matrimonio cristiano y para ser madres de muchos hijos.

Perdió a sor Engracia con las campanadas del ángelus un día de abril. La había acompañado hasta el último suspiro y no se apartó de su vera en las horas del largo velorio. Su vida era todavía corta, pero le alcanzaba ya para un recuento de verdades y decidió que de aquel mundo, sor Engracia era lo único que merecía salvarse. «¡Al carajo!», se dijo, «usted y yo, sor Engracia.» Y decidió que en adelante se quedaría de Jesús con lo que tenía de hombre tolerante en harapos, pero que nada le concerniría a partir de que lo convirtieron en Cristo, cuando lo extraviaron por los laberintos de la retórica y lo enredaron en telarañas de escolástica.

Aunque pasaba los veranos en casa, cuando acabó el internado Dolores vio regresar a una desconocida, a la que tampoco allí habían conseguido hacer entrar por vereda. Más segura de sí misma, solitaria y más rebelde y distante. Antes de irse era la favorita del servicio, pero desde el regreso los consideraba su auténtica familia. Fue la única capaz de hacerle frente a Dolores. A su hermano, Roberto, lo trataba con cordialidad, pero cuanto más lo conocía menos le gustaba.

Los vencedores de la contienda habían dejado muy claro cuál era el papel irrelevante que ella debía desempeñar en la absurda sociedad que sólo a ellos les complacía, pero aquel no era su papel de ninguna de las maneras. Se enclaustró en su habitación y dejó pasar los años siguiendo los dictados de sor Engracia, hallando su paz en lo inmediato, en el trabajo diario, en la lectura, en el disfrute de los bordados, saliendo de la casa sólo para pasear a caballo cuando el tiempo lo permitía, ayudando a cuanto menesteroso andaba por los alrededores o se cruzaba en su vida y permaneciendo lo más alejada posible de las inclemencias de su familia.

No llegó a interesarse por ningún hombre. Cuando cumplió los veinticinco años Dolores comenzó a inquietarse por ello, pero en lugar de darle libertad para hallarlo por sí misma, para acertar o para equivocarse, empezó a buscarle pretendientes que a María no podían despertarle interés, porque los que no le inspiraban compasión le ponían el vello de punta. Tras el filo de los treinta, con motivo de cualquiera de los frecuentes roces, Dolores intentaba humillarla llamándola solterona. No la perturbó. En un lugar muy recóndito de su alma deseaba que él apareciera un día en la cancela que veía desde su ventana, pero al contrario que Rita, desaparecida de su vida cuando huyó a Madrid, ella no haría pruebas con el corazón. Sabía que si llegaba a querer no habría regreso, pues su amor sería tan grande que el corazón no le resistiría si algo saliera mal. El hombre al que ella le entregara tanto sería el definitivo, pero él debería merecerla.

* * *

Se había producido en el establo un acontecimiento que debiendo ser feliz, tenía para los protagonistas un agrio sabor de incertidumbre. Virtudes, la criada más joven de los Bernal, se había quedado embarazada en el primer escarceo de amor completo que tuvo con Paulino, el colaborador en la atención del jardín, los animales y el mantenimiento de la casa. A decir de Dolores Bernal, el mejor que había tenido nunca.

Paulino se acercó a Virtudes en cuanto la vio detenida bajo el dintel, buscándolo con gesto de preocupación.

—No me preguntes —se adelantó Virtudes cuando él se acercaba.

Paulino la cogió de la mano y se sentó junto a ella en un rellano hecho con losas de piedra tosca.

—¿Sabes una cosa? Estoy contento —dijo él rompiendo el silencio.

—¿Por haberme embarazado?

—No. Porque así podremos casarnos sin dar vueltas.

—Para cumplir, ¿no?

—Para cumplir no, tonta. Para que sepas que voy en serio.

—Entonces, lo que yo digo: para cumplir.

—No, Virtudes. A lo mejor es que yo no sé cómo decirlo. Es para que sepas que voy en serio.

—Alguna manera habrá de decirle eso a una chica. Para que ella pueda hacerse idea.

—Claro, una manera hay.

—Pues dila.

—Bueno, pues eso. Que quiero casarme contigo. Por eso, porque te quiero.

Virtudes se enjugó el llanto súbito.

—¿Por qué lloras? —preguntó Paulino.

—Por qué va a ser.

—A lo peor es porque tú no me quieres.

—¿Eso crees? ¿Es que piensas que voy por las cuadras revolcándome con todos los que me encuentro?

—No digo eso —se defendió Paulino—. Digo que también habrá una forma de decirlo para que un hombre lo entienda.

—Sí que la hay —dijo Virtudes, sonriendo, víctima de su propia estratagema.

—Pues dila.

Virtudes asintió.

—Bueno. Que en el fondo yo también estoy contenta. Que lloro porque yo también te quiero.

Paulino la besó. Quedaron ensimismados en su momento de felicidad durante un rato muy largo.

—¿Dónde viviremos? —preguntó él.

—Lo mejor sería aquí, como ahora. En la casa que el ama le deja a mi padre hay sitio para los cuatro. Así podré seguir trabajando y atender al niño cuando venga. Y podré echarle un ojo a mi padre, que ya está achacoso.

—Eso sería lo mejor, pienso yo —asintió Paulino—, porque en casa de mi madre no hay más cuarto que el de ella. Como el ama nunca me da tiempo para mis cosas, no he podido hacer otro cuarto. Y con lo que me paga, tampoco podremos vivir los cuatro.

—Tú, lo del ama, déjame que lo arregle yo, que sé cómo llevarla. El otro día andaba diciendo que otro hombre por las noches sería buena cosa en la casa. Lo nuestro le viene de perilla, pero hará sufrir todo lo que pueda. Ella no va a encontrar gente que le dé la confianza que tiene con nosotros. No dejará que tú te vayas. El daño lo hará conmigo. Es mejor que vea llanto desde el principio, porque hasta que no ve sufrir, sigue retorciendo el pellizco.

Por una perversa costumbre, destinada a establecer el abismo que debía separar a los criados de los miembros de la familia, Dolores Bernal dejó pasar una semana antes de escuchar lo que Virtudes tenía que hablarle. El padre de Virtudes intervino para pedirle que la oyera. Dolores accedió y la hizo llamar a la biblioteca, donde atendía los asuntos de negocio.

—¿Qué es lo que te pasa, Virtudes? —preguntó Dolores.

—Que le pido permiso para casarme, señora —contestó Virtudes.

—Mala cosa si hace falta tanta prisa. ¿Estás preñada, Virtudes?

—Quiero casarme con Paulino, señora.

—¿Paulino? ¿Mi Paulino?

—Él mismo, señora.

—Pero ¿estás preñada o es un capricho?

—Me falla cinco semanas. Debe de ser, señora.

—Qué mosquita muerta me has salido, Virtudes. Sabes que si eso ha pasado, los dos tienen que marcharse. Porque eso no se ha tolerado nunca en esta casa.

—Si nos echa, no tendremos dónde ir. Por lo menos deje que Paulino se quede. Usted dice que es el que mejor le cuida los animales, señora.

—No insistas, Virtudes, no podrá ser. Dentro de dos meses se tendrán que ir. Retírate —dijo Dolores concluyendo la entrevista.

—Con su permiso, señora —se despidió Virtudes, llorando trémula.

María se pasó la tarde consolándola en la cocina y en la sobremesa de la cena intercedió por ella. Virtudes vivía con su padre en una vivienda aledaña a la casa, destinada a los criados. Cuando la abandonara, no sólo se quedaría en la calle, sino que tampoco podría atender a su padre.

Nada de aquello conmovió a Dolores y la conversación con la hija terminó, como de costumbre, en trifulca.

—Vendrá un niño dentro de poco y sabes que no me gustan los niños —quiso concluir Dolores.

—Es usted despiadada, madre —insistió María—. Virtudes lleva trabajando aquí desde que tenía doce años. Paulino entró con nueve. ¿Desde cuándo se tienen nueve años o doce y no se es un niño?

—Es distinto. Eran criados. Pero ahora han manchado el honor de la casa. Deben irse —replicó Dolores.

—¡Ah!, se me olvidaba lo del honor. Ese que a usted tanto le preocupa, el que concierne sólo de la cintura para abajo —dijo, caminando hasta la puerta desde la que se volvió para concluir—: Sepa, madre, que hace muchos años que descubrí que Paulino y yo somos hijos del mismo padre. Así que, por mi parte, cualquier hijo suyo será sobrino mío.

A Dolores le entró un terrible dolor de cabeza. Pensó que aquella hija indeseable terminaría por matarla con su insolencia.

* * *

Cambió la situación un acontecimiento del que Dolores informó a los hijos, pletórica de alegría. Muy pronto alojarían en la casa a un miembro importante del gobierno durante unas cortas vacaciones. Sería menos de una semana, pero lo suficiente para tener contacto directo con la cúpula del poder. Roberto se entusiasmó tanto como la madre. Para María, sin embargo, no era sino otra de las malas noticias que debía lamentar de su familia. Sólo por hospitalidad, haría lo justo para no romper el sosiego de la casa.

La primera condición de la lista de casi dos folios que le

impusieron a Dolores Bernal para acoger la visita era: «Una capilla con espacio para veinte personas». Dolores pensó que no podría cumplir con la condición hasta que advirtió que la parte más vieja de la casa era la bodega de piedra. Una antigua construcción de medio siglo, de gruesos muros con tejados de loseta de pizarra. Mandó que la vaciaran y con una cinta métrica de sastre la midió con dificultad, obteniendo la inmediata conclusión de que el nuevo destino de aquel recinto sería el de capilla de la casa. La capilla de Dolores Bernal. Ordenó que la dejaran abierta y no le concedió importancia al olor a vino añejo que saturaba el ámbito de la estancia, segura de que remitiría durante el mes que tenía de plazo para los preparativos.

La segunda imposición era la más difícil: «Cuatro criadas», decía la lista. «Jóvenes», se agregaba a lápiz.

Dolores lo meditó durante días. El panorama de un escándalo con una criada que rechazara al invitado le resultó pavoroso. Así que decidió obrar con cautela y resolverlo con astucia. Llamó a Roberto.

—Tienes que ir a la capital a comprar un sagrario —le ordenó al hijo.

—¿Un sagrario? ¿Dónde se compra un sagrario?

—Yo tampoco lo sé. Mejor vas al obispado y lo preguntas. O mejor aún, intenta que te presten uno. Les dices para lo que es. También vamos a necesitar los útiles para la consagración, que te hagan una lista y los traes.

—Eso me va a llevar todo el día —objetó Roberto.

—Y toda la noche, porque me tienes que conseguir a dos mujeres que puedan hacer de criadas. Pero tienen que ser jóvenes y putas.

—¡Carajo, madre! ¿Dijo putas? —preguntó Roberto sin dar crédito a lo que oía.

—¡He dicho putas! —confirmó Dolores—. Y tienen que ser jóvenes y guapas.

Roberto estaba atónito. Dolores recapacitó.

—Mejor no las elijas tú. Que las elija el maricón —le aconsejó Dolores refiriéndose a Juan Cavero. Roberto la miró a punto de defender al amigo, pero ella lo paró—: Tiene los huevos tatuados por maricón. El tatuaje no se va a ir y la condición tampoco. Esas cosas no cambian. Además, el encargo te lo hago a ti, no a él. No quiero saber nada de él. Pero sé que irá contigo. Así es que si quieres hacer bien el encargo será mejor que las elija él. Se les pagará bien.

Las dos mujeres, sin duda bellas, que Roberto contrató visitaron a Dolores en los días siguientes. Las trató con cordialidad y no sólo por conveniencia. Por una bruma, o tal vez una claridad indescifrable de su mente, le merecían respeto. Las aceptó sin preámbulos y fue generosa en el precio que ofreció. Llegaron con una semana de anticipación y ocuparon una buena habitación que Dolores en persona les mostró. Las dejaba bajar a la playa y sólo las requería por la tarde, durante dos o tres horas de charla y ensayos, que necesitó para asegurarse de su instrucción.

—No me busquen al invitado —les dijo Dolores—. Lo normal es que no pase nada. Pero si se da la circunstancia, me hacen lo que saben hacer. A ningún hombre le molestará eso. Pero cuidado con las palabras y el tono. Debe parecer que son vírgenes salvo por accidente. Se les pagarán aparte los servicios propios de la profesión, siempre y cuando no haya escándalos.

Remató el asunto preparando a las auténticas criadas, en particular a las más jóvenes, en sentido contrario. Les dio instrucciones para que en los días de la visita usaran sujetadores que disimularan sus pechos y fajas que disimularan sus caderas, y la orden expresa de que no se maquillaran. A las profesionales les corrigió el peinado y el maquillaje para que parecieran criadas, pero sus uniformes, aunque discretos, no ocultarían sus elocuencias femeninas.

En la casa se libró una lucha sin cuartel durante las dos últimas semanas. Se podaron y replantaron los jardines, se pintaron las fachadas y el interior de la casa y de las cuadras, se movieron los muebles y se baldearon los pisos. La plata, las finas porcelanas, las caras cristalerías y los bronces brillaron con todo su esplendor. Las camas y el mobiliario se adornaron con las finas pasamanerías que Dolores había atesorado, en los tiempos de más cruenta penuria, con salarios de un kilo de tomates o dos kilos de papas, por jornada de doce horas de trabajo, de las caladoras y encajeras. Estuvo en cada detalle, gobernando sin tregua, sin dejar nada al azar. El visitante, cuyo cargo fue para ella un misterio, debía de ser alguien con poder sobrado sobre haciendas y destinos, una distinción dudosa, a la que pese al honor sería demasiado peligroso renunciar.

Sin embargo, la angustia llegó por donde menos hubiera imaginado. El asunto de la capilla se presentó mal. Habían lavado las piedras, baldeado los suelos, recuperado y barnizado las maderas y los carpinteros terminaban de restaurar la gruesa puerta de caoba, pero el olor del vino no había cedido. A una semana de la visita Dolores empezó a sentir inquietud por el asunto. Ordenó que cubrieran el piso con creolina. Al día siguiente comprobó que la creolina se había sumado al olor del vino empeorando el del día anterior. Ordenó que baldearan con lejía, y otro día más se agravó la situación. Ahora había tres olores imposibles de soportar. Desesperada, mandó a Roberto a pedir consejo al vicario de la diócesis, que envió a dos frailes con incienso y un incensario enorme. Llegaron cuando anochecía y antes de cenar cerraron las puertas y ventanas de la capilla y empezaron con el sahumerio de incienso. Al término, dejaron el incensario pendulear de la viga maestra, invadiendo la estancia de la densa combustión, y pareció funcionar. El aire era irrespirable, pero no se conseguía oler a otra cosa que no fuera a incienso.

A la mañana siguiente, por encima de todos los olores, imponía su criterio el aroma del vino y Dolores estaba fuera de sí. Los frailes intentaron tranquilizarla haciendo nuevos sahumerios, pero ella continuó sintiéndose abandonada en el foso de los leones, a sólo dos días de la importante visita. A la mañana siguiente el olor del vino pervivía al del incienso, la lejía y la creolina no se percibían ya, pero el vino parecía reírse: incluso apestaba. Dolores mandó llamar a Alfonso porque sentía una taquicardia golpeándole el pecho. Él no vio solución de resolverle el síntoma si no eliminaba la causa y se aventuró a darle un consejo:

—La creolina y la lejía están bien por salubridad. Pero no olerá a capilla hasta que no haya dentro de ella cosas de capilla. Acábela cuanto antes y verá que la cosa no es tan grave, ¿o no se celebra la eucaristía con vino? Con el tiempo terminará oliendo a capilla.

Se acalló el tambor en el pecho de la mujer. Recobró la cordura y ordenó que colocaran el altar, los escaños y los reclinatorios, la enorme cruz, el sagrario y los candelabros, que esperaban en el jardín. Cuando estuvo listo el mobiliario, colocaron los cirios y los adornos florales de crisantemos y lirios, y mandó encender las velas y los cirios y dejar la puerta abierta. Funcionó. A sólo doce horas de la visita aunque el olor del vino se percibía, era tolerable, y Dolores terminó por olvidar el infortunio. Se limitó a ordenar que hubiera cirios y velas encendidos y que los adornos florales fueran sustituidos cuando perdieran altivez. Otra vez Alfonso Santos la había salvado.

* * *

El día señalado los criados lucían en perfecto estado de revista. Dolores Bernal y sus hijos estrenaron vestuario completo y hasta los perros lucieron collares nuevos. El personaje llegó, precedido por dos motoristas de la Guardia Civil, en un Mercedes negro.

Se bajó un hombre menudo, enjuto, de rostro inexpresivo y ademanes nerviosos, para preguntar por diversos aspectos de índole protocolaria, relativos a la seguridad del eminente personaje y algunos caprichos que éste había impuesto, más para establecer la importancia del rango que para satisfacer gustos personales. El hombrecillo se acercó al coche y habló por la ventanilla. Dolores Bernal estaba al frente de la formación dispuesta en orden militar: el padre de Virtudes, que haría las veces de ayudante de cámara, las cuatro criadas jóvenes, las dos criadas mayores, las dos cocineras, los tres trabajadores que mantenían las labores de la cuadra y los jardines. Delante de ellos los dos hijos de Dolores y ésta, en cabeza de la formación, vestida de su negro impenitente, con un bastón con mango de oro incrustado de circonitas y algunas de las alhajas más caras de su caja fuerte.

El hombre se bajó del vehículo, altivo y suficiente. Era redondo y grasiento, de escaso pelo negro muy corto y engominado, con una papada brillante, desbocada del cuello inexistente. Tenía treinta y ocho años, pero su aspecto crepuscular le hacía aparentar más de cincuenta. Vestía un denso traje gris sobre una camisa azul adornada por una corbata negra, ensartada por un alfiler con un rubí faraónico. Su semblante displicente, oculto por unas gafas negras de gruesa pasta, lo adornaba con un bigotillo imposible de hacer, afeitado con esmero desde la nariz hasta el labio, salvo los cuatro milímetros perdonados por la hoja.

Dolores Bernal desarrolló el ritual que tanto trabajo le había costado ensayar, acercándose primero, sonriendo complacida para tenderle la mano y hacerle una reverencia de cortesanas novatas. El hombre le estrechó la mano, sin mirarla siquiera, cuando ella presentó a los hijos y al personal. Impasible tras las gafas negras, pasó revista con un movimiento de izquierda a derecha y de derecha a izquierda antes de detener la mirada sobre las criadas, que se alejaban. Y sobre María, allí presente, pero con el pensamiento en otra parte.

El visitante se retiró a su habitación, la mejor de la planta alta, sin compartir el ágape para el que Dolores había dispuesto lo más selecto de la despensa. Comió solo, provocándole a Dolores una terrible desilusión que descargó en una tormenta de ira sobre los criados, culpándolos de sus modales groseros y su aspecto de campesinos sin desasnar. No se dejó ver durante la tarde hasta que bajó para el rosario que ofició el presbítero del séquito, inaugurando la capilla de Dolores Bernal. Todos tuvieron que asistir por la fuerza, salvo los guardaespaldas y María, a quien Dolores no consiguió arrastrar hasta allí.

—La felicito por la capilla —le dijo el visitante a Dolores al término del rezo—. Ostentosa. Pero huele a catedral.

Aquello casi consoló a la mujer, pero le duró poco. Volvió a contrariarla la orden, otra vez pronunciada con una displicencia exasperante y otra vez dictada sin que el personaje se dignara mirarla, de que María le subiera la cena a las ocho a su habitación. No quedaba otro remedio. María tendría que subir la cena y Dolores apearse del orgullo.

—María, hija, su excelencia ha pedido que le subas la cena a la habitación.

Le habló con un tono de dulzura que habría dejado atónito a cualquiera que la conociera.

—¿Que suba yo la cena? ¿Se ha vuelto loca, madre? —respondió María, casi divertida.

—Verás, hija, sé que puede parecer un trabajo de criadas, pero yo lo que me figuro es que quiere conocerte y darnos las gracias a través de ti —explicó Dolores, haciendo el tono de voz aún más pastoso—. Al fin y al cabo también es tu invitado.

—Ni hablar, madre. No estoy dispuesta a tener nada que ver con ese individuo. Es asunto suyo. Resuélvalo usted.

—Hija, comprendo que no he sido muy amable contigo. Te pido perdón. Hazlo por mí. Sabes que se trata de gente muy importante, con mucho poder.

Y fue en ese momento cuando María vislumbró una esperanza para el asunto que más le preocupaba.

—Podría hacer algo si Virtudes y Paulino se casan y se quedan en casa.

Dolores vio los cielos abiertos, pero sabía apurar las negociaciones.

—Hija, Virtudes no puede quedarse. Eso no puede ser. He dado mi palabra.

—Entonces no hay de qué hablar, madre. No subiré la cena.

—A mí... En fin... Paulino lleva tantos años con nosotros. Es tan buen chico y tan trabajador que estoy con un disgusto tremendo porque se tenga que ir. Yo creo que puede llevarse a Virtudes a su casa.

—Está bien. Se casan y Virtudes se va a casa de Paulino. Pero Paulino se queda aquí con salario para mantener a una familia o tendrá que subir la cena usted.

—Hija, tú sabes que no voy a dejarlos que se mueran de hambre.

—Entonces, dígamelo seguido, para yo saberlo.

—¡Está bien, hija desmerecida! Paulino se casará con Virtudes y recibirá aumento de sueldo —dijo Dolores en tono de letanía.

—Entonces subiré la cena ahora —respondió María en el mismo tono.

—Pero Virtudes se va a casa de Paulino —dijo Dolores, para ser la última en hablar.

—El acuerdo es sólo por esta cena. Ni una más —precisó María, antes de llamar a Virtudes, que entró enseguida.

—Mándeme usted, señorita.

—Doña Dolores tiene algo que decirte.

Dolores le echó una mirada de cuchillos al rojo.

—Verás, Virtudes —explicó Dolores empleando su tono bondadoso—, que me da mucha pena que tu hijo no vaya a tener un padre como es debido. No hay necesidad de un escándalo y tampoco sería cristiano que tuvieras al hijo sin haberte casado. Así que he decidido que te casarás con Paulino. Pero debes dejar la casa en cuanto te cases. Él se quedará aquí como hasta hoy. Puedes retirarte.

—Muchas gracias, señora. ¡Que Dios le pague lo bondadosa que es con nosotros! Si no manda otra cosa, señora.

—No. Puedes irte.

—Con permiso de la señora.

—¡Espera, Virtudes! —pidió María.

—¡Madre!... —exclamó María, exigiendo la parte del acuerdo que faltaba.

Dolores volvió a mirar furiosa a su hija.

—Por cierto, se me olvidaba —dijo recuperando el tono bondadoso—, también he pensado que como cuatro bocas son más que dos, Paulino tendrá aumento como regalo de boda.

—Muchas gracias, señora. ¡Que Dios la bendiga!

—Márchate, Virtudes, por favor —le pidió María.

—Con permiso de la señora —dijo Virtudes antes de salir.

—Está bien, madre. Explíqueme el recado.

María subió la cena después de que Dolores le descifrara un sinfín de recomendaciones, atenciones, pormenores y cuidados. Tocó en la puerta, dijeron: «Pase», ella entró a la habitación y lo vio por primera vez tal cual lo imaginaba sin las gafas negras, con sus pequeños ojos negros centelleando el frío brillo metálico de los seres sin alma. Remató la página que leía, antes de abandonar el libro para dignarse mirarla. María confirmó sus peores suposiciones al ver que el título era el del libro de obligada lectura para los que pretendían llegar a ministros en aquella época de clérigos y fanáticos. El hombre le puso cara de perrillo faldero baboso.

—¡Ah, señorita, es usted! ¡Me complace tanto hablar con usted! —dijo con voz de pato fañoso—. ¿Me hará el honor de acompañarme y tomar algo mientras ceno? Terminaré enseguida.

Era insoportable para María sentirse en presencia de aquel ser repulsivo, a quien le había asignado las perversiones que adivinaba en los manejos de la familia y las había multiplicado por el rango obteniendo un resultado estremecedor. El hombre se sentó a la mesa y esperó a que María empezara a servirle, pero ella le acercó el carro hasta donde quedó, dio la vuelta a la mesa, separó una silla y se sentó ocasionándole un alboroto de ideas, que lo hizo naufragar en un océano de varios segundos de desconcierto. Reaccionó dominando su contrariedad y levantándose de la silla para servirse la cena, después de poner una copa delante de María.

—¿Quiere usted vino, señorita? —preguntó.

—Sólo agua, gracias —respondió María con un tono sin vida.

El hombre cambió la copa y le sirvió el agua con movimientos imprecisos y abotargados. Luego se sentó.

—Verá, es que quería saber qué me recomendaría usted para pasar estos días que voy a ser su invitado —dijo retornando a los modales de perrito faldero baboso.

—Yo poco puedo decirle de eso. Dependerá de sus gustos —le respondió María.

—Claro, eso lo primero. Pero si usted me dijera las posibilidades del lugar...

—Existe una cala a trescientos metros con una playa muy buena. También puede montar a caballo, en el establo tenemos cuatro yeguas y un caballo. Cuidado con él, está sin castrar, es un semental. No se lo recomiendo si no es usted buen jinete.

—¡Ah! Caballos. Mi abuelo era tratante de caballos, ¿sabe? Pero yo soy de biblioteca y laboratorio. Soy médico forense, ¿sabe? Aunque ahora estoy con esto de la política, claro.

—Entonces será mejor que olvide lo de los caballos. Será preferible un baño y un paseo por la playa —le recomendó María ocultando su premura por terminar la conversación.

—La playa, claro. Hay pocas ofertas, claro.

María se sentía más incómoda cada vez que él decía «claro» o «¿sabe?». Las muletillas, que empleaba cada pocas palabras y que ponían en evidencia que era un hombre temeroso de expresar sus auténticos pensamientos.

—También puede dar una vuelta por la isla, es muy bonita; pero eso tendrá que hacerlo en coche.

—La isla, claro. Estuve ya una vez y la recorrí. Después

de la guerra, ¿sabe? Yo era un crío. Pero ahora me supone un problema con la escolta. No me queda otro remedio que llevarla. Todavía quedan enemigos de la patria, ¿sabe? En fin, tengo la playa, claro. Eso haré, claro. En fin, si quisiera usted acompañarme...

El pecho de María se hinchó con una bocanada de redención:

—¡Cuánto me gustaría! —dijo.

Y lo dejó ahí, suspendido, para hacerlo mayor, más redentor. Para después. Para saborearlo mejor.

—Entonces quedamos para mañana, claro. Es un honor que usted me hace, señorita.

—¡Cuánto me gustaría! —repitió.

Y lo dejó otra vez en el aire. Necesitaba un sabor aún mejor. Una redención aún mayor.

—Después de misa, claro. Puede usted desayunar conmigo. Y con mi confesor, claro —dijo el hombre dándolo por logrado.

—¡Qué lástima que haya hecho votos! —dijo María para rematar la travesura.

El hombre volvió a naufragar y esta vez casi se ahogó.

—¿Votos? ¿Ha hecho votos? —preguntó trémulo.

—No puedo acompañar a ningún hombre, ni a mi hermano, figúrese, hasta que no me case —respondió María con la miel de la diminuta venganza en los labios—. Me siento pecadora por acompañarlo mientras termina de cenar.

—Un voto, claro.

—Por la salud de mi madre. Figúrese, que desde que hice la promesa mi madre casi no sufre dolores.

—Dios es inescrutable, claro. Pero tratándose de un acto de piedad no sería violar el voto, señorita —dijo el hombre intentando salir de su naufragio.

—No crea —explicó María, divertida—. He hablado por teléfono con el párroco para preguntarle si podía subirle la cena. Me ha dispensado por tratarse usted de hombre piadoso y estar invitado. Pero fuera de la casa, sería violar el voto. Con total seguridad.

—Entonces no se puede hacer nada, claro —concluyó dándose por vencido.

—Me encantaría seguir la charla, pero debo bajar a atender la medicación de mi madre. Espero que sepa disculparme. Mandaré que vengan a retirar el servicio cuando usted diga.

—Pueden subir ya, claro —le dijo sin ánimos para terminar la cena.

Dolores Bernal salió a su encuentro cuando María aún bajaba por la escalera. Las profesionales esperaban.

—Pueden subir a retirar la cena —anunció María.

—¿Ha cenado ya? ¿No lo habrás contrariado?

—Se siente como un rey.

Dolores mandó a una de las falsas criadas, que se extendió más de lo previsto en retirar el servicio de la cena, aunque, según confesó, no hubo asistencia profesional. Sólo charla intrascendente y la orden de subirle coñac a las diez y media. A esa hora sí hubo servicio. Muy corto, pero lo hubo, aunque tal vez fuese en grado menor al que comunicó la mujer, que según el acuerdo por el que fue contratada cobraría aparte. De lo que sí hubo seguridad fue de la orden que el despótico visitante trasladó a través de ella y que aumentó la irritación de Dolores. Se celebraría misa a las siete y media de la mañana, de obligación inexcusable para todos, tras la que se serviría el desayuno en el jardín al excelentísimo señor y a su confesor, con el encargo expreso de evitarle presencias inoportunas, tanto del personal como de los miembros de la familia. Dolores Bernal clamó al cielo durante la noche por la ingratitud del mundo que se desmoronaba ante sus ojos. Por la mañana, sin embargo, había perdido cualquier interés en agasajar al visitante y había decidido atenderlo sólo en aquello que ordenara.

A las diez y media de la mañana, María contempló desde la ventana de su habitación el espectáculo más divertido de su vida. Bajo una estridente sombrilla, el hombre iba ataviado con una camiseta de presidiario a rayas rojas y blancas, un pantalón corto y blanco que dejaba al descubierto sus piernas lechosas, canijas para una persona de su corpulencia. Un grueso cinto de cuero marrón, gastado y deslucido, desproporcionaba su redonda barriga. Calcetines blancos, tenis, una boina negra y una toalla de color rosa bajo el brazo completaban el atuendo. El gesto altivo, escondido tras el parapeto de gafas negras, se hacía imposible de combinar con semejante desproporción de ofensas estéticas. En el más absoluto, irremisible y despiadado de los ridículos, se marchaba a la playa con su escolta de matones y confesores.

Los días pasaron fugaces con la misma rutina. Tras la misa, compartía el desayuno con el religioso, en el corredor acristalado. Después marchaba a la playa, de la que regresaba poco antes del almuerzo, y se encerraba en su habitación, de la que no salía hasta la hora del rosario.

Partiría al día siguiente después del desayuno y la casa recobraría sus maneras. La noche anterior pidió que subieran Dolores y Roberto para darles las gracias y un desganado tirón de orejas.

—El gobernador se queja de que hay abusos aquí. Lo que hubo que hacer, debe parar ya. Somos patriotas, no una horda roja —dijo el hombre.

—Excelencia... —intentó hablar Dolores.

—No insista. Gracias por atenderme en su casa y cuidado con los abusos —concluyó la conversación.

En realidad, le importaban poco los abusos. Lo que hacía no era otra cosa que dar aviso de que estaba informado de todo, para requerir el silencio de su presencia en la casa, bajo una clarísima amenaza. Cuando Dolores y Roberto salían de la habitación hizo la última petición:

—Por favor, señora, le agradecería que le dijera a su hija, la señorita María, que me subiera otra vez la cena. Sólo para tener oportunidad de despedirme de ella.

Otra vez tuvieron un altercado María y Dolores. De nuevo María impuso una condición: Virtudes y Paulino permanecerían en la casa tras la boda. Dolores aceptó y María subió la cena al insufrible visitante.

Fue más cordial que la primera noche y le sirvió a María una copa con agua, sin preguntarle si la quería. Esta vez habló de lo tranquila y agradable que había sido la estancia y de lo agradecido que estaba a la familia por haberlo acogido.

María no tuvo jamás recuerdo de cómo y qué fue lo que sucedió. Perdió la coherencia bajo un dulce sopor y quedó ausente, sin consciencia, indefensa ante la perversión de aquel maníaco que recobró el destello en sus ojillos de rata de cloaca, mientras giraba la llave de la puerta y apagaba la luz cenital. La levantó sin otro esfuerzo que cogerla de la mano. Ella se movía de forma automática, sin voluntad. La recostó sobre el diván, levantó su vestido, separó sus piernas, acarició la fina piel de sus muslos, le separó la braga lo imprescindible y la penetró desgarrando la virginidad del cuerpo y del alma de aquella mujer infinita para dejar en ella, en un estertor asqueroso, el sedimento de mierda de su inmundo ser.

Tardó apenas un minuto y medio en cometer la delirante proeza. Jadeando más por la excitación que por el esfuerzo de la eyaculación fulminante, con la misma servilleta que usaba para comer limpió los muslos de María. Luego colocó en su sitio la braga, bajó el vestido, la levantó del diván, la sentó en la silla, encendió la luz, abrió la puerta y llamó a gritos al personal, fingiendo aflicción.

—¿Qué le pasa, señorita? ¿Qué le pasa, señorita?

Entraron a toda prisa Virtudes, Dolores, las falsas criadas y Roberto. Vieron a María ida, casi desvanecida, y al infame hipócrita, atribulado, abanicándola. Nadie habría podido imaginar lo sucedido, salvo una mujer acostumbrada a la lidia de cabestros de semejante ralea: una prostituta, o una mujer con la suficiente maldad en el corazón: Dolores Bernal.

Alfonso Santos llegó de inmediato para atenderla y no le hizo falta más que verle las pupilas para saber que la habían drogado. El estado de pacífica pereza, la voluntad ausente, el brillo acuoso de sus ojos, la certera suposición de que un médico forense metido en los enredos de la política de aquellos tiempos no era por mera casualidad, la falta de signos de lucha que demostraban que la droga no había sido administrada a la fuerza, le dijeron, sin equívoco posible, que la dignidad de aquella noble mujer había sido hurtada mediante la autoridad diabólica de la escopolamina. Tras el interminable ritual de observación, confirmó la más terrible de las conjeturas: María Bernal, la única persona de la familia que le merecía respeto, había sido violada. Y supo, también, que era virgen cuando lo hicieron. Pero aquello había de quedar entre el médico y la paciente.

—Ha tomado algo que le sentó mal. Se le pasará pronto.

No hizo otro comentario sobre el diagnóstico a pesar del insistente interrogatorio al que lo sometió la madre.

Para colmo, la estancia del hombre en la casa había sido del todo fortuita. Debía ir otro que en el último instante tuvo que renunciar al viaje, y Jorge Maqueda, así se llamaba el insigne miserable, solicitó ocupar su lugar.

Por la mañana había salido de la casa de Dolores Bernal. De su vida, ella jamás lo podría sacar.

9

Rita Cortés, la mujer que abandonó en las puertas de la iglesia a Francisco Minéo, al que amaba, y huyó a Madrid para casarse con Asencio Samper, al que detestaba, vivió cada una de las dos vidas que en realidad tenía, sin tomar aliento. En la fingida, la del matrimonio, sorteando con finura los escollos de la convivencia, entregando su papel de esposa abnegada a cambio de una existencia más opulenta que cómoda, en un intercambio en que todos obtenían lo que deseaban. El marido, el prestigio de llevar a una mujer de su inteligencia y belleza del brazo, los suegros la complacencia por una nuera tan joven, impecable en la imagen de perfecta señora, refinada en el saber estar, cautivadora en el trato y ejemplar en sus virtudes de esposa cristiana. Era el miembro más carismático de la familia, la luminaria más fulgurante en su diminuto firmamento de banalidades. Todos ganaban, pero Rita era la única que sabía lo que entregaba y a cambio de qué lo hacía.

El desconsuelo por la falta de los hijos, que no se habían presentado, era el lamento de Asencio y de sus padres, y al unísono con ellos, también de Rita, que se manifestaba sobre el particular con mayor frecuencia y pesadumbre que nadie, aunque en su caso no era sino la estratagema más perversa de sus intrigas, pues sólo imaginar que pudiera llegar a tener un hijo del marido le causaba pavor. La posibilidad del embarazo era demasiado improbable. Eran pocos y breves los intervalos que él pasaba en la casa. Casi siempre estaba navegando o prestaba algún servicio alejado de Madrid, destinos a los que Rita lo empujaba para sacárselo de encima durante el mayor tiempo posible, con el argumento del anhelado y escurridizo ascenso. Las relaciones con él eran la minuciosa repetición de los primeros tiempos. La misma rigurosa cadencia: como máximo una sola vez cada dos semanas, el mismo ritual leve y superficial con los mismos artificios, el mismo miserable intercambio y el mismo sofoco vomitivo, para el mismo efímero desahogo.

Ninguno de los especialistas que la atendieron encontró jamás causa que explicase la falta del tan deseado embarazo. Como había visitado cuanta clínica, hospital o médico especialista que le recomendaron, fuese nacional o extranjero, Asencio había desistido de los hijos, seguro de que era él quien fallaba en el propósito, y daba por perdida la continuidad de la rancia y larga estirpe que sólo existía en los ensueños de su madre.

La existencia banal y fácil en la más ferviente época de la pleitesía al dictador hizo que a Rita se le pasaran los años casi como si se hubieran esfumado antes de vivirlos. Entre un acto y el siguiente de la fanfarria de propaganda, en los que la comparecencia era inevitable, de boda en boda, de bautizo en bautizo y comunión en comunión. Aquélla era su dedicación principal y casi exclusiva: atender con resignación los actos de adhesión, acudir a las obligaciones religiosas y, a continuación, pasarlo lo mejor posible. Irse de compras a diario, fiestas, hípica y tenis, algo de teatro, menos de ópera y zarzuela, alguna conferencia o presentación de algún libro cuando no había otra cosa para escoger, en la impenitente compañía de Inés Cardona, la primera de las amigas de una lista inacabable y la única que en realidad lo era.

Inés Cardona era sobrina de la madre de Asencio, quien se la asignó como perfecta carabina cuando Rita llegó a Madrid. Jamás nadie acertó tanto en presentar a dos personas ni erró tanto en sus intereses. Casi de inmediato, cada una de las dos halló en la otra una cómplice a su medida. Ambas se veían a sí mismas cuando miraban la cara de la amiga y nada, bueno o malo, podía sucederle a una que la otra no sintiera como propio. En apariencia, eran el centro en sus respectivos fueros, pero, en la realidad, ellas, como las demás, estaban relegadas al estrecho ámbito subalterno que los ideales del régimen les habían reservado. La complicidad era por tanto inevitable. Hacían lo que sabían hacer mejor. Esconderse tras los cortinajes de la hipocresía del mundo que las había proscrito como personas, alcanzar en la clandestinidad un instante de liberación para realizar, aunque fuese en las tinieblas, alguno de los sueños que les estaban prohibidos en la vida subsidiaria que se dictaba en los claustros y se enseñaba en la Sección Femenina.

Fue Inés quien inició a Rita. Empezó poniéndola al corriente de los detalles más sabidos y las historias menos confesadas de los círculos del poder, las pocas grandezas y muchas miserias de la alta sociedad del Madrid de la posguerra, pero terminó siendo la maestra y consejera en los asuntos de su vida, desde las cuestiones más importantes de la vida social hasta las más triviales de la doméstica.

En los preliminares de la boda, se le escapó a Rita el comentario de que tener que brindarse a los apetitos del futuro marido sería como ir al matadero por voluntad propia. Más tardó en decirlo que en arrepentirse, porque sus palabras la dejaban indefensa ante Inés. Pero produjeron el efecto contrario. Inés, que cuanto más conocía a la nueva amiga, menos creía que pudiera ir de buen grado el matrimonio con su primo, le entregó a cambio una confidencia semejante de su matrimonio con un oscuro funcionario, del que descubrió, cuando no tenía remedio, que era homosexual. Además, le hizo otra de la familia Samper. Odiaba a los padres y despreciaba al hijo. El padre, el general, era el responsable de la ejecución de un hermano mayor, después de la guerra, porque fue leal a la República incluso cuando la sabía perdida. La madre, tía de Inés y por tanto también del hermano, en lugar de evitarlo, azuzó al marido.

Después de aquellas confesiones llegaron otras que hicieron la amistad indisoluble. Inés casi sufrió un ataque de risa cuando Rita la puso al corriente de la dura disciplina de abstinencia que le imponía al marido, pero se conmovió con la noticia de que, para casarse con el espanto de hombre que era Asencio, hubiera abandonado al hombre de su juventud en la puerta de la iglesia. Inés no le preguntó las causas de la huida, pero se compadeció al saber que echaba de menos las caricias del novio defraudado. Entonces le mostró a Rita un atajo. Sacó un cuadernito y un lápiz, anotó algo y le tendió la hoja con un nombre y un número de teléfono.

—Tú estás necesitando que te enseñen los cánones griegos.

—¿Los cánones griegos? —preguntó Rita, perpleja.

—Di que vas de mi parte. No te cobrará la primera clase, y es posible que no pase nada. Lo que venga después será cosa tuya.

Era el teléfono de un profesor de Historia del Arte, que impartía clases particulares, por lo general a mujeres de clase alta, que deseaban aprender lo justo para no quedarse con cara de memas si alguien les hablaba del románico. Por una cantidad adicional daba las clases a domicilio, lo que era el caso más frecuente, aunque disponía de una habitación en el último piso de un edificio en una calle del barrio de Salamanca, cerca por tanto de donde vivía Rita.

Inés le cubrió la espalda por primera vez. Le dijo en qué portal y en qué piso y la esperó en una cafetería. Rita, que esperaba verse con un tiarrón, encontró a un hombre más bien corriente que casi la defraudó. No era bajo sin ser alto, no demasiado guapo, unos quince años mayor que ella, de conversación amena y modales elegantes. Si nada en él inspiraba rechazo, tampoco tenía nada que a primera vista pudiera adivinarse como seductor. La ayudó a quitarse el abrigo y le pidió que se sentara frente a un escritorio. Puso un grueso cuaderno de dibujo abierto por la primera página frente a ella y empezó a explicarle el itinerario de las clases. Las láminas del cuaderno eran dibujos suyos a plumilla, a mano alzada, realizados con limpieza y pulso firme, que demostraban su magnífica preparación en la materia que enseñaba. Él se quedó de pie, con la mano derecha apoyada sobre el respaldo de la silla, muy cerca del cuello de Rita. Con la mano izquierda señalaba los dibujos del cuaderno y le explicaba lo que verían del arte megalítico y de las pinturas rupestres. Cuando llegó al Egipto de las mastabas acercó la mano que tenía en el respaldo y le rozó la mejilla. Rita se erizó. Por la monumentalidad de las pirámides el índice le acariciaba muy despacio el lóbulo de la oreja, que hervía ya al contacto. En los templos hipogeos comenzó con un lento y delicado masaje del cuello. Al pasar la página y llegar a Grecia le quitó una traba y le liberó la mata de pelo. Mientras recorría la Euritmia, la proporción entre las partes y el todo, le desabrochó el vestido, sin que ella supiera cómo, y extendió su caricia por la espalda, con tanta suavidad que empezó a volverla loca cuando iban por la proporción áurea camino del equilibrio inalcanzable entre las masas y los vanos, y en el orden dórico la besó primero en la frente y después, muy despacio, bajó los besos hasta los párpados, primero uno, luego el otro, y siguió por la mejilla hasta el cuello, en donde ella empezó a incinerarse con el orden jónico, y a perder el aliento cuando la besó en la boca y le acarició un pecho, y a derretirse con el orden corintio hasta la alfombra, donde perdió la razón cuando le arrancó el vestido de un zarpazo y la revolcó por el fango, la envileció como a una puta, la encanalló como a una perra, la hizo picadillo, le trituró los huesos y la dejó descoyuntada sobre la alfombra, derramada en un charco de engrudo de mujer, dichosa de que todavía quedaran veintitantos siglos de Historia del Arte antes de que Picasso inventara el cubismo.

De esa manera, cuando apenas llevaba unos meses de casada, empezó a vivir su segunda vida. Él insistía en no cobrarle las clases, pero ella jamás dejó de pagarlas, en parte para ayudarlo y en parte para mantener la apariencia de pulcritud, aunque al hacerlo añadía a la experiencia una fragancia de perversión que la hacía más sensual. El sexo recóndito, prohibido, peligroso y, además, pagado por el marido, que gastó una fortuna en clases de Historia del Arte en las que Rita no sólo aprendió a distinguir el mudéjar del mozárabe, sino a ponerle nombre a los juegos que por talento e inclinación natural había descubierto con Francisco, y otros que ni siquiera había imaginado, pero que le maravillaba que se pudieran jugar. Tuvieron épocas de menor frecuencia, pero no dejó de verlo. Muchos años después, ella cayó en la cuenta de que, de manera imperceptible, habían ido dedicándole más tiempo al arte que a la práctica de las artes amatorias. Que por último acudía con más deseos de que le hablara del impresionismo que de meterse en la cama con él. A pesar de ello, continuaron con unos amores desvaídos en los que la pasión, de manera paulatina, quedaba sustituida por un sentimiento de amistad vieja que Rita pensaba que se parecía bastante al amor.

Fue el único poco amor de verdad que tuvo en aquellos años de su vida en los que, de lo demás, hubo de todo. Amantes desconocidos en momentos fortuitos, profesionales en los retiros para ejercicios espirituales, episodios fugaces en los que no llegó a conocer el nombre del amante, reclutas en la propia cama del marido. Y también tuvo dos episodios de gonorrea, uno de ladillas y la paliza de un energúmeno que no pudo soportar que la noche que acababan de pasar fuese la última.

Tomó la píldora desde que pudo conseguirla, lo que la obligaba a poner extremo cuidado para no llevarse un sobresalto en alguno de los innumerables análisis que le hacían, en la búsqueda de su terca e inexplicable infertilidad. El ginecólogo habitual, el único de su confianza, llegó a darse cuenta y le preguntó si estaba tomándola. Ella asintió. En lugar de darle una explicación le pidió permiso para presentarle al marido, que la esperaba fuera. El hombre lo llamó por mediación de una enfermera y Rita los presentó. Cuando volvieron a quedar a solas, el médico le dispensó la aclaración.

—Comprendo, señora. Llame por teléfono antes de hacerse cualquier análisis que le manden.

El médico se sintió aliviado, porque no sólo comprendió que ella no deseara hijos, sino que entendió y agradeció como un acto de lealtad la razón por la que no le había confiado el diagnóstico de la supuesta infertilidad.

* * *

Aunque fuera el peor de los suplicios, supo sortear la pertinaz e intempestiva intromisión de los suegros en la vida del matrimonio con tanta pericia y sutileza que ellos jamás le advirtieron contrariedad por las injerencias, ni desacuerdo en aquello que la suegra tenía establecido como esencial. Sin embargo, fue breve. Desaparecieron de su vida cuando llevaba quince años de casada, de la forma más inesperada al mismo tiempo que anunciada imaginable. La madre de Asencio creía ser micóloga experta y, cuando llegaba época de setas, organizaba un día de paseo para recolectarlas y agasajar a Rita y Asencio con una cena. En aquella ocasión el cocinero la advirtió de que entre las que había traído algunas eran venenosas, y tan seguro estaba de ello que se negó a cocinarlas. La mujer lo despidió y se metió en la cocina a prepararlas. Rita y Asencio escaparon de milagro porque una criada la llamó aparte para contarle, muy turbada, lo sucedido con el cocinero. Rita hizo lo que pudo por convencer a los suegros de que en caso de duda era mejor no probarlas, pero la mujer lo había convertido en una cuestión de fe y se comió una para demostrar lo segura que estaba de su pericia en aquel terreno. Rita no comió y Asencio, que la seguía en todo, tampoco lo hizo, pero la madre por contumacia y el padre por calzonazos se atiborraron. La cena, agriada por el desencuentro, fue breve y sin sobremesa. Al regreso, cuando llegaron a casa, habían telefoneado diciendo que acababan de llevarlos al hospital.

Después de unos funerales oficiados con enorme boato llegó la placidez. Descontadas las deudas, la fortuna que heredó Asencio, y que se suponía enorme, sólo pasaba un poco de ajustada.

* * *

Casi desde la llegada de Rita a Madrid, Inés, la amiga inseparable, la introdujo en los compromisos con las obras de caridad, que eran obligación ineludible de las señoras ricas. Ambas se entregaban a la actividad con entusiasmo y diligencia ejemplares, presentándose voluntarias con más prontitud que ninguna para cualquier cometido por esforzado que resultase, con preferencia a los que les brindaran la posibilidad de ausentarse de Madrid. Aunque después del fallecimiento de los suegros, con el marido incapaz de oponerse a ninguno de sus deseos, Rita gozaba de completa libertad. En esas escapadas no podía faltar la amiga con la que compartir habitación y a quien encomendar la custodia de los secretos mejor guardados. El acuerdo, que sin hablarlo dieron por hecho desde los preámbulos de su sólida amistad, consistía en que si una de ellas encontraba aventura la otra desaparecería del primer plano pero permanecería muy cerca cubriendo la espalda de la amiga.

Fue en un viaje a Barcelona para una cuestación de la Cruz Roja, cuando Rita puso la última cuenta en el largo rosario de los amantes. Lo conoció por casualidad en la misma cafetería del hotel. Habían concluido el compromiso del viaje y preparaban el equipaje para el regreso a Madrid. En la sobremesa del almuerzo lo vio por primera vez. Ocupaba una mesa cerca de ellas, acompañando a otras personas cuya conversación era evidente que le aburría. Sobre el pantalón y la camisa blancos, vestía una chaqueta muy ligera de color azul marino, con el bordado de dos raquetas cruzadas en el bolsillo delantero, desde el que se dejaban ver las puntas de un pañuelo. Era rubio, muy atractivo, no demasiado alto, de ojos azules y piel dorada. Entre ellos se estableció una esgrima de miradas y gestos no casuales, unas veces sostenidos y otras evadidos, unas veces de orgullo, otras de reto, unas veces retirándose con una caricia, otras golpeando con desdén. Era inevitable que esa batalla librara su lucha más encarnizada en el cuadrante de la cama.

Pero no sucedió de la manera prevista por Rita. En aquella ocasión otra mujer las acompañaba. Aquélla ni tan siquiera intuyó lo que pasaba, pero Inés no necesitó la visita al baño de señoras para conocer las intenciones de la amiga y desapareció con la otra casi al instante. Rita subió a la habitación, haciendo como que se le olvidaba la llave en la mesa. Esperó durante dos horas, pero el hombre no subió. Defraudada, casi ofendida, decidió darse una ducha.

Cuando terminó de secarse el pelo y salió del baño, Fabio Nelli, así se llamaba, salió de la penumbra y la sujetó desde atrás por las caderas. Ella quiso resistirse, pero él la volvió con fuerza y dominio, casi con brusquedad, susurrándole para que callara y tapándole la boca a besos. Luego se agachó, le abrió el albornoz, la besó entre los pechos, la abrazó por la cintura, la levantó con fuerza y la dejó con suavidad sobre la cama. Ella intentó otro amago de resistencia, pero él se impuso con suavidad, la besó despacio en los labios, en una caricia tan delicada que ella comenzó a incendiarse de pasión y a entregarse a la placidez de las ternuras y los besos del profesional experimentado que era Fabio Nelli.

Desde la época de Francisco Minéo no hubo una mujer más entregada al amor de un hombre que Rita Cortés, aunque ella, mejor que ninguna otra, debía saber que el amor es una fuerza colosal que puede ser, y de hecho lo es más veces de las que debe, destructiva.

Era italiano, aunque pasaba la mayor parte de su vida en España. Todo lo hacía un amante capacitado. De ostensible apostura masculina, de indiscutible buen gusto, dominaba media docena de idiomas que hablaba sin acento, y era poseedor de algún título nobiliario, de cuya existencia real Rita no dudaba por el aborrecimiento que expresaba en la mirada cuando se refería a ellos. Salpicaba su amena conversación de hombre de mundo con una colección de anécdotas y vivencias interminable, y a Rita incluso le apasionaba el halo de indefensión que tenía en los negocios y los asuntos de trabajo. Enamorada desde la primera tarde no le fue infiel, ni en peloteras de Historia del Arte, antes de aquello bastante desvaídas ya, ni en otra de las grotescas limosnas al cándido y cada día más cohibido y ausente marido. No hubo, después de la primera tarde con Fabio Nelli, ni un desliz con otro, ni un deseo en la mente de Rita por otro que no fuera él. Con la misma desesperación de la adolescente que contaba los días que le faltaban para verse con Francisco, ahora contaba los que quedaban para encontrarse con Fabio Nelli, en huidas que eran cada vez más largas y frecuentes, bajo el socorro incondicional de Inés Cardona, para encontrarse con el amor peligroso del hombre que la había hecho volver a sentirse mujer.

Pero Rita Cortés no era la misma mujer. Había comenzado a disimular canas y arrugas, y Fabio Nelli era un lujo caro que había de pagar. En la medida en que ella soñaba con la quimera del matrimonio, en un país mangoneado por las sotanas que prohibían el divorcio, la repugnancia por el marido se hacía cada día más insoportable. Cuando nadie creía en su papel de esposa entregada, como por encargo de su vida, Asencio hizo la única cosa que ella le agradecería. Salió a pasear en un yate con unos amigos, de la forma más estúpida equivocó un cabo y liberó la botavara, que lo descalabró y lo tiró al mar, cerca de la costa de Palma de Mallorca.

Rita Cortés, la perfecta señora, fue la viuda más esplendorosa en los funerales. No se había visto ni se volvería a ver a otra más bella ni más demolida por la muerte del marido y así quedó en el recuerdo de Madrid cuando desapareció de la escena. Fabio Nelli no faltó ni un solo día en la viudez. En la huida de los dos años de luto, la paseó por Europa y América con la promesa de casarse en cuanto tuviera listos unos trámites para el cobro de una herencia que lo haría multimillonario. La herencia existía, pero no habría dado para mantener ni una semana los caros gustos de Fabio. La auténtica herencia, la que Rita había recibido del marido, le habría alcanzado para tener una existencia sin preocupaciones, incluso con algún lujo, pero ciega de amor fue incapaz de ver que se le deshacía entre las manos en la medida en que Fabio incrementaba la frecuencia de sus promesas.

Un lunes por la mañana tuvieron la confirmación del embarazo de Rita. Fabio le llevó flores y bombones por la tarde. Cenaron, pasearon, se amaron y pasaron la noche con la felicidad por el hijo que iban a tener. Por la mañana, Fabio Nelli recibió de ella un cheque de cinco millones de pesetas para pagar los impuestos de la famosa herencia. Se esfumó, dejándola arruinada, a la espera de un hijo, y enloqueciendo en una casa cuyo procedimiento de embargo tenía fecha de ejecución para la semana siguiente.

Por el dinero que Fabio acababa de llevarse, había comprometido la pensión de viudedad con un prestamista. Remató la otra casa, los muebles, las joyas, los coches y una yegua preciosa que no había llegado a montar. Liquidó las deudas y se marchó a la isla con lo justo para vivir unos meses. Pensaba que aún aquello le sobraría cuando todo hubiera terminado. Cuando se despedía de Inés Cardona, la amiga por la que hubiera puesto las dos manos en el fuego, un torpe comentario le hizo saber que también ella la había traicionado. Ocultaba a Fabio. Con seguridad estaba enredada con él antes de la noticia del embarazo y de la desaparición.

10

La casa de Dolores Bernal quedó del revés tras la visita de Jorge Maqueda. Por la tarde del mismo día de su marcha, Alfonso Santos ordenó el inmediato traslado de Dolores a un hospital de la capital, donde permaneció durante tres semanas. Al regreso no había perdido la firmeza del carácter, pero era evidente que algo había cambiado en su interior.

María, que no había salido de su cuarto desde el día del suceso, abandonó el cautiverio, delgada y demacrada, para verla apenas unos minutos y cuando regresó a la habitación no salió de ella durante meses. Dolores hizo algo parecido. Atendió los asuntos más perentorios y se escondió en la biblioteca, decaída y pensativa, a echar de menos al marido como no lo había hecho sino en los primeros meses de su viudez, cuando tuvo que ponerle rienda a sus miedos y hacerse cargo de unos negocios que no entendía y de los que en muchos casos incluso desconocía la existencia.

Aunque por razones distintas, María y Dolores actuaban de la misma manera, interesándose por la salud de la otra, pero evitando el encuentro. Dolores empezaba a salir de la biblioteca y a tomar el control cuando Alfonso Santos llegó para confirmarle a María la que era la más terrible de las sospechas: estaba embarazada. Dolores regresó a la biblioteca durante los días que necesitó para recobrar a la mujer con entrañas de pedernal y salió del encierro más brava que nunca lo había sido, aunque cambiada con María en un sentido y en el opuesto con Roberto, con quien tuvo una trifulca épica porque había aprovechado la ausencia para excederse en gastos y cometer desmanes con Juan Cavero.

Visitaba a María varias veces al día, aunque por toda conversación no intercambiaran sino frases triviales, en una tensa relación que se hacía más penosa cuanto más avanzaba el embarazo. El más parecido a un embarazo del revés, que en lugar de hacer revivir el cuerpo de María, lo consumía, en el que los alborotos hormonales tenían el efecto contrario y sólo conseguían postrarla más. Apenas se alimentaba y dejaba pasar los días en la soledad de la habitación, donde Alfonso Santos la visitaba casi a diario, más preocupado por su estado de abandono que por el desarrollo de la gestación.

Una mañana Dolores entró a la habitación para intentar convencerla de que bajara al jardín y acompañara a Virtudes, muy avanzada en su embarazo. María se interesó por Virtudes, pero renunció al consejo de Dolores.

—Virtudes no está para moverse. ¿La está haciendo trabajar, madre?

—No, hija. Está descansando. Le he dado permiso a Paulino para que la atienda. Ella pasea mucho y tú deberías acompañarla. Te haría bien.

—No me apetece, madre. No quiero que nadie me vea así.

—¿Quieres que le diga a Virtudes que venga a hacerte compañía?

—No, madre. Prefiero estar sola.

Dolores se levantó, caminó unos pasos y se volvió para hablarle:

—Terminará pronto. Estarás mejor cuando nazca.

María no le respondió. La miró con tristeza. Por primera vez le parecía ver en la madre a otra mujer.

—¿De verdad lo cree, madre?

—¿No deseas tenerlo ya?

María inclinó la cabeza.

—Deseo arrancármelo y morirme.

Dolores la miró con compasión.

—Lo querrás cuando puedas verlo y tocarlo, funciona así. Figúrate, que yo no puedo dejar de querer ni a tu hermano.

Dio la vuelta y salió de la habitación. Había caminado unos pasos, meditó unos segundos y regresó a la puerta. Estuvo a punto de golpear con los nudillos y volver a entrar, pero desistió. Se encerró con llave en su habitación, se sentó al borde de la cama y reventó a llorar como no recordaba haberlo hecho en su vida.

No podía defenderse. Le suponía a Jorge Maqueda un poder que quizá no tuviera, pero al que sería demasiado aventurado enfrentarse. Sólo ahora, cuando le tocaba a ella ser la víctima y la atormentaba la conciencia, reconocía que no era distinta. Por miedo a perder fortuna y poder al principio, por soberbia y engreimiento después, y hasta por desgana y desinterés al final, había sacado provecho de aquel juego de la brutalidad consintiéndole al hijo la clase de atrocidades de la que ahora era víctima. Le habían dado una cucharada de su mismo jarabe, pero se lo daban en la única parte que era suya y era inocente.

Para poner fin a la barbarie, buscó a quien pudiera administrarle los negocios, le asignó a Roberto una renta con la que podría vivir con independencia y permitirse algún capricho, lo alejó con la orden de que no volviera a repetir ningún abuso y utilizó sus influencias para conseguirle a Juan Cavero una ocupación bien pagada que lo mantuviera alejado de la familia.

El mismo día que Virtudes trajo a su hijo, María tuvo al suyo, con seis semanas de antelación, en un parto que fue fácil y sin complicación. Ambos niños nacieron bien.

Le costó empezar a querer al hijo, pero cuando lo consiguió, a partir de él, muy despacio, regresó a la vida. Fue un proceso parecido el que vivió Dolores, cuyo sorprendente cambio de actitud culminó con la presencia del nieto. Aunque no fue inmediato, las resistencias comenzaron a derrumbarse con las primeras gracias del pequeño, al que terminó por sentir suyo. Como los dos niños eran en la práctica inseparables, Dolores no cometió el desafuero de tener un gesto con el nieto que no tuviera al mismo tiempo con el hijo de Virtudes y Paulino, por lo que acabó convertida en su protectora. Le vino tan bien ese papel, que en la casa no podían creer que la mujer brutal que conocían fuera la misma, feliz en apariencia, que vivía pendiente de dos chiquitines a los que dedicaba los mejores momentos.

* * *

María Bernal continuaba esperando desde la ventana del cuarto a que apareciera en la cancela aquel con el que soñó en la adolescencia. El que amaría tanto que, aun sin conocer su rostro, podría reconocer en medio de la multitud. El que a su vez la amaría tanto que podría saciarla de amor en una sola noche, tras la que no le importaría morir. No era sino un sueño romántico de juventud, que a su edad sabía ya que no se cumple jamás. Menos aún para ella, que de ninguna manera cambiaría la obediencia a la madre por la obediencia a un marido, puesto que de ninguna manera entregaría a un desconocido la poca libertad que a dentelladas había conseguido arrebatarle a la madre, mucho menos ahora, que tenía un hijo que convertía en imposible lo que antes sólo era improbable.

Sentada en el escritorio de la habitación, alzó la mirada y lo vio a través de los visillos parado en la cancela con una maleta pequeña. Era alto, sencillo en las maneras y el vestir, exquisito en el trato, y estaba envuelto por un aura de abatimiento que ella percibió en cuanto Dolores los presentó.

Cuando se levantaron en su madre los tormentos de la conciencia y apartó al hijo de los negocios, tomó una decisión obligada por las circunstancias pero que resultó ser la más inteligente y conveniente a sus intereses. El administrador a quien había confiado sus asuntos económicos en poco tiempo puso orden en la barbarie. Sin desmanes ni atropellos, mejorando salarios y llevando las cuentas con rigor, obtuvo mayores beneficios. El natural desconfiado de Dolores la llevó a prevenirse del engaño contratando a un secretario que mantuviera los libros y supervisara las cuentas del administrador. Pagaba muy bien el trabajo, pero el cargo llevaba la condición de vivir en las cercanías de la casa. El acuerdo lo hacía por seis meses, en lo que no era sino otra argucia para llevarle a María lo que ella no salía a buscar. Solía contratar a un hombre sin compromisos familiares, de edad y educación similares a los de su hija. Habían pasado seis por el puesto antes de la llegada de Daniel Escobar.

Aunque por solicitud de Dolores él solía cenar con la familia, la relación con María fue de cortesía durante los primeros meses. Después del trabajo solía pasar largos ratos entreteniendo a los niños, que corrían a su lado en cuanto lo veían llegar. Cuando ella advirtió que se había ganado el cariño de

Pablo, su hijo, bajó un poco sus puentes. Muy despacio llegaron las confidencias y el consuelo mutuo. Se había quedado viudo en los primeros años de un matrimonio feliz y estaba haciendo un esfuerzo sobrehumano por reconciliarse con la vida. No podía tener hijos, de modo que atribuía su buena mano con los críos, los de dentro y los de fuera de la casa, a que los trataba como si fueran los hijos que no podría tener.

Desapareció un fin de semana para una urgencia familiar, en la que Dolores aprovechó para otro de sus ardides, ocultándole el motivo de la ausencia a María y callando el recado que Daniel le había rogado que le transmitiera. Pablo no cesaba de preguntar por él. María lo llevó a que le preguntara a la abuela y permaneció muy cerca, con aparente desinterés.

—Falta poco para que vuelva —le dijo Dolores al nieto.

Pero María no supo interpretar si era la respuesta que daba para tranquilizar al pequeño o era la verdad. Pocas noches después, cuando acababa de acostar a Pablo, oyó que un coche paraba frente a la casa. Se acercó a la ventana y lo vio delante de la cancela, indeciso, y entonces supo que era el que había esperado toda la vida. Se puso un chal sobre el camisón, salió de la casa, corrió hasta la puerta y abrió. Hizo lo que no habría imaginado que ella fuese capaz de hacer.

—¿Te volverás a marchar sin decirme adónde vas?

Habría parecido la pregunta de una esposa que increpara al marido, pero no era así. Sólo preguntaba, pero preguntaba llorando. Él la miró sorprendido y serio. Reaccionó cogiéndole la mano para besársela con mucha ternura.

—Puesto que me lo preguntas así, te lo diré: no iré a ninguna parte sin ti. Y no me marcharé a no ser que me eches.

Ella tiró de él, cerró la puerta, lo empujó hacia la sombra y se echó en sus brazos.

Dolores, que husmeaba detrás de un visillo, tuvo que enjugarse una lágrima. Siguió conspirando para empujarlos uno al otro, propiciándoles intimidad o enviándolos a la capital con encargos frecuentes. Después de los primeros meses de idilio y escapadas, continuaron una relación más parecida al matrimonio que al noviazgo, discreta pero plena y feliz, que les permitió hacer sin apresuramiento los planes de la boda. Cuando por fin fijaron fecha, habían pasado tres años.

* * *

Por el extenso historial de delitos no denunciados que pesaba sobre Roberto Bernal y Juan Cavero, a Jorge Maqueda le bastaba con la sistemática administración de las amenazas para someterlos a su control. De esa manera se enteró de lo que no hubiera debido saber: que tenía un hijo.

Casado antes del incidente con María, había dado por perdida la esperanza de los hijos. Con la esposa frígida hasta del alma y él convencido además de estar poco capacitado para producir un embarazo, la noticia convirtió su vida en un calvario. Poco después de nacido el hijo, viajaba con frecuencia para intentar verlo desde la distancia, con el auxilio de Roberto. La inquietud que durante los primeros años sólo fue desvelo, con la aparición de Daniel, en noviazgo con María, empezó a ser obsesiva y, con el anuncio de la boda, desesperada. De su parte tenía otra de tantas leyes insensatas de la época, según la cual mientras el niño no tuviera un apellido paterno, él podría reclamarlo sin que la madre pudiera hacer mucho por evitarlo, pero no en el caso de que ella se casara y el marido le arrebatara la posibilidad adelantándose a darle el apellido.

11

Sin faltar un día, Francisco Minéo, el hombre que no había superado su fracaso de boda con Rita Cortés, salía de la casa y bajaba a la playa sin mediar palabra con nadie, con una puntualidad que era ya, por infalible, legendaria en Hoya Bermeja. Sentado en su piedra de siempre entregaba otro día al mar, evaporándose en el devenir de las olas, apergaminándose otra hojuela más con el bruñido de cobre del sol y el salitre del mar. Al mediodía, cuando comenzaba a incomodar, se retiraba a la casa y al apaciguarse durante la tarde, con idéntica exactitud y con el mismo ritual, repetía la visita.

Rita Cortés quedó perpleja al bajar del coche y encontrarse con el lugar donde debería estar la casa de Francisco. El jardín era una tupida selva que ocupaba el rectángulo de la propiedad. Aunque alguien cuidaba de que el ramaje no invadiera las propiedades vecinas, la construcción, de dos alturas con semisótano, no se adivinaba tras la espesura de las plantas, desobedientes de su naturaleza y crecidas más arriba de lo concebible. La puerta principal, obstruida por la vegetación, apenas se adivinaba, y un estrecho pasillo con la bóveda entretejida por el follaje y las ramas sorteaba los antiguos parterres de piedra y se abría camino entre los arbustos, las palmeras y los ficus, para llegar con dificultad hasta la entrada lateral. Tres bocas de caverna, mal podadas en la hiedra y la madreselva, eran los únicos huecos accesibles para la puerta y dos ventanas.

Nadie respondió a la llamada. Dejó las maletas ocultas por el follaje, caminó por la carretera y preguntó por Francisco en la taberna. Un viejo con pelo de algodón, de ademanes pausados, le dijo que debía de tratarse del hombre que estaría sentado a la orilla del mar hasta poco antes de las siete, que parecía un pintor de brocha fina y que sería difícil hablar con él, porque casi nadie lo había conseguido desde el día que llegó. Rita bajó la larga escalinata y lo encontró donde le habían dicho. Delgado y con la ropa desvaída. Vestía pantalón y camisa de trabajo, ambos arremangados, el pantalón por debajo de la rodilla y la camisa por encima de los codos. Calzaba unas sandalias de cuero crudo que parecían haber andado los caminos del mundo y se cubría con un sombrero de paja de alas anchas, deshilachado y roto. Llevaba el cabello largo, sobre los hombros, y una barba de años entrecana y majestuosa. Su imagen bohemia, aun desde la lejanía, tenía el semblante mismo de un pintor retirado a la orilla del mar en busca de las musas, con los codos flacos apoyados sobre las rodillas huesudas y la mirada perdida en el horizonte de su paz imperturbable.

Lo contempló durante varios minutos antes de avanzar para situarse un poco por detrás de él. Se quitó los zapatos y se acercó hasta que su sombra se proyectó sobre la de él, que continuó ensimismado, sin mostrar interés por la novedad de una presencia ajena. Rita se sentó a su lado. Él volvió el rostro y la miró sin sobresalto ni sorpresa. Con la quietud del mar en los ojos, sin emoción, detuvo la mirada en ella unos instantes. Rita esperaba el odio y el reproche en sus ojos, pero no encontró ni una sombra de censura, sólo halló aplomada e inquietante serenidad. Lo besó en la mejilla sin obtener respuesta. Francisco volvió a perderse en el silencio y ella lo acompañó casi dos horas, hasta que él quiso levantarse. Cuando se puso en pie, le tendió la mano para que ella se apoyara. Casi sobresaltada con el gesto, tardó en reaccionar para aceptarla. Uno junto al otro, en el silencio de los que se lo han dicho todo, caminaron despacio hasta la casa.

En la parte posterior la cocina y, junto a ella, una habitación pequeña, con su propio cuarto de aseo en el interior, conformaban el austero espacio en el que Francisco hacía su vida. Rita encontró el resto de las estancias cubiertas por el polvo de casi dos décadas de olvido, cada uno de los objetos que ella había dejado, en el mismo sitio, de la misma forma que los dejó, y tuvo la quimérica certidumbre de que Francisco Minéo se hacía incorpóreo en el interior.

La única estancia que él mantenía limpia, además de las que ocupaba, era la habitación principal, que Rita encontró sin diferencia con la de su recuerdo. Sin hacer un gesto ni preguntar, él subió el equipaje y dejó sobre la cama sábanas y toallas limpias, invitándola a quedarse. No había polvo ni humedad en el ambiente y los muebles, las cortinas, la pintura de las paredes y los objetos presentaban la tersura original. Hubiera dicho que en su interior el tiempo había permanecido en suspenso, a la espera de que ella regresara.

Los recuerdos le sangraron cuando extendía las sábanas sobre la cama en que se entregó por primera vez a un hombre y descubrió el agrio sabor al que en adelante no le sería posible renunciar. El verano más hermoso de su vida, el de sus quince años, el de los veinte años de él, fue invitada en la casa contigua acompañando a María Bernal, su amiga inseparable durante la época del colegio. Una tarde descubrió al muchacho, solitario y un tanto azorado, que vivía tras el muro, y en cuanto se quedaban a solas y no se sentían observadas, ella tiraba de la amiga para encaramarse a un árbol desde donde jugaba a incordiarlo. Una tarde él apoyó una escalera en el muro y la retó a visitarlo. Ella, por supuesto, aceptó el desafío. Siguieron dos tardes de juegos de exploración y descubrimiento, de besos, morditas, caricias y arrumacos, que deflagraron sobre aquella cama, la tercera tarde, en la explosión tremenda de una primera vez para los dos. Continuó un amor sincero, adolescente y apasionado, que no se sació en el verano, ni durante seis años de noviazgo y que acabó del hachazo que ella dio al abandonarlo.

En el interior del baúl, junto a los pies de la cama, encontró el traje de novia que no utilizó, el velo, los anillos y las arras, que permanecían allí como testimonio de la traición. No sabía si lo encontraría en la casa ni en qué condiciones lo haría, por lo que no tenía intención de quedarse, pero la actitud de Francisco, aunque remota sin censura, el silencio, la soledad, la quietud de la casa huida del mundo bajo la maraña de ramas y hojas, le hicieron sentir que nada fuera de ese ámbito protector tenía urgencia y que el acto final bien podía esperar un día de abandono en aquella paz inesperada. Cuando bajó, Francisco aguardaba sentado a la mesa de la cocina, con una de sus cenas de trámite: una tortilla ligera y dorada, acompañada de un tomate cortado en cuatro y de arroz hervido en el punto que saben darle los elegidos, ni entero ni pasado. No añadió a los hábitos de costumbre más que una copa y una botella de un rioja venerable, que había conservado sus cualidades en el mismo olvido que lo demás, dormido en la fresca oscuridad de los anaqueles de barro cocido del sótano, y que descorchó sólo para ella. No habló durante la cena y Rita tampoco tuvo el valor de empezar.

Francisco empezaba el día casi de madrugada. Desayunaba un par de tostadas con un vaso de leche, bajaba a continuación al semisótano, donde conservaba el taller que fue del padre, en el que hacía pequeños trabajos para mantenerse a salvo de la ociosidad. A su hora, interrumpía para visitar el mar. Al mediodía daba cuenta de un almuerzo tan escueto como el desayuno, echaba una siesta sin dormir y volvía al taller hasta que el sol amansaba y podía regresar a la playa.

En los tres días siguientes no se apartó de su costumbre ni de la puntualidad que, a causa de la absoluta ausencia de relojes en la casa, tuvo a Rita en el desconcierto, hasta que comprendió que tenía fundamento en el instinto de la costumbre, tal vez por la inclinación de la luz. Ella dormía con el mismo vigor y abandono de la niñez hasta bien entrada la mañana y por la tarde, cada vez un poco antes, bajaba a la costa para ayudarlo en el quehacer suyo de acompañar el mar, y para regresar caminando a su lado, en silencio, como el primer día. Estaba claro que con la huida ella lo había aniquilado, pero también lo era que Francisco no la censuraba. Ni lo hacía ahora, ni ella creía que lo hubiera hecho nunca. Si la intención de verlo hubiese sido darle la ocasión de que le dijera cuánto la odiaba, habría fallado el propósito.

Sentada junto a él, en la piedra que ahora compartían, se incorporó para estirarse y la leve brisa le ciñó el vestido al cuerpo. Francisco Minéo miró el perfil de mujer aún hermosa. El cabello al viento le evocó por un instante el tiempo que no había conseguido sacar de la memoria. El rostro, más decidido, comenzaba a ensombrecer, pero era todavía de una belleza rotunda. Los pechos maduros aún llenos de seducción. El contorno de las piernas y las caderas todavía deseables. El vientre escueto... Y tuvo una revelación en ese instante: ¡el vientre preñado! Sentado como estaba, extendió los brazos y le puso una mano en la espalda, a la altura de las caderas, y con la otra presionó el abdomen con delicadeza. Rita lo miró a los ojos y Francisco vio los de ella cruzados por una grieta de miedo y desamparo. La revelación llegó más lejos: Rita había ido a verlo para despedirse; había ido a despedirse de él y de la vida. Esa tarde Francisco Minéo interrumpió la tarea a una hora distinta dejando una sensación de catástrofe en el corazón de los lugareños que los vieron subir, esta vez cogidos de la mano.

En la casa Rita tenía los ojos hinchados de llanto. Francisco se sentó en una silla frente a ella, que permaneció de pie, y de nuevo le acarició el vientre. Rita se inclinó y lo besó en la frente, llorando. Francisco la abrazó por la cintura, aunque tampoco pronunció palabra. Ella, que esta vez sí pudo consigo misma, le habló.

—Lo siento. Era muy niña, se me hizo muy difícil, tuve miedo.

Él la miró sin perdón pero sin reproche. Acaso con compasión.

—Me iré mañana —anticipó ella—. Sólo vine a despedirme.

Francisco se levantó, le acarició una mejilla y desapareció para ocultarse en la habitación.

A la mañana siguiente ella oyó ruido en el exterior y al salir al jardín encontró un Francisco Minéo distinto que le hizo posponer los planes. Afeitado y con el pelo cortado a trasquilones, serraba una rama con un serrucho gigantesco, desde lo alto de una escalera. En el elocuente cambio ella encontró la promesa de que podrían hablar y decidió posponer la partida. Tuvo ocasión después de la cena.

—Comprendo que no quieras hablarme. Pero necesito que me escuches. Después me iré y no regresaré. Era muy joven, no supe lo que hacía. Me gustaría decirte que me arrepiento, pero no es así. Sé que es muy difícil que lo entiendas, pero no fue por ti. Se me hizo imposible aceptar la vida que tendría que llevar. No era culpa tuya. Si me hubiera casado contigo, te habría traicionado de una manera peor que huyendo como lo hice. Después de ti tuve un marido al que no quise. Le fui infiel con muchos hombres. El único al que creía haber querido como te quise a ti me abandonó. Sólo fue un capricho. Sabía que te había hecho daño, pero no supuse que te hubiera hecho tanto. No he venido a pedirte perdón, pero me gustaría que me hablaras antes de irme, al menos por una vez.

Francisco tuvo que hacer un esfuerzo enorme para pronunciar la primera palabra.

—Hace muchos años que casi no hablo —le dijo cuando por fin pudo hacerlo, tartamudeando, con un timbre de voz grave y una dicción arrastrada y pedregosa—. No tengo nada que perdonar. Me escondí aquí porque la vida sin ti no me servía. Soy otro.

Al oírlo, Rita sintió que una brisa de consuelo le acariciaba el corazón.

—Yo también soy otra mujer. No nos queda nada en común.

—Nos queda el recuerdo de lo que fuimos. No conseguí olvidarte —le dijo, haciendo otro esfuerzo sobrehumano.

Las palabras no le fluían, la lengua le amontonaba las sílabas.

—Mañana me iré.

Francisco meditó en silencio.

—No te vayas —dijo—, quédate y ten a tu hijo; cásate conmigo para que tenga mi apellido.

Rita casi se quedó sin aliento, no era lo que había ido a buscar. Sus cuentas estaban echadas y nada de aquello entraba en sus planes. Lo besó en la mejilla.

—Sé que lo dices de corazón, pero no me queda ni un céntimo. No puedes mantenerme después de lo que te hice.

—Está la casa. Tengo para la comida, para la ropa y lo que tu hijo necesite. Aceptaré algún encargo si hace falta.

—¿Por qué? ¿Aún me quieres?

—Te quise una vez. Te dije que para siempre, ni yo mismo creía que fuera verdad hasta que te fuiste. Ahora sé que no mentía. Sufrí mucho. No sé por qué pasó, tal vez necesitabas algo que yo no podía darte. La culpa fue mía por no saber olvidar, por quererte tanto. Eres lo único que he tenido y sé que no tienes adónde ir.

—¿Tú serías feliz?

—La única felicidad que he conocido la tuve contigo, antes de que te marcharas. Lo más parecido a ella es no desear nada. No quiero nada, así no podré perderlo. Es lo mejor.

Hablaba con menos dificultad, aunque amontonando sílabas.

—¿Qué vida tendríamos?

—Quiero evitar que hagas una locura —le respondió con menos tropiezos—. Nada más que eso. Ver pasar los días, solo o en tu compañía, me dará igual.

Sabía que la proposición era sincera y desinteresada. Que él jamás le haría un reproche, ni le pediría algo a cambio de lo que le ofrecía. Que huiría en cuanto pudiera al refugio del mar y que no podría esperar nada de él como hombre, porque de aquella vida y de aquel hombre sólo quedaban las cenizas del fuego de un amor de juventud que ella extravió.

La conversación no se extendió. Volvieron al silencio mientras Rita intentaba remediar la poda encarnizada que él se había hecho en el pelo. Decidió no marcharse al día siguiente y pasó cuatro días meditando la decisión en la paz de la casa, la paz de los huidos del mundo que le había penetrado por los poros y le empapaba el alma. Por primera vez en su vida, no tenía urgencia ni más deseo que dejar transcurrir el preciso momento que vivía. Parecía que la soledad y la renuncia hubieran hecho llegar a Francisco a un estado de perfección que dimanaba de él y lo trascendía, y que ella perdería el amparo y la quietud que la acogían en cuanto se alejase de su poderoso influjo.

En esos días el jardín había dejado de ser la fronda salvaje que encontró al llegar y era transitable. Aunque la casa continuaba bajo la tupida cubierta de hiedra y madreselva, los pequeños Cupido y Apolo de piedra de la fuente orinaban agua limpia, que hacía entrar por las ventanas un eco cristalino. Rita le llevó café a Francisco y se lo dijo:

—Me casaré contigo. Tendré a mi hijo.

Francisco asintió. Apenas dos semanas después se casaron en una pequeña iglesia, a veinte kilómetros del Terrero, con el sacristán y un transeúnte como padrinos de la boda más triste que se había visto, lo más parecida al escueto acuerdo entre viejos amigos que, en realidad, era.

Cambió la rutina de Francisco. Había abandonado el trabajo en el taller para atender los arreglos de la casa. Continuaba haciendo esfuerzos para hablar lo poco que decía, aunque sus ademanes eran los que Rita encontró al llegar. Bajaba con menor frecuencia a la playa, pero acudía allí en cuanto hacía un descanso, muchas veces acompañado por ella, para quedarse en la contemplación del mar, con el horario infalible y las maneras previsibles de antaño.

En el momento previsto, sin adelanto ni retraso, Rita tuvo a una niña preciosa, en un parto difícil, pero que terminó bien, en el que contó con la ayuda de Alfonso y Matilde. Por precaución, Alfonso ordenó un mes de reposo para prevenir un descenso del útero, por lo que Francisco tuvo que ocuparse del cuidado de la hija y de la madre.

Rita se enternecía viéndolo manipular el cuerpo de la pequeña, poniendo un cuidado extremo y embobado con ella. Observándolo durante aquellos días en los que se sentía tan frágil, viendo al hombre sin miedo a la ternura, amparándola sin llevarse nada a cambio, sin requerirla a improvisar ningún plan ni a elaborar ninguna estrategia, recordó que así lo había sentido una vez. Ella era casi una niña. Había sido con el mismo hombre.

No fue consciente de la nueva situación ni de su pequeña hasta el segundo día. Se sentía cómoda, más por la conclusión del parto que por la presencia de la niña, pero la alimentaba de su calostro reticente, sintiendo el pezón hervir en la boquita de aquel ser diminuto, cuando la ahogó un sentimiento de maravillosa ternura que la hizo sentir madre por primera vez, y supo en ese momento que la decisión de modificar sus planes, de continuar adelante, de casarse con Francisco y quedarse en la casa, de tener a su hija, era lo más acertado que había hecho en su vida. Y comenzó a vislumbrar la felicidad.

En su momento, llevaron a bautizar a la niña. El párroco escribió primero los apellidos en la nota para el registro: «Minéo Cort».

Rita señaló el segundo apellido.

—Es Cortés —dijo.

—Los papeles dicen Cort —objetó el párroco.

—Lo mío fue un error. La niña es Cortés.

—¿Qué nombre? —inquirió el párroco.

—Alejandra.

—¿María Alejandra? —preguntó, aunque dándolo por tan seguro que casi comenzó a escribir.

Rita lo detuvo.

—Alejandra, a secas —le dijo—. Por su abuelo. Un hombre muy bueno.

La llegada de Alejandra tampoco fue impedimento para que Francisco continuara escapando a la piedra de la playa en cuanto las tareas se lo permitían, devolviendo así el ánimo a los vecinos, los pescadores y a cuantos lo conocían de sus años de ensimismada terquedad, que de nuevo lo veían ocupar su sitio en el universo de lo cabal. En la casa atendía el jardín, pintaba, conservaba el buen uso de las cosas y cuidaba de Alejandra, jugando con ella a todas horas, paseándola y enseñándola a hablar y caminar.

—Es muy pequeña para eso todavía —decía Rita.

Él miraba sin hacer caso y continuaba con los juegos. Con Rita mantenía la relación de cercanía sin palabras a la que los dos se habían acostumbrado. A veces a ella le empañaba el ánimo una mota de tristeza, y entonces necesitaba acercarse a él y sentirlo. Muchas veces se tumbaba en el sofá y reclinaba la cabeza sobre las rodillas de él. En ocasiones se quedaban dormidas, la hija en los brazos y la madre en el regazo, y él permanecía en aquel silencio durante horas, apenas sin moverse para no despertarlas. En lo demás era inaccesible para Rita. Daba todo lo que tenía, de eso Rita estaba segura, y lo que echaba en falta de él fue ella quien se lo llevó un día indeseable, de eso también estaba segura. No podía pedirle más.

Casi por casualidad llegó a saber que no había dejado de amarla ni siquiera durante los peores años. Cuando a él no le quedaron arreglos de la casa, retornó a la actividad en el sótano. Se levantaba muy temprano, hacía su frugal desayuno y se metía en el taller hasta la hora de bajar a la playa. Por la tarde, mientras la niña dormía la siesta, también se escondía allí. Desde niño había aprendido el oficio con su padre, un afamado tallista e imaginero, represaliado al término de la guerra por haber dado cobijo a un escritor, sentenciado incluso antes del golpe militar. La salud no le alcanzó para soportar el régimen de la cárcel que lo aniquiló en unos meses. Francisco había aprendido de él los rudimentos del oficio, aunque sin llegar al grado de maestría. Dibujaba bien y era buen artesano, capaz de restaurar tallas y desempeñar con holgura trabajos que exigían el dominio de las técnicas. Rita imaginaba que, como en los años de su noviazgo, él se metía en el taller para practicar, y que ésa era la procedencia de las virutas y el serrín de las maderas finísimas que a veces quemaba en la chimenea. La industria de Francisco era, sin embargo, más humilde, aunque para ella resultó ser más hermosa.

El primer regalo que él le hizo al poco de conocerla y que ella todavía conservaba fue una pequeña caja de cedro con incrustaciones de ébano y nácar, con cierre y bisagras de plata. Como dedicatoria, en el centro interior de la tapa, grabadas las iniciales RC, por Rita Cortés. Respetuosa con los dominios de Francisco, ella no solía bajar a la parte del semisótano donde se ubicaba el taller. Un día necesitó una herramienta y descubrió lo que, sin ser secreto, desconocía.

Encontró el taller limpio y ordenado. Las gubias y los formones en las cajas. Colgados en clavos de la pared, compases, reglas, escuadras, martillos, sierras, mordazas y cepillos. No había serrín ni virutas sobre la mesa y ni siquiera se veía polvo en las herramientas. Una puerta abierta daba a una estancia muy grande donde se almacenaba la madera. Apilados, sobre traviesas ancladas en las paredes, leños enormes de maderas venerables: palo santo, higuera, nogal, acacia, palisandro, caoba, morera, ébano. En las gavetas de un mueble, sacos de piedras semipreciosas, algunas barras de ámbar, láminas de oro, plata, cobre y estaño. Y en una larga estantería que ocupaba una pared, la colección de cajas y cofrecillos más grande que nadie hubiera imaginado. Cajas encima de cajas, cajas dentro de cajas que estaban dentro de otras cajas. Las había de todas las formas; con filigranas, con marquetería o incrustaciones, con malletes vistos u ocultos, con gavetas y sin ellas; de costura, de música, para lápices, para joyas, para maquillajes; con herrajes de plata o de cobre. Cientos de cajas, cada una distinta a la otra, todas con un rebujo de virutas en el interior, todas sin una repetición ni en los detalles menos relevantes. Pero todas ellas, en el interior de la tapa o en el exterior del fondo, tenían grabadas las iniciales RC. Eran resultado de muchos años de trabajo y soledad, y el testimonio de que sin esperanza de volver a verla, en la derrota, en el dolor y la desolación, Francisco no había dejado de amarla.

Desde la llegada apenas había salido en algunas ocasiones de Hoya Bermeja. Las pocas veces que viajaba a la capital lo hacía para visitar la sepultura de sus padres y hacer algunas compras. Por tristeza o miedo a no ser bien recibida, no había caminado los cien metros que la separaban de la casa de María Bernal, la amiga a la que no había enviado ni una carta desde que huyó, pero a la que en su corazón continuaba sintiendo como la única amiga de verdad que había tenido.

La tarde en que hizo el descubrimiento del sótano se sintió tan bien que arregló a la niña, se vistió, se maquilló y recuperó la flamante semblanza de la señora que fascinaba en Madrid. Sin avisar de la visita dio la vuelta a la manzana y llegó a la puerta de la casa de su amiga.

Cuando preguntaba por ella en la cancela, la vio venir corriendo a recibirla con los brazos abiertos.

Retomaron la amistad con tantos bríos, que no dejaron de verse ni una tarde durante los años siguientes.

12

Por el brutalismo, como se denomina el estilo arquitectónico pujante en aquellos años, espléndidos edificios sucumbieron para liberar el espacio en que se levantaron cubos de cemento, con enormes puertas y ventanales de hierro o aluminio, sin concesión decorativa que apaciguara lo que, salvo dignas excepciones, no era más que decadente fealdad. Algunos palacetes del barrio más distinguido de la capital habían corrido esa suerte fatal. La casa que ocupó el solar del que fuera uno de los más hermosos estaba recién terminada, y era un insípido cajón de cemento, con ventanales de aluminio en la fachada delantera, sin un triste hueco en los laterales que rompiera la monotonía de la superficie cruda, ni enlucido que cubriera su desnudez. Como vestigio del antiguo señorío permanecían en la parcela dos laureles enormes, salvados de la tala por el propio arquitecto, que en el último minuto decidió cubrir con sus frondosas copas el horror que había pergeñado. Para su desolación, lo que en la mesa de dibujo llegó a creer que sería una estimable innovación, una vez terminado no alcanzaba a sentirlo sino como un espacio de tristeza en torno a una casa con apariencia de vetusta, antes incluso de que la hubiesen habitado.

Jorge Maqueda sólo había tenido que solicitarla al propietario como favor personal, no tanto en tributo de viejas andanzas como en provecho de negocios futuros. Durante dos días fue cuartel y campo de instrucción de los que debían acompañarlo. El suyo era un asunto de exclusiva índole personal en el que debía evitar, a toda costa, que las autoridades metieran la nariz, de modo que se había hecho con una camarilla bien preparada y mejor pagada. Aunque actuarían a título personal, los había elegido con experiencia demostrada sólo entre quienes ocuparan empleo en el Ministerio de la Gobernación, tanto porque necesitaba hombres capaces de prevenir una situación de peligro, como para asegurarse de que a ninguno le conviniera hablar del asunto. Fue escrupuloso en la preparación del plan y, durante la mañana del último día, repasó movimientos, repitió ensayos y corrigió detalles.

* * *

A las seis y media de la tarde se da la orden de partida. En intervalos de diez minutos, tres vehículos sin distintivos, aunque con apariencia de oficialidad, emprenden el camino en dirección a Hoya Bermeja. Viajan tres ocupantes por vehículo, van armados y visten de paisano con trajes oscuros. En el último coche acompañan a Jorge Maqueda el conductor y la única mujer que participa en la operación. Pasadas las ocho se reúnen en un lugar resguardado del tráfico, un kilómetro antes de las primeras casas. El primero de los vehículos hace una vuelta de exploración, despacio, sin levantar sospechas, y regresa para informar a Jorge Maqueda, que ordena ejecutar el plan.

El coche que ha hecho la ronda de exploración se detiene

junto a la puerta lateral, algunos metros por detrás se detiene el que lleva a Jorge Maqueda. El último bloquea la cancela que hace de entrada principal.

El timbre suena mientras cenan. Alrededor de la mesa, Dolores Bernal, Roberto, María junto a su hijo Pablo, y Daniel. El empleado más antiguo, el padre de Virtudes, no tarda en llegar con un recado para Dolores, que se excusa y acude a la puerta, sin apremio aunque con diligencia.

La esperan en el zaguán tres hombres de trajes oscuros.

—Cuerpo Superior de Policía —dice uno, con expresión grave, enseñando una placa—. Necesitamos su colaboración, señora.

—Dígame usted —se ofrece Dolores sin recelar.

—Tenemos que detener a unas personas en una casa contigua a ésta. Necesitamos vigilar, por si intentan escapar por aquí y para protegerlos a ustedes. Será cosa de minutos.

Dolores les presta el auxilio que le requieren y da orden de abrir la cancela para permitir el acceso a los que aguardan allí, tras lo que regresa al comedor.

Como esperaban, la primera parte del plan de asalto funciona sin contratiempos. Mientras los que se apostaron en la cancela acceden a la vivienda y toman posiciones, los otros se informan de las personas que hay en la casa.

—Reúnalos a todos en la cocina —le ordenan al padre de Virtudes.

El plan consiste en separar al personal de servicio de los miembros de la familia y mantenerlos en estancias separadas, sin posibilidad de escapatoria. Se cumple enseguida. Además de Virtudes y su padre, quedan en la cocina Paulino y una cocinera. Por fuera de la casa un hombre vigila la entrada principal, uno más vigila la parte posterior y el jardín, otro la entrada lateral. En el interior, uno cubre la cocina, otros dos el corredor. El que ha hablado y está al mando irrumpe en el comedor sin disimulo.

—Rápido, salgan de aquí —ordena—. Vayan a la biblioteca.

Dolores, que aún no desconfía, da prisa a los suyos. Todos se ponen en pie y abandonan el comedor. Roberto, cabizbajo, es el primero en salir; le sigue María, protegiendo a Pablo; Daniel espera a que lo haya hecho Dolores. Todavía no se sienten amenazados.

Cuando María intenta entrar a la biblioteca con Pablo de la mano, uno de los hombres la detiene.

—Señora —le dice—, el pequeño no debe estar aquí. Lo protegeremos mejor en una habitación. Un hombre se quedará con él.

María ve absurda la explicación y se niega a soltar a Pablo, convirtiendo la situación en lo dramática que en realidad es. Le arrancan al niño de la mano, golpean a Daniel cuando éste se interpone y empujan a María al interior de la biblioteca. Pablo se ha escabullido y corre al fondo, donde Paulino lo coge en brazos.

—Por favor, mantengan la calma y nadie saldrá herido —dice el hombre al mando—. Nada pasará si permanecen tranquilos. Será cuestión de unos minutos.

Pasan diez minutos en los que no hay respuestas al requerimiento de explicaciones ni permiten a Daniel llamar por teléfono. El nerviosismo es creciente. Alguien accede a la casa.

En la cocina entra Jorge Maqueda, detrás de un hombre joven y corpulento, y tras él, la mujer que los acompañaba en el coche. Jorge Maqueda se acerca a Pablo, que está aferrado al cuello de Paulino. Intenta cogerlo del brazo, Pablo gime y se aferra más. Paulino se vuelve para impedirle tocar al niño.

Virtudes también quiere interponerse, pero uno de los matones la aparta de un manotazo. Después tapa la boca de Pablo y tira de él con violencia. Paulino se opone hasta que un golpe le hace doblar las rodillas.

La mujer tiene preparada la jeringa con la que inyecta en el brazo del pequeño Pablo, que muy pronto deja de patalear. Secundada por dos hombres, lleva al niño, envuelto en una manta, al vehículo. Uno de los que ha quedado obliga a Virtudes a subir en busca de ropa para Pablo. Quedan cuatro cubriendo a Jorge Maqueda.

En la biblioteca han oído las voces, el estrépito en la cocina, después los ruidos y murmullos, y por último el motor de un vehículo que maniobra y se aleja muy despacio. En ese momento, los que vigilan en la puerta abren y se apartan para permitir la entrada al hombre corpulento y a Jorge Maqueda, que entra tras él. Al verlo, María da un grito y quiere salir corriendo en busca del hijo. De un empellón la tiran al suelo. Daniel, todavía maltrecho del golpe, se apresura a incorporarla.

Con una señal de Jorge Maqueda, los guardaespaldas los obligan a sentarse. Dolores rechina y maldice; Roberto, cabizbajo y avergonzado; María, con un gesto de suprema repugnancia, teme por Pablo; Daniel, desconcertado, mantiene la calma, sin apartarse de su lado.

Obedeciendo otra señal salen los acompañantes, excepto el que actúa de guardaespaldas personal. A puerta cerrada, Jorge Maqueda abre la cartera, de la que extrae un folio, y habla sin titubeos.

—Se trata de Pablo —dice—. Como sabemos es hijo mío. Sin entrar en detalles, la ley deja claro que es el padre quien decide sobre el hijo, incluso en contra del criterio de la madre. De esa manera se hará.

—¡Te mataré si lo tocas, asqueroso! —grita María, levantándose de un salto.

Eufemiano, el hombretón que actúa de guardaespaldas, se interpone entre ella y Jorge Maqueda.

Daniel la sujeta por la cintura.

—Como decía —continúa Jorge Maqueda, poniendo frente a Dolores Bernal un papel—, tengo documentos que demuestran que soy su padre.

Dolores se pone las gafas de lectura, que tiene sobre la mesa. Ve la firma de Roberto al pie. Levanta el bastón y golpea a su hijo con rabia. Roberto, cogido por sorpresa, recibe el bastonazo en la frente, de lleno, y queda aturdido.

—El asunto es que me corresponde mi hijo y en eso no hay discusión —continúa Jorge Maqueda—. Claro que ustedes serán compensados con generosidad.

María, que no está dispuesta a discutir con nadie sobre su hijo, escapa de Daniel, sorprende al guardaespaldas, salta sobre la mesa empuñando el abrecartas, se abalanza sobre Jorge Maqueda y le hunde el cuchillo. Él intenta esquivarlo y lo consigue a medias. La hoja penetra por debajo del brazo izquierdo. Daniel se precipita tras María, pero no es capaz de sujetarla. Eufemiano, el guardaespaldas, titubea con la pistola, no encuentra valor para disparar. María está a punto de asestar la segunda cuchillada.

—¡Dispare, estúpido! —ordena Jorge Maqueda, contraído de dolor.

El intento de Daniel de cubrir a María con su cuerpo es inútil. El grueso calibre 9 milímetros Parabellum, implacable en aquella distancia, siega su vida antes de llevarse la de María. Los dos caen al suelo. Dolores, que hasta el momento ha conseguido mantener el control, se arrodilla entre los cuerpos. Paralizada, sostiene el rostro de María entre las manos, negándose a la evidencia hasta que reacciona con un grito y se derrumba abrazando el cuerpo de su hija con desesperación.

Los hombres que aguardaban fuera entran al oír el disparo.

—¡Rápido, un médico! —pide Jorge Maqueda, que a duras penas consigue contener el manantial de sangre, presionando la brecha con un pañuelo.

Roberto se ofrece para acudir en busca de Alfonso Santos, mientras avisan por teléfono para que esté preparado cuando lleguen.

* * *

Apenas veinte minutos tarda Alfonso Santos en aparecer en la biblioteca. No está presente Dolores, a la que han subido a su habitación. Bajo una sábana descansan los cuerpos de María y Daniel. En el camino Roberto lo ha informado a medias de lo sucedido. Por lo maltrecho que ve a Jorge Maqueda, al que recuerda con asco, sabe que debe actuar con rapidez, pero antes ha de cerciorarse de que nada puede hacer por María y por Daniel. Un hombre de los del séquito de Jorge Maqueda, que tiene alguna experiencia sanitaria, ha hecho un difícil torniquete que de momento salva la vida de Maqueda, pero la situación es desesperada y reclama con insistencia la atención de Alfonso. Eufemiano se acerca amenazador creyendo que podrá obligarlo.

—Actuaré conforme a mis principios o no lo haré para nadie —le advierte Alfonso.

Jorge Maqueda no puede evitar que se tome el tiempo que necesita para que el fonendoscopio le confirme las muertes. Utilizando el escritorio de Dolores como improvisada mesa de operaciones, ayudado por el que ha conseguido mantener con vida a Jorge Maqueda, Alfonso interviene de urgencia. Consigue salvarlo, pero no deja de preguntarse si debe poner tanto cuidado en evitar el coágulo, si hace bien en coser con puntadas tan cortas y precisas, si debe limpiar con tanta delicadeza y ser tan generoso con el yodo y la sulfamida. Hace su trabajo, aunque piensa que el mundo marcharía mucho mejor sin alguien como Jorge Maqueda.

—Ha tenido usted muchísima suerte —le dice, sin disimular la animadversión, cuando está terminando de vendarlo—. No ha llegado a la arteria por unos milímetros. Apenas le rozó la vena, pero ha perdido sangre y debe acudir de inmediato a un hospital.

—No siento la mano —dice Jorge Maqueda, con preocupación.

—No la volverá a sentir —le avisa Alfonso, temiendo sentir alegría por ello—. Ni podrá usar el brazo.

—Tiene usted familia —dice Jorge Maqueda, retorcido de dolor, aturdido, pero recuperando el control de la situación—. Espero que su discreción en este asunto nos evite conflictos futuros.

Alfonso continúa con el vendaje, pero ha sentido la carga de profundidad. Medita antes de hablar y replica con serenidad:

—Aquí ha venido un médico, no un hombre —dice, tras lo que hace una pausa—. Si le preocupan los conflictos futuros o presentes, será mejor que no busque usted al hombre con amenazas veladas, porque podría encontrarlo. Y le garantizo que se arrepentiría de ello.

Le habla mirándolo con firmeza y en la última palabra presiona sin demasiada fuerza, sin denotarlo en la expresión, pero con resuelta saña, en donde sabe que dolerá más. Jorge

Maqueda da un alarido. Eufemiano se acerca empuñando la pistola y parece dispuesto a utilizarla. Alfonso coge un bisturí y lo acerca a la yugular de Jorge Maqueda, que se apresura a ordenar a Eufemiano que salga de la habitación.

—Ahora atenderé a otras personas que lo merecen más que usted —continúa Alfonso—. Espero que su gentuza no me importune. Y para dejar las cosas donde deben, le insisto en que como médico nada veo. Pero todavía soy comandante, aunque figure en la reserva. Si algo me sucediera, a mí o a mi familia, las autoridades militares querrían saber qué pasó.

A Jorge Maqueda no le tranquilizan las palabras aunque las sabe ciertas, porque si algo estaba claro para ambos era que bajo el régimen de tinieblas que detentaba el poder las palabras eran el mayor peligro, lo primero en volverse en contra de quien las pronunciaba.

Entre los ocupantes de la casa, Alfonso no encuentra ileso a ninguno. Dolores está conmocionada y no reacciona; Virtudes, desesperada por las muertes, por el secuestro del niño y porque Paulino no termina de reaccionar del golpe que le propinaron en la cabeza; el padre, con la mirada ausente, lo soporta mejor; aunque al borde de la histeria, la cocinera atiende a Dolores.

Roberto les ha contado que el disparo fue accidental y les ordena callar. Sus amenazas son innecesarias, y no porque basta para el propósito con la mitad del miedo que ellos llevan en los huesos, sino porque con la noticia de las muertes de María y Daniel y el rapto del niño, que es lo único que han sentido como propio y lloran sin consuelo, lo que queda no les concierne. Se dicen lo que tantas veces se han repetido: «Son estruendos de ricos».

* * *

Jorge Maqueda ordena la marcha de los acompañantes. Queda con él Eufemiano. Roberto ha llamado a Juan Cavero, que no tarda en acudir acompañado por Liborio, el cabo de la Guardia Civil. Acuerdan hacer desaparecer el cadáver de Daniel y culparlo de la muerte de María. Roberto Bernal y Juan Cavero se ocuparán de ello al amanecer. El cabo Liborio abandona la casa contento. Aunque apercibido por Maqueda de las consecuencias que provocaría su falta de colaboración, no se va con los bolsillos vacíos.

Roberto Bernal le insiste a Jorge Maqueda que deje todo en sus manos, pero éste quiere asegurarse de que no se complica más lo que es ya un desastre. Apenas faltan unas horas para el amanecer y cree que la morfina, que él mismo se ha inyectado, le permitirá soportar unas horas de espera.

Se desharán del cadáver de Daniel en el Chupadero, un lugar sin protección ni señales, muy peligroso incluso de día, al que sería temerario acercarse de noche. El nombre lo define bien. Es una grieta en la bóveda de una caverna volcánica submarina, junto al mar, en un páramo de excepcional belleza, enmarcado por el cielo y el océano. Sin embargo, también es sobrecogedor. Para los naturales, porque conocen la leyenda de muerte que lo persigue, en la que, como excepción, hay más de certidumbre que de invención; para los foráneos, porque al acercarse, desde la distancia se sienten intimidados. Con el batir de las olas la gruta parece resoplar como una bestia; inspira el aire y expele a continuación una llovizna finísima, mientras brama en su vientre oscuro la resonancia del mar en un rugido siniestro.

* * *

Desde la tarde anterior, con la primera escaramuza, Hoya Bermeja ha quedado desierta. Basta a la gente ver acercarse con tanto sigilo a unos vehículos que se detienen en torno a la casa grande, como se conoce la de Dolores Bernal, para que la voz corra. Jamás se habla, al menos en presencia de niños o extraños, a veces ni siquiera en el domicilio con la propia familia, pero nada se olvida. Es mejor no saber. Nadie se deja ver ni quiere ser testigo. Las calles están vacías antes de que el primer coche abandone el lugar. En el Terrero provoca idéntica reacción el ajetreo de los coches que llegan al cuartelillo de la Guardia Civil y la casa de Alfonso Santos. Todos, incluyendo los borrachitos de la taberna, se recogen en sus casas y cierran puertas y ventanas.

Arturo Quíner tiene trece años y ha escuchado muchas veces la historia de su hermano, pero todavía carece de malicia. Oye el rumor de fondo de lo que fue la guerra y observa el temor de la gente sin llegar a percibir la amenaza. Muchos domingos se levanta bien temprano para bajar al mar a pescar, a cazar cangrejos y lapas y a bañarse. Al contrario que otros días, que tanto esfuerzo debe hacer para abandonar la cama, se levanta de un salto nada más sonar el despertador. Como cada mañana, al terminar el aseo, se encuentra en la cocina con Candelaria, que lo espera para asegurarse de que no se marcha sin haber dado cuenta de un buen tazón de leche con gofio. Está muy preocupada porque la noche anterior sintió de pronto el inquietante silencio en que se han sumido las calles. Arturo es un chico obediente y ella sólo tendría que pedirle el favor de que desistiera de bajar a la costa para que él accediera de buen grado. Pero también sabe que es prudente, y que a su edad es indispensable que entre las obligaciones encuentre hueco para distenderse. Le insiste en que tenga cuidado cuando él se despide, como suele hacer, besándola en la mejilla y apretujándola un poco.

Recoge los pertrechos que ha preparado la noche anterior y sale de la casa como un vendaval, cuando todavía no ha empezado a amanecer. Está despejado, aunque la brisa inquieta parece advertir de un cambio brusco del tiempo. Camina dos kilómetros hasta la playa y toma un sendero de cabras que conduce a una zona de la costa más abrupta y rocosa. Apenas termina de bordear la zona del Chupadero las luces de dos coches lo ponen en guardia. Extrañado, se esconde. En cuanto oye las voces de Roberto, el Marrajo, y Juan, el Relamido, sabe que la situación es peligrosa y que de ninguna manera puede dejarse ver.

Pronto hay luz suficiente y los hombres amarran dos cuerdas a los vehículos con las que se aseguran por la cintura. Del otro vehículo sacan un cuerpo envuelto en una colcha, que arrastran, con mucho cuidado, a la pendiente que conduce a la grieta.

Arturo, oculto tras los matorrales, no advierte que lo han descubierto hasta que se siente sujeto por el cuello con tanta fuerza que no puede respirar. Consigue volverse y ver el rostro de Jorge Maqueda, que grita enfurecido:

—¡Eufemiano, corra! ¡Venga aquí!

Forcejea. Sin apoyos, es infructuoso. No puede liberarse del abrazo, pero cae en la cuenta de que el hombre parece contraerse y que lleva el brazo inmovilizado. Lo golpea en el hombro, apenas un roce con el que, sin embargo, Jorge Maqueda se retuerce y libera el abrazo. Corre. Enfrente lo espera Eufemiano empuñando la pistola. Delante de ella no tiene posibilidad, en la pendiente tal vez pueda hallarla. Se deja caer. Oye un taponazo y el silbido de una bala muy cerca de la cabeza. Se levanta, puede correr unos metros, pero la inercia lo lleva sin solución a la boca de la muerte. Cae hacia atrás, arrastrándose pasa junto a Roberto, que no consigue atraparlo.

—¡Déjalo, estúpido! ¡Está perdido! —grita Juan.

Arturo intenta volver el cuerpo para sujetarse. Es inútil el esfuerzo. Se sabe muerto. La gruta lo aguarda. Adivina un guijarro sobre un pequeño desnivel donde la tierra es firme. Tensa el cuerpo, se dobla hasta casi tocar las rodillas con la cabeza, se inclina sobre un costado y toma la dirección definitiva del agujero. Entonces consigue una proeza que nadie más que un muchacho de trece años podría lograr: da con el talón en el guijarro, se pone en pie y se catapulta. En el salto, siente el soplo que expelen las fauces temibles, y podría jurar que por un instante el aliento helado lo hace levitar, lo sostiene ingrávido, en suspenso, lo empuja y lo deja caer al otro lado, a pocos centímetros del borde. Es suficiente. Da un par de rápidas zancadas, oyendo el silbido de las balas, y se lanza al abismo.

Las olas baten con fuerza en el acantilado. Si choca con la superficie en el momento de acometida, estará muerto. Pero el mar se retira en el reflujo, lo aparta de las rocas, le permite nadar y con la siguiente ola lo devuelve a tierra, sobre el aluvión de grava, donde lo acoge un manto de algas fragantes a mar.

Roberto Bernal y Juan Cavero están seguros de que es imposible caer allí, desde tan alto, sin romperse el espinazo. Jorge Maqueda no lo cree. Dolorido, ahora con fiebre alta, adormecido por la pérdida de sangre, el trasnoche y el embrollo de drogas, accede a marcharse y dejar la solución en sus manos. Ha ido cayendo de un error en otro, incluso involucrándose en el trabajo sucio.

—Ese chico sólo nos sirve muerto y con el cuerpo desaparecido —dice antes de marcharse—. Quiero la solución pronto. Recuerden que lo tengo todo presente.

* * *

Muy despacio la borrasca que amenaza se consolida, el tiempo se enturbia, el mar se encrespa, la luz decae. Eludiendo la carretera, a través de huertos y barrancos por donde nadie podría seguirlo, Arturo llega sin aliento a la casa. Ismael escucha el relato viéndose en medio de otra batalla perdida. Sabe que Roberto Bernal y Juan Cavero no descansarán hasta dar con él. Tiene que actuar con rapidez. Candelaria y Elvira han oído la conversación y acceden a buscar refugio en casa de unos vecinos. Se despiden, haciendo un esfuerzo para no añadir dramatismo a una situación de por sí terrible.

Con ellas de momento a salvo, Ismael pone en práctica una arriesgada estrategia. Él y su hermano caminan en dirección a la finca del Estero, haciéndose notar al pasar delante de algunas casas. Entre los que observan tras visillos y postigos hay quien estaría contento de poder informar de algo a la Guardia Civil o a Roberto Bernal. A mitad de camino tuercen por una senda distinta y regresan al pueblo. Arturo se esconde en la bodega, con instrucciones de Ismael de que no debe abandonarla hasta que él no regrese, lo que es posible que sea después de que haya caído la noche.

Ismael cree que nadie los ha visto, pero Chano ha sido testigo. Él vive en su propio mundo, donde no hay tiempo revuelto ni contrariedad, humana o divina, que pueda impedirle que atienda, a su hora de todos los días, a los animales que Alfonso y Matilde tienen tras la casa y le han confiado.

La lluvia que cae con fuerza es providencial para los planes de Ismael. Quiere dar la sensación de que su hermano ha huido por alguno de los múltiples senderos que parten de las inmediaciones del Estero y que tras las montañas forman una red intrincada en la que es imposible hallar a una persona, en particular si ésta no desea dejarse encontrar. La tormenta trae una fuerte carga eléctrica que hace muy arriesgado esperar bajo los árboles. Pero debe arriesgarse porque desde allí podrá ver los vehículos que se aproximen. Cuando lleguen saldrá del bosque haciendo como que regresa a la casa. Si no lo detienen y el engaño surte efecto, al atardecer podrá bajar para recabar información y sacar al hermano del pueblo.

Entretanto, en el Terrero el cabo Liborio y un guardia llegan a la casa. La puerta está abierta. Nadie les sale al encuentro cuando la registran. Dan vueltas por el pueblo, preguntan en algunas casas y pronto se dirigen al Estero.

Con alivio, Ismael los ve llegar. Su presencia indica que la triquiñuela de esconder al hermano en el Terrero está dando resultado. Él se deja ver entre los árboles, pero fingiendo esconderse. La estratagema funciona. Los guardias ni siquiera entran en la finca a preguntarle. Sabe que regresarán y no se equivoca, pero tardan en hacerlo y llegan acompañados por otro todoterreno y dos motoristas de uniforme, que Liborio ha pedido como refuerzo para explorar los senderos.

Ismael ha prendido una fogata en la casa para secar la ropa. No se acercan, esperan a que él haga un movimiento que pueda revelarles el paradero de Arturo. No los detiene la lluvia. De un sendero pasan al siguiente, parándose para informar a los del vehículo que permanece vigilando la casa.

En el pueblo, Roberto abronca a Liborio cuando se entera de que ha pedido los refuerzos. Nunca les ha convenido que sus manejos sean conocidos por nadie de fuera, mucho menos si son policías o autoridades, pero en aquel caso menos que en ningún otro. Liborio le quita importancia, pero las razones de Roberto tienen fundamento. Además de que ni Juan Cavero ni él podrán participar en las operaciones de búsqueda, si los guardias venidos de fuera consiguen detener a Arturo Quíner y él cuenta lo que ha visto, querrán saber qué ha pasado y el asunto se les irá de las manos.

Aunque lo más verosímil es que Arturo Quíner haya huido por la montaña, no permanecen a la espera. Van de un lugar a otro, preguntan, escudriñan en los escondrijos en que podría esconderse un muchacho. De la casa que la familia y el propio Ismael Quíner ocuparon en el Terrero, desisten de momento, porque sería necio que se hubiera ocultado allí. No se acercan sino a última hora, cuando no les queda ya recoveco donde husmear. Echan un vistazo superficial y han decidido abandonar cuando encuentran en la parte trasera la puerta de un sótano.

El lugar parece abandonado. De pronto Arturo pasa corriendo junto a ellos. Juan Cavero consigue agarrarlo en la puerta, pero tienen que emplearse a fondo para inmovilizarlo. La situación cambia en un instante cuando son ellos los que sienten que el abrazo de un titán los levanta en vilo y los deja suspendidos a veinte centímetros del suelo, incapaces de tomar aliento.

—¡A la cueva, Arturo, a la cueva! —dice Chano.

Cuando Roberto y Juan consiguen zafarse del abrazo de Chano, han pasado varios minutos y es inútil que intenten darle alcance.

Chano está ahora indefenso. Quieren saber a qué cueva se ha referido, pero, sobre todo, quieren vengarse. Lo golpean, lo queman con cigarrillos, le arrancan dos uñas, le fracturan un dedo en cada mano. Chano llora, tirita de miedo, sufre sus trances de ojos en blanco, vomita, se orina, pero no habla. No llega a salir del primer trance, desvaría como hipnotizado, deja aflorar del inconsciente frases incoherentes entre lamento y lamento. Y llora, tirita, vuelve a sufrir sus trances de ojos en blanco, vuelve a vomitar y a orinarse, pero no habla. Lo abandonan en una de las convulsiones, babeando espuma, manchado de vómitos, empapado de orín y de su sangre inocente y valerosa.

* * *

El día transcurre despacio para Ismael. La lluvia apenas descampa unos minutos y recrudece enseguida. Queda preocupado cuando los ve levantar el cerco. Todavía no cae la tarde, lo que puede ser seña de que han encontrado a su hermano. La lluvia no amansa, pero no puede con la incertidumbre y camina los dos kilómetros que lo separan del pueblo, antes del anochecer. Encuentra la bodega abierta y descubre que sus temores tienen fundamento, que Roberto Bernal y Juan Cavero han pasado por allí, y lo descubre por la manera terrible en la que han dejado a Chano. Consigue ponerlo en pie y que camine apoyándose en él, en dirección a la casa de Alfonso.

—Arturo huyó, Ismael. No hablé. No les dije dónde está —repite Chano, entre sollozos.

Aturdido por la emoción, Ismael apenas puede hablar para darle las gracias y repetirle lo valiente que ha sido. El dolor de Chano le duele más que si lo sufriera él.

* * *

De nuevo asqueado, Alfonso Santos restaña las heridas de Chano, mientras le da a Ismael las noticias que trae de la casa de Dolores Bernal y lo alerta de la grave situación que atraviesa sin saberlo ni merecerlo.

—En la casa grande está María Bernal de cuerpo presente. Estos dos quieren hacer desaparecer a tu hermano, pero esta vez cumplen órdenes de alguien de más arriba. Ése buscará a tu hermano debajo de cada piedra si tiene que hacerlo, es un hombre con influencias y poder para conseguirlo. Debes sacarlo de la isla y marcharte con él.

—No, Alfonso, no puedo irme. No dejaré a Elvira ni a su madre —objeta Ismael.

—Márchate con tu hermano. A ellas puedo protegerlas. Pero tienes que sacarlo de aquí esta misma noche.

—No, Alfonso. Ellas pagarían la represalia. Elvira la primera. Ya sabe cuál es la costumbre del Relamido. Sacaré a Arturo, pero no las dejaré en manos de ésos.

—En ese caso, prepárate a pagar las culpas de todo —le advierte Alfonso antes de desaparecer para hablar con Matilde.

Cuando regresa trae un sobre en la mano, con dinero. Tiene que obligar a Ismael a aceptarlo.

* * *

La gente se esconde, pero ha corrido la voz de que el Marrajo y el Relamido buscan al más pequeño de los Quíner para matarlo. Algunos empiezan a pensar que hace falta más valor para permanecer indiferentes que para ayudar con lo que sea, y alguien estropea el transformador de la corriente eléctrica. No es sino un contratiempo menor que Liborio achaca al tiempo tempestuoso. Cree que tiene la situación bajo control, no sólo porque ha repartido a los guardias por los puntos estratégicos, sino porque piensa, con fundamento, que no hay allí nadie tan loco que se arriesgue a prestar ayuda. Eso le da un tiempo inestimable a Ismael. Exponiéndose a ser descubierto, llega a la casa y prepara un hatillo con la ropa del hermano. Descose el forro de la chaqueta y reparte el dinero que Alfonso le ha entregado y lo que encuentra en los cajones, incluyendo las monedas sueltas. Se aprovisiona de alimentos y sale en su busca.

La cueva, que nadie habría podido encontrar por casualidad, se encuentra en donde Chano ha dicho, en una huerta abandonada, junto al cementerio. En ella, aguarda Arturo muerto de frío y atemorizado. Pese a que ha pasado el día sin probar bocado, come con desgana. Fuera diluvia. Ismael le cuenta lo que ha pasado sin ocultarle la verdad. Permanecen durante más de una hora sin hablarse, sentados uno junto al otro, ambos saben que despidiéndose. Un chiflido advierte que Ovidio ha llegado. Ismael se pone en pie.

—Te irás con Ovidio. Vas a coger un barco que sale esta madrugada —le dice, poniéndole las manos sobre los hombros—. Si te preguntan, dices que eres hijo de Ovidio.

—¿Por qué, Ismael? No hemos hecho nada. Yo no voy a decir nada —suplica Arturo, muy asustado.

—Lo sé, Arturo, pero ellos no lo van a creer y no quiero que estés aquí hasta ver qué pasa. Eres ya un hombre y a partir de este momento debes aprender a estar solo. Con el dinero llevas una dirección. Escribe allí, sólo para decir dónde estás. No pongas remite, ni digas quién eres. Ellos sabrán qué hacer. Yo me arreglaré para encontrarte.

—Ismael, tengo miedo. No sé adónde voy a ir y sin ti no sé qué voy a hacer.

—Debes enfrentarte a esto como un hombre, de cara y hasta el final. Tengo que quedarme aquí para intentar enderezar esto y cuidar de Elvira y de su madre. En cuanto se aclaren las cosas iré a buscarte.

Se quita la chaqueta y se la pone a su hermano. Le queda muy grande y la arremanga, mientras le señala los pliegues en los que está oculto el dinero. De pronto ha cesado la lluvia y la luna se hace presente. Caminan juntos. Arturo se enjuga las lágrimas sin cesar. Ismael lo coge por el hombro y le acaricia la nuca. Suben por el sendero hasta donde espera Ovidio con el motor del furgón encendido.

Ismael le da los últimos consejos:

—Vive con dignidad. Cumple con tu palabra y tu deber. Que no es más hombre el que hace daño, sino el que cumple con su responsabilidad.

Le habla mirándolo a los ojos, con gesto severo, acariciándole el pelo con hosca ternura, intentando dibujar una sonrisa que no puede salirle.

—Ayuda y respeta a los que sean más débiles que tú. Lo más canalla es sacar provecho de quien no puede defenderse. A los de arriba, los más fuertes o más ricos, trátalos también con respeto, pero sin temor. No dejes que nadie te humille.

Arturo se abraza al hermano desconsolado.

—¡Te quiero, Ismael! ¡Y sé que no te volveré a ver!

—No digas tonterías. Márchate, que muy pronto estaremos juntos —intenta consolarlo, forzando aquella sonrisa.

Lo besa y lo abraza apretándolo muy fuerte, tragando dolorosos nudos de rabia y de pena. Arturo sube al furgón. Ismael Quíner, curtido desde niño en el trabajo más duro, educado por sus padres para que fuera un hombre digno, que fue capaz de soportar la tortura y cumplir una condena de trabajos forzados sin derrumbarse ni quebrantar uno de sus principios, que jamás se doblegó, cuando ve las luces del furgón desvanecerse en la noche, cierra los puños, deja escapar un gemido lastimero, se deja caer hasta quedar de rodillas y se golpea la cabeza, una vez y otra, en el paredón. De nuevo ha de enfrentarse a la vida con lo único que tiene. Una vez más, todo cuanto tiene es su valor. Con el rostro bañado en sangre y lágrimas, aturdido más por el dolor del alma que por el de las heridas, se va camino abajo dando bandazos de ciego.

—¡Yo también te quiero, Arturo! ¡Y también sé que no te volveré a ver, hermano!

* * *

En el cruce de Hoya Bermeja, Manolo, el guardia, con el tricornio negro, la capa y el mosquetón máuser al hombro, cumple la orden de interceptar y registrar a los coches que bajan del Terrero.

—Tú tranquilo ahora —dice Ovidio, mientras detiene el vehículo junto al guardia.

Manolo lo saluda, enciende otro de tantos cigarrillos y conversa durante unos minutos.

—Tengo que echar un vistazo —dice al término de la charla intrascendente.

—Pues échalo —responde Ovidio.

Manolo abre la puerta trasera del furgón, mira sin demasiado interés, regresa despacio, por el lateral abre la que oculta a Arturo. Levanta la manta y lo ve, con los ojos enrojecidos y petrificado de miedo en el centro del círculo amarillo de la luz de la linterna. Mete la mano en el bolsillo de la guerrera, saca una vieja cartera de piel de la que coge un pequeño fajo de billetes y le tiende la mano con el dinero.

—No te asustes, chico. Cógelo. Te hará falta —dice.

Arturo lo mira perplejo y temeroso.

—Lo quito de la comida de mis hijos —insiste Manolo.

Arturo lo acepta.

—Te diré una cosa, chico —continúa Manolo—. En esta vida he visto tanta cabronada y he conocido a tanto miserable que ya me duelen los huesos. Pero no he llegado a conocer a un tío con más cojones que tu hermano. Debes estar orgulloso. Esta vez el Relamido y el Marrajo le están guardando el miedo al hombre equivocado.

Cierra la puerta y se dirige a Ovidio.

—Por tus muertos, que esto no se sepa, que tengo una familia.

—Tranquilo, Manolo. Yo también tengo otra —le responde Ovidio, antes de arrancar el furgón y continuar el camino.

* * *

Después de cambiarse de traje, Juan Cavero sale para ir a la casa grande, donde lo espera Roberto Bernal. Como tiene por costumbre, se detiene en la única casa de tapadillo de los alrededores. Se toma dos copas de sol y sombra, suelta sus baladronadas, derriba un par de velas, que por poco no provocan un incendio, y sale por la puerta trasera al solar donde ha dejado el coche. Ha descampado y la luna resplandece a intervalos. Junto al coche se desabrocha la bragueta y comienza a orinar, medio sentado en un guardalodos y con una mano apoyada en la pared.

Una sombra se desliza junto a él. Quiere decir algo, pero con un delicado movimiento, casi como si acariciara, la hoja de una hoz le ha segado el cuello de lado a lado. Ismael Quíner deja caer la herramienta y permanece observando cómo Juan Cavero, el Relamido, lucha por entender qué es el líquido caliente y denso que de pronto le inunda la boca, por entender por qué no puede hablar ni respirar, y abre los ojos en una mueca, cuando comprende que Ismael Quíner acaba de degollarlo, que lo que le pasa es que se ha muerto, ¡carajo!, sin haber terminado de orinar.

Lo encuentran por la mañana, en la misma posición, con una mano apoyada en la pared y sosteniendo el pene con la otra, y con los ojos abiertos en aquella expresión de exagerado desconcierto.

* * *

En la casa de Hoya Bermeja, Roberto Bernal espera a que Juan Cavero acuda a buscarlo. El cabo Liborio le ha asegurado que lo tenía todo bajo control y que podrían encontrar a Arturo Quíner en cuanto escampara.

Tampoco en la casa hay suministro eléctrico, pero la lluvia ha cesado y parece que de manera definitiva. Ha podido dormir un par de horas, aunque el descanso no le hace sentirse bien. Al contrario, se despierta sobresaltado. La catástrofe que ha provocado informando a Jorge Maqueda de lo que no hubiera debido saber le ha hecho detenerse en pormenores que jamás hubiera querido pensar. Su hermana está muerta, su madre continúa ausente y él se siente tan miserable como lo ha sido desde que tiene recuerdos. Después de tomar una ducha y vestirse, nota un ahogo que le hace regresar al cuarto de baño para refrescarse la cara. Entonces no puede soportarlo más y comienza a llorar como no ha hecho desde niño. Cuando sale, ha llorado con tanta fuerza que le duele el pecho. Se ha desahogado, pero no se siente mejor.

Por el jardín camina despacio hasta la cancela, sale a la calle desierta y regresa después sobre sus pasos. Continúa el paseo por el jardín y tras la casa, delante de la capilla, se detiene para encender un cigarrillo. Entonces la luna se muestra y le deja ver, como una aparición, la silueta detenida tres metros delante de él. De pie, inmóvil, Ismael Quíner lo atraviesa con una mirada que lo aterra. Sostiene una horca de la cuadra, que apoya en el suelo y cuyos cuatro afilados dientes destellan como presagios de muerte.

—No es lo que crees —dice Roberto demudado, dejando caer el cigarrillo—. No queremos hacerle daño, te doy mi palabra; sólo queremos explicarle que allí no pasaba nada, que lo que vio no era sino una alfombra vieja.

Ismael Quíner no habla. Levanta la horca y la dispara a modo de jabalina, con tanta fuerza que Roberto, levantado en vilo, queda clavado por la garganta a la gruesa puerta de la capilla, agitando los pies a unos centímetros del suelo.

* * *

En el cruce de Hoya Bermeja, Manolo, el guardia civil, lo ve llegar. Ismael no necesita explicar lo que ha pasado. Sin esposar, dando un paseo y conversando como viejos amigos, Manolo lo conduce al destacamento del Terrero, donde lo deja a cargo del cabo Liborio. A partir de ese momento, nada se sabrá de él.

En los días siguientes, sin haber visto un cadáver ni haber leído un solo documento, con el esfuerzo único de aceptar lo que le han contado, el juez de instrucción da orden de archivarlo todo, incluyendo el informe firmado por el cabo Liborio, en el que explica, en los renglones destartalados de una máquina de escribir desmantelada, llenos de escollos y faltas de ortografía, que Ismael Quíner mató a María Bernal, a Roberto Bernal y a Juan Cavero en colaboración con un tal Daniel. Que él, el cabo Liborio, sin socorro de nadie, con gran esfuerzo y sacrificio, y enorme riesgo de su persona, consiguió detenerlos, pero que escaparon y huyeron de la isla en una barca de pescadores.

* * *

Amanece. La borrasca del día anterior ha desaparecido igual que llegó. Por el horizonte, sobre un mar ahora tranquilo, se aleja un barco de carga camino del otro lado del mundo. En la panza, el nuevo pinche de la cocina pela papas, callado, masculino y adulto. No le quedan lágrimas, ha llorado todas las de su vida. En ellas ha resuelto vivir.

13

Desde su regreso y, en particular, desde que nació la hija, Rita Cortés vivía los mejores años de su vida, dejando transcurrir los días, en una rutina sencilla, sin otra obligación que la de ver crecer a Alejandra. Recordaba poco la etapa de Madrid y lo hacía sin añoranza. Por el contrario, con pena de no haber sabido que la vida sencilla pudiera ser tan dulce, cuando aún estuvo a tiempo de mandar al cuerno la existencia banal en las pompas de Madrid, porque no existía dicha mayor que la descubierta tras el parto, de levantarse temprano y empezar el día bajando a la playa, a una hora en que el agua era más cristalina y no habría nadie más que ella, para darse un chapuzón y vivificar los músculos, antes de levantar a Alejandra para darle el desayuno. La de meterse en la cocina para aprender a preparar, con el mismo grado de excelencia con que lo hacía Francisco, aquellos platos frugales de su vida de ermitaño y otros que poco a poco ella iba añadiendo a la colección. La mayor dicha, la que le permitía llevar aquel estilo de vida fácil, era contemplar el amor de Francisco por Alejandra.

Lo supo la primera vez que lo vio sostener a la pequeña

en sus manos y él detuvo sobre ella la mirada y la expresión tranquila, pero sin emociones, se le fue dulcificando al descubrir en ella la razón para vivir que le había faltado. Desde ese instante comenzó a darle a la hija el amor que no había podido darle a la madre, haciendo de padre, de compañero de juegos y de maestro, y Alejandra lo quería como la suma de todo ello. Rita los observaba desde la prudente distancia que la separaba de Francisco y aplacaba la pesadumbre de su culpa viéndolo enjugar, con la sola presencia de la niña, cada gota de los viejos dolores.

Todo le recordaba el tiempo que vivieron enzarzados en una lucha de amor sin cuartel, el tiempo de la juventud compartida y la leal camaradería del noviazgo. De muchas maneras distintas todo había vuelto a ser para ella como lo fue entonces, excepto por la razón de que aquél fue tiempo de avidez y desenfreno, pero en el acuerdo de matrimonio el amor había quedado excluido de manera explícita. La mujer que ella fue no habría necesitado sino unos mimos y culebreos para atraparlo de nuevo en sus redes, pero a Francisco no le quedaba nada que entregar, daba lo que tenía, estaba segura de ello, y parecía demasiado frágil para arriesgarse a que algo fallara. Lo que echaba en falta de él, fue ella quien lo malbarató un día indeseable.

Se le sumó a las razones para sentirse tan colmada en la nueva vida reencontrar a María Bernal, con la que sacudió las telarañas a la vieja amistad. Muchas veces a media mañana y casi todas las tardes, daba la vuelta a la manzana para visitarla. Llegaba con Alejandra, que tiraba de su mano, deseosa de retozar con los niños de la casa, que como eran unos años mayores, más que jugar con ella la usaban de juguete, entreteniéndose en entretenerla. En las confidencias, María la animaba a dar el paso que no tenía valor para dar, diciéndole que tal vez Francisco sólo esperaba a que fuera ella quien lo diera.

* * *

La muerte de María fue un golpe que a Rita, pese a su firmeza de carácter, le costó superar. Encontró fortaleza en Alejandra y en Francisco, que abandonó las visitas al mar para estar más tiempo junto a ella. Él seguía en sus maneras, ausentándose en el taller, dedicándole todo el tiempo a la niña y casi sin pronunciar palabra. Pero presentía que Rita lo necesitaba y acudía para permanecer cerca de ella, inmóvil, con las maneras y el silencio que hubiera guardado un perro, confortándola y dándole esperanzas, pese a lo que ella no se atrevía a dar el paso definitivo, segura de que podría prender un fuego que a él podría carbonizarlo.

Fue en un momento de debilidad. Alejandra cumpliría cuatro años en unos meses para la noche del fin de año, en el que hicieron, por hábito, una celebración a la medida de la niña y, cuando ella se durmió, como tantas noches, cada uno de ellos se quedó indefenso ante el otro. Francisco estaba tendido en el sofá y Rita se sentó junto a él, sobre la alfombra. Le acarició el pelo y otra vez pensó que se estaba haciendo viejo, que los dos se estaban haciendo viejos, que el otoño se aproximaba a sus vidas. Volvió a echar de menos poder expresarle su ternura y detrás de las caricias necesitó besarlo. Lo hizo, primero en la frente y después en la mejilla, y a continuación en el torso. De pronto, sin premeditación ni propósito, por una puerta falsa de sus inspiraciones, se le escapó el impulso. Le rozó los labios, una vez y la segunda, y en la tercera se quedó besándolo, paseando la mano por el pecho, y cuando quiso darse cuenta era ya irremediable. Francisco, inerme, se dejó besar, una vez y otra, hasta que volvió a perderse en la abrumadora sensualidad de la mujer de sus pesares y calamidades. Pero también la mujer de sus hallazgos de la vida. La que lo aniquiló causándole una herida que después le restañó entregándole a la pequeña Alejandra. Se amaron casi como en la juventud aquella noche y la siguiente, y todas las demás. Rita descubrió lo que ya sabía. Que su largo peregrinar de una cama a otra había sido la frenética búsqueda de las caricias del hombre que había abandonado. No las había hallado ni en los remiendos de Historia del Arte ni en los virtuosismos profesionales de un vividor, del que sólo en contadas ocasiones recordaba con qué facilidad lo había olvidado.

* * *

Pasaron tres años de amor sosegado y placidez. Una tarde bajaron a la playa, para pasear a Alejandra. Rita se ausentó para traerle agua a la niña y cuando regresaba, contempló la escena más horrible de su vida. Fue un seísmo mínimo a veinte kilómetros de la costa, a causa de una grieta de algunos cientos de metros, en la base de un peñasco que no pudo resistir más su propio peso y cayó en la sima. Francisco permanecía ausente, en el sitio de su costumbre, y Alejandra jugaba en la orilla. De pronto él estiró el cuello, se levantó de un brinco, saltó por las rocas, corrió por la orilla, cogió a Alejandra por la cintura y regresó a las rocas, donde estaba el punto alto más cercano. No le daría tiempo de llegar arriba y metió a la niña en un hueco entre las rocas para protegerla con su cuerpo, cuando se les echaba encima la ola que unos segundos después deflagró en los peñascos, desbarató el pantalán, destrozó barcas, inundó la cala hasta una altura de varios metros y se lo llevó todo al retirarse. Sólo perdonó a Alejandra, encajada en las piedras, empapada, aturdida, sin un rasguño, pero huérfana de Francisco.

El mar no devolvió su cuerpo.

SEGUNDA PARTE

14

Arturo Quíner acababa de llegar a Nueva York, temprano. Era una mañana muy fría y había entrado en una cafetería de los alrededores de la Estación Central para calentarse y desayunar, cuando vio en la televisión la imagen del anciano dictador. Pensó que tal vez hubiera muerto; sin embargo, la noticia urgente que recorría el mundo era que una bomba había hecho volar al presidente del gobierno español, el que debía dar continuidad al régimen, hasta la cornisa del patio interior de la residencia de los jesuitas, dos toneladas y media de coche con conductor incluido. Aunque en ese preciso momento decidió regresar, tardó dos años en emprender el viaje. Se decía que por no abandonar el negocio de inversión en la bolsa que había ido a emprender y que marchaba mejor que bien, pero no se engañaba, pues de sobra sabía cuánto temía el regreso.

Conseguía sin dificultad la información veraz que necesitaba para no errar el tiro en las continuas apuestas de inversión y se mantenía cerca de quienes le habían brindado, por el único interés del afecto, impagables consejos, pero añadía de su parte, además de talento, el temple lo bastante frío para arriesgar sin inquietud, en un juego de prudencia y osadía con el que obtenía magníficos réditos. Así que le habría bastado con hacer un alto de quince días para viajar y poner el pasado en orden, antes de regresar pronto a su lucrativa ocupación. Sin embargo, ésa habría sido la manera de regresar sin hacerlo de verdad y él soñaba con la vuelta definitiva.

* * *

El deseo de ver a los suyos, la premura por hallarse con lo que había abandonado tantos años atrás, la inmediatez de sus planes, perdieron la urgencia en cuanto bajó del avión. Paralizado, sin hallar el valor para hacer efectiva la vuelta, deambuló por la ciudad primero y por la isla después, en una peculiar trashumancia que le servía menos para conocer la tierra que para ponerle orden al corazón. Por las mañanas solía ir a la biblioteca municipal para leer periódicos y revistas atrasadas. Por la tarde acudía al cine o se adentraba por los vericuetos de la ciudad antes de retirarse a la habitación del hotel.

Imaginaba que a todos los viajeros les sucedería como a él y de cada ciudad que visitaban les quedaba un recuerdo recurrente, una evocación que en adelante tendría la capacidad de emplazar la memoria que sobre ella guardaran. Desconocía si los iconos de otras personas serían como los de las películas: la estatua de la Libertad en Nueva York, la Giralda en Sevilla, la Sagrada Familia en Barcelona, la catedral en Santiago de Compostela, o acaso fueran como los suyos, iconos menores. Su evocación de Nueva York era la niebla del Hudson sobre las vías del tren; la de Madrid, la fachada de un edificio abandonado que hacía esquina en una calleja del barrio de Tetuán. Como aquéllas tenía de las ciudades más importantes de ambas Américas, sin embargo, de la ciudad que llevaba más dentro del alma, de la suya, no tenía ni más recuerdo ni otro icono que el de las luces tristes y amarillas titilando en las aguas oscuras del muelle, vistas mientras se alejaba por la bocana, en la madrugada aciaga de la huida.

La ciudad y él eran desconocidos uno del otro, pero ella pronto le entregó estampas que se le harían entrañables y que durante toda la vida le vendrían a la mente cuando oyera pronunciar su nombre. Presencias para él bellísimas aunque en muchos casos las hubiese hallado en lugares desahuciados: el moribundo barrio de los Llanos, junto al antiguo lazareto, macerado por los incesantes alientos del bosque de chimeneas de la refinería, con sus ruinas de murallas, su edificio de la Pólvora, su castillo de San Juan, los viejos galpones del recinto de Industrias Químicas, desbaratados, rotos y percudidos de rojo por la pátina de siglos de inconfesables óxidos venenosos; los eriales del barranco de la Ballena, las construcciones desvencijadas de Guanarteme, dando la espalda para mirar al mar, con los pies hundidos en la arena húmeda de la playa de las Canteras; los edificios cenicientos de las Alcaravaneras en el estruendo colosal del devenir incesante de coches; las humildes y sencillas casas de los antiguos barrios de pescadores de la Isleta y del Pilar; y, cómo no, el señorío urbano de los cascos antiguos de Vegueta y La Laguna.

Había echado tanto de menos la isla, le había dolido tanto la nostalgia de ella, que había creído conocerla, pero no era sino una desconocida y ahora, frente a ella, hasta el amor que sentía profesarle le resultaba ridículo. Dejó de parecérselo en cuanto se aventuró por las carreteras y descubrió sus rincones, en lo que siempre consideró una bienvenida, un agasajo sin fin: puestas de sol en Valverde, Agaete, Garachico o Tejeda; amaneceres en la Caldera de Taburiente y Las Cañadas del Teide; noches de plata en Playa Blanca, Corralejo y Hermigua.

Nada quedaba fuera del inagotable repertorio de paisajes y estampas imposibles de hallar en otro lugar de dimensiones tan reducidas: mal países como océanos de piedra borboritante, ríos petrificados, playas tendidas hasta el horizonte, ciclópeos acantilados, médanos desérticos, mares de nubes hasta los confines del mundo, impenetrables bosques de laurisilva donde pueden verse morir los cúmulos húmedos de los alisios; atalayas, volcanes, calderas, collados, gargantas y barrancos; árboles legendarios, dragos ancianos y venerables, asombrosos tajinastes, sabinas invencibles retorcidas al viento, palmerales de semblantes del cuaternario, tupidos brezales y pinares de estaturas ingentes.

En la oscuridad fresca del recibidor del cine de las cuatro conoció a Elena Salazar. Fueron los dos únicos espectadores que en aquella sesión vieron *2001, una Odisea del Espacio.* La comentaron con el coche escondido en un rincón oculto, frente al mar, cenando bocadillos calientes y cerveza fría. En los días siguientes ella lo recogía pronto por la mañana para enseñarle la isla recóndita, la que sólo conocían los observadores más intrépidos y porfiados, los capaces de llegar a lugares que en realidad no existían puesto que nunca más se volvían a ver. Paisajes ligados a un instante irrepetible, que Elena explicaba diciendo que estaban de paso, que al día siguiente podría verse otra estampa, otra semblanza, pero jamás una igual a otra. Lugares con misterios de desaparecidos o encontrados, de fantasmas que en ocasiones habían dejado testimonio de su presencia. Historias de viejos que alimentaban los miedos y las ilusiones de nietos atónitos por sus relatos, que habían iluminado la inspiración de poetas, que habían formado tradiciones de hombres y que explicaban extraños comportamientos de lugareños o peculiares disposiciones de calles, plazas y edificios.

El paisaje humano en los pueblos y aldeas no había cambiado del que recordaba. Las mujeres, fuertes, ardientes y hermosas en la juventud, se convertían en matriarcas veneradas en la vejez. Los hombres recios, impenetrables, rudos y, por lo general, de llana y recóndita nobleza. Gente sin doblez, de una sola palabra, que continuaba teniendo a orgullo el cuidar de sus ancianos y enfermos y que seguía acogiendo a los visitantes con el calor de una hospitalidad legendaria.

Se despidieron una noche y ella insistió en que se llevara el coche. Al entrar en la casa volvió a darse de bruces con el ámbito desolado de su vida y necesitó salir a buscarlo. No esperaba encontrarlo en la esquina donde se habían despedido, sin embargo, allí estaba, tan desamparado como ella. Y comenzaron a conjurarse las soledades con retahílas de ternura que terminaban en explosiones de amor, por rincones obscenos y a horas de ultraje. Un amor sereno y adulto cuyos objetivos terminaban justo donde acaba el deseo, sin censura ni merma de libertad, hasta cuando el otro quisiera. Sólo hasta cuando el otro quisiera. Guardando el corazón para que la libertad del otro no lo dejara maltrecho. Ambos lo aceptaban de esa manera, aunque a él le entristecía esa clase de amor que debe dejar el corazón a salvo. Le parecía que le faltaba como un ápice imprescindible de locura para considerarlo amor de verdad.

Fue ella quien lo sacó del sopor. Sabiendo que estaba de paso le preguntó en ocasiones sobre su destino, y él no había sabido responderle sino alguna vaguedad que a Elena no podía sonarle más que a disculpa.

—¿Sabes lo que pienso? Creo que temes enfrentarte con tu pasado. No sé dónde está ni sé qué te hicieron, pero fue terrible y te lo hicieron allí. No esperes ni un minuto más. ¡Vete ya!

* * *

Zarandeado por las palabras sin misericordia de Elena, emprendió la visita al Terrero. Las carreteras habían mejorado sobre las que tenía en el recuerdo, pero le llevó dos horas llegar desde la capital. Pasó despacio por Hoya Bermeja antes de subir por la cuesta del Terrero. Encontró el pueblo igual que lo dejó, sumergido en el marasmo de su silencio, pequeño, pobre y mustio, agazapado en sí mismo, con sus muros percudidos por la tristeza. Nadie había cambiado un átomo de aquel lugar cargado de recuerdos y olvidado del mundo. Allí estaba todo: la mínima iglesia con su plaza, sus calles adoquinadas, la lonja de puertas imponentes con su carpintería pintada de verde, los balcones de madera desiertos, los tejados con sus verodes, las casas con su gente viviendo en la parte de atrás, los ancianos compartiendo los recuerdos al calor tierno de las cuatro.

Halló la casa de Candelaria deshabitada y se dirigió a la consulta de Alfonso Santos, donde esperó a que hubiera atendido al último de los pacientes, antes de entrar en el despacho. Los años habían hecho ganar a Alfonso en distinción y autoridad. Alzó la mirada para devolverle el saludo, sin reconocerlo.

—Siéntese y dígame qué le trae —le pidió, con tono cordial.

—Soy Arturo Quíner —dijo él permaneciendo de pie.

Alfonso se levantó aturdido, se acercó a él, le tendió la mano primero y lo abrazó después.

—¡Chico, me has dejado sin palabras!

—Discúlpeme que no le haya avisado. No sabía si seguiría en esta casa y tampoco tenía decidido en qué momento venir —explicó Arturo.

—¿Cuándo llegaste?

—Hace casi dos meses. He estado arreglando asuntos de papeles y averiguando cómo anda el país.

—Qué alegría se van a llevar Matilde y las chicas. Seguro que Matilde te invitará a cenar. Por favor, no la defraudes.

La cena fue agradable y la sobremesa, entretenida, en cuanto se superó el escollo de la desaparición de Ismael. Cuando se despidió del hermano lo había dado por muerto. La causa que lo detuvo para hacerse presente en el Terrero era oír que estaba desaparecido.

Candelaria era la que llevaba peor la ausencia. Vivía en Hoya Bermeja, con Elvira, que había vuelto a casarse apenas dos años antes. Las gemelas de Alfonso estaban terminando la universidad y tenían ya planes de matrimonio. Chano había muerto de un colapso cerebral y estaba sepultado junto a los padres de Arturo, porque durante años había pedido, a cuantos creía con autoridad sobre aquella cuestión, que cuando muriera lo enterraran al lado de Lorenzo.

Arturo les contó que había llegado primero a Montevideo y continuó viaje a Buenos Aires, donde permaneció durante tres años trabajando por la cama y la comida en un garito del barrio de San Telmo. Con dieciséis años, un grupo de científicos de Estados Unidos lo llevaron, más en calidad de adoptado que de contratado, a Comodoro Ribadavia, en la Patagonia, donde debían hacer estudios sobre depósitos petrolíferos. Hacían prospecciones geológicas y estudios de campo para una compañía de inversiones, y le costaba trabajo explicar si eran más científicos o aventureros, porque eran al tiempo una cosa y la otra. Continuó con ellos como un miembro más del grupo durante seis años, al cabo de los cuales había conocido las tierras más remotas de ambas Américas, desde Tierra del Fuego hasta Alaska, por lo que le resultaba más familiar cualquier selva o desierto del nuevo continente que la diminuta isla donde nació. Entre una expedición y la siguiente solía pasar algunas semanas en Nueva York, donde se instaló por último. Y calló, por decoro, que allí consiguió hacer fortuna mientras esperaba la oportunidad del regreso.

Al día siguiente repitió la travesía para ver a Candelaria y a Elvira, que habían sobrevivido a duras penas la tragedia. Cinco años tardó Elvira en aceptarle las visitas a su actual marido, otros dos dejarse convencer para el matrimonio y tres más para celebrarlo. Candelaria tampoco se recuperó. Dejó ensombrecer su carácter; las salidas, cada vez menos frecuentes, las hacía a la iglesia y de tarde en tarde a su deteriorada devoción por la Virgen, a la que le reprochaba que la tuviera tan desamparada en sus peticiones. Las oraciones se le confundían siempre con el llanto, y la interpretación resignada y respetuosa que antes hacía de los designios del dios de sus ideas se había quedado en una suerte de expectante escepticismo. Sus plegarias a la Virgen desde el día del horror las hacía por Arturo, cuyo regreso sería el único recurso que podría reconciliarla con el mundo. Cada día esperaba el paso del cartero para preguntar si le traía noticias y solía visitar a los que llegaba a saber que emprenderían viaje al extranjero, para pedirles que se interesaran por él allí donde fueran, lo que había ocasionado comentarios crueles sobre el estado de su salud mental. Tenía el consuelo de ver a la hija casada de nuevo con un buen hombre que las había emancipado de la necesidad de trabajar, y las visitas casi a diario de Chona. Aunque todavía se reunían en su casa con las viejas amigas, para entretener las tardes con quehaceres de costura, aquellos encuentros no alcanzaban a ser tan radiantes como los de las tardes de antaño, de tertulias y novelas de la radio.

Arturo llegó con facilidad a la casa de Hoya Bermeja que le había indicado Alfonso. Reconoció a Candelaria desde lejos, entretenida en el pespunte de una prenda, sentada bajo un bonito chamizo del jardín. Paró el coche delante de la casa. Desde la reja había una discreta distancia hasta el lugar donde se hallaba Candelaria. Ella oyó el cerrojo y levantó la vista extrañada. Se quitó las gafas con gesto incrédulo y las dejó sobre la mesa, mientras se ponía de pie con pausa. De repente se llevó las manos a los cachetes y comenzó a correr en dirección a Arturo extendiéndole los brazos, arrebatada por el llanto y gritando:

—¡Ay, Elvira, que es el niño!, ¡que no está muerto!, ¡que ha venido, Elvira!

Nadie habría podido reconocer en el hombre fornido de casi un metro ochenta que entraba por la portezuela al niño que un día tuvo que desaparecer, salvo Candelaria, Yaya, como él la llamaba. Candelaria se agarró a él, lo abrazó y lo llenó de besos y lágrimas, hasta que se le agotaron las fuerzas.

—¡Ay, Madre santa, perdóname que haya dudado!

Tras ella Elvira, perpleja, había salido y se acercaba despacio, sin dar crédito a lo que veía, pero en los últimos metros echó a correr y se sumó a las lágrimas y los abrazos mientras los perros ladraban con desconcierto de un lado a otro del patio. No le soltaban el abrazo, reprochándole que no les hubiera escrito en tantos años.

Pasó el día con ellas cosido a mimos y preguntas, hasta el atardecer. Nadie tuvo el valor de mencionar a Ismael, pero Elvira se enjugó las lágrimas muchas veces en el transcurso de la conversación, que ahuyentó temores y dejó descansar en paz la maraña de finales no resueltos, de dolores antiguos, de incertidumbres y desconsuelos.

Esa misma tarde Arturo subió al Estero. La diminuta casa aún estaba en pie, con la techumbre desvencijada y los enseres arruinados por la intemperie. No le sorprendió encontrar las tierras vacías y se consoló al ver que desde los linderos hasta la montaña nadie había dejado su huella en aquellos años. La naturaleza había reclamado para sí el terreno frente a la casa poblándolo de tabaibas, retamas y chumberas. Allí estaban los dos bosquecillos de sauces detrás de la casa, más frondosos y bellos, y la piedra en la que solía sentarse con su hermano, desde la que contempló, tras una apoteósica caída de la tarde, cómo un inmenso globo lunar plateaba el mar sobre el horizonte y le desbocaba los recuerdos que lo ahogaron hasta bien entrada la noche.

Con enorme alegría, supo que la orden de expropiación del Estero había quedado sin efecto al no haberse satisfecho el exiguo importe fijado en el expediente.

Acababa de comprar un todoterreno nuevo, porque subir al Estero con un turismo era imposible, pero encontró en un solar lo que quedaba de un jeep Willys, el vehículo mítico de las tropas aliadas durante la Segunda Guerra Mundial, que conocía de sus andanzas por América, y no resistió el impulso de hacerse con él. Cuando había dado por perdida la esperanza de hallar quien lo arreglara, alguien le dijo que Emiliano, el sordomudo, estaba especializado en recuperar aquella clase de vehículos. En dos meses, Emiliano se lo devolvió flamante de mecánica, chapa y tapicería, sonando como de fábrica y pintado de un amarillo vivo, no porque le gustara el color, sino porque pensó que era el más apropiado para que pudieran localizarlo cuando se desplazara por la finca.

Con la tierra se repitió la incertidumbre de la llegada. Los ambiciosos planes que tenía para ella, meditados y calculados hasta en el detalle más insignificante, perdieron el suelo firme y otra vez la indecisión lo paralizó. Tuvo que empezar de nuevo, convencido de que lo que había creído planes no eran sino sueños, que se evaporaron nada más enfrentarse a la realidad. Llegaba temprano cada mañana, antes de que despuntara el sol, y contemplaba el amanecer sentado sobre una pequeña loma, preguntándose cuál debía ser el destino de la tierra.

En esos días conoció a Honorio Real. Se adentraba por los lugares más apartados para fotografiar las especies de flora y fauna y anotar en un cuaderno los datos de dispersión y tamaños aproximados, ayudándose de un grueso manual, y divisó a lo lejos la figura de un hombre acompañado por un perro. El hombre se acercó y lo saludó entre cortés y distante. Utilizaba un trozo diminuto de la finca para mantener unas cabras y una pequeña siembra de secano, y quedó muy preocupado cuando Arturo le dijo quién era.

—No se preocupe, Honorio. Nadie lo echará de aquí. Puede dejar las cabras y cosechar lo que tenga sembrado. Hay mucho sitio. Cuando yo empiece el trabajo encontraremos acomodo.

Honorio no contestó, pero la sombra de preocupación desapareció de su semblante.

—¿Cuál es su oficio? —le preguntó Arturo.

—Era capataz en una finca de plátanos, pero hace dos años el patrón me echó por viejo. Ahora tengo las cabritas y las habichuelas, *pa* entretenerme.

—No aparenta usted viejo.

—Eso dice la mujer.

—¿Qué edad tiene?

—Cincuenta y seis. *Pa* Todos los Santos.

Tras la primera conversación, Arturo no tuvo dudas de que Honorio era un hallazgo.

—Voy a necesitar alguien que me ayude. ¿Quiere trabajar conmigo?

—Eso... va a depender —le respondió el hombre.

Arturo adivinó en la respuesta una socarronería a la vez astuta e ingenua.

—Nos pondremos de acuerdo con el salario más tarde —le dijo.

—*Pos*... más tarde le diré —concluyó con mansedumbre.

Se marchó para aparecer poco tiempo después con un zurrón en el que traía un queso tierno, de leche de cabra, un pan agreste, crujiente y delicioso, que olía a leña de brezo, y una botella de vino fresco, recio aunque joven, con taninos suficientes para teñir de negro el ánima de los vasos y de calor la de las personas. Arturo aportó sus refrescos y su pollo frío y compartieron la comida como dos viejos amigos que se conocieran de toda la vida. Al día siguiente Honorio llegó temprano para decirle que aceptaba el trabajo, alegre por volver a sentirse útil después de un intervalo estúpido.

Desde ese día los dos compartieron la contemplación de amaneceres, la incertidumbre, los trabajos, la comida y los silencios. Honorio entendía lo de las catas de la tierra para los análisis, pero lo de fotografiar y contar tabaibas, retamas y lagartos, lo dejaba escapar por los aliviaderos de la mente para evitarse percances de la cordura, aunque poniendo lo mejor de sí mismo en hacerlo bien.

—¿A usted qué le parece el Estero, Honorio?

—Grande —dijo, e hizo una larga pausa—. Y tiene una de piedras... —añadió, subiendo el tono y dejándolo caer alargado hasta el infinito.

Hicieron otro silencio.

—¿Qué querrá que hagamos con él? —preguntó Arturo como si pensara en voz alta.

—Lo quiere todo —respondió Honorio—. Claro, eso si no tuviera tanta piedra. Y si hubiera agua *pa* tanta finca —dijo—. Es que es grande. Y tiene una de piedras... —repitió, otra vez subiendo el tono y otra vez dejándolo caer alargado hasta el infinito.

Entretanto, un equipo de topógrafos levantaba un mapa de cotas y elaboraba un proyecto de desmonte. En pocas semanas comenzaron los trabajos. La tierra, casi llana en su totalidad, tenía el mayor desnivel en la parte más alejada de la montaña, por donde se situaba la precaria vía de acceso. Para salvarlo, en el primer tramo se hicieron galpones que servirían de almacenes, talleres y oficinas; en el siguiente tramo, a lo largo de una franja de cincuenta metros de ancho, se construyeron cinco niveles de bancales, con paredones de piedra tosca, que se destinaron al ajardinamiento con especies silvestres del lugar. En el primer paso de la operación de desmonte, se apartaba la capa fértil, que se repondría tras el allanado. Los pedruscos que tanto atormentaban a Honorio eran en realidad un tesoro. Tras el cernido de la tierra por las máquinas quedaba una provisión excelente de gravas y piedras de todos los tamaños que se utilizaban en la construcción de los bancales frontales, en el asfaltado de los viales y en la cimentación de cuatro estanques de agua en la cota más alta. Por las laderas de la montaña se provocaron desprendimientos de la tierra inestable y se replantaron pinos.

En donde estuvo la vieja casa, se levantó otra, no muy grande, con tejados a dos aguas y un balcón en la planta superior que cruzaba la fachada. En la primera planta tenía la cocina y una bodega amplias, un baño, un taller en el que montó un pequeño laboratorio de fotografía y, en la parte delantera, junto al vestíbulo, el salón enorme. En la planta alta, el dormitorio principal con baño propio y guardarropa, otras dos habitaciones con sus respectivos guardarropas, otro baño y el amplio estudio biblioteca. Los pilares y las vigas se construyeron allí reforzados para que soportaran el peso de la enorme piedra, que tuvieron que subir con una grúa antes de construir el tejado. Al instalarse, la cubrió con un jergón de lino e improvisó un diván con varios almohadones grandes.

En efecto, Honorio resultó ser un capataz excelente. Realizaba sus cometidos con precisión y tomaba las decisiones con prontitud, adelantándose a los problemas y mandando con justicia y firmeza sin que a nadie le ofendiera su autoridad.

Durante las obras no se presentaron las temidas lluvias que formaran lodazales que retrasarían los trabajos, con excepción de algún aguacero ocasional que no llegó a crear correntías.

—Ahora veremos qué hacer con lo del agua —dijo Arturo cuando concluyeron.

—Esta semana no habrá que hacer nada —previno Honorio—. *Pa* mí que esta noche va a llover.

En lo que parecía un buen augurio, llovió sin violencia pero sin cesar durante varios días. Aprovechando el paso del barranco, habían dispuesto un sistema de recogida del agua de lluvia que interceptaba el caudal en la parte superior y lo dirigía a un depósito de decantación que al rebosar vertía en los estanques. El sistema funcionó y los cuatro estanques quedaron llenos hasta los rebosaderos. La tierra se cubrió en los días siguientes de un manto verde que por último se engalanó de amapolas, margaritas y trevinas. Por la nueva carretera que facilitaba el acceso, llegó gente de todas partes a contemplar el espectáculo. Estaba tan hermoso que les acongojaba que tuvieran que continuar trabajándolo.

Desde el primer momento Arturo supo que para la colosal obra del Estero las ventajas de su juventud sólo le servirían si se rodeaba de personas que aportaran la experiencia y los conocimientos de los que él carecía, y el acierto con Honorio, cuya circunstancia de desahucio laboral en el mejor momento de su vida era muy frecuente, le mostró el camino que debía seguir.

El siguiente en aparecer fue Venancio, el sacerdote franciscano que oficiaba como adjunto en la parroquia del Terrero. Era grande, fornido y de semblante firme. Tenía la tez de sol de los labradores, la barba espesa, corta y bien cuidada, la dicción de cura sobre una voz potente y grave, y era de trato amable y sincero.

—He venido a verlo porque me dijeron que está contratando personal y quizá pueda ayudar a un buen hombre que usted conoce —le dijo Venancio después de presentarse—. ¿Le reparó el jeep Emiliano, el sordomudo?

—Más bien me lo hizo nuevo —le respondió Arturo.

—Eso me habían dicho. Es que le han quitado el taller y la casa —explicó—. Asunto de bancos. Está con las cosas en el borde de la carretera. Vengo a pedirle el favor de que le permita guardar aquí lo poco que le han dejado. Aunque, en realidad, si pudiera usted darle un trabajo, también haría una buena obra.

—Tratándose de él, le buscaremos lo que sea, no porque sea buena obra, sino porque será un buen negocio.

En el mismo coche que había reconstruido Emiliano fueron a buscarlo seguidos por un camión.

—Donde él está no es de su parroquia —objetó Arturo.

—Es que yo tengo una parroquia itinerante —le dijo con una carcajada—. Se va cambiando de sitio según las dificultades del día. Hoy tocó ésta.

—¿No usa sotana?

—Sólo en el pueblo. Para los asuntos religiosos o de la parroquia.

Guardaron silencio durante largo rato.

—No deje de avisarme cuando necesite otro peón, si le vale uno que sea cura —dijo Venancio.

—Si no va a celebrar misa en horas de trabajo, me vale igual que uno calvo, y puede empezar desde mañana a las ocho.

—Me parece que usted me cayó bien —dijo Venancio con otra carcajada.

—¿Por qué quiere trabajar?

—Como cualquiera, para ganarme el sustento. A Su Ilustrísima le di el disgusto cuando le pedí permiso, me lo dio con condiciones. Yo creo que por tenerme lejos.

Arturo no se lo dijo, pero también pensó que aquel hombre empezaba a caerle bien.

Emiliano permanecía al borde de la carretera, junto a un montón de enseres muy humildes, rodeado de un ambiente de feria, con la mirada inocente sin llegar a comprender del todo lo que sucedía. Se alegró cuando los vio llegar y saludó con un gesto. Venancio, en el lenguaje críptico con el que se hacía entender, le explicó lo sucedido y Emiliano contestó con una sonrisa ancha y agradecida mirando a Arturo y encogiendo los hombros en señal de resignación. En el trayecto de subida, puso la mejilla en el salpicadero. A continuación tocó en el brazo de Arturo y le hizo una seña que no costaba interpretar:

—Coche, sonido, mucho, bueno.

—Sí, suena muy bien —dijo Arturo repitiendo la seña.

Por la tarde, al acabar la jornada, Honorio estaba maravillado con él.

—Es bueno *pa* cualquier tarea que tenga que hacer alguien con cabeza —dijo Honorio—. ¡Si es que sabe de todo! —concluyó.

—A mí me parece que lo que no sabe, lo inventa —le confirmó Arturo.

Emiliano tocó el brazo de Honorio para llamar su atención.

—Coche, Arturo, yo —dijo con gesto de orgullo.

—¡No le digo! ¡Si es que hasta sabe lo que se habla! —dijo Honorio aún más maravillado.

En poco tiempo estaba a cargo de las instalaciones de riego y suministro de agua, del mantenimiento de vehículos y maquinaria, feliz y orgulloso del trabajo. También era maniático del orden en lo relativo a las herramientas y el taller, que mantenía en perfecto estado de revista. En lo humano era cariñoso, tranquilo, sin capacidad para la malicia, y se le notaba que sufría con los gestos de desapego o de burla. Arturo no dejaba de admirarlo por la forma en que era capaz de superar sus dificultades, aprender lo mucho que de novedoso llegaba al Estero, hacerse comprender con su prodigio mímico y gestual y sorprender a cada instante con sus ideas, la habilidad para resolver los problemas y su inventiva, para los que no contaba con otro recurso que una capacidad de observación extraordinaria como preámbulo de una inteligencia prodigiosa.

Aunque Venancio llegó al Terrero para hacerse cargo de la parroquia, al ver el estado de tristeza que aquello provocaba al anciano sacerdote, habló con el obispo, a quien le había dado ya más de un dolor de cabeza, para pedirle que lo mandara sólo como coadjutor, comprometiéndose a cuidar del párroco. No podrían mantenerse dos personas y entonces le hizo la proposición más arriesgada: que le diera permiso para tener algún empleo. El obispo accedió sólo con la esperanza de que desaparecieran sus jaquecas, pero pronto tuvo que admitir que lo que al principio le pareció una idea descabellada, fue la solución tanto para los problemas económicos de la parroquia como de la salud del anciano párroco. Las convicciones religiosas de Venancio eran profundas, pero también lo era su deseo de trabajar y vivir como el resto de la gente. No quería dejar de ser sacerdote, pero quería hacer la misma vida que hicieran sus feligreses. Arturo le dio flexibilidad con los horarios para facilitarle el empeño, y empezó trabajando como peón, pero a las pocas semanas comenzó a confiarle tareas que por su naturaleza se salían de los cometidos de Honorio. A cambio, obtuvo en Venancio un colaborador muy cercano, con gran capacidad de trabajo, de preparación indiscutible y de lealtad inquebrantable. Por su carácter tolerante se imponía el dogma de no hacer jamás un juicio sobre nadie, de modo que en el entorno clerical menos cercano, donde no lo conocían salvo por referencias de terceros, lo creían seguidor de la Teología de la Liberación. No le incomodaba, aunque eso nada tuviera que ver con el impulso que lo había llevado a su peculiar situación, a la que había llegado por un sentimiento de caridad. Solía tener siempre algún candidato con necesidades en cuanto había un puesto de trabajo. Así, de su mano, llegó Agustín. Otro acierto. También pasaba de los cincuenta y era padre de cinco hijos. Era perito mercantil y había trabajado con los números desde la adolescencia. Se hizo cargo de la administración, organizó archivos y papeles, llevó los libros, ordenó controles e inventarios, puso normas administrativas, hizo previsiones financieras y exigió las mejores condiciones a los banqueros.

En unos meses se habían levantado muros de protección contra el viento en las parcelas destinadas a las plataneras, en otras se levantaron invernaderos y se edificaron unos corrales, al fondo de la finca. Llegaron los animales: veinte vacas con un semental, sesenta cabras con dos sementales que se sumaron a la media docena de las que tenía Honorio, y doscientas gallinas ocuparon el espacio previsto para que tuvieran libertad de movimientos.

Allí se formó un pequeño tumulto de opiniones encontradas, porque decía Honorio que «van a oler mal», pero «mire, Honorio, que con tanto espacio podrán andar en libertad y el estiércol estará repartido, y retirándolo a diario no tiene por qué oler mal», aunque decía Agustín que «yo lo que temo es que no vayan a ser rentables», pero «fíjate, Agustín, que sólo con el estiércol pueden empezar a serlo, porque nos hará falta y es caro, además, a ver dónde conseguimos tanta cantidad y, en todo caso, el nuestro será de mayor confianza y, al fin y al cabo, así aprovechamos el desperdicio de las cosechas, que va a dar pena tanta hortaliza, tanto tomate y tanto plátano de desecho tirado a la basura», sin embargo, Emiliano estaba de parte de Arturo, porque pensaba él que «huevos, leche, mucho, fresco, mucho bueno» y «claro, sí», le respondió Arturo. Y además de eso:

—¿Verdad que son bonitos?

—No, si *pa* bonito no se encuentra nada mejor —dijo Honorio.

Y todos estuvieron de acuerdo en eso.

—Por cierto, jefe, que me gustaría echarles una bendición y un rezadito, si no te incomoda —propuso Venancio.

—¡No me jodas, Venancio! ¿Qué quieres que le diga yo a un cura franciscano sobre bienvenidas a unos animales? —casi se defendió Arturo—. La gente lo espera y querrá participar. Si les ponemos el refrigerio y el vino, verás lo poco que tardan en sacar un timple y una guitarra y que alguien empiece a entonar una folía.

—*Pa* mañana entonces, pero después de la faena —previno Honorio, en su papel.

* * *

Para conservar el recuerdo de la finca, desde antes de comenzar las obras, una avioneta de aeroclub había sobrevolado la finca una vez cada dos semanas, para tomar fotografías con las que se obtuvo la completa historia gráfica de los trabajos. De ellas Arturo seleccionó algunas vistas generales que adornaron las paredes de las oficinas, con fotos del mayor tamaño que la mayor ampliadora de las islas fue capaz de hacer. Pese a que las había visto muchas veces, no se detuvo en un detalle, en apariencia trivial, que apenas se adivinaba en una de ellas. Una mañana mientras hablaba por teléfono, notó como manchas de un mismo color de algo que las cámaras fotográficas habían puesto de manifiesto. Cuando terminó la conversación pidió una escalera y se encaramó para comprobar de cerca lo que de lejos sólo se adivinaba. Un cierto orden en la disposición de las manchas, una estructura lineal que comenzaba en la mitad de la falda por un lado de la montaña y terminaba al pie por el otro lado. Le llevó un par de días de exploración, bien provisto de arneses y cuerdas, comprobar el origen de las manchas. Como imaginaba eran rocas. Un estrato impermeable que podría estar llevando el agua a un acuífero lateral, justo en el lado opuesto donde lo intentaron abriendo la antigua galería.

Con algunas perforaciones y unas cuantas detonaciones, descubrieron el acuífero. En los meses siguientes se excavaron doscientos metros de galería y se instaló una embotelladora de agua en las naves de manipulado, para consuelo de Agustín, que empezó a ver ingresos entre tanto desatino de egresos.

El hallazgo facilitó pensar en la más descabellada de las ideas: construir viviendas para los trabajadores en las inmediaciones de la finca. Lo apartado del sitio obligaba a desplazar al personal a diario, lo que era caro y poco eficaz. Disponer de un suministro de agua de calidad permitió plantearse la construcción de las viviendas para el personal, cuya inversión se facilitaría mucho si contrataban con preferencia a matrimonios.

Una propiedad abandonada, colindante con el Estero, parecía ser un lugar propicio para la edificación de las viviendas. El dueño que figuraba en las escrituras era Francisco Minéo. Alfonso Santos lo informó de que estaba muerto, pero que había dejado viuda y una hija, y que se daba la coincidencia que vivían justo en la casa colindante con la de Elvira.

15

Pese a que pocos lo conocían y menos aún los que pudieran presumir de haber conversado con él, nadie olvidó a Francisco Minéo en Hoya Bermeja. Sobre los riscos, en el espacio lejano donde él no debería faltar, los viejos vecinos sólo hallaban el desasosiego y la tristeza doliéndoles como duele el recuerdo del amigo que no regresará. Su ausencia les dejó un incómodo vacío, un espacio inacabado, una zona inconclusa que sentían igual que si los hubiesen despojado de la brisa del mar o del rumor de las olas. En la misma semana del funeral sin cadáver, cuando se le dio por muerto, algunos pidieron al ayuntamiento ponerle su nombre a una calle. Pese a que consideraban la propuesta una minucia, el consistorio la denegó. A cambio, sin aviso ni ceremonia, un empleado del ayuntamiento colocó una triste placa muy cerca del lugar donde se lo llevó el mar, lo que les sonó casi a burla porque la solución además de burocrática tenía el mismo defecto que la de ponerle el nombre a una calle, puesto que por el nombre nadie lo conocía, y la placa no decía nada ni siquiera en aquel lugar. En una reunión vecinal, el concejal a cargo del asunto se despachó con una frase que, interpretada al revés, daba con lo que deseaban, todavía sin saberlo: «Si te parece, le hacemos una estatua, ¡no te jode!». La atraparon al vuelo. No se enfrentaron a él, un edil del régimen con el poder y la impunidad para arruinar la vida de cualquiera, pero lo que comenzó siendo una tímida propuesta, terminó como un empeño irrenunciable. Por propia iniciativa recaudaron fondos y le encargaron a un famoso escultor una estatua de bronce de tamaño natural. Entusiasmado con la historia y con el personaje, más aún porque había conocido al padre de Francisco y respetaba su trabajo, y hasta divertido con la frescura de rebeldía y desobediencia cívica que había quedado como trasfondo del asunto, el hombre la hizo a precio testimonial, bien provisto de las fotos que cedió Rita, y de las que los vecinos le habían sacado a hurtadillas durante años. Quedó exacta a lo que recordaban, en la misma piedra que ocupaba Francisco, tal como había sido, largo, enjuto, sentado con los brazos apoyados sobre las rodillas, con el sombrero de ala ancha y el pelo cayéndole sobre los hombros, con la camisa suelta, arremangada por encima de los codos y las perneras recogidas por debajo de las rodillas, con el rostro tranquilo y la mirada perdida en el horizonte.

Y no lo olvidaron ni por un instante en la casa. No lo olvidó Alejandra y no lo pudo olvidar Rita. La mujer que, todavía adolescente, supo mantenerlo en el estado de feliz atolondramiento con el que él se dejó mangonear y someter a caprichos y antojos, sin que hubiera demostrado sentirse de otra manera que como el más dichoso del mundo; la mujer que lo llevó casi a empellones hasta las puertas del matrimonio en las que, sin embargo, lo dejó tirado en medio del escándalo y la vergüenza, muriéndose del dolor de no haber tenido de ella ni una explicación, ni una palabra de misericordia, ni un piadoso adiós; la mujer de las dos vidas, la que fue capaz de vivir con tanto rigor en una como frivolidad vivía en la contraria; la mujer enamorada que se dejó arruinar y humillar por un sinvergüenza a quien, sin embargo, tuvo arrestos para enterrar en el olvido sin un instante de pesadumbre; la mujer que fue la única en la vida de Francisco, con la tragedia de su desaparición, se disolvió como una gota de sangre en el océano que se lo arrebató. También él, de muchas maneras distintas, había sido el único en su vida. El primero y el último y el único que en realidad la había amado, pero también, no le quedaban dudas de ello, el único a quien de verdad ella había amado.

Lo había llorado como no imaginaba que fuese capaz de llorar por un hombre, pero no fue sino meses después de los funerales, cuando se rindió a la evidencia de que estaba muerto. Echaba de menos el sosiego que la había cautivado a su llegada, con su ausencia volvía a sentirse extranjera y paria incluso en el ámbito protector del hogar y de su hija. Vació roperos y cajones y quitó de en medio las pertenencias personales que no cesaban de traérselo a la memoria. No dejó sino los retratos en la habitación de Alejandra. Hizo una hoguera con la ropa, los zapatos y todo cuanto pudiera traerle algún recuerdo y metió en una caja lo que consideró que algún día pudiera tener algún valor sentimental para la hija. Viendo las dimensiones de la pequeña caja, que de todas formas estaba medio vacía, y observando el triste fuego que alcanzó a dar todo lo poco que Francisco necesitaba para vivir, la humareda que se alzaba densa y oscura pero que apenas unos metros más arriba se deshacía en el cielo del atardecer y se confundía con el crepúsculo, tuvo conciencia de lo efímera y fugaz que es la vida.

En el taller del sótano, en un estante junto a las cajas de madera con las iniciales RC, depositó la otra de cartón, en el intento de abandonar en ella la memoria. Era inútil, más en aquel recinto que en ningún otro lugar, porque allí sentía que todo estaba tan empapado de él como lo estaban sus huesos. El olor a madera se lo traía a la memoria con tanta claridad que le parecía que su espíritu aún rondaba por la estancia. Rendida a la evidencia, se sentó donde él solía hacerlo y se abandonó en el ensueño: casi llegó a verlo esperando por ella en la orilla de un océano de aguas quietas y cristalinas del más allá.

Desde aquel día no faltó a la cita. Bajaba a ratos de media hora primero, que se fueron alargando cuando la hija empezó a ir a la escuela y terminaron siendo de días enteros. Acudía a su refugio a recordarlo en el fondo de las cajas, a presentirlo en el orden de la estancia, a respirarlo en el olor de la madera. Pero acudía con los recuerdos y una copa, a evaporar el dolor y lavar la culpa en la copa, a evadir la soledad y consolarse con la copa hasta que no tuvo ya remedio porque sólo le importaba la copa.

Se le fue de las manos sin apenas darse cuenta de ello. En los primeros años hacía el esfuerzo durante el día, tomando lo imprescindible para mantener el pulso firme, pero cuando acostaba a la niña bebía hasta derrumbarse. Antes de que sucumbiera al desastre, si el tiempo lo permitía, solía bajar a la cala dando un paseo con la pequeña, para desearle buenas noches a Francisco. Ni eso le quedó después. Abandonó la costumbre cuando no fue capaz de vivir sobria y comenzó a no dejarse ver. En esa época, alguna madrugada, después de asegurarse de que la hija dormía bien, bajaba a sentarse junto a la estatua. No llamaba la atención porque la costumbre de ir a la cala se había puesto de moda, y no era difícil ver allí a algún solitario o una pareja, incluso en horas de la madrugada.

Al cabo de unos años, cuando el exceso comenzaba a quebrantarle la salud, terminaba las noches durmiendo la mona tirada por cualquier rincón, donde la hija solía encontrarla al levantarse, en un estado y a una hora en la que era inútil que la niña intentara acudir a la escuela. Apenas con diez años cumplidos, Alejandra tenía la costumbre de levantarse a media noche para atenderla. Lo más habitual era que hubiera terminado su refriega con la botella, doblada sobre la mesa del taller, aunque alguna madrugada en la que la borrachera de la tarde anterior no hubiese sido tan inclemente, podían reencontrarse madre e hija, lo que bastaba para que Alejandra rehabilitara la figura de su madre.

Fue una niña de carácter tranquilo y de una madurez casi adulta en cualquiera de las etapas de su desarrollo. Rita lo atribuía al hecho de que su principal compañero de juegos en la niñez más tierna fue Francisco, de quien Alejandra no se separaba. Era tanto el amor de la hija por él que Rita no alcanzó valor para confesarle la verdad, porque no llegó a encontrar causa que justificara herir a la hija con algo irrelevante en el fondo, puesto que salvo por el accidente biológico Francisco era el mejor padre que cualquier madre pudiera desear para una hija. Tanto lo fue, que la propia Rita llegaba a olvidarse de ello y en muchas ocasiones se descubrió hallando parecidos entre la niña y él, tras los que recapacitaba para lamentarse de que no llevara su sangre.

La enfermedad de la madre, el estado de permanente dependencia y, en particular, la obstinación de no dejarse ver por nadie, había tenido el efecto perverso de que Alejandra llegara a la adolescencia casi sin haber tenido contacto con chicos de su edad, en ninguna de las etapas del crecimiento, ni siquiera el roce más elemental de una amiga con la que intercambiar confidencias. A veces, cuando oía a los chicos jugar en la calle echaba de menos salir para meterse en la cuadrilla. De inmediato ahogaba el deseo. No sólo había dejado de asistir a las clases por no desatender a su madre, sino porque se sentía una adulta incluso con los mayores que ella. Mientras otras niñas de su edad jugaban con muñecas, ella aprendía por sí misma a mantener el orden de la casa, a hacer la compra, a economizar, preparar la comida y cuidar de la ropa, mientras vigilaba que su madre no provocara algún accidente o se hiciera daño, en cualquiera de sus frecuentes malos momentos.

Pese a que le gustaba aprender, estaba tan retrasada en las clases y la asistencia a la escuela era tan fortuita que nadie la echó en falta en el comienzo de curso en el que no se presentó. Fue ella misma quien tomó la decisión cuando le llegó la menarquia, muy poco antes de cumplir los doce años. Tal era su estado de incomunicación e inocencia que descubrió el trance de la menstruación de la más cruel de las maneras. Una tarde, pese a que le dolía el vientre y no se sentía bien, hacía sus tareas, cuando de pronto advirtió dos gotas rojas sobre la tela blanca de la alpargata. Al ir levantando la falda descubrió primero el rastro de sangre en la pierna y la braga empapada después.

A través del vapor de la quinta copa, Rita vio a la hija paralizada bajo el dintel, con la falda recogida en la mano mostrando el estrépito rojo, mirándola aterrada, con los ojos muy abiertos en una expresión de miedo y desconcierto. El sopor se disipó, de pronto la imagen se le hizo tan cristalina como su propia vida. Aunque no podía recordar en qué momento, estaba segura de haber tratado aquel asunto con la hija. Pensaba que era ya una mujer capaz de manejarse con los contratiempos de la vida, pero al instante recordó que era una niña que por no tener no la tenía ni a ella sino en momentos fortuitos. Rita sintió que era la peor mujer que hubiera nacido y la peor madre imaginable. Corrió al inodoro, se metió la mano en el esófago y vomitó hasta la primera de las copas. Se lavó y, con una toalla empapada, fue a darle a la hija la tarde que le estaba debiendo desde hacía muchos años. Después de limpiarla, la sentó en el sofá, sin parar de pedirle perdón, la consoló entre los brazos explicándole que lo que le pasaba no era malo sino bueno porque había empezado a ser una mujer. Una mujer, que ya se vislumbraba, tan bella y hermosa que dentro de poco le bastaría una sola mirada para volver loco a cualquier hombre.

Alejandra adoraba a su madre, aunque la temía. La pesadumbre que la condujo a la catástrofe de la bebida había hecho que Rita pudiera ser tierna en un instante pero implacable en el siguiente. Aunque lo peor era que parecía insensible al sufrimiento de la hija. Alejandra lloraba a escondidas y no sólo por esa causa. El miedo a que le faltara su madre, a la que veía aniquilarse un día tras otro, y la angustia por la penuria económica que empezaba a percibir eran un duro tormento al que se enfrentaba desde la soledad, sin refugio ni el consuelo de alguien a quien acudir para disolver una duda o hacer una confidencia. Para bien y para mal, sólo tenía a su madre y sólo en las ocasiones, cada vez menos frecuentes, en las que no hubiese cruzado a la otra orilla de la botella.

También se escondía en el taller. En horas distintas a las de Rita, solía bajar para mantener el orden y el cuidado de los enseres y las herramientas. Había aprendido la importancia de ese menester sin recordar cómo, porque en los primeros años de su vida observaba a Francisco desde el corralito donde la ponía a jugar, mientras él adiestraba las habilidades del oficio. Cada poco, Alejandra vaciaba los cajones y desalojaba los estantes y en un pausado ritual, casi con devoción, con un paño humedecido en aceite primero y con otro seco después, limpiaba las herramientas y artefactos, indescifrables para ella, pero sin excepción cada uno de ellos venerable, devolviéndolos al exacto lugar y en el preciso orden en el que Francisco los dejó.

De la misma manera, sin darse cuenta de cómo fue, Francisco le había enseñado a dibujar desde muy pequeña. Como todos los críos empezó pintando monigotes, pero al poco, le enseñó a dibujar líneas rectas, después curvas, a continuación cuadrados, triángulos y círculos, y antes de que tuviera edad para ello, la puso a copiar dibujos sencillos. De la madre, había cogido la costumbre de bajar antes de desayunar a darse un baño en la cala. Esa escapada y esconderse en el taller eran las únicas evasiones que se permitía.

Desde la primera regla de su hija, Rita puso de su parte para intentar mantenerse sobria la mayor parte del tiempo, de modo que muchas tardes Alejandra no tuviera que estar tan pendiente de ella. En la casa contigua, al término de unas reformas que la dejaron resplandeciente, se trasladaron a vivir dos mujeres con las que Alejandra entró en confianza desde el primer momento y que aliviaron su soledad. Eran Candelaria y Elvira. Empezó a frecuentar la casa donde se sumaba a la tertulia de mujeres que cosían mientras escuchaban novelas de la radio. No faltó ni un solo día a las clases en las que halló refugio y afecto sinceros.

—Tú llámala Yaya —le dijo Elvira al oído, en tono de complicidad, la primera tarde.

Alejandra lo hizo sin forzar la ocasión. Al oírlo, Candelaria la miró con sorpresa y cierta tristeza y después la agasajó con una sonrisa ancha y silenciosa que pareció brotarle en el alma. Alejandra supo que acababa de ganarse el cielo.

Después la vio levantarse las gafas para enjugarse las lágrimas con un pañuelo.

—¡Ay, niña mía! Si tú supieras…

* * *

Casi tres años después llegó Arturo a la puerta de Rita Cortés. En su discreto encanto la casa le pareció abandonada, salvo por los parterres de jardín que alguien debía mimar. Necesitó tocar tres veces antes de que Rita Cortés abriera la puerta, apenas unos centímetros.

—Quiero hablar con la señora Rita Cortés.

—Rita Cortés no suele hablar con nadie —advirtió ella.

—Vengo a traerle un negocio.

Desde la penumbra, con la puerta entreabierta, ella lo miró con firmeza, de arriba abajo y a los ojos. Pidió un momento, cerró, se recompuso la bata, se alisó el pelo y abrió para franquearle la entrada. Una vez dentro, le pidió que se sentara con la manifiesta soltura de sus buenos años.

El rostro abotargado, la voz grave, macerada por el alcohol, la actitud dura, el maquillaje inexistente y el peinado desatendido daban la idea opuesta de la que denotaban la bata descolorida, aunque sin duda cara, la forma de hablar y los modales, que expresaban que un largo sendero en el pasado de la mujer había discurrido por la cima de las cosas.

—¿Qué negocio es el que quiere proponerme?

—He sabido que es usted la dueña de una tierra junto a una finca que tengo. Estoy interesado en comprarla.

Rita conocía la historia por los retazos que Alejandra le había ido trayendo de la casa de Elvira.

—Entonces ¿es usted el dueño de esa finca enorme?

—Quiero construir viviendas para el personal. Harán falta permisos, pero antes de hablarlo necesito saber si usted desea venderla.

—Dependerá de su oferta.

Rita habría aceptado por la mitad de lo que Arturo le ofreció. Acordaron un pago como reserva del derecho de compra, que formalizarían mediante la firma de un documento privado en los días siguientes.

Mientras lo acompañaba a la puerta, terminó de pasarle revista. Bajo su penetrante mirada los hombres eran de materia transparente. Arturo le causó buena impresión. La honradez que demostró en el buen precio que fijó por la tierra le hizo suponer que era hombre de palabra. La expresión inteligente, los gestos serenos, el aplomo de la mirada, la corrección de los modales y la forma de hablar, casi brusca de tan concisa, sugerían que se había preparado para la vida en la propia batalla. Rita lo supuso, por tanto, entre los que defienden los principios hasta la última sangre. El contraste de su juventud enfrentada a los ademanes de hombre ya maduro, la indudable belleza masculina adornada por las prematuras y dispersas hebras blancas del pelo, y el aura de tristeza y lejanía que creyó apreciarle, le hicieron sentir un ápice de simpatía por él. Con aquel simple vistazo, Rita Cortés obtuvo un retrato bastante fiel del alma de Arturo Quíner.

En la semana siguiente regresó para firmar los documentos y entregar el talón por el importe acordado para la reserva de compra. Llegó puntual a la cita. Rita se había arreglado para la ocasión y rememoraba a la mujer que había sido.

Se alejaba por el jardín tras despedirse cuando Arturo Quíner fue requerido por el destino. La niña, casi una mujer, le sonreía desde la distancia de unos metros. Él le devolvió la mirada y el esbozo de una sonrisa, temiendo que se le hubiese notado que un relámpago acababa de partirlo en dos.

Luchó consigo mismo para no volverse a mirarla, una vez, sólo una vez más, y perdió. Y luchó de nuevo para no volverse a mirarla, otra vez, sólo una vez más, y perdió de nuevo.

Y cada una de las dos veces ella lo seguía con la mirada y le sonreía, y cada una de las dos veces él creyó que no había sido capaz de devolverle más que una mueca. Tras el visillo, Rita Cortés observaba la escena y también a ella se le escapó una sonrisa que en su caso tenía mucho de añoranza.

Si en aquel momento el demonio le hubiera propuesto dejársela ver por un instante más, aunque fuese desde tan lejos, y a cambio le exigiera que volviera a pasar por el infierno diez veces, Arturo habría firmado sin dudarlo.

Aquella noche no fue capaz de pensar en nada más. Inerme, sentado en el diván de piedra, no fue consciente de que tras el ocaso llegó la noche de plenilunio más radiante que pudiera recordar. Donde quiera que mirase, no veía más que la impronta de la niña cuyo resplandor tenía impreso en las retinas. Al cerrar los ojos revivía cada uno de los precisos detalles. La camisa de blanco inmaculado abotonada sobre el pecho adolescente, rotundo y tierno a la vez. La cintura breve, ceñida por una falda azul de vuelo amplio hasta media pierna que resaltaba las caderas, ya poderosas. La coleta de cabello dorado sujeta en la coronilla que terminaba a media espalda. Los pies menudos en las pequeñas alpargatas de lona blanca. Las piernas largas. La espalda recta. El talle esbelto. El cuello largo y delicado. Los ojos grandes, diáfanos, entre azules y grises. Las cejas delgadas, en un arco leve y preciso, con un ligero rictus de decisión hacia el entrecejo. La nariz recta, pequeña, perfecta. La boca bien dibujada, apenas roja. Los dientes blancos, bien alineados. La mirada ingenua, la sonrisa generosa.

Avergonzado por consentir que la imagen de una cría, que apenas tendría quince años, le sublevara el espíritu de semejante manera, intentó pensar en otra cosa, intentó leer, intentó hacer bocetos de viviendas, intentó dormir. Era infructuoso. El recuerdo de aquella niña imponía su enorme autoridad y hacía que lo demás pareciera banal y penoso. Esa noche tuvo que rendirse a la evidencia de que la lucha sería inútil, que estaba derrotado y que tendría que aceptar el designio de su corazón. Pero en la capitulación también hallaba el consuelo. Era cierto que la llevaría donde quiera que fuese porque no habría fuerza que lograra sacársela de la mente, pero de la misma manera en la que era ya un tormento, sería también el refugio al que podría acudir sólo con cerrar los ojos.

A la mañana siguiente, un grueso cuaderno de finas cubiertas tenía dos páginas escritas al fragor de una tormenta de amor avergonzado de sí mismo, insensato e inverosímil. Un amor que jamás podría conquistar y que nunca podría manifestar. Pero un amor que, antes que cualquier otra cosa, era inevitable, porque había decidido que prefería morirse antes que evitarlo.

* * *

Junto a él, en la sala de espera de la notaría, aguardaban turno otras doce personas. El leve cuchicheo de las conversaciones cesó para prestar atención al paso pequeño y decidido de unos tacones que se aproximaban por el fondo del pasillo, anunciando la presencia de una mujer acostumbrada a pisar el mundo sin remilgos. Rita Cortés se detuvo en la puerta y dio los buenos días, que los presentes, sin excepción, le devolvieron. Era otra Rita Cortés, la que Arturo había intuido que estaba detrás de la viuda venida a menos que conoció en la primera visita a la casa. Estrenaba ropa y zapatos, había pasado por la peluquería y se había maquillado. Llevaba el vestido idóneo para una espléndida mañana de primavera. El traje de falda y chaqueta de un verde muy tenue; la falda hasta la rodilla, la chaqueta sin solapas hasta la cadera, ceñida al talle; la blusa abierta, de otro verde más tenue; gafas oscuras, una gargantilla de perlas diminutas con los pendientes a juego; a tono con el traje, los zapatos y una pamela pequeña, que hubiera sido excesiva para cualquier otra pero que ella lucía con tanta soltura que no era sino la minucia que ponía el perfecto remate del atuendo. Sin duda, todavía quedaba en ella la mujer que había sido. Al pasar, las mujeres la miraron fascinadas y cualquiera de los hombres se habría sentido dichoso si ella le hubiese dedicado una sonrisa de caridad.

Arturo, tan hechizado como los otros, estaba a la vez desolado. La hija no la acompañó. El suplicio de las dos últimas semanas lo había consolado con la esperanza de volver a ver a la que había desatado el fuego de amor que lo abrasaba.

Sin embargo, pocos días después, en la que debía ser la última visita a la casa, cuando le llevó a Rita las copias definitivas de las escrituras, ella lo sorprendió pidiéndole que esperara y apareciendo al instante acompañada por la hija. Los presentó. Alejandra le tendió la mano entre tímida y orgullosa y él se la estrechó sacudido por un calambre.

¡Alejandra! Por fin sabía su nombre.

Absorto en el ensueño, flotando sobre una nube, salió de la casa, subió al coche, condujo muy despacio, sin advertirlo llegó a la finca, paró bajo la parra, subió al estudio y en la primera página del cuaderno anotó: «Alejandra».

Y se avergonzó de sí mismo durante la tarde, y el amor y la vergüenza fueron lo último antes de que conciliara el sueño y lo primero al despertar. Intentó sumergirse en sus tareas y proyectos, en las implacables jornadas de trabajo, en la complejidad de los planes, pero fue inútil. La imagen de Alejandra se imponía para recordarle lo triste, lo efímero y banal que era el mundo sin ella.

De los retos de la vida, en aquel de los amores era en el que más indefenso se sentía. Suponía que para madurar en el terreno de los enamoramientos febriles, también habría una edad de aprendizaje, que con seguridad era la adolescencia o una juventud más tierna que la suya, algo de lo que el destino lo había despojado con la tragedia. Tenía una conmovedora falta de recursos para ubicar los sentimientos o enfrentarse a ellos y una vez más lo intentaba por el método torpe de ocultarlos al mundo, abandonados en la memoria, con la absurda esperanza de que se fosilizaran y dejara de sentirlos. Pero en aquel caso la lucha era inútil. Una tarde abandonó las obligaciones para hacer guardia, en un lugar desde el que, tras varias horas de espera, consiguió sacar algunas fotos de su pequeña. Todas resultaron inservibles para el propósito. Pese a ello, amplió una y la pegó en la contraportada del cuaderno. La contemplaba a cada instante y cada vez que lo hacía la vergüenza agrietaba la consideración que tenía de sí mismo.

Hasta entonces, las pocas veces que descansaba del trabajo acudía a la capital para visitar a Elena, con la que había continuado la relación fácil y adulta de los primeros días. Sin embargo, desde la aparición de Alejandra no había deseado juegos amorosos. Elena lo notó, pero no preguntó.

* * *

Informó a los más allegados del proyecto de las viviendas que se edificarían en torno a una pequeña plaza, con una guardería, una escuela y un lugar de ocio, con cantina, biblioteca y sala de actos. Del tamaño justo para no ser apretados sin ser excesivos. Lo primero que hizo fue trazar una línea blanca que continuaba la franja de tierra liberada del Estero, para escarnio de Honorio, que no acababa de comprender el significado y que guardó silencio mientras lo ayudaba con la cal, pero que veía que estas cosas el patrón sabrá *pa* qué las hace, pero cualquier día nos vamos a ir a la ruina con tanto desperdicio.

Trabajó las jornadas implacables, inmerso en la complejidad de los proyectos y la puesta en práctica de la empresa colosal que era el Estero, sin dejar de soñar el sueño que lo embriagaba ni por un instante. Porque Alejandra triunfaba sobre todo lo demás.

16

Jorge Maqueda aún pensaba que de no haberse sabido lo de sus desmanes en el preciso momento en que daba por hecho el nombramiento, habría alcanzado el sueño de llegar a ministro. Aunque hablaban de él, era para el cargo de subsecretario, algo meritorio que se quedaba, sin embargo, en el peldaño anterior al de ministro. Sólo cuando se desvaneció el espejismo, cayó en la cuenta de lo inverosímil de sus pretensiones. Los servicios que había prestado, aunque impagables, no eran sino trabajo sucio. Su papel no había sido más que el de otro peón cualquiera, y en el régimen de castas, que también él patrocinaba, a los peones se les despachaba con una chapa de latón y unas palmadas en la espalda, sin reconocerles ni el derecho a sentarse en la misma mesa que los criados.

El de María Bernal, el último de sus atropellos, fue tardío. Sin relación con él pero coincidiendo en el tiempo, apenas unos meses después del suceso, antes de que naciera el hijo ni supiera lo del embarazo de María, Jorge Maqueda tuvo que rendir cuentas por un caso anterior del que apenas guardaba recuerdo. La mujer, que no era distinta entre la media docena de las que se contaban como víctimas, al menos tan indefensa como las otras, tuvo, sin embargo, quien oyera sus lamentos. Un tío suyo que había llegado a cardenal se enteró de lo sucedido y tuvo al gobierno patas arriba mientras no le brindaron la cabeza de Jorge Maqueda. En la alta esfera acordaron pronto que el asunto no podía salir de los despachos y mucho menos para ir a un tribunal. De acuerdo con ellos, el cardenal aceptó de buen grado el castigo de la inhabilitación.

Aunque conservaba la plaza de médico forense del Ministerio de Justicia, le franquearon un premio de consolación por los servicios, en efecto inestimables, que había prestado. Lo aceptó a regañadientes, pero se entregó a ello en cuerpo y alma. Contra lo que todos, incluido él mismo, habían creído migajas, en el transcurso de unos pocos años de actividad comercial, puso a funcionar una maquinaria de prosperidad fabulosa, empezando desde abajo como representante de algunas compañías farmacéuticas y de suministros hospitalarios. Además de que conocía a la perfección el engranaje sanitario del Estado, quienes ocupaban los cargos que podían facilitarle el negocio eran antiguos camaradas que lo sabían con la complacencia de los gerifaltes, pese al desteñido repudio. Pronto tuvo su propio establecimiento, desde el que ganaba los concursos públicos para el suministro de material y medicinas a los hospitales con el esfuerzo único de preparar la documentación. Vendiendo a varias veces su precio, le sobraba para corromper voluntades, hacer regalos y repartir comisiones y sobornos. Los contratos eran cuantiosos y continuados y cuando decidió el secuestro del hijo, su fortuna personal era ya disparatada. No sólo terminó con más poder que muchos ministros, sino que, al contrario que a ellos, nadie podía destituirlo. En el mismo acto donde se lo sacaron de encima, le entregaron los medios con los que años más tarde se las ingenió para humillarlos. Ajustó cuentas con la mayoría de ellos, en venganzas pequeñas y mezquinas que, como no podía parecer que lo eran, puso en práctica con sigilo y deleite, encubiertas por un artificio de favores fallidos. No necesitó sino permanecer a la espera de que tocaran a su puerta, y uno tras otro fueron pasando por el despacho a pedirle, incluso a suplicarle, que los favoreciera con influencias o para que los dejara participar en alguno de sus tantos negocios, a veces con la irrisoria pretensión de que lo hiciera por lealtad, en homenaje a la vieja camaradería. No se negaba, pero mientras hacía como que se esforzaba en poner los medios para garantizar el éxito de lo que hubiera ideado, por detrás se aseguraba de que terminara en naufragio.

No se dejaba ver en público. Mientras le duró la ilusión del nombramiento, había soportado, y mal, la asistencia a fiestas y actos religiosos, pero desapareció de la escena tras el traspiés con el cardenal. Lo hizo sin pena porque no era amigo de ceremonias, menos aún de festejos, pero, sobre todo, porque de pronto se vio libre para no dejarse ver con la esposa, lo que era, sin más adornos, un consuelo fascinante. Recién salido de la facultad, sin amor ni otro motivo que el de asegurarse la plaza en el Ministerio de Justicia, se había casado, por la vía del reglamento más severo, con la hija de un general de brigada. No habría podido decir que el suyo hubiese sido un matrimonio infeliz, porque eso habría sido decir demasiado. En realidad, no llegó a ser matrimonio.

La mujer carecía de cualquier encanto. Era fea, mojigata, pudibunda, seca de cuerpo, tiesa de carácter, simple de entendimiento y, en esencia, insignificante. Estaba en pie para la primera misa y se acostaba después del rosario, sin que por el medio hubiese hecho otra cosa que parapetarse, en lo que llamaba «sus habitaciones», a pasar el día en el temor de Dios, es decir, a no dar ni clavo. Lo de «sus habitaciones» era un modo decoroso de decir que se quedaba para uso exclusivo con la mitad más soleada de la casa, donde no consentía que nadie la molestara. Como Jorge Maqueda no hacía vida social y habría estado mal que ella la hiciera sin él, no salía a la calle excepto para sus pastiches religiosos. Pasaba horas al teléfono hablando con su camarilla de amigas y parientes, todas sin excepción tan pazguatas como ella. Leía poco y sólo los libros que le autorizaba el director espiritual, a quien llamaba por teléfono varias veces al día o le mandaba notas de urgencia, con los requerimientos y preguntas más mentecatas, como si era más cristiano tomar la ducha o el baño, que el religioso, pillado por sorpresa en medio de una conferencia, no fue capaz de responderle. Ella se le adelantó con otra nota. Por sí sola había llegado a la conclusión de que, pese a ser invento de luteranos, la ducha era más aconsejable que el baño, porque éste exige un protocolo más rico y elaborado, más lúdico, por tanto también más reprochable. Pero el camino de la virtud es muy largo y está plagado de distracciones y emboscadas, y aquella noche la asaltó en mitad del sueño la duda de si sería legítimo o no lavarse..., lavarse..., lavarse..., ¿me comprende, padre?, por supuesto, que de serlo, dando por bien entendido que sólo durante la ducha o, en caso de auténtica emergencia, como Dios manda, en la palangana y jamás en esa obscenidad extranjera a la que llaman bidé, tan del agrado de mujeres..., de mujeres..., de esas mujeres, padre, a las que tanto gozo da ese artefacto, tan impúdico que damas piadosas y devotas nos hemos visto en la obligación de suplicar por carta, a nuestro amadísimo caudillo, que prohíba su uso y propiedad y se asegure de que son retirados de los retretes de la patria.

Excepto las primeras noches de escarceos infructuosos, el marido no había vuelto a dormir en la misma cama que ella, y pasaba días, a veces semanas, sin verla. Cuando Pablo llegó a la casa, Jorge Maqueda le ordenó que corriera la voz de que había reconocido al niño para evitar que lo metieran en un orfanato. La puso en conocimiento de que era hijo natural suyo, pero le prohibió que lo dijera a nadie, mucho menos a un confesor.

—Puedes decirlo, pero entonces yo quedaré libre para contar que este matrimonio está por estrenarse porque nunca has cumplido con los deberes conyugales —le dijo con odio y dejando ver el asco que le daría cualquier cosa con ella.

La mujer se puso muy mala. Estuvo con jaquecas y sofocos durante unos días y necesitó del retiro urgente a una novena para restablecerse de las penalidades de la ingratitud y, aunque transcurrieron otras dos semanas en las que desplegó su prolijo repertorio de hociquines de mártir, dejando a su paso un reguero de gimoteos y pucheros, supo cumplir el recado. No sólo dio la versión sin apartarse de lo que Jorge Maqueda le había ordenado propagar sobre el recién llegado a la casa, sino que la mejoró con su propio estilo, contando que el niño era la respuesta con que el Altísimo, por sus inescrutables designios y gracias a su infinita misericordia, atendía las plegarias del matrimonio de que los bendijera con un hijo, alabado sea el Señor. Quedó así resuelta la única cuenta pendiente que le quedaba con el marido. Pablo fue la solución providencial que le permitió dar por zanjado el fastidioso capítulo de la fornicación y los hijos, y a partir de ese momento pudo entregar el resto de sus días, sin más reparos ni cortapisas, a las mortificaciones y los embelesos de la castidad.

Con la mujer castrada, inútil como esposa, inhabilitado por la vía del matrimonio a cualquier clase de desahogo, y apremiado por el apetito sexual retorcido cuyo estigma lo perseguía, tuvo que buscar el consuelo por la vía común de las prostitutas. En Valencia halló un burdel de mucha reserva y postín que por su lejanía de Madrid le pareció idóneo. Hizo un acercamiento circular, medido y gradual, no por propósito de que lo fuera, sino porque los primeros intentos fracasaron en el instante de cruzar el umbral. Por fin, las urgencias de la carne le dieron el valor para vencer el obstáculo. Le costó entrar, pero en el interior halló la solución definitiva a sus tormentos. Un par de veces al mes escapaba para verse con una prostituta. Lo recibían con minifalda, vestidas de colegiala, de criada, de enfermera o de monja, lo que era especialidad del burdel. A cambio de más dinero, alguna le siguió el juego hasta el final y se tomó la droga para la conclusión fulminante que él necesitaba. Aunque las pidiera jóvenes, no era impedimento que alguna no lo fuese tanto. La de mayor experiencia y más edad tuvo la perspicacia de ver que el desafuero de la droga no era sino simple miedo al ridículo de la eyaculación precoz. Despacio, con mucha habilidad y paciencia lo llevó a su terreno. Mediante unas maneras que parecían afecto, que algún tonto habría podido confundir con cariño, pero que no eran otra cosa que maestría de oficio, lo sosegaba, lo distendía, le hacía olvidar el miedo a condenarse, el miedo a que llegara a saberse, el miedo a la eyaculación precoz, el miedo al fracaso, el miedo a tener miedo. Le enseñó a abandonarse y a continuación se lo llevó babeando detrás de ella por los vericuetos de la piel a donde le dio la gana. Primero lo hizo desistir de la estúpida necesidad de que la mujer estuviera inconsciente, a continuación le hizo sentir que los disfraces y los adminículos eran estorbos, después consiguió hacerle comprender que el sexo es un impulso natural, a cuya fuerza es preferible darle salida por el sitio que sí es, que ponerle impedimentos o intentar sofocarlo, porque su fuerza incontenible terminará reventando, y lo hará por donde no es ni debe llegar a ser. Por último lo llevó a donde era ella quien se moría por ir. Logró que la sacara del burdel y le pusiera un piso a su nombre en Alcalá de Henares y un discreto chalé en la Manga del Mar Menor, que fueron, sin duda, la mejor inversión que Jorge Maqueda hizo en su vida. Ella no podía llegar a quererlo, pero le fue fiel y, lo que era más difícil, también le fue leal. En realidad fue más auténtica y mejor esposa que la oficial.

Jorge Maqueda se preocupó de su bienestar. En el acuerdo, la parte sometida era ella y no cabía que sintiera amor, aunque tampoco impedía que sintiera compasión. Viendo a Jorge Maqueda en paños menores, era imposible hacerse a la idea de que en algún momento hubiera estado tan arriba como él pensaba. Se lo contó en una de las primeras visitas en el piso de Alcalá de Henares. Llegó a tiempo de ver un partido de fútbol y se quitó la ropa para acomodarse. El que era su equipo perdió. Quiso hacer el amor, pero le faltó la inspiración y lo dejó para mejor ocasión. Mientras se vestía, le contaba lo cerca que había estado de llegar a ministro de no ser, según su versión, porque las envidias y los conspiradores le cerraron el paso. Mientras ella oía el relato, él se vestía muy despacio y se iba transfigurando en el hombre vetusto, fúnebre y de maneras crepusculares que era. Lo vio ponerse el pantalón gris oscuro, la camisa azul marino, el grueso cinturón de cuero negro, los tirantes ociosos con los colores de la bandera, la corbata negra, el traba corbatas rojo con el yugo y las flechas negras, la chaqueta oscura, el alfiler en la solapa con el escudo del régimen, el águila y de nuevo el yugo y las flechas. Por último se dio la vuelta para ponerse el peluquín de pelo negro frente al espejo. Visto por detrás parecía una boina sobre el cabello canoso de la nuca. Quedó tan cómico que a ella además de risa le dio pena.

—Cómo iban a tenerte en cuenta, si todavía hoy sigues vistiéndote como un mancebo —le dijo, riéndose, aunque un poco exasperada.

Jorge Maqueda se volvió desconcertado, a punto de responder mal, pero lo desarmó a tiempo la expresión de ternura.

—Los de arriba también se ponen uniforme, pero sólo para las fiestas. Y de militar de alta graduación, del cuerpo diplomático o de perifollos de la realeza —le explicó ella—. Tú no lo ves porque estás acostumbrado, pero te vistes con el mismo uniforme que les ponen a esos chicos que les hacen los recados.

Jorge Maqueda no respondió. Ella había dado tan de lleno en el clavo que lo dejó sin aliento. En un par de semanas, con la dificultad de no poder acompañarlo, consiguió que le cambiara el aspecto. Compró una maquinilla de pelar para cuidarle los cuatro pelos ralos de la nuca, que después le tiñó de castaño oscuro. Le dijo que mandara hacerse un peluquín con un corte más moderno y con el mismo tinte que había empleado para el pelo. Eligió algunos de los programas, que entonces entregaban en las taquillas de los cines al retirar la entrada, para que el sastre tuviera una idea de lo que debía hacer. A Jorge Maqueda le gustó el método. Al fin y al cabo era un importante hombre de negocios. No veía por qué no parecerse a los hombres de negocios de Manhattan, lo que con seguridad le ayudaría en los que cada vez con mayor frecuencia hacía con ellos. No abandonó el bigote del estilo del dictador, muy de moda, pero cambió tanto el aspecto que, en ocasiones, algunos de los antiguos conocidos no lo reconocieron al cruzarse con él.

Como lo de la foto del galán le dio buen resultado, continuó eligiendo la indumentaria siguiendo el modelo del que estuviese de moda. Lo que para su mundo cotidiano, en el despacho y los negocios, iba de maravilla, resultó una catástrofe cuando quiso repetirlo para su estética de los fines de semana, aunque por suerte para él, eran pocos los que lo vieran de esa guisa. Comenzó eligiendo la foto del actor Joseph Evans Brown, que hacía de viejo verde en la película de Billy Wilder, *Con faldas y a lo loco*, para lo que apenas necesitó la gorra de oficial de marina y la chaqueta azul marino con el ancla bordada en el bolsillo. Aunque quedó un tanto raro, el resultado fue aceptable. Al cabo de un tiempo, la gorra de marino fue de golfista, la chaqueta con el bordado del ancla dejó su lugar al pulóver de color primaveral, el pantalón de lino blanco le dejó el sitio a pantalones cortos de cuadros y colores frenéticos. Pese a que no habría podido jugar al golf, por manco, terminó con la flamante apariencia, entre conmovedora y patética, de los ancianos juveniles de Palm Beach.

Llevó una vida poco notoria. Viajaba más de lo que hubiera deseado, siempre por negocios y nunca por descanso, excepto por sus escapadas al chalé de la Manga para estar con la querida, la única con quien mantenía una auténtica relación personal. Sin ser tacaño medía el gasto, sin embargo, ni al hijo ni en ninguna de las dos casas dejó que faltara nada.

Sólo empezó a ver algún peligro en las postrimerías del régimen. Mientras todo estuvo atado y bien atado no había motivo para temerlo, salvo que un vendaval arrasara las instituciones. El vendaval se llamaba democracia y se aproximaba muy despacio pero de manera inexorable. Fue de los primeros en verlo venir y en prepararse para ello.

El único temor, la gotera que podría derrumbar las murallas que lo guarecían, era que se revolvieran los escombros y salieran a la luz los episodios con muertes a título personal. El enemigo más temible era el muchacho que se le escapó de las manos, que se había vuelto a escurrir de las de sus sicarios, y que una vez más, cuando lo daba por liquidado, desapareció en Buenos Aires, donde lo había localizado al cabo de tres años de costosas pesquisas.

La otra preocupación continuaba siendo el hijo. De inmediato tras el secuestro, en un papeleo fácil, antepuso en los documentos del hijo su apellido, Maqueda, al de la madre, Bernal. Le bastó con firmar el reconocimiento de paternidad de Pablo, que figuraba en el registro como hijo natural, el estigma de fuego con el que el régimen perseguía hasta la tumba a los nacidos fuera del matrimonio católico. Llegó a tener dispuesta otra maniobra para cambiar también el apellido de la madre, Bernal, por el de la mujer con la que llevaba veinticinco años de matrimonio que no había existido sino en las apariencias. Fue caro además de infructuoso. En el último momento los abogados consiguieron hacerlo desistir, puesto que el hijo habría perdido los derechos patrimoniales sobre la herencia de la abuela, Dolores Bernal.

Fue lo único que le quedó a Pablo de su primera infancia. El apellido Bernal. Lo demás era dolor. No tenía una explicación que pudiera ponerle fin al martirio de haber perdido su mundo de la niñez, los seres que le eran tan queridos, la madre, la abuela, el que había llegado a sentir como padre, los compañeros de juegos y el calor del hogar de la única casa que conocía. Ni los mimos excesivos, ni los regalos exagerados, ni la disciplina despiadada fueron capaces de conseguir que el padre lo pusiera bajo control. Pasó los dos primeros años de rabieta en rabieta, con la salud revuelta, resfriándose con frecuencia y con constantes episodios de fiebres altas sin que los médicos hallaran causa específica de ellos. Cuando pareció superar esa etapa se hizo mentiroso, violento, caprichoso e insolente. La euforia de los primeros meses se le transformó a Jorge Maqueda en desencanto y terminó en pesadilla. Lo internó en un colegio religioso de reconocida dureza donde permaneció hasta que lo expulsaron, cuando cumplía trece años.

Le habían hablado de un colegio para chicos con dificultades de comportamiento, situado en las afueras de Londres, que parecía estar dando muy buenos resultados. Poco convencido de que pudiera ser la solución, hizo un viaje con el objeto único de visitarlo. Era más un correccional de lujo que un colegio, con métodos brutales que lindaban con la ilegalidad, pero que aseguraban resultados magníficos. Era lo que Jorge Maqueda buscaba. Pagó con gusto la fortuna que costó la admisión más para alejar al hijo de su lado que por castigo, y más por castigo que por darle la educación. Los primeros años por imposición del colegio, durante los siguientes unas veces por deseo del padre y otras por deseo del hijo, ni un verano, ni una Navidad, ni un solo día aquellos años Pablo regresó a casa. La táctica convenía al procedimiento pedagógico del colegio, porque se evitaba el contacto de los alumnos con el entorno familiar y, por tanto, con el conflicto que estuviera provocando las dificultades, lo que explicaba que la necesidad de aprender otra lengua, que Jorge Maqueda imaginó como un obstáculo insalvable para la admisión de Pablo, fuera un inconveniente menor previsto en el propio plan de estudios.

Jorge Maqueda cumplió su parte al pie de la letra. Tras las dos primeras visitas, que hizo los primeros meses, pasó dos años sin otro contacto con el hijo que la llamada telefónica de cada dos domingos, casi seguro que ordenada por la dirección del colegio, con una puntualidad y celo infalibles, en la que mantenían una conversación apagada y administrativa en la que era imposible que ninguno de los dos hallara un escollo. Después de esa etapa, mientras otros alumnos esperaban las épocas de reunión familiar para retornar a sus casas, Pablo permanecía en el colegio, y era Jorge Maqueda quien solía viajar para pasar unos días con él.

Desde el primer encuentro se hizo patente que la elección del colegio había sido de indudable acierto. Pablo continuaba con su rebeldía y era a veces impertinente, pero no más que cualquier otro adolescente. Salvo aquellos episodios, cuya frecuencia disminuía en cada visita, Pablo era retraído y de ademanes lánguidos. Llevaba con retraso el desarrollo físico, pero el bozo negro y el timbre de la voz anunciaban el brusco asalto a la siguiente etapa de la madurez sexual, que tardó en llegar, pero cuando lo hizo fue un cambio rápido y rotundo que cogió a Jorge Maqueda por sorpresa. Como las salidas del último año Pablo las había pasado en casa de otro alumno, padre e hijo no se vieron sino en la fiesta de despedida, al término de la estancia en el colegio. En ella Jorge Maqueda se encontró con un desconocido: alto, elegante, atento, afectuoso y responsable, que había obtenido las mejores calificaciones y una distinción por su comportamiento. Jorge Maqueda vio por primera vez en Pablo lo que tanto había perseguido y dio por buenos los quebrantos para llegar donde estaba. El hijo, por fin el hijo.

Aunque le había conseguido plaza en una universidad británica, Pablo cambió de criterio en el último momento. Con la vista puesta en los negocios del padre, quería estudiar Farmacia, pero quería hacerlo en España, lo más cerca posible de casa. Los años siguientes fueron cómodos tanto para él como para la familia. Aprovechaba los estudios, a su manera se relacionaba con los jóvenes de la sociedad más selecta de Madrid, no tenía hábitos perniciosos y aparentaba ser feliz.

Pese a todo, no tenía contacto con chicas, ni de sus círculos ni fuera de ellos, por lo que Jorge Maqueda estuvo muy preocupado por si el hijo se hubiera hecho homosexual, en un colegio donde el contacto con mujeres era breve y anecdótico, coincidiendo con el período feroz de la adolescencia.

Pablo había cambiado hasta en los detalles más insignificantes y así como antes era incapaz de someterse a cualquier clase de disciplina, ahora parecía estar cómodo sólo dentro de la rutina. Las cosas cambiadas de sitio, sucias o descolocadas, una falta de puntualidad y hasta la omisión de una tilde, eran suficiente causa para contrariarlo. Cualquiera de esas pequeñas adversidades, en particular un suceso ajeno a él, alguna situación que no hubiese previsto con antelación suficiente y que lo apartara de la pauta de sus costumbres, desencadenaba épocas de borrasca más o menos cruenta, en las que llegaba a pasar varios días reconcomiéndose en una furia silenciosa, y era tal el gesto de callada condena que en su presencia se cuidaban de no incomodarlo con algún descuido.

* * *

—Señor Maqueda, llama el señor Eufemiano, de Canarias —dijo la telefonista—. Usted me dio orden de pasar las llamadas.

—Está bien. Pásela.

—¿Maqueda?

—¡Eufemiano! ¿Cómo va todo?

—Oye que te llamo por algo urgente.

—¿Grave, Eufemiano?

—Eso, lo que tú digas. ¿Sabes quién está aquí? —Jorge Maqueda esperó la noticia—. ¡El chico, Jorge! ¡El Quíner!

—¡Coño, Eufemiano! ¿Qué me dices? —dijo perplejo.

—Regresó hace poco más de un año. Acabo de saberlo hace media hora.

—¡Joder, Eufemiano! Un año. ¿Por qué la tardanza?

—Y te digo que ha sido por casualidad. Esto se ha ido al carajo, Jorge, no es como antes.

—¿Qué hace?

—Según dicen, el hijo de puta ha venido con pasta. Te llamo a ver qué quieres que se haga.

—Claro, Eufemiano. Lo primero ver al vejete. Que lo asusten sin pasarse. Después lo visitas como si no supieras nada y le recuerdas que no nos hemos olvidado de él. Dale una cantidad. No demasiado, cobra bien cada mes. Al Quíner hay que vigilarlo muy de cerca, por si se mueve.

—Mira, Jorge, lo del viejo dalo por hecho. Por lo del otro, ahora no tenemos a nadie cerca. En el cuerpo no queda gente de confianza. En los juzgados queda alguien. Me entero y te llamo.

—Bueno, chico, quedamos en eso. Oye, Eufemiano, de dinero, el que haga falta.

—Eso lo daba por supuesto, Jorge. Ya arreglaremos.

Jorge Maqueda colgó el teléfono con gesto de preocupación y permaneció durante mucho rato meditando la mala noticia.

17

La semana fue tormentosa para Candelaria. Apenas comía, dormía mal, se levantaba muy cansada y pasaba el día en un frenético trajín, repitiendo quehaceres, equivocando el orden de las cosas, farfullando medias frases y suspirando sin parar. El domingo por la mañana regresó de misa peor de lo que se marchó porque las palabras del padre Venancio, el único sacerdote que ella aceptaba desde la primera homilía que le escuchó, no podían brindarle consuelo, sobre todo porque ella no creía en la absolución de los pecados, mucho menos cuando eran ajenos, por mucho arrepentimiento que hubiera sobre ellos. Fue Venancio quien llamó a Arturo para avisarlo de que la había visto con aquel terrible desasosiego. Él se preparaba para bajar a la casa, donde solía almorzar los domingos, y sólo tuvo que adelantarse a su hora de costumbre.

Candelaria, sin dejar de enjugarse el llanto, le hizo el relato más desolador que él hubiera oído. La historia, que le percutió en las sienes como un lamento de tambores, de alguna manera que no habría podido explicar, le concernía en primera persona y hubiera parecido el comienzo dramático de un cuento de hadas de no ser porque no se le adivinaba final feliz o lección sobre las virtudes humanas. Después de algunos días en los que Alejandra faltó por primera vez a la clase de costura, había llegado el domingo anterior desconsolada, contando que en un mes debería casarse con un hombre pasado de los treinta. Había una cuantiosa deuda por medio, con la casa como garantía.

Tras el matrimonio de Elvira, cuando se trasladaron a vivir a Hoya Bermeja y Candelaria descubrió a la belleza de doce años que bregaba en las inmediaciones de la casa vecina, haciendo las tareas con mayor dominio que muchas personas adultas, no tardó en advertir el desorden de que fuese la hija quien cuidara más de la madre que la madre de la hija. Siguiendo la inclinación natural de gallina clueca que la había hecho ser tan querida, se acercó cuanto le fue posible a la pequeña, para atraerla bajo sus alas dejándole ver que estaría cerca si la necesitaba. Alejandra era ingenua pero madura para su edad, despierta, de trato fácil y de temperamento alegre pese a que en ocasiones la cruzara el ramalazo de tristeza que dejaba ver la sombra de una profunda soledad. Fue sencillo para Candelaria entablar la amistad con ella y más fácil aún incorporarla a la reunión de mujeres de la tarde, entusiasmándola con la idea de que le enseñaría a confeccionarse su propia ropa.

La familia permanecía atenta a ella para aliviarla en lo que podían, aunque con discreción y cautela para no herir el orgullo de la madre, a la que sólo conocían de algún saludo ocasional y por las referencias de Alejandra. La más severa en sus opiniones sobre Rita era Elvira y, como de costumbre, Candelaria tenía dudas que oponer a la censura. Ella, que había conocido la tragedia de un familiar aniquilado por el alcohol, tenía en ello el asidero mediante el que evitaba hacer la condena. Cuando no era suficiente, acudía a otro argumento que no dejaba lugar a discusión, como era que de haber sido Rita una mala madre, no hubiera podido dar una hija de tan buenos sentimientos y de tan atento comportamiento como era Alejandra. Como antes hiciera con tantos otros, eludía el juicio y dejaba que la figura de Rita deambulara por aquel territorio suyo de la comprensión y el perdón inagotables.

Elvira intentaba tranquilizar a Candelaria quitándole hierro a la situación, pero a solas con Arturo, le confesó que en aquella ocasión la angustia tenía fundamento. Ella también estaba preocupada y era la propia madurez de Alejandra la causa de la inquietud. Mientras lo contaba, le enseñó un bordado elaboradísimo en el que Alejandra había invertido un año de trabajo. Durante la semana no había asistido a la clase de costura, pero el viernes hizo una visita muy breve para regalárselo a Candelaria. Ninguna de las dos mujeres veía en ello un buen augurio.

Antes de marcharse Arturo tranquilizó a Candelaria con la promesa de que se haría cargo de la deuda de Rita, que acudiría al día siguiente para resolver el asunto. En un lugar apartado, frente al mar, detuvo el coche y permaneció meditando la situación durante algunas horas, al cabo de las cuales decidió que no tenía nada que meditar: no consentiría que Alejandra, su niña amada, pasara por un instante de sufrimiento que él pudiera remediar.

Al regreso a la casa de Elvira no necesitó pedirle que llamara a Alejandra. Estaba allí y las dos mujeres se apresuraron a dar una excusa para dejarlos a solas.

Alejandra estaba desolada. Le oscurecían la dicha de verla el pesar y el abatimiento que ella transmitía. Tras unas frases triviales se hizo un largo silencio que él rompió con suavidad.

—Me ha dicho Elvira que vas a casarte.

Alejandra asintió, escondiendo la mirada.

—¿Cuándo será?

—Dentro de un mes poco más o menos —respondió Alejandra.

—Parece que no estás muy feliz con esa idea.

Ella inclinó la cabeza negando y lloró en silencio. Él sintió que un trépano le taladraba el estómago.

—Es una decisión muy difícil. Es lógico que estés asustada, pero quizá no sea tan grave.

—Es muy grave. No me gusta ese hombre —replicó Alejandra—. No quiero que me ponga la mano encima.

—Entonces no te cases.

—No tengo otro remedio. Perderíamos la casa y no tenemos adónde ir.

—Lo del dinero puede solucionarse. Tu madre puede conseguirlo de otra persona. Yo pagaré la deuda, Alejandra. Y no tendrá que devolverme nada.

—Ella no lo aceptará. Ha dejado de beber y no quiero que vuelva a hacerlo. Sólo me tiene a mí y yo haré lo que tengo que hacer.

En efecto, en las últimas palabras parecía decir algo más. Él se sentó a su lado, le levantó la barbilla y vio en el semblante bellísimo de la niña desconsolada la implacable mirada de una mujer dispuesta a llegar al final.

—Escúchame, Alejandra. No consentiré que hagas ninguna tontería.

—Me casaré con ese hombre, soportaré lo que sea. Tú no puedes evitarlo.

—Sí puedo. Si tú quieres, sí puedo, Alejandra.

—¿Cómo puedes?

Se hablaban mirándose a los ojos. Ella desafiante, él conmovido. Apenas se conocían, eran las primeras palabras que intercambiaban, pero mientras hablaban, entre una frase y la siguiente los silencios se acrecentaban para dar lugar a que las miradas sostuvieran una conversación mucho más honda, más intensa y trascendente que la de las palabras. Sin tregua, sin un parpadeo, a través de los ojos cada uno se mostraba al otro. La respuesta se demoró todavía, pero fue inexorable.

—Casándome yo contigo, Alejandra. Si tú quieres.

Ella creyó que el corazón se le salía del sitio, inclinó la cabeza sobre el hombro de él para llorar. La abrazó y no pudo ver que el llanto no era ya de desesperación, sino de consuelo, pero la sintió aferrarse con tanta fuerza, estrujarle la manga de la chaqueta de tal manera como si le suplicara que no la abandonara. Cuando contuvo el llanto y dejó ver el rostro, había aflojado el nudo que la aprisionaba. Él enjugó el rastro de las lágrimas preguntándose cómo era posible que pudiera acariciar algo tan hermoso.

—Sólo me has visto dos veces antes de ahora. No me conoces. ¿Te burlas de mí?

Estuvo a punto de sucumbir. De decirle lo que sentía desde el instante en que la descubrió, de contarle el amor desesperado que escondía su vergüenza en las hojas de un cuaderno, pero lo calló. Creía de sí mismo que no era sino otro viejo intentando sacar ventaja de una niña indefensa. El amor enloquecido que sentía por ella tal vez le otorgara un cuanto de legitimidad, pero sólo mientras fuese capaz de entregarlo sin obtener nada a cambio. Tenía que renunciar a todo, empezando por renunciar al deseo que lo consumía, de acariciarla, de besarla y susurrarle al oído con cuánta ansia la llevaba amando desde que la vio por primera vez. Era dichoso sólo por verla, pero empezaba a saber que estaba en una encrucijada de la que no podría salir, que no tenía otra opción que el silencio, pero que el silencio era una espantosa grieta de dolor que terminaría por desgarrarlo.

—También soy mayor para ti. Aunque te prometo que nunca te obligaré a nada, que podrás hacer tu vida y ser libre. Pronto habrá ley de divorcio y cuando tú decidas podrás continuar tu camino.

—Yo no te veo mayor —se apresuró a objetar ella.

—Porque no me has mirado bien.

—Sí que te he mirado bien.

Dijo la verdad. Desde que empezó a frecuentar la casa de Elvira, mientras él estuvo en paradero desconocido, era un fantasma que rondaba silencios y pesares, y desde que regresó la cuestión principal en las conversaciones. Sin embargo, el interés por conocerlo no se le despertó hasta tiempo después de su regreso, cuando lo vio por primera vez, una tarde en que se apeó del todoterreno amarillo y entró en la casa. No lo dejó saber, pero adquirió el hábito de vigilar tras los visillos las visitas que él hacía, maldiciendo el día en que la buena educación tuvo la ocurrencia de establecer que fuera indecoroso presentarse en casa ajena cuando recibían visita. La tarde en la que oyó hablar a su madre con un desconocido que resultó ser él, se apresuró al jardín para verlo de cerca al término de la entrevista.

Apenas tardó en salir unos minutos que a ella le parecieron la eternidad. Se olvidó del saludo y sólo fue capaz de sonreírle, pero él se detuvo casi hipnotizado y le devolvió el trazo de una sonrisa. Algo que estaba a punto de sucederle y que pese a ser un paso sin retorno la mayoría de las veces no tiene un momento definido, ella lo vivió de manera consciente. Por primera vez un hombre que la atraía la miró como mujer y ella descubrió el inmenso poder de atracción que por serlo tenía sobre él. Incluso con su fuerza tremenda, el deseo hasta aquel instante era todavía en ella poco más que pura química, algo inconcreto y vano, más intuido que sentido. Sin embargo, en aquel instante vomitó fuego en sus entrañas, reventó el prieto capullo de inocencia que todavía la guardaba y dejó florecer de súbito a la mujer incontenible que llevaba dentro. Al seguirlo con la vista ella miraba también al hombre.

Pasaron los días. Estaba decidida a mandar al cuerno la compostura y presentarse en casa de Elvira en cuanto descubriera en la puerta alguno de los dos coches que anunciaban la visita, cuando él volvió a la casa y Rita los presentó.

Desde aquel día apenas habían pasado unas horas de ensueño y una semana de consternación en la que él no dejó de aparecer en sus pensamientos. En más de una ocasión, durante los días de tribulación, hizo planes para ir a pedirle que la socorriera. Había llegado a intuir que él no la abandonaría, y allí estaba ahora, entregándose a ella, apartándola de la desolación. Áspero e imperturbable, casi severo, había en su mirada resolución y coraje, y dejaba percibir, allá en la lejanía, una sombra de tristeza y dolor. Pero en primer plano, delante de lo demás, ella veía renuncia, veía devoción y felicidad; veía amor.

—¿Qué dirá mi madre?

—Tu madre sabe negociar. Aceptará.

—¿Quién se lo dirá?

—Hablaré con ella esta tarde, si quieres —contestó él.

—Mejor mañana. Le gusta estar preparada para recibir visitas —dijo Alejandra—. Le diré que irás a las cinco.

Se apoyó en él, recostó la cabeza sobre un hombro y lo estrechó.

—Todavía no me has dicho si quieres casarte conmigo —recordó él.

—¿No te lo he dicho ya? ¿No vale así?

—No puede haber duda, Alejandra. Debes decirlo con palabras.

—Sí que quiero. Quizá me despierte y sólo seas un sueño, pero eres el sueño más bonito que he tenido en mi vida.

Fue una larga noche de insomnio y contemplación desde el ventanal del estudio, meditando la turbulencia del día que le cambiaría la vida, feliz porque no hubo en Alejandra ni un instante de duda. Muy pronto la vería cada día, dormiría a su lado y despertaría junto a ella. No tendría que contemplarla en la fotografía furtiva del cuaderno.

Alejandra tampoco durmió hasta la madrugada. Segura de que él acudiría a la hora prevista para dar conclusión al infortunio, dejaba atrás la desesperación y hacía planes. Imaginaba cómo serían la boda y el matrimonio y en un denso amasijo hervían en su corazón el pudor, el deseo y el temor por el amor físico con él.

El día siguiente pasó despacio para los dos. Él estaba seguro de que Rita aceptaría la proposición porque de haber inconveniente se resolvería con dinero, y no pensaba regatear aunque saliera hecho un pordiosero.

Alejandra pasó la mañana arreglando la habitación, sacando la ropa que llevaba tiempo sin ponerse, aprovechando el intenso y seco calor de aquellos días para lavarla y dejarla planchada, en su lugar y oliendo a limpio. No le había dicho a la madre de qué tratarían los pormenores de la visita de Arturo. Aunque las relaciones entre ellas pasaban por el peor momento, el desasosiego de días anteriores había dado lugar a un tipo distinto de inquietud.

Un minuto antes de las cinco el motor de un coche anunció la llegada de Arturo. Adusta, imperturbable, con el mismo dominio con que apabulló con su presencia en la sala de espera de la notaría, Rita lo recibió en la puerta. De nuevo vestía para la ocasión. Pantalón, blusa y rebeca, llevaba el pelo suelto y se había maquillado. El talante, ahora más duro, dejaba ver que también ella había pasado días muy difíciles.

—¿Cuál es el motivo de esta reunión? —preguntó abriendo la conversación con crudeza.

—Señora, necesito hablar con claridad. Espero no ser ofensivo. Se trata de Alejandra. Sé que tiene usted un compromiso para casarla.

—En realidad, el compromiso lo tiene mi hija.

—La deuda es suya.

—Es cierto, la deuda es mía. Pero afecta también a mi hija.

—Le propongo una oferta mejor. Yo pagaré la deuda y le entregaré a usted una cantidad adicional.

—¿Y eso por qué?

—Por casarme con Alejandra.

Rita lo miró sin sorpresa, en un silencio muy largo y grave.

—¿Cuándo sería?

—Lo antes posible.

—Tendré que hablarlo con ella. No sé si estará de acuerdo.

—Está de acuerdo. Lo decidimos ayer.

Rita hizo otro silencio de fuego.

—Entonces será mejor que ella esté presente.

Al requerirla, Alejandra tardó apenas unos segundos en aparecer en la estancia. Se acercó a él alegre, sonriendo feliz. Lo saludó y lo besó en la mejilla con familiaridad, y permaneció cogida a su brazo, haciendo alarde de él, orgullosa, para no dejarle a su madre duda de sus deseos.

—Me parece que ustedes se han dicho lo que hubiera que hablar. ¿Qué puedo agregar yo?

—Entonces ¿le parece buen día mañana para concretar lo demás? —preguntó Arturo.

—¿A la misma hora? —le respondió ella con otra pregunta que amarraba el acuerdo del dinero.

—A la misma hora —confirmó Arturo.

Lo acompañaron a la puerta, Alejandra cogida de su mano. Rita los sorprendió:

—Ve con él, hija.

* * *

La diferencia de edad y los temperamentos contrarios no dejaban ver a simple vista lo similares que eran sus vidas y lo trabados que estaban sus destinos. La primera en apreciarlo fue Candelaria, quien no tenía dudas de que aquél era otro arreglo de la Señora, por supuesto, en atención de sus plegarias, por supuesto, sin sorpresas porque, al fin y al cabo, le había hecho aquel mismo favor con Elvira, la hija, y con Ismael, que en la paz eterna descanse, y ahora lo repetía con sus predilectos, sus niños queridísimos, a los que no hubiese podido querer más aunque los hubiera parido, porque la Madre Santa, bendita sea, no dejaría de agradecérselo, vio donde los mortales no alcanzan y supo lo bien hechos que estaban el uno para el otro, los dos desde tan chicos, teniendo que afrontar iniquidades de tanta inhumanidad que hasta la gente grande se asusta sólo de pensarlas.

* * *

La seguridad que exigía la decisión más importante de su vida la había obtenido Arturo de la conversación en la que Candelaria y Elvira lo pusieron el corriente de la situación, y del estado de desesperación que sufría Alejandra, en el que no cabía fingimiento. Cuando la conoció mejor, durante los días siguientes, sólo confirmó lo que el corazón le decía. Era noble, generosa y de una fina sensibilidad; de espíritu inquieto, de carácter firme, y de una inteligencia abrumadora. Adoraba los recuerdos del padre y pese a la enfermedad de la madre, pese a su abandono, pese a la última semana de pesadilla, estaba orgullosa de ella y la quería. Tener que dejarla sola era la única preocupación que le causaba el matrimonio. La mayor desilusión de su corta vida era que había abandonado las clases porque iba a la zaga de las otras alumnas y le causaba vergüenza que hasta las más pequeñas supieran más que ella. Daba por perdida la esperanza de realizar su mayor anhelo, que era aprender algo relacionado con el oficio del padre y del abuelo. Arturo le devolvió la esperanza asegurándole que con un poco de esfuerzo y constancia, en dos o tres años alcanzaría a los de su edad y podría terminar los estudios, incluso una carrera relacionada con el arte, al mismo tiempo que cualquiera de ellos.

Conociéndola se hacía fácil comprender que hubiese podido llevar la vida que había tenido. Adulta antes de tiempo, sin amigos ni parientes, angustiada por la precariedad económica y la enfermedad de la madre, a la que veía derrumbarse desde la impotencia, había vivido en la más terrible soledad, aunque no por ello hubiese perdido candor ni alegría. Cuanto más sabía de su vida y mejor la conocía, más seguro estaba de lo oportuno de su decisión. Y más convencido quedaba de lo cruel y canalla que sería aprovecharse de ella.

Cada tarde, a las cinco en punto, la recogía en la puerta de la casa, donde la dejaba después de las ocho. El primer día se entusiasmó con la casa del Estero, aunque, según dijo, le diera pena verla tan lejos y tan sola, como si tuviera miedo del mundo.

—Te sientas en una piedra para ver el mar, como hacía

mi padre —dijo, divertida con la observación al sentarse en el diván—. Aunque tú lo miras desde más lejos —añadió, al tiempo que una sombra cruzó su semblante—. Es mucho mejor así —dijo con tristeza—. El mar no podrá llevarte.

Después de una pausa lo besó en la mejilla, se acurrucó en él y concluyó:

—Me moriría, si te robara a ti también.

Él guardó silencio; no podía decir nada, miraba enternecido y callaba, pero lo había sentido como una declaración de amor.

No tenía ni idea de cuál debía ser el comportamiento adecuado en circunstancias tan difíciles, tan fuera de lo común y contrarias a la lógica, pero algo le decía que debía guardar las formas hasta en el más insignificante de los detalles. Cualquier chica que esperara para casarse tendría un anillo de pedida y Alejandra debía tener el suyo, por lo que a primera hora de la mañana recorrió más de trescientos kilómetros entre ida y vuelta para comprarlo donde nadie lo conociera y fuese menos deshonroso hacer sus preguntas de párvulo. No tenía ni idea de cómo debía resolverse el espinoso asunto de la entrega y optó por lo más simple y personal: cogió la mano de ella entre las suyas, en un solo movimiento le puso el anillo en el anular y se la llevó a los labios para besarla. Era una pieza muy sencilla, con un diminuto brillante legítimo, apenas un chispazo de luz que le aseguraron era el idóneo para una chica joven.

Ella observó el anillo emocionada, casi a punto de llorar, y después tomó aire, lo besó en la mejilla y volvió a apretarse en él.

—¡Qué bonito! —dijo.

De pronto se irguió y volvió a sorprenderlo:

—¿Me abrazas?

La abrazó, la besó en la mejilla y dejó que su cara acariciara la de ella.

—Bésame —le pidió ella a continuación.

Con la cara entre las manos, mirándola a los ojos, muy despacio, la besó primero en la frente, a continuación en una mejilla y luego en la otra, la separó lo justo para mirarla de nuevo a los ojos y muy despacio dejó que sus labios se acercaran para acariciar los de ella. La besó con los labios cerrados sobre los de ella entreabiertos, hasta que la sintió prendiéndose en el fuego peligroso que no podía permitir. Aunque a ella el deseo le estaba diciendo que faltaba mucho, que tras aquella puerta había mucho más, le pareció el instante más hermoso de su vida.

Al mismo tiempo él era el hombre más dichoso y el más desgraciado. La tenía en sus brazos, dispuesta para él, pero estaba atrapado en la contradictoria fatalidad de que cuanto más sentía amarla, más debía renunciar a ella. Para evitar caer en las encerronas del deseo, aprovechó el interés que le despertaba el jeep, su favorito entre los coches que le había visto a él, para enseñarle a conducir. La hacía practicar mientras le enseñaba la finca y al término de una semana, aunque muy despacio, era capaz de conducirlo sin enredarse con los pedales al cambio de las marchas.

La más urgente de las visitas era también la más difícil. No había vuelto a encontrarse con Elena. Ella tenía seis años más que él y era un caso, todavía poco frecuente, de mujer independiente en todos los ámbitos de su vida, en lo económico, en lo emocional y en lo sexual. Estaba orgullosa de serlo y era vehemente en la forma de manifestarlo y hasta brutal al defenderlo, aun cuando no hubiera causa. Tenía además la experiencia de haber llevado a cabo la separación del marido con ejemplaridad y sabiduría, sin un reproche que impidiera la amistad. La noticia le dio de lleno, pero supo contenerse y él lo agradeció.

Pese a su impericia en negocios de amor, o por el contrario, gracias a ella, él tenía una ventaja. La suya era una visión idílica, de libro, a veces pensaba que incluso pueril, de cómo debía ser el amor, en la que el ingrediente primordial es la renuncia a la libertad. Creía que el amor son dos líneas trazadas en el paisaje azaroso de la vida y que cada cual dibuja la suya más donde puede que donde quiere. Si ambas líneas son concomitantes, se interfieren poco y cada uno ciñe la suya a la del otro, el amor será fructífero para ambos y pervivirá al avatar del tiempo. Cada vez que una de las líneas invade el territorio que no le corresponde, estará robando un trozo de libertad que tal vez el otro no pueda entregar. Si por el contrario las dos líneas dejan una tierra de nadie entre ellas, el vacío que resulta terminará convirtiéndose en un despeñadero en el que el amor sucumbirá más pronto que tarde. La grandeza del amor radica en que entrega, en silencio y sin contrapartidas, mucho territorio de la propia libertad a la persona que se ama.

* * *

La premura del acontecimiento, la edad de Alejandra, el desconocimiento de las auténticas razones del caso, en un pueblecito tan pequeño y de maneras tan pausadas, harían que la noticia levantara un vendaval de rumores entre los que ni al más inocuo se le adivinaba un rasgo de compasión. Le traían sin cuidado los que le afectaran a él, pero haría lo imposible por evitar los que pudieran herir a Alejandra. Puesta a un lado la cuestión religiosa, lo que él hubiera elegido para celebrar la boda habría sido el puro trámite civil en el acto más alejado, más sencillo y más íntimo posible, pero eso, con exactitud, cocinaría el sancocho de murmullos que debía evitar. Lo que convenía era lo contrario, guardar las formas, hacer lo que allí se tuviera por costumbre, como cualquier otra pareja del pueblo, y hacerlo con la mayor sobriedad, sin tapujos y donde todos lo vieran. Como el apremio impuesto por las circunstancias no dejaba transcurrir sino unas semanas desde que se conociera la noticia hasta la ceremonia, lo más inteligente era apurar esa ventaja y guardar reserva hasta el último momento.

Esperando por Venancio, sentado en el último escaño de la pequeña iglesia, observó primero el estado de pobreza y abandono del recinto, los desconchones de las paredes, los desgarros del techo, el alabeo de las baldosas, las puertas desvencijadas y los bancos decrépitos. Observó a continuación a tres mujeres que correteaban de un lado para el otro imponiendo cada una su orden en el desorden que ellas mismas iban creando, disputándose a codazos las tristes migajas de la gloria incierta de las indulgencias. Parecían la misma mujer repetida, dos gordas, una flaca, las tres mojigatas, con un aire de resentimiento. Sin duda, pensó, ellas eran las guardianas del recato y la decencia, el santo oráculo de las buenas maneras en el Terrero. Allí estaría bien lo que ellas otorgaran que lo estaba y mal todo lo demás. En ese momento tuvo una inspiración. Si conseguía ganarlas para la causa, involucrarlas en su asunto, serían un muro de contención de los comentarios dañinos que pudieran herir a Alejandra.

Venancio llegó, con su habitual afabilidad, cuando terminó de confesar a dos feligresas.

—Jefito, ¿qué haces aquí?

Le había oído a algún trabajador llamarlo Jefito, y en la oficina podían referirse a él como Eldire, si lo hacían en tercera persona, incluso si estaba presente. Más que motes, eran seudónimos cariñosos que no le molestaban. Un jefe tan joven, en especial si se le tenía aprecio, estaba claro que bien podía ser el Jefito. Lo de Eldire era uno de los tantos gracejos con los que Agustín atemperaba la disciplina de hierro que el cargo de administrador le obligaba a imponer. Tenía a orgullo que por la zona se refirieran a él por el nombre de pila, incluso gente que no lo conocía, porque era señal de que lo habían hecho suyo, como en tiempos hicieran con su hermano Ismael. Arturo podía ser cualquiera, pero el Arturo de ellos, sin más averiguaciones, sólo era él.

—No se te habrán traspapelado los principios —dijo Venancio en tono de burla amistosa.

—No te asustes, no se me han traspapelado.

—¿Se trata de algo del trabajo?

—Es algo personal. Mejor lo hablamos con un vaso de vino.

—Dicen que eres demasiado serio, pero yo siempre he dicho que tienes un don de gentes arrasador —bromeó Venancio, soltando otra de sus carcajadas de barítono—. Espera a que me cambie.

Desapareció para regresar pronto sin la sotana. Caminaron despacio hasta la taberna de Ovidio, en esa hora mermada de clientela, y eligieron la mesa más alejada.

—Ahora sí que podrás tomarme el pelo a gusto —le dijo Arturo para abrir la conversación.

Hacía referencia a una broma recurrente de Venancio, que le decía que llamándose Arturo y construyéndose un Camelot —el Estero—, sólo le faltaba casarse con una jovencita para completar la leyenda mítica. En efecto, lo primero que hizo fue reírse un poco, pero enseguida se puso serio. Sin conocer a los protagonistas y desconociendo el rumbo que había tomado la situación, tenía conocimiento de la historia por Candelaria. Por prudencia no entró en las razones de Arturo, pero se sorprendió con agrado de que quisiera casarse en la iglesia.

—A ella le hace ilusión —se apresuró él—, pero hay otras razones.

Ocultando el fuego que lo carbonizaba, lo puso al tanto de la situación. Venancio estaba de acuerdo en que fuera una ceremonia sencilla, al uso, y en esperar al último minuto para dar la noticia. Lo de involucrar a las mujeres de la guardia pretoriana de la parroquia lo recibió con otra de sus carcajadas, pero cuando supo la manera en que pensaba ganárselas, costeando arreglos de la iglesia, casi lloró de alegría. Arturo le encargó que pidiera los permisos y que, desde el día siguiente, trasladara al personal con lo necesario para acometerlos. Cuando llegara el momento, debía explicar a las mujeres que se trataba de una donación a la parroquia en pago por los trastornos que a ellas les ocasionaría la ceremonia.

El único a quien de momento podía informar de sus planes era Alfonso Santos. Él no mostró sorpresa, ni por la noticia de la boda ni por el nombre de la novia. Era evidente que estaba al tanto de la situación.

—Eres muy afortunado —le dijo—. Además de ser la belleza que se ve, no hay chica más inteligente ni más noble.

—Querríamos que fuera usted nuestro padrino.

En eso sí se sorprendió Alfonso y con agrado.

—No lo esperaba, pero, con franqueza, me habría desilusionado si no me lo hubieras pedido.

Los trabajos en la capilla tardarían al menos un mes, lo que obligó a posponer la fecha unas semanas. Durante aquel tiempo, los actos religiosos debieron celebrarse bajo una carpa, cedida por la Jefatura de Intendencia, que se había instalado en la propia plaza. Bajo ella, en la misa del domingo dos semanas antes del día previsto, en la que hizo de altar el portalón de la iglesia, enquiciado, raspillado, lijado, vuelto a encolar y todavía sujeto por las mordazas de carpintero, Venancio dio la noticia. Excepto por alguna referencia muy remota nadie conocía a la novia, de modo que el único comentario que circuló era que Arturo, el Arturo a secas que todos conocían, se casaba.

Arturo evitaba hacer condenas y con Rita tenía además la ineludible razón de que Alejandra, pese a todo, la quería. Salvo por las ocasiones de negocios, entre las que, por supuesto, incluía el acuerdo por la hija pagado con dinero contante, no había tenido más trato con ella, que permanecía replegada en sus murallas y de las que la obligó a salir la causa menos pensada de todas.

Era muy poca la ropa que Alejandra tenía como suya sin que antes lo hubiera sido también de la madre. Las prendas, dos décadas después, todavía guardaban la apariencia del refinado esplendor de otro tiempo, pero incluso tras las composturas de Alejandra, tenían aspecto de anticuadas y aunque ella, por gracia y donaire, pudiera permitirse lucirlas sin recato, habrían hecho pasar a cualquier otra mujer por una loca escapada del manicomio. Por sus modos austeros, él tenía un guardarropa bastante exiguo en el que contaba con un traje para el invierno, otro para el verano, dos pantalones de calle, dos jerséis, dos pares de zapatos, cuatro camisas, dos pijamas iguales, doce calzoncillos iguales y doce pares de calcetines iguales. Para el trabajo las prendas eran una repetición de lo mismo: cinco pantalones vaqueros del mismo modelo, comprados con seguridad el mismo día, cinco camisas de verano repetidas, cinco camisas de invierno repetidas, dos pares de botas repetidos, dos chaquetas de piel repetidas, algunas camisetas repetidas y dos sombreros de fieltro, al uso de los campesinos isleños, repetidos. Todo repetido.

Cuando hacían su lista de preparativos y Alejandra echó un vistazo al ropero, hizo una fiesta, más condolida que divertida por el inexplicable grado de incompetencia en asuntos menores que acaba de descubrirle.

—Ahora sé por qué me parecía que no te cambiabas de ropa. Me preguntaba cómo conseguías ir tan limpio con la misma ropa del día anterior.

Era tan bisoño en menudencias del hogar, tan ignorante de que el mundo doméstico es muchísimo más rico y por tanto más complicado y menos evidente que el de los negocios, que el capítulo de preparativos y compras casi terminó en desastre. Lo afrontó como hacía con los asuntos de la finca, para lo que le bastaba con tomar nota de lo necesario con sus requisitos y formalidades, buscar la mejor opción y comprarlo sin darle demasiadas vueltas. Por la mañana, muy temprano, recogía a Alejandra y partían a la capital con una lista larguísima que habían hecho durante los días anteriores y que en lugar de simplificarse no cesaba de crecer, pero que esperaban poder concluir con algunas escapadas. Al regreso del segundo día llegaron extenuados, apenas con unas bolsas y con semblante de náufragos. Rita se conmovió cuando Alejandra le contó los escollos que habían encontrado en la aventura mundana de las tiendas. Algo trivial en apariencia pero que en la práctica es una cruzada, de la que no salen indemnes sino los iniciados en un saber milenario, al que Alejandra no alcanzaba por edad y Arturo por despiste y desapego. En cada una de las cosas de su lista había tanto recoveco, tanta minucia, tanto que decidir y tanto que responder, y el mundo de los contrincantes estaba tan lleno de celadas, tan empedrado de acechos y artimañas de mercachifles, que creían haber terminado con cara de pánfilos pagando lo que les pedían por lo que habían querido ponerles en las manos.

A la mañana siguiente, sin que se lo hubieran pedido y sin aviso de que lo haría, Rita se sumó a la marcha y se puso al frente de la batalla que ellos estaban dando por perdida. Nada tenía que ver con la mujer abandonada de sí misma, casi aniquilada, que Arturo conoció en la primera visita. La siguieron maravillados. Callejeó sin prisas por las zonas del comercio tradicional de La Laguna, de Triana y del Castillo, se metió por vericuetos y callejones, entró en tiendas diminutas y en grandes almacenes, desbarató escaparates, desnudó maniquíes, desoló a los que no tuvieron género, complació a los que sí lo tuvieron y los dejó a todos honrados por el honor de la visita. Desistía de unas tiendas, pero entraba en otras siguiendo sus inspiraciones, apercibida por detalles ignotos, echaba una mirada en redondo que le sobraba para saber si debía detenerse o continuar el camino. Culebreaba por estantes y tenderetes con soltura y dominio, seguida de cerca por uno o dos dependientes incapaces de seguirle el paso. Los trataba con respeto, atenta con todos, pero firme, con autoridad y sin concesiones. Miraba la prenda de un lado y del otro, la palpaba, la acariciaba, leía la etiqueta y la abandonaba sin interés o la sacaba del perchero para ponerla ante los ojos y verla al completo, y a continuación frente al que tuviera que usarla, preguntaba detalles y precios y separaba para el probador la que superaba el minucioso escrutinio. Airosa, radiante, resplandecía en sus dominios; muy cerca Alejandra la seguía orgullosa y atenta; él las observaba maravillado, seguro una vez más de que aquél era un señorío de mujeres en el que los hombres no sirven ni para llevar paquetes, porque cuando se sentía ya exhausto, desfallecido, anegado por el caudal inagotable de pormenores que era menester considerar para no errar en la decisión, sin fuerza para dar un paso más, ellas apenas estaban entrando en calor. Permanecía atrás observando, viendo a Rita sortear dificultades y encaminar detalles con sabiduría; divertido en contar los minutos que tardaban en ocupar el espacio, porque daba igual lo grande que fuera el recinto y lo concurrido que estuviera que ellas terminaban por llenarlo, embobándolos por belleza y distinción y Alejandra, además, por juventud. Veía a los dependientes disputarse el atenderlas, a los tenderos embelesados, a las mujeres mirarlas de soslayo y a veces con envidia, y a los hombres perseguirlas con la mirada. Hasta cuatro personas llegaron a tener atendiéndolas a la vez, con las cintas métricas y las tizas de marcar composturas inservibles, porque las prendas que eran de su talla a Alejandra le sentaban mejor que a los maniquíes.

Además de que nadie habría hallado manera de que Alejandra desistiera de vestir el traje de novia que Rita no llegó a usar y que se conservaba en el mismo baúl, tan impecable como el día que ella lo abandonó, no existía opción más satisfactoria. No sólo por el ingrediente emotivo que era para Alejandra darle en su propia persona el uso que no llegó a tener, sino porque habría sido muy difícil y costoso conseguir otro que lo mejorara. Una visita a la tintorería y una disminución de pocos centímetros en la cintura, para la que se había ofrecido Candelaria, lo harían resplandecer tanto que la dificultad estaría en elegir un vestuario para Arturo que a su lado no parecieran trapos. Una vez descartado el atrevimiento de la levita, excesiva para una ceremonia en el pueblo, Rita aconsejó para él un conjunto de pantalón y chaleco gris marengo y una chaqueta larga gris oscuro, casi negro.

Para el viaje hicieron reserva de dos semanas en un hotel de Roma. También lo aconsejó Rita y él lo decidió, contento de que fuera aquella opción la que despertó mayor interés a Alejandra.

Los preparativos eran para ella un motivo de ilusión en tanto que para él, que odiaba ser el centro de atención, eran como otro episodio de una pesadilla. Del simple acto burocrático que hubiera deseado, en una oficina del juzgado y sin otra concurrencia que la imprescindible, a la boda en una iglesia, rodeado por una multitud, la diferencia era angustiosa. Sumaba a ello que debía casarse con una chica que todos deseaban conocer, porque a esas alturas todavía continuaban preguntándose quién sería. Incluso quienes la conocían tenían un recuerdo de ella tan nebuloso que no terminaban de ponerle rostro, porque nadie caía en la cuenta de que no podían hacer coincidir el recuerdo de una niña con el semblante de una mujer lista para casarse.

Sin embargo, aunque el trago de la ceremonia terminó siendo más largo de lo que imaginaba, no fue tan amargo. Sólo con los vecinos del Terrero y los trabajadores, el acto sería multitudinario, aunque fue la decisión de hacer reparaciones en la iglesia la que formó una pelotera monumental. Parecía imposible, pero lograron que las obras, salvo remates menores, hubieran concluido unos días antes de la fecha señalada. La carpintería recuperada, el tejado reparado, el enfoscado renovado, la fachada rehabilitada y pintada, las maderas barnizadas, dejaron flamante la diminuta iglesia. El alcalde tuvo instinto y reflejos. Imaginó que cuando terminara el arreglo, la fachada del ayuntamiento quedaría depauperada de un día para el siguiente, y ordenó la reparación y pintado urgente de las fachadas en el perímetro de la plaza. Como a continuación se le quedaría fuera de tono el mobiliario urbano y los jardines, también ordenó su urgente repaso.

Venancio, como coadjutor de la parroquia, había previsto celebrar una misa de agradecimiento una semana después de la boda, pero el anciano párroco confundió la fecha con la del día siguiente al de la boda, de modo que la ceremonia se celebraría el sábado por la tarde y la misa de inauguración el domingo a mediodía, lo que causó un embrollo porque al final nadie sabía a qué hora era qué cosa ni qué era lo que se celebraba. Los vecinos aún guardaban la costumbre de limpiar la calle y la acera en el frente de sus viviendas o negocios, más o menos puestos de acuerdo a la misma hora, para los acontecimientos que atrajeran visitantes. Para facilitar la tarea y en prevención de accidentes, las calles donde era previsible que se agolpara la gente se cerraban al tráfico. Como no terminaba de quedar claro cuándo se celebraría cada cosa, aprovechando que el día amaneció despejado y luminoso, muchos vecinos pusieron mantillas y banderas en las ventanas y los balcones, como hacían en la fiesta del patrono, la de mayor boato. A la confusión se sumaron los grupos de danza y música popular que aparecieron el propio sábado por la tarde. Al enterarse del error, no se pusieron de acuerdo en si debían quedarse o marcharse hasta que puso orden el miembro más antiguo y respetado de ellos, José Miguel Pérez, un ciego que era para unos virtuoso del laúd y profesor de esperanto, y para otros, virtuoso del esperanto y profesor de laúd, y para todos era quien mejor vista tenía para las cuestiones complejas. Dijo que el que quisiera marcharse que se marchara, pero que supiera que se iba a perder algo bueno, porque la mejor parranda empieza por accidente y nadie sabe cuándo termina. Al final decidieron quedarse y entrar en calor para el día siguiente interpretando el Arrorró Canario dedicado a los novios.

Así que cuando Arturo llegó con Candelaria, se encontró justo en medio de lo que le causaba más pudor. Esperaban cientos de personas incluyendo a las autoridades municipales, que le dieron las gracias por los arreglos en la iglesia y a quienes lo único que les faltaba para terminar de dar apariencia de un acto oficial eran las bandas, los emblemas y las levitas.

Frente al altar supieron que Alejandra había llegado cuando el clamor de la calle cesó de pronto. No se rompió el silencio ni cuando los saludó el alcalde ni cuando empezaron a caminar por el sendero rojo de una alfombra que conducía hasta la entrada de la iglesia. La gente miró primero con interés por descubrir quién era la novia, después con asombro por su belleza, y cuando reaccionaron el rumor creció y en mitad del recorrido alguien dijo «¡Guapa!» y la tarde se vino abajo sobre el Terrero en una exaltada salva de aplausos y piropos. Con un poco de recato, en el interior de la capilla se repitió la escena. Al verla aparecer se hizo el silencio, mientras avanzaba el sordo rumor de los cuchicheos creció hasta que terminó en otra explosión de aplausos y piropos. Tenían razón, sin lugar a dudas Alejandra era la novia más bonita y hermosa que se había visto y que no se volvería a ver en el Terrero.

La ceremonia fue corta. Lo justo para que tuviera validez sin perder decoro, y tuvo su parte más emotiva cuando empezaron a sonar las guitarras y los timples con los primeros compases del Arrorró Canario, que los músicos interpretaron con sentimiento y ejecutaron con limpieza.

* * *

—Ahora sé por qué el novio tiene que entrar en la casa con la novia en brazos —dijo Alejandra al llegar.

—¿No es por tradición? —preguntó Arturo.

—Eso pensaba yo, pero acabo de darme cuenta de que es por necesidad —dijo primero, muy seria—. Con tanto trapo, yo sola no podré ni salir del coche —agregó riendo con una carcajada.

Él se apeó y caminó hasta la casa pensando que ella era como un diluvio de alegría. Abrió la puerta, regresó, la cogió en brazos, la entró y se enfrentó a la escalera sin dejarla en el suelo.

—No podrás —dijo ella.

—Sí podré.

—No podrás —repitió ella riendo.

—Verás que sí.

Sí pudo y sin esfuerzo. Con agilidad, como si no pesara, subió la escalera, entró a la habitación y la puso sobre la cama, mientras ella lo celebraba con otro regocijo.

La ayudó a desabrocharse y desapareció para dejarla en la intimidad mientras se cambiaba de ropa. Cuando terminaron de arreglarse, ella se había puesto un pantalón vaquero, una blusa blanca, un pequeño jersey de tonalidad marfil y unos zapatos de piel vuelta, de aspecto juvenil con un tacón fino, no muy alto. Se había dejado el pelo suelto y su dorada y larga melena le cubría los hombros y la espalda. A él le costaba decidir cómo estaba más bonita, porque cada vez que la miraba la veía más hermosa que la anterior.

Nadie había podido convencer a Rita de que asistiera a la ceremonia. La explicación se la había dado a la hija la primera vez que habló del asunto con ella. La había obligado a casarse por una cuestión de dinero, a la edad de quince años recién cumplidos. Era mejor que no acudiera. Se lo pidió Alejandra, se lo había pedido Arturo, que incluso le regaló un vestido y unos zapatos para que los estrenara en la ceremonia. Y se lo pidieron Candelaria y Elvira, que llegaron a la casa para ayudar a vestir a Alejandra y para alguna compostura de último momento, y que conocieron a una mujer contraria a la que imaginaban, una anfitriona atenta, que estuvo en su sitio y que demostró saber y comedimiento en los detalles. El mismo día por la mañana, Alfonso Santos había dicho, en los lugares propicios para que se corriera el comentario, que le había prohibido salir de la casa por motivos de salud. Fue ella quien se encargó de peinar y maquillar a la hija. Consiguió hacerla aparentar cinco años mayor de lo que era, apenas con unos retoques en los ojos y con el perfilado imperceptible del carmín en los labios.

De camino para el aeropuerto pasaron por la casa para despedirse y mientras Alejandra recogía su equipaje, Arturo tuvo ocasión de hablar a solas con ella. Aguardaban uno frente al otro, sin nada que decirse, aunque ninguno se sentía incómodo con la presencia del otro. De pronto Rita habló, traspasándolo con la mirada:

—¿Cuidarás de ella? —preguntó.

A Arturo le pareció ver en la expresión de la mujer, a la que no podía decidir si debía odiar o respetar, un tránsito de súplica y temor.

—Le responderé si usted insiste, pero me gustaría saber qué piensa usted sobre eso.

—Pienso que la protegerás con tu propia vida. ¿Me equivoco?

—En nada se equivoca usted.

—Las dos perdimos a su padre. Yo la he tenido a ella, pero ella no me ha tenido ni a mí.

En aquel instante Arturo se alegró de haber evitado tener censura para la mujer.

Mientras él cargaba el equipaje en el portabultos Alejandra se despidió de ella. Estaba a punto de subir al coche cuando corrió de nuevo a su lado.

—Mamá —quiso empezar a hablar, pero se interrumpió abrasada por el rubor.

Rita sabía cuál era la pregunta sin oírla. Acarició la mejilla de su hija y la abrazó.

—No tengas miedo ni vergüenza. Eres muy bonita, pasará cuando llegue el momento, sin necesidad de que hagas nada. Será muy hermoso.

Aterrizaron en Madrid a la hora prevista, pero el avión para Roma salió con retraso, a causa de una huelga de celo de los controladores aéreos. A ese inconveniente se había sumado el fallo de los equipos de aire acondicionado en los primeros días de la primavera, que para colmo de despropósitos fueron calurosos. El aeropuerto estaba abarrotado y la gente, indignada, dormía sobre el mobiliario, por el suelo, con los equipajes tirados donde encontraban hueco y un aliento de humanidad flotaba por las estancias, denso, como vaho de estiércol. Era otra vivencia que Alejandra vio necesitada de su atención y que exploró en todas las dimensiones para no olvidarla jamás.

Aunque la noche anterior apenas había dormido unas horas y el día fue frenético, durante la boda estaba fresca y resplandeciente, y todavía de madrugada tuvo energías para caminar arriba y abajo en el aeropuerto hasta que facturaron los equipajes, pero con las luces del alba, poco antes de aterrizar en Roma, se desplomó. Todo había sucedido con tanta rapidez que él tenía que repasar la vertiginosa sucesión de acontecimientos que lo había llevado hasta allí, para terminar de creerse que de verdad le estaba sucediendo. No podía apartar la mirada de ella. Nunca en su presencia podía hacerlo. Era tan bella, tan joven, la veía tan delicada, que no se atrevía ni a tocarla. Y dormida sobre él, estaba tan deseable que necesitó contener el imperioso deseo de besarla en la boca roja que lo enloquecía. No fue capaz. Sólo algún beso imperceptible, eternizado, en la sien, aspirando el olor de su piel, el perfume que le enajenaba el alma.

Durmió apoyada en él mientras esperaban por el equipaje, volvió a dormir en el taxi y a duras penas consiguió llegar hasta un sofá en la recepción del hotel, donde se derrumbó mientras él arreglaba la burocracia. Tuvo que llevarla en brazos hasta la habitación, sin que ella llegara a despertar del inquebrantable sueño de adolescente. La tendió en la cama y la desnudó del jersey, la blusa y el pantalón vaquero y permaneció contemplándola durante minutos, cubierta sólo por la ropa interior gris que agigantaba la tremenda sensualidad de su desnudez. Era una diosa llegada desde un averno del paraíso para hacer de él su esclavo con un maleficio de amor y lujuria del que ningún hombre podría liberarse; del que ningún hombre querría liberarse.

Separó las ropas de la cama, la levantó con mucho cuidado, volvió a tenderla y la cubrió sin despertarla. Deshizo los equipajes sin hacer ruido, colgó la ropa, se aseó, se puso el pijama, se acostó junto a ella, se acercó hasta que pudo sentir la caricia de su cuerpo y volvió a consolar el enorme deseo de besarla en la boca con un beso largo y tibio en la frente. Sin despertar, ella lo besó en el pecho, arrastró la mano en una caricia larga, rodeándolo con el brazo, respiró muy profundo y se quedó quieta en el sueño. Él permaneció, no supo cuán largo rato, contemplándola en la penumbra, extasiado en su frenesí de amor hasta que el sueño lo venció.

—Tú me desnudaste —dijo ella como si preguntara, ruborizándose, mientras cenaban en un pequeño restaurante del centro.

—Sólo te quité el pantalón y la blusa.

—Me da mucha vergüenza.

—No miré.

—¡Sí miraste! —dijo, como si le desafiara—. Pero no me importa —añadió después con un mohín de coquetería.

Aquella cercanía con que lo trataba era para él como un bálsamo. Creía que su carácter contenido lo alejaba de las personas, pero era una arista de la personalidad más aparente que real, que Alejandra sorteaba con facilidad. A ella le sobraba espontaneidad para saltar por encima de cualquier obstáculo en la relación con los demás y sobre todo con él. Se sentía segura y transmitía esa seguridad, logrando que él estuviera cómodo a su lado y se dejara llevar. Era tan expansiva y cordial, tan desenvuelta y de gracia tan exuberante que a veces le costaba trabajo seguirla. En la estancia en Roma no hubo pedrusco, ni cuadro, ni monumento, ni persona que no le despertara interés. Desde el tercer día era popular ya entre el personal del hotel. La conocían por el nombre y ella les correspondía acordándose del nombre de cada uno. Se hacía entender medio en español, medio en italiano o por señas cuando no alcanzaba con una cosa ni con la otra, aprendía las palabras y las recordaba al primer intento. Llegaron a saber que acababa de cumplir quince años y que estaba recién casada y le pidieron al director que invitara a la cena de la última noche, en la que trajeron un pastel de crema y chocolate que decía: «Alessandra», y que compartieron en la cocina, en una despedida que terminó siendo muy emotiva.

Para ambos, el peor trago fue al tiempo el más explosivo. La segunda noche habían llegado pasadas las doce, dando un largo paseo. Mientras ella se cambiaba la ropa, él hizo su aseo nocturno. Ella entró en el baño vestida con un pijama de pantalón corto y una bata de cama, haciendo juego. Él se puso el pijama y la esperó en la ventana, observando la calle. Absorto en los pensamientos, meditaba cómo debía resolver el difícil momento que ella deseaba sin decirlo pero que él no podía permitirse, hasta que de pronto la sintió detrás de él. Se volvió y la encontró, mirándolo a los ojos con los suyos abiertos, temerosa y encendida de rubor, ofreciéndose a él desnuda, con su ingenuidad de mujer a medio hacer y su cuerpo de hembra definitiva palpitando de miedo y de deseo ante él. La melena de su pelo rubio sobre los hombros; el talle escueto sobre las caderas rotundas; las piernas largas de contorno diáfano; los pechos tiernos, medianos, sólidos e irrevocables; la boca temblorosa, los labios rojos, entreabiertos; las fosas nasales dilatadas; los lóbulos de las orejas y la nariz ruborizados; los pezones endurecidos más por el miedo que de deseo, con las aureolas enrojecidas; el vello de seda del pubis del color del oro oscuro, la piel inmaculada de su juventud ruborizada y erizada de temor. La mirada detenida en él, le imploraba delicadeza y amor. Enloquecido por la visión pavorosa de la desnudez inagotable que le ofrecía, acuciado por el torrente que hervía en sus arterias, se acercó a ella, la estrechó por la cintura y la besó en la boca. Fue un beso voraz y violento, pero también delicado, tembloroso, largo, muy, muy largo, apretándose cada uno en el cuerpo del otro, incinerándose cada uno en el fuego del otro, un minuto, dos minutos, tres minutos, hasta que se impuso la maldita cordura de su tormento. No podía ser. No allí. No así. O no con él. La alejó con suavidad y la cubrió con la bata.

—¡Lo siento, Alejandra! ¡Perdóname! No debí hacerlo, es una locura.

Paralizada, ella se ahogó en el desconcierto mirándolo desconsolada.

—Me gustas mucho, Alejandra. No es culpa tuya, es por mí. No estoy preparado.

Ella no pudo contener el llanto. La cogió en brazos, la tendió en la cama, se acostó junto a ella, la rodeó por detrás con los brazos, la besó con ternura y le susurró al oído, y la besó en las lágrimas calientes y le susurró y la besó una y otra vez, y le dijo lo bonita que era, y lo orgulloso que estaba y lo feliz que era por estar con ella, pero explicándole que así no podía ser porque él necesitaba tiempo, que no debía dejarse arrastrar por el deseo porque podría hacerle daño y ella terminaría odiándolo, que llegaría el momento y sería una noche tan hermosa como aquélla. Ella se consoló muy poco a poco y se fue quedando dormida en sus brazos, como una niña, otra vez.

A él le quemaba la boca de Alejandra en la suya. Continuó quemándole en los sueños y cuando despertó al día siguiente le quemaba. Le quemaría en adelante, como le quemaría el recuerdo de la visión de su pequeña ofreciéndose a él, desnuda, implorándole con la mirada su ternura y su amor, erizada de miedo y rubor.

18

El gigante, de casi dos metros de alto y doscientos kilos de peso, que esperaba desde hacía más de una hora, sentado a la mesa de reuniones del despacho de Jorge Maqueda, se levantó con inesperada rapidez al oír que por fin se abría la puerta. Un ralo mechón de pelo sujeto con gomina le cruzaba la calva de un lado al otro. Vestía ropa cara. En el cuello la camisa apenas conseguía contener la papada enorme y, en la panza, parecía a punto de reventar por la presión; la chaqueta colgaba desde los hombros como piezas de paño tendidas, abriendo los faldones en un vasto abanico en las ancas de paquidermo; el pantalón, que a duras penas se sostenía bajo la barriga, descansaba retorcido sobre los zapatos, estrujados por la opresión de la carga ciclópea. Jorge Maqueda, que pasaba por corpulento frente a cualquier otro, a su lado parecía un alfeñique.

El abrazo fue caluroso. El gesto preocupado de Jorge Maqueda denotaba que era grande su apremio por los asuntos que debían tratar. Sobre el escritorio el hombre abrió el maletín, que en sus manos parecía tan pequeño como de juguete, y sacó de él tres gruesas carpetas. Jorge Maqueda casi se las arrebató de las manos, se sentó, se puso las gafas de lectura y con avidez repasó el contenido, que le fue apaciguando la preocupación. En silencio, observó con detenimiento las fotografías y leyó sin prisas cada uno de los documentos. Sin que el otro hombre lo interrumpiera, detenía la lectura para meditar un instante antes de continuar, regresaba para rebuscar entre lo visto y releer hojas enteras. Cuando concluyó, casi una hora después, depositó las carpetas en el interior de una caja fuerte, mientras expresaba su satisfacción.

—¡Gran trabajo, Eufemiano! Veo que has ganado mañas además de kilos.

—Soy perro viejo, Jorge. Cada día, más viejo que perro. De todas formas, las mañas no son nuevas. Antes sobraba con el miedo y se podía dar la cara, ahora hay que poner mucho dinero y tener a quienes den la cara. Mejor si no te conocen de nada.

—Me ha tranquilizado lo que has traído, Eufemiano. Que Quíner no se haya movido es buena cosa, claro, pero que se haya casado con esa chica es una garantía. ¿Sabes por qué?

Eufemiano esperó por la respuesta arqueando las cejas.

—Porque ahora tiene quien le duela. He visto a hombres aguantar más que las bestias y llegar al borde de la muerte sin abrir la boca, pero que delataron al que hizo falta por evitar el daño a la mujer, a los hijos, incluso a un simple conocido.

—Perdona, Jorge, lo que no acabo de entender —dijo Eufemiano, con interés manifiesto por entrar en el asunto—, es por qué él te preocupa tanto. Salvo tú y yo, los que estaban en la habitación han muerto. Nadie puede señalarnos con el dedo. El hermano murió, pero no tuvimos nada que ver en eso. ¿Para qué querría éste revolver las cosas?

—Podría ser por venganza, por desconocimiento o cualquier otra razón que ni siquiera se nos ocurre pensar. Podría ser por miedo. Ahora creo que cometí un error persiguiéndolo hasta América.

—Mira, Jorge, mejores abogados que tú no tiene nadie en el país. No conseguiría nada. Fue el propio hermano quien nos dio la solución. Era listo. Sabía que necesitábamos un muerto y nos dio dos. O tres si lo contamos a él. La muerte de Roberto y la del otro nos puso en bandeja la coartada que necesitábamos. El único cabo suelto era el viejo, pero ése es el que está mejor amarrado. Entonces ¿por qué tanto esfuerzo?, ¿para qué tanto dinero?

—Porque se airearía el asunto, Eufemiano. Y eso hay que evitarlo a toda costa, claro. No es bueno para los negocios.

Jorge Maqueda decía la verdad, aunque sólo a medias. Callaba la más importante de las razones. Y la más importante era que él también tenía quien le doliera. Que haría lo que fuera para evitar que Pablo, el hijo, llegara a conocer la verdad.

* * *

—Señor Maqueda, hay un señor aquí que desea verlo —dijo la secretaria—. No tiene cita, pero ha dicho que usted se alegraría.

—¿Cómo se llama? —preguntó Jorge Maqueda.

—Laureano Castro —contestó la mujer.

Jorge Maqueda frunció el ceño, con extrañeza y hosquedad, pero de pronto dulcificó la expresión:

—Hágalo pasar.

La puerta se abrió y entró un hombre alto, sobre los sesenta, delgado, de pelo gris y semblante amable.

—¡Qué pedazo de despacho, Jorgito! ¡Tú sí que has sabido desenvolverte!

—¿Cuánto hace, Laureano? Quince años, por lo menos.

Los hombres se abrazaron.

—¿Quince años? Estás tú bueno. ¡Veintidós, Jorgito! ¡Hace ya veintidós años!

—Cómo pasa el tiempo, Laureano. ¿Y cómo es que no has venido a verme?

—Mira, Jorgito, un día por una cosa, otro día por otra...

—De todas formas te ha ido bien, ¿no?

—La paga de funcionario no da para alegrías, ya sabes. Pero he sacado a la familia. Ahora me han dado la jubilación anticipada con la paga completa. Estos cabrones traidores están barriendo con todo y no nos quieren ocupando cargos.

—Si necesitas algo, Laureano, no tienes más que decírmelo. Todavía me considero en deuda contigo.

—¿Qué coño deuda es ésa? ¡Olvídate de eso, Jorgito! Dije lo que vi. La chica se bajó las bragas porque quiso, ni gritó, ni defendió su honor, ni allí se oyó nada.

—Fueron calumnias, claro. Pero me he sentido en deuda contigo, Laureano. Me provocaba, claro. Al fin y al cabo uno es un hombre. Pero eso está olvidado.

—Mira, Jorge, lo tuyo fue un desastre, pero como se ve, no perdiste el tiempo. Tú diste un brazo y yo, una vida de trabajo. Es una vergüenza que pase lo que está pasando. Mira mi caso, que me he quedado con la paga pelada, después de tantos años de esfuerzo. Y ahora están mandándolo todo al carajo y poniendo lo que tanto nos costó en manos del enemigo. Pero, entre nosotros, te diré que esto no va a llegar a ninguna parte porque todavía quedan hombres de honor, con dos cojones, que lo único que necesitan es organizarse. Tiempo al tiempo, Jorgito.

—¿Sabes algo?

—Hay rumores. Mejor no saber nada. He venido para

otra cosa —dijo Laureano mientras sacaba una foto de la cartera y la ponía delante de Jorge Maqueda con primoroso fervor—. Por Josefina, mi chica.

Jorge Maqueda observó la foto con detenimiento.

—¡Guapa joven! —dijo, sorprendido.

—Una bendición de hija, Jorge. Ha terminado secretariado y quiere trabajar. Venía para pedirte el favor de que le busques alguna cosilla, con tus influencias.

—Dalo por hecho, Laureano. Que venga mañana a verme. Trabajará aquí, conmigo, hasta que se suelte. Luego veremos qué hacer.

—¡Coño, Jorgito! Sabía yo que un tío como tú ayudaría a un amigo. Estarás contento con la chica, es trabajadora y buena cristiana. Muy devota, no entró de monja por poco.

19

Alejandra se adaptó sin dificultad a la vida de recién casada, a la casa, al Estero y, lo más fácil, al marido. Atento a ella, para evitar la brusquedad del cambio y ayudarla a evadir el pesar de que la madre quedara sola, la llevaba a media mañana a la casa de Hoya Bermeja y la recogía por la tarde, después del trabajo, de manera que durante las primeras semanas continuó haciendo la misma vida, incluso acudiendo por las tardes a las tertulias de la costura. Se involucró en todo despacio y sin desgarros, acercándose en una trayectoria espiral en cuyo centro estaban él y sus mundos. El raquítico espacio doméstico, el ámbito ingente del Estero y el rico universo interior, a los ojos de ella tan enigmático y fascinante.

Aunque sin entender bien lo que veía, durante la primera visita a la casa, advirtió que de todas las estancias él hacía uso casi exclusivo del laboratorio de fotografía, en el sótano, y el estudio, en la planta superior, donde se refugiaba para descansar. Lo demás era un infierno de soltería, sin un cuadro en las paredes o un objeto sobre un mueble, sin una triste planta en un rincón, ni una cortina o un visillo en las ventanas. Salvo la lavadora, los electrodomésticos tenían aspecto de recién desembalados y olían a nuevo. Casi con lástima, ella descubrió que no por desidia ni desinterés, sino incapacitado por una conmovedora falta de decisión final en las cuestiones del hogar. Sólo así podía explicarse que tantos meses después de que ocupara la casa, aún no hubiese sido capaz de concluir el propósito de enmarcar unas cuantas fotografías, con las que dar un poco de color a las paredes desnudas. Tenía hecha la tarea más difícil, porque de las varias decenas de miles de negativos de su colección, había seleccionado un centenar que aguardaba la decisión definitiva en una carpeta sobre la mesa del estudio. Era como una fatalidad. Le ocurría con frecuencia que lo que antes hubiera creído acertado al segundo vistazo le pareciera desastroso, y con las fotos lo paralizaba que de pronto los paisajes eran demasiado apacibles, los amaneceres, demasiado exaltados y los atardeceres, demasiado rabiosos. Esa misma suerte tuvieron otras fotografías que había apartado por temas, como remedio de emergencia, al uso en los despachos de abogados y médicos, que cuando les quedaba una pared libre de la intimidación de los títulos académicos y perifollos profesionales, solían mostrar escenas de barcos, de caballos o de paisajes marinos. Él había extraído varias colecciones: pájaros silvestres, lagartos, casas antiguas, palmeras, dragos, flores y, la más entrañable, de perros y gatos callejeros que, de los seres vivos, eran los que más le dolían, porque los imaginaba abandonados de los dueños y apedreados por todos. Si le costaba elegir una fotografía, hacerlo sobre un tema lo daba por imposible. De manera que entre tantas posibilidades magníficas, las únicas fotos enmarcadas y expuestas donde podía verlas con frecuencia, ocupando un anaquel de la librería del estudio, eran las fotos familiares que Ismael había podido rescatar a su regreso de la prisión y que Elvira había conservado. Una foto de boda de los padres; otra de Ismael, muy chiquitín, en una palangana; otra de los tres miembros de la familia, con Ismael adolescente; y la única en que aparecía Arturo, era la escena típica de los bautismos: Lorenzo detrás de Ana y ella con el bebé en brazos.

Alejandra solía contemplar con frecuencia las fotos de sus recuerdos de la etapa itinerante de América. Muy joven aunque con el aspecto del hombre hecho que era, en casi todas con sombrero, a veces con el pelo largo y la barba crecida, con frecuencia llevando un machete de cuarenta centímetros colgado del cinto y un revólver del calibre 45 en la funda, cruzado sobre la cadera con la culata hacia el abdomen. En aquellas en que aparecía solo, Alejandra apreció enseguida la gran sensualidad que inspiraban. Otra foto le desveló el misterio. Aparecía un grupo de personas en un embarcadero, con un río enorme al fondo, en el que la única mujer, que podía doblar la edad de él, llevaba una cámara colgada al cuello y otra en la mano. Entonces comprendió quién era la que había tomado las fotos y no pudo evitar sentir un poco de celos.

La casa, pequeña y discreta, lo tenía todo. Era soleada por fuera y luminosa en el interior, tenía una vista fastuosa sobre la isla baja, con el océano al fondo. El ajardinado en la parte delantera de plantas propias de la zona convocaba por las tardes nubes de pájaros; un revoltijo incansable de canarios, gorriones, pinzones y mirlos, que no cesaban en su trajín incesante de viajes a los nidos, que rebosaban el ramaje de los sauces de la parte posterior, donde sólo por la noche paraba la algarabía ensordecedora.

Lo tenía todo y sin embargo por dentro parecía triste, desnuda, despojada. En un proceso muy paulatino, ella la fue cambiando. Lo hizo con acierto, porque lo que le faltaba por experiencia y conocimiento le sobraba por talento, y según sus inspiraciones fue situando alguna planta, haciendo algún ornamento con una piedra o un tronco seco; colocó visillos, instaló lámparas y tendió alguna alfombra; cambió cosas de sitio y las volvió a cambiar hasta que consiguió que hallaran su lugar, o desistió de ellas y las abandonó sin pena en el montón de los arritrancos. Resolvió la elección de fotografías casi de inmediato. De los paisajes reservó tres, pero apartó las demás porque le parecieron fotos de calendario. Tras un repaso de la colección grande que le llevó días, rescató las fotos de la antigua casa, que en color apenas decían nada, pero que en blanco y negro tenían una luz bucólica, que no dejaba indiferente y que además inspiraban algo parecido a un sentimiento de gratitud, un homenaje de la casa nueva a la antigua, por haberle arrebatado su lugar.

Arturo la dejó hacer sin intervenir excepto para ayudar, de manera que ella poco a poco dejara de pensar en la casa como la de él y la fuera sintiendo suya. Sólo intervino la primera vez que ella cogió bártulos de limpieza, para negarle con el gesto que se echara encima la exclusividad de la tarea. Sin ser maniático, le gustaba el orden y amaba la limpieza. Podía ponerlo todo patas arriba cuando trabajaba, fueran papeles y libros en el escritorio, herramientas y materiales en el taller, o el menaje en la cocina, pero al término todo quedaba limpio y en su sitio. Dedicaba unas horas a la semana a la atención doméstica, que era para él una cuestión demasiado íntima que no se permitía dejar a cargo de terceras personas, y no cambió el hábito cuando llegó Alejandra. Aunque en ese caso añadía a su personal razón otra más importante, puesto que no consentiría que ella, a su edad y en sus circunstancias, se acostumbrara a la servidumbre de ningún marido, y mucho menos si el marido era él. Lo hizo con suavidad, apenas sin referirse a ello, para lo que le bastó con permanecer atento y el reparto de las tareas fue encajando de manera espontánea sin que llegara siquiera la necesidad de hablar de ello.

Desde las primeras visitas, antes de casarse, la relación de Alejandra con el Estero era de amor recíproco. Cuando se dio la noticia de la boda, Arturo le había presentado, casi uno por uno, a los trabajadores de la finca. Las mujeres la acogieron primero con cautela, a continuación con solidaridad y por último con camaradería, en la que cabían las bromas, a veces picantes. Los hombres, abrumados por su edad y su belleza, la trataban con torpeza y desconcierto, pero siempre con respeto. Después de la vida de inocente claustro, Alejandra resplandecía en el Estero y hacía que el Estero resplandeciera con ella.

Salvo por el anillo de pedida, el resto de los regalos que él le hizo antes de la boda tuvieron por objeto subsanar carencias, por lo que no hubo ninguno que lo dejara del todo satisfecho. Un par de relojes, joyas, ropa, zapatos y algunos perfumes, que ayudó a elegir Rita, asegurándose de que nada fuera ostentoso ni llamativo. Había en ello una especie de pacto no firmado, un acuerdo implícito con él, puesto que aquello que ella decidía por buen gusto lo contentaba a él, que por pudor y comedimiento odiaba el oropel. Le había dado muchas vueltas esperando a conocerla mejor para saber cuál debía ser aquel regalo sencillo que pudiese ser para ella tan especial como él deseaba. Sin engañarse, porque también buscaba un regalo para sí mismo. Deseaba repetir que tal vez ella volviera a pedirle «bésame» y volviera a decirle «eres el sueño más bonito que he tenido», y entonces él podría volver a sentir que se le sedimentaba en el alma el rastro de sal de las lágrimas que sólo por dentro se permitía llorar. La víspera de la boda una chispa lo iluminó: «Tiene quince años y nunca ha tenido una bicicleta. ¡Querrá una bicicleta!».

Pidió que la enviaran al Estero, donde esperaba al regreso del viaje de novios escondida en un rincón de la casa, envuelta en papel de celofán y con un enorme lazo. Por supuesto, dio en el clavo. Alejandra la recibió con la alegría de una niña. Se le colgó del cuello, se encaramó a él y lo besó en los labios. Intentó montar, pero se caía una vez y otra, y él la ayudó sujetándola por el sillín hasta que ella consiguió cogerle el tranquillo y terminó dando vueltas a la casa y diciéndole en cada vuelta cuánto lo quería.

—¡Eres el mejor marido que hay! Todas las chicas deberían tener uno como tú —dijo en una vuelta—. Pero tú eres para mí sola —precisó en la siguiente.

Se divirtió observándola durante las dos o tres horas que ella tardó en cansarse, en las que no habría parado de reír si hubiera sabido cómo hacerlo, y sufriendo por no poder decirle cuán suyo era ahora y lo sería siempre.

La tromba de desenfado que llegó con ella no dejó a nadie indiferente. Tras incorporarse al trabajo, la primera reunión con el personal fue casual, en la entrada de la galería de agua. Honorio observaba cómo Emiliano reparaba una válvula en una cañería. Arturo acudió junto a ellos y se sumaron a la improvisada reunión Venancio y Agustín, que llegaron al encuentro para saludarlo. En ese momento un bullicio les hizo interrumpir la conversación. Era Alejandra, que se acercaba a lo lejos en la bicicleta, sobre una polvareda de silbidos, de bocinas de camiones y gritos. Los hombres interrumpían el trabajo y salían a los viales, paraban camiones y máquinas y trepaban por los muros para festejarla con el silbido y el piropo.

Cuando llegó junto a ellos, los cinco hombres la esperaban entre atónitos y muertos de risa. Honorio se apresuró a disculpar a los trabajadores diciendo que el trabajo era muy duro, pero prometiéndole a continuación que impondría disciplina y respeto, inaccesible a las explicaciones de Alejandra, que le aseguraba que no la habían molestado.

—Mire que el bruto no distingue piropo de ofensa. Y de ésos tenemos más de uno, así que voy a mandar un poquito de respeto, que eso daño nunca ha hecho.

—Se les pasará enseguida —dijo Arturo, quitándole importancia.

Pero no se les pasó y siempre se pudo decir por dónde se acercaba ella y a qué distancia estaba, por la polvareda que levantaba a su paso.

De igual manera que necesitaba refugiarse en la casa, él era incapaz de permanecer mucho tiempo sin contacto con la naturaleza. Sin olvidar el morral con la libreta de campo y la cámara fotográfica con sus accesorios, visitaba con frecuencia la franja de tierra liberada, desde la que exploraba los senderos que se adentraban en tierras que en aquella cota estaban abandonadas o eran protegidas. La congoja de los primeros recuentos de fauna y flora que hizo al término de la obra grande del Estero se fue diluyendo en los meses siguientes. En los últimos recuentos las poblaciones de animales y plantas habían aumentado, y la más significativa, la de cernícalos, se había duplicado, lo que confirmaba que la recuperación no era un espejismo. Para colmo de satisfacción, en una de las primeras caminatas, hicieron el hallazgo de una pareja de guirres, los alimoches canarios, que se daban por irrecuperables tras décadas de ausencia en los cielos de las islas. Fue la primera aventura de Alejandra. Necesitaron muchos días de paciencia persiguiéndolos con los binoculares, hasta que consiguieron hallar el lugar de anidamiento, en un terreno colindante con el Estero destinado a la caza. Como estaba en venta por casi nada, se hizo con la propiedad para destinarla a lo contrario de lo que decía el título, prohibiendo la entrada de cazadores, lo que fue otro motivo de diversión para Alejandra, cuando descubrió la contradicción de que se llamara «Coto privado de caza» a un lugar donde nadie podría cazar.

Se desabrochó con él una camisa de fuerza. Tras una vida de encierro no hallaba cosa más emocionante que acompañarlo en su afición por las caminatas. Esperaba con impaciencia el día y la hora de los paseos y pronto empezó a tirar de él, a querer adentrarse por senderos más inaccesibles y llegar a lugares más difíciles donde conseguir mejores fotos. Como le bastaban cuatro explicaciones para aprender cualquier cosa, casi de carrerilla se hizo con los rudimentos de la fotografía y el manejo de los arneses, imprescindibles para adentrarse y encaramarse a los lugares difíciles. En pocas semanas aprendió a elegir objetivos, aperturas de diafragma y velocidades, según el tipo de película, y se desenvolvía en el laboratorio como una profesional. A diferencia de él, que buscaba los resultados prácticos, ella, por inclinación natural, hallaba, en ocasiones sin proponérselo, el alma a las instantáneas. Donde él no alcanzaba a ver sino estampas curiosas o peculiares encuadres, ella encontraba el encanto y la poesía.

Con todo, la mejor de las aventuras era para ella oírlo hablar. En contra de lo imaginable, era buen conversador si se soltaba. Añadía a la riqueza enorme de sus vivencias, en particular de la etapa americana, otra riqueza tan importante como aquella que era el amor por los libros. El que le había empezado a picar cuando era niño, en el pueblo, escuchando los cuentos del horario infantil de la radio, y en las tertulias de la costura de Candelaria, y que fue su refugio durante la travesía a América y en su estancia en Buenos Aires. Allí eludía el dolor de la ausencia con la lectura de las novelas de aventuras que intercambiaba en un mercadillo de San Telmo, cercano al restaurante en cuya trastienda trabajaba por la cama y la comida. Pronto terminó viviendo para satisfacer la necesidad de leer. Por unos pesos se hizo con un viejo diccionario que fue ayuda esencial en las lecturas de los primeros años. Aunque poco adecuado para su función a causa de las hojas de papel cebolla, era pequeño y cómodo de llevar y de él le quedó el mismo vestigio de nostalgia que si hubiese perdido un amigo, cuando se lo arrebató una crecida del río Paraná, en la provincia argentina de Corrientes, que dejó a la expedición sin provisiones ni pertrechos. Como a veces compraba los libros al peso, cayera lo que cayese en ellos, le sucedió algo parecido con dos libros esenciales que le entraron en un lote. Aunque no les concedió importancia y sólo empezó a leerlos cuando no tuvo otra cosa, terminaron por ser sus favoritos. Eran una *Historia de la Literatura y el Arte* y una *Historia de la Filosofía y la Ciencia*, que le despertaron interés por casi todo y fueron punto de partida desde el que siguió la pista de algunos clásicos griegos y romanos, después de los españoles y por último de la literatura americana en lengua española. Aquellas lecturas fueron apenas un vistazo somero que sin embargo tuvo la trascendencia de mostrarle el rumbo de la humanidad. La libreta fue el recurso útil para todo, para expresarse, para recordar, para soñar y, en el terreno de la lectura, para no perder el hilo por causa de párrafos esquivos o hechos que desconocía. Para no dejarse vencer por la contrariedad, en cuanto podía acudir a una biblioteca, resolvía las cuestiones que llevaba anotadas en los cuadernos. El diccionario, la libreta y la terquedad en no dejarse amedrentar por lo que no alcanzaba a comprender terminaron dando frutos. Las lecturas que en un tiempo se le habían hecho densas o difíciles acabaron por ser ágiles y melodiosas, en tanto que otras que creyó buena literatura no soportaron el rigor de la segunda lectura y, sin pena, las dejó pudrirse en el olvido. Excepto por las matemáticas, de las que no tenía más remedio que tomar clases cuando le era posible, los libros, el socorro de la libreta y la obstinación frente a la escasez fueron suficiente para que alcanzara una formación que de otra manera no hubiera obtenido. No se engañaba, sin embargo, pues de sobra sabía que el refugio que encontraba en los libros era sucedáneo del que no conseguía hallar ni en su corazón ni en las personas.

Oyéndole su peripecia vital en lo relativo a los libros, y estimulada por él, Alejandra decidió que aquél también podía ser su camino. No sin desconsuelo, dejó de acudir a las clases de costura de la tarde y, en la casa, repasaba con ayuda de él lo que se había perdido en sus ausencias de la escuela. Utilizando los libros de texto adaptados al plan oficial, le fue fácil rellenar los huecos. Empezó por los indicados para niños de diez años, pero en pocos meses trabajaban sobre los libros que ella hubiera utilizado el curso anterior, de haber seguido con las clases.

* * *

Rita Cortés no había vuelto a beber una gota. Continuaba sin dejarse ver y no quiso subir a la casa hasta dos meses después de la boda, pese a la reiterada invitación de Arturo. Consintió por fin acudir un viernes por la tarde y no sólo cenó sino que aceptó dormir en la habitación de invitados y no se marchó hasta el domingo a mediodía. Alejandra le enseñó la finca conduciendo el jeep, pasaron el sábado juntas desde la mañana, a solas, porque Arturo procuró ausentarse para darles la oportunidad. El domingo después del mediodía la dejaron en su casa, orgullosa de su hija y contenta, no sólo por verla tan feliz y bien encaminada, sino porque intuyó que continuaba tan entera como el día en que la trajo al mundo, lo que a una mujer como ella, que lo había visto todo en los negocios de pareja, venía a decirle que no se había equivocado con Arturo.

El lunes por la mañana, Elvira llamó preocupada porque la puerta de la casa estaba abierta y Rita no respondía. Bajaron enseguida. Arturo la encontró sentada en el sofá, muerta desde la tarde anterior.

El golpe fue tremendo para Alejandra, que se aferró más a su marido. Pasados unos días, la llevó a un viaje por la Península, para apartarla del Terrero. Al cumplirse el mes del fallecimiento, Alfonso Santos acudió a la casa una tarde, para entregar una carta que Rita le había confiado antes de morir.

20

Rita Cortés tocaba fondo cuando Arturo Quíner llegó a su puerta. Estaba en bancarrota y, aunque ella no lo sospechara, apuraba los últimos días de su vida. El recurso económico que le quedó a la muerte de Francisco Minéo consistía en una diminuta pensión de viudedad y un capital depositado en el banco, que devengaba puntuales ingresos por el cobro de los intereses. Sobraba para la austera existencia de vagabundo dentro de la casa en la que Rita lo halló a su regreso, pero era insuficiente para mantener a la familia. Tras el nacimiento de Alejandra, él aceptaba encargos ocasionales de restauración de tallas religiosas, por lo general muy bien pagados, que permitieron no detraer dinero del capital, salvo en contadas ocasiones. A su desaparición, Rita no pudo evitar caer en la trampa de las disminuciones sucesivas del capital, que mermaban el cobro de los intereses y obligaba a detraer de nuevo del capital, en un círculo perverso que en pocos años hizo desaparecer los fondos. Sin pena, porque cuando llegaron a su fin, la crisis del petróleo que disparó la inflación había dejado en calderilla fortunas que pocos años antes se tenían por suculentas. Mientras conseguía vender algunos enseres, pidió un préstamo con la casa como garantía, cuyos últimos recibos no había podido atender y pendían como la hoja de una espada sobre su cabeza.

De manera que fue providencial la llegada del joven serio y melancólico y de una apostura que le rememoró las pasiones de otros tiempos, para proponerle que le vendiera una tierra que ella sólo conocía por los papeles, baldía, olvidada y de la que no habría podido pensar que fuese del interés de nadie. Con el cheque de la cantidad acordada como reserva de la propiedad en la mano, corrió a la oficina del banco a liquidar los recibos pendientes del préstamo. Se enteró entonces de que las cantidades no cobradas a su vencimiento, incluyendo los gastos y los intereses de demora, habían sido atendidas por el avalista.

Se llamaba Juan Perelo y aunque tenía motivos de sobra para ser generoso con lo que quedaba de la familia de Francisco Minéo, Rita hubiera preferido deberle antes al banco que a él. Juan Perelo sabía a quién hacerle un favor y cuándo debía hacerlo, pero lo que mejor sabía era cómo sacarle provecho. Frecuentaba la casa desde niño, antes de la llegada de Rita, para hacerle recados a Francisco. Al cumplir los veinte años obtuvo el permiso de conducir y Francisco le regaló una furgoneta que tenía en buen uso, arrinconada sin provecho en la cochera. Con ella Juan Perelo viajaba a la capital uno o dos días por semana para hacer compras y recados. Llevaba productos de los campesinos al mercado de abastos y regresaba con encargos de los comercios locales. El trabajo que comenzó haciendo como favor pronto se convirtió en un modo de ganarse la vida y terminó por ser una floreciente actividad comercial. Tenía treinta y dos años, era chaparro, regordete, de cara redonda, de abundante pelo negro y graso, de tez sonrosada y mirada asustadiza. Parecía tímido, reservado y dócil al primer vistazo, pero Rita no se dejó confundir. A partir de un momento impreciso, comenzó a ver en la timidez, acecho, en la reserva, sigilo y en la docilidad, astucia y disimulo, porque el muchacho apacible y bonachón, que en efecto algún día fue, por el camino había devenido en un hombre taimado y servil. Ella lo mantenía cerca por conveniencia. Utilizaba sus servicios de recadero y le concedía el reconocimiento de que la hubiera salvado de la catástrofe en unas cuantas ocasiones, pero se guardaba de él desde que descubrió que jamás hacía algo de lo que no hubiese pensado cómo sacar provecho futuro.

Unos años atrás, cuando ella se vio sin un céntimo, él le había conseguido comprador para algunos muebles, el coche y lo más valioso de lo que se almacenaba en el semisótano: algunas láminas de oro y plata, tres colmillos de elefante, trozos de ámbar, un par de saquitos de piedras semipreciosas en bruto y veinte cajitas con las iniciales «RC». En la única rabieta que Rita le recordaba, Alejandra lloró, pataleó y se aferró a los bultos con tanta desesperación que no hubo manera de desprenderla de ellos. Se hizo un tajo peligrosísimo en una mano con uno de los colmillos, que al cabo de tres décadas continuaban oliendo a cadáver. Desconcertada por la desesperación de la hija y apremiada por el indudable peligro de la infección, Rita le pidió a Juan Perelo que volviera al día siguiente. Al regreso del médico, madre e hija tuvieron una conversación en la que Alejandra supo que necesitaban el dinero para comer, pero que podría quedarse como recuerdo con lo que quisiera de cada cosa. Rendida y desconsolada, escogió algunas cajas. Dentro de una depositó uno de los pedazos de ámbar, un trozo de oro y otro de plata. En otra caja, un puñado de las piedras semipreciosas. Al día siguiente, inerme, llorando inconsolable, como si le arrancaran el propio cuerpo de su padre para venderlo por astillas en un baratillo, dejó que Juan Perelo le arrebatara lo demás.

No sólo en aquel episodio estaba el origen de la aversión de Alejandra hacia Juan Perelo. Había saqueado los tesoros del padre, que ella desde tan niña y con tanto fervor custodiaba, y era quien suministraba las botellas del veneno que aniquilaba a la madre, pero existía otra causa que convertía el desafecto en aborrecimiento. Por la época de la calamitosa primera regla, Alejandra comenzó a percibirlo obsequioso, lisonjero y revuelto por un creciente desasosiego, una incómoda avidez que fue ganando en intensidad lo que perdía en disimulo, al tiempo que ella se iba haciendo mujer.

Por supuesto, incluso a través del velo de su desastre, a Rita no le pasó desapercibido. Permanecía atenta al progresivo menudeo de las visitas a la casa, a la solicitud y gentileza sospechosas en un hombre de por sí sospechoso, más célibe que las piedras y del que no se conocía que hubiese despertado el interés de mujer alguna, pese a que su desahogo económico era más que evidente. Pero nadie como Rita Cortés podía observar más impávida y con mayor naturalidad la situación que, pese a todo, era la más natural desde que una mujer pisó sobre la tierra. Tanto más si la mujer era de belleza tan apabullante como su hija incluso a los trece o catorce años.

En realidad Rita jugaba al mismo juego que Juan Perelo, sólo que con más destreza. Él esperaba, sin prisa, porque la paciencia era aliada principal en sus métodos y manejos. Permanecía, solícito y comedido, junto a la viuda disminuida al borde del desahucio, junto a la hija desguarnecida. Perseveraba, mientras ella alcanzaba la edad y el hambre y la necesidad le enseñaban que a este puerco mundo se viene obligado a lamer la mano que ofrece las migajas. Ensoñaba en calma, confiado en el momento feliz en el que un poco de buena fortuna le dejara alzarse con tan jugoso botín: la casa con las riquezas que aún contenía y el trofeo mayor, su más recóndito anhelo, la perturbadora criatura que le desbarataba la sensatez.

Rita lo sabía, pero al contrario que él no revelaba sus cartas. En el arte de la maquinación Juan Perelo no pasaba de ser un meritorio, en tanto que ella era una maestra consumada que jamás dejaría ver, ni siquiera adivinar, que a intrigante, insidiosa y urdidora no le ganaba nadie por borracha que estuviera. Lo mantenía cerca, observándolo de medio lado y administrando los momentos en los que ocultaba o dejaba ver a la hija, según las eventualidades de su conveniencia.

De modo que en cuanto supo que él se había hecho cargo de los recibos impagados, le dejó aviso para que fuera a la casa a liquidar la cuenta. Acudió el mismo día por la tarde y cobró, casi contrariado, la totalidad de los recibos con sus gastos y hasta una pequeña cantidad por las molestias. Rita le agradeció su generosidad, feliz de haber dejado en orden la deuda. Unas semanas después, sin saberlo siquiera, Juan Perelo volvería a servirle para un último favor.

* * *

La única que no veía lo consumida que estaba por los estragos de la bebida era la propia Rita. Lo veía Alejandra y lo veía con mejor criterio y mayor desolación Alfonso Santos, más un amigo que el médico, desde el día que la ayudó a traer al mundo a la hija. En una especie de desacuerdo acordado, Alfonso le hacía prometer que acudiría a la consulta al menos una vez cada dos meses, aunque no se sintiera mal; ella se hacía el propósito de que esta vez cumpliría la promesa, pero la rompía de manera sistemática cuando llegaba el momento para eludir la reprimenda que él no tenía otro remedio que echarle. Así que Alfonso no necesitó sino verla en la consulta, tan pronto en la mañana y con el gesto torcido, para saber que debía sentirse muy mal. La hizo pasar de inmediato. Apenas le palpó el abdomen, Rita se retorció. Mientras le tomaba la tensión le preguntó si tenía náuseas y ella respondió que sí, le preguntó si había vomitado y ella le dijo que varias veces durante la noche, le preguntó que si había tenido mucha sed y somnolencia y ella le respondió que sí a las dos cosas, pero que no había podido beber ni siquiera agua y mucho menos dormir. Alfonso quiso hacer otra pregunta, pero calló contrariado por los resultados del tensiómetro y no habló hasta que terminó de auscultarle el pecho y la espalda.

—Vístase —le indicó, y se sentó en el escritorio sin disimular la preocupación.

—Hábleme sin tapujos, Alfonso —le dijo ella desde el otro lado de la habitación, mientras se abrochaba el vestido.

Alfonso esperó a que se acomodara frente a él, mirándola entre compadecido y preocupado.

—Estamos muy mal, Rita —comenzó a hablar, y continuó después de una pausa muy larga—. No le soltaré mi sermón porque carecería ya de sentido.

—¿Cuál es el problema? —preguntó ella con seriedad, firme, esperando con altivez la mala noticia.

—El problema es el que conoce, Rita. Que la bebida la está matando y usted no pone de su parte para vivir. El dolor es por inflamación del páncreas, pero es otro síntoma más. Tiene la tensión disparatada, sus arterias parecen hechas de cartulina y el corazón se le oye lleno de traqueteos y suspiros. Por las complicaciones que se presentarán, el tratamiento que usted necesita sólo es posible hacerlo en un hospital, donde puedan controlarla.

No podría comer ni beber hasta que no bajara la inflamación. El ingreso en el hospital era inevitable y urgente, no sólo porque tendrían que hidratarla y alimentarla por vía venosa, sino porque en menos de treinta horas entraría en fase de desintoxicación etílica, que el corazón no le resistiría sin una supervisión médica muy especializada. La cura que tantas veces Alfonso le había pedido, casi implorado, esta vez era inexorable.

Ocultando la gravedad de su estado, tragando nudos, aunque sin dar una seña del dolor que le retorcía las entrañas, dejó dinero y le explicó el motivo de su marcha a Alejandra. Ella insistió en acompañarla, entre feliz por la noticia y preocupada. Estuvo a punto de ganar la disputa, y ya tenía sobre la cama algunas mudas de ropa interior cuando Rita entró en la habitación y le dijo una frase que no tenía réplica.

—Este trecho debo andarlo yo sola. Tu mejor ayuda es dejarme que lo haga a mi manera.

El abrazo de la despedida, que se repitió varias veces, fue largo tanto en la habitación como antes de subir a la guagua. Pese al potente analgésico que Alfonso le inyectó en la consulta, las dos horas y media de carretera hasta la capital fueron un tormento que logró soportar sin una mueca, aunque puso el pie en el hospital con el último aliento. El médico que se encargaría del caso la esperaba avisado por una llamada telefónica de Alfonso Santos. Era joven, atento y respetuoso, con aspecto de empollón y mirada de buena persona. Rita le notó desde lejos que tenía más mundo en los asuntos médicos que en los de la vida y pronto sintió simpatía por él.

Las primeras horas fueron el pacífico y engañoso preámbulo de una travesía por el infierno. En cuanto se tendió en la cama y le pusieron un dosificador con suero y un calmante, se sintió mejor y soportó casi con buen humor el fastidio de pruebas y la toma de muestras para los análisis. Pero antes de la medianoche se había desatado la tormenta más espantosa que un ser humano pueda soportar, en la que pagó hasta el último gramo de la insensatez que la había conducido hasta allí.

En el coqueteo temerario con la bebida la introdujo Fabio Nelli. Antes de él apenas si tomaba una copa de vino en la comida o un sorbo al brindar, y el champán ni siquiera le gustaba. Empezó por acompañarlo con la copa que él solía ponerle en la mano para no sentir que bebía solo, y ella fue tomándole el gusto al vermú, el oporto o el jerez en el aperitivo; al vino en las comidas, el coñac en la sobremesa, la cerveza si hacía calor; el champán con cualquier excusa y a todas horas, incluso para desayunar; la ginebra con tónica cuando no era momento de otra cosa y el güisqui, pese a que le parecía insípido y superfluo, de vez en cuando por si acaso. Lo dejó sin esfuerzo durante el embarazo y después del parto apenas recobró la costumbre de una cerveza a media tarde, una o dos copas de vino durante la cena y, muy de tarde en tarde, un sorbo de coñac en la sobremesa de la cena. El desastre llegó tras la muerte de Francisco. En poco menos de un año, como si el intervalo de prudencia no hubiese existido y el enemigo temible aguardara el instante en el que ella no pudo más y se escondió para llorar con una copa en la mano. Sin amigos ni familiares, no había quien la advirtiera de que se adentraba por una senda sin regreso. Aunque Alfonso Santos fue claro desde las primeras alertas, ella no le concedió importancia. El primer síntoma del alcoholismo es la negación del hecho. Pensó que Alfonso exageraba y durante los primeros años achacó los dolores abdominales, las cefaleas, las náuseas, los mareos, los vómitos, el entumecimiento, los picores, el temblor al levantarse, incluso algún episodio de confusión, con desarreglos de una menopausia prematura. En efecto, algunos indicios podían confundir una causa con la otra. Cualquier otro médico menos atento podría haberse enredado en el intrincado embrollo de síntomas, pero Alfonso tenía sus temores fundados en los cambios de comportamiento, los llamados síntomas sociales, leves en el caso de Rita, pero indiscutibles. El desinterés por la comida, que ella no negaba y que la tenía en cierto grado de desnutrición, la reclusión en la casa y, en particular, el abandono de la apariencia personal, impensable para quien la hubiera conocido con anterioridad. No se daban en su caso la hostilidad al hablar del problema o el drama de la violencia familiar, pero sí el lento abandono de las responsabilidades con la hija. Rita terminó aceptando que era alcohólica sólo cuando se vio incapacitada para empezar el día sin una copa que le apaciguara los temblores.

La misma noche del ingreso en el hospital comenzó a tener fiebre y a responder con dificultad a las preguntas. La habían sedado y durmió durante un par de horas. Despertó empapada por el sudor, caliente y desubicada. Con el requiebro de una arcada sin vómito sintió que la cama se elevó hasta el techo y vio la habitación desde arriba; otra sacudida y sintió que se hundía y la perspectiva era ahora desde abajo. Los pies y las manos se agitaban sin control. Gritó al ver que el tubo que tenía clavado en el antebrazo era un lagarto que la mordía. Desesperada quiso arrancárselo, y una enfermera lo impidió atándole el otro brazo a la cama, pero Rita creyó que la sujetaban las fauces de un perro enorme y gritó más aterrada. La enfermera le dijo «tranquila, tranquila» y se marchó. La última «a» de la palabra «tranquila» no se fue con ella, sino que se quedó chirriando delante de su cara convertida en un punto luminoso que olía a flor de azahar; las voces y los sonidos tenían ahora puntos luminosos de colores indefinidos que revoloteaban como luciérnagas en el fondo de la alucinación, cada uno con su olor distinto de los otros. El punto luminoso de la «a» que permanecía chirriando delante de la cara y olía a flor de azahar se fue oscureciendo, se convirtió en una mancha negra mientras el chirrido se transformaba en un ronquido seco y gutural y el olor cambió del azahar al ajenjo y del ajenjo a fetidez de cadáver; el punto se oscureció más, se extendió más, el sonido se hizo más ronco y gutural, el olor, más pestilente; en el centro de la mancha se abrió de pronto como una boca enorme que la devoró. Gritó, lloró, gimió y se retorció durante la noche acosada por pavores desmesurados. El día siguiente fue peor, con convulsiones más violentas y alucinaciones más terribles y frecuentes, aunque, consciente ahora de que no eran reales, les plantó cara como a todos los espantos de su vida, en un gesto de valentía que conmovió a cuantos la atendían. La segunda noche las pesadillas comenzaron a distanciarse y permitieron intervalos de sueño cada vez más largos y menos fragorosos. De la misma manera que había llegado desapareció al amanecer de la tercera noche. Se quedó dormida y aunque hubo algún episodio menor de temblores, despertó por la tarde reparada y sin sobresaltos.

El primer día de lucidez, cuando estuvo a punto de confesarle al médico la vergüenza por la humillación de los episodios que había vivido, él se adelantó asegurándole que era la mejor paciente que habían tenido. Fue cuando la puso en conocimiento de que durante la batalla había sufrido dos paradas cardíacas que no tuvieron consecuencias gracias a la rápida intervención del personal médico. Durante los días de convalecencia no se presentaron convulsiones ni ansiedad. Como procedimiento habitual contra la recaída, de probada eficacia, dos veces al día recibía la visita de alcohólicos rehabilitados, que ella agradecía sobre todo porque la ayudaban a sobrellevar el tedio de la espera por el alta. La charla era amena, repleta de anécdotas e historias personales cuyo objetivo principal consistía en prevenirla de que no se confundiera por la ausencia de ansiedad, pues un solo trago con trazas de alcohol era el pasaporte para regresar al infierno. Rita los escuchó con interés, aunque segura de que en su caso los consejos eran ociosos. Ella era quien era: una mujer con entrañas de pedernal, templada como el acero español, que jamás reincidiría en un error que la echara a los pies del enemigo, quien por mucho que se emboscara, no era ya sino un enemigo viejo y derrotado.

Sin embargo, tras la lucha quedaban daños irreparables. Las miradas mal disimuladas que se escaparon de algunos cuchicheos en el fondo de la estancia, el zigzagueo de las respuestas que se escurrían sin satisfacer las preguntas, una ligera sospecha de condolencia oculta la pusieron en alerta de que había una mala noticia. La trajo su joven médico, sudoroso y tenso, acompañado por otro médico, un hombre mayor, al que presentó como cardiólogo.

—Las pruebas de cardiología no son buenas —le dijo, afligido.

El otro intervino para aliviarle el mal rato.

—Tendría que operarse, pero el estado del hígado y los riñones no nos permite afrontar la operación.

Rita los miró sin pestañear durante una larga pausa.

—¿Cuánto? —preguntó.

—Si no vuelve a la bebida y se cuida, de seis meses a un año.

—¿Cuánto si pudieran operarme?

—Si supera unos años y se cuida, podría tener similar esperanza que cualquiera.

—¿Se puede hacer algo?

—Si evoluciona bien, dentro de unos meses cabe pensar en una operación sin riesgos.

Rita estaba segura de que lo había dicho para no cerrar la conversación sin una leve esperanza. De haber tenido otra opción no le habrían dado una noticia capaz de provocar por sí sola una recaída inmediata.

Tuvo miedo, pero no por sí misma. Ella, que había vivido con tanta avidez como si pudiese paladear la vida entera de un solo bocado, como si fuese posible bebérsela de un solo trago, no le tenía miedo a la muerte. Iba a su encuentro cuando regresó de Madrid para visitar la tumba de sus padres y despedirse de Francisco, y si en ese momento cambió los planes fue porque encontró todavía calientes algunos rescoldos del viejo amor. De modo que cuando vio entrar a los médicos, cuando le pidieron a la enfermera que saliera de la habitación y cerrara la puerta, antes incluso de que la saludaran, supo que venían a confirmarle lo que ella sentía cada vez que necesitaba parar en el descansillo de la escalera cuando subía a su habitación. Supo que venían a decirle que arreglara sus asuntos más urgentes. Y no pensó ni por un instante en sí misma, sino en lo único que todavía le importaba: ¡Alejandra!

La hija que cuidaba de ella y era su único soporte emocional, la causa de que cada día diera por bueno seguir adelante aunque fuera renqueando y convertida en lo que más odiaba, en un guiñapo de mujer, derrumbada, escondida e incapaz de valerse por sí misma ni para prepararse un plato de comida. Vivía gracias a la hija en todos los sentidos en que era posible hacerlo. De nuevo se hacía presente la fatalidad que la perseguía, la desdicha de que abandonara a los seres que más la querían cuando más la necesitaban. Su recalcitrante destino de persona dañina para quienes la amaban no le daba tregua ni para morirse, y se la llevaba sin darle tiempo para concluir lo único que le quedaba por hacer en el mundo, terminar su papel de madre, aunque fuera de mala madre.

Se marcharía al día siguiente. Escondida en el cuarto de baño intentó derramar una lágrima que al final no pudo llorar. Nunca podía. Observó que la mujer del espejo era un poco menos fea que la de semanas atrás. Estaba arrugada, canosa y hasta ella podía ver dolor y abatimiento en su mirada, pero no estaba abotargada por el alcohol. Ella, que había ganado sus batallas en los momentos más difíciles, se preguntaba si ahora, en el peor de su vida, quedaría en el fondo de su espíritu un rastro del aliento primario, el empuje primordial que para bien y para mal la había hecho ser lo que era.

Apenas necesitó meditarlo un instante para responderse que aún estaba a tiempo de cambiar a la mujer venida a menos, anticuada, fea y desventurada que la miraba muerta de miedo desde el espejo. Volvería a sentirse bonita, echaría el resto, le plantaría cara a la vida y llegaría a donde quiera que le aguardara el final, mirando impasible y altiva al rostro de la muerte.

Hacía años que no dedicaba ni un minuto a cuidar de sí misma. Aunque era de piel limpia, de vello dorado y tan fino que hacía superflua la necesidad del depilado para lucir unas medias, le pidió a una enfermera que le consiguiera unos papeles de cera y se escondió para depilarse y arreglarse las uñas. Mientras lo hacía pudo llorar y se sintió mucho mejor. Por la mañana se despidió y salió temprano. Aquel día tenía la cita para firmar los documentos de la propiedad que había vendido y cobrar la cantidad que faltaba. No consentiría que a la cita acudiera la infeliz del espejo.

Pasó de un lado al otro por el pórtico de un centro comercial. Entre los que esperaban por la guagua y la fila de taxistas que aguardaban turno haciendo corrillos, nadie se volvió para mirarla. Era época de rebajas. Ella nunca necesitó ser cliente de rebajas y no esperaba conseguir nada de su gusto ni de su talla. Sin embargo, lo que le costó fue elegir. No tuvo inconveniente por la talla, puesto que la mayoría de las mujeres después de los treinta empiezan a ser orondas cuando no gordas, en tanto que ella continuaba usando la misma talla desde los veinte años. Por primera vez en su vida atendió antes al precio que a otras razones. En poco menos de una hora consiguió un conjunto de falda y chaqueta de un verde muy tibio, y una blusa. Compró lencería y medias para sentirse guapa también por dentro, que era, según un antiguo dogma personal, condición indispensable para aparentarlo por fuera. Le costó conseguir zapatos que no se pelearan con el vestido, pero halló, sin buscarlo, un sombrero que quedaría bien apañado si le descosía el feísimo pegote de flores de tela que lo deslucía. La dependiente se ofreció para retirarlo y coserle en su lugar un lazo que Rita hizo con una cinta a juego con la blusa. En una mañana tan luminosa se sentiría fuera de sitio sin unas gafas de sol y después de dar varias vueltas consiguió unas que el presupuesto le permitió a pesar de que eran de una marca reconocida. En la peluquería, en aquella hora sin clientes, la atendieron con diligencia. Le aplicaron un tinte, marcaron, cortaron y peinaron. Se metió en el lavabo para terminar de maquillarse y cambiarse de ropa, y cuando salió había renacido de sus cenizas.

Pese a que llegaría con el tiempo justo a la cita, hizo un alto obligado en la cafetería. Un camarero que la vio sentarse en un taburete de la barra llegó desde el fondo a toda prisa y la atendió muy profesional y tan amable que fue casi afectuoso. Ella pidió un zumo de naranja y una copa de brandy. Él puso juntas las dos copas y cobró la cuenta, extrañado por la inusual combinación de la comanda. Cuando ella se puso de pie y recogió las bolsas él le avisó de que dejaba sin tocar la copa de brandy.

—La pedí para eso, para dejarla sin tocar —respondió ella.

El hombre puso cara de no entender cuando ella vertió el brandy en la copa vacía con el mismo ademán de asco que habría empleado si se tratase de agua sucia.

En la calle, cuando pasó en dirección inversa por la fila de taxistas que hacían corrillos y por la parada de la guagua, todos se volvieron para mirarla. Llegó a la notaría con veinte minutos de retraso. Arturo la recibió de pie, atento y respetuoso.

Al término de los trámites se ofreció para llevarla a casa. Aunque en el trayecto apenas hablaron, en la conversación Rita certificó lo que había intuido en los dos brevísimos encuentros anteriores: que era íntegro y tenaz. Ella pertenecía a la rara estirpe, a veces admirable y siempre temible, de los que teniendo la inteligencia para saber cómo alcanzar sus objetivos, tienen además la valentía para llevar a cabo sus planes, sin enredarse en minucias morales ni dejarse complicar por pamplinas de legitimidad. Nadie más sabe quiénes son, pero entre ellos se reconocen a la primera mirada. Nada temen y nada les importa. Tienen que mirar desde arriba para ver muy abajo a los demás y sólo deben alzar la cabeza para mirar a los de otra estirpe aún más rara y admirable que la de ellos. La de aquellos que con igual inteligencia tienen más valentía. No hacen lo que les gustaría y jamás lo que les convendría; contra sí mismos, contra los demás, están donde deben estar, hacen lo que deben hacer y no se paran a considerar cuánto perderán ni cuánto dolor les causará, sin esperar siquiera la comprensión de quienes les rodean. Rita sabía que él era uno de aquellos locos, por tanto, también sabía que él sabía que ella era de los otros.

Pensaba en ello al tiempo que se hacía las preguntas que no dejaba de hacerse desde la tarde anterior. Qué sería de su hija cuando ella ya no estuviera, cómo haría para dejarla a salvo de los Perelos del mundo, cómo evitaría que la metieran en una institución donde la tendrían en régimen de cautiverio hasta que tuviera la mayoría de edad, al cumplir los veintiún años.

Miraba de soslayo al muchacho que conducía a su lado y recordó que mientras la saludaba en la notaría él echó un vistazo anhelante y furtivo al fondo del pasillo, como si esperara la presencia de alguien que no apareció. En varias ocasiones, durante la lectura de los documentos, lo vio alzar la vista, casi ausente, y dejarla escapar por la ventana, persiguiendo una quimera. De nuevo Rita había necesitado llegar a la más profunda oscuridad para que se le revelara la luz. Esta vez vislumbró con nitidez que la quimera que aquel muchacho perseguía desde tan hondo y con tanta tristeza apenas cumplía los quince años. Se llamaba Alejandra y era su hija. La hija a la que no iba a dejar al pairo, porque lo que acababa de descubrir en aquel resplandor era que debía dejarla con él.

Sin su intervención quizá Arturo y Alejandra no hubieran vuelto a cruzar sus miradas, o tal vez estuvieran predestinados y su encuentro fuera inevitable, o quizá fuera que el amor todavía usa viejas artimañas y obliga a que algunas madres hagan de alcahuetas de las hijas para allanar el camino al destino, que es tan dado a preámbulos y divagaciones. Fuera por una causa o la otra, Rita hizo acopio de toda su sabiduría sobre el corazón de las personas, maquinó su plan y lo llevó a término de manera implacable. No fue fácil porque la obligó al trago más amargo de su vida, el de la crueldad con la hija.

Creyó que mantener una mentira durante unas cuantas semanas sería una minucia para ella, pero el cálculo erraba en lo más elemental, pues la víctima de este engaño era su hija, lo que la obligó a rebañar hasta en las entretelas el último redaño de su épica firmeza de carácter, para no desfallecer antes de ver alcanzado el propósito.

Tenía preparado el terreno incluso antes de haber tomado la decisión. Alejandra lloró de alegría y orgullo cuando la vio llegar, repuesta, con tan buen aspecto y tan elegante, tras más de una semana sin saber nada de ella; sin embargo, la sintió taciturna y abatida y le preguntó por la causa.

—Es por el dinero —le dijo Rita—. Hemos ganado tiempo con la venta de esa tierra, pero tenemos que encontrar una solución definitiva.

Pudo presentarlos la tarde en que Arturo se personó en la casa para una formalidad que no tenía urgencia. Entonces disolvió las últimas dudas. No se le escapó el detalle de que él hubiera acudido para entregar en persona unos papeles que habría podido enviar con cualquiera. Cuando le presentó a Alejandra, adivinó que tras la mirada imperturbable él se derritió al estrechar la mano de su hija y que se marchó de la casa hechizado de amor. Alejandra revoloteó feliz como un pajarillo durante la tarde. Al día siguiente, llamó a Juan Perelo y mantuvo con él una larga conversación de la que Alejandra no supo la verdad. Por la noche le contó que Perelo se haría cargo de liberar la deuda —inexistente ya— que pesaba sobre la casa, si ella accedía a casarse con él. Le quitó el hierro con su propia historia personal, contándole que tenía quince años cuando conoció de Francisco todo lo que había que conocer de los hombres, y que con veintiún años se casó con uno que era diecisiete años mayor que ella, al que mangoneó a su antojo hasta el último día. Que sabía que el sacrificio era enorme, pero que apenas duraría unos años, quizá sólo unos meses, puesto que muy pronto podría divorciarse, con la casa a salvo. Sin dar crédito a lo que oía, Alejandra apenas objetó la razón de su edad. Temiendo la recaída de la madre, no lloró ni imploró, pero se escondió en la habitación de la que apenas salió durante la semana de horror. Rita también se escondió para llorar, con más amargura y más dolor que la hija y haciendo un esfuerzo sobrehumano para sostener aquella brutal situación, lo que consiguió sólo porque la verdad era de igual manera brutal. La verdad era que ella se estaba muriendo, que tendría que marcharse muy pronto y que necesitaba buscarle un cobijo seguro para poder morirse en paz.

El segundo domingo Alejandra salió del encierro y compartió con ella el almuerzo que ambas dejaron casi intacto en los platos y en el que apenas mantuvieron una charla de monosílabos. Por la tarde la vio arreglarse y salir, derrotada, para visitar a sus amigas de la casa vecina. Rita se dijo en ese momento que aquella misma noche levantaría el velo del engaño y le confesaría la verdad. Sin embargo, Alejandra se retrasó. A su regreso se detuvo en la cancela para decirle adiós con la mano al coche que se alejaba. Se acercó por el jardín muy despacio, tranquila y consolada, miraba al suelo casi atolondrada y parecía que era muy feliz. Entró en la casa y al cerrar se quedó tras la puerta, mirando al infinito durante un rato muy largo. El milagro que Rita había forzado acababa de producirse.

No tuvo tiempo ni alternativa. La única solución que le servía era dejarla casada con un hombre que la quisiera de verdad y tuviera medios para protegerla. Amagó con Perelo para que Alejandra aceptara verse casada tan joven; la llevó a la desesperación para que Arturo no tuviera reparo en acercarse a ella, pese a que fuese una chica que aún no estaba en edad de casorios; la dejó al margen de la intriga ocultando la verdad para proteger el idilio que vio antes que ellos mismos. Y se guardó las culpas para sí misma, segura de que cuando conocieran sus razones, ambos agradecerían que los hubiese empujado a los brazos del otro.

No tuvo quebranto en la entrevista en la que Arturo le propuso el trato, ni cuando recibió el dinero, ni durante los preparativos de la boda. Sus conjeturas resultaron ciertas en todos los pormenores. La hija era dichosa y él, aunque traspasado por una raya de agonía, era el más feliz del mundo. Alejandra lo esperaba con inquietud todos los días, él era el centro de todas sus atenciones y el tema principal de sus conversaciones. Por su carácter serio, él tenía un estilo de amor más tierno y sosegado, aunque no menos intenso. Permanecía atento a Alejandra y se embelesaba mirándola.

Sin que nadie lo supiera, Rita se llevó otro recuerdo con ella. Contra lo que todos creyeron, sí que vio casar a su hija. Conspiró para ello con Alfonso Santos, que se encargó de que un coche la recogiera en la casa, mientras él, con Alejandra en otro coche, le pedía al chófer que diera una vuelta antes de acudir a la iglesia del Terrero. Cuando Alejandra llegó a la plaza, en la puerta de la iglesia estaba Rita ocultándose con las gafas oscuras y cubriéndose la cabeza con un pañuelo. Estaba en la última fila, emocionada de ver a su niña, tan hermosa, levantando los aplausos y los piropos, y casándose con el vestido que había sido de ella y que tardó treinta y cinco años en tener su uso.

Le dolía la parte de engaño que había con Arturo; sin embargo, en aquella relación de conocimiento mutuo y respeto sobraban las palabras. En la conversación que tuvieron a solas, al despedirse cuando partían hacia Roma, ella le dio a entender que sólo esperaba para morirse cuando le preguntó si cuidaría de la hija y él le respondió que con la vida. A continuación escribió la carta que pidió a Alfonso Santos que les entregara en mano, cuando hubiera pasado al menos un mes desde su muerte. En ella les confesaba lo esencial de la verdad, que sabiendo que moriría muy pronto necesitó dejar a la hija con quien pudiera acompañarla en el trance y protegerla. Tanto Arturo como Alejandra, cada uno desde su interior, considerarían en adelante que aquella decisión de Rita fue, con seguridad, el hecho más afortunado de sus vidas. Nunca necesitaron hablar de ello. Por la tarde del mismo domingo en que regresó de la casa del Estero quiso bajar a la cala. A medio camino supo que iba a morirse. Regresó sobre sus pasos y apenas le dio tiempo de llegar al sofá, sentarse y cerrar los ojos para quedarse dormida.

Vio a Francisco esperándola, sentado a la orilla del océano de aguas quietas y cristalinas que tanto había ensoñado. Volvió la vista hacia donde Alejandra la despedía, llorando y sonriéndole a la vez y señalándole el lugar donde él la esperaba. Se sentó a su lado y él le cogió la mano. Estaba del otro lado. Estaba con él. Estaba bien.

21

Del trance por la muerte de Rita, Alejandra se recuperó con el apoyo de Arturo, y los dos años siguientes fueron intensos y felices. Aunque en ocasiones ella ayudara en la finca, dedicaba la mayor parte del tiempo a los estudios, mediante un plan riguroso en el que Arturo no hacía concesiones. Ocupaban las tardes en las clases que él todavía le impartía y cada mañana, desde muy temprano, en cuanto se despedían, ella empleaba las primeras horas en los ejercicios marcados la tarde anterior, y se embebía en el estudio a continuación, hasta el mediodía, cuando hacía un alto para ir a buscarlo dando un paseo con la bicicleta, levantando todavía algún revuelo a su paso. Después de tomar un tentempié con él, continuaba con los libros y los cuadernos hasta la hora de clases por la tarde. La disciplina de trabajo y el gusto por aprender la habían hecho recuperar los cursos perdidos, a falta de un examen oficial.

El matrimonio la había madurado. Mientras otras chicas a su edad andaban aún con desarreglos de adolescencia, ella se había acomodado al mundo de mayores del marido, rodeado de personas que por lo general, como mínimo, a él le duplicaban la edad. Además de que era cierto que para sacar adelante la empresa él necesitaba de la experiencia que le aportaban, Alejandra también pensaba que por la madurez del carácter y por su austeridad de temperamento, se sentía más cómodo con ellos que con los más jóvenes. Si era posible lo acompañaba en algunas de sus obligaciones, lo que también a ella le exigía responsabilidades y le concedía a cambio algunas prerrogativas. Observándolo a él no había encontrado dificultades para asumir la responsabilidad y había aprendido a usar las prerrogativas con cautela. Cuando Arturo la presentaba como su esposa, la reacción era de momentáneo desconcierto, tras el que le daban el trato de mujer casada y adulta.

En una aventura para ella fascinante, una vez al año lo acompañaba en el viaje que hacía a Nueva York para atender los negocios de inversión en fondos de pensiones, que mantenía allí por si de nuevo la vida lo obligaba al exilio. Aunque él le decía que había llegado a sentirse prisionero en la ciudad, ella creía que la realidad era la contraria, que mantenía aquellas inversiones no tanto por el beneficio económico como por excusa para obligarse a regresar una vez al año.

Las ausencias del Estero a él le resultaban difíciles en cualquier ocasión, por lo que debía imponerse tanto rigor para emprender el viaje como para el regreso. Lo dejaba todo en las manos de confianza de las personas responsables en los distintos ámbitos de decisión de las que se había rodeado y que además ejercían de profesores y consejeros. Aunque él debía tener la última palabra, no tomaba una decisión sin haber escuchado y considerado sus opiniones. Era exigente y podía ser duro, pero muy en silencio anteponía el bienestar de las personas a los intereses económicos, en particular si se trataba de los trabajadores de escalafón más humilde. A Alejandra le parecía que tenía el don de la ubicuidad y podía estar en varios sitios a la vez. Era tan fácil verlo debatir con ingenieros y aparejadores delante de un montón de planos, correteando de un lado para otro acompañando a Honorio, averiguando con Agustín cómo debía desentrañar los misterios de la cuenta de pérdidas y ganancias, atendiendo la visita de un cliente o de una personalidad, como era verlo lleno de grasa debajo de un tractor con Emiliano, ayudando con un animal enfermo o sudando a chorros en trabajos de peón y sin distinguirse de los que lo eran. Él se divertía con aquello al tiempo que aprendía y le mantenía el pulso cogido al Estero, haciendo lo que en realidad le gustaba, pero además le servía como medio didáctico para dar a entender que en la finca ninguna de las tareas era menos honrosa que otra.

Cuando las cosechas o el mal tiempo obligaban a incrementar las manos de labor, Alejandra también acudía por voluntad propia a la faena y compartía algunas jornadas con las trabajadoras, que le hacían hueco y la trataban como a una más, con tanto desenfado que solían abrumarla con sus chirigotas sobre intimidades de pareja, y porque Arturo aparecía en las conversaciones, aun cuando ella estuviera presente. En bromas que a veces rozaban la obscenidad, podían llegar a ruborizarla por la avidez y procacidad con que se lo disputaban. Se reía con ellas y le quitaba importancia, aunque se dejaba traspasar por un pequeño aguijón de desconsuelo.

No tenía causas de infelicidad, aunque a veces la calaba un relente de angustia al verlo lejano, taciturno y cabizbajo, inclemente consigo mismo, escondido en el estudio durante ratos que a ella se le hacían eternos, envuelto en el aura de tristeza que aún no había sabido desentrañar. Para desarmarle los enojos le bastaba con una caricia, cogerle la mano, sentarse en sus rodillas, abrazarlo o hacerle un simple gesto de coquetería. Sin embargo, algo le dolía desde la noche de Roma en la que se abrasó en el fuego del único beso que él de verdad le había dado. Apenas si la rozaba en los labios, cuando se despedían o se encontraban. Echaba de menos el encuentro de aquella noche, el abrazo ciñéndole la cintura, la presión de su cuerpo acariciándole los pechos, la fuerza y la ternura del beso que ni por un momento había dejado de revivir, el fuego que empezaba a quemarle el cuerpo como le incineraba ya el alma por sentirlo tan abandonado de su dueño. No sabía cómo insinuarse ni de qué manera buscarlo, no tanto por el hecho de que le faltara hasta la más rudimentaria experiencia, sino porque no estaba segura de cuál era la herida que haría sangrar.

La razón del abandono debía de ser muy poderosa. Había excluido el rechazo, la homosexualidad o las causas familiares. Era, pues, algo más profundo e importante. Llegaba a imaginar sórdidos encuentros con amantes, causas penosas de lástima que lo obligaron a casarse con ella, hastíos sobrevenidos en la convivencia con una niña, pasados terribles o misterios inconfesables que la harían desgraciada el resto de la vida. Pero todo se disolvía cuando recordaba la ternura de su trato, la calidez de sus abrazos, la delicadeza de sus caricias, la devoción con la que le cogía las manos para retenerlas entre las suyas, la dulzura con que se las llevaba a los labios para besarlas. Muchas noches ella permanecía despierta cuando él dormía, sólo por ver el frenesí de la búsqueda cuando no la sentía junto a él, a veces llamándola con desesperación. Gestos que le desertaban en el sueño, en los que ella diluía sus temores y ganaba la certeza de que llegaría el momento en el que dejarían de ser muestras furtivas para convertirse en la prueba que ella necesitaba.

En ocasiones frecuentes él solía abrazarla por detrás cruzándole el brazo sobre los pechos y se apretaba en su cuerpo. Entonces ella llegaba a notar el poderoso vigor de una erección y se aterraba, al tiempo que en sus entrañas sentía reventar la erupción volcánica que brotaba desde lo más hondo en un río de lava que le abrasaba la piel. Renunciaba a ello renunciando a sí misma, segura de que él no tardaría en amarla como ella estaba necesitando. En esas vigilias, lo acariciaba sin despertarlo, lo acogía entre los brazos, le escrutaba el rostro. Lo veía bello, a veces poderoso y a veces tan frágil como ella. Intuía que las almas no tienen edad, que entre ellas no hay diferencias de conocimiento, ni de experiencia, ni de dolores antiguos. Sólo son. Sabía que, por encima de todo, sus almas se habían encontrado para no separarse.

Una noche, poco después del primer aniversario de boda, estuvo a punto de suceder. Al atardecer una tormenta se desplomó sobre el Estero y Arturo propuso irse a la cama a leer antes de la hora acostumbrada. Ella no pudo leer. Dejó el libro y buscó un hueco en el cuerpo de él por donde metió la cabeza.

Leía confortable, sintiéndola a su lado, caliente, enroscada en él, quieta, escuchándole los latidos del corazón, durante un rato muy largo. Después ella metió la mano por el pijama y comenzó a acariciarle el pecho y a enredar sus dedos en el vello. Él empezó a sentir otra vez la necesidad de abandonarse a ella, de hacerla suya y de nuevo lo paralizó la cordura. Ella continuó enredando los dedos en el vello, acariciándolo con la mano cálida, por el pecho y el abdomen, muy despacio, a rozar apenas el pezón con la uña, estremeciéndolo más, abriéndole después el pijama y besándolo en el pecho. Él se había atascado en la misma frase. Ella continuó besándolo y bajó, despacio, su caricia con la pequeña mano abierta, cálida, suave, deliciosa, ligera, por el pecho, la cintura, la cadera, muy peligrosa y cercana, y se alejó hacia el pecho otra vez y repitió muy poco a poco su camino, otra vez peligrosa y ágil, pero ahora se posó tibia y aérea sobre el pene, dispuesto para ella, rotundo y abrumador. Esperó a que retirara la mano. No lo hizo. Notó una ligera presión con la mano semiabierta y el libro cayó al suelo. Se irguió, le cogió la mano, se inclinó sobre ella, la estrechó, la besó en la mejilla y en los labios, y trémulo le susurró al oído:

—¡Perdóname, Alejandra! Sigo sin estar preparado. Ten paciencia conmigo.

—¿No te gusto?

—¡Claro que sí, Alejandra! No es por ti. Son mis dudas. Sé que es muy difícil de comprender.

Ella no lo entendía, pero notaba la angustia y el ahogo en las palabras y podía sentir lo vulnerable que lo hacían las dudas a las que se refería. Lo quería y confiaba en él. Nada debía temer. Lo abrazó, cerró los ojos y se dejó llevar en la sensación de sentirlo a su lado.

—Dime que estarás siempre conmigo.

—Estaré siempre contigo, pequeña. Hasta la muerte. Hasta después de morir.

Ella se durmió y él permaneció, doliéndose de la orquitis tremenda, contemplándola como en otra de las tantas vigilias que al igual que ella tenía. Y como ella, la contemplaba durante mucho tiempo, la besaba en la frente, le susurraba con el pensamiento que la amaba más que a su vida, mientras dejaba fluir la sangre de aquel amor que le manaba por un gigantesco roto del corazón.

De esa manera ambos habían aprendido a sublimar el deseo. Pese a la juventud de Alejandra, a ella la asaltaba en momentos fortuitos, en tanto que él debía reprimirse a cada instante. Se acostaba alejado en su lado de la cama para no rozarla y cuando ella debía desnudarse o vestirse, entrar o salir de la ducha, procuraba no estar presente y, cuando no era posible, evitaba mirarla para contener la brutalidad del deseo reprimido que se había ido solidificando en el estómago y le pesaba como un pedrusco que se hubiera tragado. El apetito sin culminación hacía que muchas de las escenas de su vida doméstica estuvieran imbuidas de erotismo, pero no era en los momentos de mayor sensualidad donde había de poner mayor cuidado, porque las emboscadas del instinto eran más peligrosas cuando los pillaba con la guardia baja, saliendo al paso en el instante menos pensado, para lo que bastaba con una mirada o un roce mientras preparaban la comida o en mitad de una clase.

Cualquier otro sin su temple habría pasado por encima de cualquier consideración, pero él estaba marcado por consignas de la conciencia que ni quería ni podía eludir. Jamás sabría si hubiese pagado por ella de no haber sido por el propio deseo que lo enloquecía desde la primera vez que la vio, por lo que no tenía manera de dibujar la línea divisoria entre el amor y el deseo como no fuese por las bravas, y resolvía la cuestión por el procedimiento más tosco y brutal: todo cuanto hacía por ella, sería claro que lo hacía por amor sólo en la medida en que no obtuviera nada para sí mismo.

Aunque fuese aquélla la razón principal, no era la única. También pagaba una deuda muy antigua contraída la noche aciaga de la huida. Las últimas palabras del hermano: «Lo más canalla es sacar provecho de quien no puede defenderse». Era un mandato grabado a fuego que cada día recordaba y cumplía. Porque lo que entendió cuando Ismael le entregó aquel testigo de tan difícil custodia, era lo que callaban las palabras pero expresaba la mirada: «Nada importa sino lo que pensamos de nosotros mismos. Hoy daré mi vida a cambio de la tuya. Sé que la vivirás para merecerlo».

Eso hacía. Si hasta en las cuestiones más triviales había

obedecido la imposición, nada lo haría fallar en la más importante de su vida. Y la más importante era que se había enamorado de una niña desamparada, tan inocente que ni siquiera era consciente de lo sola que estaba; a la que compra con dinero contante, billete sobre billete, fajo sobre fajo; a cuya madre le da la palabra, casi en el lecho de muerte, de que cuidaría de ella y enjugaría sus lágrimas en la tragedia que estaba a punto de suceder. De ningún modo dejaría que las razones de la entrepierna irrumpieran en los recintos de la conciencia.

Alejandra parecía dichosa con él y estaba seguro de que lo quería, pero ella había tomado la decisión más importante de su vida forzada por la necesidad, sin opciones ni edad para saber lo que entregaba. Cualquier otro habría aprovechado la situación enseñándola a vivir según su conveniencia, atándola con los hijos, entrampándola en enredos de vida cotidiana. Serviría durante unos años. En cuanto hubiesen pasado, ella se preguntaría en qué recodo del camino extravió la vida. Miraría alrededor y a su lado sólo encontraría al viejo egoísta que la consumía, de quien sólo percibiría los estragos, las arrugas y la desilusión con el mundo. Sentiría asco y hastío, llegaría a odiarlo, a despreciarlo y a humillarlo en un infierno de mentiras y casi seguro que de infidelidades.

Su camino debía ser el de la dirección contraria. Le enseñaría a ser libre, le abriría los ojos al mundo, la haría independiente, la empujaría a vivir su juventud poniéndole las cosas al alcance de la mano, conocimientos, libertad, amigos, gente de su edad, estudios, otro mundo..., otros hombres. Seguro de que cuando pudiera elegir no miraría hacia él, porque, incluso ahora que era todavía joven, no creía tener para ella otra cosa que sus tristezas, su vida deshecha antes de empezar, su mutismo, su desilusión del mundo, su abominación de la gente. Ella tendría que marcharse de su lado sin sentirse atada por ninguna deuda, él se imponía la condena del silencio. Nada se guardaba. Tendría los recuerdos y el dolor de no hallarla en su cama, de imaginarla en brazos de otro, de que no hubiera podido decirle cuánto y cómo la había amado. Acaso, a ella le quedaría de él un recuerdo de amistad y respeto. Ése sí sería suyo.

En una cruenta contabilidad, anotaba esas reflexiones en el cuaderno, que no era el consuelo de las primeras páginas, sino el libro de bitácora de la travesía de amor que lo conducía al naufragio en medio de la nada, al destino de soledad y muerte que cada día adivinaba más cerca. Encerrado en el estudio, escribía lo que no podía decirle a ella, haciéndose más hermético y huraño en cada palabra, poniendo en cada línea otra tira arrancada del alma.

Eran buenas razones cargadas de sentimiento, sin embargo, millones de años de evolución, la biología y el corazón se oponían con mejores fundamentos y, al tiempo que él se decía una cosa, soñaba con la contraria, con el instante en que pudiera liberar el deseo que lo atormentaba. «Cuando cumpla dieciocho», comenzó a prometerse un día; «mejor en el tercer aniversario, por sorpresa, allí, en el hotel de Roma, en la misma habitación donde la besé».

* * *

El proyecto de las viviendas, que sacó adelante contra muchas opiniones, había salido bien. La escuela y la guardería permitían que los horarios se cumplieran con puntualidad y las rutinas de trabajo se desarrollaran sin desórdenes, brindando un aumento de productividad que minoraba los plazos previstos de amortización. Las normas de convivencia y el uso de las zonas comunes las acordaban las propias familias, pero las amparaba y exigía la empresa. Un año y medio después de habitadas, no habían surgido problemas, pero una tarde se descubrió que convivían con una situación desgraciada. Beatriz Dacia, la mujer de Cayetano Santana, oficial de carpintería contratado por la empresa, acababa de dar a luz a su segundo hijo y Alejandra la visitó. Beatriz apenas entornó la puerta y le agradeció el interés, pero intentaba ocultar la cara con un pañuelo. Alejandra advirtió que pasaba algo grave y no se conformó hasta que la mujer le franqueó la puerta.

—¿Qué te pasa, Beatriz?

Se lo preguntó mientras apartaba el pañuelo y descubría el rostro de la mujer lleno de moratones. Beatriz tenía sólo veinte años, pero su primer hijo había cumplido ya dos años. Cayetano Santana, el marido, era un hombretón de genio muy vivo del que se sospechaba que no le daba buen trato a la familia.

En cuanto supo lo que pasaba, Arturo se presentó en la casa acompañado por Alfonso Santos, que aconsejó llevar a Beatriz al hospital. Al siguiente día tuvo una discusión muy airada en su despacho con Cayetano, que decidió abandonar el trabajo y marcharse del Estero.

Pero Beatriz, que se sintió amparada y más segura dentro que fuera del Estero, aceptó el trabajo que Arturo le ofrecía, lo que además le daba a ella el derecho a la vivienda. Cayetano lo intentó todo para llevarse a la familia, pero terminó aceptando que las leyes habían cambiado y que nada podría hacer sin el acuerdo con la mujer. Continuó en la casa, hasta que en la siguiente trifulca Beatriz le pidió la separación. Para general alivio Cayetano, despechado, abandonó el Estero.

Apareció unas semanas después, de noche, con unas copas de más, y derribó la puerta de la vivienda. Avisado por los vecinos, Arturo tuvo que bajar para sacarlo de la casa. En la gresca, pese a que le doblaba en corpulencia, Cayetano no fue adversario. Los testigos pudieron ver que la causa tenía justificación de sobra y que Arturo sólo se defendió de las embestidas de Cayetano; sin embargo, Arturo supo desde ese momento que más pronto que tarde tendría que rendir cuentas de aquel incidente.

* * *

El antiguo túnel de la mina de agua era un lugar oscuro y muy húmedo, que agrandado, reforzado y con las instalaciones de riego y electricidad, sería idóneo para el cultivo de champiñones. A diez metros de la entrada se había derrumbado la bóveda, por lo que Arturo dio orden de despejarla y asegurar el acceso para que pudieran entrar los ingenieros. Era un trabajo peligroso por la posibilidad de desprendimientos, por lo que Honorio se puso al frente con gente de mucha confianza. Con palas y carretillas apartaron los pedruscos desprendidos del techo que cerraban el paso. El uso de maquinaria habría sido imprudente y el trabajo se acometió con las herramientas de mano. Cuando terminaban de sacar los cascotes más gruesos, Honorio advirtió sobre el suelo una tela de franela marrón. Tiró de ella apenas unos centímetros, pero se detuvo para dar por concluido el trabajo y ordenar a los trabajadores que regresaran a sus tareas habituales.

Lo que había visto sin que nadie lo advirtiera, era el puño de una camisa por el que se adivinaban los huesos de una mano. Cuando quedó a solas, retiró los cascotes con las manos y descubrió el esqueleto.

Alejandra percibió una situación extraña cuando vio pasar el todoterreno a una velocidad inusual dentro de la finca, y se apresuró a llegar con la bicicleta. A la luz de la linterna Arturo reconoció la misma ropa que llevaba Ismael la madrugada de la despedida. Alejandra esperaba a la entrada y lo vio salir pálido y transfigurado.

—La ropa es de hombre —dijo Honorio—. Seguro que está ahí desde la guerra.

—Fue después de la guerra. Era mi hermano Ismael.

Alejandra se puso junto a él, lo rodeó con los brazos y recostó la cabeza sobre el hombro. Arturo continuó mirando a lo lejos y ella comprendió la razón de aquella expresión en la que se mezclaban dolor, tristeza y casi violencia que la estremecía. Nunca volvió a inspirarle temor sino compasión.

Muy pronto hizo aparición el habitual todoterreno verde de la Guardia Civil. El más joven de ellos era al tiempo el de mayor rango y lucía las dos estrellas distintivas del rango de teniente. Arturo, confuso, no contestó cuando lo saludaron. Entraron, vieron el cadáver, lo descubrieron, tomaron fotografías, hicieron anotaciones y quedaron dos guardias de vigilancia.

—¿Tiene idea de quién puede ser? —le preguntó el teniente.

—Era Ismael Quíner, mi hermano —le dijo Arturo, incorporándose para atenderlo de pie.

—¿Tiene idea de cómo pudo haber sucedido?

—El cráneo tiene un agujero. Lo mataron de un disparo.

—¿Sabe quién pudo haber sido?

—Un cabo de la Guardia Civil. Hace dieciséis años.

Lo dijo sin rencor, pero el teniente se estiró, incómodo.

—¡Por favor, mida lo que dice! Ésa es una acusación muy grave.

—¿Tiene más gravedad lo que digo que lo sucedido ahí dentro? ¿Eso lo provocó un juego de nenas? —replicó Arturo.

—Comprendo su estado. Sobre todo si era su hermano —dijo el teniente suavizando el tono—. Fue una época mala. Se cometieron algunos abusos. Las cosas están cambiando, por fortuna.

—Saque sus mediciones y haga sus informes. Termine cuanto antes para que pueda enterrar a mi hermano. Es todo lo que quiero.

—Habrá que investigar —objetó el teniente.

—Eso no es asunto mío. Las investigaciones no me devolverán a mi hermano. Desde ahora le digo que no llegarán a ninguna parte.

El episodio puso en orden las incertidumbres de Alejandra sobre el pasado de su marido y cuando conoció de su voz los hechos comenzó a sentirlo más cercano, por encima de los silencios, de las escapadas al estudio, de las tristezas inexpugnables, de los tormentos ignotos que se perdían en un tiempo remoto para ella, que sabía terrible pero del que sólo había conocido retazos extraídos de las charlas en la casa de Elvira, de los lamentos de Candelaria y en las sombras que adivinaba en los mayores.

Apenas unos meses antes, un intento de golpe de Estado había estado a punto de arrasar el último esfuerzo de convivencia. Era mal momento para andar con exigencias legales y dio por buena la orden del juez de que nadie se pronunciara sobre lo sucedido hasta el término de la instrucción. Adelantándose a ello, para proteger a Candelaria y sobre todo a Elvira, Arturo le había pedido a Honorio que no lo contara ni en su casa. Puesto que el nombre de la Guardia Civil podía salir malparado, tampoco en el ámbito del cuartel se habló de ello y, salvo el rumor provocado por el trasiego de autoridades, nada se oyó en la finca ni fuera de ella sobre el particular.

En el pequeño cementerio del Terrero, junto a la tumba de

los dos miembros de la familia Quíner, estaba la de Chano a un lado y la de Ismael, vacía, al otro, señalada por una losa sin el nombre. Pasados unos meses devolvieron sus restos y depositaron el féretro en la tumba vacía. Elvira, que le había preguntado a Arturo en los días del rumor, había recibido una respuesta que le hizo suponer que podría tener relación con Ismael: «Lo sabrás pronto por ti misma». Un sábado por la mañana, llegó acompañada por Candelaria al cementerio, para limpiar y poner flores en las tumbas, y descubrió que habían levantado la losa y que ahora tenía grabado el nombre y las fechas. Comprendió.

Otra sombra sobrevoló sobre ellos. Arturo, inquieto porque Alejandra no había hecho su paseo en bicicleta, subió a la casa y descubrió que Elena Salazar había ido a visitarlo, siguiendo sus maneras imprevisibles, dirigiéndose a la casa sin haberse detenido en las oficinas. Apenas se saludaron y no dijeron más que trivialidades en presencia de Alejandra. Elena se despidió de Alejandra y Arturo la acompañó hasta el coche.

—No me extraña que me dejaras por ella —dijo Elena—. Es una preciosidad y da gusto hablar con ella.

Elena había hecho la visita por conocer a Alejandra y para decirle a él que había vuelto a casarse. Arturo sintió alivio con la noticia. Alejandra no husmeó la charla, pero el rasgo de familiaridad entre Elena y él le hizo sentir de verdad, por primera vez en su vida, el doloroso latigazo de los celos. No dijo nada, no volvió a buscarlo, continuó cerca, escuchándolo, queriéndolo y refugiándose en él, pero ahora también ella tenía un roto en el corazón.

Arturo lo advirtió. Sus viejos demonios le despertaron los auspicios sobre niñas casadas con hombres acabados. La veía lánguida y entristecida, a veces olvidando sus paseos en bicicleta, más ensimismada en las clases y los estudios. Darle el consuelo que ella necesitaba suponía decirle lo que se negaba a sí mismo. Entonces hacía con ella una escapada de varios días que les restablecían el ánimo, pero en cuanto regresaban a la rutina volvía a retraerse y a parecerle abatida y taciturna.

22

En los meses que Jorge Maqueda le concedió a Josefina Castro como plazo de aprendizaje, ella se ganó a pulso tanto el puesto como la confianza. Era silenciosa, diligente y discreta, y, a pesar de su juventud, tan eficaz que sólo notaban su labor cuando faltaba en la oficina. Aunque en el primer momento Jorge Maqueda sólo quiso saldar la vieja deuda que creía tener pendiente con Laureano Castro, el padre de Josefina, ahora, en exclusivo interés del trabajo, la mantenía en un puesto cercano a él y hacía todo lo posible para retenerla. Pese a ello, no le concedía a Josefina mayor proximidad que la de preguntarle de cuando en cuando por la salud de Laureano y darle saludos para él.

Con mayor o menor frecuencia, según soplaran los vientos, Pablo Maqueda visitaba el despacho del padre. Pasaba por etapas de visitas programadas y precisas y otras tan desordenadas que no acudía durante meses, pero después se presentaba de manera intempestiva, muchos días seguidos y a horas impropias. No conversaba con nadie y Josefina había sido para él invisible hasta que, por aquellas eventualidades del ánimo, su imagen distante se le fue superponiendo en las cavilaciones, en un proceso lento y progresivo que culminó con algo tan trivial como una coincidencia en el ascensor, en la que se saludaron apenas con un «buenos días» burocrático, pero que bastó para que Pablo la convirtiera en una obsesión.

Fue durante una de aquellas etapas de metódica puntualidad. Él acudía los viernes a mediodía para salir a comer con el padre. A partir de aquel encuentro cambió un solo hábito en la exactitud de su rutina. Llegaba con casi una hora de antelación y en lugar de esperar en la antesala del despacho ocupaba una silla desde la cual podía contemplar a Josefina. Callado, tranquilo, aletargado a veces, casi inmóvil, esperaba tanto tiempo como el padre necesitara para concluir. A Josefina comenzó a incomodarle la fantasmagórica presencia del joven desvaído que no le apartaba la vista y cuya imagen inerme se le antojaba pintada en la pared del fondo.

Notó el nerviosismo la secretaria de Jorge Maqueda, una mujer mayor un tanto seca, aunque leal y bondadosa, que se había ganado el afecto de Josefina.

—Es un buen muchacho. Y es bien parecido. Y poco hablador. Además, es lo contrario que el padre. Es amable y educado.

—Me saca de quicio. No deja de observarme —replicó Josefina.

La mujer ideó una malicia mientras terminaba de archivar unos documentos, y regresó sonriéndole entre dientes:

—¿Sabes qué creo? ¡Creo que te gusta!

—¡Qué tontería! Estoy prometida —explicó, casi defendiéndose—. Me casaré en cuanto nos entreguen el piso. Además, es un crío.

—Tendrá más o menos tu edad.

—Por eso, los hombres de mi edad todavía son críos.

—Pero no me negarás que es buen partido.

—¿No eres tú la que no para de decirme que el único buen partido que una mujer puede esperar es un hombre que la quiera y la respete?

La mujer le dio la partida por ganada.

—Lo dije por saber si lo recordabas.

Pablo observaba el cuchicheo seguro de que hablaban de él. A pesar de los altibajos, superaba con holgura los cursos en la facultad. Era tenaz y cuando las circunstancias lo requerían, empleaba sin dolor las vacaciones para recuperar el tiempo que hubiese perdido en sus misteriosos intervalos de aturdimiento. No se le habían conocido amoríos ni escarceos en la facultad, pese a lo cual su padre había descartado la posibilidad, que tanto llegó a preocuparle en un tiempo, de que se hubiese hecho homosexual en el internado. Dada su buena posición, se le acercaban muchos, hombres o mujeres y de cualquier edad. El grupo más numeroso, y para él tan aburrido como los otros, era el de las chicas de su edad empujadas por las familias. Ni con unos ni con otros hizo concesión.

Mantenía relaciones superfluas y poco frecuentes en algunos círculos que Jorge Maqueda desaprobaba sin sermonearlo, porque eran gente de los grupos de extrema derecha, que consideraba de los suyos pero de un estrato inferior, y que eran peligrosos por su fanatismo y la violencia de sus métodos. La democracia estaba acosada por fuerzas poderosas, enfrentadas en apariencia pero aliadas en la práctica: el terrorismo y el golpismo. Cualquier acto terrorista, una proclama golpista, una simple muestra de debilidad del gobierno o una ley votada en el Parlamento, prendía en ellos como fuego en la gasolina. Nada que pudiera convenirle al hijo. Le conformaban más las cercanías con jóvenes de los aledaños del Opus Dei, a los que tenía por el hogar natural.

Como en tantas cosas, también en aquello Jorge Maqueda

andaba en la inopia. De haber descendido a la realidad, habría advertido que las razones para estar preocupado se hallaban más cerca y eran más urgentes. No existía en la vida de Pablo nadie a quien le hiciera ni la más inocente confidencia, no tenía ni un solo amigo auténtico ni se permitía el más leve desahogo personal, ni en el ámbito de la familia ni fuera de él.

Mantenía la extraña y silenciosa relación de lucha desde la distancia con Josefina, a quien la presencia del pasmarote pegado a la pared de los viernes a mediodía había terminado por serle tan indiferente como a los demás. Nadie lo advirtió cuando dejó de acudir. Una tarde al término del trabajo, entró en el mismo vagón del metro donde acababa de hacerlo ella, que sólo entonces recordó que llevaba varias semanas sin verlo. Tras el saludo intercambiaron unas frases triviales en las que Pablo se mostró correcto y sin excesivo interés, aunque Josefina no podía creer que hubiese sido un encuentro casual.

Aquella misma noche Pablo se recluyó. Enclaustrado en la habitación, encogido, exánime en el fondo de una ciénaga de dolor, pasaron días sin que acudiera a clase ni hablara con nadie. La crisis fue larga, pero, como si hubiese sido una etapa de metamorfosis, salió de ella transfigurado: alegre, locuaz, menos maniático y más tolerante. Compró una moto de gran cilindrada con la que desaparecía durante días sin que se supiera de él.

Insensible a cualquier signo de pavoneo o vanagloria, Josefina no sospechó que era Pablo Maqueda el motorista, oculto por el casco, que como un mal viento apareció en su barrio, incordiando con el estruendo del tubo de escape y haciendo cabriolas de motos en la plaza. De haber sido más observadora hubiera advertido que era la misma moto que se le cruzaba cualquier tarde al salir de misa; que se detenía muy cerca de la parada del autobús, cuando ella esperaba por el novio; que solía estar, muy temprano en la mañana, a pocos metros de la escalera por la que accedía al metro. El acoso no se le hizo evidente sino al recibir la primera llamada telefónica a partir de la cual se desató una lucha sin cuartel que le haría imposible vivir. Las llamadas se sucedían a cualquier hora y en cualquier lugar, la abordaba en el metro o en el autobús, le salía al paso al entrar o salir de misa, aparecía a lo lejos cuando ella paseaba con el prometido, se presentaba en el cine cuando la película llevaba media hora empezada.

Sin que ella hubiera dado jamás razón para que pensara que tuviera el menor interés, Pablo la requería para algo tan ridículo y descabellado como era que abandonase al prometido por él, con el argumento desquiciado de que ella debía demostrarle que no sentía nada para que dejara de acosarla.

El prometido no intervino hasta que la vio fuera de sí. Era cinco años mayor que ella, tranquilo y responsable. Actuó con sigilo, pero con valentía y sin detenerse ni siquiera ante la coincidencia de que Pablo fuese hijo del hombre para el que Josefina trabajaba. No le fue difícil dar con él. Apenas tuvo que esperar por los itinerarios en los que Josefina le había dicho que Pablo le salía al paso. Lo paró en seco y le advirtió de buen grado de que si no dejaba de acosar a Josefina terminarían viéndose las caras. Aunque inesperada, fue una solución terminante. Pablo desapareció de la vida de Josefina y después de otro intervalo de aislamiento regresó a sus modos estrictos, a sus rutinas de recluta, a sus caprichos de orden. Abandonó la moto, regresó a la facultad y a su corte de pelo semanal. Sólo entonces, cuando recobró la compostura y Josefina se sintió libre del asedio, empezó a tener hacia él un leve sentimiento de compasión.

* * *

Meses después, una manifestación de energúmenos vestidos de uniforme se salió del itinerario autorizado y, en la algarada, uno de los salvajes acuchilló por la espalda a un transeúnte ajeno a la refriega, a quien la vida se le fue flotando sobre el río de su propia sangre. Era el prometido de Josefina.

Pablo se dejó ver desde lejos en el duelo y después de aquello continuó acercándose a ella muy despacio y sin apremiarla, mostrándose como en realidad era, un ser derrumbado sobre sí mismo que buscaba un asidero para no terminar de hundirse. Como el estado de ánimo era acorde con el de Josefina, ella lo dejó acercarse. Lo escuchó, lo observó, dejó crecer el sentimiento de compasión que la llevaría a la trampa, y terminó abandonada a los deseos de Pablo, prometiéndose a él. La familia la reprendió por no haber esperado ni un año antes de hacer público el nuevo noviazgo, aunque felices porque se tratase de Pablo. A Jorge Maqueda, por el contrario, le dio igual, puesto que pensó que Josefina sólo sería un entretenimiento para el hijo, que tal vez consiguiera tenerlo más sujeto en la casa y en sus obligaciones mientras llegaba la edad de hacer planes más serios.

Por su parte Pablo no se planteaba una cosa ni la otra. Era feliz con Josefina. Ella, por su carácter tolerante, sus hábitos ordenados, sus maneras educadas y su comportamiento previsible, le daba el calor que él necesitaba sin perturbarlo. Sólo necesitó abrir en la precisa pauta de su vida el hueco justo para ella, los paseos, las salidas al cine, la misa ocasional durante la tarde o la ineludible de los domingos a las diez, y la visita frecuente para saludar a los padres.

No hacían planes para el futuro, aunque Josefina, apremiada por la familia, le hablaba de señalar la fecha de la boda lo más pronto posible al momento en el que él concluyera la carrera. Creía conocerlo y sabía que todo sería posible a condición de que él lo viese llegar desde lejos y se acercara tan despacio que apenas fuera perceptible el cambio. Le parecían exageradas algunas de sus rarezas, aunque en lugar de inquietarla le servían para divertirse a su costa. Por el contrario, como él se dejaba llevar sin mostrar descontento, incluso le parecían ser un buen cimiento para la vida del matrimonio. En otro aspecto se sentía aún más segura con él. Por sus férreas convicciones religiosas, que le prohibían hacer cualquier concesión en el ámbito sexual, la relación con el primer novio había estado en tensión permanente. Pablo, por el contrario, ni siquiera lo planteaba. En su ingenuidad y por su falta de experiencia, Josefina cometía el gravísimo error de considerarlo una saludable prueba de amor. Ignoraba que Pablo, tras su muro de disciplina, tras sus modos inertes y alicaídos, tras las miradas, que en tantas ocasiones ella veía inmóviles, hechizadas en lugares inaprensibles del pensamiento, bullía el fragor de una cruenta batalla interior.

Desconocía que cada sábado él se adentraba en los suburbios, por los vericuetos de la noche, para hacerse con el favor de una prostituta o conseguir el servicio apresurado que cualquier drogadicta le diera a cambio de una dosis. Habría podido encontrar el alivio donde hubiese querido. Tenía la juventud y la galanura para hallarlo en cualquier bar de alterne o discoteca, le habría bastado con llamar a cualquier número de teléfono de la lista interminable de las que se le habían insinuado, incluso habría podido costearse a la prostituta mejor pagada del burdel más caro de Madrid, pero lo que le satisfacía era lo contrario. Que fuera oscuro y sórdido, en el chamizo más depauperado de la calleja más inmunda del Pozo del Tío Raimundo, que fuera sucio, violento, peligroso y ruin, que fuera con una niña indefensa, a ser posible virgen y todavía mejor si ella se resistía, o por el contrario, con la puta más barata, vieja, enferma y flaca, a la que no le quedase ni un solo encanto que no se le hubiera ido por el sumidero veinte años atrás. Cuanto más vil y miserable, cuanto más perverso y, de ser posible, sangriento fuese, más le gratificaba.

Se inició sin darse cuenta de ello, apenas un año antes de conocer a Josefina. Sin otro interés que el de satisfacer la curiosidad y saber cómo era el paisaje del inframundo, se tomó dos copas y asaltó el estercolero, muerto de miedo, con su cara de mocoso empollón y sus modales de catequista, sin otra intención que la de echar un vistazo. Pero se le ofreció una putita que aún no había cumplido los dieciocho años y que no quería dinero, sino una dosis de heroína, que él le compró a un canalla en un tugurio de cartón y chapas de zinc, unas decenas de metros más allá.

Cayó en la depravación, como quien se cae en un charco, dos semanas después, cuando regresó a buscarla. Una vieja le dio la noticia de que la prostituta joven había muerto por una sobredosis, pero que ella podía ofrecerle algo mejor. «Bocata de cardenal», le dijo mientras corría una lona para mostrarle por un instante la perla que vendía aquella noche. Una niña yacía sobre un catre, desnuda de cintura para abajo, parecía que dormida. «Está borracha», dijo la mujer, «pero trece años y sin tocar, para el que sepa apreciar lo bueno.» Pablo ni siquiera lo pensó. Pagó lo que le pidió la vieja y se metió en el cobertizo, del que salió hecho un perfecto desalmado.

Continuó frecuentando a la mujer cada tantas semanas por si tenía novedad. Cuando la había, pagaba sin chistar y terminaba allí las andanzas, cuando no, continuaba el camino y exploraba otras posibilidades de las muchas que se brindaban en el cenagal. Los propios hijos de la mujer le pusieron el sobrenombre de «el Abuelo», por la bajeza de sus apetitos, más propios de un viejo enfermo que de alguien tan joven. Y eso que ellos eran los dos desalmados que levantaban a las chicas en las discotecas. Las drogaban o las emborrachaban, las metían en un coche, por lo general robado, y después de usadas las dejaban tiradas en una cuneta o en la puerta del metro, sin que la mayoría de las veces ellas llegaran a ser conscientes de lo que les había sucedido.

De manera que el noviazgo con Josefina estaba sentenciado. Terminó mal y por la causa menos imaginable. Sin que ninguno de los dos lo hubiera premeditado, la casualidad los dejó a solas en la casa, y las caricias y los besos terminaron disolviendo las martingalas sobre iniquidades del sexo, y acabaron sucumbiendo a un frenesí de cuatro horas, en las cuales si hubo otra cosa además del deseo, no fue sino amor. En reciprocidad con el de ella, el de Pablo por Josefina era sincero, pero aquella noche, al regresar a casa, se encerró en la habitación y no salió durante dos semanas. Apenas comía, con la mirada perdida, deambulaba semidesnudo con los pensamientos extraviados en las tinieblas de su infierno, tan irascible que en la casa procuraban no hablarle para no liberar la violencia que su semblante decepcionado hacía pronosticar.

Había dado la orden de que no le pasaran llamadas ni le molestaran si alguien venía a verlo.

—¿Y si llama la señorita Josefina?

—Para ella menos que para nadie —dijo.

Y en la casa cumplieron al pie de la letra. Josefina casi enloqueció durante aquellos días. La extraña situación no obtuvo conclusión hasta que él apareció en la oficina, un día a media mañana, y entró al despacho sin mirarla siquiera. Discutió con el padre. Al salir ella lo siguió para intentar aquella conversación que faltaba.

—¡No tenemos de qué hablar!

—¿Qué ha pasado, Pablo? —preguntó ella sin poder entender.

—¡Ha pasado que eres una puta! —respondió Pablo, mirándola con desprecio.

Tras un instante de desconcierto, corrió detrás de él. Lo alcanzó cuando abría la puerta del coche e intentó sujetarlo. Él la empujó. Ella lo intentó de nuevo suplicándole, pero esta vez la golpeó en la cara del revés y la derribó. Quedó tendida, manando sangre de la boca, enloquecida de desconcierto, mientras el coche le pasaba muy cerca antes de alejarse.

23

Alejandra alcanzó sus objetivos antes de lo previsto y con desahogo, y tras un calvario burocrático, el ministerio autorizó un examen que convalidaría la titulación oficial y le permitiría estudiar en un instituto el último curso de la enseñanza secundaria. En el escalón inferior, la burocracia fue inexpugnable y opuso el saber de su experiencia milenaria: la ineficacia, la desidia, el abandono a su suerte de los legajos, la falta de comunicación de unos departamentos con otros, el interminable circuito de un documento que se necesita para conseguir otro, que es necesario para lograr el siguiente y que suele llegar al callejón sin salida de que para obtener este último hace falta el primero que se pidió. A punto de dar la batalla por perdida, como último y desesperado recurso, Arturo pidió audiencia al delegado de Educación. Contra lo esperado, fue sencillo. En menos de una semana la autorización estaba firmada, y el procedimiento, el lugar y las fechas de las pruebas, comunicados por escrito. Los exámenes serían duros y requerían de un esfuerzo suplementario.

Para aquella última etapa, Arturo no quiso correr riesgos y decidió hacerse con la colaboración de alguien con conocimiento y experiencia que la ayudara a preparar los exámenes. Atraído por el anuncio, se presentó en el Estero Ignacio Bautista, conduciendo un coche deportivo, descapotable, de color rojo, que subió por la carretera con más estruendo que potencia, y estacionó de cualquier manera en medio de todo, haciendo caso omiso de la señalización. Tenía la edad aproximada de Arturo, vestía a la moda, con ropa de marca. Era delgado, de trato alegre, ágil en la conversación. En el rostro insípido destacaban la perillita ridícula y una sonrisa permanente de anuncios de dentífrico que no decían nada, pero en los ojos destellaba una chispa entre cordial e irrespetuosa que sí era del todo elocuente. Había dejado los estudios de Física después de superar el tercer curso, según un expediente brillantísimo, y decía trasladarse a la isla por motivos familiares. Se había pagado los años que cursó de la carrera ayudando a otros alumnos con dificultades en los exámenes, de manera que parecía ser idóneo. Después de hablarlo con Arturo, Alejandra le dijo que lo aceptaban, divertida al ponerle la condición de que reparara el escape del coche y lo estacionara en el lugar reservado para ello.

Ignacio no había mentido. No sólo tenía vocación para enseñar, sino que su método era infalible. Empezaban el día haciendo el examen de una materia, a continuación repasaban el examen del día anterior y trabajaban el resto de la jornada en lo que no hubiera dado resultados satisfactorios. En un procedimiento que crecía en complejidad, comenzaban por el principio de la lista de materias cuando terminaban con la última.

La circunstancia de que pasaran juntos seis horas cada día acercó en lo personal al profesor y a la alumna. Ignacio, que desde el primer día había sido impecable en el trato, comenzó a intuir que algo no acababa de funcionar en el matrimonio.

Aunque sin propósito, muy poco a poco dejó de verla como la esposa de un hombre con el que no querría verse enfrentado por nada del mundo, dejó de verla como a la niña inteligente y noble a la que daba gusto enseñarle el cálculo diferencial, dejó de verla como a la hembra bellísima que le quitaba el resuello y empezó a percibirla más como la mujer que no dejaría de atormentarlo en la soledad. Por su parte, Alejandra le disculpaba ya los gestos de vanidad que tanto le molestaron durante los primeros días. Había descubierto que el traslado a la isla se debía a la enfermedad de una hermana menor, y que aquellos meses de trabajo eran cuestión de vida o muerte para él. No por ello dejaba de incomodarse con el aliento de deseo que le percibía aun sin mirar y que se resolvió en un solo trance del modo peor. Ignacio, para explicarle la manera de escribir un nuevo signo algebraico, de pie, detrás de ella, le cogió la mano con la que sostenía el lápiz. Ella se estiró incómoda en la silla. Ignacio, que tal vez no tenía intención de llegar más allá, no lo percibió, quiso cogerle la otra mano y liberó a una pantera. Alejandra se revolvió contra él, lo golpeó con el codo, se puso en pie muy agitada y volvió a tratarlo de usted.

—¡Por favor, no vuelva a tocarme!

Cruzó la habitación de un lado al otro varias veces, muy ofuscada, salió y regresó al poco, aún incómoda aunque con dominio de la situación. Ignacio aguardaba temiendo lo peor, con los papeles y los libros dentro de la cartera, haciendo frente a la situación.

—¿Tú entiendes que esto no puede volver a suceder, Ignacio? —preguntó muy seria.

Ignacio respondió asintiendo.

—Estoy contenta con tus clases y, no debería decírtelo, pero mi marido va a proponerte que sigas aquí, dándole clase a los chicos. Pero desde hoy me explicarás las cosas en la pizarra.

Él asintió de nuevo mientras sacaba los papeles de la cartera y los depositaba en una mesa alejada de la de ella.

En su fecha, se presentó a los dos días implacables de exámenes. Obtuvo la nota más alta en la mayoría de las materias, y pudo solicitar plaza en un instituto de la capital de inmediato. Le quedó el verano para tomarse un descanso y buscar apartamento. Consiguieron uno muy bonito y luminoso, en un tercer piso, a cinco minutos caminando desde el instituto, que tenía un solo dormitorio y era pequeño de todo excepto del salón.

Alejandra estaba deseosa por empezar la nueva etapa, por la gente que conocería y el ambiente que frecuentaría; sin embargo, verse obligada a vivir fuera del Estero le causó gran pesadumbre, hasta que estuvo segura de que la única intención de Arturo era acudir junto a ella cada noche. Porque sólo con él se sentía cómoda, y ahora que conocía la causa de sus antiguos pesares, ahora que lo sentía más frágil y sabía que tal vez detrás del carácter de apariencia imperturbable sólo se escondiera dolor, ella había relegado a un segundo término lo único que echaba de menos de él.

La situación a la que ambos se habían acostumbrado, y que vista en su conjunto sólo movía a la risa, era penosa en sus respectivos ámbitos personales. Sin saberlo, cada uno alimentaba el miedo del otro. Alejandra, que temía herirlo, no había vuelto a reclamarlo, aunque sosegaba sus impulsos, segura como estaba de que él terminaría haciendo lo que todos los hombres empiezan por hacer, bastaba el más ligero cambio, el episodio más insignificante, para que volviera a abrasarse en el fuego de los celos. Pese a que él jamás le hubiera dado ni un solo motivo, el recuerdo recurrente de la desconocida, que con tanta familiaridad lo trató, no dejaba de martirizarla en cuanto una mujer se le acercaba, fuera cual fuese la causa. Entonces, en lugar de ir hacia él, se refugiaba en sí misma despertando en él los demonios que no dejaban de susurrarle que ella había comenzado a verlo como un hermano mayor o como un padre, y permanecía, como ella, encogido sobre sí, esperando a que el tiempo concluyera lo que él no tenía el valor para resolver.

24

Tras retirar el equipaje, Pablo Maqueda ni siquiera necesitó echar un vistazo para encontrar al que debía recibirlo en el aeropuerto. Mientras se acercaba a la puerta, la cristalera opaca del fondo dejaba ver al trasluz la silueta de un gigante, y su padre le había dicho al despedirse que no habría error posible en aquello: «El que te parezca una montaña, ése es Eufemiano».

Lo hizo todavía muy contrariado con Pablo. De nada le habían servido los múltiples obstáculos, las artimañas y coacciones que interpuso para impedir el viaje del hijo. Pablo no había conseguido el inefable compás que necesitaba para vivir tras la ruptura con Josefina. Había terminado el curso con un par de asignaturas pendientes y, de las que había conseguido sacar adelante, las calificaciones no eran satisfactorias. Aparte de la intranquilidad que le causaban las crisis del hijo, Jorge Maqueda no tenía otros motivos de preocupación sobre su conducta. Lo veía salir de ellas al cabo de algunos días, recompuesto y alegre, acudía a las clases y los resultados de los estudios, con ser mediocres, no habían sido malos. La última de las crisis fue más larga de lo habitual y se había cerrado en falso. Jorge Maqueda lo veía desubicado y esperaba por el previsible cambio de humor que devolviera el orden, seguro de que esos aspavientos vitales eran los propios de un joven que no terminaba de asentar el carácter. El cambio de humor llegó, pero en el sentido contrario, de manera que cuando Pablo le comunicó su deseo de pasar el verano en la isla, Jorge Maqueda estaba desprevenido y sintió pánico.

Durante el proceso de educación y adoctrinamiento del hijo, Jorge Maqueda fue sistemático e inflexible. La versión que le había dado sobre la desaparición de la madre era la misma versión oficial, según la cual murió asesinada, junto a Roberto, su único tío y el hermano de su madre, por un tal Ismael Quíner a causa de un asunto de las tierras del Estero. Había conseguido que Pablo llegara a la mayoría de edad odiando el apellido Quíner; sin embargo, en aquella versión existían demasiados cabos sueltos a los que Jorge Maqueda no les concedía importancia, ignorante de que los hijos no descansan hasta poner en orden las piezas que los padres se han dejado fuera de su sitio.

La realidad se abría paso por sí sola. Lo que bullía en la mente de Pablo tenía origen en el momento brutal en que lo arrancaron del mundo de su infancia. No fue sino el deseo de alcanzar un instante de paz lo que le impulsaba al viaje a la isla. Consciente de que la realidad era irreversible, deseaba pasar aquella negra página de su vida, por lo que llegó con la sola intención de liquidar las propiedades que había heredado de su abuela y enterrar los saldos del pasado. Lo que le había quedado como heredero universal de Dolores Bernal era un piso en la capital, la casa grande de Hoya Bermeja y unos terrenos sin valor en el Terrero. Por el piso de la capital, podía conseguir un buen dinero y rápido. Con más tiempo, habría obtenido una fortuna por la casa grande, pero dispuesto de antemano a aceptar cualquier oferta. Nada valían los terrenos del Terrero, que pensaba donar al ayuntamiento. Y de la finca que creía suya, que según los embustes del padre eran los que habían conducido a la muerte de su madre, daba por perdida cualquier esperanza, puesto que según supuestos criterios de supuestos abogados consultados por Jorge Maqueda, no existía posibilidad legal de reclamarla.

Conoció la isla y se acomodaba en el piso de la capital, cuando decidió visitar la casa de Hoya Bermeja. La primera vez ni siquiera fue capaz de bajarse del coche durante la media hora que permaneció estacionado delante de ella. Pasados unos días repitió el viaje, convencido de que si quería olvidar debía empezar por enfrentarse a la verdad que estaba tras la puerta de hierro. Abrió la cancela y paseó por los alrededores. Dos horas le llevó sentirse con fuerzas para entrar en la casa. Tenía paredes y techos maltratados por el abandono, las maderas necesitaban la intervención urgente de una mano que evitara el desastre, rellenando huecos y corrigiendo vicios.

Los recuerdos de sus días más felices llegaron en tromba y recorrió las estancias tan queridas llorando con amargura por su madre, por su abuela, por un amigo de juegos de la misma edad al que recordaba como a un hermano, por un hombre, al que llamaba Daniel, que creía que era su padre y a quien quería como si lo fuera, lloró por el recuerdo de los criados, de los perros, los gatos y los caballos. Continuaban vivos y limpios en el único espacio de felicidad que existía en su memoria.

Las lágrimas fueron un remedio eficaz. No lo llevaron a otro de los socavones de sopor, sino que halló en ellas el asidero que le permitió andar otro trecho. Al día siguiente regresó con el equipaje dispuesto a pasar allí lo que quedaba del verano. En el silencio y la soledad, sin teléfono ni conocidos que lo importunaran, recobró la calma y pudo dar un buen repaso a las asignaturas que tenía suspendidas, al tiempo que se reconciliaba con sus recuerdos. A veces eran tan nítidos que le parecía que si levantaba la mirada, vería a Dolores con el bastón en ristre impartiendo las órdenes que mantenían al mundo girando como debía. Le parecía que si miraba a la butaca de mimbre, podría verla a ella, su madre, leyendo mientras la tarde declinaba y el sol de las cinco repicaba en sus cabellos, y que, si miraba mejor, podría verla alzar la vista de la lectura para dedicarle una sonrisa con la ternura que sólo a él le dedicaba. Al principio le costaba no llorar y cuando lo hacía no podía parar. A fuerza de contenerse consiguió recordar sin tener que llorar, y a fuerza de contenerse más no fue capaz ya de llorar ni cuando lo necesitaba.

Como en sus etapas de tranquilidad era sigiloso y comedido, no llamaba la atención ni sobre sí mismo ni sobre la casa. Salía por una puerta minúscula en un lateral, que a su vez era salida de la que fue casa de los criados. Al entrar ponía cuidado para no dejarse ver. Nadie lo conocía ni notó su presencia. Ayudaba a su anonimato que desde niño hubiese perdido el acento isleño en los colegios de Madrid y que Hoya Bermeja fuese parada de viajantes y camioneros, y lugar de paso para turistas despistados y veraneantes. Solía bajar a la cala y muchas veces se sentaba lo más distante posible en la cafetería para observar a la gente. En la primera impresión los isleños parecían recelosos y socarrones y se adivinaba la retranca en lo que decían, pero eran cordiales y enseguida se les imponía el sentido de la hospitalidad.

Desde allí, una tarde, poco antes del crepúsculo, vio a la pareja pasear por la cala y sentarse junto a la estatua de bronce. «Qué pedazo de mujer está dando esa niña», dijo uno, y «qué hombre con tanta suerte es Arturo Quíner», respondió otro. Pablo no miró a los que habían hablado, pero hacía rato que él observaba pensando, con algo de envidia, que hacían la pareja más bonita que había visto, y al oír el comentario el vello se le erizó: «Quíner». Según le habían hecho creer, el apellido de quienes lo habían despojado de la felicidad. Como en tantas ocasiones sintió en el centro del pecho el rugido del odio, el deseo parejo y cristalino de la venganza.

El domingo subió a una guagua que lo llevaría, anónimo entre dos docenas de personas, a una visita por el Estero. Era una iniciativa de las autoridades locales como medio de dar a conocer los modernos sistemas de explotación agrícola, en los que el Estero tenía a orgullo ser tomada como modelo. La visita era un paseo guiado por los invernaderos, las huertas, la embotelladora de agua, las cuadras y las instalaciones de lavado y empaquetado de productos. Regresó enamorado de la tierra, lamentándose de tener que dar por perdido el derecho sobre ella y sin haber podido ver de cerca a su enemigo, que era, sin saberlo, lo que en realidad había ido a buscar.

Lo encontró de manera ocasional, una tarde al regreso de una caminata por las montañas cuando se cruzó con la pareja. Los dos lo saludaron con cordialidad y se detuvieron un instante para intercambiar con él unas frases sobre la esplendidez del día. Apenas pasados unos días sucedió lo que fue para él como un milagro. Salía a dar su pequeño paseo, cuando vio salir a Alejandra de la casa colindante y descubrió que su vecina era la misma que acompañaba a Arturo Quíner en las dos ocasiones en que los había visto.

De nuevo el pasado. La conocía desde niño, incluso recordaba su nombre. Era muy chica cuando él la divertía empujándole el columpio o moviéndole el balancín. El corazón le dio un pálpito porque descubrió que ella era cuanto quedaba con vida del mundo deshecho de su infancia. La siguió. Llevaba un bolso y un cuaderno de dibujo. Al llegar a la cala, sacó una cámara fotográfica con la que disparó un carrete a la escultura de Francisco Minéo, variando de ángulos y distancias. A continuación se sentó en el suelo, abrió el cuaderno y comenzó a dibujar con trazos muy leves y firmes. Pablo la observó impasible, según sus mañas de león al acecho, hasta que el boceto pareció tener el encaje definitivo. Caminó muy despacio y se paró detrás de ella.

—¿Se puede mirar? —preguntó.

Alejandra lo miró sonriendo y un tanto sorprendida.

—Dicen que éste es ahora un país libre. Claro que puedes, si no me tapas la vista.

—Eres buena. Lo has dejado perfecto, apenas sin corregir.

—Gracias, pero no es mérito mío. Es por el modelo, que no se ha movido —respondió divertida.

—Esta semana estoy teniendo mucha suerte. Es la segunda vez que te veo.

Alejandra hizo como si no hubiera oído la primera parte.

—Es un sitio muy pequeño, no paramos de vernos unos a otros.

—Espero tener esa suerte contigo —respondió él.

Y ella se limitó a sonreírle, mientras daba por concluido el boceto y recogía los trebejos. Arturo la esperaba en el coche.

—Adiós —dijo, y escapó corriendo.

Pablo regresó muy despacio. Cabalgaba ya, sobre el lomo de otro ensueño.

Al día siguiente solicitó plaza en la universidad para concluir la carrera en la isla, lo que esperaba hacer en un solo curso, si se acomodaba bien. Viajó a Madrid, llenó cajas y maletas con lo necesario para desaparecer por completo durante una larga temporada. Lo envió junto a la moto, y se enfrentó al padre en la peor bronca que ambos recordaban. Que hubiese decidido conservar las propiedades en lugar de liquidarlas, que quisiera terminar la carrera en la isla, era para Jorge Maqueda el desastre que desde el principio había temido y la prueba de que el hijo no deseaba romper la relación con el pasado. No podía impedirlo. Pablo era mayor de edad y disponía de su propio dinero. Ni siquiera podía pedirle explicaciones, sólo le quedaba el recurso de ordenarle a Eufemiano que controlara de cerca las andanzas del hijo.

No era posible entrar a la casa con un vehículo sin abrir la cancela, lo que además de ser un proceso laborioso e incómodo, llamaría la atención. Sin embargo, por el discreto lateral donde estaba la entrada que él utilizaba con tanto sigilo, había un enorme portalón de madera, de ancho y altura sobrados para la entrada de cualquier vehículo. Era la puerta exterior de lo que en tiempos fue almacén y bodega. El que Dolores Bernal tuvo que convertir en capilla, para agasajar al asesino que aniquiló a su familia por dos veces.

Aprovechando los trabajos de restauración que se extendieron durante el verano, lo reformaron para convertirlo en cochera. Retiraron el tabique que hacía de altar y lo desplazaron diez metros desde la puerta. Quedó un lugar amplio en el que cabrían con holgura dos vehículos y la moto. En la casa arreglaron paredes, reforzaron puertas, limpiaron vigas, restauraron ventanas y pintaron, cumpliendo el encargo de no hacerse notar. Eran gente de la confianza de Eufemiano, pese a lo que Pablo se presentó como un trabajador contratado para vigilar la casa mientras terminaban las obras.

Hasta en los detalles sus movimientos atendían a un plan que se iba cerrando en círculos concéntricos en torno a Alejandra Minéo. Continuó sus acampadas en la montaña del

Estero, pero lo hacía entre semana para no cruzarse con la pareja, porque deseaba encontrarse con la mujer pero odiaría ver al marido. Había descubierto que Alejandra acudía muchas tardes a su casa de Hoya Bermeja para atender las plantas, y que al menos una vez en semana abría las ventanas y solía bajar a la cala para continuar sus prácticas de dibujo. Él bajaba por si tenía la suerte de encontrarla allí. La tuvo en ocasiones, aunque no siempre habló con ella. Como en la época del fósil que contemplaba a Josefina Castro, la observaba inerte desde la distancia y sólo si llegaba el golpe de inspiración que lo catapultaba como un resorte, se acercaba para saludarla. No cometió el error de volver a una insinuación que pudiera importunarla. Se mostraba suelto y vivaz, y hablaba de cosas de la más absoluta intrascendencia que no pudieran inquietarla.

Supo así que ella empezaría a estudiar en la capital al principio de curso, de modo que desde primeros de septiembre cada lunes esperaba, en el cruce de Hoya Bermeja, al coche de Arturo. Sin embargo, fue ella la que pasó conduciendo su propio coche. Era una conductora muy prudente y le resultó fácil seguirla, manteniendo la distancia para no delatarse, pese a lo que la perdió en dos ocasiones a la entrada de la ciudad. Sin desánimo, pues la tenacidad era su mejor cualidad, y al tercer intento no sólo logró llegar hasta el instituto, sino que descubrió que se alojaba en un edificio de apartamentos a muy poca distancia.

Una vez que consiguió el horario de clases de Alejandra, se encaramó a la moto y cerró el siguiente círculo. A las horas en las que no era previsible que apareciera, su presencia se hizo habitual en la cafetería donde ella acudía en los intervalos de las clases, acompañada por la misma amiga. Dejaba buenas propinas y cultivó la amistad de los más habituales invitando con frecuencia y ayudando si le era posible. Creía que cuando por fin se dejara ver por ella, su presencia en aquel lugar parecería fortuita. Alejandra, en efecto, lo recibió primero con desconcierto y agrado, pero el engaño apenas soportó un par de conversaciones antes de que a ella se le hiciera evidente que era objeto del asedio. Como tampoco le pasó desapercibido que entre el muchacho triste, que durante el verano aparecía en la cala en cuanto ella se dejaba ver por allí, y el motorista efusivo y obsequioso de la cafetería, y que parecían dos personas distintas, mediaba un oscuro y turbulento río de dolor.

Para Pablo verla algunas medias horas perdidas, aunque sólo fuera durante cuatro días en semana y en tiempo de clases, le bastaba para sentir suelo firme bajo los pies. Abandonaba las clases en la facultad y hasta dejaba de comparecer a los exámenes, sólo para verla en la cafetería. No había podido encontrarla sola. Solía pedirle un encuentro, decía que para estrechar una amistad inocente, pero Alejandra interponía el obstáculo de que estaba casada con un hombre al que quería. Sólo era otro escollo en el camino, que Pablo estaba seguro de superar con el tiempo, y no le hacía perder el rumbo, para lo que habría hecho falta que algún acontecimiento se lo cambiara.

Ese acontecimiento sucedió de la manera más casual una fría noche de febrero. En épocas de sosiego, antes de acostarse y según sus hábitos, solía dar un paseo a la misma hora y por el mismo recorrido. Llegaba a la plaza de Santa Catalina, torcía por la calle Luis Morote hacia el paseo de las Canteras, caminaba hacia Fernando Guanarteme primero y la avenida de Anaga después, cruzaba en los Paragüitas, pasaba por la plaza de Candelaria y subía a continuación por la calle Ángel Guimerá. En mitad del recorrido hacía un alto para contemplar las aguas del muelle. Fue allí donde se cruzó con ellos una noche. Los vio acercarse bañados por la luz de una luna llena torrencial, tan absortos uno en el otro que no advirtieron su presencia cuando pasaron junto a él. Alejandra rodeando la cintura del marido, debajo de su brazo, con la cara apoyada en el pecho de él, mirándolo con tanta dicha, con tanta dulzura, tan femenina, tan enamorada, que Pablo sintió que se rompía de celos.

Tras varios días de desconsuelo y sufrimiento en la casa de Hoya Bermeja, apareció en la puerta del instituto, demacrado y ojeroso. Aunque esperaba por ella, sus respuestas fueron evasivas. Estaba tan agarrotado que Alejandra le acarició la cara al despedirse. Fue un gesto inocente que, sin embargo, le dio a Pablo impulso para presentarse al día siguiente a decirle lo que ella intentaba evitar.

—¡No puedo vivir sin ti, Alejandra!

Alejandra fue suave pero terminante.

—Sabes que estoy casada, Pablo. Si no puedes entender eso, será mejor que no volvamos a hablarnos.

Pablo hizo un largo silencio, pero no pudo guardarse más el veneno que lo corroía.

—No te comprendo, Alejandra. Es un viejo egoísta que te quita la vida sin que te des cuenta.

Ella no respondió. Volvió a sentirse como una pantera enjaulada.

—No vuelvas a decir nada de mi marido, porque no volveré a hablar contigo nunca más. ¿Lo entiendes, Pablo? Dime que lo has entendido, o no te acerques más a mí.

Pablo asintió. Hasta ese día el odio hacia Arturo Quíner, con ser intenso, era inconcreto, vano, y carecía del dolor abrasivo de los odios sólidos y personales.

* * *

La noche oscura, son las doce y media. Durante la tarde un aguacero había empapado la tierra. Cayetano da un largo rodeo y atraviesa las parcelas abandonadas para evitar la vigilancia del Estero. Escondido tras la escuela se limpia el barro de las suelas, mientras espera a que en una de las viviendas alguien termine de observar la noche y cierre la ventana. Cruza por una sombra y llega a la que había sido su casa. Encuentra la puerta exterior entornada. Está bebido, pero sabe dónde aplicar la fuerza. Apoya su corpachón enorme en la puerta interior, empuja y hace saltar el pestillo. Los niños duermen en la habitación, frente a la de Beatriz. Cayetano entra al dormitorio con sigilo y se detiene junto a la cama. En ese instante el niño mayor, que se ha despertado, enciende la luz en la habitación. Beatriz se despierta, intenta gritar, pero Cayetano le cubre la boca con la mano y la levanta en volandas. El grito del niño desgarra la noche. Beatriz consigue zafarse, Cayetano resbala en el forcejeo y cae, pero logra atraparla por el tobillo. Ya de pie, la sujeta por el cuello con una sola mano y aprieta hasta que la siente perder la conciencia. La deja caer a un lado, donde queda tendida con la expresión retorcida en una mueca de muerta que espanta la cobarde conciencia de Cayetano. Varios vecinos llegan a la puerta en el momento en el que él sale corriendo y se pierde en la noche por el mismo sendero que lo ha traído.

Arturo se abrió paso en el tumulto y llegó a la habitación donde algunas mujeres atendían a Beatriz. La ambulancia llegó pronto y se la llevó. Seguro de que los niños estaban bien y quedaban al cuidado de una familia, se marchó a casa a coger los documentos que necesitaría para presentar la denuncia.

Salía cuando sonó el teléfono y regresó para atenderlo. Una voz masculina dijo llamar del hospital para comunicarle que Alejandra Minéo había ingresado, víctima de un accidente. El hombre dijo no poder anticiparle nada sobre el estado de la paciente porque era información que le correspondía al personal médico.

Jugándose la vida recorrió los casi doscientos kilómetros de trayecto desde el Estero hasta la capital. Nadie en el hospital sabía nada de Alejandra Minéo y el único accidente que habían atendido era el de Beatriz, ingresada una hora antes de que él llegara. Perplejo, corrió al apartamento y encontró el coche de Alejandra estacionado delante del edificio. Dormía tranquila y se asustó más por el percance de Beatriz que por la truculenta historia de la llamada telefónica.

No habían dejado de verse sino un par de veces durante el curso y ambas después de Año Nuevo. Aquélla habría sido la tercera noche en la que él no durmiera con ella. Por la mañana la comunicación telefónica con el Estero fue infructuosa. Acudieron al hospital para interesarse por Beatriz, que estaba fuera de peligro pero con una fractura en el cráneo que la obligaría a permanecer bajo control médico durante algunas semanas. Ella lo acompañó cuando regresó al Estero, inquieto porque no había podido establecer comunicación telefónica.

25

El menor de sus hijos no había cesado de llorar, torturado por la inflorescencia de la dentadura y la noche había sido larga y mala para Eduardo Carazo. Muy temprano un guardia golpeó con los nudillos la puerta de la casa, dentro del cuartel. Con el pequeño en brazos, Eduardo Carazo entreabrió para atender al guardia.

—Perdone la hora, mi teniente. Es urgente. Arturo Quíner ha matado a un hombre cerca del Estero.

—¿Quién es el muerto? —preguntó Eduardo Carazo.

—Cayetano, mi teniente. El que agredía a la mujer.

—¿Se ha entregado Arturo?

—No, mi teniente. Es lo que dijo el que vino a denunciar.

—¿Dónde está el cadáver?

—Por debajo de la finca, en un apartadero.

—¿Está avisado el juez?

—Fue lo primero. También avisé al equipo forense de la comandancia.

—¿Quién está allí?

—El sargento Dámaso con otro guardia.

—Avísele de que subo enseguida.

Lo primero que le enseñaron antes de vestir el uniforme fue que el sobresalto sería la rutina más segura de sus días. Nada le dijeron sobre cómo cumplir las obligaciones que traspasaran el umbral de la vida personal, pero aprendió pronto que el rigor profesional, también en aquello, era el remedio más eficaz. En esta ocasión, sin embargo, la frialdad fue más aparente que real y la ligera inquietud que sintió al oír el nombre dio lugar a una fragorosa comezón para cuando terminaba de afeitarse y vestía el uniforme. Le aturdía la noticia de una muerte, le fastidiaba el anuncio de trabajo y papeleo, le abrumaba que estuviera tan claro el nombre del homicida y, sobre todo, le dolía que ese nombre fuera el de Arturo Quíner.

Llegó al lugar apenas media hora después del aviso. Como en tantas ocasiones, adelantándose a lo que él mismo habría ordenado, el sargento Dámaso había acordonado la zona en un perímetro de doscientos metros, controlaba la entrada y salida de personas de la finca y se había puesto de acuerdo con un responsable de la oficina del Estero para que cortase las comunicaciones de radio y teléfono con el exterior.

Doscientos metros por debajo del acceso principal del Estero, el cuerpo de Cayetano estaba tirado en una cuneta, sobre la espalda, con los brazos tendidos a los costados y las piernas juntas. Tenía un agujero en medio de la frente, hecho por un instrumento de punta cuadrada, y la camisa y el pantalón empapados de sangre. Cerca del cadáver habían señalado una pisada muy clara y profunda y la huella de unos neumáticos muy anchos. Ciento cincuenta metros más arriba, otras pisadas de barro marcaban una senda de algunos metros en la calzada que desaparecía de pronto.

Eduardo acababa de hablar con el testigo que señalaba a Arturo Quíner cuando llegó el juez instructor, acompañado por el secretario y un forense. El juez saludó con cordialidad y comenzó con un interrogatorio más destinado a conocer los hechos que al protocolo técnico, mientras echaba un somero vistazo al cadáver y daba sus primeras órdenes. Era un hombre de edad cercana a la jubilación, y por el rigor, los ademanes pausados y las órdenes diligentes, daba la exacta imagen de autoridad y experiencia que Eduardo esperaba ver en él.

—¿Se conoce quién es el muerto? —preguntó.

—Se llamaba Cayetano Santana. Era trabajador del Estero, pero fue despedido hace algún tiempo. Tuvimos una denuncia por malos tratos a la mujer. Estaban separados, pero según parece anoche volvió a las andadas y entró a la fuerza en la casa. La golpeó y tuvieron que llevarla al hospital. Al parecer está fuera de peligro, pero continúa ingresada.

—¿Se sabe quién es el responsable?

—La persona que nos dio aviso está dispuesto a testificar que vio al dueño del Estero huir después de abandonar el cadáver.

—¿Es testigo de calidad?

—Parece estar muy seguro, señoría. Aunque creo que miente en algo —explicó Eduardo—. Dice que su presencia aquí, a esa hora tan extraña de la madrugada, se debe a que es cazador. Hoy es día de caza controlada, pero él no ha traído pertrechos ni por esta zona hay donde practicarla. El único coto de caza de los alrededores es propiedad del Estero y tienen prohibida la caza.

—Quizá trate de ocultar algún lío de faldas —dijo el juez, quitándole importancia—. ¿Qué más se sabe?

—Si el forense confirma que la única herida es la de la frente, parece que lo mataron en otro sitio y abandonaron el cadáver aquí. En esa posición, tendido boca arriba, es imposible que se formen las manchas del pantalón y la camisa. Da la impresión de que estaba sentado cuando lo golpearon. Quizá en un coche. Además, las huellas de barro corresponden con las de sus zapatos. Pero terminan en la carretera, muy separadas del arcén. Como si hubiera subido a un vehículo. Hay un coche implicado. Tenemos huellas de neumáticos junto al cadáver.

—Trabajaremos con esa hipótesis. Asegúrese de que confirman que las pisadas corresponden con los zapatos del fallecido. ¿Se ha encontrado el objeto que provocó la herida?

—Hay dos guardias buscando, sin resultados de momento.

—¿Se conoce el paradero del inculpado?

—Anoche, después del suceso en la vivienda, salió de la casa y no ha regresado. Estamos intentando localizarlo.

—¿Lo conoce bien?

—He hablado con él en ocasiones. No tiene antecedentes, es joven, sobre los treinta, muy trabajador. Es hombre de carácter, pero no parece violento. Es muy apreciado aquí. Ha dado mucho empleo y tiene fama de ayudar cuando puede.

—¿Qué móvil podría tener?

—Tuvo un altercado con Cayetano por el asunto de la mujer. Pelearon. La mujer puso la primera denuncia porque se sintió protegida por él. Cayetano andaba jurando que se vengaría, pero pensábamos que eran bravuconadas.

—¿Es posible que hubiera relación sentimental entre este Arturo Quíner y la mujer del fallecido?

—No, señoría. Con seguridad. Las palizas del marido eran continuadas. Habría terminado matándola de no ser por la separación. Y pudo separarse porque Arturo Quíner le dio trabajo y la vivienda, que es propiedad de la empresa.

—Si no hay otro motivo que la enemistad, ¿qué ganaría con esta muerte?

—Nada. Al contrario, perdería mucho. Aunque tal vez fue Cayetano quien lo atacó y él lo mató al defenderse. Pero eso no casa con las pisadas. Si son del cadáver, como creemos, el vehículo es casi seguro que no fue el de Arturo Quíner. Cayetano estaba muy enemistado y de ninguna manera se habría subido al coche de Arturo Quíner.

El juez dio el visto bueno al control de entrada y salida de la finca y la intervención de los teléfonos, y ordenó el registro de la vivienda del Estero. Agustín y Venancio, que sólo conocían lo sucedido la noche anterior en casa de Beatriz por los comentarios y el rumor de que había un cadáver, aguardaban a que se levantaran los controles, sin imaginar que la tragedia era mayor hasta que fueron requeridos para que facilitaran la entrada en la casa. En el registro intervinieron, además del secretario del juez y el forense del juzgado, Eduardo Carazo y dos guardias del equipo forense de la Guardia Civil, que acababan de llegar. Como esperaban, la puerta trasera de la vivienda permanecía abierta. Apenas tardaron dos minutos en encontrar lo que buscaban. Escondido con poca cautela entre los útiles de limpieza, había un martillo manchado de sangre, con el anagrama del Estero y un número de seis dígitos troquelados. Agustín confirmó que era un número que se le asignaba a la herramienta a su entrada en el almacén, antes de ponerla en servicio.

Tras firmar la orden de búsqueda y captura de Arturo Quíner y ordenar el levantamiento del cadáver, el juez habló con franqueza cuando se despedía de Eduardo Carazo.

—Búsqueme al homicida donde alguien quiera perjudicar a este hombre. Una de dos: o este Arturo, además de homicida, es un lerdo capaz de llevar a su propia casa el arma que lo incrimina, o tiene enemigos muy aplicados. Y no pienso consentir que insulten mi inteligencia con semejante disparate, aunque para ello tengamos que comprobar cada detalle cinco veces.

Eduardo Carazo participaba de esa opinión. Entre las pruebas los pormenores más discordantes eran los que señalaban a Arturo Quíner. Con excepción del martillo, no habían hallado ni una sola evidencia de refutación de la hipótesis de su culpabilidad. Si Cayetano hubiese esperado a Arturo Quíner cerca de la casa, deberían haber hallado alguna prueba de su paso o rastros del encuentro en las inmediaciones. En particular manchas de sangre, que no habían encontrado. Y estaba seguro de que si en el transcurso de una hipotética pelea hubiera ocurrido una fatalidad, Arturo se habría entregado.

* * *

Él y Alejandra estaban de camino. Tras interesarse en el hospital por Beatriz Dacia, ante la imposibilidad de comunicarse con la oficina del Estero, había llamado al ayuntamiento donde lo advirtieron de que la Guardia Civil tenía acordonada la entrada de la finca, aunque desconocían la causa.

El juez acababa de marcharse cuando Eduardo Carazo vio al matrimonio apearse del vehículo y acercarse a él con evidente desconcierto. Pensó que no era aquélla la actitud de personas que ocultaran algo.

Arturo saludó y quiso informarse pero se adelantó el sargento Dámaso Antón, preguntando en un tono muy grave:

—¿Es usted Arturo Quíner?

—¡Claro, Dámaso, sabe usted que sí! —respondió Arturo, muy sorprendido.

—Arturo Quíner —dijo Dámaso, sin dramatismo, pero inexorable—, ¡queda usted detenido por la muerte de Cayetano Santana!

Estupefacto, Arturo no reaccionó mientras Dámaso le enumeraba los derechos, le ponía las esposas y lo hacía subir al coche oficial. Eduardo tranquilizaba a Alejandra y le pedía que los acompañara para declarar.

—¿Ha entendido sus derechos, Arturo? —le preguntó Eduardo, de camino hacia el cuartel.

—Los conozco y los entiendo —respondió Arturo, sin salir del aturdimiento.

Eduardo Carazo le avisó de que tendría que interrogarlo y que sería duro cuando lo hiciera, pero fue impecable en las formas. En el informe de la detención dejó constancia de que el detenido se había entregado por voluntad propia, lo que sin ser cierto con exactitud, era lo más cercano a la verdad. Esperó la llegada del abogado antes de tomarle declaración y procuró que estuviera cómodo en el calabozo. Tras la declaración de Alejandra, incluso los dejó a solas durante unos minutos.

Fueron concesiones menores que de ninguna manera estorbaban el desarrollo de la investigación, y a las que Eduardo Carazo se creía obligado. La primera vez que habló con Arturo Quíner fue con motivo del descubrimiento del cadáver de Ismael. Salvo por algún comentario en el que fue fácil adivinar la envidia, las referencias que le habían llegado sobre él eran inmejorables. El disgusto por la acusación que hizo señalando como responsable directo de la muerte de su hermano a un cabo de la Guardia Civil ni siquiera duró unas horas. En la práctica, Eduardo estaba recién llegado y desconocía los secretos del lugar. Sin salir del cuartel supo que la acusación era el secreto a voces más clamoroso del Terrero. Ni siquiera necesitó hacer pesquisas para hallar las pruebas que lo demostraban. El casquillo de un cartucho OTAN de 7,62 milímetros, hallado muy cerca del cadáver, mostraba en el culote la delatora muesca del percutor que lo había disparado. El arma, un mosquetón máuser, estaba ya fuera de servicio, pero continuaba en el armero, todavía con destino en aquel destacamento bajo su mando.

Arturo Quíner le había dado palabra de que si el asesino estaba vivo no pararía hasta verlo delante de un juez, pero que ni siquiera mencionaría el nombre de la Guardia Civil. Con el cabo Liborio muerto, cumplió su palabra y enterró al hermano en el más impenetrable silencio sin dar a conocer siquiera el informe oficial.

* * *

Ante pequeñas injusticias Arturo Quíner podía ofuscarse y llegar a mostrar un poco de mal genio, pero quienes lo conocían de cerca lo habían visto florecer en las adversidades. Asistido por un estado de fría paz interior, cuanto mayor fuera la dificultad con mayor aplomo y más serenidad la afrontaba. Aunque el interrogatorio fue largo y Eduardo se mostró implacable, nada consiguió confundirlo. Fue exacto en los detalles y respondió tantas veces y de tantas formas como le preguntaron el itinerario que había hecho durante la noche anterior. El aviso del percance de Beatriz, la extraña llamada telefónica, la carrera a la capital, la apresurada llegada al hospital primero y al apartamento después, la visita a Beatriz a primera hora de la mañana y la llamada al ayuntamiento, en la que supo que algo grave había sucedido en las inmediaciones del Estero. Con diferencia de pocos minutos, las declaraciones concordaban con las hechas por Alejandra y los que auxiliaron a Beatriz y los niños durante la noche. Al día siguiente repitió lo dicho en el cuartel delante del juez, antes de ingresar en la cárcel por la orden de prisión provisional sin fianza.

* * *

El único mérito del Terrero para acoger un destacamento de la Guardia Civil tan señalado era la localización geográfica en el punto mejor comunicado de una extensa comarca. Un cabo había sido el miembro de mayor rango, y seis guardias, aniquilados por los servicios de veinticuatro horas, la mayor dotación, hasta que la comandancia obtuvo los recursos para ampliarlo y ponerlo bajo el mando de un teniente. Eduardo Carazo era por tanto el miembro de mayor rango que había tenido el destacamento del Terrero. Era guardia civil por tradición familiar, pero también por vocación, y sentía que el uniforme era un privilegio que exigía un alto sentido de la justicia. Para merecerlo, se comportaba como un profesional abnegado que ponía todo el empeño en cumplir de la manera más rigurosa.

Además del tricornio y el uniforme verde, la otra imagen distintiva de la Guardia Civil es la pareja de guardias con el mosquetón al hombro. Pero se trata de algo más que una imagen. Cada guardia civil es sólo una mitad y como las ruedas de un mismo carro, cada uno no es nada sin el otro. Eduardo era teniente, pero tenía también una mitad inseparable. En lo que él consideraba el mayor de los privilegios, el otro extremo de su mancuerna lo ocupaba el sargento Dámaso Antón. Había llegado al grado de sargento desde el escalón más difícil, el de simple guardia, estudiando y aprovechando cada oportunidad de ascenso, asistiendo a todos los cursos y presentándose voluntario a cuanto servicio ingrato aparecía. En casi treinta años de servicio había pasado por todos los destinos y conocido todos los servicios imaginables, de modo que ningún ángulo de la institución le era desconocido. Eduardo era número uno de su promoción en la academia y, por tanto, en experiencia y conocimientos lo que a uno le faltaba al otro le sobraba.

Dámaso era veinticuatro años mayor que Eduardo, a quien trataba más como amigo o como hermano menor, lo que no mermaba su sentido de la disciplina sino que, por el contrario, lo obligaba a ceñirse más al reglamento, para evitar que Eduardo se viese obligado a la difícil elección entre la amistad y las exigencias del servicio.

Los pormenores de la investigación se fueron desgranando en los días siguientes sobre la mesa del despacho y cuantos más datos tenían y más ciertos se hacían, más seguro parecía que Arturo Quíner quedaría pronto en libertad bajo fianza. Con ser concluyentes, tanto la declaración del testigo como el hallazgo del martillo en la casa eran pruebas que se volvían inconsistentes en cuanto se intentaba confrontar con las otras.

Le habían enviado una copia del plano que levantó el equipo forense con la situación del cadáver y las pisadas de la carretera, y cientos de fotografías de los detalles. Una huella de zapato de la talla 39 se descartaba que fuese la de Arturo. También se descartaban las huellas de los neumáticos, de la misma marca y modelo que las del vehículo que le habían intervenido, pero con desgaste distinto. Salvo por diferencias de pocos minutos, la coincidencia de las declaraciones de Arturo y Alejandra era absoluta y tampoco existía disconformidad con las declaraciones del personal de vigilancia del Estero.

Tras cuatro días de intenso trabajo Eduardo Carazo pudo redactar el informe, que sin revelar lo sustancial del caso sí desmontaba lo accesorio. Personas que vieron huir a Cayetano de la casa, pero que no habían declarado, confirmaban la hora de las declaraciones. No había duda de que Arturo Quíner abandonó la finca a las 2.05. En el servicio de urgencias del hospital, para atender a quienes preguntaban por un ingresado, el coordinador tomaba nota en un simple cuaderno de la hora y el nombre del paciente. Dámaso consiguió la fotocopia de las anotaciones durante la noche de los hechos. En ella constaba que a las 3.40 de la madrugada alguien se interesó por la paciente Alejandra Minéo, con resultado de no ingresada, corroborando lo declarado por Arturo Quíner.

Sin embargo, el itinerario de Cayetano Santana, desde el mediodía hasta que apareció en la puerta de Beatriz, era un misterio. Vivía con la madre desde que se marchó del Estero. Sobre el mediodía salió para rematar un trabajo y retirar las herramientas, se tomó un café y un par de copas en Hoya Bermeja y desapareció. Siguiendo la pista del trabajo, Dámaso habló con un contratista que confirmó que solía emplear a Cayetano cuando tenía alguna reforma, pero que hacía más de dos meses que no lo veía. Tenía noticia de que hacía unos arreglos en la casa grande de Hoya Bermeja. Dámaso acudió a horas distintas durante varios días, antes de dar por hecho que la casa estaba vacía.

El mismo día que obtuvo la fotocopia en el hospital, Dámaso pasó por la comandancia a recabar información sobre el único testigo. La sorpresa fue que se trataba de un antiguo policía. Además de un rosario de delitos menores y faltas, una sentencia firme lo inhabilitó para cargo público, expulsándolo por tanto del cuerpo de policía, por un oscuro caso de violación a una detenida. Trabajaba para una agencia de cobro de morosos, cuando no hacía de portero en tugurios de alterne.

* * *

Eduardo Carazo firmaba el registro cuando le dijeron que debía acudir al despacho del juez, situado al fondo de un corredor, cuya estrechez habían empeorado con una estantería de legajos, hasta el techo y en todo el recorrido. Golpeó con suavidad en la puerta y entreabrió.

—Pase, Eduardo —dijo el hombre desde dentro.

De nuevo fue cordial y Eduardo agradeció que recordara su nombre. Sin embargo, tras esa primera impresión, parecía una persona distinta. Jugueteaba nervioso con los objetos del escritorio y cambiaba de postura en el sillón con frecuencia, sin sostener la mirada.

—Seguimos sus instrucciones. Hemos comprobado las declaraciones y nos inclinamos a pensar que usted estaba en lo cierto. Excepto el testigo y el martillo, nada inculpa a Arturo Quíner. Todo lo demás parece exculparlo.

—Lo del martillo fue una conjetura de la que el fiscal me ha disuadido —dijo el juez, quitándole importancia.

—Pero hay una prueba más concluyente. Se trata de las huellas junto al cadáver. La de zapato es de la talla 39 y hacen falta 160 kilos de presión para dejarla. La talla del inculpado es la 43. El informe forense habla de que es de un hombre que cargaba con algo muy pesado. Casi seguro que el cadáver. Además, el informe de las huellas de neumáticos habla del mismo fabricante y modelo, pero de neumáticos distintos.

—No pierda más el tiempo con eso, Eduardo. El fiscal tiene un testigo fehaciente que lo vio abandonando el cadáver.

—Cierto, señoría, pero ese testigo mintió en la declaración. Nunca ha tenido licencia de caza.

—Eso, Eduardo, le corresponde a la defensa del acusado. Nosotros hemos hecho ya nuestra parte.

Estaba claro que el hombre tenía prisa por concluir y

Eduardo continuó, limitándose a responder a las preguntas sin entrar en valorar los datos.

—Las pruebas periciales de fibras y pelos en el interior del vehículo de Arturo Quíner tardarán en llegar —continuó—. No hay huellas en el martillo. La sangre es la de la víctima.

—¿Algo sobre el fallecido?

—No pudimos averiguar lo que hizo aquel día. Desde que desapareció al mediodía hasta que entró en la vivienda nadie lo vio.

—La mujer del inculpado —dijo el juez, consultando el nombre en uno de los muchos folios que tenía en la carpeta abierta, delante de él—, Alejandra Minéo, ¿podría haberle ayudado a cometer el crimen?

Eduardo estuvo a punto de perder la compostura. Tomó aire y le respondió de la forma más escueta que pudo.

—Las declaraciones están confirmadas. Una vecina suya la llamó a medianoche para que le abriera la puerta de la portería. No habría tenido tiempo de llegar al Estero para la hora en la que sucedieron los hechos.

Regresó desconcertado y con la certidumbre de que el juez estaba a punto de cerrar la instrucción del sumario y confirmar el encarcelamiento de Arturo Quíner. Sólo tardó dos días en hacerlo, denegando la libertad condicional.

Tanto la prensa como la radio y la televisión le habían dado un trato ecuánime y proporcionado en el apartado de sucesos, sin embargo, la noticia se hizo la más relevante durante unos días. La información real era poca y estaba mal contrastada, pero se publicaron artículos, comentarios y hasta columnas de opinión. El contenido fue de color disparejo pero excesivo para hechos tan irrelevantes como la muerte de un desconocido y la entrada en prisión de otro. Por la noche

Dámaso se presentó en la casa de Eduardo, con los ejemplares de periódicos de varios días en la mano.

—¿Una cerveza, Dámaso? —le preguntó, invitándolo a pasar con el gesto de franquearle la entrada.

—¡Bien fría, si tienes, mi teniente! La estoy necesitando —le respondió Dámaso mientras tomaba asiento.

Al hacerlo, el niño mayor se sentó junto a él y Eduardo le puso al más pequeño en los brazos antes de dirigirse a la cocina.

—Mira, mi teniente, a mí esto no me gusta. Aquí se necesitaba un culpable pronto, aunque no fuera el auténtico, y nos están utilizando.

—¿Has encontrado algo nuevo en los periódicos o siguen dándole vueltas a lo mismo? —preguntó Eduardo mientras le alcanzaba la cerveza y volvía a coger al pequeño.

—La cosa se ha moderado, pero siguen en la misma línea. Dan por hecho cosas que sólo nosotros podíamos saber, pero que no hemos dicho. Cosas que son falsas o no están comprobadas.

—¿Y quién es el que filtra eso?

—Cuando pasa, suele ser la fiscalía, para preparar el terreno. Esta vez está demasiado cogido por los pelos.

—Anoche casi no dormí, Dámaso. Está claro que si queremos poner las cosas donde deben estar, no tenemos otro remedio que encontrar al verdadero culpable. Si es Arturo Quiner, llevándole al juez las pruebas que lo incriminen. Pero si no lo es, dando con quien lo hizo.

—¿Todavía tienes dudas de que haya podido ser él?

—No, mi sargento —le respondió Eduardo—. Dudas no tengo. ¿Cuánto tiempo lleva ir a la capital desde el Estero?

—Con un cronómetro no lo he comprobado —respondió Dámaso—. Pero de día, con tráfico de camiones, por la carretera hasta la autovía, media hora por lo menos, y otra hora y pico de autopista. Por unas dos horas, debe de andar la cosa.

—¿De noche, con poco tráfico y sin lluvia?

—Poco menos de dos horas.

—Lo digo porque en las declaraciones Arturo Quíner dice que salió del Estero a las 2.05 y eso tú lo has confirmado. Si llegó al hospital a las 3.40, ¿a qué velocidad hizo el trayecto?

—Lo calculé y me pareció que lo había hecho con un cohete. Me salieron 118 kilómetros por hora, de media —explicó Dámaso.

—El todoterreno que se le intervino alcanza esa velocidad de sobra, aún más por la autopista. Pero por la carretera habrá ido a poco más de 50 por hora.

—Máximo a 50 por hora.

—O sea, que por la autopista a 150 por hora, al menos. O miente con lo del hospital o no tuvo tiempo de pararse ni un segundo desde que salió de la finca. Aunque existe otra posibilidad: que llamara a otra persona para que se presentara en el hospital.

—Eso lo comprobé. La mujer que tomó la nota en el registro de urgencias lo recordaba y lo describió bien.

—Entonces tendremos que hacer lo que nos corresponde, mi sargento. Seguir buscando hasta dar con el responsable. Tenemos el problema, pero nos han quitado los medios, de manera que otra vez corre a cargo de nuestras costillas.

—Entonces, sin novedad. Que en nuestro negocio, es lo más común.

26

La visita que cada pocos días le hacía el abogado en la cárcel tenía por objeto más la firma de los documentos que necesitaban en el Estero, que para informarlo de la marcha del proceso. De lo más importante, la acusación de asesinato, de tarde en tarde le traía alguna vaga noticia tranquilizadora, asegurándole que muy pronto debían pronunciarse sobre el recurso a la denegación de libertad bajo fianza, y de que cuando se viera el juicio, de sobra quedaría demostrada la inocencia. Sin embargo, desde el primer momento las cosas no habían hecho sino empeorar y, salvo en lo que parecía más relevante, Arturo apenas escuchaba ya.

Incluso antes de que el juez hubiera confirmado la prisión provisional, que tenía recurrida, cuando todavía estaba seguro de que sólo permanecería en la cárcel un par de semanas, pidió trabajo y un hueco para ayudar a presos con dificultades en alguna de las múltiples actividades de apoyo que la prisión organizaba. Ambas cosas se las facilitaron de inmediato. Por las mañanas trabajaba en el invernadero y por las tardes ayudaba con los estudios a presos que iban retrasados, con los que mantuvo la poca relación que se permitió tener en la cárcel. Aún le sobraban un par de horas para acudir a la biblioteca antes de la cena. De esa manera conseguía estar ocupado la mayor parte del tiempo, sin desesperar, mientras contaba los minutos que le faltaban para ver a Alejandra.

Ella se había hecho más independiente, aunque apenas salía del apartamento, excepto para ir a clase. Los sábados se marchaba muy temprano para atender la casa del Estero y dar una vuelta por la de Hoya Bermeja. Dormía una sola noche en la casa del Estero, porque en la de Hoya Bermeja le faltaba la madre, aunque en la otra tampoco se encontrara cómoda sin él. La tarde del domingo regresaba al apartamento, donde la necesidad de verlo se le hacía menos acuciante si hacía sus prácticas de dibujo o se enfrascaba con los libros y los ejercicios de clase. Acostumbrada desde niña a permanecer en la casa, no le suponía esfuerzo aquella vida de medio claustro, por lo que solía rechazar las invitaciones para ir al cine con los compañeros de clase o para reunirse con ellos en cualquiera de los tenderetes que no paraban de organizar. Lo que más le faltaba eran las largas caminatas que habían sido su entretenimiento favorito desde que se casó. Dispuesta a no darle ventajas a la adversidad, se había hecho el propósito de continuarlas ella sola, y muchos domingos preparó la mochila y la cámara de fotos, pero ni siquiera llegó a la puerta antes de haber desistido. La única ocasión en que pudo consigo misma y llegó a emprender la caminata, regresó desolada cuando apenas había recorrido unos kilómetros.

* * *

Aunque no había vuelto a importunarla con invitaciones ni comentarios sobre Arturo, Pablo la frecuentaba a diario en los intervalos de clase. En los corrillos de la cafetería, en ausencia de Alejandra, podía salir el tema de la acusación de asesinato que pesaba sobre Arturo, en los que Pablo se destacaba por defenderlo con mayor vehemencia. Alejandra lo sabía y en el transcurso de los meses, de manera muy paulatina, había bajado la guardia. Acompañando a Alicia, la compañera de clase que se había hecho inseparable de Alejandra, él había subido un par de veces al apartamento. Pablo no hablaba de sus planes puesto que los tenía supeditados a los de Alejandra, y dado que ella le había manifestado sus intenciones de ingresar en la facultad de Bellas Artes, él se había hecho a la idea de permanecer en la isla, al menos durante unos años.

Sin haberlo buscado ni deseado fue la relación con Pablo, que Alejandra nunca había pretendido que fuese más que cordial, la que provocó un grave cambio de circunstancias en su vida. Faltaba una semana para el término del curso y con la excusa de la despedida, Pablo la asaltó por sorpresa, presentándose sin aviso en el apartamento, para hacer una cena de despedida, con comida china y una botella de buen vino. Alejandra se preparaba para su habitual marcha al Estero de los sábados por la mañana. Pablo le prometió irse pronto y ella, que no tuvo los reflejos para rechazarlo, lo acogió con cautela. Él encendió las velas y puso música. Cenaron y hablaron. De la botella de vino ella apenas se mojó los labios y Pablo tomó varias copas. La cogió del brazo para bailar, ella se resistió y él dio su palabra de que se marcharía sin insistir.

Después de cuatro largos meses de espera, Arturo recibió la resolución favorable del recurso de libertad bajo fianza, y los abogados habían hecho el depósito de avales y presentado los papeles para la excarcelación. Lo habían puesto en libertad a última hora de la tarde y en aquel preciso momento se apeaba de un taxi en la entrada del edificio. El ascensor esperaba en la planta baja y subió sin interrupciones los tres pisos hasta el apartamento. Como solía, con mucha reserva para no invadir la intimidad de Alejandra, giraba la llave muy despacio, abría y empujaba. Observaba antes de entrar, acaso para prevenir algo como lo que en aquel momento sucedía. Entró con sigilo un solo paso y pudo verlos a través del espejo, envueltos por la inquieta penumbra de las velas, bailando al compás melancólico de «Puente sobre aguas turbulentas», de Simon y Garfunkel. Retrocedió, cerró la puerta con sigilo y se marchó, sin que Alejandra lo hubiera advertido.

Paseó muy despacio durante un par de horas antes de marcharse al Estero, sin desfallecer, pero enloquecido de celos y desconsuelo. El momento que había soñado para poner fin a su calvario, el del tercer aniversario, poco después de que ella hubiera cumplido dieciocho años, tuvo que posponerlo por los estudios. Pensó entonces que debía esperar a que hubiera terminado los exámenes del curso de preparación para la universidad. Sería apenas unas semanas después, cuando ella hubiera decidido el rumbo que debía dar a su vida. Él hablaría con ella de su vida en común. Si ella entendía que nada le debía, si la veía segura de que podría marcharse de su lado cuando quisiera, él podría confesarle lo que sentía y hacer por fin la vida de matrimonio que no habían tenido. El momento con el que había soñado, la ilusión y los planes se derrumbaron en el instante en que un desconocido llevaba a su pequeña, sujeta del talle, a un lugar que él tenía prohibido para sí mismo. Aquel recuerdo nunca dejaría de atormentarlo.

Pensaba que sucedía lo que más pronto que tarde tendría que suceder, lo que era más lógico y racional, lo que de muchas maneras distintas él mismo había propiciado durante aquellos años. Nada tenía que oponer a lo que imaginaba, pero aquella razón no disminuía el dolor, sino que lo aumentaba.

Aunque desafortunada, la situación no era ni de lejos la que pensaba. En el apartamento, cuando Pablo quiso avanzar otro paso, se encontró de nuevo con la mujer fiera que una vez se le mostró y ahora volvía a detenerlo en seco. Cuando intentó besarla, Alejandra se revolvió, se liberó de un empellón y le soltó una reprimenda, que avergonzó a Pablo. Ya no volvió a tener duda de que aquella línea no era posible traspasarla y menos con ardides y engaños. Se marchó desolado y furioso consigo mismo.

Arturo no la llamó hasta la mañana siguiente. Ella, sorprendida, abandonó el desayuno, el orden del apartamento, los paquetes y hasta la prudencia con el coche y corrió al Estero. La esperaba en la casa y la abrazó, con fuerza y ternura, pese a que ella lo sintió traspasado por la derrota.

—¿Por qué no fuiste al apartamento? —le preguntó.

—Tenías visita —contestó él, sin mentirle y haciendo un esfuerzo para no denotar abatimiento.

Ella se ruborizó e intentó explicarse, muy aturdida:

—Lo siento, no sabía que te dejarían libre. Es un amigo.

—No, Alejandra. Por favor, no me lo expliques. Es tu vida, debes hacer con ella lo que quieras. Yo tendría que haber telefoneado antes de ir.

Intentaba hablarle con serenidad, pero ella sentía como una hecatombe que hubiese llegado, después de esperarlo durante tanto tiempo, y que la hubiera encontrado en compañía de otro. Existían ya lugares vedados entre ellos. Una estupidez le había hecho perder lo que consideraba más importante en su vida, pero algo faltaba en la exposición del problema que le impedía analizarlo. Si él estaba celoso o siquiera molesto por la presencia de Pablo, se preguntaba por qué no se lo reprochaba. Si la quería, por qué toleraba la situación sin una censura, sin admitir siquiera una explicación. Lo intentó otra vez cuando él subió a consolarla, pero de nuevo declinó oír la explicación. En realidad, ella deseaba provocar una respuesta en la que evidenciara los celos; sin embargo, no encontraba sino, más acrecentada, aquella ignota amargura, que antes que con cualquier suerte de reproche, a ella le era más fácil hacer coincidir con los gestos de amor que él se iba dejando por el camino.

Pasó el día reunido y supervisando los asuntos de trabajo. Por la noche cenaron poco y con desgana. A pesar del tiempo que llevaban con la vida alterada por la ausencia del otro, pese a todo lo que deberían estarse contando, no se hablaron. Ella buscó sitio en el cuerpo de él para quedarse dormida, pero como él, tampoco pudo hacerlo. Los dos sentían que un muro infranqueable se había levantado entre ellos.

Alejandra había dejado de ser la niña inocente que él llevó un día a la casa y él no era el hombre invulnerable que ella, en su ingenuidad, veía en él. Ella se sentía sucia y él agonizaba. Cuando se despidieron, el lunes por la mañana, por el contrario que en otras ocasiones, no se dijeron cuándo se volverían a encontrar. Aunque el curso terminaría en una semana, Alejandra aún debía preparar dos exámenes y sabía que Arturo no regresaría al apartamento. Era tan espantoso que no quería ni pensarlo.

Con ella no le había servido el patético procedimiento de esperar a que el tiempo le cicatrizara los sentimientos. Por mucho que se hubiera preparado para el episodio que más pronto que tarde debía llegar, Arturo Quíner no fue capaz de sostener la entereza megalítica que tanto le servía en otras contiendas. El incidente era la prueba más fehaciente de los viejos vaticinios de su desventura. Apenas había faltado cuatro meses y ella tenía a uno en su vida, y al menos otra media docena se pavonearía a su alrededor mientras aguardaban turno. Si no lo había encontrado ya, muy pronto hallaría uno con quien él, por muy casado que estuviera con ella, saldría derrotado en cualquier orden de la comparación. Quien estaba fuera de lugar no era el otro, era él.

El tiempo que le correspondía había pasado. En el momento de la verdad, debía decidir si por fin mandaría al infierno sus martingalas sobre la hombría de bien, su heroísmo de pacotilla, su irrisoria condición de célibe en el mismo lecho de la lujuria, o dejaba que su terquedad diera la última y definitiva vuelta de tuerca. Con toda seguridad ambos caminos lo conducirían a un mismo despeñadero. Por uno, el final era más lejano, aunque no menos amargo; por el otro, era inmediato. Si la amarrara a él, era seguro que pasados unos años ella terminara sintiéndose ahogada y huyendo de su lado, odiándolo por haberla dejado malbaratar la vida. Pero si fuese lo contrario, que ella fuera la más feliz por estar a su lado, no estaba dispuesto a aceptar que pagara el precio de renunciar a sus propias aspiraciones a cambio de él. Por lo que continuaba sin tener otras opciones que las del primer día.

Ella lo había devuelto a la vida. Se quedaría con ello, con los recuerdos y con el consuelo de pensar que muchísimas veces, cuando ella quisiera ver el camino andado y echara un vistazo atrás, no lo evocaría en un pasaje de sombras, sino en el de una entrañable amistad. Aquéllas eran las ideas. Pero el corazón se resistía a dejarla en brazos de otro, a entregarla sin presentar batalla, y fueron muchas las veces que estuvo a punto de desfallecer, de arrastrarse para ir a confesarle que estaba enloqueciendo de amor y que prefería morirse antes que pasar un instante más sin ella. No hallaba consuelo. Se calló, se escondió, endureció más el semblante, la tristeza le rezumó más y buscó más obligaciones para ocultarlo.

Fue un tiempo terrible para Alejandra. Lo veía atenazado,

supurando por la misteriosa herida que estaba a punto de enloquecerla. Cuando pensaba que el incidente en el apartamento lo había hecho abominar de ella, la lógica le decía lo contrario. Qué era entonces lo que amartillaba aquel dolor intangible que veía hacerse más brutal a cada instante. Por qué no se lo reprochaba. Por qué no hallaba en él una gota de resentimiento. Deseaba ayudarlo y se acercaba, como solía, para diluirle los pesares acurrucándose en él, acariciándole el cabello y abrazándolo, pero esta vez no conseguía el propósito. Notaba en él las respuestas más suaves y tiernas, la atención hacia ella más vigilante, el frenesí del sueño más tortuoso, buscándola con más inquietud, reclamándola con más insistencia, llamándola a veces con desesperación. Quería hablar con él para aclarar las malditas confusiones de su vida en común y pedirle lo que como esposa y como mujer tenía el derecho a reclamar, el amor físico con él, al que no podía ni quería seguir renunciando. Quería que el amor que emanaba de él y ella sentía en el centro del alma, se lo susurrara al oído, quería ser mujer con él, de una vez y por todas. Pero temía herirlo en aquel lastimero estado en que lo presentía. Y no se daba cuenta, pero actuaba como él, acallando sus necesidades, dejando que el tiempo pasara, sumida en las obligaciones.

El verano fue corto y amargo para los dos. Ella presentó los exámenes que le permitirían el acceso a la enseñanza superior y alcanzó el objetivo por el que tanto había luchado. La necesidad de tomar la decisión para los estudios superiores deshizo el nudo de la situación.

—¿Has decidido dónde quieres estudiar? —preguntó él.

—No sé si seguiré estudiando —respondió Alejandra.

—¿No quieres seguir? —preguntó él, muy sorprendido.

—Quiero estudiar, pero no lo haré hasta que no arregle mi vida contigo.

Fue cruda. Arturo lo esperaba.

—¿Y qué es lo que deberíamos arreglar?

—Deberías explicármelo tú, Arturo. ¿Por qué todos los hombres quieren llevarme a la cama, excepto tú, que eres mi marido?

Arturo se sintió golpeado por la rudeza de la pregunta hecha en la forma, con el tono y el momento justos.

Había de ser ese momento el definitivo. Ella tenía la edad para reclamar lo que pedía y él no anhelaba otra cosa que entregarse y hacerla suya, pero estaba obligado a llegar a la última de las consecuencias. Si ella decidía que debían poner, de una vez por todas, el ladrillo que faltaba en su matrimonio, la cogería en brazos, la llevaría al estudio y concluiría lo que habían dejado la tarde en que se lo pidió por primera vez, en el lugar donde, también por primera vez, él renunció a ella. Si ella tuviera alguna sombra de duda, nunca más volverían a hablar de aquello, él debería dejarla marchar y callar ya para siempre.

—Es lo natural, Alejandra. Eres muy bonita y muy alegre. Nos vuelves locos.

—No mientas, a ti no.

Arturo no podía responderle. Prefería morirse antes que engañarla.

—A mí también, Alejandra. Pero cuando nos casamos, no tenías opciones. Eras una niña y yo me habría sentido como un violador. Aunque tú lo desearas yo habría sido el más miserable del mundo.

—Pero yo quería y te necesitaba, Arturo.

—Claro, Alejandra. Querías sentirte amada. Tenías derecho al sexo. Pero no sabías, quizá todavía no lo sepas, que hay cosas que cuando se dan se pierden sin remedio.

—¿Quieres decirme, entonces, qué es lo que hago contigo?

—Crecer, aprender y madurar.

—Como una hija. ¿No es así?

—Como una amiga, una compañera a la que se desea lo mejor.

—Entonces ¿qué debo hacer, esperar a cumplir treinta años?

—No, Alejandra. Debes continuar estudiando. Debes irte, conocer otras cosas, otras formas de vivir.

—¡Otros hombres! ¿Es eso lo que quieres decir?

Tuvo que esperar para responder sin que la voz se le quebrara:

—También otros hombres, Alejandra.

—No puedo imaginarme con otro, Arturo.

—Porque no has conocido a ningún otro. Yo dentro de poco no tendré nada que ofrecerte y tú tienes toda la vida.

—¿Lo dices porque no me quieres? ¿Te casaste conmigo porque te daba pena?

El alma se le quebraba, pero no podía sacarla del error.

—Necesitabas a alguien que te protegiera. Lo hice por ti, Alejandra. No para aprovecharme.

A ella las lágrimas le surcaban la mirada. Arturo tenía que tomar aire varias veces antes de responder, ocultarse tras su falsa serenidad, esconder el temblor desobediente de las manos bajo la mesa.

—Estaba enamorada. ¿Lo sabes? Sigo estando enamorada.

—¿Estás segura, Alejandra? Tal vez creías estarlo. Analiza bien tus sentimientos, quizá sólo hay gratitud.

—No me das otra opción que marcharme de tu lado.

—He intentado que aprendas lo que es la libertad. Tienes el beneficio de tu libertad, pero también la responsabilidad sobre ella. Cuando no tenemos claros los sentimientos es mejor dejarlo pasar. Tú debes seguir haciendo tu vida, si quieres aquí conmigo, pero también si quieres lejos de mí. Sólo puedo aconsejarte, no decidir por ti. Y te aconsejo que vayas a donde puedas encontrarte a ti misma, que huyas de mí. Si encuentras a un hombre, sepárate de mí sin mirar atrás ni por un momento. Entrégate a él sin pensar en mí. Si unos años más tarde, cuando sea, dentro de dos meses, dentro de veinte o treinta años, quieres regresar porque crees que te sentirás mejor, yo estaré aquí.

—Como un padre, ¿no?

Otra vez tuvo que encontrar la fuerza para que la voz no lo traicionara con un quiebro amargo.

—Como lo que tú quieras, Alejandra. Estaré cuando me necesites. Eso no lo perderás nunca. Sólo tendrás que llamar o escribir y yo iré donde sea. Pero busca tu felicidad sin pensar en mí.

Alejandra lloraba sin perder la firmeza en la mirada, desafiante, de frente, tan valiente como era.

—Te tendré... pero no como te necesito.

A él en cada frase le costaba un poco más contener la furia de los sentimientos. Le dolía el estómago, si hubiese estado de pie las rodillas no habrían sido capaces de sostenerlo; tenía la piel erizada bajo la ropa, las manos temblaban ocultas bajo la mesa, pero el semblante inescrutable, sincero, definitivo.

—Cuando pase muy poco tiempo, te habrás olvidado de mí y me verás como lo que soy. Ese día me lo agradecerás.

Se levantó como pudo, se sentó a su lado y la abrazó. Tenía que llegar al final, saber si ella elegiría quedarse o no. Era la ocasión en que ella debía dar el siguiente paso, pero necesitaba asegurarse, forzar un poco más, para que no quedara duda sobre aquel momento que en un sentido o en el contrario les cambiaría la vida. Era consciente de que nunca más podría jugar aquella carta. La jugó y perdió.

Ella sabía que lo quería, pero también que él tenía razón, que no estaba segura de qué tipo de amor sentía por él porque no había sentido otra cosa distinta por él, ni por nadie.

—Necesito pensar. Pronto habré decidido.

Al día siguiente, en el Ministerio de Educación encontró, entre las posibilidades de estudios relacionados con lo que era su mayor interés, una escuela de Nueva York, la opción más alejada y que a él le dolería más que ninguna otra. Porque era al otro lado del mundo en cualquier sentido imaginable. De la inmediatez del Terrero a la inmensidad de Nueva York, pero también porque él acudía allí con frecuencia y porque era allí donde encontró su camino, y tal vez ella también pudiera hallarlo. Al decirle cuál era la decisión, sintió que el golpe lo había alcanzado, aunque él se limitó a preguntarle cuándo tendría que irse.

—En once días —dijo ella—. Lo justo para el pasaporte y algunos papeles.

A partir de ese instante el silencio nunca más sería una opción. Debía dejarla marchar y hacerse el propósito de no interferir en su vida. En adelante siempre debería callar.

Pasaron los once días como un viento raudo sobre sus vidas. Permanecieron casi sin hablarse, escondidos, pegado cada uno al otro. El último día terminaron los preparativos del equipaje y esperaron a la hora de salir al aeropuerto, sentados en el diván de piedra, deshechos, pero decididos a no desfallecer. Llegó la hora. Arturo cargó las maletas en el portabultos.

La tarde de septiembre se había poblado de gruesas nubes que advertían de una noche oscura y tormentosa. La semblanza fiel de lo que pensaba que sería su vida sin ella, un tenebroso y negro pasaje de frío y soledad a cuyo final acaso no llegaría sino con la muerte. Alejandra le pidió que diera una vuelta por el Estero antes de bajar a la carretera y dieron un paseo, tragando nudos pero manteniendo el semblante en paz. Ella lloraba a veces, pero serena e implacable. Emiliano la saludó desde lo lejos.

No hablaron en el trayecto hasta el aeropuerto. Alejandra a trechos se contenía. Arturo se ahogaba, en silencio. Esperaron una cola de cuatro o cinco personas hasta que les llegó el turno. Una azafata, muy sonriente con otros pasajeros, a ellos los atendió muy seria y respetuosa cuando facturó el equipaje. Pasaron el control de seguridad. Esperaron sentados a la llamada para el embarque, ella abrazada a él. Pasó la hora en un instante. Llegó la despedida. La acompañó a la puerta de embarque, ella lo separó de la cola, apartándolo de la gente.

—¡Bésame! —le pidió llorando.

Arturo le rozó los labios.

—No. ¡Como en Roma! ¡Por favor!

Acarició el rostro que tanto amaba entre las manos; fluyeron en su mente, una tras otra, las vivencias de aquellos cuatro años de dicha: la tarde más hermosa de su vida, cuando la descubrió; la fragorosa inquietud del amor y la vergüenza que lo había corroído; el instante en que le pidió que se casaran; su cuerpo desnudo, su rubor, su miedo y el calor de su boca en la noche de la primera renuncia; los días que había vivido junto a ella; la hermosura de aquel amor inconfesable y furtivo. Puso toda la belleza de los recuerdos en el beso que ella le pedía y la besó, primero acariciando con sus labios los de ella, entreabiertos y temblorosos, luego abrazándola, entregándole el aliento de su vida, su amor sin esperanza. El último beso.

Ella lo sintió temblar cuando se fundía con él, atrapando en la memoria aquel instante tan lleno de dolor, preguntándose por qué no había sido posible que la besara así en los cuatro años de complicidad, convivencia y ella creía que de amor. Por qué no había sido posible que la hiciera suya, por qué no había sido posible su amor y, ahora, qué podría hacer, tan lejos, sin él.

—Cuídate mucho, pequeña. Intenta ser feliz —le susurró al oído.

—¡Te quiero, Arturo! ¡Te querré siempre! Y no dejaré que otro me toque mientras esté casada contigo —le dijo mirándolo a los ojos con un fuego irrevocable en los suyos.

—No debes hacerlo. Intenta olvidar.

—Nunca te olvidaré, Arturo.

Entregó la tarjeta y se volvió llorando. Él creyó leer en sus labios: «Te quiero». Y él también lo dijo, quizá no le salió, pero lo dijo: «Te quiero, pequeña. Moriré queriéndote». El oscuro pasillo se la tragó en el nerviosismo de los pasajeros. No podría verla subir al avión. Corrió. Salió de la zona de seguridad. Siguió corriendo por la terminal. Encontró una escalera y subió los escalones de tres en tres. Llegó a la tercera planta, nadie lo detuvo, encontró la puerta de la terraza, estaba cerrada, se prohibía el paso, forcejeó, empujó, una vez y otra, liberó los cerrojos y pudo abrirla por fin. Salió al frío del crepúsculo. Esperó en medio de la terraza, empapándose por la llovizna, los labios pálidos, entreabiertos, tiritando, el cuerpo yerto, los puños cerrados. Se encendieron unas luces, el avión cabeceó, luego se movió más y más hasta que empezó a rodar. Llegó a un recodo y volvió a cabecear, emprendió el recorrido hasta el final de la pista, dio la vuelta, se detuvo y aguardó un minuto. De pronto empezó a rodar despacio. Más rápido después. Pasó por delante y despegó, arrancándola de él, desgarrándola de su vida.

Creía haber llorado lo que le quedaba por llorar cuando aún era un niño, en otra despedida terrible, pero ante la visión de su pequeña Alejandra marchándose lejos de él, las lágrimas regresaron. Gritó.

Permaneció empapándose bajo la lluvia, para que nadie lo viera en estado tan lamentable, pero las lágrimas no cesaron y le daba ya igual y bajó como un sonámbulo, muy despacio, con pasos de borracho, agarrándose al pasamano. Una señora le preguntó si necesitaba ayuda y él no supo qué fue lo que contestó. No pudo encontrar la puerta. Sin saber cómo, estaba fuera. Cruzó la calle sin saber que cruzaba. Un taxi lo atropelló. Le dolía la cadera, pero se levantó, le daba igual el dolor, no oía las procacidades del hombre. Caminó hasta el estacionamiento. Buscó el coche durante diez minutos, pero estaba allí, al lado, junto a él. Las manos le temblaban y tuvo que probar las llaves varias veces. Sacó el vehículo, no se acordaba si pagó, pero era que había confundido la salida con una entrada, dio marcha atrás para encontrar la salida, el vigilante le sacó el dinero del monedero y le aconsejó que no condujera en aquel estado, que era muy peligroso. Condujo muy despacio, parando en el arcén de trecho en trecho, porque las lágrimas y la lluvia le impedían ver la carretera. Llegó al Estero. La casa estaría tan vacía sin ella que no tuvo valor para entrar. Una hora tardó en poder hacerlo. Se sentó en la cocina. Pero no supo qué hacía allí. Subió la escalera, entró en la habitación. No pudo desvestirse. En el estudio se sentó sobre la piedra a llorar las horas de aquella noche maldita. Un día o quizá dos.

Bajó muy temprano, recién afeitado, recién duchado, con la ropa de trabajo limpia y planchada, con las botas reluciendo el brillo del betún recién cepillado, para atender las responsabilidades de la vida, ahora sin ella, como una amarga condena. Y salió de la casa, a un Estero roto, frío, sobrecogido de ausencia.

TERCERA PARTE

27

Alejandra dejó el equipaje de mano en el portabultos y tomó asiento, intentando contener el llanto, preguntándose cómo podría vivir sin él y tan lejos, si apenas había sido capaz de hacer un simulacro de vida mientras esperaba a que lo dejaran en libertad. Agradeció la casualidad de que nadie se sentara a su lado. Al otro lado del pasillo, una señora de cabello blanco, de cautivadora belleza que los años no habían conseguido hacerle languidecer, muy distinguida y de semblante amable, la observaba respetuosa. Ella apartó la mirada y ocultó la cara entre la ventanilla y la mano con el pañuelo. El avión empezó a vibrar con el rugido de los motores, el murmullo de las conversaciones cesó de pronto, las azafatas tomaron asiento, el avión se movió un poco, luego otro poco y rodó por la pista; despacio, dio un giro y rodó otro trecho. Entonces vio a lo lejos la silueta en la terraza de la terminal. Más que verlo lo adivinó, ensopado, inmóvil, de pie, aterido, envarado, solo en medio del atardecer más triste y gris de su vida, solo en la inmensidad del edificio, le pareció que tiritando, le pareció que solo en la inmensidad del mundo. Por un instante alcanzó a ver la verdad. «No hay nadie, no hay nada, sólo me tienes a mí. ¿Por qué me has dejado marchar?» El avión llegó a la cabecera de pista, giró, rodó de nuevo y aceleró. Ella se sentó junto a la señora de cabello blanco, miró por la ventanilla y aún pudo verlo por última vez. «¿Por qué me dejas marchar?» Lo dijo susurrando, pero la mujer lo oyó. Sintió vergüenza y quiso ocultar el llanto entre las manos.

Nieves Rodríguez, cubana de orígenes canarios por ambos padres, lectora empedernida, viajera impenitente, mujer tenaz, valiente y bellísima persona, sin preguntarle le pasó el brazo sobre los hombros y le habló:

—Llora, niña. No te dé vergüenza. Te vendrá bien.

Alejandra asintió y lloró. Quiso marcharse al otro asiento, pero Nieves la retuvo con la conversación. Se presentaron y se confesaron los destinos de su viaje y descubrieron, con alegría, que además del vuelo a Madrid, compartían el destino y el avión a Nueva York.

—Esa pena tuya parece que sea por cosas de novios —se arriesgó a decir Nieves.

—Cosas de matrimonio —respondió Alejandra.

—No hagas mucho caso de los hombres. No saben de sentimientos. No son del todo capaces de entender ni los suyos, así que tampoco podemos reprochar que no comprendan los nuestros.

Continuaron hablando durante el viaje a Madrid, en la espera por el vuelo a Nueva York y durante el trayecto. No fue una amistad de paso. Al menos tres veces al año, bien de camino hacia Miami, donde visitaba a una hermana, bien al regreso de allí, Nieves se detenía una o dos semanas en Nueva York para ver al sobrino, y Alejandra pensaba que también por verla a ella. Cuando se tomaron confianza y Alejandra le hizo confidencias, Nieves le puso muchas ideas en claro. Le dijo que no diera por supuesto cosas sobre los hombres.

Que es bien cierto que por lo general buscan de una mujer sólo lo más inmediato, pero también lo es que lo dan todo, sin reserva, por la que quieren de veras. Que Arturo tenía razón. Que ella debía realizar sus aspiraciones antes de complicarse la vida, porque de lo contrario, y más pronto que tarde, terminaría reprochándoselo a él. Debía seguir con los estudios y terminar de prepararse, mientras el tiempo resolvía su dilema.

* * *

Pudo encontrar apartamento por la zona de Queens que Arturo le había marcado en un mapa a un minuto de la estación de metro más próxima, con una línea que la dejaría sin transbordo en West Village, donde se ubicaba la escuela superior.

Desde la primera visita que hizo con Arturo, había percibido que las sombras de la ciudad ingente que ahora habitaba escondían mundos temibles. Hecha a la vida en el pueblo pequeño y tranquilo o la ciudad amable donde pasó los dos últimos años, en la desmesura de Nueva York no podía sino sentirse perdida, necesitada de alguien que la ayudara a comprender la extrema complejidad del entorno en que se hallaba.

Para el ingreso en la escuela, le habían pedido un conocimiento de inglés suficiente y había aprobado las pruebas, pero apenas llegó descubrió que le costaba entender alguna frase suelta cuando le hablaban y sólo era capaz de hacerse comprender en las cuestiones más elementales. Se le veía tan desamparada, que alguien se presentó para ofrecerle ayuda. Uno de los alumnos de más edad hablaba con dos muchachas en otra mesa, pero cuando Alejandra quiso darse cuenta, se había sentado junto a ella sin pedirle permiso y sin parar de hablar.

—Estaba hablando con esas amigas y una dijo: «Mira, qué preciosidad de chica». Me quedé anonadado cuando te vi. «Sólo habla español», me dijeron. «Pues me voy a conocerla, por si necesita ayuda», les dije. Aquí me tienes. Me llamo Alberto —dijo, tendiendo la mano.

—Yo me llamo Alejandra, y agradezco mucho tu ofrecimiento porque me hace mucha falta.

—No tengas inconveniente en pedirme la ayuda que necesites. Y no des pie a estos horteras que están por aquí sin quitarte el ojo de encima, porque ya sabes lo que buscan. Conmigo no tendrás ese problema. Con lo marica que soy, estarás a salvo hasta que te pida una moneda para la máquina de café.

Alejandra rió la broma y quedó aliviada al hallar alguien a quien poder acudir.

Un amigo era sin duda lo que más necesitaba y, aunque sabía que un amigo no es algo fácil de encontrar, desconocía que los amigos de verdad surgen en los momentos peores, en medio de los episodios más difíciles. Se sentía tan desorientada que creía ser otro fantasma de los pasillos, lo más parecido al raro de la escuela en aquel curso, un tipo como ella entonces, fuera del sitio. Nunca se hablaban, aunque coincidían en algunas clases y, en los intervalos, los dos permanecían en los rincones deseando alguna compañía, pero sin valor para buscarla, compartiendo el mismo mal, la incapacidad para comunicarse, en el caso de él por la falta de predisposición y en el de ella por la dificultad del idioma. Se llamaba Gilbert, era enorme y muy fuerte, muy retraído y callado, andaba cerca de los treinta, y tenía cara de buena persona pero de pocos amigos. Gilbert, pese a su natural solitario y su aura de desamparo, era, sin embargo, alguien a quien cualquiera hubiera deseado tener como amigo, como Alejandra pronto descubriría.

También sin hablarse, solían compartir el metro y ella procuraba subir al mismo vagón que él, en una táctica dictada por el instinto, pero que resultó ser muy inteligente. Una tarde, un par de pandilleros subieron tras ellos al vagón. Uno intentó manosearla. Pese a que el grueso abrigo poca sustancia le habría dejado tocar, el acto sólo pretendía la humillación. Alejandra se revolvió. El otro no quiso ser menos y también quiso participar en el abuso, pero sin saber cómo se encontró atrapado con la espalda en la barra vertical, con un brazo retorcido por detrás y la cabeza inmovilizada por una mano enorme que le trituraba la cara contra la barra. El que lo acompañaba no reaccionó enseguida y, cuando lo hizo, intentó una amenaza poco creíble con una navaja.

—Que guarde la navaja o te aplasto la cabeza —dijo Gilbert, a unos centímetros de la nariz del golfillo inmovilizado—. No bromeo.

El metro se detenía en otra parada.

—Aquí te bajas. ¿Lo has entendido?

El bribón atrapado asintió. Gilbert lo liberó de un empellón en dirección a la puerta abierta. Bajó del vagón seguido por el acompañante. Gilbert se volvió hacia Alejandra, que lo miraba asustada y con expresión de enorme agradecimiento.

—Muchas gracias —dijo ella, y se dio cuenta de que lo había dicho en español cuando ya no tenía remedio.

Gilbert asintió, tomó asiento y se abandonó en su ámbito de ausencia.

Cuando se encontraban en los pasillos él apenas devolvía los saludos con un gesto. Alejandra era más explícita, pero no corría el riesgo de invadir su espacio vital, que, ella calculaba, debía de ser al menos de un par de metros. Sin embargo, se sentía segura cerca de él, y como los dos se alejaban del gentío, la distancia comenzó a disminuir. Unos días después del incidente del metro, lo encontró sentado en el rellano de una escalera, a la que habían condenado mediante una cristalera, y decidió sentarse cerca, sin invadir el espacio de unos metros que él necesitaba pero lo más cerca posible.

—Hola —saludó ella.

Gilbert respondió con su gesto habitual. Pese a la cercanía, ese día les resultó más fácil guardar el silencio, los diez minutos que permanecieron consultando los apuntes.

Cuando ella tuvo que marcharse, decidió hablarle:

—Me llamo Alejandra —le dijo, mientras cerraba la mochila.

Él tardó en responder.

—Alexandra —repitió—. Es bonito —añadió.

—Gracias —dijo ella, antes de bajar los escalones.

—Yo soy Gilbert —se presentó él, alzando la voz, cuando ella se alejaba.

—Me gusta tu nombre, Gilbert —respondió ella, casi gritando, sin dejar de correr—. Y tú me caes bien.

Aquella tarde, cuando salía de la escuela, al torcer la esquina, un Honda Civic de color naranja hizo sonar la bocina y se detuvo a su lado. Era Alberto, que se ofreció para llevarla a casa. Alejandra lo agradeció, pero al llegar al apartamento todavía le quedaba su clase de inglés, y debía ser puntual. Alberto continuó el camino muy despacio. Había un grupo de hombres que parecía esperar. Cuando el vehículo de Alberto estuvo cerca, tiraron un cubo de basura para obligarlo a detenerse y rodearon el vehículo. Desde la distancia, Alejandra vio a Alberto descender del coche y a los pandilleros zarandearlo. Corrió para pedir ayuda a los vigilantes de la entrada. No estaban en su lugar. Gilbert se acercaba por el pasillo.

—Ayúdame, por favor —lo apremió, tirando de él.

Gilbert, desconcertado, se dejó arrastrar hasta el vestíbulo. Bajo el abrigo ella vestía un pantalón vaquero y un largo jersey, casi un vestido de amplio escote, que le quedaba por encima de la rodilla, y llevaba el pelo sujeto por la coleta. En menos de un minuto, ante la mirada de asombro de Gilbert, se quitó el cinturón, se descalzó los botines, se desnudó del pantalón vaquero, que le puso en las manos, se ciñó el cinturón al talle sobre el jersey, improvisando un vestido que le cubría nada más que hasta la mitad del muslo, liberó la hermosa cabellera de la coleta y volvió a calzarse los botines. Quedó con el abrigo abierto, mostrando las piernas desnudas, con el pelo suelto y el talle ceñido resaltándole los pechos bajo el escote. Fue tan rápida que Gilbert, aturdido, seguía sin reaccionar y se dejó arrastrar hasta donde los pandilleros acorralaban a Alberto. Eran cuatro hombres, dos negros, uno mulato y otro blanco, mucho más peligrosos que los golfillos de mala índole del metro y dispuestos a demostrar que debían ser tomados en serio. Alberto se encogía en el suelo, indefenso, no sólo porque era más débil, sino porque era mejor persona y no habría sido capaz de defenderse haciendo daño. Estaba magullado, con la ropa desgarrada y muerto de miedo, sufriendo insultos y chanzas por su condición homosexual, recibiendo golpes cuyo objeto no era sino atemorizarlo y humillarlo.

Lo que Alejandra intentó a la desesperada fue romper la situación, desconcertarlos, llamar la atención sobre ella para que dejaran a Alberto. No lo meditó, se arriesgó a que saliera tan mal como era posible que saliera, pero le funcionó. Los cuatro maleantes se vieron arrasados por una aparición de fragilidad y lujuria a quien un hombre normal, si es que era en eso normal, tendría muy difícil hacerle daño. Sobre todo si a ella le cubría las espaldas un tipo a quien le bastaría media bofetada para sacar del mapa a cualquiera de ellos.

—Chicos, la policía está allá —dijo ella con su exiguo inglés.

En el desconcierto, Alberto consiguió subir al coche. Gilbert no se separó de Alejandra, en medio de los pandilleros que la miraban aturdidos, ante armas para las que no tenían defensa, desconcertados por el repentino cambio de situación.

—¿Alguno habla español?

El mulato dudó primero y se acercó.

—La policía está allí —mintió ella—. Será mejor dejarlo aquí, si no queremos complicar las cosas más de lo que están.

Intentó subir al coche y otro de los hombres quiso detenerla, pero Gilbert dio un grito y se encaró a él. El mulato, que parecía ser el cabecilla, tuvo autoridad para tranquilizar al compinche.

Ella pudo sentarse en un asiento posterior y echar el seguro. Alberto esperó a que Gilbert tomara asiento. Lo hizo pronto pero sin prisa, seguro de sí, sin renunciar a mirar a los otros con desafío. El coche sorteó el impedimento de la calzada y abandonó el lugar.

—¿Estás loca, Alejandra? ¿Sabes lo peligrosos que son esos tipos? ¿Qué habrías hecho si hubieran estado armados? Podrían haberte violado allí mismo.

—¿Qué querías que hiciera, Alberto, dejar que te mataran? Hice lo que pude. Además, éste es Gilbert, seguro que él me habría protegido.

Alberto no quiso acudir a denunciar lo sucedido a la policía. No tenía pruebas, pero estaba seguro de que a los rufianes los enviaba un tipo llamado Denis, al que él definió como una equivocación.

A pesar de su decisiva ayuda, durante la mañana siguiente Gilbert no tuvo el ánimo de abandonar los escalones, como le pidió Alejandra, para reunirse con Alberto y sus acompañantes en una mesa. Ella se excusó con los otros y regresó junto a Gilbert. Entonces llegó Alberto con Natalia y David, sus acompañantes más frecuentes, que ocuparon escalones haciendo corro junto a ellos. Gilbert se sintió cómodo, incluso pareció agradecido con el gesto, que fue decisivo para ayudarlo a superar su aislamiento.

La homosexualidad de Alberto era evidente a primera vista, pero de pocas plumas y sólo en la intimidad. Tenía quince años más que Alejandra y su rasgo más elocuente era el de la excelencia de sentimientos. Había mantenido una relación tormentosa con un hombre que le dejó una pequeña fortuna al morir, lo que le permitió hacer sin prisas los estudios, y continuar con su ocupación de maquetista para un par de revistas sobre moda y cotilleos.

Natalia estaba en el segundo curso y David, en el tercero. Formaban pareja sentimental y convivían con Alberto, acogidos por él en su apartamento. No tenía medida en entregar lo que tenía y llegaba a costear la cara matrícula de Natalia, que sin su ayuda no habría podido estudiar.

Aunque con cierta desilusión durante las primeras semanas, la elección de la escuela resultó acertada. Era una institución cara, rigurosa en los métodos, en la que desde el primer día compaginó las clases prácticas con las teóricas. Dejaba un poco de lado asignaturas importantísimas de la cultura general, la Historia del Arte era apenas una introducción escueta, y encontró en el programa temas distintos de los que había soñado, lo que originó el desconcierto inicial. Fue sin embargo una falsa apariencia y pronto descubrió que tanto la Historia del Arte como los temas que echaba en falta ocupaban un lugar preeminente y extenso en los cursos de especialización de posgrado. El sistema tenía la ventaja evidente de que los alumnos que no quisieran o no pudieran costearse los estudios superiores, al menos saldrían con una buena formación profesional. Las prácticas eran por tanto parte fundamental orientada a profesiones modernas y el diseño industrial.

El método, basado en un sistema de acreditaciones, le permitía adaptar el esfuerzo a sus capacidades. Aunque en el tramo inferior los estudios eran de tres años, alguien con capacidad de trabajo podría terminar en dos si se esforzaba. No tendría descansos por Navidad ni vacaciones, pero creyó que era lo mejor en su caso y se hizo el propósito de sacarlo en dos años, aunque el desafío era para ella mayor, pues debía aprender otra lengua. No le quedaría tiempo ni para pensar, que era justo lo que creía necesitar.

Desde la primera semana comenzó a recibir las clases de una profesora, nacida en Londres y casada en España con un malagueño, que no paraba de echar pestes tanto del inglés como del español que se hablaba en Nueva York, resuelta a enseñarle el inglés de Londres, con un sistema peculiar pero eficaz. Además de las clases, cada día la hacía practicar escuchando las noticias de la BBC, que le traía grabadas en una cinta, y como ejercicio le mandaba escribir una noticia al dictado y, a continuación, leerla en voz alta hasta que la pronunciaba con corrección.

* * *

La Navidad llegó muy pronto y fue presurosa. Un intervalo de trámite, que ella aprovechó para conseguir acreditaciones haciendo prácticas de dibujo y modelado. Tenía libres unos días en los que habría podido regresar junto a él, pero no se sintió capaz de enfrentarse de nuevo al demonio de la despedida. La noche de fin de año se acostó temprano. Arturo no era amigo de fiestas y menos aún de las impuestas por el calendario. Decía de ellas que eran fiestas bobas porque la causa de la alegría era la propia fiesta, y ella le llevaba la contraria con el argumento, que él no discutía, de que la alegría puede ser cualquier cosa menos boba. Como muchas noches, imaginó lo que él habría hecho durante el día. Por la mañana le habría dicho a Honorio que avisara a los trabajadores de que la faena concluiría al mediodía, una sorpresa que guardaba hasta el último momento, pero que esperaban. A las doce en punto se habrían retirado y el Estero habría quedado quieto y en silencio. Sin ella esperándolo, él habría trabajado hasta el último minuto. Antes de retirarse hacía una ronda por la finca y llegaba con el coche hasta las cuadras, para asegurarse, en propia persona, de que los animales estaban bien. Se habría repasado el afeitado, se habría duchado y puesto lo formal que era posible esperar de él para una cena familiar. A la hora en punto habría tocado en la casa de Elvira, donde Candelaria estaría aguardándolo de pie junto a la puerta. Se habría marchado muy pronto después del brindis de las campanadas. En la casa se habría refugiado en el estudio durante un rato muy largo, antes de meterse en la cama con un libro.

En Nueva York todavía faltaban un par de horas para las campanadas de la medianoche. Le daban igual. Siguiendo un impulso cogió el cuaderno de dibujo y comenzó a hacer unos trazos. La primera hoja fue a la papelera, la segunda también, pero en la tercera pocos trazos y muy precisos le devolvieron el rostro de su marido. Mientras los fuegos artificiales de Ellis Island anunciaban en la lejanía los primeros minutos del nuevo año, ella contemplaba el dibujo satisfecha de que la memoria se lo hubiese traído con tanta exactitud. Seguía obsesionada por la imagen instantánea de la milésima de segundo en que lo vio, en la terraza del aeropuerto, cuando despegaba el avión. No se engañaba, era más una evocación de sus sentimientos que un recuerdo auténtico. Lo que recordaba no era cómo lo vio, sino cómo lo intuyó: de pie, agarrotado bajo la lluvia, solo, desamparado sin ella, como un cristo clavado en el infinito vacío de una nada sin nombre.

Arturo comió poco y sin apetito, y después de brindar por el nuevo año, se despidió de los que, en la práctica, eran su familia y se marchó al Estero. Candelaria y Elvira no se arriesgaban a comentarios sobre Alejandra para no revolverle los posos del alma y se quedaron lamentándose de las complejidades de la vida, doloridas por no poder aliviarlo de la agónica tristeza que él intentaba ocultarles.

Como tantas noches, no supo qué hacer. En la televisión no encontró nada de interés. Pocas veces lo encontraba. En la librería tampoco halló un estímulo suficiente y terminó como cada noche, en el escaño de piedra, perdida su mirada más allá de la línea del horizonte, hasta que el frío de la madrugada le hizo apetecer la cama. Se tendió boca arriba, con las manos detrás de la cabeza, y se durmió pensando en ella. De madrugada se despertó sobresaltado con la espantosa sensación de que aquél no era él, o que aquélla no era la cama, o era que se había muerto, o que quien se había muerto era la cama. Por fin puso orden. El último pijama que Alejandra utilizó había quedado bajo la almohada cuando se marchó. Él nunca tuvo valor para retirarlo, pero aquella tarde había cambiado la ropa de cama, por lo que era seguro que habría ido a parar al cesto de la ropa, junto a las sábanas. Lo rescató, lo dobló con primor y lo devolvió a su lugar, para que no faltara en el sueño el perfume de sus desvaríos, el olor de Alejandra, el único testimonio de que un día habían compartido la misma cama. Se sintió infantil, sucio y frágil. Con la cara hundida en la prenda, lloró sin consuelo.

* * *

Tras el desastre en el apartamento de Alejandra, Pablo Maqueda había pasado el verano con idas frecuentes a Madrid contando los días que faltaban para el comienzo de las clases en la facultad de Bellas Artes, donde daba por seguro que Alejandra habría ingresado. Unas semanas después de la apertura del curso, preocupado por no haberse cruzado con ella, preguntó en secretaría, donde le confirmaron que no estaba matriculada. Indagó el paradero arriesgándose incluso a llamar a la puerta del apartamento en varias ocasiones. A través de Alicia, la compañera inseparable de Alejandra en el instituto, supo que se había marchado a Nueva York. Alicia se excusó por no darle la dirección, pero le dio a cambio el nombre de la escuela.

Como había pasado el verano yendo y viniendo, en la casa de Madrid apenas notaron que el último regreso era definitivo. Dos semanas le costó salir del trance de abatimiento, de cuyo sopor despertó, como de costumbre, revivido. Esta vez, la luz en el fondo de las tinieblas que consiguió el milagro fue que imaginó a Alejandra lejos del marido, sola en una ciudad enorme y desconocida, donde tendría más necesidad de afecto y sería más accesible, donde podría explorar la vía de la paciencia y ganarse de nuevo la confianza.

La decisión le complació a Jorge Maqueda. Ni el hijo, con

la carrera terminada y sin problemas con el inglés, ni el padre, con influencias y dinero de sobra, hallaron obstáculo en conseguir la plaza de becario en un importante laboratorio con sede en Manhattan, y a finales de enero Pablo se había instalado y buscaba el paradero de Alejandra.

Por una confusión con el nombre, no supo identificar la escuela al primer intento, y necesitó hacer el periplo dos veces, hasta que consiguió dar con ella. Una tarde, a la salida de clase, Alejandra caminaba en dirección al metro cuando, de pronto, alguien pasó por su lado y se volvió cerrándole el paso. Ella se sobrecogió. Hacía mucho frío y le costó reconocer a Pablo bajo el abrigo.

La sorpresa lo fue sólo a medias. Intentó ser amable con él y la alegría de verlo fue sincera, pero tenía motivos para pensar que Pablo no había ido desde el otro lado del mundo sino por ella, lo que no era tranquilizador. Sin embargo, Pablo no necesitó mentir cuando le contó los años de insistencia que su padre había dedicado a convencerlo de la conveniencia de terminar la carrera en Estados Unidos. Además, no escondió que al enterarse de que ella estaba allí no había tenido que pensarlo siquiera.

28

No permanecen en pie sino dos muros de la estación derrumbada. Los escombros de las casuchas son refugio de alimañas alrededor de la torre, maltrecha aunque todavía altiva y con su nido de cigüeñas en el tejado. Una encina centenaria proyecta su sombra sobre el camino impracticable. Es un lugar sin horizonte donde Córdoba se encarama a la sierra, aterido cuando el sol no lo calcina. Nunca fue gran cosa, pero aun melancólico y marchito resistió veintidós siglos como abrevadero de las tropas romanas primero y paradero de mulas después. Fue, por último, apeadero del tren hasta que las locomotoras diésel sustituyeron a las de carbón, y le llegó la sentencia de muerte con una orden ministerial que cambió el curso del ferrocarril.

Cada año Dámaso Antón para allí con la familia. No lo acompañan ya los dos hijos mayores, pero sí la esposa y la hija más pequeña, de trece años. Cada vez deben dejar el coche un poco más lejos y caminar un trecho más largo por la tierra asolada bajo el sol de fuego. Junto a uno de los dos muros que aún se tienen en pie, la mujer deposita las flores. Se cubre la cabeza con un velo de fino encaje blanco, muy pequeño. Se arrodillan durante unos minutos. Antes de incorporarse Dámaso se inclina y besa con devoción el polvo del páramo. Al regreso se desvía unos pasos para besar también el tronco acribillado de la vieja encina.

* * *

En contra de las palabras del abogado principal, que le garantizaba la absolución por falta de pruebas, con la fecha del juicio fijada, Arturo Quíner era pesimista. Tenía fe en la justicia y la esperanza, tal vez ingenua, de que ella terminaría imponiendo la verdad, a pesar de la flagrante irregularidad en los pormenores de la instrucción que le había hecho conocer la cárcel. Lo que no le impedía pensar que no podía dejarse llevar por la romántica candidez de una confianza que podría terminar en desastre, porque todo lo que tenía para afrontar el juicio no eran sino palabras. Las del dueño del gabinete al que confiaba los asuntos legales, un prestigioso abogado con décadas de experiencia que no cesaba de repetir que tenía fundadas esperanzas en conseguir una sentencia de absolución por falta de pruebas. Pero se contradecía.

—La seguridad, Arturo, no es posible darla en ningún caso —dijo el abogado—. Por eso le insistí en que debía usted declararse culpable de homicidio. Sin antecedentes, en poco tiempo estaría libre.

—Libre, sin poder decir que soy inocente —lo interrumpió Arturo.

—Es cierto. Ahora no tendremos más remedio que intentar la absolución. Pero observe que eso puede no ser tan difícil. En realidad, el fiscal no tiene nada.

—Sí que tiene —objetó Arturo con vehemencia—. Tuvo a un juez instructor haciéndole los recados. Un juez que no admitió ninguna de las pruebas que usted solicitó, pero aceptó practicar todas las que pidió el fiscal. ¿Por qué debemos pensar que no tendrá otro juez para llevarle el desayuno?

—Eso es cierto, Arturo. Sin embargo, las pruebas del fiscal son también pruebas de la defensa. Sirven por igual a las partes, en ambos lados del caso. No olvide que es el fiscal quien tiene que demostrar la culpabilidad. Las pruebas que presenta son endebles y serán fáciles de rebatir durante la vista —decía el hombre, con convicción—. Ya verá usted que conseguiré que se tengan en cuenta las tesis de nuestra defensa porque la acusación está construida en exclusiva sobre el testimonio de un testigo, cuyas declaraciones a la Guardia Civil y las que con posterioridad hizo en presencia del juez están sembradas de contradicciones —decía el hombre, con más convicción—. Es fácil acorralar a un testigo durante la vista. Verá usted que tengo experiencia en eso. Del martillo encontrado en su casa, Arturo, no tienen constancia de quién lo dejó. Y de las huellas de neumáticos sólo se indica que son iguales a las de su coche, pero no se demuestra que sean del suyo en particular —decía el hombre, cada vez con mayor convicción.

Decía y decía y volvía a decir, mientras Arturo pensaba que tener puestas las esperanzas sólo en las palabras era una insensatez.

* * *

Sin avanzar un paso, arañando horas al servicio y las familias, tanto el teniente Eduardo Carazo como el sargento Dámaso Antón habían vuelto, una vez tras otra, sobre los detalles del caso de Cayetano Santana. Puesto que el sumario estaba cerrado, a la espera de la vista, la única posibilidad de introducir otra prueba era dar con el auténtico responsable de la muerte de Cayetano o con algún indicio irrefutable y fundamental. En la práctica hacían la investigación a título personal y casi desobedientes de las órdenes de los superiores, que consideraban un gasto inútil seguir mareando un caso que el propio instructor daba por concluido.

—¿Crees posible que el abogado de Arturo Quíner tenga un as en la manga? —preguntó Eduardo a Dámaso en otro de aquellos repasos.

—Parece demasiado tranquilo para no tenerlo —respondió Dámaso Antón, pero sin convicción de que lo tuviera.

—No hago sino dar vueltas a las huellas junto al cadáver. No corresponden con las de Arturo Quíner. Por sí solas establecen la duda de que él tuviese algo que ver.

—Lo que nos falta, Eduardo, no son los minutos que Arturo habría necesitado para ser el autor de la muerte. Lo que nos está faltando son las horas que pasaron desde que a Cayetano se le pierde la pista en Hoya Bermeja hasta que aparece de madrugada en la casa de Beatriz, su mujer. Sólo llegaremos a conocer la verdad cuando podamos responder esa pregunta.

Mediante sus habilidades de diplomático, Dámaso había conseguido una fotocopia del último tomo del sumario y regresaba con él de la capital cuando la emisora del coche oficial comunicaba que la comandancia daba orden de alerta, porque se esperaba el paso de una potente borrasca sobre la isla durante las horas siguientes. A su llegada al cuartel, un viento ligero pero constante y las nubes negras amenazaban el Terrero. En el medio rural apenas esas señas y el sentido común de la gente eran más eficaces que cualquier aviso de alarma, por lo que daba por seguro que todos estarían recogiendo a los animales y asegurando los enseres antes de cobijarse en las casas. Salvo por algún inconveniente de tráfico, si el tiempo no se desataba demasiado fuerte, en el destacamento pasarían una noche más tranquila que otras.

Tenía por delante una semana de permiso, pero en la liquidación de los asuntos menores, había pasado el día fuera desde muy temprano. No había comido y estaba muy cansado. Eduardo había salido de patrulla, por lo que, antes de marcharse, le dejó el paquete sobre el escritorio con una nota para informarlo.

A última hora Eduardo Carazo hizo la ronda que acostumbraba antes de retirarse, y vio el paquete en la mesa. Parecía que el temporal se quedaría en simple amago, pero pasada la medianoche con el estampido de un trueno se desplomó el diluvio sobre el Terrero. Eduardo se incorporó en la cama. El hijo pequeño gimió, pero la esposa lo tranquilizaba ya acariciándole la barriguita. Eduardo se levantó para echar un vistazo, seguro de que sería infructuoso intentar dormir antes de que hubieran pasado unas horas. Llamó a la centralita para saber qué tal iba la noche y aprovechó para pedir que un guardia le llevara el paquete que había quedado sobre su mesa.

Junto a la ventana, alzando la vista de cuando en cuando para contemplar la lluvia, repasó los últimos documentos de lo que para él había dejado de llamarse el caso de Cayetano Santana y era el de Arturo Quíner. Desde que Dámaso le consiguiera la primera copia del sumario, cuando aún estaba bajo secreto, lo tenía tan releído y manoseado que creía poder reproducirlo de memoria, hasta con los signos de puntuación y las faltas de ortografía.

Dámaso también se había despertado y contemplaba la lluvia desde la ventana, cuando vio pasar a Eduardo bajo el aguacero, con la honra disminuida de medio para abajo, porque llevaba el gorro cuartelero y el abrigo de reglamento, pero iba en chanclas y enseñando las pantorrillas. Dámaso estaba en calzoncillos. Se puso una camiseta, sobre ella la gabardina del uniforme, se cubrió con una gorra y salió tras Eduardo, de la misma guisa, haciendo eses por el patio y dando saltitos, bajo el chaparrón torrencial.

—Mi teniente, ¿otra vez, de madrugada y dándole vueltas a lo mismo?

—No presumas, mi sargento, que también tú estás aquí; y con menos excusa, que para colmo estás ya disfrutando el permiso que se te debía —dijo Eduardo mientras buscaba en el montón de las fotos—. A los dos nos ponen la preocupación en el mismo renglón que la paga.

—¿A qué viene la prisa?

—Por lo que me has traído —dijo Eduardo con gesto de pesadumbre—. El abogado de Quíner parece que sea idiota o que lo hayan comprado. ¿Recuerdas el informe de la huella de zapato?, el que dice que estaba hecho por alguien corpulento o que cargaba con algo pesado. Era una prueba que en la práctica excluye a Quíner. Pues este abogado lerdo que tiene ha pedido que se invalide. Lo basa en fallos anteriores en los que se ha requerido conocer el grado de saturación de agua en el barro para tener en cuenta la prueba.

Dámaso Antón lo dejó hablar, sin sorprenderse de lo que oía.

—Además, hay informe nuevo sobre las huellas de los neumáticos —siguió Eduardo.

—¿El que habían desestimado?

—Uno nuevo. También fue la defensa quien volvió sobre él hace un par de meses —explicó Eduardo sin dejar de rebuscar en la caja.

—Entonces estamos de enhorabuena. Sabemos que es de otro coche —replicó Dámaso casi aliviado.

—No, Dámaso. Estamos peor que antes —dijo Eduardo tendiendo las fotos que por fin había encontrado en el interior de la caja.

Dámaso apenas necesitó un vistazo para confirmar lo que esperaba ver.

—Está claro que son distintas. ¿Por qué estamos peor?

—Porque el informe dice lo contrario. ¡Dice que son del mismo vehículo!

Dámaso permaneció inmóvil, mirando sin sorpresa pero con abatimiento.

—Está claro, mi teniente. No le des vueltas. Es la locura. La que no se nos ha curado desde que yo tengo memoria —dijo Dámaso, antes de desearle buenas noches y salir.

Eduardo lo observó mientras se alejaba, despacio, sin hacer eses ni dar saltitos, dejándose ensopar por el aguacero que hacía remolinos en medio del patio, y permitiendo que el viento le levantara el abrigo y mostrara sus piernas desnudas. Dámaso solía tener frases tan enigmáticas como aquélla, en una retranca conocida y entrañable para Eduardo, que adivinaba en ella una antigua amargura, cuya interpretación se hacía imposible para alguien veintitantos años más joven.

Eduardo Carazo no esperaba ver a Dámaso Antón en la oficina hasta pasada la semana de permiso, sin embargo, en la mañana del tercer día lo descubrió vestido de paisano, ordenando los periódicos atrasados en una celda del calabozo. A la primera noche de tormenta le sucedían días mustios, de lluvias lánguidas, y el cuartel estaba triste y cabizbajo. Se alegró de verlo, aunque no de verlo trabajando.

—¿Qué haces, mi sargento? ¿No sabes que los permisos hay que cumplirlos como si fueran una orden? —le dijo desde la puerta de rejas del calabozo.

—Ni descansar en paz lo dejan a uno —respondió Dámaso mirándolo muy serio por encima de las gafas de lectura.

—¿Algo nuevo, Dámaso?

—¿Leíste los periódicos de estos días?

—Por encima y a última hora, para qué negarlo; sólo para saber de qué tratará el programa *La clave* de este viernes.

—Hay tres notitas de prensa sobre el caso del amigo. No cuentan nada nuevo, pero en tres periódicos distintos. Una aparece en un diario nacional antes de ayer, las otras dos son de ayer en dos periódicos locales —le explicó Dámaso tendiendo los diarios abiertos por la página donde aparecían las notas, en el centro de un círculo hecho con lápiz rojo.

—¿Y qué es lo que ves de raro?

—Llevan meses sin hablar. De pronto tres a la vez y sin que haya sucedido nada nuevo. Demasiada puntería para ser una casualidad. ¿Recuerdas que nos pareció excesivo el ruido para algo que en casos similares apenas sale en la página de sucesos?

Eduardo entendió lo que pretendía y supo que estaría con aquello durante un par de días y que los esfuerzos por intentar que usara su descanso serían infructuosos. Para evitar que perdiera el derecho, en una máquina de escribir que sonaba como una ametralladora, escribió, con fecha del día anterior, la orden de suspensión del permiso por motivos del servicio. La llevó firmada junto con una taza de café negro que le dejó al alcance de la mano.

—Por cierto, Dámaso, ¿tenemos quien pueda echar una mano con las fotos de las huellas del coche? En el sumario sólo se incorpora el informe. Me gustaría verlas.

Dámaso lo miró de nuevo por encima de las gafas.

—El favor lo tengo pedido ya. Vienen de camino. Pero no por valija interna, llegarán por correo certificado y urgente a nombre del destacamento.

—¡Estupendo, mi sargento! —dijo Eduardo entre agradecido y admirado, aunque sin sorpresa.

Pese a que la construcción del cuartel era reciente y las instalaciones amplias, la oficina, austera, sin lujos ni comodidades, quedó pequeña a causa del capricho de Dámaso de conservar los periódicos atrasados, que iba apilando en huecos imposibles alrededor del escritorio. Temeroso de la visita de inspección por sorpresa, Eduardo les hizo sitio en el archivo, donde también estorbaron al cabo de unos meses. Una tarde, a punto de perder la paciencia, los trasladó en propia persona a una celda del calabozo, donde los dejó apilados contra una pared. Cuando Dámaso regresó de la patrulla, casi se muere de la risa.

—¡Qué ingenuo eres, mi teniente! Cuarenta años pasé viendo a los censores hacer el ridículo. Pero no lo hacían así, tenían más mala leche. Encarcelando a mis pobres periódicos atrasados tampoco se consigue nada.

Por supuesto, la broma no quedó en eso y la celda pasó de llamarse la número cuatro a nombrarse departamento de censura. Muy poco después llegó la tan esperada visita de inspección por sorpresa. El comandante que pasó revista se extrañó con el inusual contenido de la celda. Esperando la reprimenda, Eduardo se estiró casi a la posición de firmes y dijo muy digno:

—Molestaban en la oficina, mi comandante. Hacen falta para investigar algunos casos que estamos resolviendo. Por suerte, aquí es improbable que haya algún detenido y las celdas no se ocupan.

El comandante miró muy serio primero y sonrió a continuación entusiasmado.

—Claro, para eso son los periódicos, para informar. ¡Por fin, un poco de espíritu innovador! Eso es lo que le hace falta a esta institución: ¡métodos modernos!

Eduardo suspiró aliviado. Desde aquel momento, lo que Dámaso hacía por vicio en sus ratos de ocio quedó elevado al ámbito de lo oficial. De manera que fue allí donde pasó los días siguientes. Las primeras horas, sentado en el camastro con un montón de periódicos sobre las rodillas; cuando le dolió la espalda trajo una butaca y una mesilla de apoyo; a continuación necesitó una mesa mayor y una lámpara articulada; al final cambió la butaca por una silla con ruedas de la oficina. Releía los periódicos y los marcaba con su lápiz rojo, aunque terminó haciendo marcas nuevas con rotuladores de colores diversos; abstraído, salía del calabozo sin cruzar palabra con nadie y regresaba con los pertrechos que la improvisación le iba requiriendo; extendió periódicos por el suelo, se le quedó pequeña la celda y ocupó otras dos; con cinta transparente pegó en la pared tiras de papel de embalaje de color marrón en los que hizo cuadrículas; en las filas anotó las fechas, en las columnas una por cada diario y en cada celda había escrito en rojo los casos de muerte violenta y en verde nombres comerciales; por último, dispuso cuerdas de unos barrotes a otros donde colgó periódicos como si fuesen ropa tendida. Desde el amanecer a la noche, pasó dos días en aquel frenesí de devastación, durante los cuales apenas pudo dar una explicación coherente salvo una frase de última hora con la que Eduardo dejó de preguntarle: «Si supiera lo que busco lo habría encontrado ya». De noche, el segundo día, después de poner orden en el desastre, dejó sobre el escritorio un montón de veinte periódicos con un papel encima que decía: NO TOCAR. SARGENTO DÁMASO ANTÓN.

Por la mañana, cuando Eduardo llegó, ansioso de saber si la inspiración de Dámaso lo había llevado a tierra firme, lo encontró de uniforme, afeitado y repuesto, haciendo sus tareas de rutina, pero esperando para contarle sus hallazgos.

—¿Recuerdas esto? —le preguntó sin esperar respuesta y poniéndole delante tres ejemplares del montón de periódicos, los que habían desencadenado el desenfreno de los últimos días—. Ésos tendrán buenos ingresos este mes. Lo más probable es que el domingo veamos algo como esto.

Y puso encima de los anteriores otros ejemplares abiertos por páginas con anuncios inmensos. Publicidad a doble página central o de páginas impares completas, todos ellos corporativos, de marcas desconocidas y sólo de presencia, puesto que en ninguno se hacía referencia a bondades de producto o de marca y, a veces, incluso se hacía difícil conocer la actividad comercial a la que se refería.

—¿Y eso adónde nos lleva, Dámaso?

—No tengo ni idea. Por eso quiero ir a la comandancia. Por si pueden averiguarnos quién encargó estos anuncios.

El fatigoso trabajo de Dámaso establecía la relación entre los anuncios y la información sobre muertes violentas. Durante los tres últimos años, el que había merecido mayor interés y que superaba cualquier otra noticia era el de una niña violada y asesinada por un vecino, que ocultó el cadáver dentro de una lavadora vieja. En ningún otro caso, fuese de reyerta, trifulca, envenenamiento, incluso de asesinato con escopetas de caza, se había hecho mención posterior, excepto por alguna nota ínfima y en las páginas de sucesos o la información en la celebración de los juicios. En los acontecimientos que hubieran tenido gran interés informativo, la publicación de anuncios coincidía con el apogeo de la noticia, y decaía en los días siguientes. La inspiración y la tenacidad de Dámaso habían puesto de manifiesto la excepción informativa que existía en la muerte de Cayetano Santana, exponiendo la evidencia de que alguien estaba interesado en que los comentarios sobre el caso obtuvieran hueco suficiente.

La intención de ir a la comandancia aquella misma mañana para solicitar colaboración la paró Eduardo Carazo en seco y a tiempo. Él también tenía una sorpresa. Las fotografías que esperaba habían llegado la tarde anterior y con ellas las pruebas del desastre.

Mientras se lo decía a Dámaso, mostró, sobre los periódicos, una a una las fotografías a las que se iba refiriendo.

—En las fotos que sacamos el primer día, los neumáticos del coche de Arturo Quíner eran usados, estaban gastados —explicó—. Ahora se ve con claridad que hay uno sin desgaste. Es de la rueda de recambio. Esa rueda estaba en la parte trasera del vehículo y en perfecto estado. Como me dijiste hace poco, alguien se ha vuelto loco —le dijo, poniéndole la lupa en la mano—. Mira la fotografía del nuevo molde de escayola y compara con la del original. Dime si ves algo diferente.

Dámaso necesitó un minuto de observación detenida para advertir el engaño.

—Son idénticas —dijo sin sorpresa—. Han hecho una copia.

El molde que se veía en la foto reproducía el original con exactitud, en un trabajo minucioso de alguien que sabía bien lo que hacía, pero que no dejaba de ser un chapucero. Aunque en el duplicado el contorno de la huella aparecía liso, como hubiera correspondido a dos moldes hechos por separado, en circunstancias distintas uno de otro, en el interior del dibujo había dejado detalles como el rastro de las briznas de hierba, que sólo podrían encontrarse en la original.

Los días continuaron apáticos y lluviosos. Durante la semana, apenas hablaron. Ambos sabían que el otro no consentiría que un pobre inculpado, nada menos que de asesinato, pagara por algo de lo que tal vez fuera inocente. Lo que les quedaba como guardias, junto a la tradición de los tricornios, era el sedimento de viejos métodos que, por buenos y eficaces, habían sobrevivido a los ciento cincuenta años de historia de una institución obligada a reinventarse cada día. Y quedaba el poso de cierta grandeza que ningún ministerio puede pagar en un ítem del salario. Vivir la vida a expensas del cambio de última hora, sin horarios, soportando el hambre, la sed y la intemperie, a pie firme, abrasados por el sol o yertos por el frío, sin saber cuándo llegará el relevo; cumplir cada orden sin cuestionarla jamás, con el inexpugnable sentido de la obediencia que los caracteriza, aun cuando el mando haya podido ser incompetente. La recompensa la cobra cada guardia en su corazón o le queda sin cobrar. Pero la suele cobrar. En el compañerismo de los suyos, en el orgullo del uniforme y en el respeto de sí mismo, pero donde más y mejor la cobra es en cada accidente que se evita, en cada vida que se salva, en cada bosque que no se quema, en cada delito que no se comete. La cobra en la mirada del niño rescatado de un amasijo de hierros, en el pobre perro que no murió atropellado porque un guardia estuvo allí para impedirlo, tal vez jugándose la propia vida.

Como militares debían hallar en la disciplina y el reglamento la manera de resolver sus malos tragos, ceñirse a la norma, poner imaginación donde no llegaran los medios, exigirse más sacrificio donde no alcanzaran las fuerzas. Cuando hubiera terminado, si el esfuerzo no resultaba baldío, nadie les quitaría el mérito ni el derecho. De ser el caso, incluso el de ponerse en posición de firmes para despacharle al superior en su propia cara: «Con el debido respeto, es usted un manazas». Para bien y para mal lo tenían todo tasado de antemano, y Eduardo y Dámaso no necesitaban decirse cómo deberían hallar la salida del embrollo en el que los habían metido. Eduardo reasignó los turnos para que Dámaso pudiera dedicar la mañana o la tarde a las pesquisas sin desatender los servicios comunes.

Aunque cogida por los pelos, la pista de los anuncios demostró ser lo sólida que Dámaso suponía. Se confirmó. En las ediciones del domingo reaparecieron en los periódicos que había pronosticado anuncios de tamaño disparatado, incluso repitiendo fotomontajes de la ocasión anterior.

Tras una visita a las empresas beneficiarias de la publicidad, entendió equivocada la línea de investigación. La información que buscaba la encontró en el departamento de aduanas del puerto, tan deprisa que Dámaso se lamentó de no haber acudido allí con sus periódicos atrasados. De las partidas más importantes de productos sanitarios y fitosanitarios, descargadas en el muelle, existía una leve reiteración en la dirección de destino.

Para evitar observadores, hizo la visita de exploración un domingo por la tarde. Esperaba encontrar unas instalaciones modernas en una construcción reciente, pero se vio frente a una fachada polvorienta en el rincón más sombrío de la calle más alicaída y llena de socavones, en un polígono industrial desolado del extrarradio, al que era difícil llegar sin conocer el acceso.

* * *

De ser un caso normal, Dámaso habría podido hacer la vigilancia con orden judicial, durante los días que hubiera necesitado, pero en el caso de Arturo Quíner, el juez no la facilitaría, de modo que no tenía otra alternativa que abandonar o jugárselo todo a una sola carta, como hizo, aun cuando era poco probable que obtuviera resultados. Pasados unos días, a primera hora de la tarde, estacionó su coche particular detrás de una furgoneta de la compañía telefónica que aguardaba en un lugar disimulado. Dentro de ella se puso un mono de trabajo sobre el uniforme. La condujo unos cientos de metros hasta un registro de teléfonos. Quien le había facilitado la furgoneta había dejado marcados con cinta roja dos pares telefónicos. Hizo un empalme de derivación y llevó los cables hasta el interior de la furgoneta, donde tenía dispuesto un rudimentario sistema de grabación. Regresó caminando hasta el coche de su propiedad, en cuyo interior se quitó el mono. Condujo muy despacio y paró junto a la puerta del almacén.

Vestido de uniforme, entró en el espacio inmenso y sombrío. Junto a una escalera muy angosta, un cartel señalaba la dirección de la oficina con una flecha y otro prohibía usar el montacargas. Mientras subía por la estrecha escalera, vio, al fondo, algunos bidones, una estantería con cajas y muebles viejos. No había indicios de mercancía ni parecía que la hubiese habido en mucho tiempo. La oficina era vetusta y polvorienta. Los archivadores y los escritorios, metálicos, de color gris, presentaban signos del óxido. La moqueta, también gris, estaba ajada y percudida. La estancia cerrada, la luz agónica, el ámbito senil, la atmósfera asfixiante. Hacía de secretaria una mujer, teñida de un rubio imposible, redonda como un barrilete, de tez blanca y resbaladiza, cuya inmensa cara de torta y la papada exultante brillaban bajo la inquieta luz de los fluorescentes. Era despectiva, insolente, despótica. Sólo cuando le dio la gana, se dirigió a Dámaso.

—¿Qué quiere? —preguntó casi con brutalidad.

Entonces cayó en la cuenta del uniforme y sin dar tiempo a que Dámaso respondiera, se puso en pie para atenderlo tan reverente y obsequiosa que él pensó que prefería la versión tiránica de unos segundos antes. De inmediato lo hizo pasar al despacho, posponiendo el turno de dos hombres que esperaban desde mucho antes y que observaban desolados y en silencio.

Como lo demás, el despacho era sucio y mortecino. La mesa, otro de aquellos escritorios de metal gris de la oficina, con las esquinas redondeadas, no sólo era pequeña como escritorio de despacho, sino que la estatura ciclópea y la corpulencia monumental del gigante sentado tras ella le daba apariencia de juguete. Al ver al hombre Dámaso comprendió la utilidad del montacargas que esperaba a unos metros, en un hueco de la mampara lateral. El sillón en el que se sentaba, con el cuero agrietado y el aspecto sucio y descuidado, tenía un grosero refuerzo de barras de acero para asegurar las patas. Se notaba que tras un destino de mayor nobleza, lo habían rescatado de la basura para aquel servicio postrero. Una estantería detrás del hombre definía bien sus gustos. Sólo tres libros, algunos trofeos de tiro, dos fotos del dictador y una del almirante Carrero Blanco, firmada por su puño y letra. Enmarcada con una moldura lúgubre la portada del diario *ABC* del 24 de febrero de 1981, con la foto del energúmeno vestido de guardia civil que afrentaba a España, nada menos que en su Congreso de los Diputados, con una mano en alto y empuñando una pistola con la otra. A Dámaso se le hizo evidente que el bobo enorme, que se levantaba haciendo un esfuerzo inaudito para recibirlo, no era capaz de percatarse de que de la mitad para abajo de esa misma portada, otra escena dejaba las cosas donde debían estar. La foto mostraba a un anciano, el teniente general Gutiérrez Mellado, dando una lección de auténtico coraje, enfrentándose a una decena de guardias armados que, con la mitad de la edad, ni juntos ni por separado fueron capaces de doblegarlo. La portada explicaba en esas dos imágenes la misma lección desde dos ángulos opuestos. Para Dámaso era evidente dónde se encontraba en ella la infamia y dónde el valor, y como militar no tenía dudas de en cuál de ellas debía verse retratado.

—¡Qué honra! —exclamó Eufemiano, mientras le estrechaba la mano—. ¡Un suboficial de la Benemérita, con el cariño que en esta casa se les tiene!

No tenía idea de qué era lo que podría encontrar allí. La manera de presentarse, sin aviso y vestido de uniforme, hasta la propia entrevista, no tenían otro objeto que la simple provocación, y para provocar condujo el encuentro. Exponía una idea de manera muy pausada, hacía un largo silencio y observaba la reacción. Le dijo que venía del destacamento del Terrero y dejó la siguiente frase en el aire; Eufemiano se sintió incómodo en la butaca y bajó la mirada. Dámaso le dijo que el motivo de la visita se debía a que habían aparecido pájaros muertos, que sospechaban que alguien utilizaba venenos prohibidos; Eufemiano recobró la compostura y miró de frente, aunque negó tener conocimientos relacionados con venenos. Dámaso le dijo que había tenido la idea de visitarlos al ver anuncios en la prensa; Eufemiano volvió a sentirse incómodo y negó haber pagado publicidad, pero se extendió explicando que sólo actuaba de intermediario, tramitando los pedidos y las licencias de importación, a cambio de una comisión exigua. Estaba claro que ocultaba algo. Si tenía relación o no con el caso de Arturo Quíner era otra cuestión a la que esperaba dar respuesta mediante las conversaciones que con seguridad se producirían en cuanto saliera de la oficina, y que quedarían registradas si su artilugio de grabación no fallaba. No necesitó esperar para tener un adelanto. Cuando dio la entrevista por concluida, Eufemiano le hizo un regalo inesperado.

—Por cierto, ¿no es en el Terrero donde mataron a un hombre de un martillazo? —preguntó.

—En efecto, fue allí —respondió Dámaso.

—¿Se sabe quién es el culpable?

—¡Claro que sí! Lo detuvimos el mismo día. Está a la espera de juicio, no tiene escapatoria. Tendrá para rato —le dijo Dámaso mientras se despedía, estrechándole la mano.

El dispositivo de escucha no falló. Por la técnica, un tanto rupestre, las cintas sólo permitían dos horas de grabación. Pero Dámaso esperó oculto en el coche a que todo estuviera desierto para retirar los artilugios y asegurarse de que no quedaran evidencias. Devolvió la furgoneta al lugar donde la había encontrado y regresó. En el camino pudo escuchar las conversaciones. Todas tuvieron relación con la visita. Eufemiano y sus interlocutores fueron muy cautelosos. No se comprometían ni revelaban datos y no les costaba mantener la conversación en una jerga de monosílabos, en la que sin decir nada lo decían todo y en la que se entendían a la perfección.

Del mismo modo que conseguía tantas cosas, por aprecio, influencias personales y a hurtadillas le habían facilitado los medios para grabar las cintas. Eligió el sistema de escucha no sólo por elemental, sino por la ventajosa característica de que grababa el ruido de la línea telefónica aun en estado de espera, lo que hacía audibles los pulsos de teléfono cuando se marcaban números en el dial. Con un poco de paciencia y buen oído, era sencillísimo saber los números que se habían marcado.

Dedicó unas horas de la noche a escuchar las conversaciones y la mañana siguiente a pedir información sobre los números telefónicos. El primero era de Madrid y en la llamada Eufemiano informaba de la visita y solicitaba instrucciones. La otra llamada fue al domicilio de una persona que tenía relación con la fiscalía que actuaba en el caso. El último de los números, a nombre de una mujer y en un domicilio particular, intentaba pasar desapercibido, pero la conversación era la más esclarecedora. Eufemiano le ordenaba al interlocutor que averiguara si alguien de la Guardia Civil había preguntado sobre pesticidas en los últimos meses. Dámaso hubiera jurado que conocía la voz del hombre. Intentó ponerle un rostro desde la noche anterior, pero tuvo que esperar a que alguien hiciera la visita al domicilio que figuraba en el contrato al que se asignaba al número de teléfono para que le revelaran la identidad del sujeto. Entonces comenzaron a encajar las piezas.

El que hablaba en la grabación era un viejo conocido, tanto en la comandancia como en las comisarías y en cualquier lugar donde hubiese gente de uniforme. Su época de gloria había acabado con las primeras elecciones democráticas, aunque todavía prestaba buenos servicios a nostálgicos del antiguo régimen. Durante aquellos años fue fácil verlo entrar en los cuarteles con una moto Vespa vieja y ruidosa, o con un furgoncito con motor de dos tiempos, que quería pasar desapercibido, pero que llamaba la atención por sucio y maltratado y porque era aún más ruidoso que la moto. Era corpulento y fortachón, de mediana edad, ágil en el trato, y decían de él que sabía ser amigo de sus amigos. Llevaba el pelo cortado a lo militar, con unas enormes gafas negras que le ocultaban la cara. En los últimos años, tras el golpe militar de Chile, se dejó un bigote al estilo del tirano y desde entonces empezaron a llamarlo Pinocho. Se lo tomó a ofensa, lo que originó protestas en despachos y alguna que otra enemistad. No abandonaba, ni para las salidas más simples, una pistola Star de 9 milímetros, que no disimulaba en la sobaquera y que llevaba con licencia. Era propietario de una agencia privada de detectives, en una época en la que su actividad se tenía por rareza. Se había hecho detective por el camino derecho, como consuelo de no haber podido ser guardia civil o policía, impedido por una leve cojera. Según las necesidades de trabajo, el hombre se valía de jubilados de la policía o de la milicia, pero no tenía empacho en acoger en su tinglado desde convictos a prófugos de la justicia; aunque, en estos casos, cuando lo fuesen por delitos comunes y no por política. La ley prohibía que las agencias de detectives estuviesen regentadas, o contratasen, a expulsados de los cuerpos de policía o personas con antecedentes penales. Pese a ello, quienes las dirigían eran, la mayoría de las veces, antiguos policías expulsados. Los gobiernos civiles hacían la vista gorda a condición de que su lealtad estuviese comprobada.

Dámaso lo recordaba en la moto, entrando y saliendo de los cuarteles como de su casa, acompañado por un indeseable, un truhán de punta a cabo que malbarató la gloria de haber sido campeón nacional del peso medio de boxeo, en el poco tiempo que el alcohol y las prostitutas tardaron en hacerse con la bolsa. Se había investido de la inicua fama de que por unos cuantos miles de pesetas era capaz de partirle la cara a cualquier infeliz, sin preguntarle ni el nombre.

En realidad, más que otros, ése era el tipo de encargos que atendían. Lo menor era la averiguación del paradero de familiares, de antiguas novias o deudores, bajas laborales por enfermedad y olfateo de braguetas, aunque eran caso bastante común el montaje de tretas para arruinar matrimonios, desbaratar noviazgos y pudrir relaciones entre socios. Dámaso había escuchado al propio sujeto contar algunos de sus casos anecdóticos: el del funcionario que encargaba averiguar si un compañero de negociado atendía los preceptos religiosos y, de atenderlos, si lo hacía de manera rigurosa, con gozo y agrado, o por el contrario, con flojera y fastidio; el empresario que hace seguir al socio para saber en qué sumidero tiraba el dinero, y descubre que lo gasta en trapisondas con una amante en hoteles de postín, pero cuando averiguan el nombre de la amante, resulta ser la esposa del empresario que había hecho el encargo. De los que no se contaban las gracias eran los casos mejor pagados: amedrentamiento, acoso y extorsión, y la especialidad, que consistía en llevar un negocio a la ruina por el procedimiento de provocar peleas en el interior. Puesto que era de los de ellos, nada debía temer. Pero no salían gratis ni la impunidad de sus manejos ni el acceso a información reservada, que sólo podían conocer funcionarios muy señalados de los cuerpos de policía. Los asuntos grandes los pagaba en dinero contante, para el menudeo le bastaban los favores. Conseguía fontaneros y albañiles para reformas, proporcionaba prostitutas, facilitaba lugares discretos para encuentros con amantes, suministraba a precios módicos, cuando no de balde, bebidas alcohólicas, cartones de cigarrillos, cajas de cigarros puros, cámaras fotográficas, aparatos electrónicos o cualquier otra cosa de contrabando; obtenía por casi nada joyas y relojes robados, mercancía procedente del saqueo en los muelles, hachís decomisado o lo más proscrito: preservativos y pornografía.

Aquel individuo era sin duda el eslabón que unía a Eufemiano con el testigo de cargo contra Arturo Quíner, el que se había presentado en el destacamento diciendo que acababa de encontrar el cadáver de un hombre en la carretera. Para tener la confirmación, Dámaso sólo necesitó pasar por la comandancia y preguntarlo en un pasillo. «Sangre y carne del Pinocho», le dijeron.

Ya en el juzgado, consiguió una fotocopia de la sentencia que lo inhabilitaba para cargo público, que no tenía desperdicio. Según los hechos probados, él y un compañero habían recogido de la calle, más que detenido, a una muchacha traspuesta por la bebida. En lugar de llevarla para que recibiera atención médica, la metieron en un calabozo donde terminaron forzándola en varias ocasiones. Un comisario los pilló con los pantalones bajados y puso la denuncia, que tardó algunos años en llegar a juicio. La condena fue de cárcel, con expulsión del cuerpo de policía e inhabilitación para cargo público. Recurrida ante el tribunal superior, se quedó sin la pena de cárcel, basada en unas consideraciones delirantes, que habrían merecido un lugar de privilegio en la sala de los horrores del régimen. Dice lo escrito:

> Demostrado por los hechos, aceptados en la causa, el mal gobierno que la víctima hacía de su vida personal, que no puede calificarse de ejemplar, puesto que estaba en la calle a una hora impropia para una mujer sola, vistiendo una falda corta y un escote inadecuados, que pueden provocar, y de hecho provocaron, los bajos instintos, incluso en hombres de bien.

* * *

Nada señalaba al culpable de la muerte de Cayetano Santana, pero sí establecía una duda inapelable de la culpabilidad de Arturo Quíner. Estaba claro que un poderoso enemigo quería llevarlo a la cárcel. Vestido de andar por casa, con pantalón corto y camiseta, Dámaso se presentó en la vivienda de Eduardo Carazo para hacerle una visita de amistad y ponerlo al corriente de las pesquisas.

—Pasa, mi sargento —lo saludó Eduardo un poco abatido—. No estoy de buen humor, pero me vienes de perilla, sobre todo si me dices que has detenido al culpable.

—¿Cómo te fue la pesquisa por el pueblo? —preguntó Dámaso.

—Un teniente de la Guardia Civil haciendo preguntas por aquí es una mala idea. La mayoría de la gente se echa a temblar cuando ve el uniforme. Los que saben algo tienen miedo y los que están dispuestos a hablar sólo cuentan los rumores que todos conocemos. Todavía consideran a Ismael Quíner un mártir y a Roberto Bernal un verdugo que está mejor muerto que vivo. Y tú, ¿conseguiste dar con el culpable?

—Con lo que he vuelto a dar es con el inocente. Ya sé dónde está el pez gordo que da las órdenes. Es alguien de Madrid. Pero te lo digo ya, por ese camino no hallaremos al culpable.

—¿Y cómo has...? —empezó a preguntar Eduardo, pero se detuvo cuando Dámaso le mostró las palmas de la mano frente al pecho—. ¡Está bien, está bien, no pregunto! Pero cuéntame algo.

—Como suponíamos, el testigo es falso. No lo he comprobado, pero no hace falta perder tiempo con eso. Trabaja en el tinglado de detectives de un impresentable. Ése cumple órdenes de otro que es testaferro del de Madrid. Tampoco tengo información, pero con seguridad, ése es el que tiene los contactos en el cielo. Parece que su intención es sólo la de perjudicar a Arturo Quíner.

—Eso tiene sentido. Lo poco que pude sacar en claro preguntando a la gente del Terrero es que el día de la desaparición de los hermanos Quíner, había alguien en la casa de Roberto Bernal dando instrucciones. Eso también encaja con lo que hoy me ha revuelto el ánimo.

—¿La visita al fiscal? —preguntó Dámaso al tiempo que tomaba asiento—. ¿Hay novedad?

—No, Dámaso. Está prevaricando. Sabe que es inocente, pero no le importa. Sigue adelante contento de tenerlo todo tan amarrado que conseguirá que lo condenen por asesinato. Y yo soy su testigo. No le hago falta, pero me llamará para que yo prenda el fuego de la hoguera.

—¿Te ha dicho a las claras que es inocente?

—Se le nota que sabe eso y mucho más —respondió Eduardo asqueado—. Por la forma de hablar, por cómo prepara la declaración.

—¿Le has dicho algo sobre nuestras dudas o la manipulación de las huellas?

—Ni muerto, Dámaso. Prefiero hacerle pensar que estoy de su parte. De esa manera, me reservo declarar lo que sé en el juicio.

—¡Magnífico, Eduardo! —Se revolvió Dámaso—. ¡Así podremos ver cómo mandas tu carrera al carajo! ¡Con un poco de suerte, incluso puede ser que te acusen de obstrucción a la justicia!

—Lo he pensado mucho, Dámaso. Es mi obligación. Sé que irán contra mí. Por supuesto que quiero seguir siendo guardia civil, pero quiero serlo con arreglo a lo que se espera de mí. Ningún guardia civil que pase por alto su compromiso con la ley tiene derecho a serlo. Haré lo que tengo que hacer. Si trae consecuencias, las aceptaré.

—¡No me jodas, Eduardo! Aparte de ti, ¿quién ha hecho caso de la ley en este asunto? Si en el proceso hubiese un poco de decencia, el amigo estaría limpio de polvo y paja desde el primer día. Si nos hubieran dejado hacer nuestro trabajo, tendríamos al culpable. Y si pudiéramos ir con lo que tenemos a los superiores, conseguiríamos como mínimo la nulidad del sumario.

—¿No te parece que ésa es una razón de más para aferrarse a mi forma de verlo, Dámaso? No podemos acudir a nadie con lo que sabemos, porque le daríamos ventajas al que está detrás. Le daríamos tiempo para falsificar pruebas o para hacer desaparecer a cualquiera; al propio Arturo Quíner, para empezar.

Dámaso disponía de algunos días de permiso. Si existía solución al dilema debía hallarla en Madrid. Le concedieron permiso, pero aún no había regresado cuando desde arriba dejaron las cosas en su lugar. Al incorporarse le ordenaron hacerlo en el servicio de control del aeropuerto.

29

Ni existía razón por la que Arturo Quíner debiera pensar que el viejo enemigo estuviera detrás de la muerte de Cayetano Santana, ni tenía sentido que, de continuar vivo y de tener la disposición de matar, ese enemigo hubiera elegido como víctima a un desconocido. Mientras las instituciones democráticas intentaban construir sus cimientos sobre los escombros de la dictadura, la ley de Amnistía pedía hacer borrón y cuenta nueva. No contentaba a nadie, pero tranquilizaba muchas conciencias. Si no hay quien sienta la tierra como un exiliado, nadie podría sentirla tanto como Arturo, desterrado cuando todavía era un niño. La había llorado durante la mitad de su vida y estaba seguro de contribuir a ella en aquel tiempo de recelos e inseguridad, y quería hacerlo, aceptando las únicas explicaciones que alguien se dignó darle sobre la desaparición de su hermano, que no fueron sino las que Eduardo Carazo le expuso, y sólo de viva voz. No tenía ni un triste documento público, ni creía que lo hubiera. La poca investigación oficial estaba resuelta y era caso cerrado.

Ya de noche llegó Venancio, para traerle una noticia que, por la manera de recibirla, creía trascendente. Durante la tarde, en la parroquia, antes del rosario, una feligresa se arrodilló en el confesionario y le respondió el «Ave María Purísima» de bienvenida, pero no a la pregunta sobre el tiempo que llevaba sin confesarse.

—He venido para pedirle que entregue un mensaje a Arturo Quíner —dijo la mujer—. En el cepillo encontrará un trozo de papel dentro de un billete doblado.

Escrito con máquina de escribir, el nombre de un hotel, la localidad, la fecha, y un comentario: «Reserve habitación».

Con anticipación a la fecha que se indicaba, Arturo visitó el hotel en dos ocasiones. Era de construcción reciente y estaba destinado al turismo. Tenía un patio interior muy amplio, con mucha vegetación entre las piscinas. Aunque era, sin duda, el alojamiento ideal para unas vacaciones, ya al acercarse, él veía con desagrado las construcciones hechas hasta la linde de las playas. Si anunciaban un porvenir prometedor a corto plazo para los promotores turísticos, estaba seguro de que a largo plazo, no en unos años, pero sí en unas cuantas décadas, también la catástrofe para el paisaje, el modo de vida de los isleños y, por último, para el propio negocio turístico.

La elección del lugar buscaba el anonimato. La fecha del mensaje era la de un jueves, justo el día de la semana en que la mitad de las habitaciones cambiarían de ocupantes y habría un enorme trasiego de guaguas cargadas de pasajeros.

No hizo nada por evitarlo, pero lamentaba no haber tenido un espíritu lo bastante desabrochado para acudir como hubiera debido, con una gorra, unas gafas de sol enormes, un pantalón corto y una camisa estampada, con los faldones al aire. Sin embargo, al entrar en la recepción el día señalado, se alegró de haberse decidido por vestir un traje. Un grupo de asistentes a un congreso, vestidos de ejecutivos, bajaron de una guagua y entraron en tromba detrás de él. Por una vez, aunque sólo fuese por casualidad, sentía estar vestido con arreglo a las circunstancias.

Al abrir la puerta le extrañó que hubiese luz en el interior y le pareció oír la televisión. Se aseguraba de no haber equivocado el número de habitación cuando oyó la voz:

—Pase, Arturo —le dijo Dámaso, desde el interior.

Arturo lo encontró instalado frente al televisor, con los pies extendidos y una cerveza en la mano, viendo un documental. Dámaso aún continuó mirando la televisión, con una mano pidiéndole que esperara los instantes que tardó un león macho en partirle el espinazo a una hiena temeraria.

—¿Le gustan los documentales, Arturo? —preguntó al apagar el televisor.

—Es lo único que veo en la tele. Eso y una buena película, cuando la hay.

Dámaso abandonó el mando de la televisión y lo miró con desparpajo.

—¿Te importa si te tuteo? —le preguntó, y continuó hablando sin esperar respuesta—. Perdóname por el modo de presentarme, pero nadie debe saber que hemos hablado. No sabía cuánto tardarías. He traído cervezas. ¿Quieres una?

—No, hasta que terminemos de hablar —le respondió Arturo un poco reticente, sin olvidar que fue Dámaso quien le puso las esposas y lo detuvo.

—¿Sabes que vas a volver a la cárcel, Arturo?

—Sí, si ustedes no encuentran al culpable.

—Hemos trabajado mucho para encontrarlo. Yo he sacado tiempo del que le debo a mi familia. Me ha costado el destino en el Terrero, y me gustaba mucho ese destino.

—¿Por qué tanto trabajo? ¿Acaso cree que soy inocente?

—No, Arturo, no lo creo; sé que lo eres. Por esa razón estoy aquí.

—¿Por qué lo sabe?, ¿ha encontrado al culpable?

—Ése está bien escondido y será difícil dar con él, pero tú no tuviste tiempo de matar a Cayetano Santana, ni ganabas nada con su muerte.

—¿Y no debería decírselo al juez? ¿Por qué no se lo dice?

—Porque no hará caso, porque echará tierra sobre cualquier cosa que te favorezca, porque no puedo demostrarlo y porque hay alguien manipulando pruebas contra ti.

Las palabras de Dámaso coincidían letra por letra con las razones de su pesimismo. De ser ciertas, eran la primera luz de esperanza.

—Entonces ¿cuál es el motivo para verme, Dámaso? Por el cuidado que pone, parece que sea delicada hasta una simple conversación.

—Para mí sería un desastre si llega a saberse que hago esto. Ni a ti te conviene. Lo de trasladarme ha sido un simple aviso, una manera de decirme que debo ir con cuidado.

—Dígame qué tengo que hacer.

—El testigo que dice haberte visto obedece órdenes. Quien las da, a su vez, las recibe de alguien de Madrid con mucha influencia. Los favores que podía pedir sin abusar los he pedido todos. Alguien me ayudó con las averiguaciones en Madrid. Es buen profesional y tiene gente que trabaja para él. Podrá dedicar el tiempo necesario. Te diré lo que sé, pero será mejor que me informes antes de dar ningún paso. Nadie debe saber que nos hemos visto, ni siquiera las personas de tu confianza. Tampoco los abogados. Quien manda se rodea de gente peligrosa y si ha llegado hasta aquí, no se parará en minucias.

—Ahora sí le aceptaré esa cerveza, Dámaso.

* * *

Como solía, llegó a última hora a la consulta de Alfonso Santos, para que él pudiera cumplir el rito de hacerlo pasar a la casa a saludar a Matilde. El origen de aquel deseo estaba en la mañana en que Alfonso llegó a la casa con la triste noticia de la muerte de Lorenzo Quíner y dejó a Arturo, todavía un bebé, al cuidado de Matilde. Ella estaba a punto de dar a luz a sus hijas, preparada para ser madre en lo biológico y lo emocional, con los sentimientos a flor de piel. Las treinta y tres horas que cuidó del pequeño fueron como un adelanto de la maternidad, y al entregárselo a Candelaria, aun cuando pensaba que era lo mejor para el niño, sintió como un desgarro que nunca llegó a cicatrizar, pese a que Arturo fue compañero de juegos de sus hijas y frecuentó la casa durante toda su infancia. Era para ella el hijo varón que no tuvo de su propia carne, nada más sencillo. Para entender los sentimientos de su mujer, Alfonso sólo necesitaba multiplicar por diez lo que hallaba dentro de sí mismo. Él tampoco podía sentir que fuese menos que otro hijo el pequeño que encontró tras una puerta, llorando sin consuelo y golpeando la cara del padre, fulminado por el infarto. Fue un instante tan definitivo y misterioso como la propia vida. Alfonso no dejaría de agradecerle al dios suyo que lo hubiera guiado aquella mañana hasta una casa a la que no tenía motivos para acudir.

No hubo, por tanto, sorpresa en la petición del relato que guardaba desde hacía tanto.

—¿Por qué ahora? —preguntó.

—Tengo razones para pensar que quien provocó aquello también es quien me ha comprometido en la muerte de Cayetano. Necesito saber lo que pasó.

—Desde que comenzó esta horrible historia, muchas veces he pensado que podría tener relación con la otra. Pero al meditarlo me parece descabellado. Puestos a asesinar, ¿por qué a un tercero y no a ti?

—Ésa es la pregunta que me hago. Si no aparece el culpable, estoy perdido. No puedo permitirme pasar por alto ninguna pista. Soy inocente, Alfonso, y necesito saber lo que pasó.

—Además, tienes derecho. Desde el primer día, no sólo por esta circunstancia.

Alfonso no guardó nada en el relato que remontó a su llegada al Terrero, cuando conoció a la familia Quíner primero y la casa de Dolores Bernal después, en el episodio que desveló la relación entre Roberto Bernal y Juan Cavero. Contó que Dolores Bernal no era del todo consciente del daño que su hijo Roberto hacía, arrastrado por Juan Cavero, aunque fuera tan culpable como ellos. Donde no llegaba el poder que ella detentaba a través del ayuntamiento, del cabo de la Guardia Civil y hasta de las homilías del párroco, llegaba el imperio de terror del hijo y el compinche: robos, saqueos, incendios, violaciones, muertes y desapariciones. El Terrero no era una excepción. Poco más o poco menos, en cada pueblo tenían una familia Bernal a la que aborrecer.

Parecía como una burla que María Bernal, no sólo el único miembro de la familia que era querido, sino una de las personas más queridas en el pueblo, fuese la que pagó, violada y embarazada por el miserable que la mató unos años más tarde para robarle al hijo.

—Ese sujeto coaccionó a Roberto para que te hiciera desaparecer. Quería impedir que pudieras hablar de lo que viste. Tu hermano se interpuso para conseguir el tiempo que tú necesitabas. Ese granuja buscaba un muerto con el que tapar a los otros, y tu hermano le entregó dos.

—De todas formas, dieron conmigo en Buenos Aires y

estuvieron a punto de matarme. Me acorralaron en un callejón. Todavía me cuesta creer que pudiera escapar de las balas.

—Ten cuidado, chico. No olvides que nuestra vida no es nuestra. Que se la debemos a las personas que nos quieren. —Casi imploró Alfonso, y agregó a continuación—: Estuvo aquí el teniente de la Guardia Civil preguntando por lo mismo que tú. Le conté la historia, pero reservé los detalles sobre Jorge Maqueda. Si saben algo, no será por lo que yo hablé.

* * *

El hombre que lo esperó en Barajas era un sesentón de trato agradable, muy educado, cuya imagen en el primer vistazo se alejaba de la esperada para alguien que se ganaba la vida olfateando esquinas, aunque vista con detenimiento, era la que convenía a los asuntos a los que se dedicaba. Una medalla de la Pilarica pinchada en la solapa y el deje maño no dejaban lugar a dudas del origen aragonés. Dijo que el trabajo en primera línea lo hacían sus auxiliares, pero la forma de hablar, por un lado suelta, sin estiramientos, al cabo de la calle, con dominio de la jerga, y por otro correcta y bien construida, dejaba de manifiesto tanto el hábito de tratar con gentuza, como los innumerables libros que llevaba leídos y las horas de radio que le habían ayudado a sobrellevar el tedio de las vigilancias interminables. Le dio una somera explicación de los inconvenientes de la investigación y se marchó deseándole que hallara en los papeles la información que buscaba.

Hasta el amanecer tuvo tiempo de echar un vistazo muy detenido al contenido del paquete. Era un trabajo magnífico, y la cantidad que acababa de liquidar le pareció un regalo, en particular si lo comparaba con lo que costaba el gabinete de abogados. Casi doscientos folios entre informes y fotocopias de documentos oficiales, con planos, fotografías y algunas cintas de vídeo, en los que ningún detalle de la vida de Jorge Maqueda quedaba sin atención, incluidos algunos pormenores que, con seguridad, hasta él ignoraba. Las tres casas, la de la esposa y las de la amante, el hijo, las propiedades, las empresas, los negocios y los manejos, los colaboradores más cercanos, los contactos en las altas esferas, los hábitos de vida. Incluso antes de haber hecho el encargo, Arturo sabía que, salvo por un golpe de suerte, la información que necesitaba no la encontraría en los papeles, porque era seguro que los motivos de Jorge Maqueda no serían aparentes excepto para él y, si acaso, para algunas personas muy cercanas. Lo que esperaba encontrar en ellos no era más que el modo de acercarse a Jorge Maqueda sin levantar sospechas.

La persona que mejor información aportaba en los documentos era una antigua empleada que, lo decía sin tapujos, prestó su colaboración por despecho hacia Jorge Maqueda. La llamó a media mañana y ella consintió en tener un breve encuentro con él en la estación de Atocha. Llegó puntual a la cita. Era áspera en el trato, pero enseguida se le notaba que lo utilizaba como pantalla tras la que se encontraba una persona sensible y de sólidos principios.

—Jorge Maqueda es un déspota sin entrañas. Veinte años trabajé para él sin horarios, sin faltar un día ni por enfermedad. Me despidió sin decirme los motivos. Ni siquiera fue capaz de darme el adiós en persona.

—¿Quién es Josefina Castro? La menciona usted, pero no aporta nada más que el nombre.

—Trabaja a las órdenes directas de Maqueda. Ella supervisa lo que él no puede controlar en persona. Tiene acceso a toda la información.

—¿Informaría a Maqueda, si hablo con ella?

—No creo que lo informara, pero sí que sería peligroso para ella.

Arturo tuvo que insistirle y darle palabra de que no la comprometería, para que la mujer accediera a darle las señas de Josefina Castro. Continuaba siendo una pieza imprescindible en la oficina de Jorge Maqueda, lo que no significaba para él más que si fuese un mueble del despacho. Le había subido el salario en cantidades ridículas en varias ocasiones y la trataba con respeto y afecto aparentes. Josefina Castro no se dejaba engañar por ello, pues sabía ya que no era sino una manera de mantener las distancias.

Era jueves y penúltimo día del mes. Llegó a casa más tarde que de costumbre, después de un día difícil. Recordó que sólo tenía un poco de sopa, pero estaba muy cansada y hacía mucho frío, y decidió arreglarse hasta el día siguiente.

Sentado en un banco junto al portal, soportando el intenso frío, un hombre parecía esperar por alguien, mientras leía unos papeles. Era joven y atractivo. Se acercó muy despacio mientras ella buscaba la llave en el bolso. Lo miró un instante, no sin recelo, le dijo buenas noches y ocultó la mirada con timidez mientras abría la puerta. En el vistazo Arturo se quedó con lo imprescindible. Parecía buena persona. Vestía un buen abrigo, calzaba buenos zapatos y llevaba un bolso grande de buena piel. Y cuanto más se le acercaba, más le costaba a ella coger el resuello.

—¿Eres Josefina Castro? —le preguntó.

—Así me llamo —respondió ella, sorprendida.

—Me llamo Arturo Quíner —se presentó, mostrándole el documento de identidad—. Iré a la cárcel por algo que no hice. Tal vez tú puedas ayudarme.

Josefina lo miró con detenimiento y asintió.

—Eres de Canarias —dijo, más afirmando que preguntando—. Me figuro quién puedes ser.

—Siento haberme presentado por sorpresa, pero no era posible hacerlo de otra manera.

—¿Cómo me has encontrado? —preguntó Josefina franqueándole la entrada.

—Dando un largo rodeo. Una amiga tuya que te aprecia mucho me dijo dónde encontrarte. Tengo prohibido salir de la isla, así que no puedo dejarme ver y debo regresar pronto. Me he quedado sólo para verte.

—Mi casa no es cómoda —avisó Josefina cuando le franqueaba la puerta—. No tengo muebles, ni calefacción. Y sólo puedo ofrecerte sopa o té, no muy bueno, si te apetece algo caliente.

—Una taza de té me vendrá bien.

La conversación se fue soltando y terminó haciéndose pródiga en detalles en la medida en que ganaban confianza. Arturo la puso al corriente de los antecedentes del caso que lo había tenido en la cárcel durante cuatro meses y podría devolverlo a ella por un montón de años.

La lista de pernoctaciones, que los hoteles y pensiones deben entregar cada noche a la policía, le impedía coger habitación, por lo que tendría que pasar la noche en una estación o ir al aeropuerto, para intentar un vuelo de regreso. Josefina no lo dejó marchar, a pesar de que no podía ofrecerle sino un saco de dormir, que a él, después de cuarenta horas sin pegar ojo y con el panorama de pasar la noche en un banco pelado, le pareció un ofrecimiento estupendo. Lo aceptó a cambio de que le permitiera invitarla a cenar. Bajaron a comprar comida preparada y la sobremesa se alargó hasta la medianoche.

Poco a poco, Josefina se abrió a la conversación y contó su peripecia vital desde que entró en la oficina de Jorge Maqueda, el noviazgo con Pablo, el brutal y descabellado final y el sedimento de horror y amargura que le había quedado en lo relacionado con él.

En su casa no halló consuelo. La acusaron de casquivana, de haber deshonrado el nombre de la familia, la culparon de la ruptura con Pablo, por veleidosa y por haberse prometido con él sin haber dejado pasar tiempo decente desde el fallecimiento del prometido. Tras varios meses de desesperación, decidió buscar la comprensión que le negaba la familia y el socorro que no le brindaba la fe, en un profesional de la psicología especializado en desarreglos por separación. En unas cuantas visitas el resultado fue decisivo y salió de aquella etapa de desolación y oscuridad, fortalecida, independiente y hecha como mujer.

Le vino al pelo que, casi sin demora sobre la fecha prevista, le entregaran las llaves del piso que había comprado con el novio fallecido y que había continuado pagando. El pago del recibo mensual la dejaba con poco para vivir y pasaba muchas estrecheces y alguna penuria, pero la casa era el fundamento de una libertad, a la que había llegado dando traspiés y sin haberla deseado en la forma que llegó, pero a la que no estaba ya dispuesta a renunciar.

La oposición de la familia a que se trasladara fue torpe y feroz, y se sumó a las razones que la obligaron a tomar la decisión. Con el ajuar escaso, que por tradición había guardado para cuando se casara, y el saco de dormir que acababa de ofrecerle a Arturo para pasar la noche, se mudó al piso, con el mismo sentimiento de una desterrada. Como no tenía más calefacción que una estufa eléctrica mínima, dormía en la más pequeña de las habitaciones con la puerta cerrada, sobre un colchón de gomaespuma. Para asearse calentaba el agua en la hornilla, y tenía que lavar la ropa a mano, en la bañera, con la espalda dolorida y los pies sobre una inundación. A falta de un armario, se arreglaba con unas repisas que había improvisado con ocho bloques de hormigón y tablas de andamiaje.

Le faltaba de todo, pero se sentía tan libre y feliz que le costaba trabajo creer que fuese verdad. Leía mucho, novelas y libros de historia que sacaba de la biblioteca municipal, paseaba a diario, dormía sin preocupación, a veces durante veinte horas con los descansos justos para atender la fisiología y comer algo. No tenía contacto con las antiguas amistades del club parroquial, donde también la miraban de reojo tras la ruptura con Pablo. Dos nuevas amigas solían conseguir entradas para las sesiones de estreno y una o dos veces al mes acudía con ellas al cine. Aunque todavía se consideraba creyente, no había vuelto al confesionario y asistía a misa de tarde en tarde y sólo cuando le apetecía.

Arturo despertó muerto de frío, aunque descansado. Josefina se había marchado temprano y le dejó unas llaves con una nota en la que decía que intentaría llegar pronto, y un número de teléfono por si necesitaba localizarla. Ella le había explicado que el primer pago de la calefacción era un lujo para el que no le alcanzaba el salario, después de haber atendido lo más indispensable. Tras el suplicio de asearse con agua fría, bajó a buscar un lugar donde tomar café y desayunar.

En la portería un hombre que limpiaba los buzones se volvió y le tiró a la cara un buenos días en tono de pregunta que pareció una pedrada, y poniendo una mirada de inquisidor tan severa que daban ganas de ponerse firme para devolverle el saludo. Arturo se adelantó a la siguiente pedrada, que se veía venir desde lejos en la forma de pregunta de que quién era y qué hacía allí. Fue él quien hizo otra pregunta, ésta sí, pertinente, de cuánto tardaría en dar suministro de calefacción y agua caliente.

—Antes de empezar a hablar, tiene que pagar el papeleo y la fianza —respondió el hombre, muy hosco, observándolo con desconfianza—. Abrir las llaves llevará diez minutos. Eso si lo paga billete sobre billete. Pero no me venga a última hora, si no quiere esperar hasta el lunes.

—Prepárelo, le pagaré ahora —le dijo Arturo intentando una sonrisa que no llegó a cuajar—. Mi mujer ha venido a visitar a su prima, y la pobre está arriba muerta de frío.

El hombre ahora asintió bajando la cabeza, entrecerrando los ojos y abriendo la expresión en una sonrisa espléndida que dio el beneplácito a la explicación. El embuste era parejo a la situación. El hombre no habría aceptado otro menor. Habría seguido con cara de perro y no sólo era posible que se arrancara en una advertencia velada sobre la decencia, el recogimiento y el decoro en aquel portal de su jurisdicción, sino, lo que habría sido una catástrofe, era posible que se le atrancasen las cañerías durante el fin de semana. Le pidió que lo siguiera hasta una vivienda de la planta baja con un cartel en la puerta que decía PORTERO y otro que decía FOTÓGRAFO, DESCUENTO A VECINOS, abrió la puerta y lo hizo pasar para cobrar y cumplir las formalidades del suministro de calefacción.

En cuanto hubo terminado con él, pudo desayunar y buscar una tienda de electrodomésticos en la que comprar un televisor y un reproductor de vídeo. Los eligió de buenas marcas, para dejárselo a Josefina en atención al acogimiento de la noche anterior. Pero le asaltó la certidumbre de que en el apartado de electrodomésticos ella tenía necesidades más perentorias que un televisor, por lo que añadió al pedido un frigorífico, una lavadora, una cubertería y un par de sartenes y cacerolas.

Poco después del mediodía, había podido darse una ducha caliente, estaba conectando el televisor y el reproductor de vídeo y dos hombres terminaban de instalar la lavadora. Dedicó algunas horas a leer los papeles y echar un vistazo a las cintas. Pese a que le llamaban la atención más que otra cosa, pronto comprobó que no parecían tener otro interés que el de ser un recurso adicional al de las fotografías. Mostraban escenas de las dos casas de Jorge Maqueda y los edificios de la empresa.

La otra cinta contenía una conversación muy pintoresca cuyo contenido no sabía si le sonaba más a exageración o a simple invención. Un quinqui, flaco y resabiado, con la voz deteriorada, en camiseta de asillas y apretando en el puño el billete de cinco mil pesetas, que era con seguridad lo que había cobrado por el relato, se lamentaba de haber perdido al hermano por una enfermedad que ningún médico había atinado a diagnosticar y que también a él lo estaba corroyendo. Contaba de Pablo Maqueda una historieta espeluznante que parecía poco verosímil. En la misma cinta, la siguiente película era una grabación de excelente calidad, obtenida nada menos que de los fondos de Televisión Española. Las imágenes, cuya emisión fue prohibida en su día por el Ministerio del Interior, mostraban una manifestación de grupos de ultraderecha en la que había muerto un transeúnte, en circunstancias no aclaradas todavía. Josefina le había contado la dolorosa pérdida de su prometido en un suceso similar, y pensó que podría tratarse de aquel suceso, por lo que decidió no hablarle de él.

Antes de que ella llegara le dio tiempo de bajar al supermercado y hacer una pequeña compra con la que preparar una cena caliente. La abrumó con el despliegue de cosas. La casa caliente, la televisión encendida, el olor en la cocina y, sobre todo, encontrar que había alguien, la hizo sentir bien. Al ver los electrodomésticos, instalados ya, se llevó las manos a la cabeza y los rechazó. Dijo que no tenía la información que él necesitaba, pero que de tenerla, conociendo los manejos de Jorge Maqueda, la consideraría una obligación, por lo que no aceptaría compensación material ni de otra clase. Con esfuerzo, Arturo consiguió convencerla de que los presentes los hacía en agradecimiento a su hospitalidad y no por lo de Jorge Maqueda. Se dio por vencida. Fue hacia él, se puso de puntillas, lo besó en la mejilla y lo abrazó, roja como un tomate y tan agradecida que casi lloraba.

Puesto que no esperaba que ella pudiera aportar más información que la contenida en los papeles, no le había mentido. Lo que necesitaba era que lo ayudara a interpretar la que tenía. Y lo ayudó, papel por papel, párrafo por párrafo, durante el sábado y la mañana del domingo. Por lo que había visto en la casa de Pablo, en la etapa de noviazgo, sabía que no existía relación entre Jorge Maqueda y la esposa, y que el secreto a voces de la amante, sobre el que tantas cuchufletas circulaban por la oficina, era cierto de principio a fin. Acaso llamarlo secreto fuera excesivo, pues tampoco Jorge Maqueda se escondía demasiado. Durante la dictadura, con el divorcio prohibido, que un hombre tuviese una concubina, una querida, como se decía, era cosa que nadie censuraba. Los clérigos lo toleraban, en particular si el hombre era rico, y hasta lo aceptaban las propias esposas ofendidas, a veces con alivio.

Ni siquiera con la claridad que Josefina puso en la maraña de datos, se alcanzaba a ver una razón que impulsara a Jorge Maqueda a involucrarlo en un asesinato. Como un capítulo casi marginal en el grueso informe, los papeles relativos a Pablo Maqueda figuraban al final. Apenas unos cuantos folios escritos que no entraban en detalles importantes y algunas fotocopias de documentos. La única fotografía era antigua y de mala calidad.

Leyó los papeles y reprodujo la cinta con la decisión de quien está de verdad dispuesta a enfrentarse a viejos dolores, pero también con la entereza de quien sabe que sangrará al hacerlo. Por el contrario de lo que Arturo pensaba, no se inmutó con la historieta que el quinqui de mala índole, repulsivo y desahuciado de cualquier esperanza, contaba sobre Pablo Maqueda, por absurda y excesiva que pudiera parecer.

—Le decíamos el Abuelo. Se lo puso mi hermano por la mala folla, siendo tan crío. Andaba como atarantado. La carita de santo. Ni bebía ni se chutaba. De pasta, sin problema, papá paga. Todo por favor y medio alelado. Pero con las titis no le rulaba nada más que lo chungo. Vicioso y leñero, tela. ¡El colega!

Eran apenas dos minutos de película, con algún que otro sobresalto en la imagen que Josefina vio, sin emoción, varias veces.

—No le presté atención porque no me parece creíble —dijo Arturo—. Seguro que contó lo que pensaba que se quería oír, por el dinero.

—Pues yo me lo creo sin cambiarle ni una coma —aseguró Josefina—. Es él. El Pablo que al final descubrí. Además, explica muchas cosas que por tonta no me paraba a pensar.

Supo de qué trataba la película grabada a continuación, por la fecha y la hora, que se mostraba en el recuadro inferior. Las escenas de la manifestación que se acercaba por la calle, el tumulto, la refriega con los transeúntes, las carreras de la policía, le devolvieron los recuerdos y el dolor. Arturo se ausentó para traerle agua y dejarla llorar a solas. Al regreso la vio enjugarse las lágrimas y rebobinaba la cinta para ver de nuevo la escena. Lo repitió varias veces y se volvió para preguntarle si era posible detener la imagen. Necesitó varios intentos hasta que descubrió cómo avanzar cuadro a cuadro, y entonces consiguió detenerse en una imagen en la que algo le llamaba la atención, y se volvió hacia él demudada.

—¡Estaba allí! ¡El canalla, estaba allí!

Sin el uniforme de los manifestantes, confundido entre la gente, una imagen indefinida dejaba adivinar un rostro familiar. Era Pablo Maqueda. Al señalarlo, observó que una sombra pasaba por la mirada de Arturo. También a él le decía algo el rostro de la pantalla.

—¿Lo conoces? —preguntó ella, segura de la respuesta.

—Si es el que creo, rondaba a mi mujer.

Por supuesto, no estaba seguro. Tal vez el miedo le hiciera plantearse la peor de las conjeturas, pero creía que se trataba del mismo muchacho que hablaba con Alejandra en la cala de Hoya Bermeja, el que se cruzaron en un par de ocasiones en las caminatas, el que encontró bailando con ella la tarde que salió de la cárcel.

No hablaba de ello. Aunque en su interior estuviera convencido de que lo suyo con Alejandra se iría con él a la muerte, en lo formal era una situación temporal que terminaría más pronto que tarde. La sinceridad de Josefina Castro hacia él, adentrándose en territorios íntimos, a veces penosos, merecía una justa correspondencia. Calló lo de su hecatombe de amor, pero le habló del matrimonio, de la juventud de Alejandra, de lo sola que habría quedado a la muerte de la madre, del interés que tenía por estudiar y de la marcha a Nueva York para completar los estudios. Lo hizo en un estilo administrativo, sin adornos, ni romanticismo, pero no eran requisito para que Josefina percibiera las trazas de amargura que iban dejando las palabras. Lo dejó terminar y lo sorprendió después.

—Sin conocerla, me cae bien tu Alejandra —le dijo, tras lo que hizo una larga pausa antes de continuar con la explicación—. Es la primera vez que duermo bajo el mismo techo que un hombre, sin contar a mi padre o a mi hermano. La noche del jueves tuve miedo. Y anoche tuve miedo —explicó casi riendo, conteniendo las frases—. El jueves tenía miedo de que te propasaras, de que te metieras en mi colchoneta. Anoche lo tuve de que no lo hicieras, esta mañana estaba casi furiosa, pero ahora entiendo por qué no te intereso. Te derrites por ella. Así que me cae bien tu Alejandra, me ha devuelto la autoestima.

Arturo se sintió enaltecido por la confesión de Josefina. Se acercó, la rodeó con los brazos y la besó en la frente.

—No podría hacerlo. La humillaría a ella, te engañaría a ti y me traicionaría a mí.

Ella asintió, apretándose a él muy fuerte.

—Si está con él, es una tonta. ¿No deberías decirle que es un psicópata y que debe ir con cuidado?

—Si él hubiese querido hacerle daño, se lo habría hecho ya. No interferiré en su vida, y menos en sus sentimientos. Para bien y para mal, somos responsables de nuestras decisiones. Es algo sobre lo que pienso a veces. Puede parecer desleal, pero siempre que alguien desea tener un asunto con otra persona, piensa que la deslealtad es de quien trata de interponerse. Del que trae las malas noticias. No llegan a creerlo, ni siquiera si ya están sufriendo las consecuencias.

La despedida fue triste. Poco antes de medianoche, bajaron a la calle. El taxi llegó pronto y él metió el bolso en el portabultos. Abrió la portezuela, pero no se decidía a subir. Josefina no quiso evitar una lágrima, pero lo empujó.

—No me voy a romper. Me preparaste la cena y me has dado compañía. Sólo soy una mujer que se queda echándote de menos. Un poquito... —dijo, y dudó en terminar la frase— interesada —añadió al fin, pero él entendió que había querido decir otra cosa.

Se lo agradeció rodeándola con los brazos. Subió al coche y se volvió para decirle adiós con la mano. Ella permaneció en la acera, mientras el coche se alejaba, y le mandó un beso. Lloraba.

* * *

Josefina tenía una remota referencia del asunto de una muerte, que preocupaba a Jorge Maqueda y a su hombre de confianza en las islas, el gigante que lo visitaba una o dos veces al año. Habría pasado los detalles por alto de no haber conocido a Arturo, ni de estar echándolo de menos desde que se despidió de él, la noche del domingo dos semanas antes. Con la correspondencia, cada trimestre llegaba una minuta de honorarios con el mismo texto escrito a mano: «Servicios jurídicos», sin más aclaración que el trimestre comprendido y el importe facturado. Cada vez se la presentaba a Jorge Maqueda, él se la devolvía con el garabato de conformidad y ella la entregaba en el departamento de contabilidad. En los libros figuraban las anotaciones en una cuenta del apartado de asesores externos. Las mismas cifras, tanto de las cantidades ingresadas a cuenta, como de las minutas trimestrales. El importe mensual era muy aproximado a un salario de tipo medio, que se incrementaba a primeros de año, con seguridad coincidiendo con la publicación de los nuevos honorarios acordados en el Colegio de Abogados. Era mucho dinero. Demasiado como para que no resultara sospechoso durante el tiempo que llevaba trabajando tan cerca de Jorge Maqueda, no hubiese tenido relación con el despacho que lo cobraba y que figuraba en los libros de contabilidad desde hacía diecinueve años.

No pensaba que la evidencia pudiera estar vinculada con el caso de Arturo Quíner, pero sí que quería decir algo. Por si había suerte lo envió por el procedimiento menos peligroso. Fue a Correos, escribió el mensaje y los datos en un folio, lo envió por telefax a la oficina de Arturo Quíner, rompió la hoja en trozos muy pequeños y se deshizo de ellos quemándolos en un cenicero.

Lo recibió Agustín, que se lo llevó en persona al despacho.

—¿Cómo harías para encontrar a un abogado? —le preguntó Arturo, después de leerlo.

—Por el olor de los billetes —respondió Agustín con su característico sentido del humor, caminando hacia la puerta. Desde allí se volvió y terminó de explicarse—. Tú ve mirando donde estén los billetes. En la cola que hay detrás, no preguntes. Los que tengan los mejores puestos, serán abogados o políticos —concluyó con una sonrisa de viejo zorro que le centelleó en un colmillo.

Unos minutos después, era Arturo quien estaba de pie en la puerta del despacho de Agustín.

—¿Y por dónde empiezo a buscar los billetes? —le preguntó, con más interés en comprobar si coincidía con Agustín que en la propia respuesta.

—Donde no pierdan valor ni sea peligroso. Tú sabes que para un canario no hay donde invertir mejor que en la casa y la tierra porque nosotros mismos hacemos eso. Si se trata de un paisano, busca en las propiedades.

Quizá por simples, las conjeturas de Agustín dieron en el clavo a la primera. En el mensaje de Josefina, tenía las señas del despacho, pero era arriesgado acudir a él sin haber establecido la relación con Jorge Maqueda. Apenas fue necesaria la visita al Registro de la Propiedad para saber que era el mismo abogado que llevó los trámites para la donación de las propiedades de Dolores Bernal a su nieto.

A su vez, en una práctica que era de uso común y legal, Agustín terminó el trabajo indagando la situación financiera del abogado, mediante una simple visita a los bancos. Tenía una pequeña pensión y cobraba el modesto alquiler de un despacho, además de la cantidad que ingresaba de Jorge Maqueda, sin la cual estaría en bancarrota. Arturo pensó que, con un poco de tacto y otro poco de dinero, podía arriesgarse a visitarlo, sin imaginar que la relación de Jorge Maqueda con el abogado tuviese algo que ver con él. Pronto descubriría lo contrario.

* * *

Si todo guardaba relación con lo sucedido en la casa de Dolores Bernal, antes que cualquier otra pesquisa, la lucidez aconsejaba averiguar dónde habían terminado sus escombros. Siguiendo las indicaciones que le dieron en el pueblo, Arturo pudo llegar sin contratiempos a una bonita casa de campo, en la orilla de un camino, rodeada de huertas con higueras y limoneros en flor. Dentro de los rediles acotados por muros de piedra, algunas cabras merodeaban sin impedimento, y las gallinas sueltas picoteaban, formando grupos alrededor de un gallo, atento a que el gallo de otro grupo no pusiera pie en sus dominios.

Cuando el coche se detuvo, un muchacho se acercó desde el fondo y en la puerta aparecieron una mujer de mediana edad y otra más joven con un bebé en los brazos.

—Buenos días —saludó Arturo a las mujeres—. Busco a la señora Virtudes y a su marido.

—Virtudes soy yo —dijo la mujer mayor, un tanto recelosa—. Mi marido vendrá enseguida, si espera usted un poco. ¿Y para qué es que nos busca?

—Me llamo Arturo Quíner. Con seguridad le sonará mi apellido.

—Claro que me suena. Y a mi marido también le sonará. Cómo no va a ser. Y el nombre también nos suena —dijo Virtudes, asintiendo con gravedad, aunque ya sin recelo—. Al que conocimos fue a su hermano Ismael, que en paz descanse. Una o dos veces al año vamos al Terrero y le llevamos flores al cementerio. De usted nos alegramos mucho, cuando nos contaron que había vuelto de América.

Mientras hablaba, el hombre joven había saludado y permanecía atento a la conversación. Virtudes los presentó.

—Éste es mi hijo mayor. Se llama Paulino, como el padre. Y ella es Begoña, la mujer de él, que nos acaba de traer el primer nieto.

Bajo una hermosa parra lo atendieron con lo mejor que tenían. Por no desairar la hospitalidad, él les aceptó un vaso de delicioso vino de la casa, joven y agreste, para acompañar unos trozos de morcilla dulce sobre rebanadas de pan rústico, elaborado, también en la casa, en horno de leña. Paulino se había incorporado a la reunión y no necesitó que nadie le presentara a Arturo. Contra lo que era costumbre fuera de la familia, le dio a Arturo un abrazo cargado de efusión y sentimiento y lo trató como a otro de los suyos.

—A tu hermano Ismael yo lo tenía en buena ley. Y más lo tuve cuando pasó lo que pasó.

—De eso he venido a preguntar. Es probable que usted lo viera la noche en que se presentó en casa de Dolores.

—Claro que lo vi. Él hizo lo que tendría que haber hecho yo, si hubiera tenido valor. Yo le abrí el paso y le puse en la mano la horca que dejó a Roberto Bernal clavado en la puerta. A tu hermano Ismael le sobraba de lo que tienen que tener los hombres.

—¿Y qué pasó con Dolores Bernal? —preguntó Arturo.

—Murió al poco. Nunca se recuperó de la muerte de María, la hija, descanse en paz, y de la pérdida del nieto. Ya había cambiado mucho y para bien después de que el desgraciado Maqueda preñara a María de malos modos.

—La señora se portó bien, al final —intervino Virtudes—. Nadie podía pensarlo. Era de muy malos redaños, pero cambió. Fue una buena madrina de nuestro hijo y no desatendió a ninguno de los que trabajamos con ella toda la vida. Figúrese, esta casa y las tierras eran de ella. Nos las dejó en propiedad poco antes de morir. No mucho después de lo que pasó.

—¿Dónde la enterraron?

—Cerca de aquí —dijo Virtudes.

—Están juntos, toda la familia —precisó Paulino.

Continuando el camino, al fondo de un pequeño recinto ajardinado, llegaron a una capilla diminuta, muy sencilla, apenas las cuatro paredes y un tejado a dos aguas, con una puerta de hierro que tenía forjadas las letras de un único apellido: BERNAL.

En el suelo de la capilla, cuatro losas con los nombres de los finados. El padre, la madre y los dos hijos. Tres losas con la piedra limpia estaban presididas por un jarrón con flores recientes. La cuarta losa no tenía jarrón y se veía desatendida. Era la de Roberto Bernal.

30

Por la obstinación en acabar lo antes posible con aquella etapa de su vida, obligada a sumar acreditaciones durante el verano, Alejandra no podía permitirse ni unos días de descanso. Lo necesitaba más de lo que admitía y sólo por su juventud tenía la fortaleza para continuar el durísimo ritmo de trabajo que se imponía. Lo tomaba como el pago de una condena que se había impuesto a sí misma. Se sentía culpable de haber elegido Nueva York como lugar de estudio, sólo para obligar a Arturo a reaccionar, para obligarlo a pedirle que permaneciera cerca de él, estudiando en la isla. Pero él, dolorido, no puso impedimento en nada, ni por el coste económico, ni por la lejanía, ni por la ciudad brutal donde ella habría de desenvolverse. Alejandra no escondía sus auténticas razones. Terminar para correr a su lado. Pero era consciente de su miedo a regresar y encontrarse con algo que no querría hallar.

Sin un momento exacto de solución, los problemas de los primeros meses en la ciudad fueron quedando en un segundo plano casi testimonial. Había necesitado aprender inglés a las bravas, porque no tenía más remedio, pero lo aprendía bien. En las clases dibujó a diario, aunque no sobre los temas clásicos que ella imaginó, sino figurines de época, caricaturas, tiras de diseño de producción cinematográfica y diseños industriales. Mejoró los conocimientos de corte de sus clases con Candelaria, diseñó coches, aspiradoras y tazas de té, modeló en arcilla, hizo prácticas de cerámica, aprendió técnicas de fotografía y, como magnífico consuelo, comenzaba a hacer pruebas con los óleos.

No tenía amigos nuevos porque no los había deseado y porque no habría tenido tiempo para ellos. Por casualidad, había terminado siendo el centro de la cuadrilla de amigos que conoció durante las primeras semanas. El día de Acción de Gracias, unas semanas después del incidente con los pandilleros, Alberto la llamó de madrugada, llorando. Ella se vistió a toda prisa y en menos de media hora, un taxi la dejó frente al apartamento que Alberto compartía con Natalia y David. Ellos se habían ausentado para ver a los familiares durante aquel fin de semana largo. La puerta estaba abierta, y el interior, revuelto. Alejandra llamó desde la puerta.

—Pasa, Alejandra, estoy en la cama.

Alberto, tendido, tenía una bolsa de hielo sobre un ojo.

—¿Qué ha pasado? —preguntó Alejandra, horrorizada.

—Me ha hecho daño, estoy orinando sangre, Alejandra.

El causante de aquel desastre volvía a ser Denis, el de la ocasión anterior, aunque esta vez en propia persona, de nuevo para sacarle dinero. Él era la causa de que Alberto acogiera a la pareja de amigos en su apartamento. Imaginando que ellos habrían ido a visitar a sus familias, no desaprovechó la oportunidad de hacer otra de sus visitas a Alberto, que no se atrevía a denunciarlo por miedo a que la reacción fuese peor.

Contra la voluntad de Alberto, Alejandra llamó a la ambulancia y él quedó hospitalizado esa noche. No se separó de él durante el día de Acción de Gracias ni la noche siguiente. El lunes por la mañana le dieron el alta, pero Alejandra no consintió que regresara al apartamento, sino que lo llevó al de ella.

Mientras acordaba con el administrador del edificio las condiciones de un apartamento libre para alquilar, dos pisos por debajo del suyo, Natalia, David y Gilbert, sin que Alberto lo supiera, hacían el traslado de pertenencias del antiguo apartamento. Cuando lo tuvieron todo dispuesto, Alberto sólo tuvo que bajar dos pisos para volver a encontrarse en casa. El tal Denis tendría más difícil dar con él, y cuando lo hiciera, Alberto no se vería solo.

Entre todos consiguieron convencerlo, por fin, de que pusiera la denuncia y nunca más tuvieron noticias del bravucón violento que lo acosaba.

Pese a ser la de menor edad, Alejandra pronto terminó por ser el centro de la cuadrilla de amigos. Fue la que introdujo a Gilbert y a Pablo Maqueda y, por la fuerza de las circunstancias, se había convertido en protectora de Alberto, que a su vez hacía de hermano mayor de todos.

Pablo Maqueda tenía sitio especial. En cuanto puso pie en Nueva York y se encontró con Alejandra, halló su paz de pentagrama, aunque él, como ella, no olvidaba el final del último encuentro en la isla y, también como ella, tampoco deseaba pasar por una situación similar. Dispuesto a evitar un nuevo rechazo, Pablo desistió del asedio frontal y se acercó por los flancos, muy poco a poco. De nuevo se abrió hueco a través de los amigos. Atento, servicial y previsible en el trato en sus etapas de sosiego, llegó a ellos con facilidad. Solía aparecer los fines de semana sin avisar, pero muy pronto se habían acostumbrado a sus maneras metódicas y lo echaban de menos cuando faltaba.

Trabó amistad con todos, pero al igual que con Alejandra, el que más se acercó fue Alberto, que por ser el que conocía alguna confidencia de Alejandra, no tardó en darse cuenta de lo peculiar del comportamiento de Pablo hacia ella. Aunque era evidente su obsesión, parecía conformarse con aquellos encuentros del fin de semana, a veces distanciados en el tiempo y en presencia de otros, nunca en la intimidad que Alejandra rehuía. Para seguir adelante sin sobresaltos, parecía que le bastara con echar un vistazo de cuando en cuando y cerciorarse de que el marido continuaba tan ausente que ni siquiera aparecía en las conversaciones, y que ella seguía siendo inaccesible al acoso de tanto pretendiente como le salía al paso. Se conformaba con ocupar aquel latente segundo plano, aferrado a su hipótesis de que ella lo aceptaría en cuanto hubiera liquidado el matrimonio, que él todavía continuaba considerando sólo de conveniencia.

Durante aquel tiempo en el que ella hizo menos concesiones, cuidándose de no dar falsas esperanzas, aprendió, sin embargo, a quererlo. De una manera muy distinta a la que él buscaba, y por las razones que menos hubiera deseado, pero era un cariño sincero. No fue su caso el de una excepción. Pablo era cicatero en lo relativo a sí mismo, pero a cambio entregaba todo lo demás con enorme generosidad. Compartía cuanto tenía, sin encontrar impedimento ni en el dinero, ni en el esfuerzo, incluso más allá de donde podía y muchas veces sin que nadie se lo hubiera pedido. Pero era tacaño en lo relativo a su persona, hermético en su mundo interior, críptico en sus sentimientos y tan evasivo, incluso en lo trivial, que ni siquiera habían conseguido sacarle cuál era el lugar exacto donde trabajaba o su ocupación, quién era la familia o en qué fecha cumplía años. Si no habían podido saber algo sobre cuestiones tan intrascendentes, llegar a la causa de sus cambios de humor era impensable, incluso para Alejandra.

El silencioso y entrañable Gilbert, con anterioridad tan carente de afectos, siempre atento a ella, era el más querido por todos. No tenía rival con los aerosoles, lo que le costó una condena por daños en la propiedad pública y otra, también por daños, en la propiedad de un importante banco. Era menos hábil con el lápiz y el pincel, pero en el modelado era un artista consumado. Una serie de bajorrelieves con imitaciones de piedras naturales le habían hecho conseguir como patrocinador a una empresa dedicada a la escenografía, que le becaba los estudios a cambio de asegurarse de que trabajaría en ella durante unos años.

Alberto era el confidente en casi todo, Natalia lo era en asuntos de chicos o de amor, aunque no del amor con nombre propio que Alejandra guardaba sólo para su corazón. Natalia no lo comprendía y estaba siempre haciéndola interesarse por alguno de los de la estela de pretendientes que iba detrás de Alejandra como las turbulencias tras la popa de un barco.

—No sé cómo puedes vivir sin un poquito de amor —le decía para reprocharle el desinterés en algo que ella consideraba esencial.

—Lo que tú me aconsejas no es amor, es sexo —replicaba Alejandra—. Casi todos confunden una cosa y la otra, pero el sexo no tiene nada que ver con el amor. De hecho, a veces es lo contrario.

—De acuerdo en que será otra cosa, pero es igual de importante. Yo, de no tener a David, que está siempre dispuesto, tendría que encontrar a otro. Si tuviera para elegir tantos como tú, es posible que no quisiera a ninguno fijo.

—Se te olvida que yo estoy casada, Natalia.

—Pero no lo ves nunca. ¿Se enteraría si tuvieras alguna aventurilla? ¿Si dejaras que alguno te hiciera un favor?

—Me enteraría yo. Y pasado el momento, me sentiría muy mal. La satisfacción, si es que la hubiera, duraría un rato y el malestar, toda la vida. ¿Dónde está el beneficio?

Existía bajo la rotundidad de aquél razonamiento otra que no confesaba. La promesa que entregó en el instante en que se despidió de su marido, de que no se consentiría un desliz con otro mientras permaneciera casada con él, de que de ninguna manera liquidaría el que consideraba un matrimonio en toda ley por una veleidad. Sin embargo, siempre dudó de que no fuese aquélla una manera desesperada de amarrarlo a él, de exigirle que cumpliera también esa prueba de lealtad, o fuera, tal vez, un desafío para sí misma, una manera de saber cuán cierto era su amor hacia él, midiendo el dolor de la separación sin buscar otro consuelo, sin husmear a otro ni echar en falta otras caricias.

* * *

En el cuartel general de una importante firma de cosmética, Roberto Gianella, el fundador, presidente y mayor accionista, presidía la reunión para la planificación estratégica de los años siguientes. Cerraban cada ejercicio con incrementos exiguos en los beneficios, el valor de las acciones se mantenía o crecía y las ventas aumentaban, pero no tanto como aumentaba la población, de modo que el dato inquietante era el porcentaje de mercado, que pese a las enormes inversiones en publicidad, en el mejor de los casos, sólo se mantenía. No conseguían atraer nueva clientela y en unos años comenzarían a perder terreno real frente a los competidores. Roberto

Gianella quería retirarse y dejar el control a sus hijos, pero asegurando el futuro de la empresa.

Era italiano, de Piamonte, y llegó a Estados Unidos al término de la Segunda Guerra Mundial, en un buque de la armada, sin entender una palabra del idioma, con el corazón lleno de esperanzas, unas pocas monedas sueltas en el bolsillo y con la idea de salir adelante como fuera, valiéndose de lo único que le quedaba, la receta de un ungüento para tratar úlceras y heridas, cuyo secreto era patrimonio familiar desde hacía cuatro generaciones. Lo preparaba en el mismo cuartucho donde dormía y lo vendía en la calle, sólo en propia mano y sólo a inmigrados italianos en los que tuviera confianza. Dedicando veinte horas de trabajo cada uno de los siete días de la semana, en un par de años consiguió los medios para contratar a un químico y sufragar el coste altísimo de las patentes y los permisos, y pudo establecer el negocio por la vía legítima. Lo consiguió a tiempo. El remedio era eficaz, pero el precio de los antibióticos bajaba cada semana, por lo que muy pronto no le quedaría clientela a la que venderle. Tuvo visión para darse cuenta de ello, y también para ver cuáles eran los productos que demandaba el mercado. Con los medios someros con que producía el ungüento fabricó barras de cacao y cremas hidratantes, que llegado el momento, por las artes de birlibirloque de la mercadotecnia, apenas con unos cambios mínimos en las fórmulas, algún ajuste en la producción y con envases y etiquetado distintos, se convirtieron en lápices de labios y cremas de belleza.

Roberto Gianella prestó atención en silencio a los comparecientes en la reunión. Oyó a su hijo mayor, vicepresidente económico, decir que las inversiones que necesitaban requerían un sustancioso incremento de ventas o un severo recorte de plantilla.

Oyó al vicepresidente de mercados explicar los exiguos incrementos de mercado, a pesar de la buena acogida de los nuevos productos y del enorme gasto en publicidad.

Oyó a su hija, vicepresidente de publicidad, decir que la última campaña no terminaba de funcionar porque no estaban en sintonía con las de la competencia, señalando, sin decirlo, al propio Roberto, cuya visión era aún más rígida en todo lo que afectara a la imagen de la marca.

Oyó el batiburrillo de pullas, evasivas y comentarios que solían ocupar los silencios que él guardaba, y que sólo por respeto a su persona no llegaban a hacer sangre.

Se levantó, se aflojó un poco la corbata, la hija se apresuró a preguntarle si se encontraba bien, él la tranquilizó con un gesto y dio unos pasos hasta la cristalera. Con las manos en los bolsillos contempló una bandada de patos que sorteaba el laberinto de los edificios interpuestos en su ruta de migración al sur. Cuando pasó el último se volvió para hablar. Sin que necesitara interrumpir, todos guardaron silencio.

—Nunca he vendido nada de lo que no estuviera seguro, ni siquiera cuando se hacía el producto en un caldero. Gastamos mucho en investigación para garantizar que nuestras clientes no se maquillan con veneno o se limpian con un cancerígeno reconocido. Nuestros competidores tal vez prefieran no invertir en eso, sino destinar los recursos a publicidad y abogados. Nosotros elegimos el camino difícil, pero hemos ganado un premio que ellos no tienen: tardamos más en captar el mercado, pero nuestras clientes no nos abandonan jamás. ¿Pueden presumir de eso los competidores?

Roberto calló para acomodarse y continuó:

—Podríamos encargar nuevos análisis de mercado, podríamos hacer nuevas prospecciones financieras con los ordenadores más potentes de IBM, podríamos despedir a toda la plantilla y renovarla por otra. Volveríamos a equivocarnos, porque seguimos sin decirnos la verdad. Dejemos de engañarnos. Digamos las cosas como son. Esas mujeres que llevan tantos años confiando en nuestra marca han envejecido con nosotros. Y el mercado que necesitamos para renovarnos, el de las mujeres jóvenes, nos tiene identificados con lo viejo. ¡Por Dios!, ¡si vendemos las cremas de sus abuelas y sus mamás! ¿Qué chica no querrá probar otra cosa? Nuestro problema es que todavía no hemos sabido hacernos atractivos para una joven. Demostrarle que tenemos experiencia, que lo que ha dado tan buenos resultados a tantas mujeres y durante tanto tiempo puede servirle también a ella. Ése es el reto. Así que, por favor, busquemos la solución sin despedir a nadie —dijo, echando una mirada de reprobación al mayor de sus hijos—. Busquemos de nuevo la manera de presentar el producto, de hacernos atractivos para esas mujeres, pero sin cambios que puedan levantar sospechas a nuestra clientela consolidada —dijo, mirando al vicepresidente de mercados—. Y tú, hija, tienes la parte más difícil. Sé que mi opinión te dificulta las cosas, pero no olvides que la publicidad de nuestra competencia dicen que es agresiva para evitar llamarla vulgar, que es lo que mejor la define. Es ruidosa, grosera y masculinizadora. Es irrespetuosa con las mujeres. Nos hemos distinguido por la excelencia, eso es la calidad, pero también la elegancia. —Y tomó aliento, meditando su conclusión—. Nos guste o no, el mundo cambia cada día y nos obliga a seguirle, pero cuando en una mudanza se quedan cosas buenas en el camino, no es un traslado, es una huida en desbandada. Debemos adaptarnos, pero conservando lo que nos distingue.

Se marchó a casa antes que de costumbre, cabizbajo y ensimismado. Su mujer, Antonia, italiana como él, sufrió un ligero alboroto de negros augurios cuando lo vio llegar, tan pronto y tan fuera de sus hábitos, temiendo por su salud, y se apresuró a preguntarle si se encontraba bien.

—Estoy bien. ¿Te parece que nos vayamos a casa?

—¿Toda la semana?

—Un poco más, creo —respondió Roberto, sin énfasis, sin abandonar el sopor de las cavilaciones, con la voz debilitándose, hundiéndose en lo profundo de sus abstracciones.

Antonia, después de cuarenta y cinco años casada con él, lo conocía bien y sabía que no serviría de nada discutirle, porque estaba segura de que cualquiera que fuera la respuesta que su marido perseguía, aparecería de pronto. Y no había para ello como marcharse a casa, como él decía cuando se refería a su Piamonte natal, a su Italia. Pero sabía que algo más le preocupaba.

—Dime lo que no me quieres decir para no preocuparme —le dijo, acariciándole el pelo, sin admitir negativa.

—Quieren sacarme de la empresa.

—¿No tienes el control con las acciones de tus hijos?

—Hay accionistas muy fuertes. Algunos siempre estarán conmigo, pero no si ellos o alguno de nuestros hijos decide abandonar el proyecto.

—¿Por qué crees que quieren quitarte?

—Seguro que para vender el nombre de la marca y las patentes a la competencia. Después despedirán a la plantilla al completo y harán desaparecer la empresa.

—Si creen que pueden hacer eso, es porque no te conocen como te conozco yo —le dijo, besándolo—. Además de tontos se habrán vuelto locos.

Tardó cuarenta y dos días en regresar y entró descansado a la reunión que convocó para el mismo día de su incorporación al despacho. Sabían de antemano que Roberto Gianella estaba a punto de hacerlos librar una dura contienda, con seguridad emocionante y meditada hasta en los más ínfimos detalles. La idea que tenía era simple, descabellada y peligrosa, aunque brillante y a su altura. En torno a ella, dos equipos de profesionales, uno dentro de la empresa y otro fuera de ella, trabajaron sobre la hipótesis, sin datos reales y sin posibilidad de pronóstico fiable. Ambos la desaconsejaron, pero, adelantándose a ello, Roberto les había pedido un plan alternativo. Adjunto a sus informes entregaron algo parecido a los de campañas anteriores, maquillado y más complejo, pero idéntico en la sustancia a los que habían demostrado de sobra su ineficacia. Los votos del consejo se repartieron por igual, de modo que tuvo que tomar la decisión sin apoyos. Es decir, que serían suyos tanto la responsabilidad del fracaso como el mérito del acierto.

—Nos hemos dicho por qué no debemos hacerlo. De manera que tenemos una idea clara de dónde podemos equivocarnos. Ahora debemos poner cuidado en evitar esos errores, porque no disponemos de alternativa. Yo asumo toda la responsabilidad.

Margaret Stoddard era el nombre de casada de Margarida Prats, una catalana de tierra adentro. Andaba sobre los cincuenta, que lucía muy bien llevados. Era de complexión fuerte, todavía con buen tipo, capaz, inquieta, tenaz, de temperamento explosivo, hacía difícil seguirle el paso. Implacable y astuta en los negocios, tenía fama por su formalidad profesional y sabía desenvolverse como una fiera auténtica en la jungla auténtica de Manhattan. Fuera de ese ámbito, quien supiera mirar enseguida vería que era dueña de un corazón que no le cabía en el pecho.

Acudió al despacho de Roberto Gianella para una reunión que no había podido preparar, porque no le habían dicho el asunto del que trataría. Roberto Gianella estaba al menos tres escalones por encima del más alto al que ella tenía acceso por cuestiones de trabajo.

La recibió de pie, en medio del despacho, y fue muy atento con ella, dentro del modo, un tanto informal, en el que hablaron.

—Le he pedido que viniera porque necesito de usted un trabajo especial —dijo Roberto, entrando en la cuestión sin hacer una breve introducción—. ¿Tendría su agencia capacidad para organizar un concurso por todo el país?

—Mi agencia es muy pequeña —respondió Margaret—. Enseñamos a jóvenes que quieren entrar en el mundo de la publicidad, o personas que ya están dentro pero quieren mejorar o necesitan representación. Es lo que hemos hecho para su empresa. Pulir un poco a sus modelos.

—El trabajo que le propondré, que sepamos, no se ha hecho nunca. No podemos fallar. Esto quiere decir que tendrá presupuesto adecuado al objetivo. Para entendernos enseguida: mucho presupuesto.

—¿Cuál es ese objetivo?

—Necesito tener a todas las chicas del país pendientes de nosotros durante un año. ¿Será posible hacerlo?

—Con la televisión, sin duda. ¿En qué ha pensado?

—En un concurso, digamos que de idoneidad para poner imagen a nuestros anuncios. Para una chica guapa, que dé bien en la imagen. Pero no valdrá cualquiera. Tendrá que representarnos.

—Podría prepararle dos o tres borradores de trabajo, para que usted pueda darles forma. Si lo que cree necesitar resultara fuera de las posibilidades de mi agencia, rechazaré llevarlo a cabo, pero usted tendrá más claras sus opciones.

—Póngase al trabajo. Tiene que tener en cuenta que el nombre de mi firma no puede saberse nunca; no lo utilice usted ni en sus borradores. Utilicemos un nombre para saber a qué nos referimos. ¿Le parece bien «Espacios»? Nadie sabe de esto. Así que nada debe responder a nadie, incluyendo a los vicepresidentes de la empresa. Incluyendo a mis hijos.

—Necesito hacerle una pregunta y querría una respuesta clara, Roberto.

—Haga su pregunta sin reserva.

—¿Por qué alguien tan pequeño? ¿Por qué mi pequeña agencia? ¿Por qué yo?

—Sólo para usted y para mí, Margaret: porque no puedo fiarme de los que me fío.

31

En cuanto Arturo Quíner conoció al juez que le tocaba en suerte, que entró en la sala como una tromba el primer día de la vista, la sensación fue de alivio. Tenía rango de magistrado y de él le habían llegado dos referencias opuestas entre sí. Quienes lo conocían decían que por conocimientos e imparcialidad se trataba del más deseable para un juicio; sin embargo, para el abogado fue una catástrofe, que intentó eludir mediante una artimaña profesional, que resultó infructuosa. Tenía poco más de sesenta años y la apariencia de erudito. Aunque parecía un tanto despistado, se le veía inteligente y perspicaz y enseguida se adivinaba que, en lo suyo, estaba bien provisto de recursos. Lucía una melena blanca que por detrás le cubría la nuca, sobre las sienes le tapaba a medias las orejas y por delante le adornaba la frente con dos graciosos bucles de cabello alborotado. Tenía un bigote gris bien arreglado y llevaba unas gafas de pequeños cristales cuadrados y montura dorada, que mantenía en equilibrio sobre la punta de la nariz, para mirar a lo lejos por encima de ellas. Tomaba notas de todo y tenía la rara habilidad de escribir de un asunto mientras escuchaba o hablaba de otro distinto sin que una cosa interfiriera con la otra. El aspecto de catedrático le venía de oficio porque lo era, y tanto sus clases como sus juicios tenían el encanto de que llevaba a un lugar las maneras del otro. En la práctica no existía diferencia para él y lo mismo imponía a las clases el aura de solemnidad y rigor de los juicios que, en éstos, explicaba complejidades jurídicas con el mismo tono didáctico que empleaba con los alumnos de primero. En las vistas públicas que presidía, la sala solía rebosar de gente, por lo general alumnos de la facultad y personas interesadas en el derecho, aunque también de ciudadanos sin otro interés que el de verlo actuar. Era fácil que hiciera un paréntesis en el desarrollo de una vista, sobre todo si habían asistido alumnos, para dirigirse a la sala y subrayar la petición de un letrado o explicar por qué aceptaba o denegaba pormenores del proceso. Por facilidad innata, y porque además lo cultivaba como piedra angular del oficio, hacía gala de un dominio virtuoso del lenguaje, cuyo mal uso no pasaba por alto, por lo que no era raro que abroncara a un letrado poco escrupuloso en la oratoria o los escritos como si se tratara de un alumno. Lo que tampoco sorprendía a nadie, puesto que en la mayoría de los casos el letrado había sido alumno suyo. En broma pero con respeto, repetían el sonsonete que en tantas ocasiones le habían oído: «Respeto por la palabra, que letrado viene de letra». Una de sus travesuras más frecuentes era la de pedir que corrigieran un documento mal redactado, en cuyos márgenes habría una anotación en la que diría que lo rechazaba, por impreciso, por tener faltas de ortografía o las tildes cambiadas, porque corría el peligro de entender lo que no se pretendía, y en lugar de justicia le iba a salir un remiendo. No extrañaba que sus sentencias fueran tomadas como ejemplo de claridad y limpieza, no sólo por la ecuanimidad, el rigor y la profundidad de los argumentos, sino por la belleza de la redacción.

Como un buen árbitro, saludó a los miembros de la fiscalía y la defensa y les recordó, en un resumen breve y conciso, cuáles eran las reglas del juego. Nada de trucos, en particular durante los interrogatorios a los testigos. A continuación se dirigió a Arturo, en calidad de acusado, le preguntó si se encontraba bien y lo tranquilizó diciéndole que estaban allí para esclarecer si era o no culpable y de serlo, en qué términos lo era, pero que, entretanto, la principal tarea del tribunal era también la de proteger sus derechos.

Durante el primer día se leyó el sumario y se oyó al forense, en una sesión que resultó áspera y aburrida. Aunque hubo en ella un dato que parecía nuevo, se comprobó que aparecía en el sumario, si bien de manera confusa. La muerte de Cayetano había sido próxima a la hora del suceso en la casa de Beatriz y no en el lugar donde apareció el cadáver.

* * *

Declinaba la tarde. Medio siglo atrás el edificio había sido uno de los mejor situados y más caros de la ciudad y sus cuatro plantas se las repartieron para oficinas y domicilios algunos notarios y abogados de prestigio. La ciudad creció, los juzgados y otros servicios oficiales se mudaron al otro lado, y la zona quedó con la altivez decaída, pero, más silenciosa y apacible, ganó en señorío. En el soportal las trazas de vieja gloria de un tiempo pasado, veladas por la niebla del abandono, le daban apariencia de triste y melancólico. El ascensor, con un cartel descolorido que decía FUERA DE USO, hacía décadas que estaba precintado por la autoridad por no cumplir las exigencias de la inspección técnica. El mármol de las escaleras, manchado, sucio y lleno de mataduras, había perdido el esplendor. La macilenta y paupérrima luz de las bombillas apenas permitía intuir los escalones y creaba en los rellanos un ámbito decadente y sombrío. Arturo se detuvo unos instantes a contemplarlo. En el segundo piso aún continuaba la vieja placa de cobre que alguien mantenía reluciente. Pulsó el botón del timbre, que tardó en sonar y lo hizo con un ruido bronco y cansino. Desde dentro alguien dijo «vamos», pero la puerta tardó un minuto en entreabrirse. En el resquicio un anciano de aspecto distinguido, en bata y pantuflas, lo saludó con reserva, pero con amabilidad, y le preguntó qué deseaba.

—Busco al abogado, el señor Joaquín Nebot —dijo Arturo, señalando la placa de la puerta.

—Hace mucho que no ejerce —respondió el hombre sin prisa.

—Creo que puede estar interesado en hablar conmigo, por asuntos relacionados con una cliente suya.

—Y, sin aceptar nada, según lo que usted dice, ¿quién sería esa cliente? —preguntó, abriendo otro poco la puerta.

—La señora Dolores Bernal.

La puerta se abrió otro poco más.

—Tuve una cliente que se llamaba así. Pero hace mucho que no sé de ella. Era una mujer mayor, debe de haber fallecido.

—Tal vez mi nombre no le suene. Es posible que le recuerde a usted más saber que cuando Dolores Bernal perdió a su hija, yo tuve que huir de la isla. Era un niño. Me llamo Arturo Quíner.

Ahora sí, el hombre se apresuró a franquearle la entrada y a cerrar la puerta tras él.

—Me alegra su visita —le dijo, haciéndole una seña para que lo siguiera—. Me queda poco por molestar y pensaba que no llegaría a cumplir el que es, además del último encargo de mi carrera, la última voluntad de mi patrocinada, la señora Bernal. Lo esperaba a usted.

Mientras hablaba caminaba despacio, arrastrando las pantuflas. El recibimiento era mucho más de lo que esperaba, porque de ninguna manera podía imaginar que Dolores Bernal hubiese dejado nada para él. Ni siquiera que conociese su existencia.

Lo que en otro tiempo fue una oficina muy transitada era ahora una vivienda que no había perdido, o no le habían dejado perder, el fuerte carácter del uso original. El despacho se conservaba como fue. Frente a la mesa de trabajo, de estilo isabelino, con cajoneras a los lados, dos cómodas butacas de piel rojiza. Por el lateral derecho dos ventanas enormes, con gruesas cortinas recogidas a los lados, dejaban entrar la luz del atardecer. La pared del fondo y la del lateral izquierdo, ocupadas, en su totalidad y hasta el techo, por una enorme librería acristalada. En la otra pared un sofá y dos sillones de piel negra y una gruesa alfombra. A la luz de la ventana más alejada, una butaca junto a una mesita de lectura, sobre la que descansaba el segundo tomo del *Quijote*, con la marca más o menos por donde las bodas de Camacho.

El hombre le pidió que tomara asiento frente al escritorio, mientras abría la caja fuerte, una vieja y ya entrañable Fichet de 1920, instalada con acierto, bien disimulada dentro de la librería. Sobre la mesa el diccionario de la RAE editado por Espasa, un tomo en piel de la Constitución de 1978 y un montón de números del *Boletín Oficial del Estado*, algunos todavía doblados por la mitad vertical y con la faja, en espera de ser abiertos. Mientras el hombre concluía, Arturo descubrió en una pared, junto a las orlas y títulos académicos, una lámina en huecograbado con el retrato a plumilla de Alfonso

XIII, y no pudo resistir el deseo de aproximarse para verla de cerca. El hombre le dejó hacerlo casi con orgullo.

—Me la regaló él en persona. En 1940, en Roma. Si la mira bien, verá que está firmada de su puño y letra.

El hombre hizo una pausa para tomar asiento. Arturo se apresuró a sentarse frente a él.

—Fui a verlo en representación de un cliente para entregarle un cuantioso donativo. Tenía una organización de ayuda a los cautivos de guerra. Una buena obra adelantada a su tiempo. El apoyo que le dio a la dictadura del general Primo de Rivera le costó la monarquía, pero le dolía más el que le dio a Franco durante la guerra. Por supuesto, Franco no estaba dispuesto a compartir el poder con nadie y lo traicionó. Por respeto a su amabilidad le confesé que era republicano. No lo tomó a mal. Me puso la mano en el hombro y dijo: «No se sonroje, amigo, que yo también me estoy volviendo republicano». Se había hecho demasiado tarde para lo que él era, pero todavía no era la hora para lo que le habría gustado ser.

En ese momento sonaron unos golpecitos en la puerta y entró una mujer mayor, aunque bastante más joven que Joaquín. Era discreta, de trato alegre y sabía hacer uso de un poco de desparpajo, sin molestar ni perder distinción. Portaba una bandeja con una tetera humeante y dos servicios de té. Sin preguntar, puso un servicio delante de Arturo y otro delante del abogado. A continuación se retiró.

—Le recomiendo que me acepte una tacita de té con hierbabuena. El que ella prepara es una delicia —dijo Joaquín Nebot, escanciando un chorro, dorado y humeante, cuyo aroma despertaba una sensación reparadora—. Se llama Araceli. Era mi secretaria y es una buena amiga. Claro que ya está jubilada. Está un poco achacosa, la pobre. Figúrese cómo estaré yo. Viene cada día para asegurarse de que no me he olvidado alguna pastilla. Por cierto, no vaya a pensar que el té es por imitación a los ingleses. De ser imitación, ya no sería la hora, y siempre he aborrecido las imitaciones. Es para entretener la nostalgia de una copita de jerez que solía tomar a esta hora, cuando ejercía.

Arturo no sabía si hablaba por astucia, por simple charlatanería o sólo porque ya no tenía con quien hacerlo, pero estaba fascinado. Habría podido continuar escuchándole las historias hasta la madrugada. Aunque ansioso por saber qué era lo que guardaba para él, lo dejó llevar la conversación.

—La señora Bernal lo intentó con anterioridad, pero sólo me hice cargo de representarla en los últimos años, cuando tuve causa justa para ello.

Tomó un sorbo del té. Arturo esperaba a que lo hiciera para tomar también el primer sorbo, que ya le apetecía. Además de la hierbabuena, tenía unas gotitas de limón y era, en efecto, una delicia.

—Era otro tiempo —continuó Joaquín Nebot—. Las leyes estaban hechas para preservar al régimen. Para la impunidad de los suyos y, cómo no, para defensa de los ricos. A muchos abogados no les importaba sacar provecho incluso de la gente más humilde. Algunos teníamos vocación. Yo me especialicé en lo contencioso-administrativo para ganar dinero sin cargos de conciencia. Aparte aceptaba casos de lo civil y algo menos de lo penal, que era lo que me gustaba. Por lo general de gente sin recursos. Gané prestigio y a veces me bastó con dar mi palabra para evitar que un juez dejara caer el peso de la ley sobre un pobre campesino analfabeto. Aunque yo habría preferido leyes justas a cambio del paternalismo de entonces. Lo de ahora —dijo apartando los boletines del Estado y poniendo la mano sobre el tomo de la Constitución— es una luz de esperanza. Si no volvemos a joderla, este momento que vivimos será providencial en la historia de España. La única pena que me da morirme es que no podré saber si nuestra mala saña dejará prosperar este tierno brote de sensatez. Ponga atención a lo que le digo: dentro de muy poco volverán los pueblerinos que tienen la vista clavada en el ombligo, a tirar de la yunta para su sembrado; empezarán a lloriquear sus vetustos privilegios y a darnos en la cabeza con sus falsos perifollos y sus historias falseadas, para exigirnos la reparación de falsos agravios; eso les dará la excusa a la otra pandilla de canallas, la de enfrente, con los credos retorcidos a su conveniencia, que intentarán hacernos regresar a la época de las cavernas, apropiados de los símbolos que son de todos para su uso exclusivo, excluyendo como españoles a los que no piensen como ellos y no sean obedientes a lo que manden. Así hemos estado, con ese estira y afloja demente, desde el día en que nuestros padres le ganaron una guerra a los franceses, para devolverle el trono a un felón... ¿me perdona? A un felón hijo de puta, que más tardó en recobrarlo que en mearse sobre los huesos de la gente sencilla y llana, del pueblo en el sentido más noble, que vertió su sangre para conseguirle el beneficio.

Tomó aliento y el último sorbo de té, y se llevó la servilleta a los labios.

—Por razones que no vienen al caso, creo que lleva usted en la isla algunos años. Era yo quien debía buscarlo. Así que no tengo más remedio que preguntar cómo dio conmigo.

—La historia es muy larga —respondió Arturo—, pero llegar a usted fue la parte más sencilla. Estoy procesado por una muerte de la que soy inocente y alguien está enredando las cosas en mi contra. Unas personas que me ayudan creen que hay relación entre el caso de la familia Bernal, por el que tuve que huir, y este caso de ahora. El responsable de aquello fue Jorge Maqueda, tengo motivos para pensar que es quien intriga para meterme en la cárcel.

Se lo dijo esperando ver la reacción del hombre, que pareció no inmutarse.

—Para mi desgracia —dijo—, conozco a Jorge Maqueda.

—No es que usted tenga nada que ver en mi caso —continuó Arturo—. Lo que sucede es que siguiendo la pista de las propiedades de la señora Bernal, comprobé que había redactado los últimos documentos inscritos en el Registro de la Propiedad. En el Colegio de Abogados me dieron sus señas. He venido a verlo siguiendo un impulso. Más por lavar un viejo dolor que por esperanza de que usted pudiera ayudarme. Me he llevado una sorpresa cuando usted dijo que me esperaba.

Joaquín Nebot asentía muy despacio, en un largo gesto de aprobación. Separó a un lado la bandeja con el servicio del té. De la caja fuerte había sacado una llave que introdujo en la cerradura de uno de los cajones y que giró en sentido inverso. En lugar de abrir la gaveta, una moldura lateral quedó libre y dejó al descubierto un secreter del que extrajo un sobre. Leyó el nombre, se estiró un poco, extendió la mano y dijo en tono un tanto solemne:

—Arturo Quíner, como usted no ha muerto, es destinatario de este sobre que le entrego en cumplimiento de lo ordenado por mi cliente, Dolores Bernal.

Arturo se incorporó para cogerlo. Era un sobre blanco, de folio entero, sin membrete, que parecía nuevo a pesar de los años. Estaba lacrado y no era muy abultado. Rompió el lacre y extrajo los documentos. El primero era una carta manuscrita por Dolores Bernal a nombre de él. La caligrafía, de persona mayor, pese a la incertidumbre del trazo era todavía hermosa; la redacción, anticuada, el contenido, doloroso y conmovedor. Como creyéndolo único perjudicado por cada uno de los desmanes del hijo, Roberto, y de Juan Cavero, durante los años de la impunidad, le pedía perdón. Mencionaba a Ismael, más que excusándolo de la muerte de Roberto, agradeciéndole que lo hubiese quitado de en medio. Se consideraba culpable de los delitos del hijo por no haberlos impedido y consideraba la muerte de María y de Daniel y el rapto del nieto un castigo divino por su necedad. Le rogaba que buscara al nieto, Pablo, cuando éste fuera mayor de edad, y le hiciera entrega de la otra carta que se contenía en el sobre. Quería vengarse de Jorge Maqueda y quería hacerlo a través de él. La carta al nieto era sobrecogedora. Rezumaba tanto amor y tanto dolor como odio y deseos de venganza. Era la declaración formal, sancionada por un notario, en la que relataba al nieto el episodio de la violación de María, el embarazo, las extorsiones de Jorge Maqueda a Roberto, su hijo, y a Juan Cavero, lo sucedido la noche en que lo secuestraron a él y mataron a María, su madre, y a Daniel. Terminaba explicando que Roberto y Juan Cavero tenían órdenes de Jorge Maqueda de acabar con Arturo e Ismael Quíner, y de culpar a este último de las muertes perpetradas en la casa.

—¿Las leyó usted? ¿Las recuerda? —le preguntó Arturo a Joaquín Nebot.

—De la carta al nieto existe otra exacta, también de puño y letra de Dolores Bernal, en poder de un notario. La ayudé a escribirlas, poco después de lo sucedido. Antes de su desaparición quiso dejarle al nieto un testimonio personal y directo que fuera irrebatible. Sufría mucho.

—Lo que no alcanzo a entender es por qué me hace el encargo a mí.

—Por venganza. Y creo que por la necesidad de expiar sus culpas. Usted es joven y tiene tantos motivos como ella para odiar al mismo hombre. Jorge Maqueda todavía hoy tiene mucho poder, y no sólo por el dinero. Sabe mucho sobre muchos. Imagínese el poder que tendría en aquellos días. En cualquier caso, las instrucciones de Dolores Bernal consistían en que le entregara el sobre si conseguía dar con usted. Se cumpliera o no, el otro sobre se entregaría al nieto a mi muerte.

La tranquilizadora franqueza de Joaquín Nebot le permitía acercarse otro poco.

—Según parece, tengo razones para pensar que Jorge Maqueda ha fabricado pruebas contra mí.

—Es fácil suponerlo. Al enterarse de que usted había llegado a la isla me mandó a unos matones. Desde la desaparición de Dolores Bernal, él sabe que tengo instrucciones para entregarle a usted ese sobre, pero desconoce cuál es el contenido, como desconoce que yo he trasladado los deseos de Dolores Bernal a mis últimas voluntades. Jorge Maqueda me paga para que calle y lo mantenga informado sobre los asuntos relativos a las propiedades que fueron de Dolores Bernal. Ahora, con la llegada de la democracia, se le han complicado las cosas. Todos los manejos, incluyendo nuestra muerte, la mía o la suya, Arturo, apenas le servirían más que para ganar tiempo.

—Le mentí en parte cuando le conté cómo había dado con usted. Esas personas que me ayudan descubrieron los pagos que le hace Jorge Maqueda. Lo demás es cierto que lo supe en el Registro de la Propiedad. Otra persona consiguió información financiera sobre usted. Sé que sin ese ingreso de Jorge Maqueda la situación económica en la que usted quedaría sería precaria, cuando menos. Quiero decir con esto que sabía a qué me arriesgaba al venir aquí. Y lo hice por si acaso encontraba la solución que necesito. Lo que debo pedirle es que continúe actuando como si no hubiera pasado nada. Que Jorge Maqueda no llegue a saber que he venido es la mejor manera de echarme una mano. Y eso no lo olvidaré, Joaquín.

—Me pesa no haber acudido a entregarle ese sobre cuando supe que había regresado. Pero además de abogado, sólo soy un pobre viejo con miedo hasta de echar una cabezada. Cómo no se lo iba a tener a Jorge Maqueda. Vaya con cuidado y si cree que es el momento, busque al nieto de Dolores Bernal y entréguele ese documento, pero si puede usted esperar a mi muerte, yo también llevaré el agradecimiento hasta que ella se presente.

—Quede tranquilo, Joaquín. Los dos debemos guardarnos de Jorge Maqueda. Pero tiene mi palabra de que haré lo que me pide en cuanto me sea posible.

* * *

En la vista, al comienzo del segundo día llamaron al testigo que lo señaló la noche del suceso y cuyas declaraciones eran la prueba principal de la acusación. Más bien alto, corpulento, de poco más de cuarenta, de índole innoble y ademanes groseros, lucía una gruesa pulsera de oro en la muñeca derecha, reloj ostentoso en la izquierda y otra gruesa cadena de oro al cuello, que la camisa desabrochada le permitía lucir. Parecía sentirse cómodo en su papel. Respondió con tanta soltura las preguntas del fiscal que se notaban las muchas horas que uno y otro llevaban invertidas en la preparación del interrogatorio. Por las frases concisas, acabadas, poco coloquiales, en las que aparecían términos que el sujeto era impensable que hubiera utilizado jamás en una conversación, se veían las instrucciones del fiscal. Confirmó la primera declaración no sólo punto por punto, sino casi palabra por palabra. Dijo haber visto salir de la finca el coche de Arturo Quíner a las 2.05 de la madrugada, a gran velocidad, por la parte derecha de la calzada. En un lugar próximo giró, se cruzó en la carretera y paró de frente invadiendo un apartadero del lado izquierdo en el sentido de bajada. Dijo haber visto a Arturo Quíner bajarse del coche, dar la vuelta por detrás del vehículo, abrir la puerta del acompañante, tirar de la chaqueta de un cuerpo, volverse y dejarlo caer, abandonando el lugar a continuación, en dirección a Hoya Bermeja. Cuando el fiscal le preguntó si tenía duda de quién era el vehículo, dijo que era el que reconoció al día siguiente, en el cuartel de la Guardia Civil. Cuando le preguntó si tenía duda de que la persona que había visto era el acusado, Arturo Quíner, dijo que no. Sin embargo, cambió la versión de la primera declaración que había hecho a la Guardia Civil, según la cual estaba en el lugar para cazar. Decía ahora que había ido a visitar a un conocido del Terrero, pero que al salir confundió la carretera y no encontró sitio en el que dar la vuelta, sino en un lugar próximo a la finca.

De igual manera, en el turno del abogado las respuestas fueron medidas y precisas. No se equivocó, pero respondió con dificultad a una pregunta sobre la ropa que vestía el acusado. Era momento de que el abogado hiciera el interrogatorio que tanto había prometido, pero lo dejó pasar con una inexplicable falta de interés, tan evidente que el juez preguntó extrañado si había concluido.

Después de un receso, llamaron a declarar a los dos testigos, trabajadores del Estero, a quienes Arturo les había pedido desde el primer momento que declararan la verdad. Uno y otro reconocieron que él y Cayetano Santana no mantenían buenas relaciones y que habían peleado en una ocasión, pero confirmaron también que la noche del asesinato había estado en el Estero hasta las 2.05 de la madrugada.

* * *

De uniforme y con gesto sombrío, el teniente Eduardo Carazo esperaba para intervenir, pero se levantó la sesión poco antes de la hora prevista y el mal trago se pospuso un día. Tendría que volver a levantarse muy temprano y recorrer el largo trecho de carretera para llegar hasta allí, pero sintió como si le hubieran regalado una última bocanada de aire antes de sumergirse en el desastre.

La tarde anterior el sargento Dámaso Antón había ido a visitarlo para pedirle que no hiciera la locura que estaba a punto de cometer.

—Si continúas destinado en el Terrero —le dijo Dámaso—, más tarde o más temprano podrás encontrar al culpable y sacar a Arturo de la cárcel. Si declaras en contra de lo que se espera, tu carrera se irá al infierno y no lo podrás ayudar.

—Tengo que mirarme al espejo, Dámaso. No quiero ver a otro miserable mientras me afeito.

De manera que la decisión la tenía tomada. Según la información que llegaba desde dentro de la sala, estaba todo tan bien hilvanado que no era posible dudar de una conclusión en contra de Arturo Quíner.

* * *

Durante los días de celebración del juicio Arturo pernoctó en un hotel. Hasta la casa de Joaquín Nebot debía dar un paseo de un kilómetro por varias calles, cuyo último tramo era una pendiente no muy pronunciada pero lo bastante larga. Por la otra calle, el edificio retranqueado dejaba una acera amplísima que formaba una especie de parquecito sombrío y acogedor, con tres bancos de piedra bajo la generosa sombra de dos flamboyanes honorables. Al igual que hizo la tarde anterior y casi a la misma hora descansó unos minutos, para no presentarse en la casa jadeando y sudoroso. El sol languidecía. Había concluido el sopor de la siesta, la tarde declinaba y el rincón se hacía más sombrío y acogedor. Se sentó a descansar y observó a una pareja de ancianos que tomaba el fresco, sentados muy juntos a un lado de otro banco, que era con seguridad el suyo de todas las tardes. Él se cubría la cabeza con una boina y ella llevaba un pañuelo sobre los hombros. Como la tarde anterior se cogían de la mano, sin hablarse. Arturo los imaginó con los hijos acomodados y los nietos a punto de estarlo. Imaginó que no les quedaba nada que decirse, ni reproche que hacerse, ni desaire que no se hubiesen perdonado. Sólo estaban allí uno junto al otro, dejándose morir muy despacio de la felicidad de sentir la mano amada en la propia mano. Los envidió durante un rato muy largo, hasta que un malnacido le rompió el embeleso con el estruendo de una moto que se le quedó en el cerebro sin acabar de pasar.

Se puso en pie pensando que de todas formas no tenía el humor para desvanecimientos románticos, sino para ciscarse en la madre de los fabricantes y conductores de motocicletas. Y, sobre todo, en la de los abogados, agregó, sin darse cuenta de que llamaba a la puerta de uno de ellos. Habían repuesto las bombillas fundidas de la escalera y la luz se le antojó un tanto excesiva. Lo sintió como una pérdida, pues habría querido encontrar la semblanza de tristeza de la tarde anterior, que guardaba ya con la de aquellos queridos lugares suyos percudidos de olvido. Pulsó el botón del timbre, que de nuevo tardó en sonar y cuando lo hizo fue con su ruido bronco y cansino. De nuevo alguien dijo «vamos», de nuevo la puerta tardó un minuto en entreabrirse y de nuevo abrió el anciano abogado. Esta vez se apresuró a franquearle la entrada y casi a arrastrarlo al interior, feliz de tener con quien departir a la hora de su té.

—¿Se ha dado cuenta? —dijo Joaquín Nebot casi riendo—. Hemos puesto bombillas por si usted regresaba.

—Me he dado cuenta, pero le confieso que la penumbra de ayer me resultaba entrañable.

—Se lo advertí a Araceli cuando usted se fue. Es un sentimental, le dije. Me alegro de no equivocarme —concluyó mientras llegaban al despacho—. Es oportuna su visita. En realidad se me ha adelantado, iba a mandarle un recado para que viniera a verme mañana. De todas formas su visita es más que oportuna. Si me dice que ha venido porque necesita algo de mí, me llevaré una alegría, pero si me dice que ha venido sólo para charlar, la alegría será mayor. Claro que me reservo la sospecha de que lo hace por el té.

—He venido para aclarar algunas cosas sobre nuestra charla de ayer, aunque estoy solo en la ciudad y, con el humor que tengo, también habría venido a visitarlo de saber que no le incomodaría. Pero es justo reconocer que su té ayuda mucho a dar el paso.

—No es el mío. Cuando lo hago yo es una porquería. Es el de ella —dijo, haciendo una seña a Araceli, que en ese momento entraba con la bandeja y celebró la visita.

Tras las bromas la conversación fue grave, aunque distendida y sincera.

—Hoy aprecio más pesimismo en usted —comentó el abogado—. Entiendo por ello que van las cosas mal en la vista.

—No podría irme peor si el juez fuera la madre del muerto —respondió, casi perdiendo por un instante la templanza de su carácter monolítico—. Perdóneme, pero estoy convencido ya de que los abogados son una peste.

—No hay nada que perdonar —dijo el hombre con una

sonrisa de condolencia—. No somos la peste, sino las siete plagas. Y usted tiene razones para pensar así.

Dejó la frase escrutando la expresión de Arturo, que, como esperaba, fue de sorpresa.

—He pasado el día leyendo el sumario de su caso. Me lo trajeron temprano —aclaró—. Haciendo mis deberes.

—¿Y ve si tengo esperanza? —le preguntó Arturo, todavía sorprendido.

—La esperanza se la dan sus enemigos. El modo en que han instruido la causa es tan chapucero que si fuese condenado, un recurso bien planteado lo dejaría a usted libre. No se entiende que se haya podido llegar a juicio con algo así. ¿Tiene usted confianza en el abogado?

—Desde hoy, ninguna —respondió Arturo con alivio—. Es un incompetente. Esta mañana dejó marchar a un testigo que me acusa sin hacerle una sola pregunta de interés. Estuve a punto de pedirle permiso al juez para cambiarlo, pero ¿qué abogado escogería, a última hora y a la carrera?

—Para un cambio de la defensa todavía está a tiempo, pero no es cosa que agrade a los jueces. Mucho menos al que le ha tocado. Hay otros medios, pero antes de darle consejo, quiero estudiarlo mejor. En ocasiones, incluso es posible solicitar una revisión del caso por incompetencia de la defensa. Cuando haya acabado el juicio, venga y hablaremos. ¿Podría decirme ahora qué es lo que no le quedó claro en nuestra conversación de ayer?

Al término de la entrevista de la tarde anterior, Arturo se marchó dándole vueltas a los detalles de la nueva situación y había pasado la noche sin pegar ojo, intentando reconciliar las aristas de los detalles entre sí. Se levantó cansado pero haciéndose una conjetura que, pese a ser descabellada, podía explicarlo.

—Me costó decidirme a venir la primera vez, porque sabiendo que usted percibía dinero de Jorge Maqueda, imaginé que más tardaría yo en tocar en su puerta que él en enterarse —le explicó Arturo en un tono grave, pero de respeto—. Me sorprendió su acogida, me dijo usted que se alegraba de verme y yo creo que fue sincero. Creo que deseaba cumplir lo que su cliente le había pedido para descansar de eso. Pero, a pesar de todo, me he hecho preguntas desde ayer.

—¿Hay algo que no entiende sobre los motivos de Dolores Bernal, o es sobre mi relación con Jorge Maqueda?

—Las razones de Dolores Bernal para delegar en mí parecen de lo más confuso, pero en el aspecto humano, son las que mejor comprendo. Lo que no entendía era por qué, si está usted sostenido por Jorge Maqueda, actúa contra él. Nada le obligaba a ponerme al tanto de cosas que podrían volverse contra usted, no gana nada al hacerlo.

—Esa parte —intervino el hombre— puedo explicársela yo. Verá que no hay trampa ni cartón. Le dije que le tengo miedo a Jorge Maqueda y, sólo en eso, le mentí. La verdad, amigo Arturo, es que me bastaría con un soplo para morirme. Estoy tan viejo que ni el miedo me alcanza. Si Jorge Maqueda mandara a sus matones, tal vez me harían un favor.

—En ese punto es donde encontré una respuesta posible, la pista me la dieron sus comentarios. Detesta usted a la gentuza, Joaquín, se le ve de lejos. Y es usted muy astuto. Así que pensé que no actúa por dinero. Hice que lo comprobaran. El dinero lo retiran de la cuenta, en efectivo, al día siguiente del ingreso. Lo hace una mujer y creo saber de quién se trata.

—¿Y eso a qué conclusión le lleva?

—Si estoy en lo cierto, mi conclusión lo ennoblece a usted, y me complace mucho, Joaquín, debo decirlo. Se refiere usted a la desaparición de Dolores Bernal. Las propiedades las donó al nieto en vida y he visto una esquela en un periódico que dice: «Nos ha dejado la señora Dolores Bernal. Se ruega a las personas piadosas una oración por el descanso de su alma». Pero es una esquela fuera del uso habitual. Incluso he visto una lápida sobre una tumba con su nombre y unas fechas que tienen apariencia de veraces. A pesar de lo que he visto, mi conclusión es que el dinero no es para usted. Está protegiendo a alguien. Usted es abogado, así que pensé que es razonable pensar que está protegiendo a su cliente. Mi conclusión, Joaquín, es que Dolores Bernal no ha muerto.

Lo soltó con suavidad y permaneció escrutando la expresión de Joaquín Nebot, que guardaba silencio, observándolo con una sonrisa entre admirada y paternal.

—Mi conclusión es que está viva y que usted utiliza el dinero de Jorge Maqueda para que la atiendan, donde quiera que ella esté.

Los dos hombres se miraban con atención. Joaquín sonreía con fascinación.

—¡Bravo, amigo Arturo! Me deja estupefacto. Ayer me pareció usted inteligente y noble. Ha demostrado la inteligencia y ahora no tiene más remedio que demostrarme la nobleza. Sé que me hará el favor de mantener este pequeño secreto, será durante poco tiempo. Dolores no puede hacerle daño a nadie y, tanto ella como yo, damos ya nuestras últimas bocanadas a la vida.

—El favor no tiene que pedirlo. Es el mismo que yo le pedí a usted ayer. Nuestras razones son recíprocas y nada de lo que hemos hablado me evitará volver a la cárcel en cuanto el juez termine de redactar la sentencia.

—No se desanime, Arturo. Confíe en la opinión de un viejo abogado.

* * *

En la puerta de los juzgados, Arturo necesitó abrirse paso entre los que se disputaban hueco para asistir a la sesión. Subió la amplia escalera, cruzó por el pasillo abarrotado de gente y se detuvo un instante para saludar a un funcionario y una conserje. Se deshizo con cortesía de tres o cuatro periodistas, se encontró con los abogados que salían de una habitación en la que vestían las togas y esperó con ellos, rodeado de gente, la apertura de la sala.

Tomaba asiento, cuando sintió algo en un bolsillo de la chaqueta. Le habían introducido un papel doblado, en cuyo interior había algo estremecedor: dos fotos muy recientes de Alejandra, una tomada a la salida del edificio donde vivía en Nueva York, otra en la puerta del centro donde estudiaba. Ninguna nota ni detalle que pudiera servir de pista para dar con quien las hubiera tomado. No los necesitaba, pues el mensaje era muy claro. Decía que se cobrarían en ella que él se apartara del guión que le habían escrito.

El primero en entrar a declarar debía ser Eduardo Carazo y a continuación el fiscal lo llamaría a él. Al ser requerido Eduardo entró en la sala, de riguroso uniforme y con el semblante sombrío. Se le veía cansado, con cara de haber pasado mala noche, y por un instante cruzó una mirada muy grave con Arturo, que éste no supo distinguir si era de afecto, de complicidad o de condolencia.

El interrogatorio del fiscal, reglado y previsible, comenzó haciendo otro repaso a la escena donde fue hallado el cuerpo sin vida de Cayetano Santana y los pormenores en las huellas de la calzada. Desde el primer momento el fiscal lo notó tenso y poco entregado a responder según el plan que habían preparado, de manera que continuó el interrogatorio como si

Eduardo fuera testigo de la defensa, haciendo preguntas muy cerradas, en cuyas respuestas no era posible introducir una valoración y apenas podían alejarse de un sí o un no.

—¿No es cierto que, con anterioridad a estos hechos, valiéndose de la preeminencia que le daba ser el dueño de la vivienda donde vivía la víctima, el acusado irrumpió en la casa y la sacó arrastrando a la calle?

El hábil retorcimiento en la manera de formular la pregunta hacía muy estrecho el contexto y daba a los hechos la apariencia contraria de lo que eran. Llamando a Cayetano Santana «la víctima», hacía parecer que era Arturo Quíner el responsable de los acontecimientos. Cayetano Santana estaba separado ya de Beatriz, no vivía en la casa, había forzado la puerta, la apaleaba a ella y, sin duda, la intervención de Arturo había evitado un mal mayor.

—Es cierto, pero tengo que decir que fue porque los vecinos se alarmaron... —intentó explicar Eduardo.

—Por favor, responda sólo si es o no cierta la pregunta tal como la he formulado —lo interrumpió el fiscal.

—Es cierta —tuvo que decir Eduardo.

—¿Es cierto que la víctima se vio obligada a abandonar el Estero al verse sin trabajo?

De nuevo la pregunta retorcía los hechos. Cayetano Santana hacía meses que no tenía el domicilio en la casa ni trabajaba en la finca.

—Se marchó de la casa cuando la mujer le pidió la separación —respondió Eduardo.

—¿Y no es cierto que ese acoso a la víctima había dado lugar a amenazas de muerte?

—Cayetano Santana hacía juramentos contra Quíner...

—Por favor, teniente, cíñase a la pregunta. ¿Sabía usted que existían amenazas de muerte?

—Sí, las había —respondió Eduardo con disgusto, sin poder explicar que las amenazas provenían sólo de Cayetano Santana y no como se quería dar a entender, que hubiesen sido de ambas partes.

Con esa perversa sagacidad, continuó preguntando sobre los hechos anteriores a la muerte de Cayetano Santana, deteniéndose en aquellos detalles que incriminaban a Arturo.

—En la escena del crimen, de las huellas que el personal bajo su mando protegió hasta la recogida de muestras, ¿coincidían con exactitud con el dibujo de las del vehículo intervenido al acusado el día de su detención?

—Sí, correspondían —respondió Eduardo, sin posibilidad de aclarar que eran coincidencias superficiales.

El cuestionario que el fiscal desarrolló a continuación, sobre los elementos de la escena del crimen, ni aportaba nada ni había en él prueba que inculpara a Arturo. No era más que humo, pero era muy amplio y formulado con singular maestría, en un tono que iba ganando en dureza y teatralidad, dando la sensación de que fueran evidencia de culpabilidad irrefutable, y terminando con la previsible pregunta sobre el martillo hallado en la casa.

—¿Encontraron los miembros de su equipo un martillo en la casa del acusado, que después se confirmó por los forenses fue el utilizado como arma homicida, todavía con la sangre caliente del infeliz e inocente Cayetano Santana?

—Sí, se encontró —respondió Eduardo, con evidente cansancio.

—No hay más preguntas, señoría —dijo el fiscal con gesto melodramático, dejando detenida una mirada de reprobación exagerada sobre Arturo Quíner.

El juez le había dejado imponer aquel estrechísimo margen en las respuestas, seguro de que en el turno de la defensa el abogado sabría deshacer los excesos con preguntas que permitieran conocer lo que era evidente que el testigo deseaba explicar. No sucedió. El interrogatorio fue flojo y dio vueltas a hechos irrelevantes, con preguntas que no conducían a ninguna parte. Pese a que obligó al juez a reconducirlo en un par de ocasiones, terminó por aburrir a la sala. Arturo escuchaba en silencio, maldiciendo al abogado, seguro de que el propósito de las fotografías era que no se defendiera, durante el interrogatorio del fiscal. Le habían advertido de que las declaraciones de los acusados apenas tenían validez probatoria para la defensa, aunque sí podrían tenerla para la acusación. Bastante ayuda estaba teniendo el fiscal. De manera que al ser llamado a declarar, cortó por lo sano.

—Esta iniciativa la hago a título personal, sin el conocimiento de mi abogado. Creo que las respuestas que yo haga a las preguntas en nada me ayudarán. He decidido responder a cada pregunta que se me formule desde ahora que soy inocente de lo que se me acusa. No quiero que pueda parecer falta de respeto a la autoridad del tribunal, por lo que pido permiso para que se dé por oída esa respuesta a todas las preguntas que quieran hacerme.

El juez lo comprendió, pero lo aceptó a medias.

—Estamos cansados y el acusado hace una petición que no es usual, en el sentido de que debería haberla formulado a través del letrado de la defensa, pero que tiene fundamento —dijo—. Se levantará la sesión para darle a él oportunidad de meditar la decisión y al tribunal de hablarlo con las partes.

* * *

Revuelto por el aviso que le habían dejado en el bolsillo, Arturo no tuvo apetito. Por la tarde, aunque le apetecía un poco de charla con Joaquín Nebot y pensó que otro sorbo del refrescante té de Araceli le ayudaría a levantar el ánimo, tomó un rumbo distinto para dar el paseo, y sin darse cuenta se encontró deambulando por los lugares desolados que descubrió al regreso de América, que tan suyos se hicieron en atardeceres inolvidables y que tan hondo guardaba desde entonces. Algo había distinto, por fortuna, no porque fuesen ellos los que hubieran cambiado, sino porque, quizá también por fortuna, quien había cambiado era él, y en cada una de las estampas amadas no podía dejar de intuirla, de presentirla y a veces habría jurado que de verla a ella. No podía haber duda: el aroma que perfumaba las aguas de la bahía era el olor de Alejandra; era seguro que la espuma de las olas que deflagraban en el roquedo, junto al castillo de San Juan, besaban en ese instante preciso el rostro de Alejandra; y que el sendero de unas huellas diminutas, que el vaivén de la marea lamía sobre la arena, en el extremo más apartado de las Canteras, lo acababan de dejar impreso los pies pequeños y desnudos de Alejandra.

* * *

Algo extraño sucedía en los despachos a la mañana siguiente. A puerta cerrada, el juez habló durante más de media hora con los letrados de la defensa y la fiscalía y, al abrir la sesión, llamó de nuevo a los testigos que habían intervenido el día anterior. Como se encontraban ausentes, pospuso la sesión para darles oportunidad de presentarse.

Lo estaban al día siguiente. En esta ocasión fue Eduardo Carazo el primer requerido por la sala. El fiscal intentó repetir el interrogatorio con las mismas triquiñuelas, pero el juez le negó las restricciones que con tanta habilidad había impuesto dos días antes. Incluso cuando volvió a referirse a Cayetano Santana como la víctima, en un contexto donde no lo era, le exigió que se refiriera a él por el nombre. Esta vez no dejó nada en el aire y con cada pregunta que no le pareció respondida con suficiencia, intervino para aclararla. Así quedó establecido que Cayetano Santana era responsable único de los incidentes en la casa, por las reiteradas palizas a Beatriz Dacia, cuya situación era tan grave que sin la protección de Arturo Quíner quizá habría terminado perdiendo la vida.

Apenas le quedó al fiscal un apoyo consistente en el interrogatorio, cuando se volvió sobre el particular de las huellas tomadas en el lugar donde apareció el cadáver. Aunque Eduardo explicó que correspondía el dibujo del neumático, pero no las magulladuras, el fiscal se dirigió a él con dureza, casi increpándolo.

—¿Sabe usted que existe un informe posterior sobre ese particular, que establece sin lugar a dudas que la huella se corresponde con la de un neumático del vehículo?

—Desconozco la existencia de algún informe en ese sentido —mintió Eduardo—. Se pidió la prueba, pero fue denegada durante la instrucción. Sólo puedo referirme a lo que comprobamos con nuestros medios. Y las huellas que encontramos no correspondían con ningún neumático del vehículo que incautamos. Aunque coincidían la marca y el modelo, el desgaste era distinto. Por tanto, eran de otro vehículo.

Pese a que la repetición en la declaración de los testigos era evidente que intentaba subsanar la falta de rigor en la defensa, el abogado volvió a las cuestiones irrelevantes sobre las que había preguntado dos días antes. El juez le dio a Eduardo Carazo la orden de esperar fuera de la sala, por si era requerido de nuevo.

Fue el turno del principal testigo, que repitió palabra por palabra el interrogatorio anterior, tanto del fiscal como de la defensa, que dio por concluida su actuación muy pronto.

Esta vez el juez no disimuló el enfado, cuando abroncó al abogado en público.

—La manera de presentar su defensa es tan lamentable, que da la sensación de que intenta utilizar su incompetencia para obligar al tribunal a una solución forzada. Le advierto que estoy a punto de acusarlo de desacato.

Entonces se dirigió al testigo, suavizando el tono.

—Ha dicho usted que llegó al lugar de los hechos porque al salir del Terrero equivocó la dirección de la carretera, y no encontró lugar donde dar la vuelta. ¿Lo he explicado bien?

—Sí, señor juez.

—El Terrero está cerca de la costa y la finca, en la falda de la montaña. ¿Es muy pronunciado el desnivel en esa zona?

—Sí, señoría. La pendiente se las trae —respondió el testigo.

—¿Una persona mayor, digamos de mi edad, podría subirla caminando a buen paso? —insistió.

—¡Qué va! Por sitios, a buen paso, ni uno joven, señor juez.

—¿Está bien señalizada la intersección en la que se equivocó?

—Me parece que sí. Que la carretera está pintada.

—¿Y vista desde lejos, se ve la pendiente de la carretera?

—Sí, señoría. Se ve de lejos.

—¿Puede explicar entonces cómo es posible que confundiera el sentido al incorporarse? Si tenía usted que bajar, ¿cómo es posible que decidiera subir?

No fue una encerrona, pero desde esa pregunta el testigo se vino abajo. A la defensiva, se atropelló en las respuestas y no supo decir a qué hora había llegado, si era pariente o amigo de la persona a quien decía haber visitado. Quedó a punto de caramelo para el abogado, que, como el fiscal, no quiso volver a preguntar.

Fue cuanto el juez necesitó. En una especie de procedimiento abreviado, concluyó los pormenores y dio por terminada la sesión y la vista, pero le ordenó a Arturo permanecer en la sala. Con la sola presencia del fiscal y el abogado, se dirigió a él.

—Usted merece una sentencia firme y la tendrá pronto. Pero levanto las restricciones que tiene impuestas.

Fue como una declaración de inocencia sin sentencia. Sólo por lo que dos días antes dijera Joaquín Nebot no se sorprendió por el brusco giro del caso. El viejo abogado lo recibió aquella tarde de buen humor, casi pletórico. Era evidente que conocía la noticia que Arturo llevaba. A la pregunta directa sobre si, por casualidad, había hablado con el juez sobre las circunstancias del caso, le respondió que por supuesto que no: «Debo decirle que aunque eran evidentes los defectos de la instrucción, es delito interferir en la independencia de un juez». Y lo dijo con un destello de picardía en la mirada que expresaba lo contrario que las palabras.

La sentencia tardó dos semanas en hacerse pública y fue más extensa en el alegato contra la falta de rigor de la defensa y del fiscal que en los fundamentos jurídicos.

* * *

Casi con tanta avidez como Arturo, la esperaba Eduardo Carazo, en estado de gracia frente a los superiores por el resultado, que apenas necesitó explicar que cambió el sentido de la declaración por una certidumbre de última hora. Le bastaba haber ayudado a evitar lo que hubiera considerado un desastre, pero el auténtico mérito le correspondía a Dámaso Antón, cuya sagacidad le mostró una pista donde nadie más la habría hallado y tuvo el coraje para llegar hasta el final tirando de un hilo inverosímil.

Eduardo se ausentó durante un par de semanas antes de hacerle la visita que le debía. Como el destino en el aeropuerto era provisional, Dámaso aún ocupaba la vivienda en el cuartel del Terrero, a la que llegó Eduardo de noche y vistiendo el uniforme.

—¡Mi teniente! ¿De dónde vienes?

—He llegado esta mañana de la Península. Me fui sin tener ocasión de hablar contigo sobre la sentencia de Arturo Quíner. Tengo algunas dudas y me parece que tú podrás aclarármelas.

—¿Qué clase de dudas?

—Me extrañó que el juez hiciera un cambio tan repentino de no haber averiguado algo que sólo nosotros conocíamos. Se vio que el abogado y el fiscal comían en el mismo plato, por lo que tampoco supo nada a través de ellos. O el juez estaba disconforme con la instrucción del caso, o alguien puso al corriente a Arturo Quíner. Aparte de mí, tú eres la única persona que conocía esos datos.

—Y quieres que sea yo quien te diga si hablé con Arturo Quíner —dijo Dámaso como si preguntara—. Pues te lo digo: por supuesto que le conté lo que sabía.

—¿Dudaste de mi declaración, Dámaso? ¿Fue ésa la causa?

—Lo hice justo por lo contrario. Por ese muchacho y por ti. Por él, porque es inocente, por ti porque sabía que subirías allí a pecho descubierto y ahora te estarían despedazando. No entiendo por qué Arturo Quíner no utilizó la información que tenía para defenderse. Pero era tan evidente que el propio juez advirtió la turbia instrucción del caso. Desde arriba nadie podrá hacernos reproche alguno.

—Sí, así es, Dámaso. Tuviste la inteligencia para ver que algo no funcionaba y no paraste hasta llegar al fondo. Pensé que por eso te cambiaron de destino y estuve leyendo tu hoja de servicios. Creo que ahora comprendo algunas cosas. Por qué me dices que te conformas con la jubilación, que tampoco está mal haber llegado a sargento, pero lo dices con amargura y ahora quiero saber lo que no me has contado, cuál es la razón de que te hayan estado poniendo tantas piedras en el camino.

—Si has leído mi hoja de servicios, sabes ya lo que hay que saber de mí, sólo tienes que volver a leerla.

—Déjate de bobadas, Dámaso. Lo que quiero saber no está en la hoja de servicios. Desde arriba te han jodido mucho y durante tiempo, y eso no se escribe en la hoja de servicios. He venido a traerte la orden de su reincorporación al cuartel del Terrero. No me ha sido fácil conseguirla, así que necesito saber lo que tienes que contarme como amigo mío, no como sargento.

Dámaso guardó un largo silencio antes de hablar. Aunque primero feliz por la noticia de su reincorporación al Terrero, cambió el semblante con las preguntas de Eduardo, dejando ver lo hondo que le llegaban.

—¿Estás orgulloso de ser hijo de un guardia civil, Eduardo?

—Quiero a mi padre, era guardia civil. Claro que estoy orgulloso de que lo fuera antes que yo.

—Se te nota. En cuanto tienes ocasión, cuentas que lo era. Yo no soy de carrera como tú, sino de oficio. Entré en el cuerpo por recomendación y para llegar a sargento he tenido que hacerlo por el camino más difícil. ¿Has visto alguna vez mis documentos? En la parte donde dice la profesión u oficio del padre, pone «Desconocida». Pero no es verdad. Mi padre también era guardia civil, como lo era tu padre y como lo somos nosotros.

Eduardo hizo un gesto de asombro y agrado.

—No lo conocí —continuó Dámaso—. ¿Sabes que la gran mayoría de los guardias que murieron durante la guerra lo hicieron defendiendo al gobierno de la República? Era el legítimo, cumplieron su deber, así que nada hay de sorpresa en eso. Mi padre fue de los primeros en dar la vida. Sé que ahora te estarás preguntando en qué ha podido afectarme algo tan lejano en el tiempo, pero la realidad es que aquello provocó que yo no haya podido ser sino un pez fuera del agua, un guardia bajo sospecha. Cuando ingresé en el cuerpo era muy joven, cometí el error de contar la suerte que había corrido mi padre y eché sobre mí una maldición que me ha perseguido hasta hoy. Muchos siguen haciéndonos creer que para ser guardia civil tienes que ser afín a las ideas que a ellos les complace. ¿Todavía es el odio, es el mismo miedo, o sólo es mala conciencia? No lo sé ni quiero ya saberlo, Eduardo. Sólo te digo que no tienen más amor que yo a esta maltrecha patria nuestra y, desde luego, tienen mucho menos que el que tenía mi padre por ella.

32

Córdoba, primeros días de agosto de 1936. A poco más de dos semanas del comienzo de la guerra, en gran parte de la provincia las refriegas entre las fuerzas leales a la República y los golpistas dejan a muchos pueblos un día a un lado y al siguiente del otro. Mientras el fuego de agosto calcina los campos, los desórdenes provocados por las tropas que huyen, de un lado o del otro, dejan a la población campesina temiendo por la vida y, a veces, sin medios para subsistir. En la capital, desde la Cámara Agrícola, el Círculo Mercantil y la Cámara de Comercio, los señores del latifundio hacen piña con el sublevado coronel Cascajo. Aviones de la República bombardean, con poco acierto y menos fortuna, posiciones militares de los insurgentes. El general Queipo de Llano, al mando de la zona militar alzada en armas contra el gobierno, sigue con esmero las instrucciones dadas por Mola de aterrorizar a la población. Dice en sus soflamas de la radio que por cada uno de los suyos que caiga en los bombardeos, ejecutará a diez «adscritos al marxismo», lo que equivalía a decir que lo haría con cualquiera que fuese sospechoso de no estar de su lado. No es otra de sus baladronadas, la orden la tiene dada y en el páramo, sediento de sangre, se cumple de inmediato.

Apenas sobreviven a la miseria veintitantas familias en la pedanía. Excepto uno, por casualidad de última hora, son analfabetos. Un párroco, como es de rigor nombrado por el obispo pero a quien ha debido dar su beneplácito el dueño de la tierra, viene los sábados en calesa para la confesión y los domingos para celebrar la misa, que es de asistencia ineludible. Se marcha con la misma prisa que lo lleva, para atender la celebración de los ritos en otros villorrios del señorío. Aunque viene y va, suele andar cerca por si tiene que dar una extremaunción. Arriba, un poco alejada, en el altozano desde el que se vislumbra la linde del cortijo que va de un horizonte al otro, la única casa que puede ser llamada así es la del mayoral. Desde allí, su mirada vigilante y omnipresente sobrevuela el ámbito de la pedanía. Él quita y pone el derecho a vivir en el lugar. Nadie le discute. Un par de veces por semana la pareja de la Guardia Civil se apea allí para abrevar a los caballos, controlar la única escopeta de caza y vigilar que no se produzcan desórdenes públicos, que es la manera menos incómoda de decir que se cumple lo que el señorito manda y el mayoral impone.

En el cortijo es tradición que los más pequeños acudan al tajo, aunque por supuesto sin ganar jornal. Dice el mayoral que no son sino estorbo. Por eso quedó Manuel Montero inútil de una mano cuando era niño. El padre quiso enseñarlo antes de lo debido a usar la hoz. Sin fuerza en la muñeca, se le escapó la herramienta que le seccionó algunos tendones del antebrazo izquierdo. El practicante apenas le dio unos puntos, que por lo grosero de la cicatriz se antojaban hechos con una lezna de zapatero, y le puso una venda. Manuel quedó de por vida sin el uso de tres dedos, que se le fueron engurruñando sobre la palma. A Manuel Montero lo conocen por Manoliño, porque así lo llamaba la madre, que era una gallega de aldea. Desde tan chico barría la capilla, ayudaba en la misa y hacía los recados que le mandaban el cura y el mayoral. Dos años atrás, un poco tarde para lo que era de uso, se había casado y acababa de tener un hijo. El año anterior, cuando el párroco enfermó y marchó a la capital, vino un cura joven, con una guitarra en bandolera que, al contrario que el otro, prefirió quedarse por allí. Era alegre, sencillo y cuando se cansaba de practicar bulerías y seguidillas con la guitarra, entretenía el aburrimiento enseñando a Manuel a leer y a escribir. El mayoral receló de aquello, pero transigió porque no estaba mal visto que un sacristán supiera leer y porque era conocido que Manoliño soñaba con leer los evangelios, y a nadie se le ocurría que pudiera hacer daño con eso.

De modo que aquel año, además del miedo a los vaivenes y quebrantos del señorito, están también con el miedo a la guerra. Es tiempo de incertidumbre y el mayoral ha dado orden de que acudan al campo todas las manos útiles. Parten muy temprano, pero esta vez dejan a los más chiquitines, los menores de ocho años, con Manoliño y su mujer, en la capilla, a salvo del calor y, en su ingenuidad, creían que de la guerra. El mayoral dice que es mejor así, que tendría menos complicaciones, pero presienten que se queda rumiando. Un par de días después, descubre que Manoliño ha tenido la mala ocurrencia de ponerse a enseñar el abecedario a los críos y se apresura a corregir el desastre ordenando a los padres que los lleven a la faena. En su candidez y sin pretenderlo, Manuel Montero, Manoliño, como lo llaman allí, le ha dado al señorito donde más le duele y en el peor momento, justo cuando buscan con qué aterrorizar al campesinado.

Llegan dos guardias civiles haciendo la ronda, se apean,

como de costumbre sin saludar. Mientras uno abreva a los caballos el otro entra en la capilla con el mosquetón al pecho, llega hasta Manuel Montero y sin mediar palabra lo descalabra de un culatazo.

Maniatado a una traviesa de la carreta, con la cabeza todavía manando sangre, envuelta en jirones de tela blanca, se lo llevan de allí, cuando aparece otro guardia civil al trote del caballo. Es el cabo Pedro Antón. Intercambia unas palabras con los guardias, les da orden de continuar la ronda y dejar el asunto para él. Con las riendas de la mula en la mano, entra en la aldea y devuelve a Manuel Montero a su casa. Frente a ella, en un cobertizo que se usa para herrar a las bestias, desensilla y atiende al caballo. Después se asea y se sienta a esperar.

Al alba, las familias, que caminan muy despacio hacia los campos, se cruzan con seis jinetes al galope. Llevan tricornio. Cuando han pasado, algunas mujeres se persignan.

El cabo Pedro Antón ha permanecido toda la noche a la espera; los jinetes descabalgan frente a él. Los que saludan apenas lo hacen con un gesto grave. El que manda es un cabo primero con los galones relucientes.

—¿Te ascendieron ya, Dopico? —le pregunta Pedro Antón—. Se ve la prisa que tiene el nuevo mando.

—Tú también puedes —responde Lautaro Dopico, el flamante cabo primero, muy serio, sentándose frente a Pedro Antón—. Todavía estás a tiempo, para eso he venido, para que me dejes decir que esto fue un malentendido y arreglarlo por las buenas.

—Claro que sí, Dopico. Si es por las buenas, se arreglará. Dejamos al sacristán y vamos donde haya que ir.

—Al sacristán tenemos que llevarlo. Hay que entregarlo, son las órdenes.

—¿Entregarlo? ¿Dónde y a quién, Dopico?

—A la superioridad.

—¿A la superioridad? ¿Te han dicho ya cuál es la buena?

—Para nosotros, la que nos ha tocado, Pedro. Nada más que la que nos ha tocado. Nosotros no quitamos ni ponemos, obedecemos órdenes. Para eso estamos.

—¿Y lo vas a entregar, acusado de qué, Dopico? ¿De imprudente? ¿De simple? ¿De ser un pobre hombre?

—Acusado de nada, Pedro. Nosotros no lo acusamos, lo entregamos y en paz. Seguro que nada más le dan un pescozón y lo mandan a casa, por lo que sea que haya hecho. ¿Quién le va a querer otro mal? Tú y yo les damos palabra de lo buen hombre y buen cristiano que es.

—No seas pazguato, Dopico. ¿No te has dado cuenta de que no les interesan las palabras?

—Poco vale la mía, Pedro, pero la tuya es para ellos de estimar. Eres de los contados con dos medallas, con tu edad. Te respetan, escucharán lo que tú digas.

—Entonces vamos y lo aclaramos, para ese trámite no hace falta que él nos acompañe.

—Eso no, Pedro. Sería desobediencia. Nosotros no desobedecemos, nosotros cumplimos.

Mientras hablaban, dos guardias ponen la mula al tiro de la carreta y otros dos sacan a Manuel Montero a rastras, apartando de un empellón a la mujer, que se interpone con el crío en brazos y gritando enloquecida.

—Dices verdad, Dopico. Nosotros estamos para cumplir —asiente Pedro Antón mientras descarga el mosquetón y lo acerca a Lautaro—. Pero no olvides que primero tenemos que cumplir con el deber —continúa, cogiéndole la mano para ponerle en ella los cartuchos y acercándole después los correajes, el arma de cinto y las espuelas—. Y no nos escondemos. Tú cumple tus órdenes, Dopico, deja que cumpla yo con mi deber —concluye.

—Dicen que los otros también están matando a gente, Pedro. Algo habrá que hacer.

—La primera sangre que tú has visto correr fue la misma que yo vi, Dopico. Pobres campesinos muertos de hambre. Robaban trigo para darle algo de comer a sus hijos. ¿Merecían la muerte, Dopico? Entre los que se han revuelto contra la injusticia, también hay locura y no te niego que hay quien la haya utilizado para sus fines, pero eso está repartido de los dos lados. ¿Cómo podemos evitarlo? ¿Matamos a los de aquí? ¿Lavará esta sangre la otra? ¿Se mejora algo siendo peor que el peor? Aquel desastre no se arregla con éste, Dopico. Es la misma mierda y apesta igual que la otra. Me colgaron una medalla porque evité que mataran a un malnacido que reventó a una niña y la dejó morir desangrada. Ocho añitos tenía la cría, Dopico. Era de una familia de gente muy pobre y quisieron tomarse la justicia por su mano porque pensaban que las autoridades no los escucharían. Lo evité porque me correspondía hacerlo. ¿Sabes lo peor? Que llevaban razón y el juez dejó libre al canalla que mató a la niña. Ahora estoy en idéntica situación, sólo que este infeliz no ha cometido ningún delito. ¿Sabes ya qué condecoración me darán los tuyos?

El caballo, que un guardia ha terminado de ensillar, se acerca a Pedro Antón. Él lo sujeta por la carrillera y con mucha suavidad le baja la cara para hablarle al oído. «Gracias por todo, compañero», le dice, acariciándole la nuca y besándolo en la testuz. Intenta subir a la carreta y Lautaro Dopico lo detiene.

—No me hagas esto, Pedro —casi le implora—. Si no es por la amistad, entonces por tu mujer. Por el hijo que está a punto de darte. Mira que se han vuelto locos, Pedro, que no se andan con remilgos.

Pedro Antón coloca la mano sobre el hombro de Lautaro y detiene sobre él una larga mirada, en la que había algo de desprecio pero también de compasión. Después se pone en posición de firmes y lo trata de usted.

—Escuche qué le digo, mi primero. El sacristán es prisionero mío y tengo el deber de cuidar de él, jamás lo entregaré de tapadillo. ¿Lo entiende, mi primero? Correré la misma suerte que él hasta que un juez legítimo me diga qué tengo que hacer, o se nos lleve el carajo. Usted cumpla las órdenes, entréguenos donde le hayan dicho y cargue con su conciencia.

Sube a la carreta y dispone las manos para los grilletes. El guardia lo mira desconcertado.

—Los presos engrillados según la ordenanza —le recuerda Pedro Antón en tono solemne, exigiendo ser tratado como detenido.

Otro guardia se apresura a acercar los grilletes que lleva en la montura. Manoliño mira desencajado sin acabar de entender. Ver a Pedro Antón a su lado le da una luz de esperanza, pero también le muestra la auténtica gravedad de lo que sucede. No puede evitar que el miedo le haga castañetear los dientes.

La comitiva emprende la marcha, se aleja muy despacio; los cascos de los caballos resuenan en el silencio como en un cortejo fúnebre. Tres jinetes abren el paso, detrás la mula y la carreta, muy cerca el caballo de Pedro Antón, sin jinete, con las riendas sobre la silla. Detrás otros dos jinetes y por último, a unos metros, Lautaro Dopico, en el trago más amargo de su vida. No sabe de qué parte debe estar. La actitud de Pedro Antón hace que cuestione las órdenes por primera vez desde que viste el uniforme. El corazón le dice que el sitio bueno es el que está al lado del amigo, pero la razón se impone: para tanto, piensa, no le alcanzan los cojones.

El día fue tenso y largo en la diminuta estación del tren situada en medio de la campiña. Allí esperan ya otros tres presos vigilados por un grupo de soldados de infantería. El tren no tarda en llegar. Tres vagones de carga y uno de pasajeros ocupado por militares entre los que hay algún miliciano. Los presos suben al vagón central de carga y se reúnen con otros dos, maniatados sobre el suelo. Vigilan cinco soldados de infantería. El tren espera en la vía durante horas. De noche emprende la marcha. Por el camino hacen dos paradas. En la primera recogen a otro detenido que entrega una pareja de la Guardia Civil. En la siguiente otros dos que entrega un grupo de civiles. Un alférez de ingenieros de modales toscos manda el convoy. A veces se detiene durante horas. El viaje es muy lento y ya es la medianoche cuando llegan al destino en el apeadero de la montaña.

Hay luna llena, la sierra se divisa con claridad. El ámbito, saturado por el olor a carbón y azufre, poco a poco se dulcifica con el perfume de jazmines que llega desde las casas. Aunque el pueblecillo ha estado dos veces de un bando y dos veces del otro, los vecinos lo abandonaron la primera vez que quedó en tierra de nadie. Sólo quedó allí el guardagujas, un viejo ferroviario de modales enigmáticos a quien el miedo no le quebranta el temerario sentido del deber. Nada han comido los prisioneros, de madrugada un soldado les alcanza un botijo. No se lo disputan. En silencio va de mano en mano. Comparten el último trago, porque saben ya que con la primera luz del nuevo día los van a fusilar. Poco antes de amanecer se levanta una brisa fresca que apacigua el canto ensordecedor de las chicharras. De nuevo intentan separar a Pedro Antón de los otros y él se resiste. Esta vez un culatazo lo deja tendido en el suelo y lo llevan arrastrando a otro vagón. Manuel Montero esconde la cara para llorar.

La noche acaba en un silencio inquietante. De pronto se oyen gritos en el andén. Los obligan a levantarse y forman dos grupos. Los cinco primeros bajan del vagón. Primero gritos, después voces de mando. Con la última, los disparos. Fuego granado y un disparo por cada hombre a continuación.

Pedro Antón todavía no se ha repuesto del culatazo cuando lo hacen bajar del vagón. Muy cerca, los otros cuatro detenidos caminan delante de los soldados. Busca a Manuel Montero y se pone a su lado. Los detienen frente a la zanja. Los cadáveres de quienes los han precedido han caído en posturas extrañas. Es una zanja muy larga que ha sido utilizada para otros fusilamientos. Pedro Antón ve con alivio que el jefe de la unidad no corre riesgos. Quiere limpieza y ha dispuesto a dos tiradores por prisionero, un pelotón, según el manual: dos escuadras, cada una de cuatro soldados y un cabo, mandadas por un sargento. Algunos presos lloran, otros todavía no se rinden a la evidencia, pero todos mantienen la entereza. A su lado, Manuel Montero lo mira, tiritando de miedo.

De pronto, el jefe del pelotón da orden de separarlos y los llevan frente a la encina. De nuevo las voces de mando, los disparos y los tres cuerpos caen junto a los otros. Quedan en pie ellos dos para un final que están haciendo aún más terrible. Pedro Antón sabe que él es la causa de la indecisión.

—Soy guardia civil —dice—. Quiero mi tricornio.

Tras unos instantes de duda, alguien se apresura a traerlo. Él se lo pone bajo el brazo izquierdo, cruza los dedos de ambas manos en el pecho, inclina la cabeza y reza una breve oración. Después se cubre con el tricornio.

—¡Lautaro Dopico, sé que me oyes! —grita—. Dile a ella que muero en acto de servicio, dile que llevo mi alma en paz, y dile que si mi hijo nace varón, le ponga Dámaso, como se llamaba mi padre.

En el trámite cruel, Manuel Montero se ha ido encogiendo y reza de rodillas sin dejar de sollozar. Pedro Antón se inclina, lo sujeta por debajo del brazo y tira de él para levantarlo.

—Ponte en pie, Manoliño, no les des el gusto. No dejes que te falle la fe, justo ahora. Tú nada tienes que temer, que a los valientes, Manoliño, salen a buscarlos a la puerta para abrazarlos.

Aunque sujeto por Pedro Antón, Manuel Montero se pone en pie muy despacio. En el instante final es capaz de mirar a la cara de los asesinos con el mismo coraje, la misma serenidad, la misma grandeza con que los mira Pedro Antón. El eco de los diez disparos trepida por la serranía de Córdoba. Por España entera. Trepida sin cesar en nuestras conciencias, hasta la hora de hoy.

No ha terminado. Por el otro lado de la vía, junto al vagón de mando, escondido, Lautaro Dopico llora como un niño. Ha intentado evitar la tragedia por todos los medios. Por el contrario de lo que imagina, que hubiese un guardia civil entre los fusilados al mando supremo le parece un medio magnífico para demostrar que con la gente de uniforme tendrán aún menos compasión.

Ese mismo día visita a la mujer de Pedro Antón para cumplir el encargo que éste le hizo antes de morir. Dos días después cruzó las líneas y cambió de bando. También allí conoció horrores. Tarde y mal, el gobierno reaccionó, sin embargo, para impedirlo, y aunque no fuera consuelo terminó por conseguirlo. Lautaro Dopico luchó para redimirse de la mirada de desprecio de Pedro Antón. Mató en el campo de batalla y sólo cuando no tuvo más remedio, nunca a civiles ni a soldados indefensos y no consintió abusos a ningún prisionero. Cruzó los Pirineos casi descalzo, harapiento, muerto de hambre y de frío en el último minuto del último día de la guerra maldita. En agosto de 1944 entró en los primeros puestos de la tropa que liberó París, la conocida como División Leclerc, junto con otros muchos combatientes españoles a los que todavía hoy Francia parece renuente a darles justo reconocimiento.

Veinte años después de la muerte de Pedro Antón, un subteniente de complemento, con destino en un Centro de Movilización y Reclutamiento, da de alta la nómina de los reclutas recién incorporados. De cada uno debe escribir en la cartilla militar el nombre, el apellido del padre, el apellido de la madre, el nombre de los padres y la fecha de nacimiento. Mientras rellena una de las cartillas, los recuerdos lo van ahogando. El recluta se llama Dámaso Antón. Es, con seguridad, el hijo de un hombre al que tuvo que fusilar. A pesar de que era casi un niño, su vida no ha tenido ni un instante de sosiego desde el día en que lo obligaron a quitarle la vida a otro ser humano. Fueron muchos y la memoria es insoportable. Por la valentía en el momento de rendir la vida y la ayuda que hizo al bien morir de otro, no se ha olvidado de Pedro Antón. Tan nítidas como si las oyera, recuerda las últimas palabras que pronunció.

Busca al recluta Dámaso Antón para contarle cómo fueron los últimos minutos de vida del padre. Lo lleva al lugar donde permanecen sepultados los huesos, pero debe hacerlo en secreto.

Dámaso Antón no cree que llegue el día en que pueda desenterrar los huesos de su padre para besarlos y depositarlos junto a la tumba donde descansan los de su madre. Ha hecho el encargo a los hijos. Ninguno de ellos tiene una esperanza remota de llegar a cumplirlo.

33

El plan de trabajo que Roberto Gianella le encargó a Margaret Stoddard se desarrolló con eficiencia y la culminación de la primera parte estaba a punto de concluir con un éxito rotundo. Las agencias que habían desarrollado las campañas anteriores se encontraron con presupuestos reducidos, limitados a mostrar en los carteles publicitarios y los anuncios de televisión el nombre de la marca, un paisaje o un espacio interior de suaves tonalidades grises con algún ligero toque de color, que dejaba intuir la ausencia del motivo central y que éste había de ser, por fuerza, la figura de una mujer. El mensaje: «La mujer que viene». El grueso del presupuesto fue para la campaña central, dirigida por Margaret Stoddard. Paralela y sincronizada con la anterior, buscaba candidatas para un fabuloso contrato de publicidad, sin mencionar ni la marca ni el nombre de la empresa, pero sobre la que se filtraban oportunos rumores.

Margaret no falló. La expectación que levantó el ardid de Roberto resultó por sí sola mayor de lo esperado, pero ella supo echar carbón en la caldera. Las revistas de gran tirada publicaban artículos, hacían el seguimiento de las selecciones que se sucedían en cada ciudad, fabricaban listas de las candidatas con mayores o menores posibilidades, con detalles personales y profesionales. Para involucrar a las cadenas de radio y televisión, comenzaron patrocinando los programas, pero según lo previsto por los colaboradores de Margaret, pronto se disputaron el espacio entre ellas y el coste se redujo a los gastos del gabinete que facilitaba la información. Cada cierto tiempo un nuevo rumor ponía en el centro el nombre de la marca, regalándole a la compañía de Roberto Gianella, sin que ésta negara ni confirmara nada, una ingente publicidad que mantuvo atento a gran parte del público en Estados Unidos y Canadá.

En medio del huracán, todavía lejos de la conclusión, podían decir que la idea había dado frutos. En unos meses, el porcentaje de penetración que se les resistía crecía sin alcanzar el punto de equilibrio, pero en contra del final sosegado de la batalla que los suyos esperaban.

Roberto cambió el rumbo a última hora. Le convenía detenerse, tensar un poco más la cuerda, incrementar el suspense antes de levantar el velo y mostrar los resultados que esperaban conocer: que en efecto se trataba de su empresa la que estaba detrás de tan osada estrategia publicitaria y, sobre todo, quién sería la que pondría el rostro de la siguiente campaña. Sin embargo, las razones de Roberto no eran las de recoger las últimas migajas. Los buenos resultados del trabajo de Margaret habían elevado las expectativas de tal manera que no podían permitirse defraudarlas, lo que nadie como Roberto veía con tanta claridad, escarmentado de que el propio éxito lo hubiese tenido maniatado durante años.

Margaret presentó la selección de sus veinte finalistas. Roberto miró con detenimiento las diapositivas y las películas, mientras ella ampliaba los datos. Separó una al primer vistazo.

Fue rechazando a otras, susurrándole a la hija que tomaba notas en un cuaderno: demasiado gruesa, demasiado flaca, demasiado alta, demasiado baja, sin gracia, ancas de yegua, bella pero hueca, demasiados huesos... De las cuatro que no excluyó, en el segundo vistazo descartó a la que era, sin decirlo, la preferida de Margaret: una cabeza muy chiquita sobre dos zancos. A la siguiente la rechazó con una frase enigmática: «Es guapa, pero desabrida». Otra cayó en la quinta diapositiva: «Está tatuada», dijo. Margaret miró incrédula. Le costó verlo, pero encontró el tatuaje y le rechinaron los dientes. De manera explícita se decía en el formulario de solicitud que no se aceptaban aspirantes con tatuajes, cicatrices o marcas en la piel, incluyendo algunas que lo fueran de nacimiento. Sus colaboradores habían puesto extremo cuidado en no pasarlo por alto, ella lo había comprobado: a las del grupo que en ese momento presentaba les había vuelto a preguntar y las había vuelto a comprobar, y habría jurado con la mano en el fuego que ninguna de ellas lucía un tatuaje. Sin embargo, apenas perceptible junto a las cervicales, en tinta de varios colores, aparecía el dibujo clarísimo de una serpiente.

Descartada ésa, sólo quedó la primera que Roberto había separado en el primer momento, justo la que menos hubiera deseado Margaret.

—No es demasiado guapa, ni muy elegante. Se pasa un poco de alta y está flaca, pero es la que nos conviene. El problema principal es que cualquier periodista, con un poco de mala idea, nos la hará picadillo en la primera entrevista —dijo, sin abatimiento y dedicándole a Margaret unas palabras de consuelo—: La felicito por su trabajo, Margaret.

Ella agradeció el reconocimiento, pero Roberto la notó disconforme con la elección.

La explicación que le debía se la ofreció en la siguiente reunión de seguimiento que hacían una vez a la semana.

—No diga nada, Margaret —se adelantó él, en cuanto se saludaron—. Ya sé que está usted disconforme con mi elección.

—No quiero discutir sus razones —dijo Margaret—, pero en mi opinión, se ha quedado usted con la más alejada de lo que me pidió que le buscara. Usted no empleó esa palabra, pero cuando dijo que no era guapa ni elegante, lo que entendí es que quería evitar decir que era vulgar.

—Entonces usted opina como yo. Eso quiere decir que elegí con acierto; es decir, con arreglo a nuestros intereses.

Con expresión de no entender nada, Margaret esperó a que Roberto la pusiera en conocimiento de lo que ella desconocía.

—La chica que elegimos ayer es un señuelo. La auténtica, tendrá que seguir buscándola usted. Y no puedo darle demasiado tiempo. Búsquela en el metro, en las cafeterías, en los institutos y las facultades, indague por otras agencias, búsquela debajo de las piedras. Haga lo que usted sabe hacer. Necesitamos una que nadie sepa que tenemos. Créame que estoy obligado a hacerlo de esta manera.

—Lo tenía usted pensado desde el principio, Roberto. No puedo creer que lo haya guardado hasta hoy por desconsideración. ¿Qué razones lo han obligado a esto?

—La razón es simple. No debo decirlo, pero usted merece la respuesta: la empresa está en peligro. Si bastara con mi dimisión como presidente para impedirlo, dimitiría, pero con ella sólo adelantaría el desenlace fatal.

Margaret asintió, con gesto de preocupación.

—¿Y qué haremos con la chica que usted seleccionó?

—Seguiremos con nuestros planes. Trabajaremos con ella

con tanto secreto y oropel como tenga la fórmula de la Coca-Cola. Si nadie lo filtra, lo haremos nosotros. Que trabajen sus colaboradores con ella. Usted dedíquese a la cuestión que importa. Consiga la que necesitamos. Llegado el momento, mostraremos a la auténtica.

* * *

A falta de trámites menores, exhausta y orgullosa, Alejandra cumplía el propósito, a veces pensaba que insensato, de terminar los tres cursos del primer ciclo de la carrera en sólo dos años, que le pesaban como si hubiesen sido cuatro. Para lograr el objetivo necesitó mucho coraje, rebañar horas a las noches y vencer cada día el agotamiento, pero se enfrentó a la batalla con el puñado de las buenas herramientas que llevaba con ella y que llegada aquella hora rentaron inestimables beneficios. La necesidad de realizar los anhelos le iluminaron el camino; la madurez, el sólido carácter que había forjado cuidando de la madre y de la casa, le dieron la fortaleza; la férrea disciplina de estudios, que tan buenos resultados le había brindado hasta allí, la certeza de que el esfuerzo no sería inútil. Cada mañana era la primera en entrar y la última en abandonar la biblioteca o los talleres por la tarde, a los que acudía incluso los sábados. Estudiaba hasta la medianoche, se levantaba casi de madrugada y el único descanso que se permitía, algunas horas de los domingos, lo empleaba para acudir a exposiciones y visitar algún museo. La elección de las materias que estudiaba, el talento y las cualidades que por inclinación natural tenía para ellas, le facilitaron la tarea. No resultó en vano que antes de que aprendiera a escribir, incluso antes de que supiera coger una cuchara, la hubiesen puesto a practicar trazos y figuras geométricas sobre el papel, pues no hubo otro alumno que la aventajara en habilidad con el lápiz y el carboncillo. En la asignatura de fotografía le bastaron los exámenes teóricos y algún trabajo práctico para que le dieran por ganadas todas las acreditaciones. Aunque al principio no le despertaron mucho interés, resultó tener aptitudes para el dibujo técnico y el diseño industrial. Prometía con las acuarelas y los óleos, sobre todo en el apartado de retratos, pero encontró dificultad en el tallado y el modelado, que era justo lo que la había impulsado a llegar hasta allí, y que fue motivo de cierto desasosiego que los profesores apaciguaron asegurándole que lo único que le faltaba era encerrarse en el taller a practicar durante algunos meses.

La relación con Arturo no había hecho sino decaer. De manera muy paulatina, tanto las cartas como las conversaciones telefónicas habían languidecido, se hacían más fugaces e intrascendentes y perdían en frecuencia lo que ganaban en delicadeza y amargura. Hablaban sobre lo trivial y cotidiano, sin entrar jamás en las arenas movedizas de las emociones propias, por respeto a las del otro. Poco a poco ella se había acostumbrado a la separación y tenía la engañosa certidumbre de que los sentimientos se le reposaban cuando llegó la noticia de la sentencia que lo declaraba inocente. Desde ese momento comenzó a desesperar al paso de los días sin verlo aparecer.

En el fragor de la batalla había intentado en vano olvidar al que al mismo tiempo era la causa de que ella hubiera llegado tan lejos y, sin que quisiera ni pudiera evitarlo, también era el propósito final de la decisión de hacerlo. Firme en sus razones, ni un segundo había perdido husmeando para hallar a otro con el que sustituir al que en su corazón era irreemplazable de todas las maneras que podía imaginar. El camino comenzaba para ella en el hombre que la había empujado a emprenderlo, separándola de su lado, pero terminaba en él.

Él era la causa de su decisión de acortar el tiempo de los estudios. Visto desde fuera, no era una resolución inesperada en alguien que tanto se había dolido del retraso en los estudios de años atrás, que tanto se había esforzado en ponerse al día y que tenía tan sobradas razones para pensar que conseguiría lo que a otros les llevaría el doble de tiempo. Con el objetivo casi alcanzado, estaba más claro que la causa principal de aquella decisión no era otra que la de correr lo antes posible junto a él. La de ir a decirle que había cumplido la última prueba, que no era ya la niña desvalida que él conoció, sino una mujer segura de sus deseos.

Y cuanto más se acercaba aquel momento más miedo tenía. El miedo, al que tanto temor le daba enfrentarse, al que cuanto menos se enfrentaba más miedo le causaba y que ella creía que eran muchos distintos, pero que en la realidad no eran sino el mismo miedo, repetido hasta el infinito por ese artificio de espejos enfrentados, mediante el que el inconsciente se fabrica visiones de pavor con aquello que no es capaz de superar.

Aunque había ido cambiando con ella, continuaba siendo el mismo miedo al rechazo del primer día. Como en una espiral diabólica, en la medida en que maduraba dejaba de verlo de una manera, pero empezaba a percibirlo de otra distinta y tardaba más en darse cuenta de que los temores que la hacían sufrir eran una simpleza, como caía en la cuenta de que podrían existir causas más complejas, razones más profundas; entonces se daba a sufrir otro trecho, hasta que encontraba las nuevas conjeturas carentes de fundamento y daba otra vuelta de tuerca. Así como en el primer momento fue que era demasiado niña para él y luego que tal vez se hubiera cansado de ella y más tarde empezó a cocinarse en el caldo de los celos que provocó el fantasma de una desconocida, después lo fue que él la habría olvidado, que quizá no le perdonara que lo hubiese abandonado en una situación que podría devolverlo a la cárcel. Por último, no sólo encontraba razones para su miedo en él, sino también en ella. ¿Y si era que en realidad no lo quería? ¿Si sólo era que aún se sentía desamparada sin él? ¿Si era que había confundido el amor con la gratitud? ¿Si él tenía razón y sólo evitaba aprovecharse de una cría testaruda que tenía hecho un revoltijo entre el deseo sexual, el agradecimiento y la amistad?

Para colmo, en ese embrollo de sentimientos bajo sospecha, metía por medio el recuerdo de la madre, por cuya falta aún sangraba como si acabara de morir y sin cuya intervención Arturo no habría sido otra cosa que una ilusión momentánea, un efímero destello en la vida de una adolescente.

Se lamentaba de que Rita le hubiera callado que iba a morir, impidiéndole estar a su lado hasta el final. Se maldecía por no haber comprendido que si había dejado de beber era por una razón muy importante, y que, desde hacía mucho, ella era la única razón importante en la vida de su madre. Si alguna vez llegó a dudar del amor de la madre, de inmediato tras su muerte, los sentimientos se le asentaron. Le quedaron en el recuerdo los últimos días de Rita, en los que no fue más una alcohólica abandonada de sí misma, sino una mujer que empleó el último aliento, y su particular sabiduría sobre el corazón de los hombres, para buscarle un refugio seguro en el muchacho que acababa de llegar de manera tan providencial a la vida de ambas.

De alguna misteriosa manera, de un solo vistazo Rita llegó a saber de ellos más que ellos mismos. Vio, donde nadie más habría podido verlo, que él protegería a la hija, que no la abandonaría a su suerte. Tuvo la inteligencia para urdir un plan que lo instigara a dar ese paso, que la empujara a ella a los brazos de él, y la firmeza de carácter para sostener la situación brutal que ese plan exigía. Los apremió, cada uno a los brazos del otro, obligándolos a tomar una decisión que en cualquier otro caso habría sido prematura y temeraria.

Intentando responderse esa pregunta, Alejandra se había hecho una conjetura que, por simple, podría ser la explicación, aunque planteaba otra pregunta más terrible: ¿no podría ser que Rita y Arturo hubiesen hecho un acuerdo? ¿Podría ser que él esperaba el momento en el que ella pudiera defenderse por sí misma para pedirle el divorcio? Detrás de esa conjetura, cayó en la cuenta de otra que podría ser todavía peor: que tal vez él creyera que ellas hubiesen conspirado para obligarlo a casarse. Unas y otras hipótesis eran tan terribles que de nuevo necesitó apartarlas a un lado para que no le estorbaran al paso de la vida y, como solía, las abandonaba en el trastero hasta que hallaba un momento propicio para resolverlas.

Frente a tanta incertidumbre le quedaban las viejas certezas. Ni por un solo instante, desde la primera tarde, había dejado de sentirse amada. No existía en el mundo fuerza capaz de hacerle creer que era ilusión el fuego que él escondía detrás de tanta ternura, de tanta dedicación y entrega a ella, detrás del agónico silencio que la atormentaba. El fuego en el que necesitaba incinerarse ya de una vez por todas, que la abrasó en el beso de la despedida y que permanecía en la imagen de su obsesión. Solo, en medio de la terraza inmensa del aeropuerto, diminuto en el vacío espectral, ella intuyó que enloqueciendo de desesperación por verla marchar. De modo que pensaba regresar para enfrentarse a él y creía tener de su parte lo único que necesitaba para conseguirlo.

Aunque no se daba cuenta de que regresaría otra muy distinta de la chica valiente, pero muerta de miedo, que se marchó del pueblo para enfrentarse a un desafío que en aquel momento ni siquiera entendía bien. Estaba a punto de conseguirlo, pero se había transformado en la lucha. Lo había demostrado, era ya una mujer segura de sí misma y capaz de alcanzar sus propios anhelos, pero lo que la hacía distinta es que era una mujer incapaz de renunciar a ellos.

* * *

Apenas se vio en libertad para salir del país, Arturo emprendió el viaje. Por la época del año no esperaba un tiempo tan frío en Nueva York, por lo que necesitó hacer un alto para hacerse con un abrigo, antes de meterse en el hotel. Se había dicho y repetido que no se acercaría a ella, se había jurado y vuelto a jurar que no iría a verla. Había hecho planes para mantenerse ocupado, listas de los lugares que deseaba reencontrar. Llevó trabajo que podría hacer en la habitación del hotel, cargó con algunos libros que escogió para encerrarse con ellos a solas, y hasta le pareció que el tiempo quería ayudarlo en el propósito, acogiéndolo con una llovizna helada que le hizo recordar los buenos tiempos de otras tardes gélidas de aquella misma ciudad, en las que se refugiaba en la habitación a soñar con el regreso y a leer, confortado por el calor de las palabras y la soledad. Pero no fue capaz de resistir la tentación. Al adolescente enamorado que ocultaba dentro de la cáscara de granito le daban igual el frío de las calles, el cansancio, los juramentos, la sensatez, el calor de los recuerdos, y estaba harto del infierno maldito de los celibatos por amor. Su niña amada se encontraba muy cerca de él y necesitaba verla. Salió de la habitación, corrió al ascensor y llegó al vestíbulo, donde otra andanada de lucidez lo obligó a dar media vuelta y subir al ascensor. Frente a la puerta de la habitación desfalleció de nuevo. Regresó al ascensor, bajó al vestíbulo, llegó a la calle y subió a un taxi que lo dejó veinte minutos después frente al edificio del apartamento de Alejandra. Nadie respondió en el portero automático. Cruzó la calle y entró en una cafetería. Esperó tomando té caliente con un panecillo. Sobre las nueve de la noche, Alejandra salió por el acceso del metro, acompañada por Natalia y Alberto, enfundados en los abrigos y con enormes carpetas de dibujo. La reconoció enseguida y hasta pudo ponerle nombre a los acompañantes. Los conocía por una foto y porque ella solía mencionarlos en sus cartas. Se pararon un instante a dos escasísimos metros del lugar en el que él se hallaba, medio oculto tras la cristalera. Alejandra no lo vio. Ella se cubría la cabeza con una boina y llevaba el cuello envuelto en la bufanda. La vio deliciosa y tuvo la sensación de que era feliz y estaba bien. Cruzaron la calle y él pudo ponerse de pie y contemplarla cuando abrían la puerta del edificio. Esta vez tuvo que contener una lágrima cuando la veía perderse por el umbral oscuro.

Repitiendo la misma rutina, por la mañana ponía en claro los asuntos, que en realidad sólo eran la excusa que lo llevaba allí, y por las tardes corría a la cafetería a esperar por ella. Para no llamar la atención y que le permitieran ocupar una mesa durante ratos tan largos, tenía que dejar estupendas propinas y tomar más té del que le apetecía y más del agua de borrajas a la que llamaban café de lo que era prudente. Ella llegó con menos de una hora de diferencia unos días que otros, acompañada por alguno de aquellos amigos que él podía identificar. Después de verla regresaba al hotel entre desconsolado, dichoso y avergonzado. Cada noche se decía que era la última que iría, pero cada tarde sucumbía a sí mismo y volaba al escondite de la vergüenza.

También el sábado estuvo allí a la misma hora, y pese a que no tenía esperanza, pudo verla por última vez, antes de emprender el regreso.

* * *

Los episodios de desolación de Pablo Maqueda no habían vuelto con la violencia de las etapas anteriores, en Madrid y en la isla, pero no lo abandonaban. Se presentaban de la manera más intempestiva y en los momentos menos pensados. A veces duraban unas horas y a veces semanas. En ocasiones llegaba encogido y cabizbajo, y se pasaba ausente un rato muy largo hasta que, de buenas a primeras, levantaba el ánimo y terminaba convirtiéndose en el centro de la reunión, contando chistes y haciendo sus bromas. Otras veces se marchaba en lo mejor de la bulla, sin disculparse ni dar explicación, y lo mismo aparecía recompuesto una hora después, como si nada hubiera sucedido, que se pasaba huido un par de semanas, sin responder siquiera al teléfono. Su predisposición a la amistad de los buenos momentos se ganaba el afecto y el trasfondo tormentoso en el que se debatía lo incrementaba. Sobre todo para Alberto y, muy en particular, para Alejandra, que no podían evitar un tanto de compasión. Era una emoción lógica que, sin embargo, restablecía las cautelas de Alejandra. Cautela para no dejarlo acercarse más de lo imprescindible, pero cautela también para no rechazarlo de plano. Pablo la había perseguido desde la cala de Hoya Bermeja a la ciudad, desde allí al otro lado del mundo, pero ella continuaba sin saber que se trataba del mismo Pablo que vivía al otro lado de la tapia de su casa y que recordaba, siendo muy chiquita, meciéndola en el columpio.

Era sábado por la noche. Un hombre hizo señas para que los policías de patrulla por Sugar Hill detuvieran el vehículo. Nervioso, les dio unas indicaciones y ellos se apresuraron, evitando poner la sirena y apagando las luces de identificación de la policía. Giraron en una calle, muy despacio, y se acercaron a una ranchera con los cristales traseros tintados, a tiempo de evitar un desastre.

El teléfono sonó de madrugada en el apartamento de Alejandra.

—¿Es usted Alejandra Minéo? —preguntó la voz de un desconocido.

—Yo soy Alejandra Minéo. ¿Quién llama?

—Soy abogado del turno de oficio. Un amigo suyo, Pablo Maqueda, me ha dado el teléfono y las señas. Está detenido. El juez ha impuesto una fianza para dejarlo en libertad y Pablo le pide que venga a verlo.

Ella y Alberto corrieron al rescate. Pagaron la fianza y oyeron con incredulidad y asombro la acusación de abusos a una menor negra que hacían sus familiares. Pablo, libre pero con cargos, negaba los hechos.

Jorge Maqueda llegó el lunes para hacerse cargo de la situación del hijo. Apenas dos días después, padre e hijo, en una sala de reuniones, secundados por dos abogados, se entrevistaban con otros dos abogados que representaban a la familia de la chica. Uno de los abogados tendió un cheque y unos documentos a los representantes de la familia. Firmaron, guardaron el cheque y los documentos, saludaron y salieron.

Jorge Maqueda recogió otros documentos, abrió el maletín y sacó un sobre.

—Tu antigua novia parece que ha encontrado con quien entretenerse —le dijo tendiéndole el sobre.

Pablo reconoció a Josefina Castro, pero también a Arturo

Quíner, que aparecía visto por detrás, un poco de lado. Jorge Maqueda no lo conocía en persona y había pasado por alto su identidad.

—¿Cómo las conseguiste?

—Un tipo se presentó para ofrecerlas. No lo recibí, pero me contaron que al hombre no le parece bien que una mujer soltera viva sola en una casa. Y menos que reciba visitas. Ordené que le dieran una propina.

En medio del alborozo que se formó en el apartamento cuando Pablo trajo la noticia, Alejandra notó a Alberto taciturno. No necesitó preguntarle. Como esperaba, poco rato después de que ella se despidiera, él subió detrás y entró sin ocultar la desolación.

—Antes de que me preguntes te diré que estoy preocupado, no veo claro lo que ha pasado —le dijo—. Ojalá que me equivoque, pero tengo muchas dudas sobre este tropiezo de Pablo. Gilbert y yo dimos una vuelta por donde vive la familia de la chica y hablamos con ellos.

—Han retirado la denuncia. ¿Qué dudas podemos tener?

—No te haces idea de lo repugnante que es lo que vimos allí. El sitio es asqueroso, la gente, envilecida y la situación, un espanto. Lo más cochino es que a esa pobre chica estoy seguro de que la prostituyen los propios familiares. Y a nuestro Pablo lo detuvieron en un coche con ella. De eso no hay duda.

—Dice que le tendieron una trampa —objetó Alejandra.

—Y yo lo creo así. Es evidente que sólo querían dinero, pero es lo secundario para mí.

—Desde que lo conozco Pablo tiene sus rarezas. Pero no creo que pueda ser capaz de algo así y menos con una menor.

—Ni yo lo creía, Alejandra, me cuesta creerlo incluso ahora, a pesar de lo que he visto. Te llevaría a ese sitio si no fuera por el miedo que me da regresar. Pablo es joven, bien parecido y agradable, tiene mucho dinero y el porvenir asegurado. Podría conseguir a la mujer que quisiera, pero además de esa obsesión por ti, no lo hemos visto con ninguna. A su edad eso es muy extraño.

—Pero no creas que es una obsesión como la de cualquier otro. Lleva pegado a mí cinco años y puedo decirte algo de lo que estoy segura. Pablo conmigo no busca sexo y tampoco una relación normal entre un hombre y una mujer. Es algo distinto. Algo que él tampoco sabe qué es. Parece como si le bastara con que yo no tenga a un hombre a mi lado.

—Pues eso no es nada tranquilizador, Alejandra.

—Ahora empiezo a creerlo. Aunque me cuesta pensar que pueda ser verdad lo de este sucio asunto.

—Lo han pillado con una menor, Alejandra. Porque él negó que hiciera algo con la chica, pero no negó que estuviera con ella.

—Dijo que la encontró llorando en el coche y subió para ver qué le pasaba. Si han retirado la denuncia, tal vez es porque lo acusaban en falso —lo defendió Alejandra, aunque cada vez con menos fuerza.

—O porque quienes lo acusaban han conseguido lo que buscaban —precisó Alberto—. Yo creo que Pablo dice la verdad, que le tendieron una trampa. Pero el cebo fue la chica, y eso es lo que me desespera. ¿Es que Pablo ha podido caer en esa tentación? ¿Se ha prestado a ir con una menor?

La pregunta de Alberto no daba lugar a la réplica.

—Se ha cerrado el asunto en un par de días y sin llegar al tribunal —continuó—. Te habrás dado cuenta de que en este país, más que en cualquier otro, lo que no se resuelve con dinero no se resuelve. Y en algo tan feo, con seguridad, ha circulado mucho dinero y con mucha prisa. Seguro que están todos muy contentos. Todos, excepto la pobre chica, claro. Y yo, que pude ver su cara —dijo, rozándole la mejilla para despedirse—. Tú, por si acaso, ten mucho cuidado con él, por favor. Por cierto —dijo desde la puerta—, ¿ha llamado o ha escrito ese hombre tuyo?

Alejandra negó con un gesto de abatimiento.

—¡Qué desconsiderado!, traernos a los dos por esta calle de la amargura. Que te lo haga a ti, que te casaste con él, bueno. Pero ¿a mí, que ni siquiera lo conozco? —concluyó con un mohín de coquetería, en el que puso, adrede, unas cuantas plumas de más.

Solía despedirse de ella con cosas así, esta vez con más empeño para aliviar la tensión del áspero asunto de Pablo, al que en adelante Alejandra no dejaría de darle vueltas. Ella pensó en las mil apariencias desafortunadas que hubieran podido confundir a Alberto, pero se quedaba envuelta ya en la sombra de una terrible sospecha.

* * *

Pese a que Margaret Stoddard había dedicado todos los recursos a su alcance para conseguir lo que Roberto Gianella le había pedido, el resultado fue nefasto. Apenas media docena de candidatas en una carpeta con fotos y una cinta de vídeo para presentarlas a Roberto, como él había pedido, sin que nadie más ni dentro ni fuera de su organización lo supiera. Coincidían en que ninguna estaba a la altura, ni siquiera de la que utilizaban como opción fallida.

Margaret abandonaba las oficinas de la firma, que ocupaba dos plantas de un céntrico edificio. Cuando se abrieron las puertas del ascensor, una chica de cautivadora belleza cruzó frente a ella. Margaret corrió detrás, sin conseguir darle alcance. Pasó varias horas preguntando por despachos del edificio si conocían a una joven con aquellas señas en un esfuerzo que resultó infructuoso. Lo repitió al día siguiente con la ayuda de varias personas, también sin resultado. En las propias oficinas de la firma de Roberto, le dieron, por fin, una pista fiable. Alguien le dijo que la joven que buscaba podría ser una a la que habían entrevistado dos días antes, y de la que no podían decirle quién era, pero sí dónde encontrarla.

* * *

Era costumbre que los alumnos que se graduaban entregaran una obra para los fondos de la escuela, que a su vez exponía en su galería una selección de las piezas destacadas en los trabajos de prácticas o las que por propia iniciativa presentaran los alumnos. De buen grado, Alejandra accedió al deseo de la directora, que llevaba tiempo insistiéndole, casi implorándole, que su donación fuera la de una acuarela por la que sentía predilección, pese a que el tema, un paquebote navegando por el río con los edificios al fondo, lo consideraba poco adecuado para la acuarela, pero que componía una escena muy original y con un aire bucólico de gran seducción.

El cuadro para la exposición fue un óleo sobre lienzo que le llevó meses de trabajo, que hizo por petición del profesor en homenaje a Salvador Dalí, de cuyo precario estado de salud llegaban noticias cada vez más frecuentes y desalentadoras. Como a los demás, a ella le molestaban la exageración y las excentricidades legendarias del anciano maestro y, al igual que ellos, admiraba su obra. Le habían pedido que fuese un retrato y, repasando en la biblioteca la obra de Dalí, se detuvo en el *Cristo de San Juan de la Cruz* que, con su perspectiva aérea, le recordó el que era tema central de su vida. Pensó que si en la pintura de Dalí el espectador mira desde arriba, podría sacarle partido al retrato, en la misma perspectiva, pero con el rostro visible, con la mirada detenida en el espectador, como a la espera de una respuesta. La altura del apartamento no le permitía emplear las dimensiones de la tela de Dalí y tuvo que limitarse a dos tercios del tamaño, guardando la proporción. Sobre el fondo oscuro la figura del hombre, descalzo, con los brazos a los costados, vestido sólo con un pantalón blanco muy leve, el torso desnudo, el cabello largo rozando casi los hombros, el rostro duro y masculino, la mirada quieta, dejando adivinar en la expresión la pregunta y la fatalidad.

Le daba las últimas pinceladas en los días en que el hombre del retrato esperaba por las tardes durante horas, a unos metros de allí, sólo por si tenía la suerte de verla pasar. No le puso título, lo que obligó al director de la exposición a tomar una decisión al vuelo. Después de contemplarlo con detenimiento, no quedó claro si había dicho «qué dilema», o «el dilema», pero de esa manera quedó en su sitio, definiendo lo que en realidad no era el dilema de la crucifixión, que muchos creyeron por la evocación inmediata del cuadro de Dalí, sino otro dilema, mucho más humilde y personal que el de la mitología pictórica, pero que era el que a ella le dolía en el centro del alma.

Lo entregó con miedo a perderlo y con un sentimiento de pudor del que no llegó a persuadirse pese a que fue el cuadro más visitado de la exposición. Contra lo que esperaba le asignaron un lugar preeminente, en el centro del paño al fondo de una sala, donde lo visitaba a veces, en las horas de menor tránsito de público y acompañada, como solía hacer para evitar que le cayesen encima los dos o tres pelmazos de costumbre. Una mañana se arriesgó a ir sin compañía y pudo quedarse a solas con él y contemplarlo como no lo había hecho hasta entonces.

Allí comenzó a comprender la intensa relación de amor y odio que la unía a él. La lucha cruenta que desencadenó consigo misma en el instante que lo vislumbró. Con los primeros esbozos que terminaron en la bolsa de papel para reciclado; cuando tuvo que tomar la dolorosa decisión de emplear otra perspectiva, porque con la de la pintura original, los pies apenas se verían, porque el pantalón, de que se valía para dotar a la figura de una leve intención sexual, no se parecería al que recordaba, porque el hombre desaparecería tras la cabeza; cuando los materiales se burlaron de ella haciendo lo contrario de lo que debían, y el lienzo se hinchaba de un lado y se encogía del otro, sin someterse a ninguna de las razones de la preparación de las telas; cuando la pintura se corría de manera inexplicable, parecía que derretida, o por el contrario, se endurecía tanto que impedía deslizar el pincel y terminaba reseca y cuarteada; cuando los colores que la tarde anterior le parecían opacos, al día siguiente se habían arrebatado, obstinados siempre en no parecerse a los que había imaginado, por mucho esmero que pusiera en las mezclas. Con la última tela, la que quedó después de varios intentos infructuosos, o con las anteriores que terminaron en la basura, lloró, sufrió, se revolvió y luchó por el cuadro y contra él, en un revoltijo de pasiones que en segundos pasaban de la ensoñación al hastío, del deleite al desengaño, del entusiasmo a la desesperación. Fueron tantas las veces que se durmió evocándolo y tantas las noches que le interrumpió el sueño, apremiándola a levantarse para corregir con dos pinceladas un destello que no había acabado de quedar, fueron tantos los días en que no deseaba otra cosa que llegar a su lado y encerrarse con él, como fueron las veces que lo maldijo y deseó tener el coraje para volver a hacerlo picadillo con unas tijeras y empezarlo de nuevo, o peor aún, de apartarlo para un lado y abandonarlo en el olvido. Pero siguió adelante hasta que no le quedó aliento ni supo dónde dar otra pincelada.

Entonces es el momento en que descubre que no es como le han dicho, que la obra no es posible darla por concluida, sino que se desiste de ella y se abandona; sino que encuentra algo mucho más terrible: que es la obra la que se deshace con rabia de quien la ha creado, tirándolo a cualquier rincón como a un trapo viejo, después de haberle destilado hasta la última gota, y no ha dejado en su alma sino una espantosa sensación de cansancio y vacío.

O tal vez no. Tal vez se tratara de un intercambio, de una entrega recíproca; tal vez con cada pincelada se reconstruían una y otra, y mientras ella le daba vida a la pintura, ésta la forjaba a ella como artista y la maduraba como persona. Tal vez la revelación consistía en que al cabo de cada nuevo empeño, ni como artista ni como persona, jamás se vuelve a ser quien se había sido.

No podría dejar de recordar aquella pintura de otra manera que a través de la humareda de esa batalla encarnizada. Pero ahora, que separadas entre sí eran dos realidades distintas, percibía en ella defectos y virtudes que desconocía. Con desasosiego, veía aun desde la distancia el estrépito de imperfecciones que en el caballete, bajo los focos y con la lupa, no se revelaron. Y de la misma manera, el inconsciente había dejado sobre la tela improntas que ella ni siquiera había imaginado, y de pronto descubrió con asombro que aquella nada, que tanto esfuerzo le costó y cuya intención fue la de dotar de ingravidez a la figura central, era una nada inacabada. Una nada que podría ser real, pero que podría no serlo, reforzando con ello el tema de la obra: si la nada puede no ser, el universo también puede no ser y, por tanto, tampoco el hombre que se hace la pregunta.

Otra cosa que había llegado a saber era que, desde que colgaron el cuadro allí, ya no le pertenecía. No tenía ya, ni volvería a tenerlo, derecho alguno sobre él. Un pequeño zascandileaba de un lado a otro mientras sus padres observaban la exposición con especial avidez. A su edad lo único que le interesaba de aquella aventura era que daba gusto corretear sobre un suelo tan limpio y despejado, pero de pronto se detuvo frente al cuadro y permaneció inmóvil, muy serio, empapándose de él durante los veinte segundos que dura para un niño la eternidad. Ese pequeñín era desde ahora su dueño. Lo era un jovencillo, muy tímido, con cara de empollón, que le sacaba fotos a hurtadillas, con tanta devoción como si estuviera robando un tesoro. Lo eran dos monjas, que no faltaban cada día a la misma hora y se sentaban sin quitarle la vista durante un rato muy largo.

También de esa manera, pensó, el hombre que, sin dar su consentimiento ni saberlo, le había servido de modelo, no podría dejar de ser suyo. Lo había retratado en un vano intento de conjurar la obsesión que la consumía, pero ponía en él la interrogante que ella se hacía. Muy pronto lo vería. Por Navidad, pensaba, estaría con él. Preparaba la marcha, casi tenía la fecha decidida y las maletas a medio hacer, ella y los amigos descontaban con congoja los días que faltaban para la despedida. Se iba orgullosa, pero sentía que con las manos vacías, ansiosa por verlo, más muerta de miedo que cuando vino, y más cuanto más se aproximaba la fecha.

El dinero que sufragaba la carísima estancia en Nueva York y las cuantiosas facturas de la escuela provenía de él. En los preparativos del viaje, hizo una holgada provisión de fondos en la cuenta bancaria que le exigían para el visado del pasaporte, cuyo saldo reponía cada final de mes con una puntualidad infalible, de modo que ella no había tenido que preocuparse de la economía durante su estancia de estudios. La cantidad íntegra de dinero que Rita le dejó a su muerte, por la venta de la tierra y por el acuerdo de la boda, Arturo no consintió que se tocara, por lo que había aumentado con el pago anual de unos intereses exiguos, y con los salarios que ella había ganado por los trabajos en la finca. Las cuentas bancarias de su vida doméstica y las tarjetas de crédito eran comunes, excepto aquella cuenta, que era de su exclusiva titularidad. El saldo que mantenía en ella era importante en la isla, pero no le habría alcanzado para sus estudios en Nueva York.

Con Arturo o sin él, debía darle rumbo a su vida, aunque tras los dos años de durísimo trabajo, necesitaba un descanso durante el que pensaba encerrarse en su casa de Hoya Bermeja, con las herramientas venerables de Francisco, a practicar las técnicas de tallado que se le habían resistido. A continuación completaría los estudios en Europa, tal vez incluso en la isla, pero sin prisas y de ser posible con un trabajo que le diera independencia económica. Compatibilizar aquellos planes y la vida en común con él complicaba más las incertidumbres de su futuro.

* * *

Entonces irrumpió Margaret Stoddard. Llegó con paso apresurado, casi jadeando, se detuvo a su lado, muy cerca, y observó la pintura mientras cogía aliento. Le preguntó en inglés si era la autora y Alejandra se lo confirmó apenas con dos palabras.

—Te felicito. Es muy buena —dijo, y añadió—: Hace tres días que estoy detrás de ti. Además de guapa, tienes talento.

Alejandra la miró con sorpresa. La mujer le sonrió y le tendió la mano para terminar de presentarse. Lo hizo por el nombre: Margaret Stoddard, y por la ocupación: representante publicitaria, entre otras cosas. Alejandra fue más expresiva y preguntó por qué la buscaba. Nada más la oyó pronunciar la primera frase, la mujer abrió los ojos y dulcificó la sonrisa.

—¡Tú eres española! —exclamó en perfecto español.

—De Canarias —respondió Alejandra con sorpresa y sonriendo muy complacida.

—Pues de casa las dos —dijo cuando terminó de reír, más emocionada que divertida—. Hablas con Margarida Prats, catalana, de la provincia de Barcelona, a mucha honra. Lo de Margaret lo traduje por el trabajo, aunque me empieza a parecer que fue por tonta. Lo del apellido Stoddard, no hay duda, eso fue por amor, y para bien.

Margarita, como la llamaría Alejandra en adelante, confesó que sentía cierto pudor por la manera en que la abordaba, pero le garantizó que lo único indecente de la proposición que traía era la cantidad que podría darle a ganar.

Del relato, que Alejandra escuchó con interés, no expuso más que lo que debía saber. No mencionó la extrema fragilidad por la que atravesaban Roberto Gianella y su empresa.

—Así que estoy aquí para pedirte que me ayudes —le dijo Margaret.

Cogida por sorpresa, Alejandra ni siquiera quiso hablar del asunto. La negativa fue rotunda y Margaret no insistió. Pero era una catalana de haz y envés, hecha a sí misma, acostumbrada a sortear obstáculos, y que jamás había aceptado un no por respuesta sin presentar batalla. Aprovechando que en ese momento se presentó Natalia para comer con Alejandra, las invitó a las dos, en un hábil movimiento circular para procurarse la oportunidad de seguir hablando del asunto que le convenía sin aparentar que lo hacía. Tuvo la complicidad involuntaria de Natalia, encandilada por la situación y que daba signos de no entender la postura de Alejandra. Margaret las llevó a su territorio, un restaurante del que era asidua cliente, discreto, elegante aunque sin pretensiones, muy cercano a su centro de trabajo, lo que convenía mucho al plan desesperado que intentaba culminar.

Durante la comida habló de las ilusiones rotas de las chicas que habían participado en el concurso, de las que habían abandonado a familias, novios e hijos, habló de los magníficos productos de la firma de Roberto, de lo encantador y buena persona que era. Habló del mundo nuevo que conocería la que por fin pusiera rostro a lo que todos esperaban ver, las cosas que necesitaría aprender, los lugares que debería visitar y las personas que habría de tratar. Hizo un amago de insistencia, y de soslayo, para decir que una estudiante de arte con talento, con el dinero que ganaría bien administrado, en lo sucesivo podría dedicarse a la actividad artística sin tener que preocuparse del sustento, y más aún, que con las personas que tendría ocasión de tratar no encontraría dificultad para dar a conocer su obra, y seguro que tampoco para venderla. Alejandra se limitó a sonreírle.

—Soy muy firme de ideas —le dijo.

Al término del almuerzo, Margaret se las arregló para que la acompañaran al despacho. Por supuesto, había hecho una llamada desde el restaurante y su gente la esperaba con el terreno preparado. Se mostraron desenvueltos y fueron alegres y afectuosos, menos porque Margaret lo hubiera pedido que fascinados con Alejandra. Filmaban la visita un par de cámaras disimuladas en lugares estratégicos, y Margaret pidió tomarse un par de fotos con las dos amigas, «para tenerlas como recuerdo», dijo. Ellas accedieron, aunque ambas sabían que no las utilizaría sólo como recuerdo. Al despedirlas, ahora sin trucos, le insistió a Alejandra, que se reafirmó en la negativa, pero accedió a encontrarse de nuevo con ella al día siguiente para repetir el almuerzo.

Por la tarde, los técnicos revelaron las fotografías y editaron las cintas grabadas, lo imprescindible para mostrar una secuencia coherente que Margaret pudiera enseñarle a Roberto Gianella. Necesitaba tanto la opinión de él como el veredicto implacable de las fotografías. Por experiencias, a veces amargas, sabía que de algunas que eran bellezas vistas en persona, no era posible conseguir una foto en la que no parecieran vulgares, y a la inversa, las que eran de lo más corriente en persona, pero eran perfectas vistas en fotografía. Les gusta mucho, le dijeron, refiriéndose a las cámaras, en la jerga fácil en que se entendían.

Por la tarde, halagada y desconcertada, Alejandra había decidido no darle más vueltas al asunto. No se veía en un papel que no cabía en sus planes y que le supondría adentrarse en un mundo que lejos de cautivarla le parecía frívolo y pueril. Imaginar que su foto en un cartel o en una revista pudiera ser del interés de alguien le daba risa.

Alberto, que por su trabajo para las revistas de moda solía estar al cabo de cuanta cuchipanda se organizaba bajo las carpas de la bambolla, se llevó las manos a la cabeza. No por lo insólito del encuentro; no porque alguien pudiese salir corriendo detrás de Alejandra y pasarse un par de días buscándola, puesto que él mismo se había presentado a ella siguiendo ese impulso la primera vez que la vio, y le parecía lo más natural del mundo; ni siquiera porque Alejandra hubiera podido vivir sin saber nada de un fregado del que, sobre todo en aquella ciudad, era imposible ir de una esquina a la otra sin tropezarse con él; sino por lo descabellado de que lo rechazara de plano sin haber hablado siquiera de ello.

—Tú estás loca o tonta —le dijo Natalia, todavía encandilada por Margaret y que parecía haberse tomado como una ofensa personal la negativa de Alejandra—. Se presenta la oportunidad de tu vida y la rechazas sin dar tiempo ni para pensarla.

—No he trabajado tanto para meterme en esto —explicaba Alejandra—. Es un mundo que no me gusta. No me veo en él.

—Lo que tú tienes es que te jode que siempre vengan a buscarte porque eres guapa. Pero esta señora ha venido de frente, con algo serio.

—Para empezar, yo no me veo tan guapa. Soy un poco más agraciada que algunas. Pero eso cierra más puertas de las que abre. Una se encuentra el camino lleno de trabas que otras no tienen. Me han acosado de frente y por los lados, tanto compañeros como profesores; cuando han visto que no tenían nada que sacar, me han odiado o me han hecho la puñeta. Por la envidia me he encontrado con la inquina de gente que ni siquiera conocía. Por eso nuestra pandilla es mi único círculo, y por eso me aferro a una idea que mi marido siempre repite: estudia, trabaja, practica y terminarás venciendo. Es lo único que he hecho, estudiar y trabajar para conseguir mi propósito y largarme lo antes posible a casa. Lo siento, pero lo que me propone esta señora no está en mis planes.

—Lo de esta señora no tiene nada que ver con lo otro —intervino Alberto—. Es un negocio, nada más.

—Tal vez no tenga nada que ver. Pero me pone el dedo en una herida que sangra demasiado.

—¿Qué hay de ofensivo en hacerle a una mujer una oferta de trabajo por el hecho de que sea guapa? ¿Es que no buscan también actores feos para algunos anuncios? ¿No piden enanos, viejos, niños o tuertos? ¿Qué debería hacer Harrison Ford si le ofrecen un papel de galán? ¿Ofenderse? Tienes las cualidades que tienes, Alejandra. Si quieres decir no, di que no, pero, por favor, que no sea por un prejuicio.

—No es por un prejuicio, es porque mis planes son otros. Y porque además me daría miedo fracasar.

—Son excusas, Alejandra. Tú ahora sólo estás deseando irte con él. Que eres guapísima salta a la vista de cualquiera. Pero estás en Nueva York, en Estados Unidos de América. Aquí no importa sino triunfar en lo que sea. En esta ciudad debe de haber miles de chicas como tú, de cualquier raza que puedas imaginar, y todas estarán deseando una oportunidad así. Cualquiera la aceptaría con los ojos cerrados, aunque sea pensando que después podrá dedicar el resto de su vida a mirar las nubes. Tú vas allí y haces las pruebas; que te gusta, te quedas, que no te gusta, te vas. Por alguna razón, ellos buscan a alguien que no tenga ni idea, de manera que el miedo a fracasar queda descartado. Si por último encuentras alguna razón para mandarlo al cuerno, nada será más fácil. Y ese marido tuyo, que tanto nos duele a los dos, me dará la razón. Estoy seguro de que si le pides que venga —dijo cogiendo el teléfono—, tardará en llegar aquí lo que tarde el avión en traerlo. Llámalo.

Se dio por vencida en los argumentos, pero no en la cuestión principal. Lo habló con Margaret al día siguiente y le explicó cuáles eran sus planes. Deseaba continuar con los estudios, encontrar algo relacionado con ellos, pero le dijo también que estaba cansada, que echaba de menos la isla, la casa del Estero, la de Hoya Bermeja, y se calló cuánto lo echaba de menos a él, pero Margaret entendió que había un hombre y fue certera:

—¿Lo quieres mucho? —preguntó muy seria.

Alejandra asintió en silencio. Necesitó tragar saliva y a duras penas se contuvo.

—Es mi marido —consiguió decir, y una raya, que no pasó desapercibida, le atravesó los ojos.

—¿Es el del retrato?

—Es él —confirmó Alejandra.

—Ahora sí entiendo —dijo Margaret—. Si decidieras quedarte, sólo te ocupará poco más de un año. Después podrás correr a su lado, y llevarás la valija tan cargada que no te arrepentirás.

Margaret la comprendía muy bien. Una sola vez en su vida ella también había corrido detrás de una quimera de amor. Conoció a su marido delante de la Sagrada Familia, cuando él realizaba un documental sobre Gaudí y ella golpeó por accidente una pata del trípode de la cámara y le estropeó una toma. En su casa estaban seguros de que ella terminaría siendo una solterona, incluso ella lo pensaba, porque con algo más de treinta nunca se había interesado por un hombre. Sin embargo, la noche en que se despidió del que habría de ser su marido, vivió con él un atropello de caricias y besos, que no pasó a mayores pero que la cambió. Apenas tardó una semana en disponer de los ahorros, hacer las maletas y presentarse en una casa de Springdale a terminar lo que habían dejado sin acabar en un portal sin luz del barrio Gótico de Barcelona.

—¿Te importaría hacerme un favor personal, Alejandra?

—Por supuesto que no me importará.

—Me gustaría que conocieras a Roberto Gianella. Para que sepa que he intentado convencerte. Te llevará apenas un par de horas, pero me ayudará mucho en lo profesional.

—¿No insistirá?

—Seguro que lo hará. Pero tú pareces saber bien lo que quieres.

—Iré a conocerlo por ti, Margarita, pero eso será todo.

Roberto Gianella aguardaba con ansia la entrevista desde que viera las fotografías y la cinta que Margaret le envió al despacho, y tenía en el escritorio el currículo que Alejandra había entregado en las oficinas de su empresa. Un taxi las dejó frente al edificio y a la hora exacta cruzaron el umbral del despacho. Roberto Gianella las esperaba de pie y la mirada se le iluminó en cuanto vio a Alejandra. Al verla evocó a las mujeres de su tierra y entonces reparó en el apellido y lo comprendió. El azar quiso que corriera sangre italiana por las venas de Alejandra y que su apellido también tuviera origen italiano, a pesar de que hubiese llegado por otro camino distinto al de la sangre. Ahora un italiano viejo ponía en ella sus esperanzas. Roberto lo intentó en su idioma y se llevó la sorpresa de que ella no sólo entendió, sino que le respondió, también en italiano, con dificultad pero de manera inteligible, que su estancia en Roma había sido de quince días y que sus conocimientos no le alcanzaban sino para decir hola y adiós y entender alguna frase suelta.

Sin preámbulos entró en la cuestión que le interesaba. Reprodujo un vídeo con un reportaje de la empresa, deteniendo la imagen para hacer comentarios, demostrando conocer los pormenores de su organización y hasta parecía que a cada una de las personas que trabajaban en ella, con nombres y detalles personales. El recorrido fue amplio y se detuvo más en las personas, desde especialistas en los laboratorios, los mercadotécnicos y el personal de administración en las oficinas y personal de manufactura y técnicos en las fábricas. De una mujer dijo que era una de las mejores bioquímicas del país y que se llamaba Elizabeth, de otra señora, muy entrada en carnes, dijo que se llamaba Dora y que su trabajo consistía en supervisar la esterilización en la planta de envasado.

—Yo sólo soy el que tiene la suerte de contar con esas personas —dijo, apagando el televisor—. Y Elizabeth, Dora y yo estamos en un pequeño lío y necesitamos que alguien nos ayude. Estoy seguro de que usted podría brindarnos esa ayuda. Mi pregunta es qué podría hacer para que usted se sintiera cómoda con nosotros y reconsidere su negativa.

Ponerle nombre propio y de personas concretas a sus razones era una argucia evidente del hombre astuto que era, por encima de lo demás, Roberto Gianella, pero se habría quedado sólo en astucia si él no lo hubiera acompañado de sinceridad. Tras la franqueza de las palabras, la sencillez de las maneras y la calidez del trato, Alejandra vio la enorme calidad humana de Roberto Gianella, que explicaba el afecto y el respeto indudables que los suyos le prodigaban casi con veneración.

—He hablado con Margaret sobre esto, Roberto. Me halaga que ella y usted me pidan esa ayuda, pero debo decirle que no tengo experiencia ni siquiera en otros trabajos y temería no hacerlo bien. No sabría qué hacer al encontrarme con alguna dificultad o algo que me desagradara. En realidad, tendría miedo a defraudarlos.

Le manifestó sus reticencias con la misma sencillez, la misma franqueza y el mismo tono de afecto que él empleaba.

—¡Ah, niña! Entonces ¡su miedo y el mío son el mismo miedo! —exclamó Roberto, cogiéndole una mano y estrechándola entre las suyas—. Eso quiere decir que tal vez podríamos superarlo juntos. Su sinceridad ha conseguido que yo deje de sentir la mitad de mi miedo. ¿Cómo podemos hacer para ayudarla a superar el suyo? Con su actitud y la experiencia de Margaret, estoy seguro de que podríamos encontrar la manera de hacerlo a su gusto.

—Además, ella me ha contado lo que pasaron las chicas que buscaban esta oportunidad. Yo me sentiría culpable de quitarles las ilusiones sin haberlo ganado. Le agradezco mucho sus palabras, Roberto, pero mi negativa es firme.

Dos días empleó en terminar de meter bártulos en cajas para el traslado y en preparar el equipaje para el viaje. Tenía los billetes de avión en el bolso, con la salida cerrada. Cenó con los amigos en el apartamento que era, en teoría, de Alberto, pero que parecía la casa de los padres de todos y cada uno. Dentro de la congoja, intentaban que la reunión fuese alegre. Alejandra les prometía estar de visita en un par de meses, para retirar el lienzo depositado en la galería y pasar algunas semanas con ellos, y que ni siquiera pensaba en abandonar el apartamento. Todos la querían, pero Gilbert la adoraba desde el día en que ella se sentó cerca de él en los escalones para hacerle compañía, y era el que más sufría y menos lo ocultaba. Pablo, escondido en el trasfondo de su misterioso carácter, reía alegre, pero era el que más se reconcomía. En un instante, se puso en pie, dijo «perdón» y abandonó la reunión sin decir adiós.

La tarde del día siguiente, víspera del viaje, Alejandra hizo una última visita a la galería. Atendía a algunos alumnos y profesores, cuando observó un movimiento inusual del personal de seguridad. Pensó que se trataba de una autoridad, pero era Roberto Gianella, más informal, distinguido como era pero vestido sin el rigor del despacho. Ella se alegró de verlo, y él de que ella estuviera allí y de poder presentarla a su esposa.

Los negocios habían quedado cerrados en la entrevista anterior. Roberto no cometió la imprudencia de insistir, aprovechando la casualidad de encontrarla, pero agradeció como un gesto de aprecio personal que ella se prestara a servirles de guía en la exposición. Antonia, la esposa de Roberto, quedó cautivada por Alejandra. Quiso dar otra vuelta y dejó a Roberto a solas con ella, sentados frente al lienzo que exponía, que Alejandra les mostró en último lugar.

—Es una obra de mucha madurez para alguien tan joven. ¿Quién le sirvió de modelo? —preguntó Roberto.

—Es mi marido, pero tuve que hacerlo de memoria y con fotos.

—Imagino que la razón de marcharse tan deprisa es para verlo.

—Hace más de dos años que no lo veo. Está muy ocupado con sus negocios.

—¿A qué se dedica?

—Agricultura, un poco de ganadería y la explotación de un curso de agua subterránea. Tiene una finca muy grande, con muchos trabajadores. Es mucha responsabilidad.

Ella dejó la mente volar. Calculaba que en menos de cuarenta y ocho horas estaría con él. Regresaba con su prueba cumplida. ¿Por qué sentía tanto miedo y tanta incertidumbre?

Roberto, también ausente, meditaba otro problema. Por supuesto, el trabajo de Margaret con la chica que servía de señuelo se había filtrado a los accionistas. Los que estaban detrás de hacer bajar los activos de la compañía habían corrido la voz de que el resultado final del arriesgado plan de Roberto terminaría en fracaso. Las ratas abandonaban el barco y los que intentaban hacerse con el mando ni siquiera necesitaban comprar las acciones a precio de saldo. Lo hacían el propio Roberto y sus allegados más fieles. Si todo fracasaba, no sólo habría perdido la empresa, sino los bienes personales.

—¡Perderé la empresa! —le dijo a Alejandra, sin mirarla, casi en un susurro.

Alejandra, sorprendida, detuvo en él la mirada, muy seria, esperando una aclaración.

—Quieren nombrar a otro presidente. Alguien que sirva de marioneta y les permita venderla a los competidores. Cerrarán los laboratorios, las plantas de producción y las oficinas. Despedirán a toda la plantilla. Los accionistas que siguen confiando en mí lo perderán todo.

Alejandra lo miró conmovida, pero no añadió nada. Volvieron al silencio. Ella le cogió la mano y Roberto lo agradeció con una sonrisa. Al despedirse, cuando Antonia regresó de su segunda ronda por la exposición, Roberto le dio la mano, pero ella se acercó, rompiendo todas las normas, para besarlo en la mejilla.

—Seguro que usted encontrará la solución —le dijo al oído—. Ya verá que Margaret le conseguirá una chica mejor que yo.

Roberto volvió a agradecerle el gesto y la valentía de hacerlo.

Llegó al apartamento temprano. Quería estar descansada para el viaje. Tenía que hacer la última limpieza y preparar la última maleta. Cuando abría la puerta, encontró un sobre blanco en el suelo, sin membrete ni dirección. Estaba abierto y contenía cuatro fotos. Nada más ver la primera de ellas, las lágrimas manaron como nunca lo habían hecho en su vida.

En las cuatro fotos se veía a una pareja. De noche, Arturo casi de espaldas, una mujer joven de frente. Ella era muy guapa y hubiera jurado que la mirada era la de una mujer enamorada. En otra foto él la abrazaba. No se veía si se besaban, pero en la última foto, estaba la mujer sola y seguro que lloraba.

Dejó las fotos sobre la mesa y lloró con amargura durante horas. Ahora encontraba una explicación. Cómo podía pensar que un hombre joven y atractivo como era su marido estuviera sin una mujer durante tantos años, si cualquiera de las que lo rodeaba se habría ido con él sin pensarlo, para lo que a él se le antojara y donde hubiera querido llevarla. Qué tonta era al intentar dilucidar el conflicto más importante de su vida, obstinada en no querer mirar a la realidad.

Comenzó a deshacer el equipaje, a planchar la ropa y colocarla en su sitio, desconsolada, sin parar de llorar.

De madrugada, le costó marcar el número y la línea tardó en dar la señal, pero sonó dos veces cuando al otro lado levantaron el auricular. «Allí es demasiado temprano y ha cogido el teléfono muy pronto. Otra vez ha pasado la noche en blanco.» Lo pensaba mientras contenía su dolor para decir las trivialidades de las que ambos se habían acostumbrado a hablar.

—¿Cómo estás?

—Yo estoy bien. ¿Y tú?

—Yo también. Perdóname por llamar tan tarde, nunca me acuerdo de que para ti es de madrugada.

—Ya me arreglaba para ir al trabajo. ¿Ha pasado algo, Alejandra? ¿De verdad que estás bien?

—Me ofrecen un trabajo. Es mucha responsabilidad, y no sé qué hacer.

Ni siquiera llegó a enterarse bien de qué se trataba y la animaba a aceptarlo.

—De no hacerlo —le dijo—, pasarás la vida lamentándote. Al mirar atrás, el error que más duele es el de haber dejado algo por hacer. Pero es tuya la decisión. Nadie puede ponerse tu piel.

—Tengo miedo de no hacerlo bien.

—No debes tenerlo. Nunca te he visto fracasar en nada de lo que has hecho. Anímate. Iré si necesitas que esté contigo.

No podía creer que hubiera otra. ¿Por qué se ofrecía a venir de inmediato? ¿Para decirle que todo se había terminado o de verdad había esperanza en aquellas palabras? Cuanto más dependiente de él se mostrara, más se alejaba de la solución que ella deseaba. Habría dado lo que fuera por poder decirle que acudiera junto a ella, por poder decirle cuánto lo estaba echando de menos y cuánto lo necesitaba. Lo sintió hondo, monosilábico y lejano. Tan lejano como si habitara en otro mundo, no sólo remoto en la distancia sino también remoto en el tiempo, un mundo que se hundía en la ciénaga de un pasado, doscientos, trescientos o mil años atrás. Seguro que amando a otra.

En aquella misma ciudad, cerca de donde ella estaba, y con la edad aproximada que ella tenía en ese momento, su marido había encontrado la manera de no regresar con las manos vacías. Ella también lo haría. Regresaría no sólo hecha una mujer y con sus objetivos alcanzados, sino también independiente de él en lo económico, para hablarle cara a cara.

A una hora cualquiera del día siguiente, llamó a Margaret.

—Margarita, quiero ver a Roberto Gianella. ¿Podrías quedar con él para mañana?

—Por supuesto que sí. Se pondrá muy contento. —Y se detuvo un instante antes de preguntar—: ¿Te ha pasado algo, Alejandra?

—Estoy bien. Gracias por tu interés, Margarita. Es que he cambiado mis planes.

Como era costumbre en él, Roberto las esperó de pie, en medio del amplio despacho.

Alejandra se dirigió a él, sin haber tomado asiento.

—Aceptaré su proposición de trabajo, Roberto, pero pondré algunas condiciones. Le daré un año. Nada más. Aprenderé a hacer lo que las chicas de Margaret hicieron y quiero que usted lo vea, en las mismas condiciones que a ellas. Si no estoy a la altura o al fin resulta que no soy la que les conviene, me iré a casa, sin decepción ni amargura, y quedaremos como amigos. Si piensa que podré cumplir el trabajo, seguiremos hablando, pero ni usted ni yo tendremos nada que reprocharnos. Si seguimos adelante, nunca vestiré pieles de animales, ni usaré ningún objeto que ponga en peligro sus vidas o el medio donde viven. Tendré la última palabra si el resultado de alguna imagen no me satisface.

Roberto la miró, primero muy serio, después cruzó los brazos y dulcificó su expresión con una sonrisa leve y tierna a la vez. A continuación mostró las manos abiertas, complacido, con orgullo y agradecimiento.

* * *

Mientras Margaret preparaba las pruebas de Alejandra, Roberto Gianella, seguro ya del éxito de sus planes, dio el golpe que sus enemigos no esperaban. Filtró que había descontento por los resultados de la campaña de nueva imagen que iban a presentar con tanto boato publicitario. Las acciones ya bajas, cayeron más. Para resarcir la pérdida, muchos de los accionistas que vendían jugaban a la baja, es decir, para ganar si aún caían más. Entonces un misterioso inversor hizo una oferta a precio de saldo y en unas horas se quedó con un paquete enorme de acciones. El inversor actuaba en nombre del propio Roberto y algunos de sus incondicionales. Corrió el riesgo de que el enemigo que presionaba desde fuera se adelantara, pero acertó en suponer que esperaba la debacle final, porque no imaginaba que él pudiera disponer de una carta que le daría la vuelta a la partida.

Era una cuestión de finanzas, ajena por completo a los consumidores, que en el último año habían dado su bendición a la estrategia publicitaria ideada por Roberto. La partida que debía jugarse a otra única carta era la de no defraudar las enormes expectativas que habían provocado. Llevaban un retraso de meses sobre el calendario, daban por perdidos los preciosos meses del otoño, pero si apuraban el paso podrían llegar con lo mínimo para presentar la nueva campaña en los preliminares de la Navidad, todavía a tiempo de arañar un poco del mercado.

En la presentación al consejo que debía dar la aprobación, delante de cada miembro, había una carpeta con fotos de la joven que Roberto utilizaba como señuelo. Fotos enormes de ella en atriles dispuestos en puntos estratégicos de la sala, y en una pantalla se proyectaban los anuncios. Eran simples, desvaídos y sin gracia. El ambiente entre los consejeros era de insatisfacción cuando Roberto tomó la palabra.

—Acabamos de superar la más terrible tormenta en la ya larga historia de esta empresa y evitado su seguro naufragio.

Justo cuando ganábamos cuota real de mercado a nuestros competidores, algunos se perdieron por la codicia y a otros les entró el pánico. Ahora se han recuperado los activos, el valor de las acciones es un poco menor que cuando empezó la batalla. En la parte positiva, las ventas ya superan a las de todo el ejercicio pasado. Nos queda pendiente una reestructuración a fondo del consejo, pero hoy estamos aquí para dar la aprobación a la campaña, que se ha retrasado algunos meses por los inconvenientes que no debiéramos haber tenido.

Hizo una pausa para mirar al pequeño auditorio. Escuchaban con atención, sin alegría.

—Hemos conseguido que el mercado nos preste atención, ahora debemos cumplir nuestra promesa. Ofrecer ese cambio completo de la marca mostrado en campañas anteriores. Todo será nuevo: el fondo musical, el estilo, el color y el mensaje, con esa cara nueva que el público desea que mostremos. Está todo preparado. Tanto las revistas como la radio y la televisión tienen una buena reserva de espacios para nuestra publicidad, por lo que es de esperar que nos den su beneplácito. Nos falta cumplir lo prometido a los seguidores del concurso que la agencia de la señora Stoddard organizó para nosotros. Durante el próximo año tendremos que acudir a las ciudades más importantes, para agradecerles con nuestra presencia la atención que las participantes nos prestaron. Supongo que han visto ustedes las fotografías y la película de presentación, y los creo al tanto del plan presupuestario para llevar a cabo el reto que nos espera.

Tomó agua, hizo otra pausa para mirar al desalentado auditorio y continuó:

—Por último, aprovecho para dar mi gratitud a los miembros del consejo que me dieron su aliento a pesar de que se veían en el trance de perder hasta la camisa. Pero debo hacerlo diciéndoles que tuve que hacer una pequeña trampa, mentirles un poquito para capear el huracán. Es decir, me falta confesarles la verdad.

Hizo una pausa teatral antes de continuar.

—La verdad es que yo tampoco estoy contento con esta imagen nueva que les estoy presentando.

Todos aguardaron con atención a lo que Roberto les iba a desvelar. Esperaban que reanudara el discurso, que diera explicaciones, pero hizo lo contrario. Hizo preguntas.

—¿Verdad que ustedes también creen que esta campaña será un desastre? —inquirió, provocando el desconcierto—. ¿Verdad que no les parece que ese estilo sea tan renovador ni tan refrescante? Díganlo conmigo en voz alta: ¡no está a nuestra altura!

Se miraron unos a otros, muchos asintieron, se oyeron comentarios, creció el rumor.

Entonces Roberto hizo una seña. Su hija, vicepresidente de publicidad, se puso a su lado, algunas azafatas entraron y tomaron posición junto a los atriles.

Con otra seña, la iluminación, un poco mortecina, se hizo más brillante; la película que se mostraba dio lugar a otra distinta: sobre el fondo de una hermosa melodía, los espacios grises, a falta de la mujer del tema central del año anterior, se iluminaban y llenaban de color al paso de unas piernas preciosas; la imagen se fundía, revelando el secreto rostro que guardaba Roberto; los auxiliares quitaron la primera foto de los atriles y dejaron ver la de una joven distinta, mientras otras azafatas cambiaban en la mesa las carpetas de fotos dispuestas para los consejeros.

—Se llama Alejandra, tiene veintidós años, es española, estudiante de Bellas Artes, una pintora excelente, y es el premio que nos merecemos por haber confiado en nosotros mismos.

Puestos en pie, felices como niños abriendo sus regalos, los miembros del consejo le dedicaron a Roberto Gianella un aplauso atronador.

Fue la bajada de batuta que arrancó la campaña. Alejandra, requerida por todos al tiempo, cumplió mejor de lo que ella misma imaginó que podría hacerlo. Roberto Gianella, desde la tramoya, intentaba darle confianza, ocultando que tras el semblante de distinguida y serena firmeza estaba tan nervioso y con tanto fragor de tripas como un adolescente en la primera cita. Los medios los distinguieron con notas en las portadas y hasta algún pequeño titular, favorables siempre, con el criterio compartido de que tanta espera había merecido la pena. La bolsa dio la bendición con una subida espectacular del precio de los títulos de la compañía.

La avalancha esperada en las revistas y periódicos del mundillo de la moda estaba asegurada. En su mayoría siguieron la línea de los medios de mayor prestigio, aunque como sabían entre ellos aguardaban muchos con las armas dispuestas para la carnicería: que si extranjera, que si baja para ser modelo, que si española, que si enchufada, que por qué no una negra, que si italiana, que si demasiado niña, que si hablaba con acento, que si no respondía más que a las preguntas que le daba la gana, que si no hablaba más que de lo que le habían escrito, que si inexperta, que si estirada por no aceptar invitaciones, que si cobarde por no atreverse a ir al plató (al de ellos, claro) a dar la cara.

Un murmullo de unos días, que en la mayoría de los casos ni siquiera llegó a los oídos de Alejandra, cubierta por el impenetrable manto de protección que Roberto había dispuesto. Antes de la firma del acuerdo, sin que ella lo supiera, una simple llamada telefónica lo puso en marcha. Delante del edificio donde vivía, un equipo de varias personas comenzó los turnos de una guardia tan disimulada y bien practicada que nadie, ni siquiera ella, lo advirtió. Porque lo que nadie le había dicho a Alejandra era que, siendo el colofón que culminaba un plan tan arriesgado, todas las bofetadas que a Roberto Gianella le quisieran dar, intentarían dárselas en la cara de ella. Ése era el riesgo que ambos deberían correr, pero él no estaba dispuesto a consentir que el de ella fuera ni un ápice mayor, como tampoco podía permitir que los intereses de los trabajadores y colaboradores de su organización, ni de sus accionistas, se vieran perjudicados por una inoportuna salida de tono de una persona joven y todavía inexperta.

El mismo día de la firma de los papeles, la trasladaron a un apartamento de la compañía donde el equipo de seguridad tendría menos dificultades para hacerse cargo de la protección.

El requisito era impuesto por las compañías de seguros, pero también por la prudencia. Los riesgos eran enormes. Desde los inoportunos o molestos a los peligrosos de verdad, entre los que el que más preocupaba no era el consabido de lo que algunos estarían intentando, ni lo que podrían esperar o temer de otros, sino aquel que ni siquiera llegaban a imaginar. La nube de paparazzi que revoloteaban en las inmediaciones de la compañía intentando conseguir un reportaje cuya cotización alcanzaba cifras que mareaban, los molestos pesados de costumbre, los locos con deseos de hacerse notar, la gente de toda índole que intentaría involucrarla en un sinfín de iniciativas, desde las loables a las descabelladas. Sólo para contener semejante oleaje se hacía imprescindible el dique interpuesto frente a ella, aunque lo que preocupaba no era nada de lo previsible y probable, sino de lo que siendo improbable podía suceder: el loco de verdad dispuesto a hacer daño auténtico, el crimen profesional para utilizarla como medio de extorsión a la compañía o cualquier otra que ni se les pasara por la imaginación.

Como un buen prestidigitador, Roberto Gianella había puesto en escena un truco que era muy simple. Llamaba la atención sobre su compañía, con su marca y sus productos, escondiéndose un poco primero, haciéndose de rogar un poquitín en el redoble de los tambores. Todos atentos a él. En el acorde final, con las trompas y los violines resonando en la apoteosis triunfal, se mostraría con una cara nueva. La de una joven, de ser posible de clase media, que se dedicara a una actividad profesional o, en su defecto, que estuviera formándose para ella, moderna, de una nueva generación, pero que en el trasiego no hubiera perdido su feminidad. Podría ser un chasco espantoso de no llevarse a cabo con comedimiento y elegancia, lo que era la razón de tantas cautelas.

Desde el principio supo que no se debía intentar llegar ni un milímetro más allá de lo que la persona que pusiera ese rostro pudiera dar; sin embargo, Alejandra le entregaba con creces más de lo que llegó a soñar. Era tiempo, por tanto, de mostrarla sin recato, llevarla, incluso de su brazo, a que luciera el tipo, a presumir de ella, a dejar que se le aproximaran y la vieran de cerca, que le preguntaran y ella les respondiera. Cuando la hubiesen visto lo suficiente, con los símbolos y el nombre de su marca a un lado, debajo o detrás de ella, haría que cesara el vendaval, que él había creado y alimentaba, y que a su paso habría arrasado el estigma de ocaso y postrimerías que tanto pesaba sobre ellos.

Así, estaba obligado a ser el protector atento que fue, comportarse como un padre o, según él decía, como un abuelo.

Fue él mismo quien se puso ese título para salir de un pequeño lío. Se la presentaba a un senador, que le pareció que a Roberto se le caía la baba con ella, y le preguntó si eran familia.

—No, no somos familia, pero yo la quiero como a una hija —dijo Roberto.

Y nada más decirlo se dio cuenta de que acababa de meter la pata, pues unos días atrás el senador había tenido un disgusto tremendo con una hija, que para denunciar una ley que él acababa de presentar en el Senado, organizó un escándalo delante de la Casa Blanca, manifestándose tan en cueros como una recién nacida.

Roberto rectificó enseguida y dijo:

—Discúlpeme, la quiero más que si fuera una hija, la quiero como a una nieta.

Salvó el escollo con gracia y todos rieron, pero Alejandra se dejó llevar por el impulso y le devolvió el afecto cogiéndolo del brazo y haciendo un gesto de cariño. De esa manera quedó rubricado el punto de sincera complicidad entre ambos, que por extensión alcanzó a Antonia, la mujer de Roberto, y desde ellos hacia abajo, a la familia y a la compañía. Aunque por respeto al papel que ambos interpretaban, el afecto quedara limitado al ámbito doméstico, en las proximidades lo intuían y nadie hubiera osado alzar la voz o dejar escapar un comentario malévolo sobre ella sin que Roberto pidiera explicaciones.

Margaret Stoddard, Margarita para Alejandra, pensaba haber llegado con ella a la culminación de su carrera. Mejoró mucho las condiciones del contrato que la compañía ofrecía a la que ya era su pupila, un diamante al que ella le sacó hasta el último resplandor. No sólo la preparó para que fuera capaz de estar a la altura profesional que se le exigiría, sino que dio los instrumentos para estar prevenida y defenderse de la muchedumbre de tiburones que pronto estrecharían en torno a ella un círculo de asedio implacable.

Margaret, reconocida en su mundo por la dureza, no le dio concesiones en lo profesional y le exigía más que a ninguna de sus alumnas, pero se deshacía por ella en lo personal. El coraje con el que Alejandra se enfrentaba a la vida le hacía recordar a ella misma, treinta años más joven. La manera en que la vio meterse nada menos que a un hombre como Roberto Gianella en el bolsillo, como un puñado de calderilla, le hizo admirarla. La forma en que la vio emocionarse al hablar del marido ausente, le hizo quererla. El valor y la inteligencia que necesitaba para enfrentarse a todo lo que de nuevo descubría día a día, le hacían respetarla.

34

Un crucero de la compañía Cunard que hacía recorrido por los archipiélagos de la Macaronesia esperaba turno de atraque en el fondeadero frente a la bahía. En un escueto camarote de tripulación con el acomodo esencial, Fabio Nelli, el hombre que veintitantos años antes abandonó a Rita Cortés, arruinada y embarazada, se preparaba para una visita de reconocimiento al sur de la isla, de la que no esperaba, ni lo buscaba, otro resultado que conciliarse con la memoria. Cuatro lustros, una larga temporada a recaudo en una cárcel de Francia por un delito de estafa, una gonorrea mal curada que le dejó la próstata como un higo, le habían hecho inviable cualquier intento de resolverse las finanzas mediante sus viejas artes de rufián de lujo. La calvicie y las canas habían arrasado su cabellera rubia. Guardaba la compostura en el vestir, aunque con trajes cada vez más anticuados y deslucidos, y no había perdido el trato encantador y la distinción personal, pero era ya apenas una sombra vaga de lo que fue. Sobrevivía entre la escasez y la penuria económica, como intérprete en los cruceros de la Cunard, que le daba manutención y camarote y una cantidad mínima del salario, fijada por la sentencia de un tribunal, que se quedaba con lo demás para el pago de unas indemnizaciones. El capitán y el gerente del crucero hacían la vista gorda de las propinas que sacara por entretener a alguna cliente otoñal, necesitada de la mano de un hombre que la llevara a pasear por las cubiertas en las noches estrelladas. Como amante era inservible y lo poco que Fabio Nelli obtenía de ellas lo conseguía más por pena que por agradecimiento.

No se permitía que los barcos hicieran el aviso de su llegada con las enormes bocinas, que décadas atrás estremecían los cristales en los edificios en los contornos del puerto, pero las maniobras de atraque de un crucero de lujo continuaban siendo un acto festivo en el ámbito del muelle, incluso a una hora temprana de la mañana. Fabio Nelli fue de los primeros en bajar al muelle. Un vehículo con conductor lo esperaba para emprender el viaje a Hoya Bermeja, donde había encontrado, tras incontables gestiones y un rosario de favores, el paradero de Rita Cortés. Además del nombre del lugar, no había conseguido otra información y desconocía el hecho más relevante, como lo era la muerte de Rita unos años antes. En la gasolinera no la conocían, pero le dijeron que el camino más seguro era preguntar por ella en el mesón junto a la cala.

—Las cenizas de la señora están enterradas al lado de la estatua del marido —le dijo un parroquiano, señalando la figura de bronce de Francisco Minéo.

Las palabras le dieron de lleno. Fabio tomó asiento y pidió un vaso de agua. No tenía razones para haber llegado allí. Ni siquiera podía explicar bien el impulso que lo había llevado. En realidad, nunca había esperado dar con el lugar y, de encontrarlo, tampoco creía tener el valor para presentarse delante de Rita Cortés. Su visita no tenía otro propósito que el de apaciguar el pesar que lo mortificaba, pero nunca imaginó que se encontraría con la noticia de la muerte de Rita, expresada de una manera que sin pretenderlo resultó brutal. Caminó despacio, se sentó junto a la estatua y dejó derramar los recuerdos del tiempo que al final había resultado el más feliz de su vida, el que compartió con la única mujer a la que había amado, el tiempo de luces ensombrecidas sólo por las promesas que él nunca pensó cumplir y que acabó en una cobarde huida, oculto durante semanas en el trastero de una casa enorme de Somosaguas, en Madrid.

Agradeció que el parroquiano del mesón no se acercara tras él y le diera ocasión de pasar quince minutos abstraído en sus recuerdos, pero después también le agradeció que llegara para rescatarlo de ellos. Era afable y locuaz. Se prodigó en comentarios de los que casi nada era posible extraer. Además de la aureola épica que envolvía la figura de Francisco, Minéo, la información que facilitó sobre él y su familia fue exigua e imprecisa. Explicó con detalle la desaparición de Francisco pero no pudo referir con certeza las causas de la enfermedad que aniquiló a Rita.

—Cuando el mar se llevó al marido, ella enfermó. Murió por un infarto, pero estuvo mal muchos años, se dice que de pena —precisó tras una pausa—. Ni ella ni la hija salían nunca de la casa.

Fabio se estremeció al saber que había una hija.

—¿Así que tenían una hija? —preguntó para dar pie a que el hombre se extendiera.

—Sí, señor —siguió el hombre—. Alejandra se llama. La muchacha más bonita de la isla. Rubia como un sol y más lista que una puncha. Alegre y muy buena, pero que no la busque quien no quiera encontrarse con una gata con las zarpas bien afiladas. Se casó muy jovencita, pero al marido no le importa que ella estudie en la ciudad. Sacó del padre el don de pintar. Por ahí mismo se ponía a dibujar muchas tardes. Parece que es de eso la carrera que estudia.

Siguiendo las indicaciones del hombre, Fabio Nelli llegó a la propiedad frente a la que permaneció durante un buen rato. La casa era elegante y el lugar, bonito y tranquilo. Fabio deseó que los últimos días de Rita hubieran sido allí de verdad felices. El hombre del mesón le había dicho que preguntara en la casa vecina. Fabio se presentó como primo lejano de Francisco Minéo a Elvira y Candelaria, que no tardaron en invitarlo a sentarse en la terraza del jardín, para atenderlo con la cordialidad que las hacía tan queridas.

—Quizá Francisco Minéo fuera primo lejano mío —mintió Fabio—. Repasando papeles de la familia, supe que había un hermano de un bisabuelo mío por la isla. Preguntando en un lado y otro he llegado hasta aquí, pero acabo de saber que ha muerto.

—Hace años que el mar se lo llevó —explicó Candelaria—. La gente lo quería mucho y los vecinos pusieron una estatua en la cala para recordarlo.

—La he visto. Es un trabajo muy bueno. Un hombre me contó lo que les costó conseguirla. También me dijo que quedó una hija del matrimonio.

—Se llama Alejandra —confirmó Candelaria—. Para nosotras es como una hija. Entra y sale de esta casa como de la suya. Ahora estudia en el extranjero.

—Según parece, es rubia —quiso confirmar Fabio.

—Seguro que lo que quiere saber usted es si tiene sangre común con la familia de Alejandra —se anticipó Elvira, que se había ausentado un instante y regresó con un portarretratos en la mano invitando a Fabio a mirarlo—. Sí que la tiene. Además del rubio, hay otros parecidos.

Era una foto de boda de Alejandra y Arturo. Fabio necesitó tomar aire para no hacer evidente la emoción al reconocer en la foto a la que con toda seguridad era su hija.

—Parece que se ha impresionado usted —le dijo Candelaria, que notó la turbación.

—Es porque se parece mucho a mi abuela —volvió a mentir Fabio—. Me pregunto si podrían ustedes hacerle llegar mis señas. Tal vez la chica quiera escribirme unas líneas. Es posible que incluso no le importe conocerme.

Fabio escribió el nombre y las señas de la estafeta de la compañía naviera en la hoja de un cuaderno. El día había sido más intenso de lo que esperaba. Al despedirse de las mujeres, lo dio por concluido y emprendió el camino de regreso al puerto, porque se le hizo excesivo subir al Estero a conocer a Arturo Quíner, el que le habían dicho que era el marido de Alejandra. Por la noche continuaba aturdido y no salió del camarote ni para la cena. Lloró a ratos más de lo que hubiera pensado, y creía que por Rita Cortés, pero la verdad era que lloraba por sí mismo. Habría dado por la foto del portarretratos todo lo que tenía, que de todas formas tampoco era gran cosa.

* * *

Durante aquel año de maratón, que a veces creía que pasaba tan ligero como la brisa y a veces que era un viaje sin fin que no acabaría, Alejandra se había transformado como jamás hubiera imaginado que podría hacerlo. Como Margaret le prometió, tenía las alforjas tan llenas de vivencias, había conocido a tantas personas y pasado por tantas situaciones y experiencias que le parecía mentira que fuese la misma. Más a través de Roberto que por el trabajo, había conocido a la gente más señalada. Políticos, hombres de negocios, estrellas del cine y de la televisión, deportistas y, lo que a ella más le interesaba, gente relacionada con el mundo del arte.

Llegaría a Nueva York para el día de Acción de Gracias. Aunque la gente que la protegía lo pusiera todo patas arriba, quería dormir un par de noches en el pequeño apartamento del que aún no se había desprendido, dedicarle algunos días a los amigos, incluyendo a Pablo, que no paraba de llamarla y dejarle notas, y encontrarse con Nieves, la amiga que hizo en el avión durante el vuelo que la sacó de la isla y que solía visitarla una o dos veces al año. Deseaba darse una vuelta por la escuela y parar diez minutos frente al lienzo, que continuaba atrayendo gente y expuesto en el lugar de mérito del año anterior. Incluso de las obras que no estaban en venta, algunos visitantes podían dejar la tarjeta con una cantidad escrita al dorso, por si el artista cambiaba de idea. Si cuando nadie la conocía alguna de aquellas ofertas llegó a ser generosa, en cuanto se supo que el cuadro era obra suya, la puja no había cesado y cada semana algún nuevo oferente subía el listón, que superaba ya los doscientos mil dólares, alto incluso para obras de artistas muy reconocidos.

No era posible que llegara al hotel, fuera cual fuese la hora o lo cansada y aturdida que se sintiera, sin que pensara en él como si estuviera allí en ese instante, esperándola a que terminara de quitarse la ropa y ducharse. Y al meterse en la cama, muchas veces hubiera jurado que sentía el calor de su cuerpo, que sólo tendría que estirar la mano para encontrar la de él buscándola a ella.

La primera vez que vivió sola, en la época del instituto, durante los primeros meses él acudía junto a ella a diario, pero comenzó a faltar de manera ocasional, y ella mantenía las cosas dispuestas por si llegaba. Cuando las ausencias se hicieron más usuales, dejó el cubierto en la mesa, el cepillo de dientes y los útiles de afeitado en el cuarto de aseo, la silla que solía ocupar, un libro junto a la butaca en la que solía sentarse a leer. En los días terribles de la separación, al acomodarse en el apartamento en Nueva York, lo sintió tan desolado, tan triste y, pese a lo pequeño, tan grande para ella sola, que decidió ponerlo como si él viviera con ella y sólo hubiera salido a comprar el periódico. Dejaba así pervivir el vínculo de vida cotidiana, que tan cómoda y feliz la hacía sentir y que trabó con él desde el día en que la llevó a la casa del Estero para decirle que también aquélla era ya su casa. De modo que sólo ocupaba la mitad del armario y la mitad de los cajones, en el baño un cepillo de dientes y los utensilios del afeitado, en la cama, bajo la almohada, un pijama de algodón blanco como él hubiera elegido, en la cocina una taza para el café. Por el lado de la mesa donde imaginó que a él le gustaría sentarse, el plato y los cubiertos que sólo retiraba una vez por semana pero regresaban en cuanto habían pasado por el fregadero. Estuviera triste o alegre, cansada, furiosa o tranquila, podía mantener conversaciones, a veces largas y en voz alta, con el hueco que él dejaba. Tanto que en las conversaciones de teléfono alguna vez llegó a confundirse porque, creyendo haberle contado algo, luego descubría que a quien se lo había contado era al fantasma que vivía con ella. Por ese mismo impulso, en la firma de los compromisos con la empresa de Roberto Gianella, puso el requisito de que la suya sería una habitación doble, que no tendría que compartir. En cada hotel donde se alojaba, al deshacer las maletas dejaba aquel hueco en los armarios y distribuía la parafernalia, escueta y simbólica pero permanente, mediante la que conseguía hacer suya hasta la habitación más triste del mundo, por fría y arisca que la hubiera percibido al entrar.

Si antes eran breves e infrecuentes las llamadas, desde el

comienzo de su aventura apenas habían tenido más contacto que las cartas, desvaídas, cortas y desoladas. Casi no telefoneaba y cuando escribía lo hacía para contar que había estado en tal sitio y tal otro y que había conocido a tal o cual persona. Jamás algo personal, por miedo a herirlo o de que volviera a decirle que debía encontrar su vida lejos de él. Era evidente que había hallado esa vida, pero no le interesaba sin él ocupando el vacío gélido que quedaba al otro lado de la cama. Tocaba el cielo, estaba orgullosa de hacerlo, y no le faltaba para culminar su felicidad sino compartirlo con él.

Sin embargo, algo había cambiado en la comprensión de su dilema y empezaba a vislumbrar que tal vez las razones que lo impulsaban a él fueran demasiado serias, que acaso no hubiera contradicción en ellas, que fuese posible y cierto que la amara y al tiempo creyera que debía empujarla lejos de él. Que tal vez la verdad no era sino que la amaba tanto que habría necesitado arrancarse el alma para hacerlo.

35

Aquel año el viaje fue difícil desde el principio. Le costó tomar la decisión de emprenderlo y estuvo a punto de cancelarlo en el último momento. Sin las excusas del año anterior, creía que en esta ocasión era obligado hacerlo. En la isla nadie conocía la peripecia vital y profesional de Alejandra, excepto él y a través suyo los más allegados, en la casa de Candelaria y la de Alfonso Santos. Lo callaba y les pedía a ellos que lo callaran para evitar el incordio de vivir con un periodista pisándole los talones. De vez en cuando se detenía en el aeropuerto para comprar las revistas de Estados Unidos, en las que cada vez era más fácil encontrarla, y no sólo en los anuncios, sino en las páginas de cotilleos. A veces, en el intermedio de los noticieros, la descubría en un anuncio, bellísima pero con tanta utilería, tanto apaño y maquillaje, que no parecía ella, por lo que no era de extrañar que nadie allí la hubiera reconocido.

En uno de los semanarios que consideraba más serios, apareció ocupando la portada: «Alexandra: América rendida», decía el titular bajo una foto en la que sí parecía ella. La historia que relataba era somera y exacta. La joven que llega a Nueva York para estudiar arte, a la que una publicista persigue por la calle, que en un año cumple un cometido muy complicado y que termina disputada por las agencias de moda y publicidad, y rechazando propuestas de algunos productores de cine. La mala noticia era para él y estaba al final del artículo, en la forma de una pregunta sobre el creciente rumor de los amoríos con un actor, postulado por sí mismo como el galán plenipotenciario en los estudios de Hollywood. «Es algo muy personal», era la respuesta concisa, que sin otro comentario cerraba el capítulo de las preguntas.

Volvían a mencionarla en la misma revista, en las páginas finales destinadas al confeti de cotilleos, en un pie de foto del famoso con el que le adjudicaban el amorío. Salía del hotel donde decían que se alojaba la comitiva de Alejandra, con aspecto de haber pasado una noche revuelta, desaliñado, sin afeitar y vistiendo todavía el traje de fiesta. El rumor era que anunciarían planes de boda en cuanto ella terminara sus compromisos.

Conociendo a Alejandra se le hacía difícil creer lo que estaba impreso, no sólo porque era impensable que ella hubiera llegado a tanto sin habérselo hecho saber, sino por la naturaleza del personaje. Lo más patente de él era su índole de tarambana, de la que no era fácil saber si la utilizaba como decorado y él mismo la cacareaba más de lo que era o, por el contrario, que no encontraba manera de evitar que saliera a la luz. Acababa de cumplir los cuarenta, era pretencioso y calavera, amante del lujo, de los coches caros y de organizar en su casa fiestas estruendosas y algazaras épicas, con el solo propósito de aparecer en las revistas rodeado de las celebridades de la pantalla. Durante la adolescencia interpretó un papel, nada más que correcto, en un serial de televisión y pasó al cine protagonizando una película de gran presupuesto, en la que sólo por talento del director consiguió hacer el único trabajo destacable de su carrera. Había intentado serlo todo en la pantalla y en todo resultó mediocre. Para la comedia carecía de vis cómica y le faltaba espontaneidad; su carita de repelente niño de papá le quitaba intensidad para el drama; pese a las horas de ejercicio diario con las mancuernas, su naturaleza pícnica lo dejaba en ridículo cuando intentaba hacer de héroe con músculos. Por lo demás, lo que ganaba como productor en proyectos ajenos, que sí hacía con acierto, lo dilapidaba en las producciones propias, en cuyos papeles de estrella no había llegado a dar la talla a pesar de que se los escribían a medida.

Arturo no daba crédito a cotorreos de revistas, pero sí sentía, desde que ella comenzó con la aventura de la publicidad, que se alejaba de él. No lo cogía por sorpresa; ardiendo en la fiebre de los celos, se preparaba para ello, seguro de que bastarían unos meses lejos de él, de la casa, de la isla, de su influencia, para que ella encontrara lo que fuera capaz de romper el vínculo que la unía a él. No era la niña que lo necesitaba, sino una mujer con sus intereses y compromisos, con su dinero, sus inquietudes y deseos, en definitiva, con su vida propia. Cuando ella decidió marchar, estaba a punto de hablarle con la sinceridad que le debía. Tal vez ahora debiera repetir el intento, sin ocultarle nada más que aquello que de todas formas no tendría sentido decir.

No era algo que debiera abordar por teléfono, menos aún en el lastimero fangal que eran por último sus conversaciones, cada vez más infrecuentes y superficiales, porque Alejandra pasaba de puntillas en el capítulo de los planes sobre el futuro, en particular los que le afectaban a él.

Así que esta vez no necesitaba excusa para el viaje, acudiría a preguntarle si ella deseaba disponer ya, también en lo formal, de la libertad que siempre gozó en la práctica. Dicho con brutalidad, si quería romper el vínculo administrativo que la unía a él. Y creyó que ponerse delante de ella por sorpresa, sin aviso de su presencia, sería la mejor manera de saber cómo estaban las cosas.

Fue una mala idea y un viaje inoportuno que empezó mal y terminó peor. Ella le había dicho que no llegaría a Nueva York hasta el día de Acción de Gracias, pero que tendría una semana libre de compromisos. Escarmentado de ocasiones anteriores, no desconocía que serían fechas poco propicias para meterse en enredos de aviones, por lo que decidió hacer el viaje con unos días de anticipación. Desde mediados de noviembre, los controladores aéreos habrían levantado la veda del viajero indefenso y la única sorpresa que se esperaba sería la de comprobar mediante qué clase de artimañas, viejas o nuevas, tomarían sus rehenes en los preámbulos de la Navidad. De momento sólo les tocaba hacer un ensayo preliminar, desembotar cuchillos, engrasar la maquinaria con un amago de dificultades, una insinuación de fuerza, apenas unas gotas de insoportable chulería.

Lo pilló de lleno en Barajas, donde pasó dos días y tres noches de deambular, dormitar, leer y desesperar, antes de conseguir el vuelo que lo sacó de allí. A pesar de ello, no pudo echar una cabezada ni concentrarse en la lectura durante el trayecto, y llegó al hotel tan cansado que se estiró en la cama antes de deshacer el equipaje, y todavía sin quitarse la ropa ni descalzarse, se quedó dormido y no despertó hasta pasadas cinco horas. Le bastó ese descanso. Las seis y media de la mañana, reconfortado con una ducha y un café, sería la mejor hora para reencontrarse con una vieja y querida amiga, la ciudad que lo esperaba, tranquila y solitaria. Caminó despacio por las calles, ahora entrañables, sin recordar que en los momentos de mayor desesperanza, durante el tiempo del exilio, llegó a sentirlas como una prisión.

Roberto Gianella estaba metiendo en el cierre de la campaña hasta el último centavo del presupuesto, y la imagen de Alejandra emergía como una marea incontenible en las páginas de los semanarios, en vallas publicitarias, autobuses, furgonetas y escaparates, y él casi tuvo que sacudirse para no terminar de creer que era el protagonista de una película que rodara Orson Welles. Un quiosquero terminaba de colocar los paquetes de la prensa acabada de llegar. En los expositores, a ambos lados de las pilas de periódicos, la vio repetida muchas veces. Cogió un periódico y le dio un billete al hombre. Mientras esperaba el cambio la vio pasar en el cartel enorme de un autobús, y cuando terminó de pasar la vio de nuevo en el escaparate larguísimo, al otro lado de la calle, otra vez repetida en los relucientes cuerpos de plástico de diez maniquíes, vestidos de noche, de fiesta, con salto de cama, con esmoquin de mujer, con vaqueros, con abrigo, rubia como era, pero también morena y pelirroja, con el cabello rizado y la piel de las mujeres negras, o con la piel cobriza y la cabellera lacia y negra de las indias. Apenas unas decenas de metros más allá, volvió a encontrarla en el escaparate de una perfumería, esta vez en las diversas versiones de una muñeca que regalaban como reclamo para las ventas: de mujer vikinga, con un vestido de piel de ante, largo hasta los tobillos; de vaquera con su sombrero tejano, sus zahones y su lazo; de guerrera del futuro con su pistola láser; y la más notable, una muñeca de las abuelas, que movía los ojos al acostarla y que simulaba estar hecha de porcelana y tenía un precioso vestido de época. Tuvo la sensación de que Nueva York y él eran la misma cosa. Que la ciudad se había convertido en una metáfora de lo que era su vida desde que la conoció: un yermo gris sobre el que no existía otra cosa que ella, poblando los paisajes, habitando cualquier rincón en donde detuviera la mirada.

El ambiente, apresurado pero distendido y casi festivo del miércoles víspera del día de Acción de Gracias, lo invitaría a deambular sin rumbo fijo. Por la mañana visitó el despacho donde le atendían los asuntos legales para firmar documentos, y dedicó la tarde a dar un largo paseo y acercarse a la sala donde Alejandra exponía. La gente se apresuraba en hacer las compras de última hora y la ciudad se preparaba para el desfile multitudinario de la mañana siguiente.

En la puerta principal una ujier lo saludó como si lo conociera de toda la vida. Pensó que lo confundía con alguien, pero un grupo de personas también lo observaba sin apartar la mirada, desde la distancia, muy respetuosos aunque sin disimulo. Al llegar a la sala central entendió la causa. Sin sorpresa, descubrió que la única circunstancia de aquella pintura que ignoraba era al mismo tiempo la que más le concernía, puesto que él, sin saberlo ni imaginarlo, había servido de modelo. Le admiraba que ella hubiese sido capaz de conseguir un retrato tan fiel, con el apoyo único de algunas fotografías y la memoria. Que hubiese podido expresar el desgarro del alma en el momento más intenso de su vida, el de la despedida, significaba que había intuido con cuánto dolor se separó de ella.

Parecía como si a ella también le hubiera dolido el dolor de él. Pero no cambiaba las cosas. Nunca tuvo dudas de que lo quisiera, ni de que estuviera dispuesta a dejarlo todo por él. Lo que a él le impedía dar un paso era el recuerdo de la bolsa llena de billetes que entregó para tenerla. Lo que no podía aceptar era que ella sintiera que debía pagarlo con su cuerpo o con amor fingido, mucho menos por pena. Además, lo que figuraba en la tela se había pintado antes de la odisea en la que ella, con seguridad, habría cambiado. Ahora imaginaba, y creía tener razones para hacerlo, que ella estaría deseando su libertad.

Aún no sabía si habría llegado a la ciudad, por lo que no intentó la primera llamada hasta la tarde del día siguiente. Llamó antes al número del antiguo apartamento, donde nadie respondió. Al intentarlo en el otro número descubrió lo mucho que habían cambiado las cosas desde la visita clandestina del año anterior. No sólo por las cautelas que él se imponía para no irrumpir en su vida, sino por la dificultad del cambio horario y la agenda de la universidad, desde su llegada era ella quien telefoneaba. Por supuesto, él disponía del número de teléfono y las señas del nuevo apartamento, en el que ella pasaba los pocos y cortos intervalos de estancia en Nueva York. Lo que desconocía era que para verla debía superar la infranqueable barrera que habían interpuesto entre ella y el mundo. Lo atendió una desconocida a la que tras varias llamadas no pudo convencer de que él era el marido y no le dejó otra opción que la de personarse para aclararlo.

Delante del edificio una nube de fotógrafos y cámaras de televisión, que no relacionó con ella, apenas dejaban acercarse. Un vigilante lo detuvo unos minutos, otro lo acompañó hasta una puerta lateral, donde le indicó que hablara con una mujer, vestida de uniforme, que hacía las veces de recepcionista y a la que nada más oyó pronunciar unas palabras, supo que era la inexpugnable interlocutora con la que no consiguió entenderse por teléfono. Era más amable en persona y además del inglés hablaba perfecto español con acento puertorriqueño, pero no terminaba de creer que fuese el marido ni siquiera al ver las fotos que le mostró.

—Compréndalo, usted debe de ser el quinto marido que

la llama esta tarde. De amigos o novios, no llevamos la cuenta —explicó la mujer—. Además, hoy nos han complicado las cosas.

En un pequeño televisor que nadie miraba, sentada en una ventana, Audrey Hepburn acariciaba una guitarra y cantaba «Moon River», mientras George Peppard la contemplaba enamorado desde otra ventana. La actriz y el actor, la canción y la película, la novela de Truman Capote que estaba detrás, eran de su preferencia.

—¿El lío es por ella? —preguntó mientras escribía una nota siguiendo las indicaciones de la mujer.

—Viene a verla ese novio que va detrás. Parece que la cosa va en serio —explicó, y algo debió de ver en la expresión de Arturo que le hizo creer que de verdad era el marido.

Él no terminó de escribir el mensaje, rompió el papel, devolvió el bolígrafo, se disculpó con la mujer y se marchó. Cuando salía dos gorilas de la puerta lo apartaron de un empellón para franquear la entrada a la comitiva del lustroso figurín que esperaban, y que era causa del tumulto. En persona le pareció más desabrido, más pretencioso y más intrascendente que en la pantalla.

Arturo se marchó cabizbajo pero agradeciendo haber estado a tiempo de remediar el desastre de presentarse en el momento más inoportuno, más penoso y violento posible, y del que hubiera tenido que marcharse a continuación avergonzado, si no humillado. Maldijo la mala ocurrencia que lo llevó a acudir allí sin aviso, y lo que era peor, la de haber hecho un viaje que no tenía objeto. En ese momento creyó entender que decirse que había ido a aclarar las cosas no era sino otra excusa. Como hiciera el año anterior, había ido sólo para verla un instante. Ahora también para descubrir si todavía él significaba algo para ella. Había ido a hacer el papel que de ninguna manera querría hacer jamás, el del marido sin nada que ofrecer, que va a implorar, aunque no fuera con las palabras, que regresara con él.

En el hotel, recogió el equipaje, liquidó la cuenta y pidió un taxi que lo llevara al aeropuerto. Se detuvo en la perfumería donde descubrió las muñecas y se hizo con tantos lotes de potingues como necesitaba para tener derecho a cada una de las cuatro versiones distintas. Cerca del aeropuerto volvió a pedirle al taxista que se detuviera junto a unos hombres que se preparaban para pegar un cartel en una de las vallas.

—¿Es ella? —preguntó señalando un grueso tubo de carbón.

—Todo es ella —respondió el hombre.

—¿Cuánto vale?

—No se puede vender.

—Tengo mil dólares —insistió Arturo enseñándole el fajo de billetes.

El hombre dudó, sólo un instante. Se guardó el dinero, sacó otro tubo de la furgoneta y subió a la escalera.

—Si preguntan, tendré que decir que me lo ha robado —advirtió—. Vaya con cuidado.

En lista de espera consiguió plaza en un vuelo para Lisboa, desde donde podría enlazar con Madrid.

* * *

Al regreso, dedicó un día a empapelar la pared libre del estudio con el cartel. En la vitrina de la librería, protegidas del polvo, dispuso las muñecas. A la que vestía de vikinga, le acortó el vestido un poco por encima de la rodilla y las mangas cerca del hombro, para transformarla en la princesa guanche de la leyenda, la que a él le gustaba pensar que fue abuela suya.

A continuación se tumbó en la piedra cubierto por una manta, para recordarla, observarla y sufrirla como cada día desde que la vio por primera vez. De ella sólo le quedaban los recuerdos, un diario con vergüenza de sí mismo, la pared con su rostro y el dolor enquistado de la ausencia. Siempre pensó que no podría amar a otra como la amaba a ella, pero que sería capaz de seguir adelante. Ahora pensaba que no era así. Que ella lo había invadido todo y que al marcharse no dejaba un espacio vacío, sino que se llevaba consigo el gigantesco trozo de alma que llegó a ocupar, y que en ese lugar quedaba la nada misma, gimiendo como un espantoso chirrido de dolor. El camino que tenía ante sí no conducía a ninguna parte. No sólo empezaba a sentirse cansado, sino que la realidad era que empezaba a no ser tan joven. La vida que le quedaba la presentía gélida y sombría, apurándolo a soltar las tan escasas y frágiles amarras que lo ataban al mundo.

* * *

De nuevo, lo que él creyó una evidencia era sólo un equívoco. Al contrario de lo que imaginó y que muchos creían, el episodio con el insólito pretendiente no era sino un descosido en la urdimbre impenetrable del servicio de seguridad que custodiaba a Alejandra. Al promotor de los rumores se lo habían presentado en Los Ángeles, durante un brindis, en los días previos a la gala de entrega de los Premios de la Academia de Cine, y él se las ingenió para salir junto a ella en tantas fotos como pudo y hacerle proposiciones que ella declinó.

Por el nombre y porque sabía cómo procurarse que hablaran de él, era muy difícil ponerlo en su sitio sin perjudicar la discreción que convenía a los intereses que Roberto Gianella le había confiado. Como con cualquiera de los que le salían al paso se mostraba atenta y evadía, con cordialidad y sin levantar revuelos, las proposiciones que a diario se le presentaban y que iban de las inocentes a las impertinentes y de las toscas a las groseras, con la completa gama de matices intermedios. Decir que estaba casada era un pretexto magnífico que solía bastar para que dejaran de atosigarla, pero aquél era un caradura tan engreído que daba por hecho que para doblegarla le bastaría con meterla en cualquiera de las jaranas que organizaba en su casa, deslumbrarla con la suntuosidad de la mansión, la obscena colección de coches de lujo, o la más notable, la rutilante colección de amistades de doscientos quilates.

Sus ensueños empezaban por el del disfrute en la cama de semejante quimera de juventud y belleza y pasaban por otro disfrute, para él no menos intenso, como sería la vanagloria de pavonearse con ella del brazo por los círculos de la farándula, pero no terminaban ahí. Hacía tiempo que en las páginas de la prensa especializada, le abrían más hueco los alborotos de su vida personal que los méritos en la pantalla y Alejandra Minéo estaba en la cresta de la ola, era bella, alegre y desenvuelta, la vida aún no le agriaba el carácter y en asuntos de amor parecía tan inocente como un corderito dispuesto para el degüello. Pero en el intento de explotar el aura que ella irradiaba en aquellos días, en beneficio de la que él fabricaba para sí mismo, se le enredaron los pies. Lo imaginaba fácil y se jactó de ello con los amigos.

Lejos de impresionarse por el ruido del personaje, Alejandra, acostumbrada a fijarse más en la persona que en la vestimenta, veía a un tipo desmañado e insolente, a veces soez, fatuo, superficial e insensato y, para la desgracia de él, le causaba tanto repelús como el hombre odioso que saqueó los tesoros de su padre y suministraba las botellas de veneno a su madre, el detestable Juan Perelo de la adolescencia. La nefasta imagen que tenía de él era la contradicción de que, empezando a ser un viejo verde, fuese todavía pueril e inmaduro.

El rechazo fue discreto y amable, pero los incondicionales a quienes él había hecho sus bravatas no desaprovecharon la oportunidad de pasarle una sabrosa cuenta de burlas y chacotas. Se lo tomó como un demérito de la hombría y volvió a intentarlo con más osadía.

—Lo hago por hacerte un favor —le dijo a ella donde todos lo oyeran—. Para que sepas lo que es un hombre.

Ella se acercó, hizo como que lo miraba con detenimiento, regresó sobre sus pasos, dio media vuelta y le habló, desde una distancia donde los demás la oyeran:

—Desde los quince años comparto la cama con un hombre de verdad. Tú no te pareces a él.

Fracasó con mayor estrépito, para colmo en público. Que una mocosa de veintitrés años lo mandara al cuerno con tanto donaire no podía soportarlo. Necesitaba una revancha, apaciguar el bochorno de tan lamentable encuentro, y se lamió el orgullo con lo que creía que no era sino una travesura, pero que por poco no lo llevó a los tribunales. Apenas un par de contactos y una exigua cantidad de dinero le bastaron para poner en práctica una artimaña que era ya vieja antes de que el mundo diera vueltas. El espacio para que publicaran cualquier bobería suya lo tenía asegurado, así que se las ingenió para dar la falsa apariencia de que había pasado una noche de desenfreno con ella. Fue torpe hasta el agotamiento y dejó detrás un reguero de evidencias tan claro que parecía el rastro de un caracol.

Que Alejandra hiciera cualquier desmentido le convenía al bullicio que buscaba, de manera que, tanto si se defendía como si no, la tenía en sus manos. Por su parte, a falta de unos meses para concluir su contrato, ella prefería no entrar en la batalla y, de acuerdo con Roberto y Margaret, lo dejó pasar sin hacerle el favor ni de un triste comentario. Sin embargo, Roberto encontró pronto la gotera. Alguien del equipo de seguridad avisaba del momento y el lugar exacto donde habían pernoctado, incluso confesó haber facilitado el acceso para que se tomaran algunas de las fotos mediante las que se dio verosimilitud al engaño.

La tarde de aquel viernes fue en realidad la única vez que Alejandra consintió en encontrarse con él. Y lo hizo, por acuerdo de los abogados, para zanjar aquello de buenas maneras y sin complicar las cosas más de lo que estaban. Que fuera en Nueva York, que acudiera a la casa, donde a la salida podría hacer el desmentido, era lo que convenía incluso al protagonista de aquel estúpido naufragio.

Para Alejandra no fue sino un trámite molesto al que ni siquiera le dio la importancia de cambiar los planes de pasar aquellos días atendiendo a los amigos. No estaba sola en el apartamento durante la corta entrevista. Faltaban Gilbert, Natalia y David, de visita a los familiares, pero estaba Nieves, recién llegada a la ciudad para pasar unos días con ella, Alberto y Pablo. El hombre se tomó una limonada, a solas con ella en la cocina. Se disculpó en repetidas ocasiones y no se defendió de las palabras con que Alejandra terminó de ponerle en claro las cosas. No lo humilló, pues era bastante humillación que se hubiera sabido de qué manera infantil fabricaba las falsas noticias y cómo hacía correr el rumor, pero sí le dejó claro que de repetirse acudiría a los tribunales, con lo que tuviera, incluyendo las pruebas que ahora quedarían a buen recaudo en un cajón. Él se marchó pronto y cumplió bien el acuerdo al desmentir los rumores, diciendo que se trataba de la broma inocente de unos amigos comunes.

Mientras tanto, la mujer que había impedido que Arturo subiera al apartamento esperaba ansiosa la oportunidad de ponerla en conocimiento del extraño visitante, que siendo tan obstinado al principio se marchó casi huyendo. Alejandra la escuchó en la puerta del apartamento, fuera de sí. La sujetó del brazo y la hizo caminar unos metros.

—¿Era ése el hombre? —preguntó señalando un retrato a carboncillo que tenía enmarcado en la pared.

La mujer lo confirmó. Alejandra se puso un abrigo, agarró a Alberto y se lo llevó casi arrastrando al ascensor. En la calle subieron a un coche de los vigilantes y se precipitaron por las calles, perseguidos de cerca por otros dos vehículos. Conocía bien los hoteles en los que él podría haberse alojado. En el segundo que intentó le confirmaron que acababa de liquidar la cuenta y marcharse al aeropuerto. Llegó exhausta, entre abatida y furiosa, a la ventanilla donde media hora antes él había cambiado el billete. El avión con destino a Lisboa que se lo llevaba de allí despegaba en ese momento. Llevaba tres años sin verlo, había estado a unos metros de ella y se había marchado, como si huyera.

Al regreso todavía esperaban las cámaras y los periodistas, pero no necesitó tranquilizarse antes de bajar a confirmar que era fruto de una broma poco afortunada.

Ni la conclusión de aquel asunto tan irritante, ni la presencia de los amigos pudieron enderezarle el ánimo. Era un desastre, cada vez que él había intentado llegar a ella, se la había encontrado en un episodio con otro. No le gustaba hablar de aquello con nadie y no habría hecho mención de no ser porque debía dar a sus acompañantes una explicación de lo sucedido en la puerta. De nuevo Alberto desnudaba la situación para verla en sus partes más elementales y acertaba. Veía la mala suerte de que Arturo hubiera llegado sin avisar y en el peor momento, pero entendía que se hubiera marchado al encontrarse el alboroto de la puerta, quizá intentando evitar una situación que habría sido violenta. Su conclusión y su consejo eran los sabidos:

—Llámalo, dile que lo esperas.

Nieves, que solía decir, adornándolo con su bulliciosa risa caribeña, que era catedrática en aspavientos de hombres, lo explicó mejor:

—Pues me da que se fue despechado —dijo, primero muy seria—. Yo en tu lugar, lo obligo a volver mañana. ¡Que se joda con el sube y baja de aviones, por pendejo! —agregó con un poco de ternura y a continuación soltó una carcajada de hembra emancipada para dejarlo remachado—: Me pongo guapa de provocar, lo trinco del fundamento y le meto un repaso que hago saltar hasta los plomos. Veremos si se me vuelve a marchar.

En medio, inmóvil, desencajado, aterido y en silencio, parecía que ausente en sus tinieblas pero sin perder detalle, Pablo asistía a la conversación que le aclaraba las cosas más que ningún otro discurso.

* * *

Ni Alberto ni Nieves entendían que la situación era más compleja. De no serlo, ella no habría llegado a Nueva York y por tanto ni siquiera se hubieran conocido, y si llegó desde tan lejos fue porque su marido la impulsó a marcharse. Sólo ahora, cuando había conseguido mucho más de lo que fue a buscar, entendía las razones que él habría tenido para hacerlo. Incluso comprendía que hubiera llegado a su casa sintiéndose un intruso, pues cualquier otra mujer que hubiese recorrido el mismo camino que ella, con seguridad, habría olvidado quién era y de dónde venía. Por el contrario, ella cada día estaba más segura de que lo único que le faltaba era con exactitud lo que había dejado cuando se marchó. De ser ciertas las conjeturas, que por último se hacía, él estaría tan atrapado por las circunstancias como lo estaba ella y la solución, por tanto, era deshacerse de lo accesorio, dejar desnudos los sentimientos, los de él y los de ella. Necesitaría mucho coraje, pero estaba dispuesta a ello.

Tomó la decisión todavía ofuscada, siguiendo el impulso del corazón, pero con las ideas muy claras. Hasta Navidad no lo llamaría, y cuando lo hiciera tendría una conversación superficial. En cuanto quedara libre de compromisos, le pediría el divorcio, pero recogería los bártulos y se marcharía con él a continuación para descubrir la que fuera la verdad. A encontrarlo con otra o a encontrarlo solo, a que la rechazara o la acogiera, pero nunca más a dejar que el amor se le continuara escurriendo como el agua entre los dedos.

Pudo cumplir. Ni habría sido adecuado ni tenía valor para hablar de ello por teléfono, pues no habría podido articular una sola palabra que lo hiciera sufrir, y comenzó a esbozar, de nuevo, el borrador de la carta que hacía un año había decidido enviar y que había terminado en la papelera docenas de veces, pero que con cada nuevo intento ganaba en concisión y hermosura, hasta que llegó a ser un cántico cuyas palabras decían una cosa y cuya tonalidad expresaba lo contrario, alcanzando la nota exacta de sus sentimientos. Sólo con pensar que tendría que enviarla le producía una angustia que muchas veces pensó que nunca sería capaz de superar. Se quedó estorbándole en el bolso, pero tenía puesta en ella las esperanzas y cuando la echó al correo, con los preparativos hechos para su viaje de regreso, la sensación fue de alivio.

Lo hizo a finales de febrero. Pese a que comenzó con los

preparativos del viaje a principios de año, con la agenda concluida, pospuso la marcha para asistir a la junta de accionistas, que Roberto le había pedido como favor personal. Tuvo así la oportunidad de pasar unas semanas en el antiguo apartamento, al que se trasladó en cuanto quedó libre de los compromisos, seguida por una parte del equipo de seguridad, porque Roberto no quiso correr riesgos de última hora.

Mientras le daba vueltas a su dilema practicó dibujo y pintura, hizo los preparativos del traslado y compartió los últimos buenos momentos con los incondicionales que vivían dos pisos más abajo.

* * *

En ese capítulo la parte más difícil era la de Pablo. Llevaba desaparecido desde la tarde en que sintió perdida cualquier esperanza con ella, al verla desesperada y corriendo detrás del marido. Tras más de dos meses sin dar señales de vida, sin atender el teléfono, ni acudir al trabajo, apareció tan deshecho como en los peores episodios que recordaba. Aunque fue evasivo con los demás, la abordó a solas para preguntarle por sus planes.

—Sabes que llevo detrás de ti cinco años y nunca me has dado oportunidad —le reprochó Pablo.

—Nada tengo que decir sobre eso, Pablo. Desde el primer día te dije cuál era mi situación y cuáles eran mis sentimientos. No los puedo cambiar por mucho que tú o quien sea insista en que debo sentir otra cosa. Tampoco podría nadie impedir mi sentimiento de amistad hacia ti. El único que podría hacerlo eres tú, si me traicionaras.

No eran razones para Pablo. Se marchó decepcionado al saber que ella no tenía previsto regresar a Nueva York hasta algún tiempo después, y que cuando lo hiciera esperaba venir acompañada de Arturo. Alejandra intuyó que desaparecería de nuevo y que cuando volviera a encontrarlo, con seguridad, sería en la isla.

* * *

Tras seis meses de espera, Fabio Nelli daba por perdida la esperanza de recibir una carta o un telegrama de Alejandra, hasta que en un intercambio de valijas llegó un sobre manuscrito, con letra de mujer y con el simpático dibujo de un velero sonriente bajo los datos del destinatario, hecho al bolígrafo y de un único trazo, sin alzar la mano. Alejandra le decía que por supuesto estaba deseando conocer a algún pariente de la familia de su padre, por lejano que pudiera ser. Le daba dos teléfonos y dos direcciones de Nueva York, donde podría llamarla o escribirle. Fabio se apresuró a solicitar a la compañía el cambio a cualquier buque de los que hacían escala en Nueva York.

En ocasiones le había sobrevenido un ataque de angustia al recordar a Rita y no había dejado de pensar en Alejandra desde que supo de su existencia. Obsesionado con la foto que había tenido en sus manos, estaba decidido a visitar de nuevo la casa de Hoya Bermeja para pedirle a las mujeres el favor de fotocopiar la del portarretrato, cuando sucedió el milagro de que llegara por sí sola a sus manos en la portada de una revista. Había visto la imagen apenas durante el minuto en que tuvo en sus manos la que Elvira le mostró, pero le quedó de manera tan nítida en la memoria que Fabio reconoció a su hija en cuanto puso la mirada en la portada de la revista. Entonces se dio a entretener parte de su mucho tiempo libre en rebuscar fotos de ella en periódicos y revistas, recientes o atrasadas. Las guardaba en una carpeta y pasaba horas enteras observándolas en la soledad del camarote, a veces con emoción, y siempre con ternura y mucha tristeza.

A pesar de todo, Fabio Nelli no había dejado de ser el truhán que fue durante toda la vida. Antes de que descubriera la ocupación última de Alejandra, evaluaba la manera de sacar beneficio de ella o del marido, seguro de que estarían en disposición de ayudarlo, dado que el alto coste de los estudios en Nueva York no era posible sufragarlo sin una economía lo bastante holgada. Cambió los planes por otros más ambiciosos cuando descubrió la campaña en la que Alejandra prestaba su imagen, imaginando la fortuna que a ella le estaría reportando. Tanto los primeros propósitos como los posteriores pasaban por descubrirle la verdad a la hija. Seguro de que cuando lo hiciera ella pasaría algún tiempo de consternación, pero terminaría por aceptar la realidad y era más que probable que no fuese capaz de volverle la espalda.

La nota que Alejandra recibió en un sobre cerrado del servicio de correos contenía un facsímil remitido por Fabio Nelli, que la avisaba de que el buque donde viajaba estaría atracado durante varios días en la terminal de cruceros de Cape Liberty, en Bayonne, New Jersey, donde él esperaría con impaciencia su visita. El encuentro no era importante para ella, el desconocido que decía ser pariente lejano de su padre apenas le despertaba curiosidad. Además de que ella había comprometido la palabra, la invitación llegaba en el momento oportuno, cuando hacía un descanso de varios días. Enseguida dio aviso al servicio de seguridad, que envió a dos personas para establecer los pormenores del encuentro. Fabio Nelli no había previsto que Alejandra llegara precedida por semejante requisitoria protocolaria. Quedó sorprendido y dio palabra de atender los pormenores que le pedían e informó al capitán y al gerente del crucero, que no sólo le brindaron colaboración, sino que le facilitaron el mejor reservado del comedor más importante, cerrado para el pasaje a la hora del encuentro.

Arreglado con lo mejor de su vestuario, que necesitó del avío de alguna prenda en préstamo, Fabio recibió a Alejandra en el muelle, de pie junto a la escalerilla, acompañado por un oficial. Para ella fue un momento sin especial emoción, otro instante a los que durante el último año había tenido que habituarse. Sin embargo, Fabio Nelli, nervioso como un principiante, al verla descender del vehículo y acercarse, sintió que aquél era sin duda el mejor momento de su vida. Vio en ella a mucho de Rita Cortés y un poco de él, pero lo demás lo ponía ella. Sencilla, sin alardes, ágil y suave en las maneras, de una belleza que dejaba en poco lo que le habían contado y visto en fotografías, y con un calor humano y una grandeza en el trato que obligaba a quererla en las primeras palabras. Al estrecharle la mano y acercarse para besarla le costó evitar que una lágrima lo traicionara.

—Los anuncios no te hacen justicia —dijo.

—La de los anuncios es otra distinta —respondió ella riendo divertida—. Ésa es la que queda cuando han acabado de darme una paliza.

Después del saludo al capitán y los oficiales de servicio, que la recibieron en perfecto estado de revista, con los uniformes y la sonrisa de reglamento, hicieron un breve paseo por las cubiertas y una somera visita, tras la que tomaron asiento en el reservado del comedor con mejores vistas. La tarde era oscura y los edificios de Nueva York, al otro lado de la bahía, comenzaban a mostrar luces.

A la estrategia de Fabio no le convenían las preguntas sobre Rita Cortés porque cuanta menos información sobre ella hubiera expuesto Alejandra en la conversación, más evidente se haría lo bien que él la había conocido. Cuando mostrara sus cartas, algunos detalles irrebatibles y el notable parecido por la cercanía de sangre no dejarían lugar a la duda, de modo que comenzó preguntando por Francisco Minéo. Apenas necesitó insinuar una pregunta sobre él para que Alejandra se emocionara.

—Yo era muy chiquita. Por cómo lo recuerdo, debió de ser todo para mí —dijo, y necesitó callar para sosegarse—. Nací por casualidad —continuó—. Él fue el primer novio de mi madre, pero a ella le entró pánico cuando iban a casarse y huyó a Madrid. Él lo pasó muy mal y estuvo muchos años sin ver a nadie y casi sin salir de casa más que para sentarse a contemplar el mar. Cuando mi madre enviudó, regresó a pedirle perdón. Ella quedó embarazada y se casaron para que yo naciera bien. Cuando el mar se lo llevó, mi madre no fue capaz de hacer una vida normal. Se abandonó y se dejó apagar poco a poco. Yo tuve que cuidar de ella. Murió de un infarto poco después de que yo me casara.

—Debías de ser muy joven.

—Quince años, casi recién cumplidos.

—Entonces ¿tu matrimonio fue, creo que podría decirse, impuesto por las circunstancias?

—Sí y no —contestó Alejandra—. Sí, porque la situación en casa era muy mala. No teníamos ingresos, mi madre sabía, o intuía, que iba a morir. Yo era menor de edad y habría quedado sola. Entonces apareció Arturo. Cuando se enteró de mi situación quiso protegerme, pero debía casarse conmigo para ser mi tutor legal. En eso sí fue un matrimonio forzado, pero no en lo demás. No, porque si hubiera tenido más edad, me habría casado con él si me lo hubiera pedido; no, porque estaba enamorada de él, aunque no supiera lo que significaba estarlo; no, porque volvería a casarme con él cuantas veces me lo pidiera. El día más feliz de mi vida sigue siendo el día que me lo propuso y el peor, el que me separé de él para venir a estudiar.

—¿Sueles verlo con frecuencia?

—Hace tres años que no nos vemos. Desde que llegué aquí no hemos podido vernos, aunque hablamos por teléfono y nos escribimos. Él tiene sus compromisos y yo los míos. Me falta poco para ir. Echo de menos aquello. Sueño con la casita donde fui tan feliz con él. Con la finca y con la gente del pueblo y de la isla.

Al hablar, Alejandra había ido ensombreciendo el ánimo. Fabio cambió el sentido de la conversación, que se alejaba de sus intereses, aunque esto, comenzaba a pensar, no fuera ya primordial. Desplegó su encanto y su bien provisto repertorio de argucias sin referirse a nada que pudiera comprometerlo. Habló de viajes y personalidades, de títulos nobiliarios de la Europa vetusta, debatió con ella de arte, de los maestros que a ella le interesaban, le contó misterios de la ciudad de Roma y Florencia que pocos conocían.

Ella lo escuchó fascinada, aportando también sus vivencias, como las experiencias de aprendizaje en la escuela, del éxito de la pintura con el retrato de Arturo que exponía. Habló sin entrar en detalles, de lo orgullosa que estaba de haber podido ayudar a Roberto Gianella a salvar su empresa, de lo emocionante que había sido el último año de su vida, pero de lo deseosa que estaba de terminar los compromisos para quedar libre de encaminar su vida. Fabio Nelli escuchaba sin intervenir, la dejaba extenderse, pormenorizar, divagar y llegar a cualquier recoveco donde su mente optara por entrar. Y con las palabras de ella algo misterioso se fraguaba en el interior de él.

—Ahora, que ya hemos hablado de todo —dijo ella, para no continuar por las arenas movedizas del corazón—, me gustaría saber más de usted. Porque acabo de darme cuenta de que yo he llegado a cosas de las que no hablo con nadie, pero usted no me ha contado nada.

El momento para introducir la cuestión que a Fabio Nelli le interesaba Alejandra lo ponía en bandeja, pero él acababa de saber que habiendo ido allí en busca de su hija, en realidad se había encontrado a sí mismo, y no le gustaba lo que descubrió.

—Antes de eso, demos la bienvenida a la noche —dijo Fabio para tomarse un minuto de reflexión.

En el lado opuesto de la estancia, el personal de comedor comenzaba los preparativos de la cena. Fabio Nelli, en silencio, elevó la mirada para contemplar los preámbulos de la noche que se precipitaba sobre el perfil de edificios de la ciudad. Ahora no meditaba cómo desvelar el secreto que había ido a revelar, sino qué parte de verdad revelaría a su hija, porque no deseaba ser otra vez el miserable que siempre fue, no quería ser ya lo bastante canalla para decirle toda la verdad.

Alejandra era su hija, no había duda sobre ello. Lo veía en el brillo emocionado de sus ojos al hablar de la madre; en los quiebros y la gesticulación, en la firmeza de carácter y la inteligencia que él recordaba de Rita; lo veía en la pena con que hablaba de Francisco Minéo, el que ella creía, maldito destino, que era su padre; lo veía en la ternura con que hablaba de sus islas, de su gente, de su pueblo, del Estero y de su casita escondida del mundo; lo veía en el amor que vertía al hablar de aquel hombre afortunado que era el marido, fuese quien fuese; lo veía en la gata de garras afiladas que le habían asegurado que era para quien intentara arrancarle alguna de aquellas cosas. La voz de la sangre lo llamaba a un gesto de amor por ella y decidió que la oportunidad que él había imaginado sería otra oportunidad perdida. Que la única oportunidad ganada sería la de hacer la única cosa decente que hizo en toda su vida.

—Nunca hablo de mí mismo. No pienses que por buena educación o por timidez, porque te equivocarás. Nunca hablo de mí porque nada bueno tengo que decir de mí. Nada he hecho de lo que pueda sentirme orgulloso. De ir huyendo de un lado a otro, se me han pegado cuatro idiomas. Estudié en colegios caros, aprendí un poco de historia y algo sobre arte; como me gustaba el lujo y moverme por los salones, aprendí protocolo, pero siempre lo he utilizado para vivir sin dar golpe. No hablo de mí porque en suma nunca he hecho más que holgazanear.

—Está siendo duro con usted mismo —intervino Alejandra—. Y me sorprende que me lo cuente a mí, si nunca lo ha dicho antes.

—Eso tiene explicación, Alejandra. Puedo hablar así porque ya miro hacia atrás. No me preguntes la razón, lo cierto es que escuchándote he sentido la necesidad de hacer una confesión. Creo que no tanto de hacértela a ti como de hacérmela a mí mismo. Debe ser porque no queda ya nadie de mi sangre a quien pueda hacerla. Es una confesión fácil de resumir: me aproveché de las pobres mujeres que tuvieron la desdicha de quererme y traicioné a los locos que por amistad creyeron en mí. He pasado por la cárcel un par de veces. Menos de las que habría merecido. Lo pago bien; al final he conseguido estar tan solo como he merecido estarlo.

La noche había caído sobre la bahía. Fabio hizo un silencio para contemplarla. Alejandra no lo interrumpió.

—No lo olvides, niña. Hay dos clases de hombres nada más. Durante nuestra vida útil, los varones tenemos menos obstáculos que una mujer, y será bueno para ti, por serlo, que lo tengas muy presente. Creo que ya lo sabes, pero déjame que te inste a disolver cualquier duda. Sólo existe la clase de hombre que es ese tipo con suerte que te espera en la isla, y la clase de los tipos como yo en el lado contrario, todos luchando por estar más cerca de un lado y alejarse del otro. Un hombre de verdad no lo somos ni yo ni ese que va presumiendo de coches y mujeres al que tuviste que pararle los pies. No lo es el que fue capaz de hacer daño, aun cuando haya sido por cobardía, como en mi caso, o el que ha conseguido hacer fortuna sin entregar algo de provecho a cambio. Lo es el que se levanta cada día a trabajar en algo útil para los demás. Para eso sí que hay que tener valor. Para mí es tarde ya pero tú estás empezando. La felicidad que esperas es esa de la que has hablado. Esa casita en la isla al lado de la persona a la que quieres. A tu manera lo has sabido siempre y tienes toda la razón. Esto de aquí, el ruido, el brillo, el oropel, no son más que fuegos de artificio, pólvora quemada, Alejandra; no existe, sólo es humo. ¡Corre! ¡Vete a su lado!

Calló un instante para coger la mano de Alejandra y despedirse.

—Es más que probable que nunca volvamos a vernos. Te recordaré todos los días de la vida que me quede y cada uno de ellos desearé que estés siendo muy feliz, Alejandra.

Por la mañana visitó la galería donde exponía su hija, orgulloso como nunca lo estuvo de otra cosa en su vida. Por la tarde contempló las maniobras de desatraque desde la cubierta y se despidió de Nueva York, que se fue haciendo pequeña en la distancia, encapotada de hermosas nubes de otoño. Al paso bajo el puente de Verrazano-Narrows se despidió de ella. Nunca regresaría. Se marchaba tan pobre como siempre pero más rico que nunca lo fue, porque había descubierto qué poderosa fuerza es el amor. Alejandra no llegaría a conocer la verdad que faltaba; él no merecía que ella la supiera, pero qué bello recuerdo, qué hermosa sensación de paz se llevaba, qué colmado se iba de allí.

El buque dejó en la popa las luces de Staten Island en la Bahía baja y se enfrentó al Atlántico. En su particular viaje sin puerto de salida ni de destino, en su travesía infinita de la nada a la nada, Fabio Nelli había hecho una sola escala, aunque al menos una, que podría recordar sin avergonzarse.

* * *

El favor que Roberto Gianella le pidió a Alejandra, de asistir a la concurrida reunión de accionistas de la empresa, fue otra de sus argucias. En el discurso de apertura Roberto debía mencionar los buenos resultados del ejercicio anterior, por tanto no tenía otro remedio que referirse a ella. Lo hizo alabando las cualidades que había demostrado y agradeciéndole que hubiera desempeñado el encargo con tanta lealtad. La llamó para presentarla a la concurrencia, que la recibió en pie con un aplauso muy largo. En pocas frases Alejandra explicó lo emocionante e instructivo que había sido y dio las gracias. Entonces Roberto hizo algo que ella no esperaba. La retuvo para entregarle un documento que la hacía titular de un paquete de acciones de la compañía, que ella recibió conmovida y agradecida en medio de otra larguísima ovación.

Fue el último trámite. Tras recuperar el lienzo de la exposición y asegurarse de que el embalaje fuera seguro y que estuviera en orden el papeleo para sacarlo del país, junto con otros dibujos y pinturas, lo envió a su nombre a la dirección del Estero.

Roberto no la había dejado libre aún. Debía encontrarse con él y con Margaret, en el despacho, para otra proposición de negocio. Antes incluso de haber hablado con ella la primera vez, junto al currículo que le hicieron llegar, se encontraban las series de bocetos para envases. Roberto había vuelto a él muchas veces para observar los dibujos. De los tres bosquejos, uno le gustaba en particular porque se sustentaba en proporciones clásicas, pero era muy moderno. De seguir insistiendo en lo que habían hecho ya hubiera terminado por aburrir, pero aprovechar para crear una línea con el nombre de ella, con una estética que bien podría ser la de aquellos dibujos, era una oportunidad de negocio que acariciaba desde que comenzó la aventura que acababan de concluir.

Para Alejandra fue una emoción mayor que la de la primera vez. Conocía a Roberto y si las ideas de los dibujos le hubieran despertado la más ligera duda, ni siquiera habría mencionado el asunto. Era una perspectiva profesional más estimulante que la del último año y se aproximaba a la de los sueños que la llevaron allí. Aparte de permanecer en contacto con los técnicos de la empresa, con los que sin duda aprendería mucho, apenas tendría que firmar unos documentos y hacer algunos dibujos. Era un trabajo que podría desarrollar en la isla y que no le quitaría tiempo para sus planes. Los aspectos legales y de intermediación los dejaba en las buenas manos de Margaret, su amiga Margarita Prats, quien tenía ganada de sobra tanto su lealtad como la de Roberto.

Hablaban de ello cuando irrumpió la secretaria de Roberto. Sin disculparse siquiera, se aproximó a él para decirle algo al oído, en una actitud por completo fuera del protocolo de trabajo. Roberto la escuchó mirando a Alejandra y ella se puso en pie muy despacio, demudada y palideciendo, porque no necesitó que él hablara para saber que la noticia era para ella y que era muy mala.

Al otro lado del teléfono respondió la entrañable voz de Venancio. Muy desalentado, le dio la noticia de que esa mañana había encontrado a Arturo agonizando, que lo habían llevado al hospital, que estaba en coma y que los médicos no daban esperanzas.

36

La mañana del día anterior Venancio se cruzó por el pasillo con una secretaria, que le dedicó una sonrisa de complicidad y abrió la carpeta del correo para mostrarle, por un instante, el sobre manuscrito. «Es de ella», bisbiseó antes de entrar al despacho. Poco después, Arturo dejó aviso de que no regresaría y salió de la oficina. Había llegado a trabajar muy desmejorado y Venancio temió que la carta fuese además portadora de malas noticias. Lo encontró de pie en un punto del paredón que era de su preferencia desde la época en que contemplaba amaneceres con Honorio, observando a los niños en el recreo de clases, con una expresión de firmeza y fatalidad que conmovía desde lejos. Tras un invierno de abundantes lluvias, la primavera se anunciaba impetuosa y eran días de temperatura agradable; sin embargo, se le notaba el rubor en las mejillas y parecía tiritar, señales de la fiebre alta.

Era la imagen de la desolación. Desde que regresara del viaje a Nueva York antes de lo anunciado, no había vuelto a ser el mismo. Decaía poco a poco, trabajaba hasta muy tarde, incluso los días inhábiles, y era fácil encontrarlo solo y pensativo en los lugares más inusuales de la finca. Aunque desde el principio de su aventura en el Estero intentaba tener delegadas sus funciones, tanto por la complejidad del proyecto como porque de esa manera podía estar en todas partes sin estar en ninguna, en los últimos meses había hecho cambios más ambiciosos para que las cosas funcionaran sin él, como en una suerte de despedida, lo que no había dejado de ser motivo de rumores e inquietud por parte de los trabajadores.

Venancio abrió la conversación con temas intrascendentes del trabajo, pero abordó enseguida el asunto del que, en realidad, deseaba hablar.

—Te veo mal, deberías ir a la consulta de Alfonso.

—Esto no parece un simple resfriado —asintió Arturo—. Me tiene bien agarrado.

—¿Puedo hacerte una pregunta personal? —le preguntó Venancio tras dudar un instante.

—Claro, Venancio.

—¿Cómo te va con Alejandra?

—Las cosas van como deben ir —respondió Arturo, inaccesible.

—¿La echas de menos?

Arturo lo miró con detenimiento antes de hablar.

—¿Tú la echas de menos, Venancio? —le respondió, a su vez, con esa pregunta.

—Todos en el Estero la echamos de menos y todos nos preguntamos si vendrá.

—Hace cosas importantes en Estados Unidos, le va muy bien allí. Era previsible en ella.

—Pero ¿vendrá? —insistió Venancio.

—Seguro. Pronto nos visitará.

—Perdóname, Arturo, sabes que es otra la pregunta.

—Para tu auténtica pregunta, es también la única respuesta que puedo dar, Venancio. Sé que me lo preguntas en lo personal, aunque también piensas en la gente del Estero. Sé que hay rumores. Yo estaré aquí, éste es mi sitio y queda mucho por hacer, pero no tener previsto que pueda pasarme algo sería una irresponsabilidad por mi parte.

—Es lo que explico, pero la otra cuestión me preocupa por ti. ¡Respóndeme, por el amor de Dios! ¿Tú la quieres?

Arturo no le contestó, de nuevo detuvo en él la misma mirada que antes.

—Sí, claro que yo también la quiero —respondió Venancio a su propia pregunta—, todos la queremos. Pero tú te estás yendo al carajo. ¡Maldita sea, vete a buscarla de una vez!

—Todos nos iremos al carajo más tarde o más temprano, Venancio. Al menos yo he decidido mi forma. ¿Qué le llevaría?, ¿los años que le saco de desventaja?, ¿mi carácter alegre? Lo mejor que podía hacer por ella era dejarla marchar.

—¿Y tú, jodido testarudo? ¡Aquí, muriéndote!

—Tú me casaste con ella, Venancio. Eres uno de los contados que conoce las circunstancias en que tuve que hacerlo. Por tus votos y por tu prudencia has sabido guardar lo que no hace falta que nadie sepa. Rita, mi suegra, supo que iba a morir, y dejar a su hija conmigo fue la menos mala de sus opciones. ¿Quién podría reprocharle que lo hiciera? Pero lo cierto es que pagué por Alejandra. La compré, y en mi forma de ver las cosas, en el mismo instante en que lo hice, perdí cualquier derecho sobre ella. Como marido, como hombre, incluso como amigo. Lo que importa no es saber si yo la quiero, lo único que importaría saber es si ella me hubiera querido de haber podido escoger otra cosa. Y eso, Venancio, ni yo ni nadie, creo que ni siquiera ella, podremos llegar a saberlo.

Ésas fueron las últimas palabras que hablaron. Muy temprano en la mañana del día siguiente, sólo gracias a que Venancio acudió a trabajar antes que de costumbre, pudo correr a la casa, donde lo encontró agonizando, con el tiempo justo de que lo trasladaran al hospital, en el que se debatía entre la vida y la muerte.

* * *

Alejandra llegó al apartamento en el lujoso Mercedes azul oscuro de Roberto Gianella, que esperó por ella mientras recogía las maletas, ya preparadas para el viaje, cuyos billetes tenían fecha para dos días después. Alberto, Natalia y David estaban en su apartamento y se apresuraron a subir al de Alejandra cuando ella les comunicó que debía adelantar la despedida. La ayudaron a bajar los bultos al coche y le dieron el adiós, consternados por la noticia. Se emocionó Natalia; se emocionó David, a su forma; se emocionó Alberto de manera inconsolable; y la que, contra la lógica, tuvo mayor entereza fue Alejandra.

No era imaginable que Roberto Gianella no estuviese, una vez más, a la altura de las circunstancias, y el chófer la sorprendió desviando el rumbo para dirigirse al aeropuerto de La Guardia, donde la dejó a unos metros de la escalerilla del avión privado que esperaba por ella calentando los motores y que despegó de inmediato.

Maldiciendo la casualidad de que regresara a la isla como se fue, llorando por él, las secuencias de su vida en común le pasaron por la mente durante las ocho horas de desesperación que duró el viaje. Maldecía haber enviado la carta porque él estaba rindiendo la vida con la falsa idea de que ella deseaba la separación formal, cuando la verdad era justo la contraria.

Regresaba con más edad y experiencia, con una visión

más amplia del mundo y, por tanto, con mejor perspectiva para comprender a su marido. Arturo Quíner provenía de donde lo hacía sin que pudiera ni quisiera evitarlo, guardando en él lo más sano de sus ancestros. En el medio urbano es posible medrar, y también en el medio rural en sociedades más modernas, pero en aquel lugar como en tantos otros de la isla, apenas una generación antes la gente debía ser de una pieza. Las tierras escarpadas, lo más común allí, impiden el uso de cualquier apero que no sea una herramienta de mano; casi toda la labranza debe hacerse en bancales, a los que en la mayoría de las veces es imposible llegar con una yunta de bueyes para arar; la maquinaria es inútil; un burrito, compañero de soledad y penurias, fue la única ayuda del campesino. Una generación tras otra, el que no emigró tuvo que hacerse tan duro como lo es la tierra. Los varones fuera de la casa, trabajando para algún terrateniente, los que lo hacían por un salario y los que no, con el ganado en los montes, en la labranza de las tierras más alejadas o pescando en el mar incierto. Las mujeres con la faena de la casa, en otra lucha no menos cruenta en la crianza de los hijos, con el cuidado de la huerta y de los animales de corral, imprescindibles para la economía familiar. Es, por tanto, tierra de matriarcas, de mujeres que se pasan el testigo de una generación a la siguiente y se transfieren por vía de la sangre y de tradiciones seculares la sabiduría para conducir el destino cabal de sus familias. Aunque nunca muestran en público el poder que ejercen en su fuero doméstico, son ellas las que deciden el empleo de cada céntimo. Ser hombre era un honroso y difícil título que en sus casas ellas otorgaban y lo otorgaban cada día, sólo si el hombre lo había ganado, levantándose antes del alba y regresando después del ocaso, dejándose la piel en el intervalo sin un quejido. Así los ha ido cincelando el tiempo y la adversidad, mansos en la casa y con los suyos, solidarios con el vecino, acogedores y generosos con el forastero cuando éste ha sido respetuoso, nobles con todos, incluso con el adversario y hasta con el enemigo derrotado, pero fieros en el trabajo y temibles cuando se les puso en el brete de defender su tierra o a los suyos. No se entregaba esa humilde y a la vez altiva dignidad al hombre que no lo mereciera, al que no mantuviera la palabra, al que robara o engañara, al que diera maltrato a una mujer, a un niño, a un anciano o a un animal.

Arturo Quíner, su marido, no era, por tanto, caso aparte, aunque sí fuera en eso excepcional. Tenía dinero de sobra para vivir con tanto empaque como hubiese querido y la juventud para disfrutarlo; sin embargo, se levantaba temprano cada día para acudir al trabajo y poner su patrimonio, sus bienes y su talento al servicio de los demás. La única manera que consideraba legítima de disponer de la riqueza era destinándola a lo que en realidad importa y en aquella época de cruel cesantía lo único que le importaba era el trabajo de la gente. No era posible verle alguna presunción, odiaba la inmodestia y jamás hacía ostentación de poder ni lujo, aunque firmaba sin titubear costosos contratos para llevar a la finca cualquier medio o maquinaria que ayudara en el trabajo.

Así que cuantas veces se acercaron a ella para hacerle proposiciones, que no sólo fueron de hombres y entre las que hubo de todos los colores, Alejandra no tuvo sino que echar un vistazo para que en la comparación no le quedara ni una sombra de duda. Mucho menos en el mundo que acababa de conocer durante la última etapa de su vida, deslumbrante y atronador pero, en el fondo, pueril y ocioso de punta a cabo.

El avión tomó tierra de madrugada y apenas la detuvieron unos instantes en el control de aduana. Corrió para abrazar a Venancio, que la esperaba cansado, demacrado y sin abandonar los rezos. De camino al hospital la puso al corriente de lo sucedido en las últimas horas, de lo desmejorado que estaba el día anterior, de que Alfonso y los médicos le habían diagnosticado neumonía y de que pensaban que se había golpeado la cabeza al caer por la escalera.

Le dieron permiso para pasar unos minutos y pudo verlo en la cama, con una máscara de oxígeno, con el brazo derecho ensartado por un catéter, el gotero con suero y al menos tres medicamentos que se mezclaban en la solución salina, cubierto de electrodos para el control de la actividad cardíaca y cerebral. En las líneas erráticas en la pantalla de fósforo verde, el encefalograma mostraba lo que a ella le pareció una pavorosa batalla contra la muerte.

* * *

Durante el regreso por la autovía paralela a la costa, Venancio conducía en silencio. Además de las noticias sobre los más allegados, los de la casa de Candelaria y de Alfonso Santos, y la gente del Estero, no hablaron, pues de lo personal era imposible decir algo que no resultara peor que el silencio. Alejandra observaba el mar, inmóvil sobre sí mismo en la noche clara, bañado de plata incandescente por el reflejo lunar. Poco antes de la llegada se anunció el alba tras el horizonte, al paso por Hoya Bermeja, y en la llegada al Estero despuntaba un día radiante que le fue desvelando el florecimiento de la finca durante los más de tres años de su ausencia. Los enormes paredones de piedra apenas se distinguían en el paisaje, ocultos por la vegetación de los bancales. Al fondo, los pinos plantados para contención de las laderas habían crecido y dejaban vislumbrar el hermoso bosque que en algunos años terminarían de formar. En la linde de las parcelas, a barlovento los tupidos setos que servían de protección contra el viento, y a sotavento los árboles frutales habían alcanzado su tamaño y escondían con su fronda las paredes y gran parte de las techumbres de los invernaderos. Las tierras liberadas y el barranco chillaban de verde y la finca entera parecía una selva organizada.

Frente a la casa, el jardín que comenzaba a florecer en el preludio de la primavera bullía con el retozo de los pájaros, despiertos con la primera luz y, en esos días, en pleno fragor de sus trapisondas de cortejo. Venancio detuvo el coche en la parte trasera, bajo la parra exuberante. Alejandra se apeó y se adelantó unos pasos para acariciar con la mirada la casa que cada día había echado en falta desde que se marchó. El amanecer grandioso sobre el océano parecía querer darle la bienvenida y servirle de consuelo, pero ella no podía sentirlo sino como un acontecimiento triste.

Al pie de la escalera, un cerco improvisado con varias macetas y cubierto por un plástico protegía el charco de sangre, que señalaba el lugar donde había caído Arturo. Venancio se ofreció a mandarle a alguien que la ayudara a limpiar, pero ella prefería estar a solas y lo rehusó.

Intentó encender la luz, no funcionó y tuvo que conectar el interruptor de la electricidad. La casa había vuelto a los derroteros de soltería, aunque permanecían, como residuos de una lejana felicidad, los ornamentos que ella había dispuesto mientras vivió allí, ya mustios, descoloridos y con el ángel ausente.

En el dormitorio continuaba la cama deshecha por el lado donde él solía acostarse. Tras deshacer el equipaje y darse una ducha, recorrió la casa deteniéndose en cada rincón y cada objeto. A pesar de los más de tres años que llevaban sin verse, de lo que habían cambiado en ese tiempo una y otra, ambas sentían como si se hubieran despedido apenas media hora antes, porque ninguna de ellas había podido estar completa con la falta de la otra. Subió de nuevo a la habitación y pasó junto a la puerta del estudio, entornada. Empujó y descubrió el mural inmenso con su rostro. En la estantería, junto a un portarretratos con su foto, la colección de muñecas. De esa manera elemental halló la sencilla verdad que tanto necesitaba saber. Las dudas que la atormentaban tal vez no fueran más que las tinieblas del miedo, que en un instante se disiparon ante sus ojos como si no hubiesen existido. Tal vez, aquella rival que no podía olvidar no fuera más que un desliz ocasional, una dolorosa aventura, pero sólo una aventura.

A primera hora de la tarde, cuando se preparaba para salir, oyó ruido en la cochera. Eran Emiliano y Honorio, que hacían como que trabajaban, pero que en realidad esperaban por ella, disimulando mal. Cuando se acercó, Emiliano le sonrió primero, pero enseguida se limpió los ojos, afligido. Ella le tendió los brazos, y él se dejó abrazar dejando escapar sus lamentos altisonantes de sordomudo, gimiendo como lo hubiera hecho un perro. No existían otros lamentos que pudieran sentirse más hondos que aquéllos. Honorio parecía en su sitio, imperturbable, pero, como Emiliano, al abrazarla le costó no venirse abajo. «Vendrá, niña. Seguro que vendrá», dijo para consolarla a ella, consolándose él.

Habría querido dar una vuelta por los viales, pero creyó que formaría un revuelo porque estarían con tantos deseos de verla como lo estaba ella de verlos a ellos. Se detuvo en la oficina, donde muchos la esperaban abatidos. Algunas de las trabajadoras conseguían contenerse, pero otras no podían evitar las lágrimas.

En la casa de Alfonso Santos, Matilde la vio llegar y se apresuró a avisar a Alfonso. La recibieron en la puerta casi sin pronunciar palabra. Matilde estaba muy afectada y Alfonso, desolado, le habló para darle esperanza.

—Ten fortaleza. Los médicos tenemos la obligación de reservarnos la opinión. Él es joven y muy fuerte, sus funciones vitales están bien, busca el camino de regreso y sólo es cosa de tiempo que lo consiga.

Candelaria y Elvira, avisadas por Venancio, esperaban frente a la casa. Candelaria en la cancela, vestida de calle, casi de luto, con un pañuelo en la mano le tendía los brazos. Elvira intentaba no perder la compostura para darle fortaleza a su madre y Alejandra se sumó al esfuerzo, aunque, al contrario de lo que imaginaba, el encuentro con Candelaria fue el de mayor consuelo. Más desesperada y vencida que nadie por el peso de la realidad, la recibió con los lamentos y agradecimientos a la Virgen de sus querencias, pero en cuanto cesó de apretujarla y de decirle lo guapa que estaba, comenzó a enjugarse el llanto imbuida de un misterioso desahogo: «Menos mal que viniste pronto. Tú tienes que estar con él, para que pueda sentirte».

Un par de veces a la semana bajaban del Estero para atender las plantas y limpiar los alrededores de la querida casa de su infancia, que halló mejor que cuando se marchó. Mientras esperaba por ellas tuvo tiempo de recorrerla, incluso de bajar al semisótano y sentarse un minuto a reencontrarse con el ámbito entrañable de su niñez.

El largo viaje por carretera hasta la capital y el posterior regreso era un esfuerzo grande que sentía bien empleado, pese a la escasa media hora que le permitían estar con él.

* * *

Después de treinta horas sin dormir y casi sin comer estaba agotada, pero el caudal de sensaciones que borboritaba en su mente le haría imposible conciliar el sueño: el susto de la noticia, el cambio de horario, el reencuentro con la isla querida, con la gente y los paisajes amados, la imagen de él inerme, solo y tendido en la cama más triste del mundo, perdido en un lugar del que tal vez no pudiera regresar. Pensaba que con él se hallaban las respuestas a las preguntas que necesitaba resolver. Sin embargo, pronto descubriría que nadie estaba más cerca que ella ni disponía de mejores medios para desentrañar las sombras que escondían la verdad.

En chanclas, vestida con un pantalón corto de trabajo y una camiseta, se preparó para limpiar el charco de sangre que permanecía bajo el plástico de la escalera. Necesitó un par de cubos de agua limpia y frotar durante largo rato, pese a lo cual quedó una sombra que parecía indeleble en la superficie de granito. Antes de pasar la fregona, debía limpiar el polvo del pasamano y los balaustres y se disponía a hacerlo, empezando por la consola situada en la parte alta de la escalera, cuando al encender la lámpara la detuvo algo que, más que ver, sintió fuera de lugar. Adornaban el mueble una pequeña vasija de barro, una reliquia romana de la época de Sila que habían traído como recuerdo de su viaje a Roma, y las figuras de bronce de un Quijote y un Sancho Panza.

Dos aureolas, apenas perceptibles sobre la superficie de la madera, que denotaban el lugar que habían ocupado, eran evidencia de que las habían cambiado de sitio. Alejandra se estremeció: la electricidad desconectada, las figuras movidas de su sitio, su marido en coma por un golpe en la cabeza, el recuerdo de un asesino que continuaba suelto y que había tenido el valor de entrar en la casa para dejar un martillo embadurnado de sangre.

Por los cursos sobre seguridad en el trabajo que en la finca estaban obligados a impartir, Arturo se había ido haciendo un poco maniático en la prevención de los accidentes, en particular de los más pequeños y fáciles de evitar, por lo que solía vigilar que los muebles no tuvieran esquinas peligrosas ni sobresalientes que pudieran causar daño, si alguien se golpeaba con ellos. Dos carpinteros que tomaron la escalera por asalto pasaron algunos días sustituyendo piezas, redondeando esquinas y eliminando filos, lo que hicieron con esmero hasta en los lugares más inaccesibles. Ella no dejó un centímetro de la escalera por explorar, a pesar de que no estaba segura de si sería imprescindible o no un filo cortante para producir la herida inciso contusa que se mencionaba en el parte médico, que no provocó fractura pero que necesitó varios puntos de sutura. No halló en los escalones de granito, en la baranda o el enlucido de escayola de la pared una sola arista. En sus circunstancias lo prudente, pensó, era hacerse todas las preguntas, desconfiar de las evidencias, no dejar nada al azar. Abandonó los útiles de limpieza y husmeó en los cajones del escritorio en el estudio.

Según las instrucciones que Arturo le había dado en ocasiones para el caso de que le sucediera algún percance, ella debía comprobar el contenido de la caja fuerte, donde encontraría los documentos y la información que podría necesitar. Una carpeta en el cajón del escritorio tenía en una esquina un número inocente escrito a lápiz, que nada diría a quien no fuese conocedor del secreto, mediante el que tras unas sencillas operaciones aritméticas conseguiría la combinación de la caja fuerte. Además de algunas cosas con más valor sentimental que real, contenía dos millones en billetes nuevos de cinco mil pesetas, un paquete de documentos sobre las inversiones que mantenía en Estados Unidos, escrituras de las propiedades, un sobre grande con la anotación «Cayetano» escrita a lápiz y otro sobre muy delgado con la anotación «Bernal».

En el fondo, como si hubiese querido esconderlo, otro grueso paquete, con las cartas que ella le había enviado durante el tiempo de la ya larga ausencia, delante de las cuales estaba la última y fatídica de petición de divorcio. Y con ellas se escondía el más hermoso de los tesoros que hubiera querido hallar: el cuaderno con su nombre en la primera página. No le sorprendió. No era sino la confirmación de lo que había sabido desde la primera vez que lo miró a los ojos y descubrió en la serena firmeza de su mirada un océano de callado amor. Nada más pudo hacer, excepto leer y llorar sobre el cuaderno, hasta que el agotamiento la venció.

* * *

De los documentos contenidos en la caja fuerte, era inevitable que la atención se le fuera a los del caso de Cayetano Santana y, al menos de momento, no le concediera importancia a los que figuraba con la anotación «Bernal». Volver la vista atrás sobre el episodio que había dado con su marido en la cárcel era también regresar al pasado, a una época de pesadilla que por suerte para ella apenas había vivido, pues era una niña cuando la Constitución de 1978 abrió la puerta a la libertad. Su idea de aquel tiempo, hecha de retales dispersos, no le permitían sino una conciencia imprecisa y vaga de ese mundo. Ahora que lo había observado desde fuera, desde una sociedad que resolvía sus discordancias por la confrontación pacífica, sin la deslegitimación entre sí de los adversarios, empezaba a comprender, y lo entendía mejor por el método de las preguntas que ella misma tenía sin respuesta. ¿Qué clase de sociedad fue aquella en la que un crío tuvo que huir del país para salvar la vida, en que el hermano mayor tuvo que segar dos vidas y perder la suya para proteger la del pequeño? ¿Qué mundo fue aquel de caminos tan estrechos, formalismos tan equívocos, en el que incluso una mujer de la entereza de su madre huyó despavorida del matrimonio, aun cuando estaba segura de amar al hombre con el que iba a casarse? Desconocía las causas, pero no las consecuencias y lo que le faltaba en conocimientos le sobraba por los sentimientos. Desde la perspectiva de sus veintitrés años, aquella época de las imposiciones, los dogmas y los confesionarios, la sentía fea, retrógrada, vengativa y desagradable, en tanto que la España que a ella por suerte le tocaba, más aún vista desde fuera, era amable y humana, empezaba a ocupar su sitio en el mundo y parecía que pronto conseguiría vencer a sus viejos demonios. No existía, sin embargo, una línea divisoria entre una y otra. Los documentos del caso de Cayetano Santana lo demostraban: el juez instructor corrompido soslayando pruebas que cerrarían el caso, un fiscal y unos abogados en confabulación ilícita, una mano en las tinieblas promoviendo el amaño de pruebas, unos guardias civiles impedidos para hacer el trabajo que tenían encomendado.

Estaba resuelto y claro en la sentencia de absolución, aunque, por alguna razón, Arturo había dejado a buen recaudo los documentos que lo condujeron hasta Joaquín Nebot. El apellido Maqueda figuraba por primera vez en una anotación de su puño y letra, cuando Dámaso Antón lo puso sobre la pista que lo condujo a Madrid. Sin embargo, ella no se percató de que, a pesar de lo poco frecuente, era un apellido que no desconocía.

De todo, lo único que hasta el momento le llamaba la atención en los documentos lo hacía por razones muy distintas a las del caso. Se trataba del nombre de Josefina Castro, que le estaba molestando como una chinita en el zapato desde el primer momento en que lo vio escrito.

Era noche cerrada cuando detuvo el coche en el destacamento de la Guardia Civil para preguntar por Dámaso Antón. Un guardia joven le decía que no podría verlo hasta la mañana siguiente y tomaba nota para dejarle recado, cuando Dámaso apareció en la puerta, un tanto desaliñado, vistiendo un chándal que se había puesto a toda prisa.

—¿Está bien Arturo? ¿Ha recobrado el conocimiento? —preguntó, sin saludar, aunque tendiéndole la mano.

—Sigue igual, los médicos no dan un pronóstico claro —le informó Alejandra, mientras le estrechaba la mano.

—No lo dan por si salen mal las cosas. Hay que tener esperanza —le dijo mientras la conducía hasta una mesa de escritorio, donde le acercó una silla para invitarla a sentarse.

—He venido a verlo para agradecerle que nos ayudara con lo del caso de Cayetano y para hacerle una consulta.

—Era mi obligación —respondió Dámaso, quitándole importancia—. ¿La consulta es sobre el accidente de Arturo?

—Tengo dudas de que haya sido un accidente. Hay cosas que no encajan.

Dámaso la observó con sorpresa.

—¿En qué fundamenta esas dudas?

—Él tiene una herida en la cabeza —explicó ella—. Lo encontraron al pie de la escalera. Y no veo dónde pudo haberse herido. Pero no es lo único. En la planta alta, sobre un mueble, tenemos dos figuras de bronce que alguien ha movido de su sitio, y estoy segura de que no fue él. Además, la corriente eléctrica estaba desconectada cuando llegué a casa. Si se levantó de la cama y cayó por la escalera, nada tiene sentido. ¿Para qué querría desconectar la electricidad antes de meterse en la cama?

—¿Y adónde cree que lleva eso? —preguntó Dámaso.

—Se explicaría que las figuras estuvieran desplazadas si quisieron limpiarlas. Lo que me asusta es que el asesino de Cayetano Santana sigue suelto y entró en la casa para dejar un martillo lleno de sangre.

—¡Ése y no otro es el punto que nos está faltando para cerrar el caso de Cayetano! —dijo Dámaso, poniéndose en pie—. ¿Me firmaría una denuncia? Merece la pena que vaya allí con unos compañeros.

Y mientras hablaba introdujo un papel en el carro de la máquina y empezó a escribir.

Había hecho bien en abandonar la limpieza la noche anterior y, siguiendo las instrucciones de Dámaso Antón, no abrió ventanas y evitó caminar por donde pudieran quedar rastros útiles. Despertó un par de veces durante la noche, pero pudo descansar y llevaba más de una hora dando vueltas en la cama cuando sonó el despertador.

A la hora acordada, Dámaso Antón llegó con dos acompañantes, que tardaron casi dos horas en tomar muestras y hacer anotaciones.

—Ésta la han limpiado —dijo un agente, cuando marcaba con la brocha el Sancho Panza de bronce—. En ésta tenemos algo —precisó a continuación cuando lo hizo sobre el Quijote.

En la parte alta de la balaustrada, hicieron otro hallazgo:

—Parece que sangraba antes de caer.

Alejandra los observaba desde lejos y Dámaso se volvió hacia ella para dedicarle una grave mirada de asentimiento, que era bastante explícita.

* * *

Por la tarde de ese mismo día, cuando entró en la sala del hospital, se despedían otros dos agentes, personados allí para tomar huellas de Arturo y requerir una de las radiografías que le hicieron al ingreso.

Le habían retirado la mascarilla de oxígeno y le comunicaron que daban por concluido el episodio de neumonía, salvo por la necesidad de terminar el tratamiento de antibióticos. Él permanecía inmóvil, con la misma posición en la cama, la misma serenidad en el sueño, la misma ausencia, el mismo ritmo en los trazos verdes de la pantalla. Al igual que ella, Candelaria y Elvira, que la acompañaban cada tarde, habían pasado de la desolación a un estado de espera angustiada.

* * *

No caía en la cuenta de que el único nombre de mujer que le era imposible identificar entre los nombres que había encontrado en los papeles de su marido era el de Josefina Castro. De haberlo hallado entre decenas de otros nombres de mujer, las entrañas continuarían gritándole que era ella la que aparecía en las fotos malditas, que no le habían dado sosiego desde la noche en que las encontró al abrir la puerta de su apartamento.

Marcó el número, segura de que llamaba a su rival.

—¿Es usted Josefina Castro?

—Sí, soy Josefina.

—La llamo para darle una mala noticia. Soy Alejandra Minéo, la mujer de Arturo Quíner.

—¿Le ha pasado algo? —preguntó con premura.

—Está en coma.

—¿Vivirá? —preguntó Josefina, arrebatada ya por el llanto.

—Los médicos no lo saben.

—¿Te importaría si voy a verlo? —preguntó Josefina, tuteándola.

—Por eso he llamado. Porque suponía que querrías verlo —también la tuteó Alejandra—. Llámame para decirme en qué vuelo llegarás. Le pediré a alguien que vaya a buscarte.

Le facilitó los números de teléfono donde podría encontrarla y colgó derrotada, dando por probada la terrible sospecha. Fuese o no la mujer de las fotos, parecía conocerlo. Tendría que ser fuerte cuando hablara con ella, porque necesitaba preguntarle lo que no figuraba en los papeles de Arturo.

La vio llegar a lo lejos, en el pasillo del hospital, acompañada por Agustín, que había ido a recibirla. Intentaba parecer indiferente, pero ansiaba descubrir si era o no la mujer de las fotos. Lo era y Alejandra la recibió distante, pero Josefina eludió el escollo al presentarse.

—Tenía muchas ganas de conocerte —le dijo, abrazándola.

Alejandra apreció sinceridad en el gesto, pero no supo interpretar el sentido de las palabras y no le dio respuesta. Josefina pasó diez minutos con Arturo y salió compungida, con un pañuelo en la mano. Cuando se interesó por las cuestiones médicas y sobre cómo lo habían hallado, notó tensa a Alejandra, pero no podía imaginar que tuviese alguna clase de recelo y lo atribuyó al difícil momento que atravesaba. Por su parte, Alejandra necesitaba respuestas, y no era posible eludir la cuestión esencial.

—¿Hace mucho que lo conoces? —preguntó Alejandra.

—Menos de dos años. Cuando fue a Madrid buscando información que le ayudara en su caso con los tribunales. Se quedó en mi casa dos días.

Alejandra oscureció el semblante y Josefina adivinó sus dudas.

—Estás preguntándote si tuve algo con él —se aventuró Josefina a ir por la línea recta.

—¿Lo tuviste? —preguntó Alejandra aceptando el desafío.

—Por supuesto que no —respondió Josefina—. Pero no porque yo no lo intentara. No lo tuve porque él no lo quiso. Y no quiso porque está loco por ti.

Alejandra no respondió y se hizo una pausa que la propia Josefina tuvo que romper:

—¿No te lo crees?

—Sí, te creo —respondió Alejandra, menos tensa, pero aún con abatimiento—. A lo mejor es que necesito creerlo. Sé que es lo que dirías, si lo hubieras tenido y no quisieras hacerme daño, pero lo conozco y si hay un hombre capaz de hacer algo así, es él.

—Tú no pareces una mujer controladora del marido. ¿Por qué has llegado a pensar que hubiera algo entre nosotros?

—Tengo motivos que tal vez tú puedas explicar.

—¿Qué clase de motivos?

—Unas fotos que alguien me echó por debajo de la puerta.

—¿Sigue Pablo detrás de ti? —preguntó Josefina en su línea de resolver la cuestión por la vía directa.

Alejandra tardó en responder con otra pregunta. Se sintió una tonta porque no fue hasta que tuvo que pronunciar el apellido para saber que el Maqueda de los papeles, el de las pesadillas de su marido, y el Maqueda de Pablo tenían el mismo origen.

—¿Te refieres a Pablo Maqueda? —le preguntó.

—Me refiero al hijo de Jorge Maqueda, el hombre para el que trabajo —respondió Josefina.

—Hace años que me persigue. Incluso se trasladó a Estados Unidos cuando yo me fui a estudiar. No ha habido nada entre nosotros, sólo somos amigos. Pero aparte de ser el hijo de ese hombre odioso, ¿qué tiene que ver él con esto?

—Si alguien te ha hecho llegar unas fotos en las que aparezco con Arturo, no puede ser más que Pablo. Si además está detrás de ti, ya sabes la razón para hacerlo.

—¿Qué has tenido que ver con él?

—Un noviazgo —le dijo, y añadió—: Un noviazgo muy desgraciado.

Alejandra entendió que le faltaba hablar con Josefina algo más que unas frases en medio de un pasillo.

—¿Cuándo regresarás a Madrid?

—Mañana por la noche.

—¿Tienes dónde quedarte?

—Pensaba pedirte ayuda para encontrar sitio.

—Acogiste a Arturo en tu casa. Estoy obligada a ofrecerte la mía y me gustaría que aceptaras pasar la noche allí. Así podremos hablar. Tengo muchas cosas que preguntarte.

Josefina aceptó la invitación. Por el camino hizo el relato de su noviazgo con Pablo, que desde las primeras palabras Alejandra intuyó que no era el relato de una mujer despechada, sino liberada. Contó la muerte del primer novio, el acoso de Pablo, lo extraño de su carácter atento y tranquilo excepto por los inesperados cambios de humor, y contó el idilio que terminó de la forma más violenta imaginable. Alejandra escuchó en silencio, oyendo en las palabras de Josefina el relato que ya conocía de su propia historia, satisfecha de haber puesto a Pablo en su sitio desde el primer día. Sin dudar de lo que oía, porque cada detalle que la interlocutora refería, Pablo lo había repetido durante los cinco años que llevaba tras ella. Sin embargo, no podía evitar sentir compasión, porque veía con más claridad el intenso dolor que intuía tras sus maneras evasivas y el comportamiento atormentado de Pablo. Al menos hasta que Josefina explicó lo que se hablaba de él en una cinta de vídeo, que Alejandra se apresuró a rescatar de la caja fuerte y que tuvo que reproducir varias veces para comprender lo que su inconsciente se negaba a admitir.

A lo que Josefina contaba del hombre acuchillado en Madrid, correspondió Alejandra con el relato del suceso que involucró a Pablo en el caso de la menor negra. Y no fue hasta ese momento cuando admitió que nunca lo había llegado a creer del todo, y del que ya no tuvo duda en cuanto oyó al rufián desahuciado que aparecía minutos después en la cinta.

La conversación duró hasta la madrugada. Antes de la partida de Josefina, tuvo ocasión de enseñarle la finca y acompañarla en un paseo, triste para las dos, por el Terrero y por Hoya Bermeja. Desde Nueva York, Alberto ya había confirmado que Pablo Maqueda continuaba sin dar señales de vida.

* * *

El sobre con la anotación «Bernal», que había quedado en la caja fuerte era, sin duda, el centro del embrollo. La carta en que Dolores Bernal le pedía a Arturo Quíner que buscara al nieto para hacerle entrega del documento manuscrito, con la misma caligrafía, cansada pero todavía hermosa, en el que relataba la verdad sobre la tragedia que había deshecho a la familia Bernal y provocado el desastre para Ismael y Arturo Quíner.

Incluso conociendo lo que ahora sabía, Alejandra no podía evitar sentir un poco de compasión también por Pablo. El drama de María, su madre, violada; la tragedia del niño, arrancado de su hogar, del amparo de su madre, separado de lo que conocía y puesto en otro mundo que a todas luces habría sido para él demasiado hostil, era algo tan brutal como lo eran las palabras de Dolores Bernal, en aquellos papeles empapados de amargura y deseos de venganza. Debía de existir una poderosa razón para que Arturo no hubiese hecho uso de ellos y quien tenía la respuesta era el abogado Joaquín Nebot.

* * *

Al entrar en la oficina del destacamento, antes de que Dámaso la saludara, supo que habían hallado algo en las muestras que se tomaron en la casa el día anterior.

—Llevabas razón, chiquilla —le dijo Dámaso desde lejos, colgando el auricular del teléfono, tuteándola—. Hablaba con el forense. Dice que juraría que lo golpearon con la figura de bronce.

—¿Y sabe de quién es la huella? —preguntó Alejandra.

—Sabemos que es de alguien ajeno a la casa, pero sólo tenemos una muestra pequeña. Habrá que contrastarla con muchas fichas y tardará. Aunque será una prueba muy consistente.

—Tal vez yo pueda facilitarles el trabajo, pero necesito que usted me haga un favor personal, Dámaso. Es posible que permita aclarar las cosas. ¿Conoce usted a un abogado de la capital llamado Joaquín Nebot?

—No creo haber oído ese nombre, pero me llevará unos minutos saber quién es.

—Tengo el teléfono y la dirección, aparece en los documentos que guarda mi marido. Necesito saber por qué los ocultaba, antes de hacer algo con ellos, y la única persona que puede explicármelo es ese abogado. Quiero hablar con él y me gustaría que usted me acompañara. Pero necesito que me prometa respetar la voluntad de mi marido, si no sacamos nada en claro.

Dámaso fue reticente a circunscribir la visita fuera del cauce oficial. Comprendía, sin embargo, las razones de Alejandra y accedió a acompañarla a título personal. Desde el hospital, mientras esperaba por Alejandra, telefoneó para concertar la entrevista y una hora después pasaban junto al ascensor precintado por la autoridad que continuaba con su cartel FUERA DE USO y subían por la escalera que de nuevo tenía una bombilla fundida y volvía a ser melancólica y oscura.

La mujer los esperaba en la puerta y les pidió que la acompañaran al despacho de Joaquín, que los recibió de pie, tras el escritorio. Tanto él como la mujer vestían como si acabaran de llegar de un acto solemne. Por la gravedad de los gestos parecía que fuese del funeral de alguien allegado. Dámaso, después de mostrarle su credencial a Joaquín Nebot, que tal vez esperaba ver a un sargento de la Guardia Civil de uniforme, le explicó que la conversación era de estricto interés personal y que acudía en calidad de acompañante de Alejandra. En cuanto supo quién era ella, preguntó por Arturo y la noticia de que estaba en el hospital en estado tan grave le dio de lleno. Se dejó caer en el respaldo de la butaca con gesto de sorpresa y abatimiento.

—Las malas noticias suelen venir con compañía —dijo, muy apesadumbrado.

—Entre los papeles de mi marido he encontrado unos documentos que él debía hacer llegar a otra persona. La pregunta que he venido a hacerle es muy sencilla. ¿Sabe usted por qué los retuvo?

—Por supuesto que lo sé —respondió Joaquín Nebot—. Los papeles se los entregué yo por deseo de una cliente. Él los retuvo para protegerla a usted y porque yo se lo pedí. De mis razones, pronto quedará libre de la palabra que comprometió conmigo. Yo también protejo a una persona, a la que, por desgracia, apenas le quedan unas horas de vida.

—¿Esa persona es la señora Dolores Bernal?

—En efecto, es la señora Dolores Bernal.

—¿Se opondría usted a que yo hablara con ella? Tengo contacto con el nieto. Tal vez pueda hacer que la vea.

Joaquín Nebot la miró con detenimiento, sin responder, y se apresuró a escribir una dirección al dorso de una de sus tarjetas de visita.

—¡Corra entonces! Haga lo posible para que llegue a tiempo.

* * *

Dámaso Antón esperó en el coche mientras Alejandra visitaba el convento, en la dirección que le había facilitado Joaquín Nebot. En la puerta dos monjas, que se apresuraron a cerrarle el paso, fueron contumaces en el intento de enterarse de qué quería hablar con la superiora antes de que accedieran a llamarla. Alejandra, advertida de esa eventualidad por Joaquín Nebot, fue al principio inexpugnable, aunque sólo como argucia. Primero dijo que no podía tratar sino con la superiora y a continuación dijo, como si cediera: «Es para un ingreso». Dio resultado. Una de las monjas la condujo por el claustro hasta una puerta en la que se oía ruido de cacerolas. Esperó apenas un minuto a que otra monja, que salió secándose las manos en el delantal, la atendiera. Era grandota, muy amable, y enseguida se le veía que estaba investida de ese raro don natural para ejercer el mando y dirigir.

La condujo primero a un despacho, pero en cuanto estuvieron a solas y Alejandra mencionó el nombre de Dolores Bernal, sin llegar a tomar asiento la mujer le pidió que la siguiera hasta la calle.

El edificio contiguo, de dos plantas, era al tiempo anexo del convento y domicilio particular de ancianos pudientes. La monja abrió con una llave del manojo enorme que llevaba sujetas en una argolla gigantesca. Los pequeños apartamentos, soleados, con baño y cocina propios y un salón que era a la vez dormitorio, se alineaban en torno a un patio amplísimo, bien ajardinado y en cuyo centro resonaba el eco apacible del agua que vertían los grifos de una fuente de piedra. Entre la cristalera del patio y los apartamentos quedaba un corredor común desde el que se disponían los medios para atender a los residentes, incluyendo un servicio sanitario, sobrio pero adecuado a la necesidad. Por uno de los extremos, ese pasillo tenía comunicación con el edificio del convento por el que las monjas iban y venían de unas dependencias a otras sin necesidad de salir a la calle. También el trato de las monjas era allí distinto y Alejandra sospechó que no sólo por la presencia de la superiora. Un hombre con bata y un fonendoscopio al cuello llegó desde el fondo cuando las vio entrar. Aparentaba poco más de treinta años y bajo la bata vestía sotana. Se alegró al saber que la visita era para Dolores, aunque se tratara de una desconocida. «Dolores no necesita unos días más de vida, sino morir bien», dijo el hombre.

—Ella quería mucho a mi madre. Dígale que soy la hija de Rita Cortés —le recomendó Alejandra a la superiora, que se adelantó para avisar a Dolores.

—Se ha puesto muy contenta. Se acuerda de Rita. Está muy débil, no la canses. Tienes diez minutos —dijo al salir, facilitándole el paso, pero la retuvo un instante del brazo para hacerle una última petición—: Por favor, no necesita nada que le remueva la conciencia. Tiene bastante tortura con la suya.

Entre recostada y tendida en la cama, la mujer inextinguible de otro tiempo se deshacía, cansada, anciana, un poco acezante pero cuerda, consciente y dueña de su mente. Aún tuvo fuerza para sonreír y levantar la mano temblorosa, y hasta para intentar rodearle el hombro con el brazo, cuando Alejandra la abrazaba.

—Te pareces a tu madre, pero eres más guapa. ¿Cómo está Rita? —preguntó Dolores.

—Está con mi padre. Se han ido muy lejos. No puede venir.

Le mintió, aunque sólo a medias.

—¿Y tú, cómo me has encontrado?

—La encontró mi marido, él me pidió que viniera a verla.

—¿Y quién es tu marido?

—Se llama Arturo Quíner. ¿Sabe quién es?

—Sí que lo sé, aunque no lo conocí. Ese pobre chico, que perdió al hermano. Me han dicho que regresó, que hizo dinero en América —dijo, pero tuvo que hacer un largo descanso—. Dicen que es muy buen hombre, que está dando mucha ocupación a la gente.

Alejandra tuvo que tragar un nudo antes de continuar hablando.

—Le han dicho la verdad, es muy bueno, y tampoco ha podido venir.

—Cuánto me alegro de que te haya mandado, porque eso querrá decir que no me guarda rencor —dijo, como preguntando.

—No se lo guarda, me pidió que le dijera que pronto podrá cumplir el encargo que usted le hace en una carta.

—¡Ay, niña!, es lo único que necesito para morirme. No he podido ver a mi nieto, pero él tiene que saber la verdad y debe saberla por mí.

La amargura de la anciana conmovió a Alejandra. La abrazó para despedirse, susurrándole unas palabras de consuelo.

—Aguante. Ese milagro puede suceder.

—Cuida mucho a tu marido —le dijo Dolores acariciándole la mejilla—. Ese pobre chico perdió a su hermano y pagó culpas que eran mías.

—Descanse, Dolores. Él lo hizo en cuanto pudo enterrar a su hermano. —Y tuvo que tragar otro nudo, para terminar con la última frase—. Y sí que cuidaré de él. Hasta el último momento.

Salió de la habitación tomando aire para evitar las lágrimas porque tal vez ese momento no estuviera lejos, si no se había producido ya.

* * *

No existían ya las razones para ocultar los documentos, pero sólo los entregaría si la huella que estaban cotejando entre muchas era la de Pablo Maqueda. Dámaso se apresuró a telefonear para dar el nombre. En apenas treinta minutos le devolvían la llamada para confirmar que la huella correspondía a Pablo Maqueda. Alejandra hizo la entrega de los documentos y las cintas de vídeo, que Dámaso Antón y Eduardo Carazo esperaban con impaciencia.

La declaración de puño y letra de Dolores Bernal, que contenía tantos indicios de delito, relataba unos hechos ocurridos más de dos décadas atrás. Sin otra prueba adicional bien contrastada, ningún juez los dejaría actuar bajo ese capítulo. Sin embargo, era seguro que no les pondría inconvenientes en unir la denuncia formulada por Alejandra al caso de Cayetano Santana, porque éste permanecía abierto y porque existía, además de un idéntico modus operandi en el allanamiento de la vivienda, el soporte de las huellas halladas en la casa, nada menos que en un probable intento de asesinato.

A media mañana del día siguiente, Dámaso Antón la esperaba en el cuartel con una lista de preguntas sobre su relación con Pablo Maqueda. Había visto el vídeo y leído los documentos tantas veces que conocía los detalles mejor que ella misma. Evocando un revoltijo de recuerdos y sentimientos enfrentados, hizo el relato desde el día en que Pablo Maqueda se puso detrás de ella en la cala de Hoya Bermeja, para husmear cómo hacía un dibujo de la escultura de Francisco Minéo, comenzando entonces una persecución en la que no había dado tregua.

Por experiencia, Dámaso se había adelantado, solicitando información sobre el paradero de Pablo Maqueda y le habían dado una respuesta provisional: no constaba que hubiera regresado de Estados Unidos, lo que era contradictorio con la huella obtenida en la casa.

—No sé cuándo ni cómo habrá llegado, pero está aquí —dijo Alejandra—. Si tenía intención de cometer un delito, habrá querido ocultar su viaje. Se esconde en la casa grande de Hoya Bermeja o en un piso que tiene en la capital, y yo puedo hacerlo salir.

Dámaso le tomó la palabra porque presentarse por asalto a practicar una detención siempre podía ser peligroso y, de no salir bien, podrían dar ocasión de destruir pruebas. Era preferible detenerlo en la calle, por sorpresa, cuando no los esperara.

Le preocupaba que Jorge Maqueda tuviese tiempo para actuar. Dado que Pablo podía estar vinculado al caso de Cayetano Santana, tal vez el juez podría hacer extensiva una orden contra Eufemiano y Jorge Maqueda, que sólo se justificaría si encontraban alguna prueba sólida en el registro. Lo pidieron y el juez dejó una puerta abierta. Si se encontraba esa prueba, autorizaba a tomar declaración a Jorge Maqueda y a las personas que figuraban en la declaración de Dolores Bernal.

Fue la única tarde en que Alejandra faltó a su cita en el hospital, para esperar la llegada de los agentes que intervendrían en el registro. Tres vehículos civiles de la policía la protegían cuando tocó en el timbre. Nadie respondió. Echó por debajo de la puerta el sobre que contenía una nota escrita por su mano, en la que figuraba la dirección del convento, el nombre de la superiora y una sola frase: «Date prisa, tu abuela está allí». Lo que suponían se confirmó enseguida. Apenas unos minutos después, Pablo Maqueda salía con la moto por la puerta de la que fue primero bodega, después capilla y cobertizo de los coches por último, y lo hizo con tanta prisa que dejó la puerta entornada, facilitándole a los policías acceder a la casa sin forzar cerraduras ni hacerse notar.

Los mismos agentes que tomaron las muestras en la casa del Estero, apenas en unos minutos, dieron con la prueba más importante: un vehículo, de la misma marca y modelo que el coche de Arturo, con la moqueta manchada de sangre, que alguien, poco esmerado, había querido limpiar con lejía. Desvelaba la confusión con las huellas de neumáticos aparecidas junto al cadáver de Cayetano Santana y confirmaba, además, que las manchas de sangre halladas en la ropa corroboraban la hipótesis del primer informe, en el que se decía que lo habían trasladado sentado en el asiento de un coche. Una caja de herramientas de carpintería, algunas con el troquel de identificación del Estero, y unos guantes de trabajo confirmaban la relación de Cayetano Santana con el lugar. Huellas suyas en las herramientas, huellas de Pablo Maqueda por la casa, junto con otras huellas difíciles de identificar, sobre las que Dámaso Antón hizo un comentario:

—Este chico es joven y en el caso de Cayetano Santana intervino alguien maduro. Alguien muy templado, que hizo salir a Arturo Quíner para tener ocasión de entrar en la casa a dejar un martillo ensangrentado. Quien hizo eso tendría también el temple para prestar una declaración falsa y mantenerla. Esas huellas tienen que ser del individuo que se personó en el cuartel para incriminar a Arturo Quíner.

La Guardia Civil de tráfico estaba advertida del paso de la moto y de que era previsible que lo hiciera a toda velocidad. Debían dejarlo pasar. Con cien kilómetros de distancia una de la otra, dos patrullas de la Guardia Civil de tráfico dieron noticia de la hora y el punto exacto por donde había pasado.

En la capital, frente al convento, esperaban dos policías de paisano, en el recinto interior sin cristales de una furgoneta con publicidad comercial un poco maltratada. La única apariencia de que estaba fuera de lugar la habría hallado alguien instruido en componendas de vigilancias, porque habría advertido en el extractor, situado en lo alto del techo, el hilillo de humo de los cigarrillos que en el interior se consumían.

La secretaria del juzgado, que debía estar presente en el registro, llevaba las órdenes de detención de las personas que Eduardo Carazo había pedido, si se encontraban pruebas en la casa. A simple vista, lo que habían hallado era más de lo que esperaban, pero en una comparación preliminar de huellas, apareció el vínculo señalado por Dámaso Antón. Además de las de Pablo Maqueda, unas huellas con rastro de sangre en un plástico de la guantera correspondían con las del hombre que él había señalado: el falso testigo, lo que cerraba el círculo en torno a Eufemiano y desde él a Jorge Maqueda.

Adelantándose a ello, el Gobierno Civil tenía la operación preparada por si se confirmaban las órdenes de detención. Cerca del galpón desolado del extrarradio, un coche con varios policías de paisano controlaba a Eufemiano. También en Madrid esperaban por la orden. Frente a las oficinas de Jorge Maqueda, otro coche camuflado y una furgoneta de la Policía Nacional, muy próxima, aguardaban instrucciones. El falso testigo estaba en su domicilio, controlado también por policías de paisano. Con diferencias de minutos irrumpieron en los distintos lugares para efectuar las detenciones.

De madrugada, las primeras declaraciones y los registros habían dado fruto: tanto Eufemiano como Jorge Maqueda guardaban pruebas contra el otro. El falso testigo había declarado cómo fue la muerte de Cayetano Santana, acusando a

Pablo Maqueda de lo que no fue un asesinato sino un homicidio.

* * *

Los policías que esperaban a Pablo Maqueda vieron llegar la moto en la dirección contraria a la permitida en la calle. No había tráfico y ningún vehículo se le cruzó. Dejó la moto casi de cualquier manera, invadiendo un paso de cebra. Entró a la carrera y preguntó a las monjas que le salieron al paso por el nombre que tenía escrito en la nota de Alejandra. Otra monja lo acompañó al despacho, donde lo recibió la superiora, primero con un poco de zozobra, pero reaccionó enseguida en cuanto el joven trémulo y todavía aturdido, con el casco de motorista colgando del brazo, le dijo quién era. Con paso ligero lo condujo por el largo pasillo hasta la calle y después por la acera hasta la puerta principal del edificio anexo. Subieron la escalera y, delante de la habitación, le pidió que esperara mientras ella entró.

—Está dormida —dijo al salir—, pero sólo duerme a ratos, no la despiertes, está a punto de dejarnos. No le hables de nada que no la ayude a morirse en paz, que es lo único que ahora importa. A ella le bastará con verte.

Pablo entró muy despacio, casi de puntillas, atontado aún por la noticia y anonadado por una situación que no hubiera podido soñar, que era al mismo tiempo la más feliz y más dolorosa. Habían pasado veinte años y él recordaba a la mujer postrada en la cama tan vieja como ahora, pero fuerte e invulnerable, y sintió la irreversibilidad del tiempo en la imagen de la anciana aniquilada por el rigor de la edad. Se dejó caer al suelo, junto a la cama, y cogió la mano vieja y exánime entre las suyas, se la llevó a la boca para acariciarla apenas con los labios y la retuvo después en la mejilla, abandonándose al llanto en el silencio, contemplando las arrugas de aquel rostro que amaba a la par y casi tanto como el rostro de su madre, que nunca podría volver a contemplar. Reconcilió el llanto mientras regresaba al tiempo feliz de sus primeros años, a la casa grande de Hoya Bermeja, a la morada de su madre, al lugar de plenitud, al territorio de sus primeros juegos y ahora, ya lo sabía, al único tiempo feliz de su existencia, en el que ella tenía para él previstos y dispuestos los remedios para todos los contratiempos, las respuestas a todas las preguntas, el refugio para todo el miedo y todas las pesadumbres. Tal vez segundos, tal vez minutos, acaso una hora, le costó regresar de ese tiempo remoto y recobrar la conciencia. Al alzar la vista, vio los ojos de la anciana detenidos en él, llenos de llanto y contemplándolo con una expresión de consuelo y felicidad como no había visto en otros ojos.

—¡Pablito, mi niño Pablito! Creí que me había muerto ya. Pero eres el milagro que pedí —dijo sonriendo, con un hilo de voz casi inaudible.

Pablo se dejó caer en el regazo de su abuela mientras ella apenas con la punta de los dedos le acariciaba la cabeza. Estuvo así hasta que fue él y no ella quien tuvo que recobrar el aliento para hablar.

—Abuela, me dijeron que estabas muerta, te habría buscado si hubiera sabido que aún vivías.

—No importa ya. Pronto no estaré, pero te he visto. Moriré en paz.

Atendida con mimo por el nieto, las últimas horas de vida fueron para Dolores Bernal la paz que no había tenido desde la noche maldita en que lo arrebataron de su casa. Tomó unas cucharadas de sopa y algunos sorbos de agua, y pudo ganar aliento para contarle la verdad. Muy débil y haciendo muchas pausas para tomar aire y decirle lo buen mozo que era y lo guapo que estaba y para contarle, sin perder el hilo ni extraviar un solo recuerdo, lúcida, con una claridad de exposición inaudita en una persona de su edad y en su estado, hizo el recorrido de los hechos fatales que deshicieron la familia. Por si no le alcanzaba la vida, empezó por el final y sólo por lo más relevante, pero sacó fuerzas de las entrañas y pudo remontarse después a la época del horror, señalando a su hijo Roberto por sus crímenes y sin descargarse la conciencia de la parte que a ella le tocaba, por haberlo impulsado primero y consentido después. Habló de la violación de María, sin quitarle dramatismo pero asegurándole que ella lo quiso desde que nació, y que si no se marchó de la casa ni quiso saber de ningún hombre fue por él. El episodio más difícil de rememorar había de ser el de la noche en que murió y lo raptaron a él, pero no lo pasó por alto, como no lo hizo con la figura de Daniel, el único hombre que María había conocido, del que estaba enamorada, con quien se habría casado y quien era, de hecho, el que Pablo había sentido como su padre. Y en una línea marginal del relato dejó en el sitio que debía a los chicos de Terrero, como decía para referirse a Ismael y Arturo Quíner, de quienes contó que nada tenían que ver con los hechos, sino que Jorge Maqueda quiso hacerlos desaparecer para culparlos de lo sucedido. No olvidó explicar que la tierra del Estero no le perteneció a la familia, que, por el contrario, fue ella quien obligó al alcalde a expropiarla en otro de sus atropellos.

Pablo no se separó de ella sino cuando las monjas tuvieron que atenderla o levantar la ropa de la cama para asearla. Una, que era de carácter más adusto, parecía, sin embargo, la que congeniaba mejor con Dolores y la que estaba más al corriente de sus asuntos. En cuanto terminaban, él regresaba a su lado, temiendo por el desenlace dramático que sabía inminente. Pablo apenas comió, y con desgana, un bocadillo y un vaso de leche que la superiora en persona llevó para él poco después del anochecer. Sentado en la silla, sin pegar ojo, pero sin ánimo para hacerlo, pasó la noche a su lado. Por la mañana, mientras Dolores dormía, el que era médico además de sacerdote, en una ceremonia que tenía de ambos mundos, le tomó el pulso, la auscultó y a continuación se puso la casulla sobre el fonendoscopio, rezó una oración e hizo admoniciones, en lo que Pablo imaginó que sería otro acto más de extremaunción. Abatido y, en cierta forma que no hubiera podido explicar, liberado, Pablo tuvo ocasión de compartir con ella veinticuatro preciosas horas antes de que Dolores muriera, sin dolor y apenas sin darse cuenta de que se iba. Después de almorzar dos o tres cucharadas de papilla, durmió una siesta larga y sosegada, de la que despertó complacida y todavía estrechando la mano del nieto.

—Dame un beso —le dijo.

Pablo la besó primero en la frente y después en la mejilla, y ella sonrió embelesada. Tosió un poco y él se levantó de la silla para darle el agua. Dolores tomó dos sorbos. Pablo le limpió los labios y ella cerró los ojos, como si quisiera volver a su siesta. Él puso el vaso sobre la mesilla y se detuvo un instante para doblar la servilleta. Se volvió para acomodarle la almohada y entonces vio que se había ido. Se arrodilló en el suelo y rompió a llorar con la cabeza sobre el cuerpo sin vida de su abuela.

La monja que era de carácter más severo y que más pendiente de Dolores había estado oyó algo y se acercó diligente a la puerta. Supo que acababa de morir cuando vio a Pablo llorando en el regazo de la anciana y cogiéndole las manos inermes para acariciarse con ellas la cabeza, como si tuvieran el poder de eximirlo del suplicio que lo torturaba por dentro. La monja hizo una cruz en el aire, se arrodilló en medio del pasillo con los dedos de ambas manos entrecruzados en el pecho y rezó. Otras monjas la vieron, algunas se arrodillaron junto a ella y otras lo hicieron en el mismo sitio donde estaban.

Le dejaron a Pablo el tiempo que necesitó. Cuando por fin fue capaz de ponerse en pie, Pablo Maqueda volvía a ser Pablo Bernal, otro distinto del que había llegado. Transmutado por la verdad, transfigurado por el amor y las palabras de la anciana moribunda, que acababa de fallecer, salió muy despacio de la habitación, por el corredor interior llegó al claustro, caminó por otro corredor larguísimo, bajó la escalera y alcanzó la calle. De lejos, vio la moto, pero había olvidado el casco. No importaba ya, daba igual. Respiró hondo; con las manos en los bolsillos caminó muy despacio mirando el rostro de la gente, las calles, el cielo azul y el sol de la tarde espléndida de marzo. Todo seguía igual, pero todo era distinto porque era él quien había cambiado.

Paseó por las calles sin rumbo fijo sin saber siquiera por dónde andaba. De toda la verdad, algo le dolía más. Era hijo de María Bernal, pero también lo era de Jorge Maqueda. La madre, hurtada de entendimiento por una droga, violada por el padre, era con exactitud el alivio que se procuraba el Pablo Maqueda más siniestro, el que tantas veces se complació de chicas indefensas, en noches de tinieblas. Sí, también era hijo de Jorge Maqueda. Paró un taxi y se marchó al hospital. En la puerta enseñó la documentación y pidió ver a Arturo Quíner. La recepcionista le dijo que estaba en la unidad de cuidados intensivos, pero rectificó enseguida. «Lo están trasladando ahora», y le dijo en qué habitación lo encontraría.

* * *

Aquella tarde trasladarían a Arturo de la unidad de cuidados intensivos. Permanecía estable, y con el proceso de neumonía ya superado, nada podrían hacer por él allí que no fuese posible hacerlo en una habitación.

En el interior de un coche, a cierta distancia del convento, Dámaso se incorporaba a la operación para detener a Pablo Maqueda, lo que harían en cuanto él saliera del edificio. Los acompañaba Alejandra, que se había ofrecido por si la necesitaban como medio de distracción. Además de los policías de la furgoneta, ya en el tercer turno de vigilancia, esperaban ellos, un poco alejados, vigilantes a la entrada y la moto, pero ninguno consciente de que podría hacerlo por la puerta del convento, de la que salió, escabulléndose del cerco que sin saberlo tenía en torno a él. Notaron algo extraño cuando vieron a dos monjas entrar agitadas al edificio y Dámaso Antón se preguntó si aún continuaría dentro. Alejandra, la única que podría interesarse por el estado de Dolores Bernal sin llamar la atención ni poner en peligro la vigilancia, entró por propia iniciativa y pidió hablar con la superiora, enterándose de que el deceso de Dolores Bernal había ocurrido tres horas antes y que el nieto había desaparecido sin que nadie lo viera marchar.

La frustración por el esfuerzo inútil duró poco. En ese momento ella tuvo el terrible presentimiento de que Pablo Maqueda hubiera podido ir al hospital. Dámaso Antón la tranquilizó, pero dio orden de abrirse paso con las sirenas y atravesar la ciudad. Alejandra subió a un ascensor, en el que a duras penas Dámaso Antón consiguió darle alcance, corrió enloquecida por los pasillos y llegó a la habitación que ocupaba Arturo y en la que, en efecto, estaba Pablo Maqueda. Sobrecogida, miró el monitor de fósforo verde, y vio con un suspiró de alivio la actividad incesante, que no entendía pero de la que sólo necesitaba saber que aún tenía esperanzas. Entonces se encaró con Pablo, sentado al fondo de la habitación, en el lado opuesto de otra cama, ausente, con la vista perdida en el infinito. Sólo alzó la vista cuando ella lo increpó.

—¡No te acerques a él, maldito!

Y Dámaso Antón tuvo que levantarla en vilo para evitar la salva de golpes que habrían caído sobre Pablo.

—No he venido a hacerle daño, Alejandra. Sólo quería saber cómo estaba.

Lo dijo sin inmutarse pero sin defenderse, con un inquietante tono de paz. En realidad, librando una dura batalla interior para poner orden en el mundo que se le había vuelto del revés durante las horas que pasó con su abuela.

—Está así por tu culpa, canalla —le dijo Alejandra, llorando de rabia—. Tú has intentado matarlo y, si muere, me habrás matado a mí también.

Las palabras de Pablo tenían un tono de grave severidad, de culminación y madurez, que Dámaso, interpuesto entre ambos, creyó que eran síntoma de que se había rendido y no deseaba ocasionar más problemas. Le habló tranquilizándolo.

—Sabemos que no quieres hacerle daño ya. Soy guardia civil, ven conmigo y lo aclararemos.

Pablo pareció sentirse aliviado, como si hubiera decidido entregarse.

—¿Va a detenerme por lo que le hice a él?

—Estoy obligado —le informó Dámaso, con las esposas en la mano.

—Es lo mejor —dijo Pablo, poniéndose en pie y cruzando las manos en la espalda para que lo esposara.

Dámaso lo entregó a los policías que habían corrido tras ellos y esperaban en la puerta de la habitación.

—¡Yo estaba confundido, Alejandra! ¡Lo siento mucho! ¡Perdóname! —gritó desde el pasillo cuando se lo llevaban.

* * *

Las declaraciones, que se extendieron hasta el amanecer, fueron las más tranquilas y limpias que Dámaso recordaba en sus años de servicio. Pablo Maqueda no negó haber sido el causante de la herida que tenía en coma a Arturo Quíner. Tranquilo, aunque avergonzado, contó lo sucedido con profusión de detalles, incluyendo los que sólo podría conocer la persona que esa noche estuvo en la casa, y otros que hasta el momento eran desconocidos, pero que pudieron confirmar. Contó que había desconectado el interruptor de la electricidad, que estaba tras la puerta trasera por la que accedió a la vivienda. Contó que golpeó a Arturo con una pesada figura que cogió de un mueble, que él rodó por los escalones y que lo creyó muerto porque no tenía pulso, que volvió sobre sus pasos para limpiar la figura y se marchó de la casa enseguida.

No negó su participación en la muerte de Cayetano Santana, de la que hizo un relato que se iba haciendo más verosímil en la medida en que ponía de manifiesto la enorme precariedad emotiva y el espantoso fárrago mental, del que ya se entendía que era más víctima que verdugo.

A Cayetano Santana lo conocía poco y dijo que no le caía ni bien ni mal. Quien lo conocía, y bien, era el hombre que Eufemiano le mandó desde la capital, en calidad de asesor inmobiliario, para que resolviera los arreglos de la casa. Aunque lo veía poco, compartieron la casa al menos durante dos meses. Estaba seguro de que su padre se valía del hombre para tenerlo vigilado a él. Fue quien señaló a Arturo Quíner como responsable de la muerte, era quien tenía el contacto con Cayetano Santana, al que contrató para hacer aquellos trabajos menores de carpintería, y desmontar y trasladar el altar de la capilla, que dejó sitio a los vehículos.

El día del suceso fatal llegó a la casa para rematar el trabajo, como tenía por costumbre con unas cuantas copas encima. Hizo la tarea sin pausas, pero bebiendo una cerveza tras otra, y a ratos conversando con el amigo. Concluyó el trabajo de noche, muy tarde, y salió con el otro a buscar lo que Pablo Maqueda creyó que se trataba de hachís. Al regreso, pasada la medianoche, algo había sucedido por el camino. Cayetano Santana estaba encendido y el otro lo increpaba y le tomaba el pelo por lo bruto que era.

Pablo Maqueda dijo que cuando llegaron bajó para saber lo que ocurría. Cayetano Santana echaba pestes de su mujer y de Arturo Quíner, aunque de la gente del Estero no dejó títere con cabeza: el cura, dijo, era maricón; Agustín, el director de administración, cornudo; Honorio, pelota y arrastrado. Y en la misma carrerilla, añadió al final un exabrupto que ni en la situación más enloquecida alguien hubiera imaginado que pudiese costarle la vida. Dijo que Alejandra era una puta y lo adornó con un par de obscenidades que le haría si la trincaba. Pablo oyó el insulto y las procacidades en la misma frase que el nombre de Alejandra y, sin mediar palabra, dio cuatro pasos y le asestó un golpe en la cabeza con lo primero que encontró a mano, matándolo en el acto. Cayetano Santana, que estaba sentado sobre el capó del vehículo, se quedó inmóvil, con los ojos desencajados y sin que se le cayera la botella que tenía en la mano, petrificado, manando un fino hilo de sangre que le caía sobre la camisa y el pantalón.

El otro hombre, atónito, sin dar crédito a lo que acababa de presenciar, tardó en reaccionar, pero hizo frente a la situación, después de abofetear a Pablo. Tras la llamada a Eufemiano, improvisó para eliminar los rastros de lo sucedido, empezando por sacar el cuerpo de Cayetano Santana de la casa. Mandó a Pablo a vestirse con ropa oscura y buscar alguna prenda con la que cubrirse la cabeza. Después subieron el cuerpo de Cayetano Santana al todoterreno y lo sujetaron con el cinturón de seguridad.

Enterado de que Pablo conocía el teléfono de Alejandra, ingenió la treta con la que hizo salir a Arturo de su domicilio. Para que funcionara debía asegurarse de que no pudiera hablar por teléfono con Alejandra. Desde la única cabina telefónica de Hoya Bermeja repitió varias veces la operación de llamar a su número y colgar cuando ella respondía. En el tercer intento Alejandra se cansó y dejó el teléfono descolgado. Entonces llamó a Arturo Quíner para decirle que su mujer había tenido un accidente y estaba en el hospital.

Ocultos en el cruce de Hoya Bermeja esperaron el paso del vehículo de Arturo Quíner, tras lo que subieron al apartadero de la finca donde se deshicieron del cadáver.

A continuación, le entregó el martillo, refregado en la sangre y envuelto en un plástico, para que lo llevara a la casa de Arturo Quíner, trepando por uno de los paredones sin iluminar. De regreso, mientras Pablo huía a la capital, el hombre se hacía cargo de limpiar el coche y del mal trago de presentarse en el cuartel de la Guardia Civil para denunciar a Arturo Quíner.

Lo que sucedió a continuación, la manera de implicar a Arturo Quíner en la muerte, no fue otra cosa que el frenético intento de Jorge Maqueda de proteger al hijo, empleando cualquier medio que desviara la atención hacia Arturo Quíner. La sangre fría del hombre que se deshizo del cadáver, su dominio en el manejo de la situación y la lealtad en el trabajo que después le encomendarían, Jorge Maqueda lo pagó con generosidad, y continuó haciéndolo para asegurarse de tenerlo cerca, en especial por las sucesivas declaraciones que hizo hasta la última de las comparecencias en el juicio.

Estaba detenido y esta vez la sangre fría le duró lo justo. Intentó decir que conocía a Cayetano Santana, pero que nada tenía que ver con su muerte, sino que confundió a Pablo Maqueda con Arturo. Pero cayó en una maraña de contradicciones y terminó confirmando la declaración de Pablo y reconociendo que había seguido las órdenes de Eufemiano y recibido mucho dinero de Jorge Maqueda.

En realidad, fue quien más cárcel pagaría por la muerte de Cayetano Santana, a pesar de que nadie salió impune. En las pruebas que Eufemiano guardaba, había para incriminar al antiguo abogado de Arturo, al fiscal y al juez instructor del caso. Llevaban el característico sello de las modalidades de coerción que con tanta eficacia administraba Jorge Maqueda: cuanta más extorsión, mejor, dulcificada con un poco de dinero como consuelo.

* * *

Una chapuza en los procedimientos de la prisión, tras la que con seguridad hubo algún amaño de Jorge Maqueda, sus contactos y sus abogados, dejó a los detenidos con la posibilidad de verse y hablar entre sí, lo que en la fase preliminar de la investigación es una negligencia imperdonable. Pablo se encontró con su padre al segundo día. Eufemiano y Jorge Maqueda también se encontraron, tan atemorizados uno del otro que no se quitaban el saludo afectuoso, y ambos sin perder la esperanza de que las cosas no hubiesen cambiado tanto como para que no pudieran salir indemnes aun con todos los indicios en contra.

Pablo parecía poco afectado por la estancia en la cárcel, y

por buen comportamiento y trato respetuoso se estaba ganando la confianza del personal de la prisión. Pastoreó a su padre y a Eufemiano muy despacio, fue amable y afectuoso, a veces compasivo, los llevó a su terreno y consiguió, al fin, encontrarlos a solas y juntos en el baño común.

A Eufemiano, más gordo y paquidérmico que nunca lo había sido, no le costó clavarle un cepillo de dientes en el cuello, rozando la yugular. El hombre ni siquiera tuvo ocasión de gritar. Sabiendo que nada lo impediría, se fue muriendo por el surtidor, que con cada latido expulsaba un manantial de sangre, contemplando a Pablo, entre la bruma de la muerte, ejecutar una siniestra y metódica tortura con Jorge Maqueda. Lo tenía contra el suelo, inmovilizado. Una rodilla sobre el único brazo que Jorge podía mover, la otra en el abdomen, sobre el diafragma; una mano le cerraba la nariz, la otra le tapaba la boca.

—¿La recuerdas, hijo de puta?

Aflojaba la presión, lo dejaba tomar un soplo de aire y de nuevo cerraba la nariz y la boca.

—¿Recuerdas a mi madre, cabrón, hijo de la grandísima puta? ¡Recuérdala!

De nuevo aflojaba para dejarlo expulsar apenas el aire y volvía a presionar. Jorge Maqueda intentaba patalear. Con las arterias a punto de reventar se ponía azul; más y más azul con cada segundo de tortura.

—Recuerda cómo la violaste, cabrón. —Y aflojaba un instante—. Recuerda cada día que fue mi madre y yo su hijo. —Y aflojaba de nuevo—. Recuerda cuándo le dijiste a ese cerdo que disparara. Recuerda cómo murió. Era mi madre, hijo de puta. Sufre. Así me he sentido desde que te cambiaste por ella. ¿Creías que no la vengaría? ¿Creías que podría quererte como la quería a ella?

Jorge Maqueda fue expirando los últimos inacababables instantes, descubriendo en ese instante fatídico que Pablo tenía los mismos ojos de su madre. Murió viendo a María Bernal en el rostro del hijo.

* * *

Pablo Maqueda de nuevo tuvo que declarar. Esta vez lo hizo con la asistencia de un abogado del turno de oficio, delante de una juez, una mujer muy tranquila, que lo escuchó menos revuelta que conmovida por la historia, a la que le explicó lo que, de todas formas, constaba en papeles incorporados al otro sumario, acusándose de una manera como tal vez no se hubiera visto que alguien lo hiciera.

—¿Por qué lo hizo? —le preguntó, no con el tono solemne de una juez, sino con el de una mujer con hijos de la edad de Pablo.

—Para vengar a mi madre. La violó y ella quedó embarazada de mí. La mató cuando yo tenía siete años para raptarme. Él y Eufemiano —explicó liberado, sin emoción—. Está en los papeles.

—Entonces ¿se declara usted culpable?

—Culpable, señora. He tardado dos días en preparar la hora y el lugar para hacerle justicia a mi madre. Lo tenía calculado y los he matado con toda la crueldad que pude.

—Eso es ensañamiento.

—Sí, señora. Con el ensañamiento que me fue posible. —Y se detuvo un instante para agregar después—: No deje que nadie me quite eso. Que nadie diga que estoy loco o que lo hice sin control de mis actos. Lo volvería a hacer tantas veces como pudiera.

Al término de la declaración la juez empezaba a disponer

que un psiquiatra lo atendiera, más condolida por el evidente estado de sufrimiento que interesada en las consecuencias jurídicas del informe, cuando oyó el estrépito en el pasillo por donde se lo llevaban. Se abalanzó sobre la puerta, pero tuvo la fortuna de no llegar a tiempo de ver lo que acababa de suceder.

Pablo se había zafado de los funcionarios que lo conducían, había corrido los veinte metros de pasillo y se había descalabrado en la pared del fondo, muriendo al instante, dejando sobre la superficie blanca, impresos en rojo y ámbar, los tormentos de su vida.

* * *

Alejandra se enteró por Dámaso Antón antes de que saliera en los noticieros. Aunque no pudiera perdonarlo, tampoco pudo evitar unas lágrimas por él. En el trayecto al hospital juntó piezas que, menos de una semana antes, o no hubiera creído ciertas o desconocía, y pudo hacer una semblanza del interior de Pablo que tal vez algún especialista hubiera necesitado muchas horas de charla para establecer.

Sin saberlo siquiera hasta el final fatídico en que descubrió que era Pablo quien estaba detrás de los percances de su marido, ella era la persona más cercana a él y su único sustento emotivo. Como antes sucediera con Josefina Castro, Pablo también vio en ella a la madre que buscaba. Cuando llegó al intercambio sexual con Josefina, el icono se le derrumbó, lo que ocasionó que pusiera fin al noviazgo con tanta desmesura. Por el contrario, ella había sido inaccesible en ese terreno, y cuanto más lo era más nítida se le hacía a él la imagen que creía y quería ver en ella. En un trágico vericueto del inconsciente, él identificaba en los hombres que ellas querían al que le había arrebatado a la madre. En realidad, el odio que proyectó hacia el prometido de Josefina Castro primero y hacia Arturo Quíner después, era el que iba destinado a Jorge Maqueda. Al conocer la verdad por testimonio de su abuela, la rabia que guardaba emergió contra quien de verdad era causante del mal que lo atormentaba.

La cuchillada que Dolores Bernal le había asestado a Jorge Maqueda fue mortal, pero lo fue también para su nieto.

37

El régimen de fatigosos traslados del hospital a la casa se invirtió y así como antes Alejandra hacía el trayecto para pasar unas horas en el hospital, ahora la visita breve la hacía a la casa. Él continuaba en el mismo estado, alimentado por una sonda y orinando por otra. Los del personal de enfermería, atentos a él y afectuosos con ella, la dejaban lavarlo a diario y hasta le habían enseñado a descifrar los trazos cíclicos del monitor que tantas preguntas le habían hecho formularse. Supo así que salvo algunas ondas cerebrales, las funciones vitales, en especial las cardíacas, eran las de un hombre rebosante de salud.

A media mañana, cuando llegaban Candelaria y Elvira, ella acudía a la casa para atender su higiene personal y cambiarse de ropa. Desde que lo instalaron en la habitación Candelaria vivía en aquel estado de afligida confianza, segura de que él no tardaría en regresar, en lo que, por supuesto, no podía ser sino otro de aquellos acuerdos invencibles que hacía con la Señora de sus plegarias, cuyo requisito primordial consistía en que debía darlo por hecho desde el instante de requerirlo. Así llegaba cada día, resignada, sin que le flaqueara la esperanza.

Con la ayuda de Venancio, Alejandra hizo cambios en la casa. Antes de permitirles entrar en el territorio sagrado del estudio, arrancó el enorme cartel de la pared y se deshizo de él por su propia mano. Mientras los pintores devolvían la limpieza a las paredes, un par de albañiles sustituían las piezas de granito de la escalera, de la que no había sido posible sacar la sombra que quedó tras limpiar el charco de sangre.

Durante aquel tiempo no había dormido sino a cabezadas. Intentaba sobreponerse al abatimiento, aunque con frecuencia tenía la urgencia de llorar y no se contenía. Aquella noche, pudo tumbarse a su lado y recostó la cabeza en él. Tras media hora de sueño involuntario, que le pareció como un siglo, se levantó y se estiraba la ropa cuando creyó verle mover la punta de los dedos, como si la buscara. Se apresuró a cogerle la mano y sintió una leve presión que la hizo llorar de felicidad. Volvió a sentirlo un par de veces durante la noche y por la mañana, cuando informó a los médicos, no salieron con la cara de circunstancias de días anteriores, incluso percibió que habían salido bromeando.

Al saber la noticia, Candelaria apenas si soltó una lágrima que se enjugó enseguida. «¿Ves, como era lo que te decía?»

De madrugada Alejandra volvió a tumbarse junto a él y el agotamiento la derrumbó. Despertó con la primera luz del amanecer. Vio su rostro, con los ojos cerrados, pero sintió que la estrechaba con suavidad. Había despertado. Una lágrima fulminante corrió por su cara y se quedó en los labios, entreabiertos en una sonrisa de agradecimiento. Contuvo el llanto. Él abrió los ojos, la miró tranquilo y le habló:

—¿Qué haces aquí, pequeña?

—Mientras sigas en esta cama, estaré aquí —le respondió al tiempo que las lágrimas resbalaban por sus mejillas.

—¿Cuánto tiempo llevo?

—Muchos días.

La mañana fue de alborozo en la habitación y en la oficina del Estero, en la que tuvieron noticia cuando apenas empezaban la jornada. Agustín soltó un cohete enorme que tenía reservado para aquella eventualidad y, aunque no había acuerdo sobre ello, lo recibieron como anuncio de que había despertado. Le hicieron pruebas durante la mañana y le dieron permiso para ingerir líquidos. Por la noche incluso pudo comer un poco de alimento en papilla y durmió. De madrugada, ella se tumbó a su lado y durmió como él. De nuevo, al despertar, él la sujetaba del hombro.

—Se ha convertido en una costumbre —dijo ella.

—Esa costumbre la has tenido siempre —rectificó él.

Aún tuvo que guardar convalecencia unos días en el hospital, para algunos exámenes médicos y los ejercicios de recuperación.

Pararon en la oficina el tiempo imprescindible para el saludo. En la casa los recibió el estruendo de los pájaros, en otro alarde del talento arrollador de aquella primavera explosiva. Apenas por una frase, en la que Alejandra no fue explícita, Arturo pensaba que ella regresaría a Nueva York aquel mismo día. Nada sabía de los acontecimientos sucedidos durante su ausencia, ni tan siquiera el hecho que lo había llevado al hospital, porque ella había pedido a los que lo visitaron que no hicieran comentario sobre ello, de modo que él se encontraba en la misma situación en que estaba el día anterior al del suceso, aunque dando por hecho que los papeles del divorcio estarían preparados para la firma. Ahora que veía en Alejandra a la mujer hecha y libre, capaz de saber lo que ponía en juego para aceptarlo o rechazarlo, era cuando más debía callarlo.

Al llegar Arturo se afeitó y se dio una ducha, tras lo que entró al estudio vestido con el pijama de algodón blanco, como acostumbraba, con la camisa desabrochada. Al igual que él, aunque con más prisa, Alejandra también se había arreglado y cambiado de ropa, y lo esperaba allí, irreverente y muy segura de sí misma. Se había retocado el peinado de su larga melena dorada y se había maquillado. A Arturo le pareció un poco descocada, pero la vio deslumbrante, con la falda abierta a media pierna por un lado, y la blusa, sin botones, cruzada en la cintura. Ambas cosas eran una informalidad que, salvo en la más estricta intimidad, él no le habría imaginado, pero que le hizo verla más deseable. No mencionó la falta del mural, pero el entrecejo se le había contraído al ver abajo, al pie de la escalera, las dos pequeñas maletas y sobre ellas el bolso, anunciándole la inmediata partida de Alejandra.

—Has estado atareada —le dijo.

—Tenías la casa hecha un desastre. No hubo otro remedio que quitar el cartel, pero tengo algo que te gustará más.

Él no respondió. Después de un breve silencio abordó de frente la situación.

—Me imagino que tendrás prisa. —Y quiso decir que con los papeles del divorcio, pero no fue capaz y lo dejó en suspenso.

—Mucha prisa. Un hombre que me necesita lleva esperando por mí demasiado tiempo.

Fueron brutales las palabras y ella le vio endurecer el semblante, recobrar la honda tristeza, el aire de lejanía que tanto la había inquietado.

—Pero si me lo pides esperaré hasta que te repongas.

—Estoy bien. Te agradezco que hayas venido, Alejandra, pero no es preciso que te quedes. Vete.

—¿No quieres saber quién es? —le preguntó después de una larga pausa, y él también tardó en responderle.

—Es algo sobre lo que no debo tener opinión. Prefiero no saberlo.

—Estoy enamorada de él desde antes de que me hablara, pero no sé si me equivoco.

—Eso nunca llega a saberse con seguridad.

—Tenías razón cuando me dijiste que me fuera. Te lo agradezco. —E hizo una pausa—. Tengo que irme —le dijo besándolo apenas con un roce en la mejilla.

Arturo asintió. Ella se volvió en la puerta y cruzaron las miradas. Estaba siendo cruel con él. Convaleciente, arrancado de los brazos de la muerte, a punto de tambalearse y, sin embargo, permanecía allí, de pie, firme en su decisión, intentando una sonrisa que esta vez consiguió dibujar, leve, de orgullo, casi paternal, pero de desconsuelo.

—¡Vete ya! —le dijo.

Ella bajó la escalera y abrió la puerta trasera. Venancio aguardaba en el coche. Arturo oyó cerrarse la puerta de la casa y a continuación, una tras otra, tres puertas del coche. Desde el ventanal lo oyó arrancar y alejarse, y lo vio aparecer un minuto después en la carretera y lo siguió con la vista hasta que desapareció en el último recodo. Esta vez, el dolor no lo aturdió. Llegó como una quemazón consciente y cristalina que le surcó la cara con dos ríos de llanto, sobre el rostro impasible, con la mirada alta, proyectando en ella el fuego de la decisión de la que tan seguro estuvo durante aquellos años. Al intentar sentarse en el diván las rodillas se le aflojaron y quedó sentado en el suelo, con la espalda apoyada, ocultando la cara entre las manos.

Alejandra subió la escalera descalza, sin hacer ruido, con los zapatos en la mano. Lo vio tal como sabía que lo encontraría. Se acercó, dejó los zapatos sobre el escritorio, se arrodilló delante de él, le separó las manos y contempló, esta vez cara a cara, las lágrimas que no habría podido imaginar en aquel rostro. Sorprendido, él intentó ocultar la cara, pero ella la sujetó y lo obligó a mirarla.

—¡Mírame! ¡Quiero verte!

La miró y no fue capaz de callar. Descubierto, reía y lloraba al mismo tiempo. Era la primera vez que ella lo veía llorar, y era también la primera vez que de verdad lo veía reír.

—¡Tramposa! —dijo.

—¿Quieres decirme por qué te quedas así?

No respondió enseguida, pero al fin dijo lo que no tenía sentido continuar callando.

—Porque te quiero tanto que ya no puedo dormir.

Ella asintió conteniendo el corazón para que no se le notara que no le cabía ni un poco más de dicha.

—Nunca me lo has dicho.

—Para quererte bien, debía callarlo, pequeña.

—¿Por qué debías callarlo?

—Para que no te sintieras atada. Para que hoy puedas irte sin mirar atrás.

—¿Por eso no me quisiste como mujer?

—Sí que te quería, Alejandra. Desde la primera vez que te vi no he podido hacer otra cosa que amarte y desearte, pero no tenía derecho a tocarte. ¿Sabes lo bonita que era la niña de la que me enamoré? Era tan ingenua, tan valiente y tan generosa que ni siquiera se daba cuenta de lo sola que estaba. Llenaste nuestras vidas de alegría, Alejandra. La mía sobre todo. Pero estabas indefensa. Sé que es difícil de entender, pero no te rechazaba. Podrás comprenderlo si te haces las mismas preguntas que yo me hacía. Sé que te entregabas con tanto deseo como yo, pero ¿podrías asegurarme que, en el fondo de sus sentimientos, junto con el deseo, aquella niña no creía deberme algo? Respóndeme.

Alejandra guardó unos segundos de silencio, asintiendo.

—Sí que creía deberte, y era mucho —respondió.

—Si yo le hubiera dicho a ella con cuánta pasión la amaba, ¿puedes asegurarme que no habría renunciado a su vida por mí?

De nuevo asintió.

—Sí, ella habría renunciado a todo sin pensarlo ni por un momento —dijo.

—Esas cosas, Alejandra, sólo pueden entregarse desde la libertad, pero la libertad es poder elegir y tú no tenías opciones. Si yo hubiera hecho otra cosa, me habría sentido un canalla. Además de eso, Alejandra, soy un hombre. Si te hubiese tenido una sola vez no habría sido capaz de renunciar a ti. Dejarte marchar habría sido aún más doloroso. Contra mi voluntad, mi inconsciente no habría hecho más que interponer todas las tretas imaginables para tenerte amarrada a mí. ¿Puedes entenderlo?

—Lo entiendo —dijo ella—. ¿Ahora qué harás?

—No importa lo que yo haga, importa lo que hagas tú. Sal por la puerta y vete a donde crees que te aguarda la felicidad. Agárrala con las dos manos y no la dejes escapar. No temas, ahora no podré llorar. Cuando anochezca y piense que estás en medio del Atlántico, podré contenerme. No te engañaré: de madrugada te imaginaré en los brazos de ese hombre y es seguro que no podré evitarlo. Tú me conoces bien, sabes que soy fuerte. Me costará, pero saldré adelante.

—Y estarás aquí cuando yo decida regresar. ¿No era eso lo que me dijiste?

—No puedo prometértelo, pero es lo más probable. Tú sabes lo cabezota que soy.

—¿Y qué te queda de mí?

—Amamos la tierra que pisamos, el aire que respiramos, amamos el paisaje o la noche, amamos cuanto creemos que nos es grato, y el paisaje y la noche ignoran que los amamos. Al igual, las personas pueden no ser conscientes de que son amadas. No importa. La única parte del amor que nos corresponde son nuestros sentimientos. Nadie puede llevárselos. Podemos dar lo que queramos dar, lo demás es cosa del otro. Ni siquiera tenemos derecho a pedirlo. Aquella niña preciosa estará en mí. Tú estarás en mí y nadie podrá arrebatármelo.

—¿Por qué te marchaste de Nueva York sin verme?

—Me engañaba a mí mismo diciéndome que había ido a preguntarte si querías disponer de tu libertad también en lo formal, con los papeles. Podría decirte que a causa de mi maldita manía de presentarme en los sitios sin avisar, llegué en el peor momento, cuando esperabas visita. Pero lo cierto es que fui porque no era capaz de seguir viviendo ni un día más sin verte; lo cierto es que me marché huyendo, Alejandra, porque me dio miedo descubrir la verdad.

—¿Te gustó el retrato?

—Es muy bueno, has aprendido mucho, pero aquel tipo no soy yo, Alejandra.

—Sí, sí que eres tú. Yo también tengo cosas que decir. Que allí está la única verdad que habrías descubierto, porque tú también estás en mí. Que tenías razón cuando me dijiste que debía irme de tu lado, que debía conocer lo que había fuera. Me costó mucho, pero conseguí hacerlo y por fin entendí lo que querías. Tenías razón, algún día habría querido verlo y es casi seguro que habría terminado odiándote si por tu causa no hubiese podido hacerlo. Pero fui y lo vi. Me ha costado estar separada de ti, pero no cumplir la promesa que te hice al despedirnos, de que respetaría nuestro matrimonio.

Sigues siendo el único que me ha besado, pero ahora sé qué puedo esperar de los hombres y tengo decidido qué es lo que quiero hacer y con quién quiero hacerlo. ¿Y sabes a quién quiero? Las maletas están abajo, vacías, y en el sótano está todo lo que tenía en el apartamento con mis pinturas, incluyendo ese retrato tuyo, porque no me voy a ninguna parte. El hombre del que hablaba, el que lleva tanto tiempo esperando, del que me enamoré antes de que me hablara, es aquel chico serio y un poco triste que corrió a protegerme cuando supo que lo necesitaba. El que estaba tan muerto de miedo como estaba yo, de que no fuera cierta tanta felicidad, el día que fue a buscarme a casa. El hombre al que he querido y sigo queriendo con toda mi alma es el que me hizo soñar mis propios sueños y cada día me ayudó a conseguirlos. Sólo te pedí el divorcio para que tú tampoco te sintieras atado cuando viniera a decirte que lo quiero a él, que quiero a mi marido, que te quiero a ti como estoy segura de que no es posible querer más. Ya no dependo de ti, pero si tengo que chantajearte presentándome aquí como una mendiga, lo haré. Lo daré todo, incluyendo la casa de mi padre, para los niños pobres, y vendré descalza y con un saco por encima para que no tengas más remedio que acogerme. Para librarte de mí tendrías que decirme mirándome a los ojos que no me quieres y, aunque llegaras a decírmelo, esperaré por ti toda la vida, porque yo también estoy dispuesta a esperar todo el tiempo que necesites para volver a casa. ¿Qué creías, que mi amor desaparecería cuando terminara de hacerme adulta o estuviera separada de ti? Con cualquier otra habrías tenido razón. Yo también llegué a creerlo. Pero yo no soy ese paisaje ni esa noche que se ama, soy una persona y las personas necesitamos sentirnos amadas. Y tú, aunque no me lo dijeras, desde la primera vez que hablamos me has hecho sentir muy amada. No entendía tus razones para callar, pero el eco de tu silencio me resonaba en el alma. Era algo extraordinario y hermoso. Demasiado hermoso para renunciar a él.

Ahora era ella quien hablaba emocionada y él, quien veía desvanecerse sus viejos tormentos. Aunque le costaba trabajo entenderlo, más la había estado ganando para sí cuanto más había renunciado a ella.

—¿Así que ya tenías tus planes? —Fue todo cuanto necesitó preguntar.

—Sueño con mis planes hace mucho. Ahora me voy a cobrar los besos que me debes desde aquella tarde —dijo sentándose a horcajadas sobre él—. Y me voy a seguir cobrando los que me debes en la cama, y en cada rincón de esta casa. Quiero que me acompañes a Nueva York para que conozcas a mis amigos y para que me ayudes a venderle a Roberto Gianella frascos para sus potingues, pero pararemos en Roma a repetir nuestro viaje como es debido. Como no me gusta eso de andar por ahí luciendo el palmito, volveremos a casa. Dentro de tres o cuatro años voy a tener dos críos, un niño para llamarlo Ismael y una niña para llamarla Rita, y los meteré en el parquecito de madera que hizo mi padre para mí, para vigilarlos mientras pinto o le doy porrazos a un tarugo de madera y me enfado con los materiales. Y seguiré haciendo eso aquí o donde sea, pero contigo, mientras los criamos a ellos y nos hacemos viejos. —Hizo una pausa, tomó aliento y concluyó el discurso con una orden—. ¡Bésame, para empezar!

Él bromeó rozándole los labios.

—¿Tendré que pedirte, cada vez, que como en Roma?

Nada había dejado al azar y bajo la falda leve y la fina blusa no llevaba ni la ropa interior, sólo su espléndida y limpia desnudez. Él lo había notado cuando ella se sentó sobre él y ella notó que él lo había notado. Se afirmó más sobre él, lo apretó contra su cuerpo y esta vez, y en adelante siempre que quiso, fue ella quien lo besó, con tanta avidez como estaba deseando desde la primera tarde.

… y, en emocionado recuerdo,
a Emiliano de León, a Antonia Díaz y a Carmen Morales

Agradecimientos

A Cristina Lomba, que reparó en esta novela en medio de la multitud.

Al editor Alberto Marcos por su talento y por hacerme ver las mejores luces que hay en ella.

Al equipo de Penguin Random House por su excelente trabajo.

A todos en conjunto por su incomparable talla profesional.

El papel utilizado para la impresión de este libro
ha sido fabricado a partir de madera
procedente de bosques y plantaciones
gestionados con los más altos estándares ambientales,
garantizando una explotación de los recursos
sostenible con el medio ambiente
y beneficiosa para las personas.
Por este motivo, Greenpeace acredita que
este libro cumple los requisitos ambientales y sociales
necesarios para ser considerado
un libro «amigo de los bosques».
El proyecto «Libros amigos de los bosques» promueve
la conservación y el uso sostenible de los bosques,
en especial de los Bosques Primarios,
los últimos bosques vírgenes del planeta.